목련꽃
그늘
아래서

보성고 60회 문집

목련꽃 그늘 아래서

1판 1쇄 발행 2023년 11월 20일

저자 보성고등학교 60회 문집 발간위원회

편집 김다인   **마케팅·지원** 김혜지

펴낸곳 (주)하움출판사   **펴낸이** 문현광

이메일 haum1000@naver.com   **홈페이지** haum.kr
블로그 blog.naver.com/haum1000   **인스타그램** @haum1007

ISBN 979-11-6440-449-0 (03810)

좋은 책을 만들겠습니다.
하움출판사는 독자 여러분의 의견에 항상 귀 기울이고 있습니다.
파본은 구입처에서 교환해 드립니다.

| 문집을 내면서 |

자기가 구해 준 거북이를 따라 용궁 구경을 갔던 젊은 어부의 이야기가 일본 설화에 있습니다. 용궁에서 얼마 동안 대접을 잘 받고 살던 마을로 돌아와 보니 주위 모든 것은 못 알아보게 달라져 있고, 그 젊은이도 일순간에 백발노인으로 변해 버렸다는 이야기입니다.

전에는 익숙했던 옛 거리에 한참 만에 서서 어리바리하는 내 모습에 단순히 옛날이야기로만 생각했던 그 젊은 어부의 이야기가 갑자기 현실감을 띠고 다가옵니다. 용궁 구경도 하지 못했는데 어느새 눈은 침침하고 걸음걸이는 무겁습니다. 하지만 그래도 그동안 나름대로 70여 년의 세월을 살았습니다.

같은 시대를 살았고 그것도 같은 고등학교를 다니고 졸업했다는 것은 쉽지 않은 인연입니다. 태어난 남대천을 떠나 넓은 바다를 향해 힘차게 헤엄쳐 가는 연어들처럼 1970년 이른 봄 설렘과 두려움을 안고 넓은 세상을 향해 혜화동 교문을 박차고 달려 나갔던 480명의 젊은이들이 있었습니다.

그들이 이제 50여 년의 각자의 긴 여정을 마치고 다시 태어난 곳으로 돌아오는 연어들처럼 삶의 마지막 길목에 다들 모였습니다. 미처 돌아오지 못한 얼굴들도 꽤 있어 보입니다. 머리에는 하얀 서리가 내렸고 또 얼굴에는 그동안의 삶의 흔적이 깊게 새겨져 있습니다.

이제 와 보니 누가 더 빨랐고, 더 멀리 갔고, 더 많은 것을 했는가는 큰 의미가 없어 보입니다. 다들 최선을 다해 살았지만 다만 처음 살아보는 거라 서툴렀을 뿐이었습니다.

그동안 그들이 가슴속에만 담고 있었던 지난날의 성취와 좌절, 기쁨과 아쉬움의 기억, 그리고 삶의 소회를 글로 남겨보기로 했습니다. 그들이 걸어온 지난 50여 년은 대한민국의 근대화, 산업화와 시기를 같이하고 있기도 합니다. 이 문집이 그 시기 대한민국 전체를 부감(俯瞰)하는 작은 한 부분의 기록이 되었으면 합니다.

2023. 11.
보성고등학교 60회 동기회장
이도윤

| 보성고등학교(普成高等學校) |

* 건학이념(建學理念)

興學校以扶國家(흥학교이부국가)-**학교를 세워 나라를 떠받친다.**

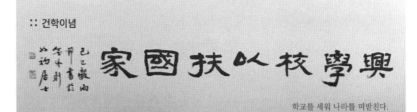

:: 건학이념

학교를 세워 나라를 떠받친다.

* 학교연혁

1906.09.05 고 이용익 선생이 학부에서 설립 인가를 받아 신입생 240명을 모집. 현 수송동 44번지 자리에 사립 보성 중학교를 열다.

1910.10.20. 천도교 총본부가 경영권을 인수하다.

1913.12.06. 교명을 사립 보성학교로 개칭하다.

1917.07.01. 교명을 사립 보성고등보통학교로 개칭하다.

1922.04.01. 신교육령에 의하여 5년제 보성고등보통학교로 개칭 하다.

1924.01.19. 조선불교중앙교무원이 본교 경영권을 인수하다.

1927.05.10. 경성부 혜화동 1번지 교사로 신축 이전하다.

1935.09.11. 재단법인 고계학원이 본교 경영권을 인수하다.

1938.04.01. 조선교육령 개정에 의하여 보성중학교로 개칭하다.

1940.08.07. 재단법인 동성학원에서 본교 경영권을 인수하다.

1945.09.02. 6년제 18학급고급 중학으로 학제 변경하다.

1950.05.　　신교육령에 의하여 보성고등학교로 개칭하다.

1973.07.　　중,고 분리에 따라 중,고 교장 분리되다.

1986.09.05. 본교 창립 80주년 기념식 거행하다.

1987.09.26. 방이동 신교사 기공하다.

1989.05.20. 방이동 신교사로 이전하여 개교하다.

1996.09.04. 본교 창립 90주년 기념식 거행하다.

2006.09.　　본교 창립 100주년 기념관 건립. 기념행사 거행하다.

| 보성고 60회 동창선언문 |

1970년에 졸업한 우리 보성고 60회는 2010년이면 졸업 40년을 맞는다. 30년 행사를 치른 것이 엊그제 같건만 어느덧 10년이 더 흘러 우리는 이제 새로운 매듭을 맞게 됐다.

꿈 많던 10대 시절에 처음 만나 한 시대의 감성과 경험을 공유하면서 강산이 몇 번 변하는 세월을 함께 살아온 인연을 기리며, 우리가 추구해야 할 삶의 지표를 세운다.

一.동창은 천륜이다.

하늘이 맺어준 인연을 사람이 해치거나 끊지 못한다.

천륜은 자신의 대(代)에서 끝나지 않는다.

지금까지 살아온 날보다 앞으로 살아갈 날이 더 짧은 우리는

이 만남을 더 아름답고 슬기롭게 가꾸고 길러가기 위해 노력한다.

一.동창은 삶의 스승이다.

우리는 각자 자신의 분야에서 열심히 일해왔다.

한 분야의 전문가는 다른 분야의 사람들에게는 누구나 다 스승이다.

우리는 처음 만났을 때의 그 사람이지만 그때의 그 사람은 아니다.

새로 사귀고 서로 가르치며 급변하는 시대와 문명에 뒤떨어지지 않게 한다.

一.동창은 나의 거울이다.

내가 웃으면 거울도 웃고 내가 울면 거울도 운다.

궂은일 기쁜 일을 가리지 말고 '제2의 나'인 벗을 아끼고 도와야 한다.

동창의 어려움이 나의 어려움이며 동창의 행복이 곧 나의 행복이다.

一.동창은 놀이동무다.

항상 심신의 건강에 유의하며 즐겁게 어울리도록 한다.

우리의 건강은 자기 개인만의 것이 아니라 가족과 우리 사회의 공공

재산이다.

여유 있는 마음가짐과 균형을 잃지 않는 몸가짐으로

이 공공의 재산을 소중히 지키고 키워 서로 가멸차고 풍요롭게 한다.

一.동창은 메들리다.

노래를 전해 주고 이어받아 멋진 화음을 이루듯이 마음과 힘을 합쳐

모교는 물론 사회와 나라 발전을 위해 기여한다.

열린 자세로 나와 다른 의견과 주장을 경청하고 존중하고 이해하면서

괴로우나 즐거우나 나보다 남을 먼저 생각하는 삶을 실천한다.

2008년 12월 9일 보성고 60회

| 普成高60回同期會 |

1. 入學 1967. 3. 5   480名
2. 卒業 1970. 1. 15   477名
3. 인원 현황(2023.08)

	3-1	3-2	3-3	3-4	3-5	3-6	3-7	3-8	합계
1.졸업인원	50	64	64	62	66	71	43	57	477
2. 작고	9	10	8	7	9	5	7	8	63
3. 외국	5	10	7	7	6	8	7	10	60
4. 불통	13	4	14	8	9	9	13	8	78
5(2+3+4)	27	24	29	22	24	22	27	26	201
6.(1-5)	23	40	35	40	42	49	16	31	276

4. 현 동기회 회장단(2023년 1반)(제19대)

　회장 이도윤　사무총장 전동신　감사 김세준

5. 보성60회동기회 역대 회장단

　제1대(1970~1975) 회장 한영세　사무총장 강경구

　제2대(1976~1993) 회장 이병하

　제3대(1993~1996) 회장 박성복, 사무총장 김정곤

　제4대(1997~1998) 회장 백승환, 사무총장 신상천

　제5대(1999~2000) 회장 최병석, 사무총장 이동일

제6대(2001~2002) 회장 조종하, 사무총장 이재록

제7대(2003~2004) 회장 송학선, 사무총장 김기석

제8대(2005~2006) 회장 최명인, 사무총장 김기석

제9대(2007~2008) 회장 임철순, 사무총장 김기석

제10대(2009~2010) 회장 조남화. 사무총장 김기석

제11대(2011~2012) 회장 박범훈, 사무총장 김기석

제12대(2013~2014) 회장 유재형, 사무총장 김기석

제13대(2015)(1반) 회장 김경한

제14대(2016)(2반) 회장 한기수, 사무총장 이봉환

제15대(2017)(4반) 회장 김원섭B, 사무총장 전병삼

제16대(2018)(5반) 회장 최동호, 사무총장 전병삼

제17대(2019)(6반) 회장 이상동, 사무총장 박성우

제18대(2020~2022)(8반) 회장 김기호, 사무총장 심재형

6. 기억에 남는 이벤트

(1) 2000년 졸업30주년 기념 홈커밍 이벤트
   졸업30주년 기념행사

(2) 2008년 12월 정기총회 때 보성60회 동창선언문을 채택하여 동기
   들간의 우정을 극대화하도록 하였음.

(3) 제9대 임철순 회장 때 동기들간에 아호 지어주고 불러주기 캠페
   인을 벌여 지금껏 60회 동기들간에는 서로 아호를 불러주고 있
   음.

* 보성60회의 아호를 소개합니다.

송정(松亭)-고범상.　초와(草窩)-곽영신.　남사(嵐士)-구순모.

죽사(竹史)-권오준.　범설(汎雪)-김 일.　지윤(支潤)-김경한.

관훈(觀訓),방구리-김기석.　자곡(梓谷)-김기호.　해인(海印)-김기회.

사백(娑伯)-김동룡.　소현(蕭峴)-김두환.　현암(玄岩)-김상환.

고람(古㑊)-김석규.　구담(俅橝),여산(如山)-김시한.　눌현(訥峴)김우준.

효봉(曉峰)-김진욱.　금산(錦山)-김창근.　농암(農岩)-김창수.

현곡(睍谷)-김창호.　온눌재(溫訥齋)-김희덕.　공치(空庭)-남궁철.

해월(海月)-박범훈.　낭헌(朗軒)-박성근B.　청람(淸嵐)-박성복.

우보(愚甫)-박성우.　범해(汎海)-박재근.　천경(汕耕)-박종은.

우헌(愚軒)-박진수.　동곡(東谷)-백승환.　빙연(氷淵)-성우용.

청백(菁柏)-소필영.　단호(旦昊)-손동철.　포원(抱洹)-송남수.

콩밝(空朴)-송학선.　하심재(下心齋)-신길문.　월산(月山)-안병효.

초파(礁波)-연동흠.　고죽(古竹)-염영훈.　담현(湛玄)-유병길.

기촌(屺村)-이봉환.　여강(如姜)-이부열.　형덕(炯德)-이상동.

청파(靑波)-이재문.　양촌(陽村)-김재년.　일송(逸松)-이재형.

유잠(兪岑)-이정복.　담연(淡硯)-임철순.　송음(松蔭)-전병삼.

담애(倓埵)-조남화.　머릿돌-차순광.　유로(儒路),행헌(杏軒)조종하.

우재(愚齋)-최광균.　남곡(嵐谷)-최명인.　양재(楊齋)-최충식.

송현(松峴)-한기수.　운초(雲艸)-한상일.　학송(鶴松)-함성철.

우송(佑松)-함철훈.　운경(雲耕)-홍영표.

(4) 2010년엔 졸업40주년 기념행사로 6/10~12, 2박3일 추억여행을
　　다녀왔다. 새만금~내소사를 거쳐 함평에서 기념행사를 갖고 1박

하고, 다음 날 송광사, 부산을 거쳐 경주에서 숙박하고 상경하는 일정이었다.

(동기회장 조남화. 추진위-이상동, 김원섭A, 홍영표, 김기석)

(5) 2011년 11월12일에는 보성60회의 새돌(환갑)잔치를 모교 보성 100주년 기념관에서 오전 11시부터 오후5시까지 성대히 치렀다.

(동기회장 박범훈, 새돌잔치추진위원장 박성우)

(6) 2020년 6월 17일, 졸업50주년 기념행사를 서울 강남구 삼성동 그랜드 인터콘티넨탈 호텔에서 120여명이 참석하여 치루었습니다.

(추진위원장-박성복, 추진위-전동신, 김호응, 유병길, 임상학, 이정복, 박성우, 김창선, 홍영표)

(7) 2020년 6/18~19 1박2일의 50주년 기념여행에는 58명이 참석, 28인승 버스3대에 나눠 탄 일행은 18일 아침 교대역을 출발, 강릉 경포대의 스카이베이 호텔에서 숙박하며 정동진, 선교장, 하조대, 화진포 등을 둘러보며 우정을 돈독히 하였다.

(8) 보성60동기회의 소모임

각 반별 반창회(1~8반)

보성60기우회(바둑모임)

보당회(당구모임)

보산회(등산모임)

보골회(골프모임)

보성60신우회(기독교 신앙모임)

▶ 서울 종로구 혜화동 1번지 옛 보성학교. 앞의 빨간 벽돌건물이 고등학교 교사다.

▶ 2004.12.9. 보올회 모임

▶ 2005.5.19. 동기회 임원 모임

▶ 2002.10.31. 보성가족 등산대회

▶ 2005.11.29. 송년회를 겸한 정기총회

▶ 2008.4.11. 6차 월례회(대련집)

▶ 2008.12.9. 정기총회(보성100주년기념관)

▶ 여성기사와 함께

▶ 2010.5.1. 제1회 보성기우회 바둑대회(모교)

▶ 2011.5.23. 담연 임철순 출판기념회(프레스센터)

▶ 2011.8.20. 광교산 등산 후 김창호 경기대 체육대학장실에서.

▶ 2011.11.12. 보성60회 새돌(환갑)잔치(보성100주년 기념관)

▶ 졸업40주년 기념여행(2010.6.10.~12.)

　　새만금, 내소사, 함평 펜션 숙박. 송광사, 경주숙박.

▶ 2020.6.17. 졸업 50주년 기념행사(그랜드인터컨티넨탈 호텔)

▶ 2020.6.18.~19. 졸업50주년 기념여행

　(강릉 선교장,경포대 스카이베이호텔,하조대,화진포)

제1장 혜화동 1번지, 빛나는 꿈의 계절

제2장 나의 일과 삶, 그리고 가족

제3장 나의 일과 삶, 세계 속에서

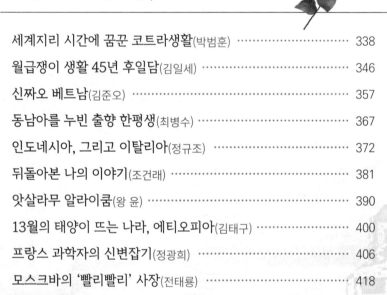

제4장 우리가 일궈온 세상

제5장 더욱 성숙한 삶을 꿈꾸며

01

혜화동 1번지,
빛나는 꿈의 계절

대수 할아버지 정희진 선생님

| 김호응(3-2) |

대수(代數) 할아버지께서는 중학교 2학년 때 수학 선생님이셨습니다. 그땐 중학교에서는 대수와 기하였고, 고등학교에서는 해석과 기하라고 했지요.

그래서 고등학교 3학년 선배들은 수학책으로 해석 연습, 해석 정설, 해석 정해 뭐 이런 책으로 공부했는데 그해인가 다음 해던가 중·고등학교 모두 수학으로 통일됐습니다.

그래 해석 연습이 수학 연습으로 책 이름이 바뀌었고 중학교 신입생들은 수학 할아버지라고 부르더군요. 어쩐지 싱겁고 평범해지데요 할아버지 성함은 한참 전부터 당최 생각이 안 나는 겁니다. '정○진' 밖에 모르고요.

그때 '수학1의 완성'이라는 베스트셀러를 쓰시고 종로학원 원장이셨던 정경진 선생님 이름은 생각나는데, 얼마 전 뭐든지 잘 아는 이상훈 형 만난 길에 그 이야기를 했더니 즉시 '희' 자라는 겁니다. 한자로도 쓸 수 있다네요.

그래요. 정희진 선생님.

할아버지께서는 온통 백발이었지만 머리숱은 많았습니다. 이마는 넓었는데 주름살 서너 개 있을 뿐 다른 주름은 없었고요. 광대뼈가 도드라져 엄격하고 까다로운 듯하지만 전혀 아니었습니다. 아래 앞니 양쪽 이는 모두 빠져서 앞니 두 개도 사이가 벌어졌어요.

그래도 말이 샌다거나 발음이 불분명하지는 않으셨고, 오히려 카랑카랑한 목소리셨어요. 담배를 많이 피우셨는지 온통 누런 색갈로 코팅되었고요.

그런데 담배 피우시는 걸 본 적이 없네요. 다른 선생님들도 마찬가지고요. 도대체 어디서 피우신 건지.

선생님께선 수학을 전공하진 않으신 건 확실했습니다. 수학 전공하신 분들은 수업 시간에 수학에 대한 재미있는 에피소드를 이따금씩 하시는데 할아버지께서는 꼭 한 번 그랬습니다.

직각 삼각형에서 빗변의 길이는 나머지 두 변의 길이 합보다 짧아서 길을 갈 때 빗변 길로 가는 것이 빨리 갈 수 있다는 말씀, 그 한마디였습니다.

인수분해 수업 시간에 'a+b'의 2제곱을 전개하라고 칠판에 적으시고는 저보고 나와서 해보라고 시키시데요. 사실은 이보다 조금 더 복잡하긴 했구요.

그런데 2ab를 2ba로 썼습니다. 자리로 돌아와서 앉아 곧 틀린 것을 알았구요. 고갤 떨구고 꾸중 들을 걸 기다렸는데 아무 말씀 않으시기에 선생님을 바라보니, 아주 난처해하시는 것 같았어요.

입맛을 다시며 뒷머리를 손으로 만지기도 하고 창밖으로 남산을 한참 바라보시더니 "하긴 모로 가도 서울만 가면 되지요."라고 말씀하시면서 고쳐 주시는 겁니다.

조금 웃는 듯하셨는데 그것도 웃음이라면 웃으시는 걸 그때 처음 보고 더 이상 본 적이 없어요. 수학 전공자라면 있을 수가 없지요.

1학기가 조금 지났을 때 누군가가 말하길 할아버지께서 젊으셨을 때 의사이셨다고 하더군요. 우리 모두 어렸지만 의사가 어떤지는 알고 있었지요. 요즘 말로는 존경과 명예, 부를 갖춘 직업이라는 걸.

그래 왜 그만두셨을까 궁금했지요. 여러 이야기가 오고가다 두 가지로 나누어졌습니다

하나는 그런 용어는 몰랐지만 '의료 사고'일 거다, 다른 하나는 허구한 날 아침부터 저녁까지 아프고 병든 사람만 상대하니 짜증 나고 넌더리 나서 병들기 전의 어린 학생들을 건강하게 키우시겠다고 중학교 선생님이 되셨다는 설이었어요.

우린 두 번째 버전을 택하고 아주 자랑스러워했지요. 아닌 게 아니라 양호실에 두 번 가봤는데 모두 할아버지께서 그곳에 계시더군요. 고등학교 1학년인가 2학년 땐가 갑자기 생겼다가 어느새 없어진 과목이 있었네요. '위생' 과목이었는데 그때 할아버지께서 들어오셔서 강의하셨지요. 인체 구조에 대해 말씀하시며 사람 뼈를 아주 자세히 강의하셨습니다.

조금 놀랐어요. 대수 시간과는 아주 달랐어요.

그래요. 얼굴에서 빛도 나는 것도 같고 그렇게 활기차신 건 처음 봤어요. 마치 젊은 시절 뛰어나고 촉망받던 피아니스트가 어떤 사정으로 피아노를 떠났다가 3,40년 만에 다시 피아노 앞에 앉은 것 같은 분위기였지요. 그분은 결국 의사셨지요.

우린 대수 숙제를 안 해 오면 할아버지께 손바닥 3대 맞기로 되어 있었습니다. 숙제 검사는 없었고요. 선생님은 우릴 믿으셨지요.

그때 나무로 만든 분필통을 가지고 다니셨는데 뚜껑을 세워서 때리셨지요. 숙제를 안 한 학생들은 자발적으로 벌을 받았습니다. 앞으로 나가 손바닥을 내밀었습니다. 선생님께서 손을 잡고 준비하시길래 손바닥을 오므릴까 쫙 필까 생각하다 폈어요.

선생님께서 팔을 높이 올리시길래 고개를 돌리고 눈을 꼭 감았지요. 그런데 손바닥을 살짝 건드리시는 겁니다.

'이게 뭐야?'

두 번째는 고갤 앞쪽으로 돌리고 실눈을 뜨고 보니 높이 올라갔던 팔이 내려오면서 속도가 점점 느려지더니 살짝 손바닥을 건드리시는 겁니다. 갑자기 허탈해지고 속았다는 생각이 드는데 이건 벌이 아닌 겁니다. 며칠을 생각해봤는데 결국 때리기 싫으신 거더군요.

그 후 언젠가 숙제 안 해온 친구들이 거의 열댓 명인 때가 있었습니다. 할아버지께서 기가 막히셨는지 다 들어가라 하시더군요.

난처하실 때 늘 하시던 대로, 입맛을 다시기도 하시고, 얼굴과 뒷머릴 만지시고, 남산을 물끄러미 바라보시더니, 갑자기 카랑카랑하신 목소리로 호통을 치셨습니다.

"그러고도 밥맛이 나요?"

한참 있으시다가 "너희 놈들은 이상한 녀석들이다. 그러고도 밥을 먹다니."

또 한참 남산을 바라보시더니 낮은 목소리로 "언젠가 한 번 복습을 안한 적이 있었는데 밥을 못 먹겠더라. 통 밥맛이 있어야지." 그리고 넘어가셨어요.

한동안 "그러고도 밥맛이 나요?"가 우리들의 재미있는 유행어였지요.
그런데 시간이 갈수록 최소한 저에게는 농담이 아니게 되었습니다.
모든 행동 평가기준이 되었지요.

그러고도(양심) 밥맛(가책 여부). 그러니까 양심에 어긋나면 밥맛이 없어
야 되는 거지요.

그런데 그게 안 되는 겁니다. 밥 먹는 데 전혀 지장이 없어요. 아이고,
난 양심도 없는 나쁜 놈이네. 도덕적 직관(그러고도)과 미각(밥맛) 사이
에 시냅스가 불량이거나 아예 없든가, 그러니 밥을 잘 먹지. 참 실망
이네요.

그런데 이 글을 쓰면서 생각을 다시 하게 되었습니다. 양심과는 별 관
계가 없다고. 할아버지께서 말씀하신 '그러고도'는 단순한 의무라고,
즉 숙제, 복습, 예습 같은 단순한 의무라고.

그러니까 아무리 비양심적인 악당도 세금 꼬박꼬박 잘 내고 차선 잘
지키고 등등 양심과는 별다른 의무라고 생각하기로 했습니다. 그렇게
아전인수 격으로 해석하니 마음이 편해지네요.
참 오래 걸렸어요. 58년이나요.

김호응(金昊應)

서울대 대학원 수료.
2008년까지 자영업.
농기구 부품 제조업 종사.

선생님, 고맙습니다.

| 김휘동(3-6) |

나는 70년이라는 시간을 수많은 일을 경험하면서 살아왔습니다. 그런 일에는 또 많은 사람과의 이야기가 있었습니다. 부모님과 가족, 초등학교에서 대학까지의 친구들, 어린 시절 동네에서 같이 뛰놀던 친구들, 군대에서 함께 동고동락한 상관과 전우들, 직업 전선에서 함께 일하던 직장 상사와 동료들, 같은 취미를 갖고 어울렸던 동호인들, 캐나다 이민 생활을 함께 한 사람들, 그리고 내게 사유하고 삶의 방법을 찾도록 토대를 만들어 주셔서 미래로 나아가게 해 주신 선생님들이 있습니다. 내게는 이들 모두가 소중한 인연을 맺은 이들입니다.

그 소중한 분들 가운데에서 특히 선생님들이 은혜와 사랑으로 내가 지금 모습으로 성장하도록 이끌어 주셨다고 생각합니다, 그분들 덕분에 세상의 길에서 크게 벗어나지 않고 지금까지 왔다고 말할 수 있습니다. 고마운 선생님에게 배운 점을 소개하고자 합니다.

누구나 그렇듯이, 나는 초등학교부터 대학교 시절까지 선생님 여러분을 만났습니다. 재동초등학교 송정호 선생님(1학년 담임), 최증제 선생님(2학년 담임), 왕소영 선생님(3학년 담임), 홍혜은 선생님(4학년 담임), 엄준섭 선생님(5학년 담임), 김기억 선생님(6학년 담임), 보성중학교 유수열 선생님(1학년 담임), 정윤섭 선생님(2학년 담임), 김명현 선생님(3학년 담임), 보성고등학교 성백인 선생님(1학년 담임), 김덕수 선생님(2학년 담임), 김민하 선생님(3학년 1학기 담임), 박평우 선생님(3학년 2학기 담임)의 가르침을 받았습니다. 또 연세대학교 전기공학과의 오상세, 박창엽, 박상희 교수님도 계십니다. 한 분 한 분이 모두 중요하지만, 나에게 특별히 많은 영향을 끼친 선생님 세 분의 이야기를 해 봅니다.

나는 1964년에 재동초등학교를 졸업하고, 보성중학교에 입학해 1학년 4반 5번 학생이 되었습니다. 키가 작아 앞쪽 번호인 5번을 받으니, 자연스레 앉는 자리도 앞쪽이었습니다. 스스로 공부를 열심히 하는 편이라고 생각했기 때문에 선생님의 말씀을 잘 들을 수 있는 앞쪽의 자리가 더 좋다고 생각했습니다. 담임을 맡으신 유수열 선생님은 열정적으로 가르치셨습니다. 물상 과목을 가르치시는 선생님은 수업 시간이 끝난 후에 영어 단어 외우기와 한문 공부를 별도로 시키셨습니다.

다음 날 방과 후 우리 반 모든 학생이 암기하는지 검사하셨고, 암기 못 한 학생은 매를 때리시고, 잘한 학생은 칭찬해 주셨습니다. 그런 방과 후 수업을 1학년 내내 하루도 빠짐없이 해 주셨습니다.

그 결과 중간고사와 학기말 고사, 학년말 고사에서 영어와 한문 과목의 점수가 다른 반보다 평균 20점 이상 높게 나왔습니다. 초등학교 공부는 선생님이 이끄는 대로 따라가는 수동적인 방식이었지만, 중학교부터는 선생님의 공부 방법을 잘 이해하고 따르면서도 나름대로 방법을 마련하는 능동적인 공부 방식이라 생각했는데, 내게 최고의 공부 방법을 알려주시고 지도해 주신 유수열 선생님이야말로 요즘 말로 하면 일타 강사가 아니겠습니까? 선생님의 공부 방법은 평생의 지침이 되었고, 아들딸의 공부를 같은 방법으로 지도하기도 했습니다. 매일 조금씩 하루도 거르지 않고 꾸준히 하는 습관은 나의 생활 철학이 되었습니다. 아직도 전기 산업계 현장에서 일하고 있어서 젊은 후배들을 만나는 기회가 많습니다. 후배들에게 선생님이 가르쳐 주신, 매일 조금씩 끈기 있게 공부하여 더 나은 미래에 도전하라는 철학을 전파하고 있습니다.

유수열 선생님에 관해서는 또 다른 기억이 있습니다. 그 당시는 선생님께서 가정방문을 하셨습니다. 선생님은 같은 방향에 사는 아이들과 함께 방문길에 나섭니다. 잘사는 학생, 형편이 어려운 학생, 산동네 집도 방문하여 부모님과 학생의 가정환경을 점검하면서, 부모님에게 학교생활의 정보도 제공했습니다.

유수열 선생님은 가정방문을 하실 때 집 안 툇마루에 앉아 이야기를 나누셨습니다. 선생님을 맞이하는 학부모들은 방 안으로 모셔서 다과라도 드시며 이야기하시면 했지만, 선생님은 한사코 거절하셨습니다. 형편이 넉넉하지 못한 학생과 학부모를 배려하는 선생님의 깊은 속마음이 있었던 것입니다. 가정방문을 따라가던 우리는 그런 속뜻을 이해할 수가 없었습니다. 선생님은 청렴결백한 스승의 표본이라고 말할 수 있습니다.

드디어 우리 집 차례가 됐는데, 마침 어머니께서 외출하시고 할머니가 대신 선생님을 맞이하셨습니다. 할머니는 대쪽 같은, 전형적인 양반집 안방마님이었지요. 손님이 오면 푸짐히 대접하면서 며칠 쉬어가게 하시고, 떠날 때는 노잣돈을 주는 것이 올바른 예의범절이라고 생각하시며 평생을 사신 분입니다. 그러니 방 안으로 들어오지도 않고, 다과도 거절하는 선생님과 생각이 달랐습니다. 이야기가 끝나고 할머니는 조그만 성의의 표시로 노잣돈을 주려 하셨습니다. 선생님은 펄쩍 뛰시며 재빨리 할머니에게 인사를 하고 나오셨습니다. 할머니는 그러면 안 된다고 하시며, 내게 돈을 쥐여 주시면서 달려가서 드리라고 하셨습니다. 그 말씀대로 내가 뛰어가 드리려 하다가, 선생님에게 엄청 혼이 났던 기억이 납니다. 유수열 선생님께서 어린 시절 내게 보여 주신 행동 하나하나가 대단한 은혜라고 생각합니다. 선생님 고맙습니다.

1966년 중학교 3학년 시절의 담임 선생님은 수학을 가르치신 김명현 선생님이었습니다. 우리 집에는 수학을 좋아하고, 또 실제로 잘하는 사람이 여럿 있었습니다. 누나 한 분은 대학에서 수학을 전공하기도 했습니다. 그런 분위기에서 자란 나도 마찬가지로 수학 공부에 재미를 느꼈습니다. 3학년 어느 날 왠지 학교가 가기 싫어 배가 아프다고 꾀병을 부렸는데, 아버지는 아버지의 친구분이 하시는 병원인 김처민 외과에 데리고 가셨습니다. 의사 선생님이 맹장염으로 진단해서, 당장 수술대에 올랐습니다. 꾀병을 부린 것이 수술이라는 어처구니없는 결과로 이어졌던 것이지요.

지금은 맹장 수술이 하루 입원하면 충분할 만큼 간단한 수술이지만, 그 당시는 열흘 정도 입원해야 했습니다. 열흘이 지나 학교에 갔더니, 그날이 공교롭게 수학 시험을 보는 날이었습니다. 평소에 수학이 재미있어서 배우지 않은 부분을 남보다 앞서 공부해 왔기에 시험은 어렵지 않다고 생각했습니다. 시험 결과가 나온 날에 김명현 선생님은 수업하시는 반마다 들어가서, 내 시험지를 들고 맹장 수술로 인해 열흘 넘게 결석하고도 배우지 않은 부분의 시험에서 제일 높은 97점을 맞았다고 공개적으로 칭찬하신 것을 다른 반 친구가 나에게 알려주었습니다. 민망하기도 했지만, 속으로는 칭찬해 주신 선생님이 고마웠습니다. 키도 작고 특별한 구석이 없는 평범한 학생으로서 선생님의 관심 밖에 있다고 생각했었는데, 뜻밖의 칭찬을 받은 것이 무척 기뻤습니다. 그 후로 선생님의 관심에 보답하기 위해 더욱더 수학 공부를 열심히 했고, 그러니 수학이 더 재미있어지고, 어려운 문제에 부딪히면 끝까지 풀겠다는 투지를 불태운 적이 한두 번이 아니었습니다, 고등학교 3학년 때는 대학 입시를 앞둔 상태에서 친구의 수학 공부를 도와주기도 했습니다. 대학 입학 원서를 쓸 때 수학과를 지원할까도 했습니다. 나에게 수학을 사랑하게 해 주신 김명현 선생님 고맙습니다.

1967년 보성중학교를 졸업하고 본교 고등학교에 진학해서, 1학년 4반에서 고등학교 시절을 시작하였습니다. 키가 작아서 번호는 여전히 5번이었지요. 담임 선생님은 영어를 가르치시는 성백인 선생님이었습니다. 내 나름으로는 공부를 잘하는 편이라고 생각했고, 당시 학생들 사이에 유행이었던 태권도를 유명한 태권도장인 을지로 3가의 한국체육관에서 친한 친구와 함께 수련했습니다. 두 달가량 태권도에 몰두하다가 1학년 중간고사를 봤는데, 이럴 수가 있나요? 평균 59점으로 낙제 점수를 맞은 것입니다. 공부에는 어느 정도 자신이 있다고 생각하던 내게는 그야말로 충격이었습니다.

아니나 다를까 담임 선생님께서 교무실로 호출하셨습니다. 공부를 잘한다고 생각했는데 실망하셨다며, 성적이 나쁜 이유가 태권도 때문이니 당장 그만두라고 하셨습니다. 사실은 선생님께서 내가 태권도를 배우는지 모르고 계셨습니다. 그냥 유행하는 태권도를 배우고 있으려니 짐작하신 것뿐이었습니다. 순진했던 나는 태권도 수업료 3개월분을 선납했으므로 남은 한 달만 더 배우고 그만두겠다고 했습니다. 태권도를 그만둔 후에는 영어 공부에 매진하였습니다. 성백인 선생님은 수업시간 1시간 전에 특별 수업으로 영어를 가르치셨습니다. 나는 예습과 복습을 열심히 하면서. 영어에 재미를 붙였습니다.

나중에는 선생님께 우리 반에서 휘동이가 영어 공부를 제일 잘한다는 칭찬도 들었습니다. 칭찬은 고래도 춤을 추게 한다고 하지 않습니까? 그래서 영어를 더 열심히 공부했습니다. 덕분에 좋은 대학교에 진학했고, 좋은 직장에도 들어가 보람 있는 일을 하게 해 주신, 지금의 나를 있게 해 주신 성백인 선생님, 정말 고맙습니다.

그 외에도 훌륭한 선생님이 많이 있습니다. 학교에서 직접 배운 선생님은 아니지만, 군대에서 생활할 때 근무가 끝나고 밤에 남는 시간을 쪼개 함께 공부한 박영구 병장님, 효성중공업에서 근무할 때 어려운 일을 푸는 방법과 앞선 기술을 습득할 기회를 주신 권영한 부장님, 한국전기연구원 시절의 상사이자 우리나라 전기 보호시스템의 거목이신 신대승 부장님(보성고등학교 1951년 졸업) 등이 지금의 저를 만들어 주셨습니다.

모든 스승님께 고맙다는 말씀을 드립니다.

2023년 3월에, 김휘동 올림

김휘동(金輝東)

1970년 연세대학교 전기공학과 입학.

1977년 효성중공업 입사.

1979년 한국전기연구원 입사.

고널리즘

| 김동호B(3-3) |

"니, 고널리즘 아이가?"

어느 날인가 졸업한 지가 30여 년 지난 2000년 초쯤인 듯한데 이름도 얼굴도 어렴풋한 동창을 만나서 반갑다고 인사를 나누는데 대뜸 "니, 고널리즘 아이가?"

그도 내 이름은 기억을 못 하고 추억으로 간직하고 있는 '고널리즘'을 끄집어 내니 반갑기도 하고 놀랍기도 하고~!

초가을 어느 수업 시간에 일어난 '고널리즘' 사달이 흑백영화처럼 아련합니다.

혜화동 그 시절 추억 한 편을 소환해 보지요. 나른한 오후 교실 창문 밖에서는 초가을 고추잠자리가 하늘하늘 날며 노닐고 창문 틈 사이 솔솔 바람에 스르르 잠은 오지요. 그때 낮잠은 아주 꿀맛입니다.

짜릿짜릿한 몽상을 꿈속에서 즐기고 있는데 옆구리를 누군가 아프게 꼬집어서 눈을 부비니 옆자리 짝패가 "야~잠 깨~! 들켰다 인마~! 깡패가 너 일어나란다."

고개를 들어보니 샘께서 눈을 부라리며 "어이 김동호, 일나봐~! 저널리즘 반대가 뭐냐?"

아닌 밤중에 한방 홍두깨 소리에 좌우를 두리번 짝패들에게 "깡패 샘이 뭐라 카는데, 니들 아냐~? 어이, 대식아 모르냐~?" 화들짝 둘러봐도 착한 동무들은 눈만 껌뻑거리고(참고:박대식이와 나는 그리 크지 않은 주제에 껍죽거리고 뒷줄에 자리를 틀었음) "에이 새끼들~! 야 니들 모르냐, 저널리즘 반대가 뭐냐~!" "아이~! 제기랄 걸렸네."

욕 투정하다 말고는 선생님을 향해 손을 들어 시간이라도 벌어놔야 되겠다 싶어 "선생님~! 자~알 못 들었는데요. 한 번 더 말씀해 주세요."

동시에 깡패 샘 쌍심지가 그려지며 욕이 나옵니다.

그때가 2학기 초가을 오후 첫 시간 수업으로 국어 교과서 몇 장인지 기억이 가물가물한데 제목이 신문(newspaper)에 관한 강의를 하던 중으로 생각이 납니다.

그때의 엇박자 Rock'n blues 사달을 활동사진 보듯 필름을 마저 돌려 보지요

"야~김동호 뭐 하냐? 인마~!! 저널리즘 반대를 묻고 있잖아~!"

선생님 핏대가 한 옥타브가 올라가 험악한 분위기. 제기랄~! 찍혔구나~! 우짜지 방법이 없나~? 머리는 띵하고 난감한데~!!

"예~! 알겠심더" 하고는 머리를 긁고 있는데 "뭔데? 인마 빨리 말해봐." 다시 다그치는 고함소리에 나는 아랫배에 힘을 주고 큰 소리로 냅다 "예~! 선생님~! 저기 저널리즘 반대말은 고널리즘입니다~!"

절체절명 위기를 재치 있게 벗어났다 싶었는데 교실이 잠시 조용하다가 갑자기 여기저기 박수 소리와 킥키킥~~! 까르르 짝짝짝~~!우당탕 야단 난리 블루스~!!

교실이 뒤집어질 듯 소란하고 동시에 선생님도 표정 관리를 이탈해서 같이 웃다 찡그리다 야단 블루스는 마찬가지로 어수선한 순간이 지나고 분위기가 이상하다 싶은데 "어이 선생님을 희롱하냐? 김동호 앞으로 나와봐~!"

이크, 드디어 일이 터지는구나 싶어 얼른 크게 "예~!" 대답하고는 앞으로 어물거리며 나가는데 내가 사정권에 들자마자 깡패 샘이 교단에서 뛰어내리며 육박전 원투로 사정없이 내지르고 휘둘러서 방어할 틈도 없는데 아이쿠~! 샘 원투 주먹이 교복 깡통 단추(그 당시 단추가 조잡해 깡통이라고 불렀다)에 찢기어 상처가 나서 피는 나고 난리 블루스~! 상황은 더 나빠지고 불감당~!

순간 머리는 번뇌 만발이고 죽기 아니면 까무러치기로 밖으로 튈까 망설이는데 마침 천만다행으로 수업이 끝나는 종소린지 벨인지 땡땡~!

좌우간 휴~우 살기는 했다~!

원투 소란은 일단 멈추게 되고 교실은 쥐 죽은 듯 잠시 조용한데 깡패 샘, 탱자를 씹은 얼굴로 "야~! 김동호 교무실로 따라와."

아이고~! 나는 죽음 아니면 졸도구나 죽상 각오를 하고 비 맞은 강아지마냥 선생님 뒤에 축 처져서 복도를 따라가는데 에엥~?? 웬 반전 사변이 일어납니다.

선생님이 앞서가다 뒤돌아 슬쩍 오시더니 아무 일도 없었던 듯 부드럽게 내 목덜미를 쓰다듬으며 "야~! 인마, 그래도 그렇지 딴 놈도 아니고 동호 니가 나를 놀리냐~! 오늘 너 뒷자리에서 아주 오수를 즐기더라." 어깨를 툭 치며 아주 친한 친구처럼 나긋하게 말씀을 하시는데 나는 어리둥절, 머리가 띠~잉~!

감정이 뒤죽박죽인데 멀쩡한 표정으로 툭툭 치시면서 "동호~! 너 저 널리즘 반대가 뭔지는 알지?" "아~예~ ! '저' 자의 반대는 높을 고자 아닙니까? 저는 한문 시간인 줄로 착각했심더, 선생님."

나는 반대 뜻을 알 턱이 없어 엉뚱한 소리로 반골기가 다시 작동해 시치미 떼고 응까를 부리는데 "예~! 근데 저 고널리즘 확실합니다."

선생님은 나를 쳐다보며 기찬 듯 껄껄 웃으며 "허헛~ 야~! 고널리즘, 야~너~! 기발하다~! 내가 한 수 배운다. 짜씩~! 오늘 용서한다~!! 시간 없어. 이제 가봐."

교무실 입구까지 갔는데 해방! 우째 이런 일이? 나는 어쩔 줄 모르고 꾸벅꾸벅 두 번이나 머리를 조아리고 교실로 돌아오는데 다음 수업이 이미 시작되고 있었다.

다시 또라이가 발동, "에라~, 모르겠다~!! 한 시간 땡땡이 치자~!"

학창 시절 선생님과 사달이 났던 추억 한 편 스토리를 흑백영화처럼 엮어봤는데 이제 와서 돌이켜보니 내가 엉뚱한 또라이였던 시절이 신기하기도 하고, 그리고 지금도 아리송 헷깔리는 건 샘님이 그때의 난리 블루스를 슬그머니 뭉개고 넘어가 주신 것이 아직도 궁금한데, 이제는 뵙지도 물어볼 수도 없으니... 빙긋이 멋쩍은 듯한 선생님 모습이 아련히 떠올라 코끝이 찡~! 그립습니다.

그때 교무실로 가서 곤욕을 치르지 않은 것이 얼마나 다행이고 고마운지~!

두 손 모아 감사합니다.

내 이름은 잊어버렸어도 우연히 마주치시면 "니, 고널리즘 아이가?" 반갑게 와락 안아 주실 것 같습니다.

학창 시절 이런 Rock'n blues를 끄집어 내니 오히려 무지갯빛 추억이 되고 철없던 시절 여러 혼난 추억들이 되려 감사하고 그리워지고 아련해집니다.

☆추기

1)고널리즘, Rock'n blues=두 단어는 소생이 발명한 국내산 조어.

2)홍 샘께서 jounalism 반대말이 academism이라 하셨는데 상반된 말이라고 하기는 좀 애매.

3)30여 년 만에 고널리즘을 소환하신 분은 3반 동창 성원장.

김동호(金東浩)B

동국대 경영대학원 졸.
ADD 품질검사소 검사관 역임.
현 ㈜ 우신EMC 회장.

아직도 덥나?

| 김기석(3-8) 觀訓(관훈) |

고등학교 2학년 때인 1968년 엄청나게 더웠던 여름이었다. 점심 먹고 나른한 5교시 역사 시간(2학년 7반), 선생님이 들어오시어 교단에 서서 인사받으시고 한번 둘러보시더니 "덥나?" "예~~~~"

고개를 끄떡끄떡 하시더니 칠판에 거의 칠판의 반을 차지하도록 크게 백묵을 옆으로 해서 '氷'자를 쓰신다. 그리고는 앞자리에 결석으로 빈 의자를 눈으로 가리키신다.

워낙 괴팍하시고 실질적이셨던 선생님이시기에 한 사람이 얼른 일어나 의자를 가지고 나가자 교탁 옆에 놓고 앉으시고는 가만히 눈을 감으시고 계신다.

1학년 때 첫 역사 시험은 기미독립선언서를 8절지에 외워 쓰는 게 시험이었다. 그때는 어린 마음에 무지하시고 억지를 부리신다고 생각하여 짜증이 났는데 지금 생각하면 뭔가 우리에게 삶의 메시지를 주신 것 같은 느낌이다.

역사 시험 때는 반드시 책받침과 연필을 준비해야 했다. 역사 시험은 항상 연필로 써야 했다. 주관식이기에 점수가 선생님 마음대로(?)였기

에, 연필로 깨끗이 정성스럽게 답안을 쓰면 그만큼 이상의 혜택이 왔
으니까...

선생님의 역사 점수는 특이하여 79, 81, 83, 89 등 홀수 점수를 좋아
하셨다. 성의가 깃들어져야 한다고 강조하시던 선생님이셨다.

선생님은 이 기미독립선언서를 고3 때까지 괄호 채우기로 시험에 내
시며 강조하셨다. 보성 출신이 기미독립선언서를 자연스럽게 줄줄 외
우게 된 것은 완전히 역사 선생님 덕이다.

"오등은 자에 아 조선의 독립국임과 조선인의 자주민임을 선언하노
라...."

한번은 시험 기간 바로 전에 상(喪)을 당해 시험공부를 못한 한 선배가
역사 시험에서 하도 난감해서 백지를 내기도 뭐해서 시험지 앞뒤로
자기가 생각나는 사람들의 이름을 써서 냈다.

시험 후 선생님께 불려가 물으실 때 "상(喪) 치르느라고 시험 공부를
못해서 대충 쓰는 것도 그렇고, 안 쓰기도 그렇고 해서....생각나는 주
변 사람들의 이름을 적었습니다." 했더니 선생님께서 99점을 주셨다
는 전설도 있다.

언젠가 선생님이 주번이시던(스승의 날 주간) 전체 조회 석상에서 "스승
의 날이 있는 이번 주를 맞이하여 여러분들은 스승님의 은혜에 평소
에 **물질적**, 정신적으로 보답을 해야 합니다"하고 **"물질적"**에 힘주어
크게 말씀하시어 한바탕 웃은 적이 있었다.---

(한 주마다 각 반에는 학생 주번이 있고 선생님도 돌아가며 주번을 하셨는데... 주번선

생님이라 불렀던가?)

이런 조회 이후 역사 시간에는 외출(?)이 가능해졌다. 공부에 방해가 안 되게 조용히, 그리고 다소곳이 거시기를 움켜쥐고 나가면서 굽신 하면 선생님이 외출 허가(화장실 다녀오라는 것)로 손짓만 하신다.

그런데 화장실에 갔다가 다시 교실에 들어올 때는 요구르트 등 마실 것을 사 가지고 와서 교탁에 올려놓고 들어와야 했다(예전에는 지금의 야 쿠르트보다 훨씬 큰 야쿠르트가 있었음).

"세상에 공짜는 없다. 고마운 것에 대한 보답은 꼭 해야 한다."는 선 생님의 지론대로 우리는 고마움에 보답을 하였고, 당연한 듯 학생이 사 온 요구르트를 자연스럽게 마시는 선생님의 표정은 흐뭇함 그것이 었다.

당시에 역사는 입시에 중요한 과목이 아니었으므로 선생님이 교탁 옆 에 앉아 계시면 우리는 얼른 영어나 수학책을 펴고 나름대로의 입시 공부에 열중하였다. 선생님이 지루하지 않도록 바둑을 좋아하시는 선 생님께 몇몇이 종이에 상황을 그려 바둑 토론을 하고, 학생 신분으로 는 말도 되지도 않는 황당한 질문(주제가 필요 없다.)도 하곤 하여 선생님 께서 지루(?)하지 않으시도록 우리가 애쓴다.

물론 모두에게 피해가 가지 않도록 귀엣말로~~~~.

수업 끝나는 시간 5분여 전에 선생님은 기침을 하시며 교단에 서신 다.

우리가 곧바로 차려자세로 주목하니

"아직도 덥나?"

"아닙니다. 시원합니다."(합창)

"그럼 이것으로 몇 페이지까지 한 것으로 한다. 이번 시험 범위는 1페이지부터 오늘 배운 데까지다. 수업 끝."

* 김승권(金昇權) 선생님=정치사회 담당(1956.5.30.~1984.2.29. 보성학교 근무)

김기석(金基錫)

동원여행사 상무,
대한통운여행사 이사 역임.
1999~ 관훈철학원, 관훈음양오행연구원 원장.

목련꽃 그늘 아래서

| 이덕승(3-4) |

깊은 우물 속에 두레박을 내리며

가물가물해진 오랜 기억 속의 잔상들을 모아 조각난 퍼즐들을 꿰어 맞추듯 그렇게 차가운 생수를 기대하며, 깊은 50여 년의 세월의 우물 속으로 두레박을 내린다.

잡힐 듯 잡힐 듯 잡히지 않는 희미한 것들로부터, 어제 일어난 일처럼 선명하게 각인되어 환하게 비쳐오는 것도 있었다. 오랜만에 앨범을 열어보고, 구름에 솟은 삼각산 자락 안에 안긴 교정을 바라보며, 교가 한번 읊조리고 나니, 그제서야 타임캡슐을 타고 그때 그 시절로 돌아갈 수 있는 무한궤도의 레일을 탈 수 있었다.

한국 떠나 43년 동안 나그네 생활을 해온 나로서는 학창시절의 그때의 낭만적인 생각과 순수함, 그리고 때묻지 않은 순수한 열정만이 숨쉬고 있었다. 교복 입은 친구들의 모습만 기억되고, 앨범 속의 사진과 이름을 맞추어가며, 쇠미해진 기억의 끈을 놓치지 않으려고 애를 쓴다. 이제 교가의 가사처럼 '흐르는 피에 숨은 옛날을 영광에 다시 살리려고' 조각난 회상들을 불러모아, 두레박에 길어올려 생수를 마시려 한다.

영원한 영적 멘토이신 은사님들

그때는 잘 몰랐으나 이제 철들고 나이 먹고 나니 멋지고 훌륭한 선생님들이 구별되는 것은 오래된 장이 맛있고 풍미가 좋은 것처럼 나도 모르게 내 삶 속에서 그분들의 인품에 젖어들었고, 그때의 말씀 한마디 한마디가 우리도 모르는 사이에 우리의 인격이 되었고, 도덕적 건전함과 인생의 가치관이 되어 우리의 피 속에 유유히 흐르는 자양분이 되었다는 사실에 항상 감사하며, 사랑과 존경과 경의를 표하는 바이다.

(1)잠바Q 선생님을 회상하며

언제나 수수한 용모에 굵은 뿔테 검은 안경을 쓰시고 잠바를 즐겨 입으셔서 '잠바Q'라 불리셨고, '중공군'이라 불리셨던 유윤식 3학년 4반 담임선생님은 영어교사이셨던 분이다. 서울대 영문과를 졸업하시고, 불문학도 복수전공하신 엘리트교사이셨다. 그분의 조용하면서도 위트와 해학이 있으며 간단명료하게 사물을 꿰뚫는 혜안과 촌철살인과 같은 인생 진리의 말씀들이 아직도 생생하게 귓가에 들리는 것 같다.

또한 그 당시 세태에 관하여는 신조어의 천재라 칭할 정도로 해학적인 말을 많이 만들어내셨다. 그 한 예로 우리 반에 말썽 피우고 말 안 듣는 애들이 몇 있었는데, 그 그룹을 '철무자'(철이 없는 자식들)라 부르며, 강단 앞에 나오라 해서 매를 대신 경우가 한 예다. 앨범을 보니 사진 둘째 줄 네 번째 애가 제일 많이 맞은 '철무자'였다.(개인 프라이버시 문제로 이름은 밝힐 수 없다)

음악적 열정도 대단하시어 노래 경연대회 때에도 방과후 반주에 맞춰 수없이 불러대어 2등했던 기억도 새롭다.

탤런트 나문희 씨의 남편으로서 한 번도 매스컴을 타지 않으셔서 그분의 사진도 공개된 적이 없고, 단지 영어교사이시며 세 딸의 아빠라는 것 외에는 알려진 게 없다. 세 딸을 부를 때에도 '자식' '아이' '아기'라 부른다 하니(남들은 딸기아빠라 부르는 경우는 있지만) 가정에서도 얼마나 위트있게 사시며, 부인의 활달한 연기 모습도 남편의 가정 분위기를 대변한다고 볼 수 있겠다. 나문희 씨의 방송 인터뷰 내용에 그분의 인품이 잘 묘사되었다. 처음 데이트 때 덕수궁 근처 한식점 덕수장에서 칼국수를 먹고 나서 계산을 하던 남편의 헌 지갑을 보고 반했다고 한다. 낡은 지갑이지만 소중히 갖고 다니는 모습이 매력적이었다. 밥 먹고 덕수궁 돌담길을 걸으면서, 프랑스 시를 낭송해 꼬시려 했다고 했다.(아마도 '시몬, 너는 좋으냐?' 낙엽 밟는 소리가) 두 번째 인터뷰에서는 "사실 첫인상은 별로였지만, 두 번째 데이트로 등산을 할 때 남편이 남자로 느껴지더라. 첫 키시(키스라 안 함)는 대략 3~4개월 정도 시간이 흐른 후에 했다"라고 했다

(2)머리에 기름 바른 멋쟁이 선생님들
홍순태 선생님과 심왕택 선생님이 가장 먼저 떠오른다. 제일 멋쟁이

선생님들로 기억된다. 앨범 제일 뒷장에 제18회 국선 특선작 '육날 미투리'를 남기셨던 홍순태 상업 선생님이시다. 양정중학교애서 온 애들은 그곳에서 재직하셨기에 더욱 반가워했다. 그분이 오셔서 갑자기 사진반붐이 일어나고, 수많은 제자들을 배출하셨으니 사진계의 빛나는 별과 같은 존재이셨다. 함철훈(불가리아), 고 한정식 국어 선생님, 강원대 사진학과 교수가 된 후배(이름이 기억 안 남)….다 열거할 수 없을 정도다.

(3) "내 뱃속에는 오선지가"

이탈리아 카루소 이후 천재 테너인 베니아미노 질리의 '수제자'로 각광을 받으셨던 박일환 음악 선생님은 항시 "이 뚱뚱한 배 안에는 콩나물이 잔뜩 들어 있다"고 자랑하셨다. 그 선생님 덕분에 내 둘째 딸의 이탈리아 사돈과 함께 모일 때마다 '오 솔레 미오'와 '산타루치아'를 아직도 부를 수 있으니 얼마나 감사한지, 그것도 원어로 말이다. '오 솔레 미오'의 마지막 음절인 '스탄프론떼아떼'를 두 가지 창법으로 시범을 보이시며, 열창하시던 그 선생님이 눈에 선하다. 그의 제자 최근호(경희대 전자공학과)가 대학 시절 전국노래자랑에 나가 바리톤으로 대상을 받았으니 이 또한 선생님의 공로가 아닌가. 우리 또한 옛날 노래방에 가서 노래 부르면 80점 이상 나오는 것도 그분의 공로가 아닐까. 하여튼 박일환 음악 선생님과 중학교 때의 변창근 선생님께 감사드린다.

(4) '베토벤 마스크'의 독일어 선생님

뭐니뭐니 해도 내 경우에 우리의 철학적, 사상적, 인문학적 교양의 기반은 독일어 선생님들의 영향이 적지 않다고 생각한다. 처음 시작이 아마 괴테의 '빌헬름 마이스터의 수업시대'에 나오는 유명한 구절 "눈물로 젖은 빵을 먹어보지 못한 사람과는 인생을 논하지 말라"였다.

쌀 됫박 쓸어담는 공포의 작은 몽둥이가 그립다. 호명되면 가슴이 철렁 내려앉던, 숨죽이며, 한 시간이 빨리 지나가길 간절히 바랐던 시간들이었다.

솔제니친의 소설에 나오는 것으로, 스탈린 독재시절에 가장 공포스러웠던 KGB가 늦은 밤에 찾아와 문을 두드릴 때가 가장 악몽의 순간이었다고 했다. KGB가 문을 두드리며 "이 집이 이반(Ivan)의 집이냐"고 물을 때, "아니요. 옆집인데요" 할 때 두려운 공포에서 벗어나 가슴을 쓸어내리며 안도의 숨을 쉬며 잠을 잤다고 했다. 그래도 그 시간이 은근히 기다려지는 것은 베토벤같이 조각진 그분의 얼굴에서 비스마르크가 느껴졌고, 그가 하는 말씀이 괴테의 파우스트의 고백처럼 들렸고, 그분이 들려준 독일 철학사상의 금언들이 젊은 시절에 우리의 사고의 기본이 된 것을 고백한다. 하이네의 시구 또한 감미로웠다. 진교훈 선생님이 나중에는 경희대학교로 옮기셨다는 말을 들었다. 그리고 또 한 분의 독일어 선생님이신 이용호 선생님의 기억도 새롭다. 조용하시지만 자상하게 'Deutsche Liebe'(독일인의 사랑, 막스 뮐러)와 '데미안'(헤르만 헤세)을 소개해 주셨다. 그리고 '자유로부터의 도피'(Escape from freedom)도 소개해 주셨다. 학창 시절 '데미안'에 나오는 구절("새는 알에서 태어난다. 태어나려고 하는 자는 하나의 세계를 파괴해야 한다.")을 얼마나 많이 인용하고 회자했던가?

(5)은사의 눈물을 바라보며

앨범에는 사진이 없다. 그러나 고등학교 1학년 때 우리와 마지막 수업을 하시고 눈물로 작별하신 성백인 영어 선생님이며, 담임선생님이셨던 분이 가장 참된 교육자이시며, 제자들을 사랑하셨던 분으로 기억된다. 경기고 출신이시며 우랄알타이어 전공자로서 서울대 인문대학으로 옮기셨다.

(6)배구코트에서

은사님들은 두 부류로 구분된다. 한 그룹은 보성고등학교 출신으로 모교로 오신 분들과 다른 고등학교 출신으로 재직하셨던 분들이다. 그중 윤성구 도덕 선생님과 김일수 역사 선생님은 모교 출신이셨다. 선생님 중에 이마가 제일 넓으신 분이다. 남자가 이마가 넓어야 한다고 하시면서 당신도 삼베로 매일 문질러 피가 날 정도로 까졌다고 하셨다. 나도 따라 했으니 그나마 좁은 이마가 많이 넓어지기는 했다. 남자는 신언서판(身言書判) 중에 '신'에 해당하는 얼굴(용모)이 중요하다 하시며 그분이 강조하신 것은 넓은 이마가 최우선이었다. 두 분 다 배구코치로서 많은 시간을 우리와 함께 코트에서 젊은 시절을 '토스' 해 주셨다.

'목련꽃 그늘 아래서'

매년 4월이 되면 감수성이 예민하던 사춘기 시절, 우리 3학년 4반 교실 밖에는 청초한 하얀 목련이 피어 있었다. 봄비에 활짝 핀 목련의 잎이 떨어질 때에는 좀 더 오랜 시간 함께 있고 싶었으나 떠나가는 친구와의 이별처럼 서러웠다. 아직도 하얀 목련꽃을 생각하며 읊조리는 노래가 입가에 맴돈다. 박목월 시인의 '사월의 노래'다. '목련꽃 그늘 아래서 베르테르의 편지를 읽노라. 구름꽃 피는 언덕에서 피리를 부노라. 아~ 멀리 떠나와 이름없는 항구에서 배를 타노라. 돌아온 사월은 생명의 등불을 밝혀 든다. 빛나는 꿈의 계절아, 눈물어린 무지개 계절아.' 우리 빛나는 꿈의 계절과 눈물어린 계절도 그렇게 하얀 목련 꽃처럼 시들어 사라져 간다.

돌아가는 혜화동로터리에서

나 또한 14년 동안 로터리에서 거닐며 뛰며 추억을 쌓았다. 혜화초등학교에서 보성중·고등학교에서 신촌로터리에서, 사통팔달의 로터리에서 돌며돌며 뛰어다녔다. 게으른 게 버릇이 되어 매번 수업시간에 늦지 않으려고 책가방 옆에 끼고 뛰어다녔기에 아직은 다리근육과 심폐기능은 정상 이상이다. 지금 만보 걷기운동은 별 거 아니다. 혜화동로터리가 겨울만 되면 분수의 물줄기가 나무에 얼어붙어 아름다운 꽃을 만들던 모습이 장관이었다. 빵집, 우체국, 오뎅 포장마차집(초등학교 때 포장마차 주인이던 분이 나중에 고등학교 때에는 식당 매점의 주인이 되었다) 등이 눈에 선하다.

'TV는 사랑을 싣고'

혜화초등 시절 평생의 진짜 예쁜 '리즈'를 보았다. 4학년 때인가 원피스를 입고 허리를 벨트로 동여맨 눈부신 모습이 군계일학처럼 아름다웠다. 혜화초등은 전국에서 학력 수준이 높아서, 4학년 때 전국 학력고사에서도 항상 여학생들이 일등 하곤 했는데, 그 일등 했던 여학생보다 더 예쁜 천사를 보았다. 그녀가 나중에 알고 보니 'TV는 사랑을 신고'에 나와 한영세를 찾았던 바로 그 한혜숙이었다. 그때 당시 덕성여고 여학생과 보성 남학생들이 연애를 좀 많이 했던 것 같았다. 중학교 때부터 이마가 좀 벗겨졌는데, 그때는 좀 더 벗겨지고 전원 시골풍이 났던 모양이다. 나중에 알고 보니 5남매 중 그녀가 장녀로 동생 뒷바라지하느라 고생이 많아 결혼이 늦어진 모양이더라. 역사의 한순간이 눈앞을 스쳐 지나갔다는 말이 있는데 한영세도 그런 모양이더라.

나성에 가면 편지를 쓰세요

43년여 동안 나성(羅城, 로스앤젤레스) 시골 마을을 스쳐 지나간 나그네들과 잔류파로 남아 있는 우리들의 이야기다. 1980년 초창기에 권혁주가 제일 먼저 정착해서 자리 잡고 있었지. 팔로스버디스라는 부자 동네에서 입시학원 같은 것을 차려 상당히 번성하였으나 그 훌륭하신 선배가 와서 동종 사업을 벌이는 바람에 사업에 영향이 있고 기분 나쁘다고 해서 타주로 간 지 꽤 오래되었으나 그후 아직 소식을 아는 사람이 없다. 그리고 털털한 경상도 사나이 임대호(2001년 사망)가 보성 선배인 상업은행 전무의 배려로 LA 근무할 때가 가장 즐겁고 화기애애하던 시절이었던 것 같다. 군대 시절 울진에서 졸병으로 신고할 때도, 든든한 이재록 병장의 배려로 아주 편하게 지냈단 소식도 들려왔다. 그리고 김영준, 신승공, 권오근, 최근의 장준수까지 벌써 4명이 유명을 달리하였다. 장준수는 작년 6월에 심장질환으로 졸지에 세상을 떴는데, 기쁨조인 그가 빠지니 동창모임이 꽤 조용해지고 차분해졌다. 그는 자유분방한 취미생활인으로서 전문 산악인이요 낚시꾼이요 사냥꾼이었다. 일주일씩 배 타고 에콰도르까지 가서 투나(참치) 250파운드를 2마리 잡아올 때(2마리가 허용된 최대치)면 친구들을 불러 사시미, 생선구이, 매운탕까지 실컷 먹던 기억이 생생하구나. 그의 냉장고에는 항상 일년치 이상의 싱싱한 생선들이 진공 냉동팩으로 언제나 구비되어 있었지. 얼마 전에 곰을 잡아 가지고 와서 농축 엑기스팩으로 만들어 친구들에게 건강을 위해 나누어주던 자연인 장준수였다. 몇 년 전부터는 사냥에 취미를 붙여 두루미(Crane)까지 잡아와서 날아다니는 필레 미뇽(Fillet Mignon)으로 미국인들이 가장 고급스럽고 맛있게 먹는 것이라고 나에게만 슬며시 건네주었던 기억도 있다.

보성 100주년 사업 때 이곳 회장직을 맡았을 때 선·후배 중 '자랑스러운 보성상'을 많이 보았는데 보성인은 세계 어디를 가든 진취적이며 정치적 일면이 있다. 연방 하원의원 김창준 선배가 입후보할 때 선·후배들이 거두어서 정치헌금으로 전달했고, 어바인 시장을 다년간 역임한 강석희 후배도 있었다. 750만 해외동포가 디아스포라가 되어 이제 세계 각처에 정착하여 뿌리를 내렸으니 그것이 바로 세계 어느 나라보다도 강력한 국력이 될 것이라 믿는다. 2050년 정도 되면 우리의 후세 중에서 미국 대통령도 나오지 않을까. 지금 이곳 미국의 5월은 졸업시즌이라 각 중·고등학교, 대학교에서 자랑스러운 자녀들이 최우등 졸업(숨마쿰라우데) 줄을 잇고 있으니 자랑스러움은 말할 수 없다.

버려야 할 것을 아는 순간부터

이제 미련 없이 포기하며 후회 없는 삶을 살자고 한 날부터 내 등 뒤의 짐은 한층 가벼워졌다. 도종환의 '단풍 드는 날'처럼 "버려야 할 것이 무엇인지를 아는 순간부터 나무는 가장 아름답게 불탄다." 자연이 아름다운 것은 시절 따라 피고 지고 떨어지기를 거부하지 않기 때문이다. 떠밀려가지 않고 모두 때 되면 스스로 걸어 나간다.

우리의 마지막 인생 여정이 가장 아름답게 불탈 수 있도록 더욱더 내려놓고, 비움의 자리에 영원한 안식이 있도록 영혼의 쉼이 있어야 할 것 같다. 이제 "Meine beste Zeit kommt noch"(나의 가장 위대한 날은 아직 오지 않았다, 본회퍼)처럼 남은 이 세상의 삶 가운데, 그래도 가장 소망하고 꿈꾸는 고결한 것들이 마침내 이루어지며, 아니 그보다 훨씬 더 큰 일들이 이루어지기를 꿈꾸며, 소망하며, 기도하며 살기를 바란다.

이덕승(李德承)

연세대학교 화학과 졸.
1976 영풍상사 입사.
1981 미국 이주.
아직 현역 근무중.
은퇴예정 2024년도.

아호 부르는 동무들

| 임철순(3-2) 淡硯(담연) |

국어학자 一石(일석) 李熙昇(이희승 · 1896~1987)의 회고록 '딸깍발이 선비의 일생'은 일찍이 국권 상실시대에 국어 연구에 뜻을 세운 뒤 역경과 고난을 이겨내고 마침내 큰 업적을 쌓은 학자의 삶을 잘 보여주고 있습니다. 일석의 키는 작고 회고록도 두껍지 않지만 그의 학문적 성취는 크고 아득합니다.

일석이 이화여전 교수일 때 '남으로 창을 내겠소'라는 시로 유명한 月坡(월파) 金尙鎔(김상용 · 1902~1951)이 그 학교에 함께 있었습니다. 일석은 자신이 쭉정이 밤송이라면 월파는 톡톡히 여문 회오리밤톨이라고 했습니다. 회오리밤이란 밤송이 속에 외톨로 들어 있는, 동그랗게 생긴 밤을 말합니다. 둘 다 누가 더 땅에 가까우냐 할 만큼 키가 작았지만, 월파는 아주 다부지고 야무졌다는 것입니다.

일석이 어느 날 월파에게 장난을 걸었습니다. "호가 월파이니 자네가 달을 사랑하는 건 잘 알겠는데 坡자가 틀렸어. 一年明月今宵多(일년명월금소다)라는 시구가 있지만 나는 이걸 一年今宵滿地月(일년금소만지월)이라 고치고 싶네. 자네 호를 地月(지월)이라고 바꾸게. 아주 존대해서

地月公이라고 불러줄 테니." 월파는 긴가민가 하다가 "호 하나쯤 더 가져도 괜찮겠지"하고 응낙했답니다.

그러자 일석은 신이 나서 "地는 땅이고 月은 달 아닌가. 그러니까 자네가 땅달보라는 말이야. 어때 훌륭하지?"하고 놀렸고, 좌중의 사람들이 박장대소를 했답니다. 얼굴이 벌게진 채 한참 앉아 있던 월파는 그 보복으로 일석에게 棗核公(조핵공)이라는 별명을 붙여 주었다고 합니다. 대추씨처럼 작은 놈이라는 뜻이지요.

일석이 인용한 시는 韓愈(한유)의 '八月十五夜贈張功曹(팔월십오야증장공조)'라는 작품으로, 마지막 부분이 一年明月今宵多(일년명월금소다) 人生由命非由他(인생유명비유타) 有酒不飮奈明何(유주불음내명하)라고 돼 있습니다. "1년 동안에 밝은 달이 오늘 밤 가장 밝구나. 인생살이 명에 달렸지 다른 사람에게 달려 있지 않네. 술이 있는데도 마시지 않는다면 저 밝은 달을 무엇 하리오" 하는 멋진 시입니다.

그다음부터 서로 지월공, 조핵공 하고 놀려 부르며 어울리다가 월파가 먼저 세상을 뜨자 일석은 "쭉정이 밤송이는 아직 이 땅에 남아 이 글을 쓰고 있는데, 아람 밤톨같이 오달지고 단단하던 월파는 천상에서 아래를 굽어 살피고 있다"며 "여보게, 地月公 대신 天月公(천월공)이라는 호를 경건히 지어 올릴까"하고 애도했습니다.

无涯(무애) 梁柱東(양주동·1903~1977)의 '文酒半生記(문주반생기)'에는 도쿄에서 함께 하숙했던 李殷相(이은상·1903~1982)에게 鷺山(노산)이라는 호를 지어준 경위가 기록돼 있습니다. 귀가 유난히 두터웠던 노산의 원래 호는 春園(춘원) 李光洙(이광수·1892~1950)가 지어준 耳公(이공)이었답니다. 무애가 "놀리느라 지어준 것이니 그 호를 쓰지 말라"고 하자 새로 하나 지어달라고 부탁을 하더랍니다. 그래서 그의 고향 뒷산

鷺飛山(노비산)에서 따온 鷺山이라는 호를 지어 주었고, 노산은 그 후 줄곧 이 호를 썼습니다. 그러나 무애는 사실 격에 맞지 않게 우국지사연하고 국수적인 그의 언동이 티꺼워 '물이 아닌 산의 해오라기'라는 야유의 뜻에서 호를 지어 주었다니 우스운 일입니다.

이렇게 아호 이야기를 하는 이유는 고등학교 동기 하나가 지난해 말 제안한 아호 짓기 운동이 친구들 사이에서 대단한 호응을 얻고 있기 때문입니다. 치과의사인 그는 언제 그렇게 한학을 공부했는지 놀라울 만큼 박식하게 아호에 관한 모든 것을 설명하고, 우정을 다지면서 한 문 공부는 물론 아름다운 우리말을 찾아내 사용하는 새로운 문화 활동으로 아호 갖기를 제안했습니다.

그의 말을 인용하면, 우리나라에서는 최근까지도 자식이나 손아랫사람의 이름은 불러도 친구나 윗사람의 이름은 부르지 않았고, 성인이 되면 字(자)를 지어 주고 號(호)나 字를 불렀습니다. 풍류적이고 우아한 호를 짓고 서로 불러 주었던 선조들의 취미를 되살려 시대의 멋진 문화 현상으로 발전시켜 보자는 그의 제안은 전폭적인 환영을 받았습니다. 그는 호가 없는 경우 호를 짓는 데 도움이 될 만한 정보를 홈페이지에 올리도록 하고 이에 맞춰 친구들이 지어주는 호가 마음에 들면 작명료를 적당히 동기회 기금으로 내자는 제안까지 했습니다.

그 이후 동창회 홈페이지에 신설된 '별호·아호 작명코너'는 활발하게 운영되고 있습니다. 이 코너를 통해 호가 있는 친구들이 의외로 많은 것을 알고 놀랐습니다. 장인이 호를 지어 주었다는 陽村(양촌), 아버지의 호를 그대로 물려받았다는 曉峰(효봉), 처가의 고향이라는 錦山(금산), 그리고 아버지의 호 竹史(죽사)라는 사무실을 운영하는 친구 등등.

한의사인 친구는 士與(사여)라는 字가 족보에 올라 있다고 소개하고, 큰아버지가 좋은 친구들과 잘 어울리라고 지어 주신 이름이라고 설명했습니다. 그의 호는 한학자가 지어준 洪卿(홍경)이었다는데 마음에 들지 않아 스스로 여러 가지 붙여 보다가 지금은 聽雨軒(청우헌) 臥嘗齋(와상재) 氷淵(빙연), 이 세 가지를 쓰고 있답니다. 청우헌은 창틀에 턱 고이고 뜨락에 내리는 빗소리를 듣는 모습을 생각하며 지은 것이고, 와상재는 와신상담이 아니라 게을러서 누운 채로 먹는다는 의미랍니다. 빙연은 시경에 나오는 如履薄氷 如臨深淵(여리박빙 여림심연), 살얼음 밟듯 깊은 못 가에 선 듯 매사에 조심해야 한다는 말이 환자를 보는 자신의 직업에 맞는 것 같아서 氷과 淵 두 글자를 따온 것이랍니다.

빙연에 대해 그의 아내는 꼭 무협지에 나오는 여자 이름 같다고 놀렸답니다. 그래서 氷淵堂(빙연당)으로 바꿀까 하다가 아무래도 빙연은 그 뜻이 너무 삼엄해 호로 쓰기에 마땅치 않은 듯해서 버리기로 했으니 당분간 청우헌으로 불러 달라는 게 그의 주문이었습니다. 내가 그 글을 읽고 "아니, 자네 같은 B라인 몸매가 무슨 놈의 빙연이야? 푸하하하"하고 댓글을 달았습니다. 사실 그는 무슨 의사가 이럴까 싶을 만큼 끝없이 먹는 사람입니다. 언젠가 점심을 함께 먹고 커피나 한잔 하자고 했더니 생맥주가 커피보다 더 싸다며 나를 호프집으로 끌고 가 500cc 하나씩 마시게 한 친구입니다.

청우헌이라는 그의 호는 멋지다고 생각합니다. 중국 수저우(蘇州)의 유명한 정원 拙庭園(졸정원)에 기왓장에 떨어지는 빗소리를 감상하기 좋게 지은 청우헌이라는 건물이 있다더군요. 그 B라인의 청우헌은 절친한 동창에게 溫訥齋(온눌재)라는 호를 헌정했는데, 늘 따뜻하게 친구들을 배려하는 모습이 좋아 溫자를 쓰고, 말은 조금 덜 하라고 訥을 골랐답니다. 내가 봐도 그 친구가 말을 많이 하는 건 사실입니다. 웃기도 물론 잘하고.

작명코너를 통해 空卮(공치), 즉 빈 술잔이라는 호를 얻은 친구에게 동창들은 "비어 있는 잔에 우정과 사랑, 행복을 가득 채우시오"라고 축하해 주었습니다. 나도 가만있을 수 없어서 "남들이 자네를 꽁치라고 부르지 못하게 해 줄게"라고 한마디 거들었습니다. 호를 받으면 得號酒(득호주)를 한턱 내는데, 이래저래 술 마실 일이 늘어나 좋습니다.

아호 짓고 부르기를 제안한 친구의 호는 참 독특합니다. 그의 말을 인용하면 옛 어른들은 콩을 심을 때 한 구멍에 세 알씩 심었습니다. 벌레에게 한 알, 새에게 한 알, 그리고 우리 인간이 먹을 한 알이었습니다. 그의 호는 그런 의미를 담아 '콩 세 알', '三豆齋(삼두재)' '세알콩깍지'를 거쳐 '콩밝(空朴)'으로 진화했다고 합니다. 자연을 사랑하고 환경생태운동에도 앞장서고 있는 그다운 호입니다.

그는 친구들의 호를 많이 지어 주었습니다. 그가 호를 지으면 철학원을 운영하는 觀訓(관훈)이라는 친구가 유식하게 풀이를 해 줍니다. 방구리(술이나 물을 담는 질그릇)라는 호도 쓰는 관훈은 정식으로 作號證(작호증)을 발급하고 있습니다. 그의 호 풀이를 예로 들면 이런 식입니다. 1)四柱上 火와 土가 필요한데 (이 호는) 火土가 그득하며 2)日干 戊土라서 신용을 바탕으로 한번 믿으면 거의 변함이 없는 성격이 땅과 같고 3)한글 발음 오행상에도 필요한 오행 火土로 충족하고 4)數理的으로 두 글자의 合이 21획으로 지도자가 되는 수-頭領格으로 萬人仰視之像(만인앙시지상)이 되고 5)姓과 함께 사용해도 좋게 수리를 맞추었다…운운. 생년월일을 바탕으로 이렇게 전문적인 해석을 들이대니 누가 감히 이의를 제기할 수 있겠습니까?

이런 것에 비하면 나는 별로 할 이야기가 없는 편입니다. 나는 중학교 때 도 닦는 구름이라는 뜻에서 道雲(도운)이라는 호를 내 멋대로 지었습니다. 그 학교는 불교중학교였고 나는 나중에 중이 돼야겠다고 생각하고 있었습니다. 이어 고등학교 때는 登海(등해)라고 지어 교과서건 노트건 마구 적어 놓았는데, 아마 치사하게도 登龍門(등용문)이라는 말을 의식했던 것 같습니다. 그리고 대학교 때는 青圓(청원)이라는 호를 썼습니다. 푸른 하늘, 둥근 땅 그러니까 뜻을 높이 갖되 남들과 잘 어울리자는 뜻을 담아 지은 '和而不同(화이부동)'성 호입니다. 근래에는 志高淸遠任重道遠(지고청원 임중도원), 뜻은 높고 맑고 아득하고 책임은 무겁고 갈 길은 멀다는 말대로 한자를 淸遠으로 바꿀까 하고 있었습니다.

그런데 콩밝이 淡硯(담연)이라는 호를 지어 주어서 요즘은 또 이 호를 쓰고 있습니다. 동창들은 홈페이지에 '담연칼럼'이라는 자리까지 하나 만들어 주었습니다. 물 맑을 담, 벼루 연. 아마 내가 글을 쓰는 사람이어서 이렇게 지어준 것 같습니다. 우리 아버지의 호는 碧海(벽해)였습니다. 내가 登海라는 호를 버린 것은 결과적으로 잘한 일 같습니다. 당시에는 아버지의 호를 몰랐지만 부자가 똑 같이 海자를 쓰는 건 뭔가 잘못된 일인 것 같습니다.

콩밝에 의하면 우리나라에서 호를 가장 많이 가졌던 분은 秋史(추사) 金正喜(김정희 · 1786~1856)로, 무려 503개였다고 기록되어 있답니다. 또 艸丁(초정) 金相沃(김상옥 · 1920~2004) 시인은 20여 개의 호를 썼다는군요. 이런 식의 호가 아니라도 인터넷 강국인 우리나라는 대부분의 국민들이 인터넷 아이디와 닉네임이라는 또 다른 별명을 쓰고 있고, 블로그를 운영하는 사람들은 여러 개의 퍼스나콘을 통해 자신의 개성을 창출하거나 확장해가고 있습니다. 재미있고 의미있는 현상입니다. 아호 짓고 부르기를 하면서 우리는 친구를 좀더 잘 알게 됐고, 좀더 성숙해지고 의젓해진 기분을 느끼고 있습니다. 야 이 자식아, 인마, 저 새끼는, 이런 따위의 말이 저절로 사라지고, 아울러 동무라는 우리 말도 잘 쓰게 됐습니다. 공산당 때문에 빼앗긴 정다운 말, 초등학교 다닐 때만 해도 흔히 쓰고 교과서에도 나왔던 그 말이 이렇게 해서 되살아나고 있습니다. 나도 아호 짓고 부르기를 권하고 싶습니다. 이것이 새로운 사회 문화운동으로 번져가면 좋을 것입니다. 삶의 지향과 기호에 따라 호는 바뀔 수도 있고, 더 늘어날 수도 있지만 그야 多多益善(다다익선) 아닌가 싶습니다. 〈2009.04.20〉

임철순(任喆淳)

한국일보 편집국장, 주필 역임.
이투데이 주필 역임.
현재 데일리임팩트 주필.
자유칼럼그룹 공동대표.

보성이라는 멋진 자양분

| 김승섭(3-3) |

친구 참 오랜만이야. 우리가 만난 지도 이미 56년이 지났지? 이제 친구 얼굴에도 연륜이 쌓여 인자한 초로의 모습이로구만. 그동안 자주 만나고 서로 소통하며 지냈어야 하는 건데 서로 바쁘게 살다 보니 기회를 많이 만들지 못했어.

우리가 처음 만났을 땐 한참 피어 오르는 싱싱한 얼굴에 체격이 날마다 커져 가는 만큼 두려움 없는 밝은 앞날만을 계획했었지. 난 시골에서 중학교를 다녔지만 그래도 어느 정도 공부 좀 한답시고 전북에서는 제일로 쳐주는 전주고등학교로 진학하는 게 목표였어. 그런데 공무원시험에 합격하고 발령을 기다리던 외삼촌이 갑자기 서울로 발령을 받게 된 거야. 나도 생각지도 않게 서울로 진학할 수 있는 길이 열리게 된 거지. 그래 부랴부랴 수소문해 본 결과 서울에서 몇 째 안에 든다는 보성고등학교를 알게 되었고 결국 친구를 만나게 된 거야.

처음 등교해 보니 몇몇 지방 출신도 있었지만 대부분이 말쑥한 서울 출신 친구들이 많았어. 말씨도 다르고 집안들도 다 훌륭한 거 같아 왠지 약간은 주눅이 들 수밖에 없었다네.

그때 친구가 나를 많이 챙겨주었지. 학교 일찍 끝나는 주말이면 경복궁 같은 고궁도 데려가 주고. 시골에서 손으로 만든 한 발 스케이트밖에 타보지 못한 나에게 칼날이 제법 날카로워 보이는 양발로 타는 스케이트 타는 법도 가르쳐 주었지. 무엇보다 고마운 건 영어 참고서를 고르지 못하는 나에게 '영어실력기초'라는 책을 소개해 줘 고3 때까지 그 책이 나의 기본 참고서가 되었고 그로 인해 나의 영어 실력도 탄탄한 기초를 다지게 되었어. 그리고 내가 재수할 때까지도 그 책은 나의 기본 참고서가 되었지.

고마워 친구!

고등학교 시절을 생각하면 제일 먼저 떠오르는 얼굴이 친구 자네야. 매일 아침 버스 타고 종로 5가에서 내려 전철이 아니라 딩댕~ 하고 다니던 전차로 갈아타고 혜화동 로타리에서 내려 구보로 열심히 뛰어도 지각하는 날이 많아 또 운동장 한 바퀴 돌고서야 반에 들어가는 날이 많았던 1학년이 어떻게 지나갔는지 어느덧 2학년 배지를 달게 되었다.

사실 난 키가 모자라 항상 반에서 3번 이상 올라가 본 적이 없었어. 지금도 왜 키 순서대로 번호를 부여했는지 의문이 가곤 하는데 나름대로 판단해보니 그렇게 해야 맞더군. 키 큰 사람이 앞을 차지하면 뒤에 작은 사람이 아무래도 앞을 보기가 쉽지 않을 거라고...

그런데 2학년에 올라가니까 확실히 작아 보이는 친구가 스스로 맨 앞에 서주었으니 이제 2번은 확보되었는데 나보다 작은 친구가 없나 주변을 둘러보는 찰라 바로 친구 자네가 미소를 머금고 내 옆에 와서 슬쩍 서로 재보는 척하더니 바로 내 뒤에 서버렸지. 그래서 난 그냥 2번으로 굳었어.

친구는 우연히 내가 사는 홍제동에서 멀지 않은 독립문 근처 영천(? 동네 이름을 확실히 기억 못해 미안)의 누나 집에서 기숙을 했기에 서로 친하게 지내며 하교 길은 당연히 같이 다닐 때가 많았다. 또 친구는 누나 집에 있으면서도 당당하게 잠깐 쉬었다 가라고 하교 길의 나를 여러 차례 초대해 주었어.

친구는 그때부터 문학에 뜻을 두고 톨스토이나 토스토예프스키 같은 작가가 되는 것이 꿈이라고 말하곤 했지. 실제로 학교도 영문과에 진학했는데 어느 날 돌연 마음을 바꿔 경영학과로 편입한다기에 무언가 큰 심경의 변화가 생겼음을 알았고, 그 결단이 성공을 해서 나중에 사업을 일으키고 크게 성공한 원동력이었다고 생각해.

친구! 지금도 항상 고맙고 자랑스럽게 생각한다네. 3학년이 되자 우리 3반은 번호에 관계없이 열심히 공부하고자 하는 친구 몇이 우르르 앞좌석을 차지해 버리자 좌석은 번호와 무관하게 어느 정도 자유롭게 차지하는 분위기가 되었어. 사실을 말하면 앞좌석에 앉으면 선생님과 직접 대면이 되기 때문에 훨씬 집중도가 높아지게 된다. 심지어는 선생님 침 튀기던 모습, 이런 저런 제스처까지 다 생각이 날 정도이니 공부는 거의 50% 이상 학교에서 끝난다고 봐야 한다.

주로 앞자리에 앉아 수업을 받았던 친구들은 다 원하는 대로 대학 진학을 했던 거 같다. 3학년 막바지에 가고 싶은 대학과 학과를 두고 서로 망설이고 있을 때, 친구 자네가 내 손을 잡고 같은 대학에 가자고 제안해 속으로 놀라긴 했지만 한편으론 날 이렇게까지 생각해주는가 해서 정말이지 고마웠다.

결과는 나는 집이 멀어 친구가 함께 가자는 학교엔 갈 수 없어 다른 대학을 선택할 수밖에 없었네. 그때 우린 서로 다른 대학에서 둘 다 미역국을 먹었지.

그래도 핸드폰은 물론 집 전화도 원활치 않던 재수 시절 서로 엽서 편지를 주고받으며 꾸준히 만나 영화도 보고 당구도 치고 짜장면도 먹고 지내곤 했지.

문제는 대학 들어가서야. 친구는 날 만날 때마다 자신의 전공 과목의 중요성을 설파하는 한편 공부하면 할수록 묘미를 느낀다고 귀에 못이 박히도록 강변하는 바람에 나도 은근 슬쩍 호기심도 생기게 되었고,

또 내가 준비하고 싶어 하는 행정고시에 경제 과목이 많이 포함되어 있음을 알고 있고 어차피 법 과목은 학교에서 강의도 듣고 하니까 나중에 집중하기로 하고 경제학을 먼저 공부해보자 하고 혼자서 경제학 공부를 시작하게 되었지. 실제 나 자신 그 과목에 많은 매력을 느

껴 결국 내 전공 과목을 멀리하고 여기에 몰두하여 내가 진짜 경제학과 학생이 아닌가 스스로 착각할 정도가 되었다. 결과적으로 후에 행정고시는 포기하고 입사 시험을 치르는 데 법 과목보다 더 자신이 있는 경제학을 시험 과목으로 선택하는 이단아가 되고 말았다.

이렇듯 내 전공 과목을 바꿀 정도로(?) 나에게 영향을 미치고 늘 긍정적인 마인드를 심어주고 도전 정신을 일깨워주었던 친구야말로 나에게 가장 고맙고 소중한 사람으로 생각하고 있다네.

난 늘 앞자리에 있었기 때문에 뒤쪽 키 큰 친구들을 많이 사귀지 못했다. 나의 직접 관심 범위는 둘째 셋째 줄 정도를 넘지 못했다. 졸업 후에도 보성 동창이라는데 이름은 물론이고 기억에 전혀 없는 친구를 만나면 난감한 심정뿐이었다.

그래도 문과 친구는 얼굴 정도는 기억하는데 이과 친구들은 정말 얼굴마저 생소해서 미안했던 적이 한두 번이 아니었다. 서로 만났을 때 너무 어리둥절하던 나의 모습에 서운했던 친구가 있었다면 이 자리를 빌려 미안함을 표합니다.

우리 보성은 이름을 다 거론하기도 어렵게 모교를 빛낸 훌륭하신 선후배들이 많은 것은 익히 알고 있다. 이들이 다 스스로 노력도 했겠지만 훌륭한 스승 밑에서 확실한 기본 소양을 쌓았기 때문이 아닐까 생각해 본다. 우리의 모든 선생님들이 다 고마우신 분들이다.

이분들의 신념과 철학, 사랑과 배려를 자양분으로 먹고 성장한 결과물이 바로 우리 자신들이라 생각한다. 당시 최고의 대학 최고 학과를 졸업하고도 후배 양성을 위해 모교에서 교편을 잡아 나중엔 교장까지 지내신 분, 마찬가지로 같은 대학 또 다른 최고 학과를 졸업했지만 다만 자신의 제2의 전공을 살리기 위해 교편을 택하고 기어이 국전에까지 이름을 남기신 선생님, 테너 베니아미노 질리를 최고의 멘토로 삼아 그 창법을 항상 닮고 싶어 하시고 흥이 나실 때마다 우리에게 한 소절씩 불러주시던 음악 선생님, 학업에 지친 우리를 체육 시간을 통하여 메치기 한판으로 체력을 단련시켜 주시고 앞장서 학생 선도에 심혈을 기울여 주신 체육선생님, 늘 우리 학우들의 정신 교육에 앞장서 보성의 앞날만을 걱정하시던 교감선생님 등 몸소 실천하고 스스로 모범을 보이셨던 모든 선생님들의 은덕으로 오늘날의 우리가 세워졌다고 생각한다.

그중에 특히 내 개인적으로 고맙게 생각하는 분이 계신데, 바로 한문을 가르치신 설악산인(김종권 선생님)이시다. 물론 학교 교육 지침에 따른 교육이었지만 선생님의 자세하고도 따뜻한 가르침이 한자에 대한 공포를 씻어줌은 물론 한문에 대한, 또 우리 옛것에 대한 애착과 호기심을 불어넣어 주었다고 생각한다.

여기서 나의 일화 하나를 소개해 본다. 신혼 살림 시작하고 나서 얼마 되지 않았을 때였다. 이북에서 피란 내려와서 살았던 처가는 서로 외로운 처지였기에 좀 먼 친척까지도 비교적 왕래가 잦았고 친분이 두터운 것 같았다.

그날도 5촌 처고모 내외분을 찾아뵙기 위해 성북동 어디라고 기억이 되는데 신림동에 살고 있었던 우리에겐 꽤 먼 길이었지만 주소를 물어가며 잘 찾아갔다. 고모부께서 약주를 좋아하신다기에 정종 대자 한 병을 들고 갔었다. 한 상 잘 차려 주시고 정종도 드시면서 저녁을 드신 후에 대뜸 미리 준비해 두신 것 같은 지필묵을 꺼내 들고 나오셨다.

그리곤 멋들어지게 한문 글귀를 써 내려가시는 게 아닌가. 이윽고 나를 지긋이 바라보며 무슨 뜻인지 아느냐고 물어보셨다. 써 내려가는 순간 사실 난 금방 그 뜻을 알 수 있었다. 물론 우리 고등학교 한문 시간에 배운 글귀였으니 당연한 결과 아닌가.

고모부는 약간 놀라는 눈치셨고 우리 집사람은 금방 존경스러워하는 얼굴이 되었다. 당연히 이걸로 끝일 수는 없었지. 이제 좀 어려운 문제를 내시는 것 같았다. 처음 보는 문장이긴 했지만 한문의 기본을 알고 있었기에 무슨 뜻인지는 알 수 있었다.

그 후에도 몇 문장 더 쓰셨지만 큰 어려움 없이 아는 대로 뜻풀이는 할 수 있었다. "젊은 사람이 공부를 잘 했구만" 하시고 시험은 끝이 났다. 그래 난 사실을 말씀드리지 않을 수가 없었다. 보성고등학교에는 한문 과목이 있어서 좀 배웠노라고...

우리 보성이 대학 진학을 위한 학업도 충실했음은 물론 이렇듯 한문을 비롯한 상업, 미술, 체육, 음악 등 우리의 인성 및 전인교육의 밑바탕이 될 수 있는 교과목들을 누락됨 없이 편성해 줌으로써 사회에 나가서도 기품 있는 교양인으로 살아가기에 조금도 부족함 없게 배려해 주신 데 대해 진심으로 감사하게 생각하는 동시에 보성에 대한 뿌듯한 자부심을 느끼게 된다.

아 보성!

우리가 머문 기간은 불과 3년에 지나지 않지만 여기서 우린 체력을 다졌고 친구 간에 서로 영향을 주고받으며 우정을 만들었고 실력 있으며 덕망 있고 인자한 스승 밑에서 받은 선한 영향력을 밑거름 삼아 오늘날 우아하고 선량하게 살아가는 민주시민이 되었다.

지금은 교정도 강남으로 이사하여 여러 여건이 과거보다는 훨씬 나아진 걸로 알고 있다. 뒷물이 앞물을 밀며 흘러 내려가는 물줄기처럼 계속해 선배는 졸업하여 나가고 새로운 후배가 들어와 더욱 더 세련되고 현대화된 보성인으로 성장하며 길이길이 발전하고 역사에 큰 빛을 발하는 보성이 될 것을 기대해 마지않는다.

김승섭(金承燮)

연세대학교 행정학과 졸업.
대한종합금융에서 20년 근무중,
IMF로 퇴사.(감사실장).

보성 나오기를 참 잘했다

| 박성우(3-6) 愚甫(우보) |

보성고등학교는 나에게 어떤 의미가 있는 학교인가 생각하게 된다. 살아오면서 특별하게 선배나 동창들의 도움을 받아 출세를 했거나 돈을 번 적은 없으나, '보성 나와서 참 다행이다'라는 생각은 확실하다.

고등학교 입학하고 얼마 안 됐을 때 운동장에서 물리 김한수 선생님과 58회 정철호 선배가 "너희 형도 이 학교 졸업했지?"라며 먼저 형(54회)을 기억해 주시니 괜히 긴장도 되었고, 정 선배가 거의 강제로 들게 한 Sunny Parlor라는 영어회화 클럽에 가입하면서 영어 공부를 좀 하게 되었다. 이때 연습한 영어회화 덕분에 삼성중공업에서 근무할 때 영국 공장 설립과 현지 주재까지 하였다. 하지만 IMF위기 때 중장비사업부가 볼보와 클라크로 인수되면서 그 당시 영국에 주재하던 직원들은 인수 대상이 아니라서 삼성중공업 소속으로 남을 수밖에 없었다. 결국 사업본부 없는 간부가 할 일은 사표 제출밖에 없었고, 이로써 메인 경력은 끝나고 중소기업으로 가게 되는 불운도 당하였다.

결국 내 인생에서는 영어가 큰 도움이 안 되었던 듯하지만, Sunny Parlor 활동을 하면서 공박(空朴) 콩세알 송학선, 박문규, 김기석, 김창수, 최광균, 김홍렬, 신승공, 김정곤 등의 친구들과 가깝게 지낼 수 있었던 것은 행운이었던 듯했다. 특히 학선과는 정치문제에서만큼은 심하게 대립하였지만, 많은 시간 붙어다니며 가깝게 지냈다. 내가 대학 4년 졸업하고 병역을 위하여 부산 국방부 조병창에 5년 근무하러 내려가게 되었는데, 마침 학선은 큰형님이 대구로 가족들과 같이 이사해야 하고, 학선과 조카는 서울에 있어야 할 형편이었다. 내가 내려가면 우리 집에 방이 남을 테니 내가 쓰던 방에서 하숙하고 싶다고 하여 할머니와 어머니를 설득하여 학선의 중학생 조카까지 같이 우리 집에서 하숙을 한 적도 있었다.

할머니께서는 매일 늦게 들어오는 학선이 대신 조카를 자상하게 돌보아주셔서 학선네 집안에서는 항상 고맙게 생각하셨다. 할머니께서 병환 끝에 집에서 돌아가셨을 때도 학선이가 집에 와서 확인하고 사망진단서를 발행해 주어 수월하게 장례를 모실 수 있었다.

지금의 내 친구들 중 상당수가 학선이 중간에 있었기에 알게 된 경우다. 학선은 반정부 학생운동을 하느라 대학을 2년 늦게 졸업한 후 치과병원을 운영하면서도 각종 취미와 여행을 즐기다 마지막에는 담도 세포암이 있는 것을 뒤늦게 발견하여 서울대병원에서 항암치료를 하였다. 가끔 치료차 부인과 혜화동에 왔을 때 집사람과 같이 만나 점심도 사고 차도 마시곤 하였다.

신약도 효과가 없이 2018년 추석을 앞두고 9월 25일 세상을 떴는데, 그날도 오전에 서울대병원에 누워 있는 학선의 종아리를 주물러주다가 나왔다. 그날 오후에 임종했다는 전화를 주화길로부터 받고 한동안 멍하게 있었던 기억이 지금도 생생하다.

학선이 창립에 큰 역할을 했던 건치회(건강사회를 위한 치과의사회)와 환경연합 인사들이 주관한 영결식에서는 내가 친구들을 대표하여 추도사를 지어 낭독도 하는 특별한 인연이 있었다. 그와 가까이하면서 알게 된 인사로는 소설가 고 이윤기 선생이 있었고, 지금도 자주 만나는 '질리를 사랑하는 사람들 모임'이 있는데 여기에도 학선의 역할이 컸기에 가끔 그의 빈자리가 아쉽게 생각된다.

그와 같이 있을 때에는 치과의사들이나 환경운동하는 사람들이 깍듯이 대하여 나도 뭔가 된 듯한 기분이 들 때가 많았다. 잘난 친구 덕에 어깨에 힘이 들어가는 것이었는데, 내가 보성고를 나왔기 때문에 누리는 우쭐함이었다고 볼 수 있을 것이다.

Sunny Parlor 친구 중 우재(愚齋) 최광균도 많은 배움을 받은 친구다. 십수 년을 대기업의 대표이사를 지냈는데도 친구들에게 겸손하고 남을 배려하는 자세는 본보기가 될 만하다. 이런 친구도 만날 수 있어서 참 좋았고 고맙게 생각하고 있다. 관훈(觀訓) 김기석도 주역 공부를 하고 나서는 가끔씩 나에게 도움 되는 조언도 해주고, 내가 작은 회사에 다니는 게 안쓰러워 보였는지 부적을 만들어 사무실에 붙이라고 해서 독실한 기독교인인 대표이사 몰래 안 보이는 곳에 몇 년을 붙이고 다

넀다. 이 역시 고마운 친구가 아닐 수 없다.

내가 중국에서 돌아왔을 때 교우회 총회가 을지로 입구 롯데호텔에
서 열렸다. 공식 행사를 마치고 동기 몇 명이서 2차 소주 한잔 더 하기
로 하고 학선이 안내하는 술집에 간 적이 있었다. 2반 담연(淡硯) 임철
순은 교우회 사무총장을 할 때였는지 나중에 합류하기로 하고 학선을
따라 술집에 들어가니 한쪽에서 젊고 꽤 있어 보이는 사람들이 술을
마시고 있었다. 학선은 아는 사람들이었는지 그들을 보고 먼저 인사
를 했다. 인사를 받는 젊은사람들이 고개만 까딱하며 거만한 자세로
응답을 해와서 내 속으로는 기분이 상해 자꾸 그쪽을 유심히 보며 '뭐
하는 사람들이기에 그렇게 건방진가' 하는 생각을 하고 있었다.

조금 있다 철순이 들어왔는데, 그 일행들이 모두 벌떡 일어나서 깍듯이
인사를 하는 것이 아닌가. 아마도 그들은 기자들이었던 듯했다. 그때
얼마나 기분이 좋고 철순이 멋있어 보이던지! 이도 보성을 나와서 좋은
친구를 둔 덕에 어깨에 힘 좀 줄 수 있었던 경우라고 볼 수 있겠다.

또 8반 운경(雲耕) 홍영표와도 가깝게 지내며 그의 가평 별서(別墅)에
음악을 들으러 자주 가면서 주워들은 토막지식이 좀 있을 때였다. 명
륜동 성대 앞에 '도어스'라는 음악감상실이 있는데, LP도 많고 CD도
많아서 명륜동 일대에서 음악 좀 아는 사람들이 많이 찾던 곳이었다.
어느 날 영표와 거기에서 만나기로 하고 먼저 가서 맥주를 마시고 있
자니 옆자리에 스피커에 대하여 전문가라는 사람이 와서 일행들에게
자기가 이 집 스피커를 만들었다고 자랑하고 있었다.

옆에서 듣다가 나도 좀 끼어들어 이야기를 하다가 내 친구 중에 약사인 친구가 있는데 가평 별서에 좋은 오디오시스템을 갖추고 있다고 했더니, "대림동에서 약국하시는 분이냐?"고 물어 그렇다고 했다. 그때부터 목소리가 갑자기 공손해지면서 조금 있다가 슬그머니 나가고, 조금 있다가 영표가 들어와서 그 이야기를 했더니 그도 아는 음악 애호가였다. 이도 학교 잘 나와서 좋은 친구 덕에 우쭐했던 기억 중 하나이다.

5반 해인(海印) 김기회와는 참 오래 같이 다닌 인연이 있었다. 2학년 때 한반이었는데 고등학교 3년, 대학교 4년, 병역 대신 근무했던 부산 국방부 조병창 5년, 합이 12년을 같이 다닌 인연이었다. 부산 시절에는 같은 방에서 하숙도 하며 지내기도 했다. 그의 약혼식 사회를 내가 보았고, 내 결혼식 사회를 그가 보기도 했었다.

나는 남들이 좀 약하게 보는 카리스마 제로였는 데 비해, 그는 외부인들에게 대단한 카리스마를 보여 남들이 좀 두려워하기도 했다. 우리는 군무원(당시는 군속이라고 부름) 공무원 3급 갑이어서 기차는 새마을호 좌석을 배정받을 수가 있었다. 나는 TMO에 가서 새마을호 자리를 부탁하면 신분증 확인을 꼭 당하고는 했는데 그는 아무 소리 안 하고 "자리주시오." 하면 바로 자리를 만들어 주는 정도였다.

대학 때나 조병창 사무실에서도 내가 그의 친구라는 것을 인정해서 나에게도 깍듯이 대해주는 덕을 보기도 했는데, 이도 역시 보성을 나왔기에 받을 수 있는 혜택이었다고 볼 수 있을 것 같다.

신세지고 고마운 친구들이 더 있다. 안병효, 김두환, 심덕천, 전동채, 한광태, 최병국, 김용규, 이상동, 박재근, 김원섭 등 좋은 친구들을 볼 수 있었던 인연도 학교가 만들어 준 것 아니겠는가?

앞에 언급한 '질리를 사랑하는 사람들 모임'의 좌장이신 47회 이성낙(가천대 명예총장) 선배님, 59회 이재준(서화평론가) 선배님으로부터 음악과 미술에 대하여 배우고, 많은 전시에 다닐 수 있는 기회를 가질 수 있었던 것도 보성을 다닌 덕에 '질리를 사랑하는 사람들 모임'에 나가면서 얻은 큰 혜택이라고 볼 수 있을 것이다.

두 분 다 해박한 지식과 후배를 사랑하는 마음이 커서 식사나 커피를 해도 후배들이 돈을 낼 기회가 거의 없을 정도에다 가끔씩 손수 만든 작품이나 수집했던 작품을 나누어 주시기도 한다.
모임의 이름도 우리가 박일환 음악 선생님으로부터 귀에 못이 박이도록 들은 이탈리아 테너 베니아미노 질리(Beniamino Gigli)에서 시작된 것이고, 선생님께서는 본인의 이름도 '박질리'로 부르라고 하셨을 정도로 질리에 빠지셨다는 것을 우리 친구들은 다 알고 있다.

음악 시간에 휴대용 전축을 들고 오셔서 질리의 오페라나 클래식 음악을 들려주시어 음악적 자질을 올려 주셨을 뿐만 아니라, 시험도 한 명씩 일어나 직접 노래를 부르게 하셨기에 우리는 가사를 다 외워서 부를 수 있었다.

어려서 배운 노래여서인지 우리는 아직도 모이면 'O Sole Mio'를 제

2의 교가 같이 떼창을 하고는 한다. 영국 주재 당시 현지 매니저 7~8명과 시골 식당에 가서 식사를 하고 노래를 부르기 시작했는데, 어떤 노래를 해야 현시 사람들도 일 수 있을까 생각하다가 내 차례가 되어 일어나서 'O Sole Mio'를 원어로 불러 젖혔더니 모두가 놀라며 어디에서 배웠냐고 난리였다. 고등학교에서 배웠다고 하니 그때야 한국 고등학교의 수준을 알겠다고 하며, '한국'과 '삼성'을 그저 갑자기 큰 졸부 같은 나라, 기업집단으로만 알고 있다가 그 구성원의 교양수준도 만만치 않다는 것을 이해한 듯했다.

그때 얼마나 뿌듯했는지, 박질리 선생님이 고마웠고, 영국에서도 나라와 회사의 이름을 높였다 싶어 나 자신이 대견하다는 생각이 들었던 기억이 있다. 이 역시 보성고등학교 덕이 아니었겠는가?

사족을 하나 붙인다면, 이 노래 가사는 이탈리아 표준어가 아닌 나폴리 사투리로 쓰여서 이탈리아 사람들도 2, 3절은 뜻을 잘 모른다는 이야기가 있다. 제목에서 'O'는 감탄사 '오!'가 아니고, 나폴리 사투리에서는 정관사 'the'와 같은 뜻이어서(이탈리아 표준어에서는 il로 표기된다) 그냥 '나의 태양'이라고 하는 것이 맞다고 한다.

요즘은 보성교우산악회가 주관하는 전국 명산 산행에 집사람과 함께 자주 참여하고 있는데, 같이 다니는 선·후배들이 예우를 잘해주는 게 내가 잘나서 그런 대접을 받는 게 아니고, 이런 모임을 만들고 열심히 지원해 주고 끌고 있는 청람(淸嵐) 박성복 전 보성교우회장 덕분인 듯하여 또 동창 덕을 보고 있다고 볼 수도 있다.

교우회에서 또는 선배들께서 주신 귀한 선물을 들고 집에 들어가면 집사람이 한마디 한다. "당신 보성 안 나왔으면 어떻게 할 뻔했어요?" 라고.

정말 그렇다. 내가 보성고를 졸업했기에 다행이지 아니었으면 큰일 날 뻔했다.

박성우(朴成祐)

고려대 기계공학과 졸업.
국방부 조병창, 기계연구소.
삼성중공업 중장비 사업부.

우리들의 작은 영웅 김호응, 김창호

| 최명인(3-7) 嵐谷(남곡) |

먼저 두 친구의 동의 없이 내가 보고 느낀 점을 주관적으로 서술한 것에 대해 양해를 구하며 혹시나 본인들이 생각할 시 동의치 못하더라도 오랜 세월이 흘러 그러려니 하고 지나쳐 주시면 고맙겠습니다.

'세르비스' 김호응

호응이와 나는 중학교 때부터 같이 다녔고 같은 반도 했는데 워낙 공부를 잘해 전교 톱10에는 늘 들어 동경의 대상이었다. 한번은 나와 하교길에(아마도 중학교 2학년 때일 겁니다.) 혜화동을 나와 동숭로를 거쳐 종로 5가까지 걸어오는데 집에 가면 오늘 형한테 혼쭐이 날 거라고 걱정하기에 왜 그러느냐고 했더니 오늘 영어시험에서 1개가 틀려 그렇다고 하기에(사실 나는 중간고사에서 전 과목 만점에 오직 영어에서 하나만 틀린 걸로 기억남) 영어에서 뭐가 틀려 만점을 못 받았느냐고 물으니 'service'의 발음을 서비스가 아닌 세르비스로 했다고. 그래서 전 과목 만점을 못 받았다고.

그런데 내가 영국에 와서 살다 보니 영국 리버풀지역에서는 세르비스라고 발음하는 걸 보고 호응이 생각이 나면서 그때 호응이는 이미 영어 사투리까지 통달한 것은 아니었는지? 그러면서 호응이 생각에 이 글을 쓰게 됐네요,

호응이를 생각할 때마다 천재시인 이상을 연상케 되는 건 나만의 생각이 아닐 겁니다. 남들은 한 번도 들어가기 힘든 서울대를 두 번씩이나 합격했는데 이건 우리 보성역사에 기록돼야 하지 않을까 합니다,

청계천 헌책방에서도 이름이 날 정도의 독서광인 호응, 얼마나 자랑스럽습니까? 아마도 여유가 있다면 개인 도서실을 만들면 좋겠습니다. 사법고시와 호응이를 연관시키자면 우리나라 사법시험 제도가 천재성을 가진 호응이와 맞지 않았을 뿐입니다.

연약해 보이고, 부러질 것같이 보여도 굳건한 보성인의 상징으로서 우리의 작은 영웅으로 남아 있기를 바랍니다. 호응형!!!

자랑스러운 보성인 김창호

옛날에 새 학기가 시작되면 반에 짝을 맞추기 위해 복도에 줄을 세워 담임선생님이 키 순서대로 번호를 정해주는 것 기억하실 겁니다. 때는 바야흐로 고3 새 학기 첫날, 번호를 받기 위해 복도에 줄을 섰는데 영 짝이 되면 싫은, 그것도 덩치는 내 2~3배 되는 놈이 자꾸 나와 짝을 하려고 내 옆에서 날 쿡쿡 쑤셔대며 다른 데로 못 가게 붙잡아 놓는데 나야 힘은 없고 해서 억지로 짝이 됐는데 그 이름이 바로 김창

호…!!! 유도 고단자.

난 이제부터 머리 박고 시키는 대로 해야 하는 운명이구나 했습니다. 도시락을 3개 가져오는데, 수업 전 1개, 정상적으로 점심 때 1개, 수업 끝날 때 1개…. 그것도 내 도시락 사이즈의 2배나 되는 왕도시락 ㅋㅋㅋ.

그런데 이변이 일어났어요. 이 아이가 공부를 열심히 하겠다는 겁니다. 나보고 공부를 가르쳐달라는 겁니다. 아시다시피 나도 내 것 따라가기 바쁜 처지인데 ㅋㅋㅋ.(나중 얘기이지만 창호 말이 대한민국에서 최명인이가 공부를 제일 잘하는 사람으로 알았다네요.)

근데 창호에게는 숙적이 있는데 이 친구와 정말 매일 치고받고 싸움하는데 창호가 일방적으로 힘으로 제압하는데 마무리는 창호의 패배입니다. 마음이 여려 다 잡아놓고 끝에 풀어주니 그 친구의 마지막 한 방이 창호의 코피를 터트려…. 난 그때마다 창호가 이기길 바랐지요.

고3 1년을 싸우며 배우며 지나다 언젠가 창호가 한양대를 졸업하고 프랑스로 유학을 간다는 소식을 듣고 난 쾌재를 불렀습니다. 남들은 유도나 하지 무슨 유학이냐, 그것도 불어를 하나도 못하는 선수 출신이,,,

허나 난 고3 때 못난 나에게서 뭔가를 얻으려는 창호의 끈질긴 집념을 보았기에 해낼 수 있다고 믿었지요. 알다시피 유도계는 용인대 출신이 중요 자리뿐 아니라 대표선수들도 거의 장악하다시피 하는데 비 용인대 출신인 창호가 우여곡절 끝에 대표팀 감독으로 부임하여 1996년 애틀랜타올림픽 유도에서 금메달 2개를 비롯하여 총 8개의 메달을 따내(11명 선수 중 8명이 메달 획득) 올림픽 역사상 유도에서 가장 많은 메달을 따냈지요.

여기서 우리가 간과해서는 안 되는 것이 있는데, 창호의 제자들은 체력에 바탕을 둔 큰 기술로 승부를 걸어 좋은 결과를 얻었다는 겁니다. 창호가 나중에 내게 말하더군요. 자기가 유도에서 성공할 수 있었던 건 운동을 하거나, 가르칠 때나 중요할 때는 늘 '보성인이라면 어떤 결정을 내릴까' 생각하고 실행했다고. 보성이 자기를 키웠다고.

비록 자랑스러운 보성인상은 교우회의 아리송한 결정으로 못 탔으나 난 확신하오. 당신이 진짜 '자랑스러운 보성인'이라고.

그때가 그립소. 마음만이라도 고3 그때로 돌아갑시다!

천재성의 호응, 집념의 창호, 두 친구가 자랑스러워 글을 써봤지만 충분치 못함을 부끄러워하며 글을 마칩니다.

최명인(崔明仁)

영국 건설회사 BRISCO 태국 주재 지사장 역임.
독일 ThyssenKrupp VDM 한국지사장 역임.
영국 이민(웨일즈).

김호응   김호응(3-2)   김창호   김창호(3-7)

안목항의 야간 모의

| 임철순(3-2) 淡硯(담연) |

"벗들아, 우리는 복된 자다."

서울 보성고(普成高) 60회의 '고교 졸업 50년, 인생 70년' 행사 초대장은 이렇게 시작된다. "싱그럽고 풋풋한 소년으로 처음 사귄 이래 반세기 걸어온 길, 꾸려온 삶은 서로 달라도 나라와 사회를 위해 살리라던 청운의 그 꿈은 어제처럼 여전히 젊고 새롭다." 말이 그럴듯하지만, 첫 문장은 이은상 '가고파' 후편 가사의 "벗들아, 너희는 복된 자다"를 내가 베껴서 우려먹은 거다.

이 '복된 자'들은 2020년 6월 17일 서울의 한 호텔에서 칠순잔치를 겸한 기념행사를 하고, 18~19일 1박 2일로 강릉 속초 하조대 화진포를 여행하고 돌아왔다. 10년 전 졸업 40년 때인 2010년에는 남자들끼리 2박 3일 여행을 했는데, 이번엔 아내들이 동행했다. 모내기가 갓 시작됐던 그때보다 1주일 늦은 이번 여행에서는 제법 자란 모를 곳곳에서 볼 수 있었다. 10년 전 여행에서 나는 '항아리를 보았다'고 썼다.

https://blog.naver.com/fusedtree/70088131225

이번엔 뭘 보고 느꼈던가. 10년 전에는 앉으면 마시고 버스에 타면 노래를 불러 "유행가 모르는 게 없고 3절까지 다 부르는 녀석"이라는 말을 듣는 '쾌거'를 이루었는데, 이번엔 시종 점잖고 조신했다. 나만 그런 게 아니다. 다들 늙어 기가 빠진 탓도 있지만 마나님들이 계시니 아무래도 분위기가 다를 수밖에 없지.

▶ 호텔 객실에서 내려다본 경포대 앞바다. 오른편에 오리바위, 십 리바위가 보인다.

1박 2일 여행은 쉽지 않았다. 코로나19 때문에 일정을 한 달 늦추었는데도 상황이 나아진 건 없었다. 오히려 코로나가 더 번지는 바람에 여행 취소자가 많아 떠나기 전날까지 인원 변동이 심했다. 손자 손녀를 봐야 할 사람이 여행 갔다가 코로나라도 걸리면 어떡하냐, 당신은 기저질환잔데 가긴 어딜 가, 이래서 가느냐 안 가느냐로 부부싸움을 하고, 호텔 행사에 마누라 몰래 참석한 경우까지 있었다. 그런 우여곡절 끝에 총 58명이 버스 세 대에 나누어 타고 잘 다녀왔다.

그런데 여행 다니며 살펴보니 다리를 절거나 질질 끄는 사람이 의외로 많았다. 배는 볼록 나온 채 어깨는 구부정하거나 몸의 좌우 균형이 맞지 않고, 차에 타거나 오르는 행동거지가 답답할 만큼 느린 경우도 있었다. 풍을 맞아 얼굴이 일그러진 녀석, 신장을 이식해 술을 한 잔도 못 마시는 녀석, 어머니처럼 늙어 보이는 아내를 손잡아 이끌고 다니는 녀석….

▶ 강릉 선교장에서 해설사의 설명을 듣고 있는 마스크 여행자들.

몸에 새겨진 세월의 풍화작용을 보는 게 안타깝고 서글펐지만, 그래
도 코로나 와중에 즐겁게 떠들고 웃으며 이렇게 여행을 할 수 있으니
얼마나 다행이냐. 이게 복된 게 아니고 뭐냐. 아예 수학여행을 취소한
학교도 많더라.

첫날 강릉의 호텔에서 저녁을 먹은 뒤 좀 거닐어보려고 바다로 나갔
다. 그러나 하늘이 잔뜩 흐린 데다 반소매 차림으로 다니기가 어려울
만큼 날씨가 추웠다. 그래서 바닷가를 걷는 걸 포기하고 나와 아내,
다른 친구 둘까지 네 명이 택시를 타고 안목항의 커피거리를 찾아갔
다. 제법 큰 집의 2층에 올라가 커피를 마시다가 우리는 갑자기 10년
후를 이야기하기 시작했다. 수주 변영로의 명저 '명정(酩酊) 40년' 식
표현을 빌리면 '진무류'(珍無類)의 그날 대화는 이런 식으로 전개됐다.
- 10년 후에도 우리가 졸업 60년 여행을 할 수 있을까? 그때는 팔순
  인데.
- 해야지. 몇 명이나 올지 모르지만, 그때는 애들이 어린 자네가 위원
  장을 하셔. 기발한 아이디어가 많잖아(이래서 딸 둘이 아직 중2인 친구가
  만장일치로 위원장이 됐다).
- 좋아, 그러면 궁리를 좀 해보자. 우선 참가자들한테서 돈을 거두면
  안 돼. 그때 그 나이에 누가 돈을 내겠냐? 오히려 돈을 벌어야지. ○
  ○상조의 협찬을 받아야 돼. 낄낄낄.
- 왜 하필 ○○상조여?
- 거기가 젤 커. 큰 데하고 해야 일이 편하고 남는 것도 있지. 낄낄낄.
- 그러면 상조회사하고만 하지 말고 리무진 회사, 목발, 휠체어, 지팡
  이 이런 제조회사, 영정 촬영업체도 끌어들여야겠다. 여행 중에 누

가 죽거나 쓰러지면 신속 정확하게 모든 걸 처리해야 되잖아. 낄낄
낄.

- 의사 간호사도 동행해야 돼. 앰뷸런스도 대기시키고. 낄낄낄.

- 행사 중엔 제약회사한테 약을 팔 수 있게 하자. 우리가 몇 퍼센트나
먹을지 미리 정하고. 낄낄낄.

- ○○○이 그때는 뭘 하고 있을까? 대통령 되고 싶어 안달인 사람인
데, 그 사람 영상메시지도 받자고. 거기다 앞뒤로 광고도 좀 붙이
고. 낄낄낄.

  (이미 눈치챘겠지만 이 대화에는 모두 '낄낄낄'이 후렴으로 붙는다. 무슨 말이든 우
  리가 혼자만 웃은 경우는 없다. 그러니 이하 '낄낄낄' 표기가 없더라도 그걸 꼭 붙여
  서 읽기 바란다.)

- 그러면 캠프를 하나 차리자. 체계적으로, 합리적으로, 단합적으로,
민주적으로 일을 해야지.

- 캠프? 사람이 너무 많으면 우리가 먹는 게 줄어들잖아. 수익이 확실
히 보장돼야 하니까 우리 넷이서만 하자. 돈을 딱 4등분하는 거야.

- 고교 졸업 60년, 인생 80년 행사는 뉴스거리도 되지 않을까?

- 신문·방송 보도는 니가 책임져. 노인들이 이런 수준의 기획력 창의
력 추진력 단결력과 사업마인드를 갖고 있다니 다들 놀라 자빠질 거
야.

- 광고 섭외가 들어올지도 몰라. 그럴 때 반갑다고 덜컥 헐값에 계약
하면 안 돼. 이런 것도 미리 생각해둬야 해.

- 행사 치르고 나면 노인들의 자문, 상담 신청이 국내외에서 빗발칠
걸? 컨설팅은 원래 니 전문이잖아? 잘해봐.

이른바 2030프로젝트, '일견 과대망상적 10년 대계'의 얼개는 이렇

게 빈틈없이 짜였다. 이제 남은 일은 재미있고 번뜩이는 아이디어를 마구마구 더 보태고, 그때까지 건강을 잘 챙겨 몸과 마음이 온전하고 정상적인 상태를 유지해 사업 추진에 지장이 없게 하는 것이다. 2시간여 동안 웃고 떠들다 보니 오붓하게 데이트를 하러 온 다른 좌석의 젊은이들에게 좀 미안했다. 저 사람들도 10년 후를 생각하려나.

유리문으로 내다본 바다에는 이미 어둠의 검은 장막이 짙게 깔려 저 멀리 오징어잡이 배들의 불빛만 바람에 희미하게 굴절되고 있었다. 아래층으로 내려와 문을 나서니 파도와 풍랑은 더욱 거세지고, 강풍에 모자가 날아갈 것 같았다. 다시 택시를 타고 호텔로 돌아가는 동안에도 우리는 계속 낄낄거리며 10년 후를 이야기했다. 낄낄낄, 낄낄낄.

임철순(任喆淳)

한국일보 편집국장, 주필 역임.
이투데이 주필 역임.
현재 데일리임팩트 주필.
자유칼럼그룹 공동대표.

일본 돗토리현 다이센 산행 여행기

| 김기석(3-8) 觀訓(관훈) |

고교 동창 12명이 2011년 10월 13일부터 16일까지 일본 돗토리현 (鳥取縣)에 있는 다이센(大山, 1,710m)으로 산행을 다녀왔다. 돗토리현 은 일본 주고쿠 지방의 동쪽 지역으로, 북쪽으로는 동해, 동쪽으로는 효고현, 서쪽으로는 시마네현, 남쪽으로는 오카야마현과 히로시마현 에 접해 있는, 동서로 약 120km, 남북으로 20~50km 정도로 가늘고 길게 뻗어 있는 현이다.

새를 잡는다(鳥取)는 의미의 '돗토리'라는 이름은 고사기(古事記), 일본 서기(日本書記)의 스이닌 천황(垂仁天皇) 부분에서 유래했다고 한다. 천 황이 호무스와케노미코 왕자가 어른이 되어서도 말을 못 해 걱정하고 있었는데, 어느 날 하늘을 나는 백조를 본 왕자가 "저게 무엇이냐?"라 고 말했다고 한다. 천황이 그 이야기를 듣고 기뻐하며 그 새를 잡으라 했는데, 새를 잡은 사람이 지금의 돗토리 지역에 살았기 때문에 돗토 리(鳥取)라는 이름을 붙였다 한다.

돗토리현은 1994년에 강원도와 맺은 우호 관계에 근거해 문화, 경제, 환경, 청소년 활동, 교육 등의 폭넓은 분야에 걸쳐 교류하고 있다. 2001년에는 요나고~서울의 정기항공편을 개설했고, 독도 영유권 문제로 단절되었던 강원도와의 교류가 2007년에 재개된 후 동해~사카이미나토(境港)의 정기여객선이 운항하고 있다. 옛날에 동해에서 조업하던 우리 어선이 폭풍우를 만나 표류하다가 조류를 따라 돗토리로 흘러간 일이 있어서, 강원도와의 교류가 일찍부터 시작되었다고 한다.

밑의 사진에 일행의 모습이 담겨 있다. 앞줄 왼쪽부터 전병삼(송음), 민병승(9반, 작고), 김재년(양촌), 이원근(69회), 뒷줄 왼쪽부터는 이상경, 김시한(구담), 김창근(금산), 임상학, 김원섭A(예송), 그리고 필자(관훈 김기석)다. 이 중 민병승은 보성 출신이 아니지만 우리와 하도 자주 어울려 9반(없는 반임) 출신이라고 불렀다.

첫날(2011년 10월 13일, 목요일)

우리의 여행은 동해와 사카이미나토를 연결하는 여객선 탑승으로 시작했다. 필자는 서울팀 4명에 섞여 오전 11시에 영등포를 출발해 여주 휴게소에서 역시 승용차로 이동한 8명과 합류했다. (양촌, 금산이 부인과 함께 와서 일행이 모두 12명이 되었다.) 휴게소에서 양촌이 준비한 막걸리를 곁들여 도시락으로 점심을 간단히 해결하고 다시 출발했다. 횡성 휴게소에 들러 커피를 마시고, 동해항 국제여객터미널에 도착한 것은 4시가 다 되어서였다. 예약한 여행사의 가이드를 만나 탑승권을 받고 출국수속이 시작될 때를 기다렸다. 마침 홍천정보산업고교에서 수학여행 가는 학생들로 터미널 안이 꽤 복잡하였다.

우리가 탄 배(DBS Cruise Ferry, 12,100톤)는 오후 6시에 출발했다. 선내 식당에서 저녁 식사를 마치고 2년 전에 이 코스를 다녀간 양촌의 조언을 따라 3층 갑판의 좋은 곳을 차지해 자리를 폈다. 준비한 생선회가 워낙 신선해 다른 어느 안주와 비교할 수가 없이 좋았다. 누가 그랬던가? 주량은 산에서 마시면 2배, 배에서 마시면 3배가 된다고 했지. 안주 좋고, 풍경 좋고, 친구 있으니, 술이 술맛을 넘어 꿀맛으로 변했다. 양촌이 하모니카를 불고, 상학이 맛깔스러운 노래를 선사하고, 나중에는 상경이 팬플루트까지 연주하면서, 그야말로 시간 가는 줄 모를 정도의 흥겨운 향연이었다.

이틀째(2011년 10월 14일, 금요일)

오전 9시경 일본 사카이미나토 항구에 도착했다. 국제선 입국심사대가 개설된 지 2년밖에 안 되어서 그런지, 아니면 일본인 특유의 꼼꼼함 때문인지는 몰라도 입국수속에 시간이 오래 걸렸다. 수학여행단이 먼저 수속을 마친 후에야 우리 차례가 되었고, 11시가 되어서야 터미널을 빠져나왔다. 우리는 양양군청 미래전략과 직원 다섯 명과 함께 버스를 타고 다이센(大山)으로 이동했다.

동안(童顔)의 얌전한 김 과장과 팀장 네 사람은 양양군 내 등산로의 발전을 위하여 개인적으로 휴가를 신청하고 사비를 들여 다이센의 등산로 등을 살펴보기 위해 왔다고 했다. 이런 공무원이 다 있나? 하는 생각이 들었다. 이런 공무원이 있는 한 우리의 미래는 밝을 것이라고 생각했다. 김 과장은 우리의 여행을 부러워하면서, 10년 뒤에는 자신도 친구들과 같이 오고 싶다고 했다.

본격적인 산행은 버스에서 도시락으로 점심을 해결한 후 12시경에 시작했다. 이 산은 높이가 1,710m인데, 산행은 표고 800m 지점에서 출발했다. 이 산은 옛날에 신성한 산으로 숭배해서 산악 불교의 수행장으로 번성했고, 험준한 절벽으로 이루어진 북쪽과 남쪽 비탈면은 아름답고 웅장하여 일본의 3대 명산의 하나로 선정되기도 했다. 계절에 따라 신록과 단풍, 등산과 골프, 스키 등 다양한 체험과 스포츠를 즐길 수 있다. 일본의 산은 우리의 산과 달리 대부분 오르막과 내리막이 반복되지 않고, 오르막길만 계속 이어진다. 그래서 약간 지루하기도 하지만, 마주치는 사람들의 배려에 기분이 좋았다. 내려오는 사람들이 도열하듯 한쪽으로 비켜서서 기다리며 "곤니치와."라고 인사를 건네는 모습이 인상적이었다. 처음에는 같이 "곤니치와" 했지만, 다음에는 "안녕하세요" 하고 대답했더니 금방 "안녕하세요"라고 응답하는 사람도 있었다. 그래서 "곤니치와", "안녕하세요", "안녕하세요", "곤니치와"가 한동안 이어졌다.

산행을 시작할 때 비가 조금씩 내려서 우비를 입고 걸으려니 너무 더웠다. 얼마 후에는 비가 그쳐서 우비를 벗고, 운무를 헤치며 간혹 떨어지는 빗방울을 맞으며 올라갔다. 정상 근처에 도착할 때는 비바람이 거셌지만, 우리 열일곱 명 모두가 정상에 올랐다. 가이드는 팀 전원이 정상에 오른 것이 이번이 처음이라고 했다. 정상에 오른 기념으로 준비해 간 정상주(테킬라)를 한 모금씩 마시고 하산을 시작했다. 6합목(六合目) 근처에서 다이센지(大山寺) 쪽으로 방향을 잡아, 5시간이 넘는 산행을 낙오자 없이 마쳤다.

우리는 마트에 들러 야식(?) 거리를 산 후, 숙소로 예약한 정통 일본식 료칸(旅館)에 도착했다. 우선 온천욕으로 피로를 풀고, 료칸의 시지미데이(詩食味亭)라는 식당에서 전통식 저녁 식사를 즐겼다. 돗토리현의 대표적 먹거리인 '마쓰바가니'라 부르는 대게 요리, 새우, 생선회 등이 잔뜩 나왔다. 료칸은 우리 여관과는 달라서, 서비스 수준이 호텔에 가깝다. 우리가 묵은 료칸은 호숫가에 있어 정취가 넘쳤다.

사흘째(2011년 10월 15일, 토요일)

오늘은 관광을 하는 날이다. 료칸에서 뷔페식으로 식사한 후에 9시경에 버스로 출발해서 마쓰에 성(松江城)으로 향했다. 마쓰에 성은 1611년에 세워진, 현재 일본에 12곳밖에 남지 않은 에도시대 이전의 성으로, 성주가 살았다는 천수각(天守閣)-일행 사진 뒤로 높이 솟아있는 건물-이 예전 모습 그대로 보존된 국가 중요문화재이다.

우리는 걸어서 마쓰에 성을 한 바퀴 돌고, 한일우호교류공원(日韓友好交流公園)으로 이동했다. 여기는 돗토리현과 한반도의 역사 및 교류사 및 경로, 한국문화 등을 소개하는 곳이다. 물산관(物産館)에서는 라면, 소주 등 한국 상품을 판매한다. '바람의 언덕(風の丘)'이라고 부르는 공원은 그 자체가 한일교류사의 상징이다. 1819년 울진을 출항한 한국 배가 폭풍우를 만나 표류했을 때 12명의 선원을 돌봐주었고, 1963년 부산을 출항한 성진호 선원 8명에게도 배를 수리하여 돌아가도록 도와주었다고 한다. 1819년에 표류한 한국 배를 발견한 자리에 공원을 세운 것이다. 또 천수각을 본따 지었다는 고토부키성은 과자를 테마로 전통식 화과자와 양과자의 제조과정을 직접 볼 수 있고, 시식하거나 살 수도 있는 곳이다.

이날 점심은 구라요시 시에 있는 세이스이안에서 먹었다. 메이지 시대에 지은 고풍스러운 건물에 있는 이 식당은 100년 이상 떡집을 운영하다가, 10년 전부터 식당으로 바뀌었다. 떡 샤브샤브가 인기를 얻어 유명 맛집으로 알려져 있다. 채소와 버섯, 떡, 오뎅을 특별히 준비한 육수에 데쳐서 밥과 같이 먹는데 맛이 특이했다. 반찬으로 김치도 밋밋한 일본 음식을 먹는 데 도움이 되었다. 마지막에는 남은 육수에 밥을 말아 먹으니 또 다른 맛인데, 김칫국물을 약간 넣으니 맛이 더 특별해졌다.

구라요시 시는 개발보다 보존을 통해 옛 마을의 역사와 시설을 관광자원으로 만든 곳이다. 마을에는 19세기 후반부터 20세기 초반까지 지은 창고들이 강을 따라 늘어서서, 술과 간장을 만들던 100년 전 모습을 그대로 보존하고 있다. 특이한 점은 상가마다 고유한 색깔의 번호가 적힌 패를 걸고 있다는 것이다. 색깔은 판매상품을 알리고, 번호는 상가 관리를 위해 붙였다고 한다. 특히 잘 보존된, 외벽이 하얗고 빨간 기와로 지붕을 덮은 창고인 10여 채의 시라카베도조군(白壁土藏群)은 옛스러운 정취를 풍기고 있다. 상점 이름도 아카가와라(赤瓦) 1호관(토산품점), 2호관(하코다 인형 공방) 등으로 붙여서 12호관까지 있다. 이 마을에서 한국 드라마 '아테나'를 촬영했다고 한다. 거리에서는 드라마 장면의 사진을 붙여 놓은 상점이 여러 군데 보였다.

이곳의 상가에는 유명한 만화가 미즈키 시게루(水木しげる, 1922~2015)

의 대표작 '게게게노키타로(ゲゲゲの鬼太郎)'에 등장하는 요괴들의 동상 120개가 사카이미나토역에 이르는 거리의 인도에 전시되어 있다. 기념품점과 간식거리를 파는 가게들이 늘어서 있는 이 거리는 '미즈키 시게루 로드(Road)'라는 관광명소가 되어 있는데, 이곳이 그의 고향이라고 한다.

우리는 조그마한 면세점을 들른 후 사카이미나토의 국제여객터미널로 향했다. 우리가 타고 갈 여객선(DBS Cruise Ferry)에 태극기 대신 일장기가 게양되어 있어서 의아했는데, 알고 보니 선적은 파나마이며, 한국에서 출항할 때는 태극기를, 일본에서 출항할 때는 일장기를 게양한다고 한다. 이 배는 동해, 사카이미나토, 블라디보스토크를 연결하는 정기 여객선으로 한국인이 선장을 맡고 있었다. 선장은 동해항에 입항하기 30분 전에 선장실을 승객들에게 개방하고, 여러 가지 이야기를 들려주었다.

귀국 항해는 파도가 높아 멀미로 고생하는 사람이 있었다. 여성 승객한 사람은 배에 올라서 내릴 때까지 멀미에 시달려 보는 사람을 안타깝게 했다. 그렇지만 우리가 누구인가? 높은 파도 따위는 아랑곳하지 않고 새벽까지 갑판과 로비를 옮겨 다니며 추억을 쌓았다. 우리도 비틀거렸지만 술을 퍼마셔서 그랬는지, 파도가 심해 그랬는지는 아무도 모른다.

나흘째(2011년 10월 16일, 일요일)
아침 식사를 끝내니 9시에 동해항에 도착했다. 역시 대~한민국이다.

입국수속이 일본에 비해 무척 신속하다. 귀국 때는 수학여행 팀보다 우리가 먼저 나왔다. 3시까지 서울에 도착해야 할 친구가 있어서 구담의 승용차가 먼저 출발했다. 남은 승용차 2대는 느긋하게 대관령 옛길로 들어 횡계에서 오삼불고기와 황태 전골로 맛있는 점심을 먹고, 3박 4일의 다이센 여행을 마쳤다. 아무 사고 없이, 아픈 사람 없이, 낙오자 없이, 건강하게 산행과 여행을 마쳤으니 고마운 일이다.

김기석(金基錫)

동원여행사 상무,
대한통운여행사 이사 역임.
1999~ 관훈철학원, 관훈음양오행연구원 원장.
사진 앞줄 좌로부터
전병삼, 민병승(작고), 김재년, 이원근.
뒷줄 이상경, 김시한, 김창근, 임상학, 김원섭A, 김기석.

보성교우산악회 발전을 기원하며

| 박성복(3-6) 淸嵐(청람) |

2023년 4월 29일 보성교우산악회 제54차 정기 산행에 참석하였다. 새벽부터 내리던 봄비는 마른 대지를 흥건히 적셔주었다. 우의를 입고 우산을 쓰고 군포 수리산 산행을 하였다. 마침 군포시 수리산역 철쭉축제가 개최되는 중이라 비가 내리는 가운데도 관광객이 많았다.

함께 산행키로 한 동기 3명이 불참하였으나, 동기 김희덕, 채혁이 동행하여 이런저런 이야기를 재미있게 나누었으며, 선후배 약 46명과 함께 우중 산행을 하였다.

후배들은 A코스 정상을 오르고, 53회, 59회, 60회, 66회는 B코스 둘레길을 2~3시간 걷고 기수별로 늦은 점심과 음주를 조금씩 하고 헤어졌다. 오늘 산행 중 나는 교우산악회 창립 당시의 생각에 오래도록 잠겨 있었다.

보성고등학교와의 운명적 만남으로 보성에서 성년이 되면서 가졌던 학창 시절을 잊지 못한다. 2013년 9월 정기총회에서 부족한 내가 제22대 보성고등학교 총교우회 교우회장 직을 맡게 되어 기쁨보다는 걱정이 앞섰다. 110여 년 전통의 명문 사립고등학교 교우회장으로서 교우회 활성화와 모교 보성고등학교의 발전을 위해 훌륭한 전통은 계승 발전시키고 더 나은 일이 없을까 고민하게 되었으며 선후배님들로부터 많은 얘기를 들어 하나씩 실행하게 되었다.

특히 70회 이후 후배들과의 유대 관계를 강화할 수 있는 방법을 찾아보자는 말씀이 많아 고민하던 중 누구나 편안한 마음으로 참여할 수 있는 보성교우산악회를 창립하여 정기적으로 아름다운 우리 산하를 산행하고 후배들 중 전문 산악인을 후원하면 좋을 것 같다는 판단을 하게 되었다. 그때부터 산악회 창립을 위해 많은 노력을 하였다.

먼저 고등학교 산악부 출신 선후배님들의 도움을 청해 2013년 연말 명동 ○○호텔에서 발기인 대회를 개최하게 되었다. 약 50~60명이 참석하였는데 40회, 50회, 60회 산악부 출신과 산을 좋아하는 교우들이 모여 큰 꿈을 갖고 창립 총회를 갖게 되었다. 그리고 드디어 2014년 2월 첫 행사로 철원 복계산(1,057m)을 산행하게 되었다. 산행 후 식당을 통째로 빌려 보성교우산악회 창립 경과보고와 앞으로의 산행계획을 설명하였으며, 부족한 점을 개선해 나가기로 하였다.

그리고 3월은 시산제(북한산), 4월은 전북 진안 마이산(686m), 6월은 포천 각흘산(838m), 10월은 보성교우가족 등반대회(북한산), 11월은 평창 선자령(1,157m), 2015년 2월 평창군 오대산(비로봉 1,563m)을 비롯하여 벌써 10년째 활발하게 유지 발전하게 되었다.

재미있는 이야기로는 2014년 첫 산행 시 최고참 선배님으로 48회 김윤환, 정태원 선배님이 참여하신 점이다. 60회 우리와는 띠동갑(12년 선배) 선배님들이라 더욱 친근하게 정을 주고받았으며, 앞으로 우리도 최소 80세까지는 산행에 참여할 것을 약속하였다.

2020년 코로나가 확산되어 2~3월 산행은 불가하였다. 그래도 산행은 계속되어야 하니, 지하철로 이동 가능한 서울 근교 명산을 찾아 산행하기로 결정하였고, 저녁 만찬은 기수별 예약 식당 도착순으로 간단한 음주와 식사를 하고 헤어지기로 하고 진행하였다. 그런대로 재미있었으며, 식당 주인은 주변 눈치를 보느라 안절부절못하였다. 덕분에 전철도 많이 타보고 가보지 못한 서울 근교 중소도시와 아름다운 산과 들, 그리고 강을 산책하며 즐길 수 있는 좋은 점도 있었다.

10년 전엔 보성교우산악회의 유지 발전이 걱정이었는데, 지금은 마음 든든하게 80회, 90회 후배들이 많은 관심을 갖게 되었으며 후배들도 나이가 들수록 영원한 마음의 안식처인 고교 시절 동창들과 함께 산행을 할 것이 예상되어 기쁜 마음이다.

보성교우산악회가 계속 유지 발전될 수 있도록 기초를 다져주고 용기를 북돋아준 60회 동기 보산회에 진심으로 고마움을 느낀다. 이 글을 쓰고 있는 지금 먼저 우리 곁을 떠난 김상환이 많이 생각난다.

2014년부터 2023년 지금까지 꾸준히 많은 동기들이 참여해주어 최다기수 참여상은 항상 60회 차지였다. 보산회 회원이신 여러 친구 중에서도 변함없이 건강을 유지하여 정기 산행에 참여하여 준 김희덕, 김시한, 박성우 부부, 손동철, 이상동 부부, 최동호, 채혁, 홍영표 등의 친구들에게 다시 한번 고마운 마음을 표한다. 앞으로도 꾸준히 건강 관리를 하여 48회 띠동갑 선배님들과의 약속인 최소 80세까지는 교우산악회에 참여할 수 있도록 우리 모두 젊음을 유지하자고 다짐하였다.

아쉬운 것은 작년부터 48회 두 분 선배님께서는 북한산 시산제와 보성교우가족 등반대회만 참석하시게 되었다는 말씀이 있었다. 오래도록 건강하시기를 부탁 말씀 드렸다.

우리 60회 동기들도 건강 관리에 더욱 노력하여 9988하시기를 기원합니다. 보성교우산회의 무궁한 발전을 기원합니다.

박성복(朴成福)

고려대학교 졸.
효성중공업 근무.
22대 보성교우회장 역임.
태백산업㈜ 회장.

고마운 보성

| 어창선(3-4) |

혜화동 1번지, 우아한 붉은 벽돌 건물의 고등학교,
나를 세상에 내보내 준 위대한 학교!

나는 전깃불도 없고, 서울이 어디인지도 모르는 깊은 시골에서 중학교까지 소작농인 부모님의 7남매 중 장남으로 농사일 돕고, 소 풀 뜯어 먹이며 생활했다. 중학 시절까지는 공부보다 운동하고 놀기를 좋아하며 지내서, 농구는 소년체전에 선수로 출전할 정도였다.

고교 진학을 결정할 때가 되었으나, 부모님은 진학 포기하고 집안일도와 달라는 눈치셨다. 서울? 보성고? 이게 어디 있는 어떤 학교인지도 몰랐다. 돈이 어디 있어 서울로 진학한다는 거냐?

서울에 친척이 있어서 방학 때면 서울에 가서 학원에 다니던 같은 반 친구가 보성고 원서를 사 올 테니 시험이나 보자 해서, 그래서 입학한 것이 내 일생 최대 대박 사건이었다.

그 친구가 권해 시험을 봤는데 나만 합격했다. 중3 겨울 방학 동안 방에서 안 나오기로 결심하고, 정말로 열심히 공부한 결과라고 아직도 생각하고 있다.

서울 진학을 만류하시던 부모님은 합격 소식에 뛸 듯이 기뻐하시며, 즉시 논 1,000평을 팔아 우이동에 자취방을 구해주셨다.

위대하고 고마우신 부모님,

평생 감사드리고 살았다고 착각하고 있다. 제대로 효도도 못 한 못난 장남이면서 말이다.

보성고가 엄청 좋은 학교여서 합격이 어렵다는 걸 나만 모르고 있었나 보다. 중학교 선생님들, 서울에 친척이 있는 동네 어른들은 모두 알고 계셨던 것 같았다. 합격 후 교장 선생님과 모든 선생님의 나를 대하시는 모습에서 느낄 수 있었다.

그렇게 축복받으며 시작한 고등학교 3년은 시작부터 만만하지 않았다. 시골집에서 을지로 6가 시외버스 터미널까지 자갈길을 먼지 뽀얗게 날리며 4시간 반을 시외버스로 달려야 했고, 그 먼 길을 쌀과 반찬을 들고 와서는 시내버스로 우이동 자취방까지 와서 밥을 해 먹고 등교해야 했다.

용돈이 얼마 없어서 친구들과 자주 어울리지 못했으니, 빵집과 당구장 같은 곳은 생각도 못 했다. 겨울에 시골집에 다녀오면 연탄불 꺼진 냉방에서 견딜 수가 없어서, 불 피워 따뜻해질 때까지 유재형 집에 가서 기다리며 밥도 얻어먹곤 했다. 재형 부모님께 항상 감사드리는 마음을 지금도 간직하고 있다.

서울에서는 생활이 고단했지만, 고향에서는 명문 보성고 학생에 대한

여고생들의 인기가 대단했다. 1학년을 마치고 봄방학에 시골에 내려가 내 인기가 높다는 이야기를 들었고, 여고생을 소개받아 연애란 걸 시작했다.

너무나 달콤해서 그 먼 고향 집을 한 달에 두어 차례 달려갔다. 부모님은 속도 모르시고 좋아하셨다. 수업 시간 칠판에 그 여학생 얼굴만 보이는, 그렇게 2학년 1학기를 보내고, 가을 중간고사를 치르고, 일찍 집에 가다가 삼각산 단풍을 보고는 정신이 번쩍 들었다.

집에 앉아 그녀에게 대학 들어가 다시 만나자는 장문의 이별 편지를 보내고, 오늘까지 소식을 모른다. 언젠가 유명 주간지 표지에서 그 예쁜 모습을 본 적이 있다.

재수해서 대학 가고, 군 복무 마치고 졸업. 대학 1학년 4월 첫 미팅에서 지금 아내를 만났고, 군 복무 시절에는 그녀를 포함해서 여학생 5명이 면회를 오곤 했다. 한 달에 주말이 네 번뿐인지라 날짜 조정하느라 진땀을 흘리며 비명을 지르는 즐거운 시절도 있었다.

졸업 후 현대양행을 거쳐 한라, 만도에서 직장 생활할 때는 그룹 회장님을 모시고 여러 나라에 출장 다니면서, 세계적인 유명 인사들과 회의하고 식사하는 생활을 서울도, 전깃불도 모르던 촌놈이 꿈에라도 생각할 수 있었을까?

보성이 아니었으면.

정말 고마운 보성이다. 우리 친구들 누구나 겪었을 IMF 사태, 그 시절에 잘나가던 그룹사가 해체되어 팔려나가자 직장을 잃고, 개인 사업 벌이다가 실패하고, 다시 시작하기를 반복하며 살다가, 일흔이 넘은 지금은 5년 전 제주도 남원읍에 지어놓은 집에서 휴식하며, 자전거 타기, 올레길 걷기, 오름 오르기, 바다낚시를 즐기고, 가끔은 골프도 치고, 고사리 꺾기도 하며 이 글을 쓰고 있다.

4월의 제주 고사리 꺾기는 아주 재미있다. 5시에 일어나 요기하고 6시에는 출발해서, 가시넝쿨 사이를 헤치며 고군분투한다. 우아한 자태의 고사리를 꺾을 때 허리가 아프지만, 걷기 운동과 손에 느껴지는 '톡' 소리의 감촉이 아주 좋다.

게다가 제주 고사리 가격이 600g에 8만~10만 원으로 한우보다 비싸지만, 수확하는 작업이 너무 어려워서, 선물로 받으면 주는 사람이 친형제보다 가깝다고 생각하고, 또 고사리밭은 며느리에게만 알려 준다는 이야기가 제주의 고사리의 가치를 보여준다.

개인 사업을 하던 시절 내게 피해를 준 고교 동창도 있지만, 아주 고마운 도움을 준 부산의 김OO 사장 같은 친구도 있음을 고백한다. 피해 입힌 친구들은 잊으려 노력하고, 도움 준 친구는 고마운 마음을 잊지 않고 기억하며 산다. 지금까지 살아오면서 지역동문회와 직장에서 만난 선배, 후배들 덕에 보성이란 이름이 얼마나 따뜻하고 아름다운지를 느끼며 살고 있다.

내 푸념을 들어주신 친구 여러분, 감사합니다. 이제부터는 모든 욕심 버리고 건강에만 신경 쓰며 살아야 합니다. 잊을 건 잊고, 고마움과 감사함만 간직하며 건강하게~~ 즐겁게~~ 살아갑시다.~~ 순박한 충청도 촌놈 어창선의 푸념이었습니다.

어창선(魚彰善)

71년 한양대 공대 금속과 입학.
78년 현대양행 입사.
86년 한라그룹 만도 입사.

내 인생에 보성고등학교는?

| 이창환(3-6) |

서언

인생 70여 년이 되는 시점에 지나온 날들을 뒤돌아보면서 고등학교
때 추억은 물론 살아오면서 겪은 갖가지 소재를 모아 문집을 만들면,
동기들 간에 돈독한 우정을 느끼고 많은 대화가 이루어질 수 있겠다
는 생각이 들었다. 나는 뭘 쓸까 하다가 학교를 다니며 겪었던 경험과
선생님들로부터 무엇을 배웠고 느꼈는가를 써야겠다고 생각하였다.
"보성고등학교는 미래의 꿈을 갖게 해 주었고 내 삶에 가장 많은 변
화와 느낌을 준 곳"이기 때문에 입학하여 졸업 시까지의 경험을 바탕
으로 기술하였고, 특히 많은 영향을 준 선생님들의 말씀을 회상해 보
면서 썼다. 쓰면서도 개인적 이야기로 국한되어 동기생들과 공유하는
데 좀 부족하지 않은가 하는 우려가 들기도 하였다.

59회로 입학해 60회로 졸업하다

충남의 오지(奧地)이면서 알프스로 알려진 청양(지금은 칠갑산, 청양고추로
알려지는 곳)에서 초등학교, 중학교를 졸업하고 당시 혜화동에 있던 누

님이 보성고를 추천해 주어 입학시험을 보았다. 누님이 있던 회사의 기숙사에서 라디오를 틀어 놓고 합격자 발표를 기다릴 때 "다음은 보성고등학교 합격자 발표입니다"라는 아나운서 말을 듣는 순간 입에 침이 마르던 느낌, 내 수험번호가 발표되었을 때 누나와 함께 얼싸안고 좋아했던 순간이 생생하게 떠오른다.

그렇게 해서 59회로 입학하게 되었고 누나가 있는 곳에서 학교를 다니게 되었다. 그러나 그곳에 있으면 안 된다 하여, 다른 데는 갈 데가 없었기에 책을 싸 들고 학교 교실로 들어갔다. 사정을 모르는 반 친구들은 모든 교과서가 항상 책상 서랍에 있는 걸 보고 "너 공부를 되게 열심히 하는가 보다"라고 하였다.

당장 부딪힌 것은 식사와 잠자는 문제였다. 식사는 불편해도 주변 식당을 이용하면 되었지만 잠자리는 다른 방법이 없었다. 할 수 없이 의자를 여러 개 이어 놓고, 이불은 유도하던 같은 반 친구한테서 도복을 6벌 정도 빌려 덮고 잤다.

3~5월은 봄이라지만 밤에는 날씨가 추웠는데 그래도 젊은 혈기가 있어서인지 잘 견디었다. 이런 생활을 3개월 여 하던 중 어느 날 아침 일어나다가 쓰러졌다. 몽롱한 상태에서 눈을 뜰 때 쓰러진 기억은 안 나고 교실 창가 옆에 피어 있던 라일락 꽃향기만이 어렴풋이 숨결을 따라 가슴속으로 깊게 들어오는 것을 느꼈다.

그날 '도저히 안 되겠구나' 생각해 휴학계를 내고 고향으로 내려가게 되었고 1년 후 다시 올라왔다. 그 이후 지금도 매년 봄에 라일락 꽃을 보고 향기를 맡으면, 3개월 여 동안 교실에서 잠자며 생활하고 겪었던 일이 주마등처럼 지나가면서 창가 옆의 그 라일락 꽃과 향기가 잊히지 않는 추억으로 떠오르곤 한다.

도서관에서 학교 다니던 1학년 시절

고향 집에서 1년을 보낸 후 서울에 다시 오게 되었는데, 이번엔 상도동의 외삼촌 댁에 있는 것으로 하고 올라왔다. 흑석동에서 나오는 84번 버스를 타면 한 번에 혜화동까지 가기 때문에 그 버스를 타려고 상도동 장승백이에서 한강대교까지 걸어 나오느라 새벽밥을 먹어야 했다. 외숙모도 매일 새벽 4시 30분에 일어나 밥상을 차려 주셨는데 1개월 정도 지나면서 힘들어하셨다. 할 수 없이 외삼촌 댁에서 나와 자취하는 고향 친구한테 가서 있어도 보았고, 그 이후로도 숙소를 계속 옮겨야 했다.

그러던 어느 날 고향 친구가 "사설 도서관에 가면 공부하다가 책상에 엎드려 자면 되고, 시장에서 일찍 문 여는 식당에 가면 점심도 싸 준다"고 이야기해주어 찾아간 곳이 삼선동에 있는 사설 도서관이었다. 삼선동 시장의 식당을 이용하기도 좋았고 학교까지 걸어 다니는 데도 멀지 않아 괜찮았다. 그 후에도 어려운 점이 있기는 했지만 2~3개월마다 옮겨 다니지 않게 되어 편안한 마음으로 1학년을 무난히 마칠 수 있었다.

생각지도 않았던 가정교사와 인과응보

2학년이 된 지 몇 개월 지나 중간고사를 보는 시기였는데, 나처럼 지방에서 올라온 학생 2명이 학교 다니는 데 어려움에 처하게 되었다는 얘기를 들었다. 나도 시골에서 올라왔기에 이 2명에게 위로의 편지를 써 주어야겠다는 생각이 들었다.

그래서 친구들의 주소를 알기 위해 당시 담임이신 김덕수 선생님을 뵈러 한 번도 가지 않던 교무실에 갔다. 교무실 문을 열 때 어떤 선생님(나중에 알았지만 보성중의 태호남 선생님이셨다)이 나오고 나는 들어가려는 영화의 한 장면처럼 스치는 순간, 김덕수 선생님이 태 선생님을 부르시더니 "지금 들어오는 저 학생을 면담해 보라"고 하셨다. 태 선생님은 나에게 "내일 수업 끝나고 오후 5시에 중학교 강당 옆으로 오라"고 하셨다.

다음 날 그곳에 가보니 학생 3~4명이 와 있었다. 태 선생님이 면담 후 중학교 교무실로 가자고 해서 따라갔고, 거기서 선생님이 "우리 반에 000학생(보성중 1학년)이 있는데 부모님께서 가정교사로 고등학교 선배를 원한다"고 하시며 나를 추천하겠다고 하신다. 나는 가정교사라는 말도 잘 모르고 뭘 하는지도 전혀 모를 때라 그냥 대답만 하였다.

그날 학교에 와 있던 중학생 아버님의 비서실장을 따라 시청 뒤에 있는 신우교역회사로 가서 아버님을 뵈었고, 청구동 집으로 가서 어머님을 뵈었다. 어머님께서 "우리 아들은 아이스하키 선수라 공부도 공부지만 생활 자체가 정상적인 학생들과 다르니 집으로 완전히 들어와서 같이 자고 학교도 같이 다니고 집에 와서도 생활을 똑같이 해달라"고 말했다.

그다음 날 도서관을 나와 가정교사로 있을 청구동 집으로 갔다. 그 집에서 중학생과 똑같이 생활하면서 나는 완전히 달라진 환경에서 학교를 다니게 되었다. 3학년 무렵엔 가정교사가 아닌 그 집의 완전한 일원으로 장남 역할을 하는 생활을 하였다.

지금도 가끔 59회로 다녔으면 졸업을 제대로 할 수 있었을까 싶고, 1년 휴학하고 60회로 다녔기에 가정교사라는 인연이 되어 무사히 졸업하지 않았나 싶다. 고등학교 시절 경험은 여러 가지 교훈을 주었다.

즉 어려운 처지의 동기생한테 편지를 써 주려는 마음이 발단이 되어 가정교사로 들어가게 되는 과정과 고등학교를 무사히 졸업하게 된 것을 생각하면서, 인과응보(因果應報)라는 말을 마음속에 간직하게 되었고 내 인생을 사는 동안 생활지표 중 하나로 자리매김하게 된 것이다.

내 삶에 큰 변화를 주셨던 선생님들

나는 지금도 친구들과 고등학교 시절을 얘기할 때면 "보성고를 다닌 것을 정말 감사하게 생각한다"고 말하곤 한다. 선생님들께서 수업시간에 들어오시면 대부분 해당 과목 내용을 바로 시작하지 않고, 학교 시절 경험담, 어떤 사안이나 사회현상에 대한 견해 등을 말씀하여 주신 다음에 해당 과목을 가르치셨다. 그 한 말씀 한 말씀이 꿈을 갖게 해 주었고, 나름대로 나 자신을 일깨워 주는 중요한 계기가 되었다. 그 말씀 중에 기억나는 몇 가지만이라도 예를 들면 아래와 같다.

(1)사회 선생님:

"보성고는 역사적으로 3·1운동을 비롯하여 일본으로부터 독립하는 데 큰 역할을 한 민족정신이 깃든 학교이다. 그래서 학생들이 머리를 박박 깎는 것은 일본 식민지 시대의 잔재이므로 전국에서 유일하게 머리를 기르게 하였으며, 학생들을 믿을 수 있기에 다른 학교와 달리 명찰도 달지 않는다".(보성고에 대한 자부심과 함께 보성고 학생으로서 올바른 행동을 해야겠다는 생각을 갖게 하였다).

(2)생물 선생님(곱슬머리로 별명이 배추였던 선생님):

"난 고등학교 때 방학 숙제로 글을 쓰게 되었는데, 무더운 여름에 증기기관차에서 땀을 뻘뻘 흘리며 석탄을 퍼서 넣는 화부 이야기를 써 우수작으로 뽑혔다."(그 얘기를 들은 후에, 학교에서 어버이날 초청행사를 하면서 학생들의 원고를 모집할 때 증기기관차 화부를 연상하며 청양 시골의 아녀자들이 브라자도 없이 베적삼을 입고 머리엔 수건을 둘러쓰고 '칠갑산' 노래 가사처럼 밭에서 땀 흘리며 일하는 모습을 글로 써 내어 당선된 적이 있다).

(3)독일어 선생님:

"난 학교 올 때 버스를 타면 편하게 앉지 않고, 서서 오면서 그날 하루의 일과를 설계한다"고 하셨고, "조선 중기 때 오성과 한음처럼 더울 때는 솜바지 옷을 입고, 추울 때는 팬티 바람으로 밖에 서 있어 본다"고 하면서 극기(克己)에 대한 말씀을 하셨다(젊을 때 고생은 사서 한다는 말을 연상하면서 겨울방학 때 나도 시냇물에 서 있어 보기도 했다).

(4)음악 선생님:

별도의 강당에서 노래 부르는 음악 시간이 좋았는데, 음악 선생님이 참 멋있어 보였다. 키는 크지 않으면서 당당하시고 머리는 약간 하얗게 센 외모로 "노래는 목으로 부르는 게 아니라 배의 호흡으로 부르는 것"이라면서 불룩한 배를 두드리며 "어, 어" 하시던 모습, 음악 시간이 끝날 때 되면 좋아하셨던 'O Sole Mio'를 부르며 즐거워하시던 모습... 선생님 목소리도 테너 스타일이셨다.

지금도 매년 4월이면 방송에서 빠지지 않고 흘러나오는 '4월의 노래', 방송에서 자주 들을 수 있는 '꿈속의 고향(Going Home)'이 나오면 고등학교 음악 시간을 생각하며 나도 모르게 흥얼거리며 따라 부르게 된다. 아마 3월 입학 직후인 4월이라는 계절과, 고향을 떠나 향수에 젖어 더 부르고 싶었던 노래였는지 모르겠다(음악이 인간에게 얼마나 정서적으로 영향을 주는가 느끼면서 음악에 가까워지게 되었고, 노래 속에서 즐거움을 느끼시는 음악 선생님처럼 나도 나의 일에 즐거움을 느끼는 사람이 되어야지 하는 생각을 가졌었다.).

(5)상업 선생님:

"난 학교 출근할 때 양쪽 어깨에 카메라를 메고 오면서 순간적으로 일어나는 장면을 포착해서 찍고, 일요일 휴일엔 시골 장이 서는 곳에 가서 사람들의 살아가는 모습을 사진에 담는다"고 하셨다. 나중에 안 일이지만 사진협회 회장도 하셨다 한다. 당시 국어를 가르친 한정식 선생님도 이 사진협회에 가입하여 작품 '가지 마오(강아지가 아기의 옷자락을 뒤에서 물고 있는 장면)'를 출품하여 당선하면서 사진작가로 빠르게 데뷔하게 되었다"고 말씀하셨다.

또 수학을 가르치셨던 심왕택 선생님은 "집에 방 한 칸을 완전히 영화방으로 만들어 영화를 수집하며 개인 취미생활을 한다"고 하셨다.(이러한 생활은 내가 생각해 보지 못했던 것으로 삶의 의미를 찾으려는 신선한 느낌으로 들렸다).

(6)국어 선생님:

"이번 여름방학 때는 한국문학전집을 전부 한번 읽어들 보아라. 그러면 대학 입시에 도움이 될 뿐만 아니라 새로운 문학 세계를 느낄 것이다." 내가 가정교사로 들어간 집 서재에 한국문학전집과 세계위인전집이 있었다. 그래서 방학 동안에 한국문학전집을 다 읽게 됐다. 지금도 '배따라기' '소나기' '운수 좋은 날' '무영탑' '백치아다다' '상록수'

등이 생각나며 방송의 'TV문학관' 프로그램을 보면 그때 읽었던 작품이 떠오른다.

더욱이 나중에 읽은 세계위인전집은 세계평화와 인류를 위해 어려움을 극복해가는 위인들을 보며 무한한 영향을 받았다고 생각된다. 한국문학전집과 세계위인전집을 보면서 좋은 독서가 얼마나 사람에게 영향을 주는지 알게 됐다.

(7)영어 선생님:

"자기 자신이 어느 한 분야에서 1인자가 되면 다른 사람을 원망도 시기도 하지 않는다." 나도 어느 한 분야에 집중해서 그 분야에 권위 있는 실력자가 돼야겠다는 생각을 갖게 해 주었다.

(예8)한문 선생님:

한문 선생님은 특이하게 분필을 넓게 잡으시고 흰 창호지에 붓글씨로 쓰듯 칠판에 한시를 쓰신 후 수업을 시작하셨다. 정말 명필이었다고 생각된다. 어떻게 저렇게 쓰실 수 있을까 했는데 설악산에 들어가 수년간 공부하고 나오셨다고 했다. 지금도 정몽주의 '단심가(丹心歌)', 이 몸이 죽고 죽어 일백 번 고쳐 죽어[此身死了死了 一百番更死了] 시조 전체를 다 써 놓으시고 설명해 주시던 모습이 생생히 기억난다. 아, 어떤 하나에 집중하면 저런 경지로 도달하게 되는구나 함을 일깨워 주셨다.

(9)3학년 6반 담임선생님:

고등학교 졸업 후 4년이 지나도록 한 번도 찾아뵙지 못했던 3학년 담임 선생님께서 육사 졸업식(1974년 3월) 때 태릉까지 오셔서 격려해 주셨다. 행사 때문에 단 1~2분 정도 인사만 하고 헤어졌기 때문에 '선생님께서 얼마나 허전하고 서운해하셨을까?' 하는 생각이 가슴에 맺혔었다.

그러나 초급장교 때는 대부분 전방에서 근무하므로 서울에 나올 수 있는 기회가 없었다. 10여 년이 지나 서울 국방부에서 근무할 때 선생님을 뵈려고 연락하니 고등학교에 계시지 않고 성균관대에서 교수로 계셨다. 나중에 연락되어 청담동 자택으로 가서 뵈었고 그때의 죄송한 마음을 내려놓을 수 있었다.(선생님께서 헤어진 후에도 변함없이 끝까지 사랑해 주시는 마음에 깊은 감명을 받았고, 나도 선생님과 같은 잊지 않는 인간관계를 맺어야겠구나 하는 생각을 가지게 되었다.)

그밖에 다른 선생님들의 말씀을 다 기술은 못 하지만, 선생님들의 말씀을 다 기록하여 가지고 있었다면 아주 값진 어록이 되지 않았겠는가 하는 아쉬움이 남는다.

글을 맺으며

"보성고등학교는 나에게 학생으로서 미래의 꿈을 갖게 해 주었고, 내 삶에 가장 많은 변화와 느낌을 준 곳이다".

서울로 올라와 보성고를 다닌 경험은 새로운 세계를 알게 해 주었고, 어려운 여건을 참으면서 인내하는 심성도 길러 주었다, 특히 선생님들께서 수업 시작 전에 던져주셨던 한 말씀 한 말씀은 인생을 살아가는 데 지표가 되는 많은 영향을 주셨다. 그래서 난 보성고등학교를 다닌 것에 자부심과 감사하는 마음을 갖고 있다.

앞으로 남은 인생도 지금까지 받은 참교육을 바탕으로, 내 생활 속의 삶의 지표인 인과응보, 참고 또 참는 인내심, 인간관계에서의 신뢰, 생활 속의 성실을 간직하면서 밤하늘에서 영원히 빛나는 북극성과 같이 나 또한 변치 않는 마음으로 항시 정심정행(正心正行)할 수 있기를 다짐하면서 글을 마친다.

이창환(李昌煥)

1974년 육군사관학교 졸업.
1993년 9사단 30연대장 역임.
2010년 인하대학교 예비군 연대장 역임.

나의 보성학교 이야기

| 김덕년(3-1) |

얼마 전 생전 처음 용기를 내서 글을 한 편 써서 보냈는데 주변에서 괜찮다고 평들도 해주고 나도 은근히 추억 여행이 재미도 있고 해서 물 들어올 때 노 젓는다고 '에라 한번 더 써보자' 하고 몇 자 적어 보려 한다.

나와 보성학교의 첫 인연은 이렇게 시작되었다고 기억된다. 그때는 초등학교가 아니라 국민학교라고 불렸는데, 당시 초등학교들 중 명문에 속한 종로에 있는 수송국민학교를 다녔다. 그 당시는 지금과 달리 국민학교 중학교 고등학교까지 입시를 치러야 진학할 수 있어서 아이들이 지금보다도 훨씬 더한 소위 입시지옥을 겪어야 했던 시절이었다.

지금도 기억나는 게 초등학교 6학년 어느 날 그날도 동아 전과를 들여다보면서(그때는 동아전과 표준 수련장이 대표 부교재였음) 한숨을 푹 쉬면서 "아, 내 인생에 1963년은 최악의 해야" 하고 혼자 중얼거리던 기억이 난다. 저 구절은 6학년 내내 혼자 중얼거리던 문장이라 또렷이 기억에 남아 있다. 또 어느 날에는 그땐 청량리 서울시립 농대, 지금 과학기술연구원인가 하는 곳 교원 관사에서 5명 정도가 그룹과외를 하던 때인데 도중에 하도 공부가 하기 싫어 별안간 책 위에 엎드려 엉엉 운 기억이 있다. 당연히 과외 선생님이 보고 화들짝 놀라셨었다.

그리고 드디어 중학교 입시가 가까워져 어머니하고 입시 상담하러 학교에 갔다. 원서 접수할 학교도 정해야 하고 해서 교무실이 학생들로 북새통이었는데 내 차례가 되어 담임과 마주 앉았다. 주로 담임과 어머니가 대화를 나누는 것이니까 나는 주눅이 들어서 고개를 푹 숙이고 딴 데만 쳐다보고 있었는데 지금 기억나는 두 분의 대화 내용은 이런 것이었다.

"얘가 성적이 그것밖에 안 되나요? 경복도 어렵겠나요?"

"예, 얘 성적으론 거긴 좀 힘들고요. 용산, 사대부고, 보성 요 정도에서 골라 보시면 되겠습니다."

어리지만 나도 사람인지라 어머니한테 미안한 마음으로 더욱 머리가 바닥으로 숙여졌던 기억이 생생하다. 그도 그럴 것이 내가 장남인지라 우리 집 사정에 소위 명문인 경기 서울 경복에 진학시키려고 나한테 각종 과외 등 투자를 무리하게 많이 한 걸 어린 나도 알기 때문이었다. 수송국민학교 입학도 그 동네 살지도 않고 돈암동 살던 때인데 소위 기류계(寄留屆)를 고쳐서 좋은 학교 보내려고 편법으로 한 것이었다. 그래서 결국 같은 값이면 집에서 가까운 보성중학교에 진학하게 되었다. 합격자 발표 후 학교 구경하러 처음으로 아버지 어머니 나 셋이서 손잡고 혜화동 보성학교에 나들이갔다. 보성고등학교 정문을 지나 유서 깊은 빨간 벽돌 고등학교 건물을 감상하면서 약간의 계단을 오르니 큰 운동장이 눈앞에 펼쳐졌다.

그 앞에서 우리 세 식구는 한참 말없이 서 있을 수밖에 없었다. 그때 떠올랐던 내 생각이 지금도 기억이 생생한데 '아, 학교를 잘못 골랐구나'였다.

운동장 저 너머 위치한 보성중학교 건물이 무슨 멕시코 아즈텍 피라미드처럼 높은 계단 위에 당당히 위치하고 있었기 때문이었다. 어릴 적 소아마비로 다리가 불편한 나로서는 그럴 수밖에 없었다. 한참 침묵 후에 아버지가 하신 말씀이 기억에 남는다.

"괜찮아. 운동 삼아 다니면 돼."

사실 요 문장은 중1 어린애한텐 잘 안 어울리는 말이고 요즘 나이 들어 많이 듣던 익숙한 문장이긴 한데 아버지도 어린 나에게 용기를 주기 위해서 얼떨결에 하신 말씀인 것 같다. 어쨌든 나는 아버지 말씀대로 운동 삼아(?) 3년 동안 그 계단을 열심히 오르내렸다.

중학교 1학년 때 어느 날인가 점심시간 때였다. 교실 내 뒷자리에 앉은 한 녀석이 자꾸 매일같이 밥 먹은 후에 내 양어깨 위에 두 발을 올려놓는 것이었다. 박무성이었다. 무성이하고는 앞뒷자리에 앉아 평소 친하게 지내는 사이였다. 나는 첨에는 그냥 장난으로 받아들이고 "하지 마, 하지 마" 정도였는데 이 녀석이 말을 도대체 안 듣고 계속 냄새나는 발을 내 어깨에 올려놓는 것이었다.

어느 날 점심 때 나는 드디어 못 참고 폭발하고 말았다. 어깨에 올려진 녀석의 두 발을 의자에서 일어서면서 확 잡아 당겨버린 것이다. 그당시 걸상과 의자는 투박한 나무와 철근이 섞여 있어 매우 위험했다. 아니나 다를까 아이는 고꾸라지면서 걸상 쇠붙이와 콘크리트 바닥에 머리를 심하게 부딪혀 이가 부러지고 얼굴에 유혈이 낭자하였다. 놀란 애들이 몰려들고 선생님들이 오셔서 급히 응급차를 불러 병원으로 후송하였다. 어찌 보면 큰 학폭사건으로 볼 수도 있고 정학처분 등 징계를 받을 수도 있었는데 전후 여러 가지 상황을 고려해서 징계는 안 받고 어머니하고 담임하고 무성이네 집에 사과하러 찾아간 기억이 난다. 어쨌든 무성이는 그 후 절대로 내 어깨 위에 발을 올려놓지 않고 약간 서로 서먹하게 지냈다. 의아한 건 중학교를 거치고 고등학교 3년 내내 걔를 우연히 지나다 보면 당연히 나 때문에 부러져서 빠진 이부터 살펴보게 되는데 이가 계속 빠진 상태로 다니는 것이었다. 나는 볼 때마다 좀 미안한 생각도 들고 '쟤네 집은 엄청 부자라는데 왜 이 하나 못 해주지?' 하고 의아하게 생각했던 기억이 난다.

그 이후 몇십 년 지난 몇 해 전에 우연히 동기들이 모여 자주 당구를 친다는 어느 당구장에 잠깐 들렀다가 무성이를 만날 기회가 있었다. 서로 많이 변해서 알아볼까 했는데 그래도 반갑게 악수를 나누었다. 역시 힐끔 이를 쳐다보았는데 다행히 말끔하게 이를 해 넣은 걸 보고 기분이 좋았었다.

얼마 전 무성이가 작고했다는 소식을 듣고 중학교 1학년 때 그 일이 생각났고 대놓고 사과 한번 안 했던 게 미안하단 생각도 들었고 참 인생이 덧없구나 하고 또 한 번 느꼈다.

중3 때는 좀 머리가 커져서인지 슬슬 멋도 좀 부리기 시작하고 팝송도 즐겨듣고 이성에도 관심이 생기기 시작했다. 중3 여름 어느 날 지금 얼굴은 생각나지만 이름이 생각 안 나는 어느 녀석이 나에게 다가와(꽤 잘생긴 녀석이었음) 느닷없이 "너 교회 다니니?" 하는 것이었다. 난 당연히 안 다닌다고 했더니 자기가 장충동에 있는 경동교회를 다니는데 거기 이쁜 여자애들이 많으니 같이 다니자는 것이었다

귀가 솔깃해져서 "교회는 아무나 가도 되는 거냐"고 물었더니 예수님이 주인이신 교회니까 아무나 가도 되고 자기가 교회 청소년부에 나를 등록시켜 주겠다는 것이었다. 그리하여 중3 나의 신앙생활이 별안간 시작되었는데 말이 신앙생활이지 매주 일요일 아침 그 녀석하고 둘이 예배 시간에 앉아 목사님 설교는 관심 없고 이쁜 애들 안 왔나 주변을 두리번거리는 게 일이었다.

생각보다 별로 이쁜 애들도 안 보이고 예배보는 것도 지겨워서 신앙생활을 그만두려 할 때쯤 수요일 청년부 모임 시간이던 때인가 한 여학생이 눈에 들어왔다. 녀석한테 누구냐고 물어봤더니 이름은 박흠례, 경기여중 3학년이고 집은 가까운 장충동 태극당 뒤쪽에 있어서 걸어 다닌단다.

이 녀석은 여기 나오는 모든 여학생들 호구조사가 완벽히 되어 있구나 하고 감탄했었다. 그러면서 맘에 들면 한번 대시해 보란다. 그래서 딱 한 번 걔하고 무슨 대화를 한 것 같은데 무슨 대화인지 기억은 안 나지만 여자애 반응이 살살 웃으면서 괜찮아 보이는 것이었다. '야 경기여중이면 공부도 잘하고 얼굴도 예쁘장하고 한문 시간에 배운 재색겸비 팔방미인이 바로 쟤로구나' 하고 호감을 갖게 되었다.

그날 이후 나는 지레짐작으로 '저 애도 날 괜찮게 생각하나 보다' 하고 흠례 생각을 자주 하면서 혼자 좋아했던 기억이 난다. 어느 날인가 친구 녀석하고 일요일 낮 교회 끝나고 걔네 집이 어딘가 알아보자고 태극당 뒤편 집까지 몰래 쓸데없이 따라간 적도 있었다.

그런데 어느 날 우리 집에서 이 사실을 알고 난리가 났다. 중3이고 코앞에 고등학교 입시를 앞둔 애가 느닷없이 공부는 제껴두고 교회를 다닌다니까 놀랄 만도 한 것이었다. 그때 아버지가 나를 앞혀놓고 대노하시면서 하셨던 말씀이 아직도 기억이 난다.

"이놈아, 고등학교라도 나와야지 중졸로는 아무 데도 취직도 못 해! 교회가 너 밥 멕여주니?"

또 우리 어머니는 독실한 기독교 신자이신 작은 고모님을 찾아가 우리 애가 별안간 왜 저러냐고 하소연하셨던 기억도 난다. 이렇게 한바탕 난리를 치르고 나서 난 좋아하던 흠례와 변변한 작별 인사도 하지 못하고 나의 짧았던 중3 신앙생활을 끝내게 되었다. 흠례도 지금쯤 어디서 곱게 늙어 잘살고 있겠지.

당연히 성적도 바닥으로 떨어져서 급히 사촌형 후배인 한양공대 학생 하나를 개인과외로 붙여줘서 간신히 보성고등학교에 진학할 수 있게 되었다. 약간 내성적이던 중학교 시절과는 달리 고등학교 때는 제법 친구들도 많이 사귀고 약간 활발한 성격으로 바뀌어 갔는데 그들과 어울리면서 지금도 즐거운 기억이 많이 남아 있는 시절이었다. 죽이 맞는 친구들과 학교 땡땡이치고 음악감상실 등 밖으로 나돌아다녔던 것도 그렇고, 거의 매일 방과 후에 학교 앞 혜화국민학교 근처에 있는 권오근이네 집에 모이곤 했었다

오근이네 혜화동 집은 당시 웬만한 보성학교 애들은 다들 알고 있던, 유명한 학생들의 방과 후 아지트였다. 보성학교에서 나와 혜화국민학교 조금 지나 골목길 안에 위치해 있던 큰 한옥이었는데 지금도 기억이 생생하다. 오근이 방이 사랑방이어서 골목길 가에 바로 위치해 있고 애들 드나드는 것을 분명히 알았을 텐데 오근이 어머님의 배려이

신지 대문이 항상 열려 있었던 기억이 난다. 지금 생각해도 참 고마운 분이 아닐 수 없다.

또한 그 어머니 못지않게 우리 착한 오근이도 희한한 게 그렇게 애들이 지 방에 자주 들락거리면 귀찮기도 보통이 아닐 텐데 한 번도 짜증 내는 걸 본 적도 없고 오히려 우리들 보라고 '선데이서울' '주간경향' 등 그 당시 우리가 열광(?)하던 주간지 등을 가지런히 방 안에 정리해 놓고 기다렸던 기억이 난다. 가끔 드나들던 녀석들 중에 '선데이서울' 같은 잡지에 나오는 수영복 입은 당시 유명 여배우들의 사진을 몰래 오려 가는 녀석들이 있어서 우리들 모두의 원망과 분노(?)를 산 적도 많았다. ㅎㅎ

권오근(權五瑾,3-2)이 하고는 중학교 고등학교 통틀어 이 용(李 勇,3-5)하고 더불어 참 친한 친구 중 한 명이었는데, 용이는 일찍 세상을 떠났고, 오근이도 캐나다에서 별안간 사고로 얼마 전 하늘나라로 갔다는 소식을 듣고 너무나 큰 충격을 받았다. 한동안 서로 연락이 안 되다가 최근에야 서로 연락이 돼서 한국에 1년에 한 번 올 때마다 만나서 회포를 풀었었는데…. 착하고 잘생겼던 오근이가 보고 싶다.

그러고 보면 유난히 나하고 친했던 보성 옛친구들이 세상을 많이 하직했다.

이용기(李湧基, 3-4)도 그렇고, 양병륜(梁炳倫, 3-2)이도 그렇고… 뭐 나중에 또 다시들 만나겠지.

고2 때인가 재미있는 일화가 하나 있는데, 화학 선생님이셨던 김민하 선생님과의 일화이다. 사실 김 선생님은 이과 화학 선생님이시라 난 한 번도 수업을 들어본 적도 없고 꽤 무서운 선생님이 한 분 이과에 계시다 정도만 알고 있었다. 이 얘기는 동창들 만났을 때 몇 번 한 적 있는데 김민하 선생님은 당시 미아리 삼거리에서 '금하상회'라는 아담한 철물점을 부업으로 경영하고 계셨다. 나중에 생각하니 '금하'라는 상호도 본인 성함이신 김민하에서 따오신 듯하다.

그 당시 우리 집은 돈암동 미아리 수유리 일대에서 변두리 건축 붐을 타고 소위들 말하는 '집 장사'를 하고 있었다. 주로 생활력이 강하신 우리 어머니가 맡아 집을 짓고 팔았는데 집 지을 때 소요되는 철물들을 주로 금하상회에서 갖다 썼다. 그러니까 금하상회로서는 우리 집이 큰 고객이었던 것이다. 큰 재료들은 가게에서 종업원들이 건축현장으로 직접 배달해 주었으나 자잘한 못이라든지 접착제 같은 것들은 나나 동생들이 심부름으로 가서 받아오곤 했다. 나도 여러 번 가게에 심부름가서 주로 신문지로 포장된 못을 한 움큼씩 사온 게 기억난다.

난 주로 고무신 신으시고 러닝셔츠 입고 계시던 가게 주인아저씨가 김민하 선생님인 줄은 꿈에도 생각 못했다. 갈 때마다 "어, 덕년이 왔어?" 하면서 박카스도 주시고 살갑게 맞아주시던 맘씨 좋은 가게주인이실 뿐이었다.

어느 날 어머니가 나에게 "너 금하상회 주인아저씨가 보성학교 선생님이신 거 아니?" 하시는 것이었다. 나는 화들짝 놀라 "엥? 정말요?" 하며 다음 날 학교에 가서 애들한테 확인해 보니 이과 화학 담당이시고 담임도 맡고 계시는 것이었다. 게다가 아이들 얘기는 엄청 유명한 무서운 선생이라는 것이었다.

난 바로 깨달았다. 아 그 유명한 이과 선생님이 바로 이 선생님이었구나, 애들 얘기론 주특기가 주로 따귀를 때리는 거라는데 나로서는 충격적인 일이었다. 내가 심부름 갈 때마다 다정한 미소로 살갑게 맞아

주시던 가게주인 아저씨가 그렇게 무서운 호랑이 선생님이라니... 참 사람 속은 알 수가 없구나 하는 생각이 들었다.

어머니 얘기는 우리 애가 보성학교 다니고 있다고 미리 말씀드려서 선생님은 나를 이미 알고 있으신 듯싶다. 그때 우리가 미아리 대지극장 뒤편 한옥집에 살고 있을 때인데 김민하 선생님이 우리 아버지하고 대지극장 근처에서 밤에 술을 마시고 만취해서 자주 우리 집에 오시던 기억이 난다.

우리 아버지는 애주가셨는데 그에 못지않게 김 선생님도 대단한 애주가여서 우리 집에서 한잔 더 하시고 집에 가실 때 몹시 취하셔서 꼭 내 워커 신발로 바꿔 신고 대문을 나가실 때가 많아 내가 쫓아가 신발을 바꿔 신겨 드렸던 기억이 있다. 나도 고3 때 담임선생님과 여러 가지로 안 좋아서 교무실에 불려갈 때가 많았는데 어느 날 저쪽 구석에서 한 학생의 뺨을 때리고 있는 현장을 우연히 목격한 적이 있다. 깜짝 놀라 몸을 급히 숙였는데 선생님도 나를 보셨는지 약간 시선이 움찔했던 기억이 난다. 지금 시대엔 있을 수 없는 일이겠지만 그 당시 일부 선생님들의 과도한 폭력은 아무리 좋게 생각해도 이해가 안 되는 부분이 있다.

하지만 비록 여러 가지 사실을 나중에 알게 되긴 했지만 김민하 선생님의 내 머릿속 한편의 뚜렷한 이미지는 항상 러닝셔츠와 고무신 신으시고 내가 갈 때마다 살갑게 맞이해 주시던 맘씨 좋은 금화상회 아저씨로 영원히 기억될 것 같다.

이렇게 정말 오랜만에 옛 보성학교 시절을 더듬어 회상하며 글을 적어 보니 감회가 새롭다. 김민하 선생님 얘기를 쓰다 보니 다른 선생님들 기억도 나는데 젤 먼저 떠오르는 분이 영어 담당이시던 유윤식 선생님이시다. 지금 생각해도 풍채도 당당하시고 항상 두꺼운 검은 뿔테 안경에 허리도 꼿꼿이 펴고 다니시던 기억이 생생한데 왜 별명이 중공군이었는지 모르겠다. 또 최근에 부인이 배우 나문희 씨라는 소식을 듣고 깜짝 놀랐었다.

선생님은 꼭 수업 시간 전에 저번 시간에 숙제 내주신 영어 단어 연습한 종이(약 10장 정도?)를 제출하라 하시고 안 내거나 장수가 모자란 아이는 모자란 숫자대로 가차없이 항상 들고 다니시던 대걸레 자루 같은 긴 몽둥이로 칠판에 기대라 하고 엉덩이를 때리셨다. 나도 수없이 맞았던 기억이 난다.

그러니 숙제를 제출해야 할 영어 시간이 돌아오면(우리끼리는 일수 걷는 시간이라 했음) 그 전 시간부터 반마다 애들이 모자란 장수 채우려고 난리법석이었다. 우선 장수가 많이 모자라는 애들은 볼펜 두세 자루를 손깍지에 끼고 둥글둥글 돌려서 얼추 알파벳 모양이 나게끔 해서 종이를 꽉 채운 다음 슬쩍 제출하는 경우가 많았는데, 대부분 선생님의 날카로운 눈은 피하지 못하고 오히려 괘씸죄로 더 맞았던 기억이 난다.

이름은 생각이 안 나는데 애들 소문이 어느 반엔가 이 방면에 중공군한테 한 번도 걸린 적 없는 볼펜의 달인이 있다는 것이었다. 2학년 어느 여름날인가 얘가 시범을 보이고 기술(?)을 전수해 준다고 해서 나도 호기심에 모여 있는 애들 어깨너머로 그 애가 시범을 보이는 현장을 볼 기회가 있었다. 얘는 우리들하고 완전히 차원(?)이 달라서 볼펜 다섯 자루나 여섯 자루를 손깍지에 끼고 엄청 빠른 속도로 종이를 채워 나가는데 정말 놀라움을 금할 수 없었다. 지 말로 안 걸리는 비결은 글자 간격을 촘촘히 해서 볼펜을 돌린다고 했다. 진짜 완성된 걸 보니 진품(?)과 전혀 다름없었다. ㅎㅎ.

주변에 모인 애들이 모두 감탄(?)을 금하지 못하고 너도나도 따라 해 봤는데 한 명도 성공하지 못했고, 나도 역시 열심히 흉내 내봤지만 손 깍지에 볼펜 4개 정도만 끼우는 것도 여간 버거운 것이 아니었다. 그 러니 대여섯 자루를 손가락에 끼우고 잽싸게 볼펜을 돌린다는 것은 지금 생각해봐도 신기(?)에 가까운 기술이었다. 대단한 악력의 소유자 였던 것 같다.

지 말로는 하루 이틀에 이루어 낸 게 아니고 오랜 시간 수많은 연습과 시행착오(?)를 거쳐서 완성되었다고 애들 앞에서 으쓱하면서 자랑하 던 기억이 난다. 차라리 그 시간에 그냥 영어 단어 연습을 하지 쯧쯧. 혹시 그 당사자 친구가 이 글을 읽고 있을지도 모르겠다.

또 기억나던 선생님이 정희진 선생님이신데 왜 이 선생님이 안 잊히 나 하면 어느 날 학교 운동장을 지나가는데 아무도 없는 운동장 조회 대 단상에 혼자 올라가셔서 큰 소리로 "모두 대한민국 만세 하세요!" 하고 허공에다 외치시는 것이었다. 그것도 여러 번 그런 광경을 보았 다. 난 그때마다 깜짝 놀라 걸음을 멈추고 흰 머리에 연세도 좀 들어 보이고 하셔서 혹시 정신이 잠깐 나가셨나 하고 한참 제자리에 서서 걱정했던 기억이 있다. 다행히 별 이상은 없으시고 아마도 조상님 중 에 독립운동가가 계셨거나 스스로 나라를 위한 마음에서 진심으로 그 러셨던 것 같다.

고3이 되어선 내가 미술대학 진학을 목표로 한다고 하니까 또 한 명 미대 지망생 김진성과 함께 1반에 배정됐다. 그 당시 3학년 1반은 문과 3개 반 중에 2학년 때 성적이 좀 낮거나 학교에서 문제가 좀 있는 애들을 한데 모은 일종의 열반이었다. 학교에선 좋은 의미로 연고대 반이라고 불리게 해 줬으나 학생들 사이에선 돌반, 텍사스반이라고 불리는 차별된 반이었다. 학생 수도 다른 반들은 60명 안팎이었던 반면 1반은 40명 정도였다.

사실 내가 그 반에 배정된다고 했을 때 약간 걱정은 되었다. 보성학교에서 다들 한 가닥 한다고 명성이 자자한 애들이 모여 있는 반에서 트집잡혀 줘 맞지 않을까 하는 우려도 좀 있었고 몇 번 꿇어서 나이 많은 애들도 있다고도 하고... 하지만 소문으로만 듣던 애들이 어떻게 생겼는지 궁금하기도 하고 어쨌든 그리하여 나의 3학년 1반 생활이 시작되었다.

첫날 자리 배분을 하고 주위를 둘러보니 내가 키가 작지 않은 이유인지 약간 교실 뒤쪽 자리에 앉았는데, 내 주위로 덩치들이 쫙 둘러앉아 있는 것이었다. 앞쪽 편에는 좀 얌전해 보이고 작은 편인 애들이 앉아 있었다. 젤 먼저 눈에 들어오는 앞쪽 애는 안용수였다. 안용수는 전부터 알고 있었고 하니까 걔가 같은 반이라는 게 사막의 오아시스를 만난 듯 그 순간 잠깐 위안이 되었다. 그리고 '어? 쟤는 공부 잘하는 애가 왜 이 반으로 왔지?' 하는 의아심이 들었다. 나중에 알게 된 게 몇 명은 아예 진짜 연고대를 목표로 이 반에 일부러 자원해서 온 애들도 있었던 것이다.

지금도 1학기 초반 걔들에 둘러싸여 무척 긴장하고 눈치 보기 바빴던 기억이 난다. 그런데 며칠 시간이 지나고 서로 인사도 하고 조금씩 편해지기 시작하면서 걔들에게 느낀 것은 예상 외로 착하다는 것이었다. 물론 덩치들이 좀 있고 얼굴 인상이 좀 유별난 애들도 있었지만 의외로 성격들이 서글서글하고 유쾌했던 기억이 난다. 고3 돼서 맘잡고 공부하겠다는 티도 금세 느껴졌다.

종상이 걸종이 낙희 동호가 내 주변에 있었고 저쪽 좀 떨어져서 선호하고 용천이 자리가 있었다. 특히 걸종이가 기억에 남는데 나만 보면 "미대생 미대생" 하면서 다가와 즐겁게 지냈던 기억이 난다. 걸종이는 지금 생각해도 표정이 서글서글하고 기분 좋은 인상 좋은 학생이었던 것 같다.

용천이하고도 친하게 지냈는데 얘는 특히 미술에 관심이 많아 나에게 미술에 관해서 여러 가지 묻기도 하고, 내가 다니는 미술학원에 놀러 온 적도 있었다. 또 학원에 다니는 여자애 하나 소개해 달라고 해서 한 애 소개해 준 적 있는데 다음 날 학교에서 어찌 됐냐고 물었더니 퇴짜맞고 개피 봤다고 한자로 적어 주던 기억이 난다.

종상이를 비롯해 그 밖의 친구들하고도 친하게 지냈던 기억이 있다. 딱 한 명 3학년 끝날 때까지 내가 어려워했던 친구가 하나 있었다. 김동호A였다 동호는 우선 인상이 접근하기 어려운 묘한 분위기의 얼굴에다 말이 거의 없었다. 동호의 이미지는 지금 세상이라면 요즘 넷플렉스에 자주 보이는 한국 갱스터 느와르 영화의 주연 조연으로 대박쳤을 거란 상상을 해 본 적 있다. 워낙 말이 없고 독특한 인상이라 내가 먼저 말 걸기도 그렇고 별 교분 없이 눈치만 보면서 지낸 것 같다.

그런데 몇 년 전 우리 아버지가 돌아가셨을 때 내일이 발인인데 동호가 일원동 삼성병원 장례식장으로 혼자 찾아온 것이었다. 세월의 흔적은 어쩔 수 없어 머리도 희어지고 늙어 보였지만 그 시절의 독특했던 인상은 그대로 남아 있었다. 난 깜짝 놀라 어떻게 알고 왔느냐니까 당시 동창회장이던 김경한이한테서 연락을 늦게 받고 부랴부랴 왔다는 것이었다. 그리고 동창들 많이 왔냐고 물어보더니 내가 교분이 많이 없어 별로 많이들 오지 않았다고 얘기했더니 야단치듯이 타이르며 늙어서는 더욱 자주 교류해야 한다고 하고 동창회장이던 경한이에게 연락하지 그랬냐고 약간 꾸중(?)을 하던 기억이 난다. 그리고 술 한잔 하라고 소주하고 잔을 주자 잔은 필요 없고 우동그릇 같은 거 있으면 하나 달라고 해서 갖다 줬더니 우동그릇에다 소주를 콸콸 붓더니 그릇째 단숨에 마시는 것이었다.

난 속으로 '야 동호, 아직 살아 있네' 그 소리밖에 할 수 없었다. 그랬던 동호도 경한이도 얼마 전에 세상을 떠났다는 소식을 듣고 놀라고 많이 슬프고 안타까웠다. 이제 좀 친해질 수 있나 했는데 벌써 가다니….

난 원래 성격이 그리 활발하지 못하고 누구에게 먼저 다가서는 편이 아니라서 그리 친구가 많은 편은 아니다. 그러나 보성학교 6년 동안 내 주변에 있었던 모든 친구들의 소중했던 기억은 내가 살아 있는 동안 영원히 되살아나 나의 뇌리 한편에 자리 잡고 나를 행복하게 해줄 것이 분명하다.

김덕년(金德年)

서울대 미대 서양화과 졸.
현 서울예고 미술과 강사.

보성이 맺어준 천생연분

| 김 일(3-5) 汎雪(범설) |

조국을 떠나온 지 45년!

강산이 네 번도 넘게 변하는 동안, 우리의 인생살이는 속도가 아니라 방향이 중요하다고 믿으며, "어디에서 사는가?"라는 질문보다는 "거기서 어떻게 사는가?"라는 질문에 더 의미를 두며 지내 왔음을 고백하고 싶습니다. 보성고 60회 문집의 원고 모집 소식을 접하고 여러 가지를 생각했습니다. 나의 지난 삶이 얼마나 모교와 연결되어 시작되었는지, 1978년 그때 태평양을 어찌 건너왔는지 하는 생각을 떠올리면 지금도 모든 일이 기적처럼 느껴집니다. 부족한 이 글을 통해서 일흔이 넘은 내 영혼에 모교 보성을 향한 사랑의 불꽃이 남아 있으며, 내 인생이 끝나는 그 날까지 계속 타오르기를 간절히 빌면서, 함께 한 모든 동기들에게 감사를 보냅니다.

누군가 말했듯이, 복된 만남 중에서 인생의 동반자와의 만남이 제일 중요합니다. 이 복된 만남의 축복을 평생 누리게 해 준, 보성이 맺어 준 내 인생의 비밀을 조심스럽게 나누려 합니다. 보성고와의 좋은 기억은 비단 혜화동 시절의 추억뿐만이 아니라, 운명의 사슬에 묶인 것처럼 대학 시절에도 많은 추억을 남겨 주었습니다. 대학 졸업 후 미국으로 떠나서 45년이 지났지만, 보성의 기억은 나를 떠나간 적이 없습니다. 보성은 지금 이 순간에도 한없이 자랑스러운 기억으로 남아 있습니다. 지금부터 이야기를 시작하기로 합시다.

내 인생을 완전히 바꾸어 놓는 사건은 대학교 3학년 시절 6월에 일어났다. 그 사건은 보성고 동기 모임에서 벌어진, 전혀 예상치 못한 일이었다. 나는 지난 45년 동안 누구와도 이 사연을 나누지 못했지만, 오늘 이 글이 앞으로 더 훈훈한 동기 모임으로 이어졌으면 좋겠다.

대학 3학년의 평범하기 짝이 없는 어느 날, 도서관에서 다가오는 시험을 준비하고 있던 6월 28일, 친한 보성 동기가 찾아와 내 인생의 전환점이 시작되었다. 그 친구는 도서관에서 나를 발견하고는 다짜고짜 이야기를 꺼냈다, 오후에 종로 2가에서 남녀 대학생의 미팅이 잡혀 있는데, 남학생 한 명이 갑작스레 못 온다고 연락이 왔으니, 내가 대신 참석해 빈자리를 메꾸어 달라고, 부탁하는 것이었다. 그건 당시에 우리가 잘 쓰는 말로 땜빵을 해 달라는 요구였다. 나는 할 일이 많아 짬이 없었지만, 동기생의 부탁을 거절하지 못했다.
그날 예정했던 것을 모두 포기하고, 그 친구를 따라 졸지에 미팅 장소로 끌려갔다. 내 몰골은 다른 참석자들의 준비된 복장이나 태도와는 딴판이었다. 책을 읽다가 갑자기 끌려 나오는 바람에 수염도 깎지 못하고 부스스한 모습으로, 자신도 민망하게 생각하며 미팅 장소에 들어갔다. 동기생의 부탁을 뿌리치지 못하고 땜빵으로 참석한 그 미팅이 나의 인생을 바꾸고, 미래의 삶에 새로운 방향을 만들어줄 줄은 꿈에도 몰랐다. 일흔이 지난 지금 돌이켜보면, 그날의 만남이 하나님이 내게 주신 최고의 축복이었다.

그날 미팅도 짝을 정하기 위한 제비뽑기로 시작했다. 모두 누가 누구와 짝이 되는지에 신경을 곤두세우는 눈치였지만, 땜빵 역할을 하러 온 나는 담담하게 앉아 있었다. 제비뽑기가 끝난 후, 여학생 하나가 내게로 다가와 서로 번호를 확인하고는 내 옆으로 자리를 옮겨 앉는 것이 아닌가! 그제야 나는 이럴 줄 알았으면 다른 학생들처럼 때 빼고, 광내고 나올 것을! 하고 후회하면서, 그 여학생에게 미안한 마음이 들었다. 그렇지만 그 여학생의 처음 본 모습이 너무나 청순해 내 머리는 잠시 혼란에 빠졌다. 친구를 도와주기 위해 참석한 자리이므로 빨리 빠져나와야겠다고 생각하던 터에, 우리만의 공간에서 그 여학생과 만나고 싶다는 생각이 덧붙여졌다. 나는 용기를 내서 제일 먼저 자리를 박차고 나왔다. 갑작스러운 행동에 다른 학생들이 와! 하고 부러움 섞인 탄성으로 우리를 보내 주었다.

그런데 다음이 문제였다. 갑작스러운 제안을 선선히 받아 줘서 고맙기는 했지만, 답답한 땜빵 역할을 벗어나고자 한 돌발 행동에 무슨 계획이 있었겠는가? 그렇지만 그때는 꿈에도 몰랐지만, 돌이켜보면 그게 신의 한 수가 되었다. 이상하게 미팅 장소를 벗어나는 순간부터 나는 마치 무엇인가에 끌려가는 듯했다. 미리 계획에 있었던 것처럼 그 여학생에게 나를 따라오라고 하고는, 가까운 덕수궁을 향하고 있었다. 까닭이 있었다. 어려서부터 강북에서 자란 나에게 덕수궁은 중앙청, 통의동, 경복궁과 함께 나의 안전지대였다. 졸지에 처음 만난 여학생과 자연스레 덕수궁 돌담길을 걷고 있는 나를 발견하고는 놀랐지만, 덕수궁 안 벤치에 앉아 처음으로 제대로 쳐다본 그녀의 모습은 너무나도 신선한 모습으로 다가왔다. 그 당시 남녀 대학생들이 만날 장소가 별로 많지 않아서, 대부분 대학가 다방이나 고궁, 혹은 명동에서 만나 식사하는 게 보통이었다. 지금처럼 강남이 생기기 훨씬 전인 호랑이 담배 피우던 시절이었기에 모든 것이 부족한 환경이었다.

그날 덕수궁에서 첫 만남을 끝내며 헤어질 때, 나는 용감하게 다음 만날 약속을 정했다. 그리고 돌아오는 버스 안에서 그날 아침 식사 중에 어머님께 말씀드린 기이한 꿈 이야기가 갑자기 생각났다. 꿈에서 나는 넓은 마당 같은 곳에서 한 무리의 사람들에게 둘러싸여 있었다. 갑자기 머리 하얀 할머니 한 분이 그 무리를 헤치고 들어오다가, 나에게 큰 소리로 "내가 네 색시를 데리고 왔다."라고 말했다. 그리고는 내 손목을 잡아끌고 어떤 젊은 여자에게 데려다주는 것이었다. 깨고 보니 기이한 꿈이라는 생각이 들었다. 그것이 평생 다른 이와 나누지 못한 나의 비밀 이야기가 될 줄은 몰랐다. 누군가가 말하지 않았던가! 인생 최고의 선물은 하늘이 맺어준 남녀의 인연이며, 그것이야말로 하늘이 준 신비한 선물이라고.

아침 식사 중에 어머님께 꿈 이야기를 말씀드렸다. 어머님께서는 웃으시면서 "그런 아가씨가 있으면 집으로 데리고 오렴." 하셨다. 그때는 그 여학생이 처음이자 마지막으로 어머님께 직접 소개한 여자가 될 줄은 몰랐다. 덕수궁에서의 첫 만남 이후, 두 번 정도를 더 만났을 때 여름방학이 왔다. 두 번째 만남에서 그 여학생은 방학에 미술반 학생들과 지방으로 그림 그리러 갈 계획이 있다고 알려 주었다. 어찌 된 이유에서인지, 그것도 하늘이 맺어준 인연의 소중함을 나에게 깨우쳐 주려는 의도인지는 몰라도, 세 번째 만난 후에는 다음 약속 없이 그냥 헤어졌다. 그동안 부족한 학업을 보충하려는 내 계획으로 여름방학의 일정이 바빴는지, 아니면 꿈속 할머니의 이야기를 잊었는지, 다음 만날 약속 없이 각자의 생활로 돌아갔다.

방학이 시작되자 미국 유학을 위해 영어 시험 준비에 힘을 쏟으며 하루하루를 보내고 있었다. 그러던 어느 날 갑자기 그 여학생이 이야기한, 그 학교 미술반 그림 여행이 생각났다. 이것도 미리 정해진 인연인가? 우리 집에서 그 여학생의 학교가 걸어서 불과 10분 거리에 있었기 때문에 무작정 가 봤더니, 방학 동안에는 본교 학생 이외에는 출입 금지라며 수위 아저씨가 들여보내 주지를 않았다. 나는 할 수 없이 미술반 학생들이 지방에서 돌아왔는지만 알고 싶다고 하며, 그 수위 아저씨와 옥신각신하고 있었다.

그런데 수위실 가까운 벤치에 앉아 있던 여학생 중 하나가 나를 알아보고는 미팅에서 나의 짝을 했던 친구에게 내가 수위실 입구에 있음을 알려줬다. 나를 기억한 그 여학생이 뛰어와 수위 아저씨에게 사정을 이야기했고, 그래서 그 여학생을 극적으로 다시 만나게 되었다. 만약 그날 내가 그 학교를 무작정 찾아가지 않았다면, 만약 그 여학생의 친구가 나를 알아보지 못하였다면, 내 인생에 지금 쓰고 있는 글을 쓸 기회가 영영 주어지지 않았을 것이다. 또한 세 명의 귀한 자녀를 선물로 받지도 못하였을 것이다.

인연의 소중함을 깨달은 나는 보성 60회가 맺어준 천생연분을 우리의 것으로 만들어야 한다는 생각으로, 1978년 4월 1일 미국행부터 시작해서 지난 40년을 십 년 단위로 묶어, 마치 10개년 계획을 이루어 나가듯 오직 정해진 목표만을 위하여 각각의 십 년씩을 투자했고, 이제 벌써 다섯 번째 10개년의 중간에 이르고 있다.

첫 번째 십 년은 우리의 새로운 인생을 살아갈 터전을 만들었고,

두 번째 십 년은 새 인생의 터전 위에 지역 봉사가 목표였으며, 그 결과 1994년 이 지역 어린아이들을 위한 한글학교를 설립했다.

세 번째 십 년은 우리의 인생을 신앙의 터전 위에 쌓아가는 시기로 만들어, 가진 것에 감사하고 긍정과 겸손의 자세로 지역 교회와 미국 전국 한인 총회를 섬기며, 미주 각 지역의 지도자들과 친교하며, 미국 장로교 한인 교회사, 한인 교회 전국 총회 40주년 기념 역사책을 만드는 사업에 편집인으로 동참하여 40년 역사를 정리하는 대사역에 참여하였다.

네 번째 십 년은 그 공로를 인정받아 미주 한인 총회는 물론이고 미국 총회에서 섬기는 축복을 받아 바쁘게 지냈으며, 다섯 번째 십 년은 지난 40년간을 통하여 얻은 '평범함에 대한 소중함'을 실천하기 위하여, 특히 지난 3년간의 팬데믹 기간을 바탕으로 우리 가족과 나와 내 짝의 은퇴 생활에 집중하고 있다.

보성이 맺어준 천생연분으로 미팅에서 만난 그 여학생,

꿈속의 할머니가 이끌어준 그 짝, 항상 힘들고 어려울 때마다 나의 등을 받쳐준 아내가 있었기에, 미국에서 새로 시작한 나의 인생에서 매 십 년 계획의 열매를 맺을 수 있었다. 앞으로도 죽는 그 날까지 소중

한 보성이 맺어준 인연에 감사하며, 모교 보성의 무궁한 발전에 영광
의 박수를 보낸다. (샌프란시스코에서)

김 일(金 一)

1970 연세대학교 이공대학 입학.
1978 미국으로 이주.
현재 캘리포니아 북가주 Wine Country거주.

성북동 하숙집, 혜화동 로터리의 추억

| 이무혁(3-7) |

우리 보성 60회의 졸업 회고담이 역사에 남거나 사회에 기여하지는 않겠지만 나이 70을 넘기면서 기억 한편에 남아 혜화동의 정겨운 교정(校庭), 가르쳐 주신 스승. 같이 배우고 지낸 친구들을 기억하는 기록물도 되고 소박한 공감의 장(場)이 되면 좋겠다.

우연히 38회 보성 선배님들이 2006년도에 남긴 개교 100주년 졸업 회고집을 보게 되니 더욱 그러하다. 우리는 가더라도 남겨서 후배들이 참고하거나 반추해 보는 의미가 있을지도 모르겠다.

보성을 나와 사회생활을 하면서 다른 출신들의 많은 사람들을 필연적으로 만나고 관계를 맺게 된다. 지내보면 안다는 말이 있듯이 그때는 잘 몰랐는데 지내보니 당시 이끌어준 선생님들이 상당히 실력, 열정을 가진 분들이었구나 느끼게 된다. 학교마다 전통, 분위기가 있듯이 보성의 분위기는 약간 '순박(淳朴)'하고 순한 면이 있다. 고교 순위로는 당시 경기 서울 경복 순이지만 보성도 10위 안에 들고 사립에서는 상위에 속하므로 어디 가서 보성 나왔다고 당당하게 얘기할 정도는 되므로 괜찮다고 생각된다. 간혹 전라도 보성으로 아는 사람들도 있지만..드물다.

보성처럼 우리를 이끌어 준 학교도 많지 않으므로 고맙게 생각하고 긍지도 가지고 기회 되면 보답한다는 마음이라도 가져야 한다는 생각이다..

인생에서 중요한 시기 보성중·고등학교 청춘기를 보낸 곳이 성북동, 혜화동이었는데 당시 전원마을풍의 성북동 하숙생활은 마치 성북 촌(마을)에서 보낸 시절처럼 각인된다. 연탄불 갈던 하숙생활과 교실에서 난로 때고 도시락 얹던 중학교 시절들. 혜화우체국에서 송금된 전신환을 찾고 시외전화도 하던 그 시절이 가끔 꿈에서도 나타날 정도면 보성의 학창시절은 지울 수 없는 추억인 듯하다.

살아오면서 돌이켜보면 그래도 우리는 좋은 환경, 조건에서 보낸 듯하다. 38회 선배님들 회고집을 보니 1946년도에 졸업해서 일제 식민지, 6·25를 겪고 제대로 먹지도 배우지도 못한 세대인데... 큰 부침 없이 졸업한 우리는 다행이라고 생각이다. 지금의 세대는 더욱 나은 환경이고 너무 좋은 환경이어서 그런지 몰라도 우리처럼 정겨운 추억거리가 남을까 하는 생각도 든다.

다들 잘 먹고 부족함이 없어서 키도 크고 피부도 좋고 잘 입어서 풍족이 넘친다, 부모들이 모시다시피 키우고 학교서 함부로 체벌하지 못하는 시대가 되었다..

전라선 종점인 고향 여수에서 서울역까지 지금은 KTX로 3시간 반이지만 당시는 특급열차(풍년호)로 10시간 정도 걸렸다. 당시 완행열차는 아마 12시간 이상 걸렸을 것이다.

아침에 타서 서울역에 도착하면 밤인데 서울역 주위의 번쩍이는 네온광고판 중에서도 오리온제과의 캉캉춤을 형상화한 광고가 재미있었다. 캉캉춤은 다리를 거의 180도 올렸다 내렸다인데, 네온 등이 다리처럼 위아래로 상하운동을 깜박거리며 무한 반복하는 것이 인상적이었다. 간혹 야간열차를 타면 당시는 지정석이 없어서 미리 자리를 잡은 꾼들이 돈을 받고 자리를 팔기도 했다.

혜화우체국에서는 시외전화를 신청하면 교환원이 저쪽에 먼저 통화해서 연결되면 바꾸어 주는 시스템으로, 통화시간에 따라 10초 단위로 비용이 계산되는데 전화를 받은 아버지는 전화비 많이 나오니까 빨리 끊으라고 야단이다. "너는 왜 편지 안 하고 돈이 필요할 때만 비싼 전화하느냐.."

고향 여수에서 기차(풍년호) 타고 중학교 시험 보러 올라온 때가 1964년 2월쯤인데, 당시 고려대 졸업반이던 형님이 남산에서 하숙하고 있어서 따라다니면서 중학교 입학시험 보고 하숙집도 성북동에서 구하

고 그랬는데. 요즘은 어떤지 모르지만 당시 입학시험에는 턱걸이, 달리기도 포함된 체육시험이 있었다,

보성중학교 입학시험 당시 보성고등학교 운동장은 좌측에 간이 스케이트장이 있었고 봄이면 목련화의 따뜻하고 정겨운 교정이 지금도 눈에 선하고 그리워진다. 중학교 입학하면서 잠시 형님 하숙집에 머문 적 있었는데(1964년도) 남산 팔각정 오르는 길목에서 처음 나온 삼양라면을 판촉사원들이 시식해 보라고 무료로 한 개씩 나눠주었다, 당시는 모두 연탄불 냄비로 하던 시절이라 끓이면 국물이 뽀얗게 거품져 올라오는 것이 요즘의 가스불 라면보다 확실히 맛이 있었다. 한창 먹던 나이라서 그런지 몰라도 지금처럼 한 끼 주식(主食)보다는 간식으로 먹었는데, 누가 준다면 몇 개라도 얼마든지 먹을 수 있는 먹거리였다..
당시의 삼양라면이 지금보다 맛있다고 느끼는 것은 이유가 뭘까 가끔 생각하는데, 지금이 스프도 발전하고 면발도 좋고 가스 불 조리법도 나을 텐데.. 초창기 스프가 일본 라멘처럼 닭 육수 기반의 흰 국물이라서 그런지 모른다.

스프는 나중에 박정희 대통령 조언으로 고춧가루가 들어간 얼큰한 맛으로 진화했다고 한다. 여건이 되면 한번 연탄불로 비교 시험해 보고 싶기도 하지만, 하여튼 당시의 삼양라면, 삼립빵 맛은 잊을 수 없다..

보성중학에 합격하자 가까운 곳을 물색해서 임시로 형님과 성북동에 하숙을 하게 되었다. 지금의 성북동은 완전 상전벽해(桑田碧海)로 바뀌었지만 당시는 나무도 많고 개천도 있어서 그야말로 전원주택단지였다.

중학교 후문 앞에는 조그만 생계형 만화가게가 있는데, 임시 판자 건물로 언덕에 덧대어 지어져서 바닥이 공중에 뜬 상태라 들어가면 삐그덕 소리가 났다. 주인 아저씨가 키 크고 약간 창백하면서 축농증이 심했던 것으로 기억하는데, 경신고 다니는 아들이 있는 연배인데도 상당히 연로해 보이는 인상이었다. 거기서 학생들이 담배 피우고 라면도 먹고 요즘으로 치면 휴게방 비슷하고 흑백TV가 있어서 만화책 많이 보면 시청권을 줘서 TV를 볼 수 있게 해주었다.

만화가게가 있는 언덕 고개를 넘어가면 성북동으로 들어가는 좁은 입구가 나타나는데, 입구에 금녕약국하고 마이크로 버스 종점이 있다. 금녕약국은 형제가 운영했는데 약국이 하나뿐이라서 잘되기도 했지만 동네 사랑방 역할까지 했다. 동생이 약사이고 약간 이국적 마스크의 미남형인데 형은 보조이면서도 동생보다 해박하고 입담이 좋아 완전 약장사꾼이었다. 하여튼 둘 다 친절하고 약방이 잘돼서 근처에 건물도 올렸다고 한다.

입구에서 길따라 들어가면 좌측에 개천이 있고 우측에 유명한 하얀 간송 미술관이 있었다. 당시에는 포도밭 안쪽에 덩그러니 놓인 작은 2층 건물인데, 백색이지만 오래된 고옥(古屋) 스타일로 창고 같은 분위기였다. 길가는 철조망으로 막아져 있었는데 지금은 많은 음식점, 건물이 막고 있어서 보이지 않는다.

그때는 사적(史的) 가치를 몰라 6년간 멀리서 보고 지나만 다녔을 뿐인데 지금은 전시회도 자주 하고 최초의 사립미술 박물관으로 대접받는 듯하다.

▶ 안현필 삼위일체 장수법(왼쪽)과 영어 기초오력일체.jpg

고등학교 2학년 때 영어참고서를 찾다가(당시 송성문 종합영어, 안현필 영어책이 유명했음) 안현필 저 '기초 오력일체'를 접하게 되었는데, 혼자서 공부할 수 있도록 설명이 많고, 영어구문을 분해하고 이해할 수 있도록 구성돼 중간 중간에 유머,, 조언, 잔소리 란이 있어 재미가 있었다.

알고 보니 저자가 일본에서 대학 나오고 일본 유명한 참고서들을 그대로 벤치마킹한 것이었다. 골자는 옛날 일본식 5형식 영문법 구조를 토대로 만들고 출판했는데. 상당히 인기가 높아져서 책자 판매, 유명강사로 돈을 많이 벌었다고 한다. 오력일체가 크게 성공하니까 후속으로 '본 오력일체, 삼위일체, 연어연구..' 히트작을 내게 되고 나도 거기 신도(信徒)가 되어 열심히 공부했던 기억이 난다.

안현필 영어 참고서 서문에 독자의 감사편지가 나온다. 지금도 기억하는 것은 "저는 보성고등학교 나와 연세대 의대에 입학한 김인교라고 합니다. 선생님의 참고서로 혼자 공부해서 영어에 자신이 붙고 좋은 성적을 내서 합격했습니다." 이런 내용이었다.

그래서 보성 선배가 이렇게 했다면 나도 그 정도는 해 보겠다는 각오(?)도 다지게 됐다. 결과는 모르겠지만 하여튼 일생동안 영어에 취미를 갖게 해준 고마운 책이다.

안현필 선생은 나이들어 자연식 건강전문가, 현미(玄米) 건강식 전도사가 되는데 그와의 인연(만나 본 적은 없지만)은 현미식으로도 공감하게 되었다. 외과 의사하면서 어떻게 하다 보니 대장암, 치질, 변비의 대장쪽을 다루게 되어 쾌변의 중요성을 절감하게 되었고 잡곡식, 청국장, 생야채의 절대 중요함을 알게 되었다. 지금도 40년 이상 현미식을 하고 있는데 꼭 현미식 아니더라도 백미(白米)는 가능한 한 줄이라고 환자들에 조언한다.

보성고등학교 선생님들
심왕택 선생님은 개그 기질이 좀 있는 분이었다. 칠판에 원주율

3.14....소수점 이하 50개 정도 써놓고 애들보고 베끼게 하고선 다음 수업 때 다시 그대로 써서 비교시키면서 암기력을 과시해 애들이 신기하고 재미있어 했다.

영화 '말죽거리 잔혹사'에서 학교 선생이 칠판 앞에서 가르치면서 애들 잼나게 한다고 코믹 연기하는데.. 그거 보면서 심 선생님 생각이 많이 나서 미소 짓곤 했다.

김덕수 선생님 몽둥이는 하도 오랜 세월 애들 엉덩이를 때려서 매가 휘어지고 반질반질한 것이 기억난다. 1학년, 2학년때 담임 선생님이 있는데 교단에 줄서서 기다리다 맞으러 올라가면 "어..? 우리의 호프" 하신다. 엉덩이 맞는 소리도 찰져서 딱딱이 아니고 철썩 철썩이다. 당시에 매 맞는 것은 당연하므로 감히 이의 제기는 꿈도 못 꾸던 아버지 이상의 존재였는데, 지금 세대는 아마도 상상키 어려울 듯.

서울대 철학과 출신 진교훈 독어 선생님도 단단한 인상처럼 심한 체벌로 우리들에 공포의 대상이었다. 숙제를 안 해오면 의자를 들고 줄줄이 세워서 운동장을 돌게 했다. 1971년 독일에서 박사학위, 서울대 교수, 도서관장 역임.

한정식 국어 선생님은 사범대학 출신으로 전용(專用) 막대기(몽둥이)가 대략 30cm 정도이고, 오랜 세월 건조되고 닳아서 반질반질함. 졸거나 딴짓하는 학생한테 잘 던졌는데(직구가 아니고 올려 던짐) 매가 머리나 책상 맞고 나무 바닥 떨어지는 낭랑한 소리가 지금도 생생함. 나중에 중앙대 사진과 재직하시고 '동양철학적 깊이를 다룬 정물·풍경 사진으로 한국 예술사에 큰 발자취를 남겼다'는 평을 받았으나 2022년 7월에 85세로 타계하셨다.

사진을 다루시던 또 한 분 계셨는데 홍순태 선생님은 서울대 상대 나온 실력파로, 우리 때 '육날 미투리' 사진으로 국전 입상. 여름에는 주택에 살고 겨울에는 아파트 생활하시던 나름 앞서 가시고 목소리, 표정이 항상 당당하고 자신감이 넘치던 분으로 예비고사 시험 예상문제를 10개 정도 가르쳐 주셨는데 거의 적중.

나중에 신구대학에 사진과 교수하시고 도시 공간 변천사와 1980년대 이산가족 상봉, 88년 서울 올림픽 공식 사진작가로 활동하신 원로 다큐 사진작가로 TV에도 가끔 나오신 것을 시청한 적 있음. 2016년 84세로 별세.

하여튼 두 분은 교육과 사진예술도 즐기시던 분으로 상당한 내공과 실력으로 대학교 교수로도 재직하시고 유명해져서 말년에 사진계에서는 원로대접을 받으셨다.

당시 교장선생님(맹주천)을 비롯해서 참으로 고마운 분들이다.

이무혁(李武奕)

한림대 의대 소화기 외과 교수 역임.
대장항문 세부전문의.
현 마리아나외과 원장.

서울 유배기

| 박대석(3-6) |

전라수영은 1440년(세종 22)을 기점으로 1479년(성종 10) 전라우수영으로 개편된 후 1895년까지 지속되었다. 특히 정유재란 때 이순신 장군은 12척의 전함과 전시작전권 하나로 세계적인 해전으로 평가받고 있는 명량대첩(1597년 9월)을 이끌었다. 전라우수영 성은 16세기 중반에 축조된 것으로 추정되며 위상에 걸맞게 4대 성문과 옹성, 치성, 여장, 수구문 등 다양한 부대시설과 십자형 성내 도로망을 중심으로 관아건물과 창고시설이 있었다. 전라우수영 성지는 국가지정 문화재이며 우수영은 강강술래 발생지 등 민속문화의 보고이다.

나는 1951년 6월 11일 우수영 성안에서 6대 독자인 아버님과 김해 김씨 집안의 장녀이신 어머님의 여덟 번째 아이로 태어났다. 부모님은 나의 장난감으로 두 개를 더 추가하시어 7남 3녀(1남 2남 3여 4녀 5남 6남 7여 8남 9남 10여)로 대충 마감하신 후 1980년 초 회혼식을 하셨다. 아버님은 회혼식 때 아들 7명이 생산한 총 6명의 손자선물을 받으시고도 기뻐하지 않으셨다. 4녀 무남을 둔 넷째 형이'불효자는 웁니다'

를 열창하였다. 참고로 할아버지는 진도에서 산판한 장작용 나무를 배에 싣고 오다가 울돌목에서 배가 침몰하여 일꾼 셋은 살았는데 할아버지는 끝내 찾지 못했다 한다.

당시 아버님은 0.3세셨고 그 아이는 엄마와 할아버지 두 할머니가 보살폈다. 아버님은 6대 독자답게 남달리 조상을 섬기시고 삿갓 쓴 도인들을 모시고 명리학·음택·양택 공부를 하셨다.

아버님은 우수영 사람들의 일상에 주요 역할을 하셨다. 청년 하나가 있다 하자. 혼사 시 궁합-택일-주례, 아이 낳으면 당연히 사주 보고 이름 지으시고, 분가하게 되면 집터 봐주시고, 집안 어르신 작고하시면 만사 제쳐놓고 지관(地官) 일을 하셨다.

아버님은 방학 때 내려온 형님들을 대청마루에 모아놓고 매일 아침 삼사십분 동안 조회를 관장하셨다. 아버님 선창으로 한참 동안 뭔가를 낭송하고 나서 일장훈시로 마무리하셨다.

"우리 집안은 대가 끊길 위기를 어렵게 넘기고 피나는 나의 노력으로 오늘 느그들이 존재한다. 느그들 사주에 부자는 한 명도 없고 큰 인물은 더욱 없으니 안심하고 편히 살아라. 그 대신 밥은 묵고 사니 조상님께 충성하고 대충 공부하고 빨리 장가가서 자식들, 특히 아들을 많이 낳아 나를 기쁘게 하라."

아버님은 6대 독자답게 천방지축 자식들을 대를 잇는 보물로 취급하셨다. 어머니가 손에 회초리를 들면

"저 여자만 없으면 집안에 평화가 온다. 느그들 손 없는 엄마로 바꿔주까?"

유일하게 나는 엄마 편에 섰다. 아버님은 6·25 때 가족들을 세 곳으로 분산 피란시키셨다. 나보다 세 살 위 누나는 미군 함포 소리에 놀라는

등 피란 와중에 '우심'이라는 별명을 얻었다고 한다. 지금도 본명보다는 '우심'으로 통한다.

"나 우심인디 니가 고생한다. 성묘 못 간께 돈 쪼까 보내까?"

"우심이 누나 안 보내도 돼. 막내도 10만 원 보냈어."

나 어릴 때 스무 살 이상 차이 난 형님들은 누가 누군지 모르겠고 3번 큰누나, 7번 우심이, 9번 남동생, 10번 막내 정도는 알고 지냈다. 나는 날 때부터 허약하고 먹는 것도 무척 가리고 희멀건 버즘이 얼굴에 낀 몰골의 소유자였다. 친척 집에 가도 집에 가자고 울고, 엄마 치맛자락만 잡고 자랐다.

할머니 엄마 집 일하는 누나 아저씨가 번갈아가며 등에 업고 유치원 10미터 앞에 내려놓고 시간 맞춰 집에 내려놓았다. 그만큼 나는 친구들에 비해 몸이 가벼워 서로 업어 주었다.

9번은 나보다 키도 크고 아버님 비호하에 뭐든 잘 처먹었다. 수박 쪼개주면 씨까지 묵는 바람에 분당 몇 조각씩 먹어 치운디 나는 씨 바르는 작업만 30분 이상 하였다.

"야, 세상에 씨를 삼키냐? 목에 걸려 죽어."

"나 수박 묵다 죽을란다."

1~6은 목포 집에서 중·고를 다녔다. 목포여중·고를 다닌 3번은 서울로 대학 간다고 일찍부터 학교에 소문이 파다했고, 아버님께 허락받아 히죽대고 있는데 졸업식 날 엄마가 집안 형편이 어려우니 한 달 있다가 초등학교 선생하라고 강권했다. 엄마는 펄쩍 뛴 3번을 일단 집에 가서 의논하자며 집으로 유인하셨다. 누나는 며칠째 문을 걸어 잠그고 울부짖으셨다.

"내가 오빠들보다 공부를 못해요? 청소부 노릇하고 엄마 심부름 도맡아 한 나를 엄마가 그럴 수 있소오~아부지, 나의 등불 아부지, 우리가 이 집을 뜹시다."

"이년아~너 그전에는 선생이 꿈이라 했냐? 아들 새끼들은 하꼬방에 다 몰아놓고 개돼지 취급해도 되지만 너는 두 배 더 들었어. 서울 가면 열 배야. 동생들 줄줄이 있는디 이것들을 고아원 보내냐? 인자 본께 아주 독한 년이네. 느그 아부지가 살림 살자를 아냐? 줄줄이 등록금 대기 바쁜디 소금 팔아서 돈 대신 말 끌고 와 몇 번 타도 않고, 목포 쓰리꾼들 느그 애비 모르는 놈 있다냐."

"경숙이는 초등학교 선생은 절대 안 돼. 사주에 없어. 빚을 내서라도 일단 보내. 닥치면 다 해결돼. 저러다 뭔 일 생기면 어쩔 거여. 그리고 내가 쓰리를 당하면 수백 번 당했냐?"

"엄마, 나는 죽어도 대학 그런 데는 얼씬도 안 하께." "그래 내 새끼야. 굶어 죽을 년도 있고, 고아원 보낼 놈 보내고, 나도 인자 지쳤다. 이 참에 정리하고 너는 나랑 살자." "엄마~나도 지쳤어요. 다 짜르고 할머니와 같이 삽시다."

대학 못 간 큰누나는 허기진 배를 움켜잡고 중학교 안 간 후배 열댓 명을 모아 우리 집에서 주간 학교를 만들어 대학생 행세를 하였다. 처음에는 영어, 문학 그런 거 하다가 본격적으로 4H를 하였다. 4H는 다양한 교재를 제공하였다. 조리실습은 참 좋은디 어린이 옷 만드는 과정이 문제였다. 내 동생은 실습생 옷을 내팽개치고 해방되었지만 나는 볼모가 되어 별 희한한 옷을 매일 바꿔입고 학교에 갔다. 전교생의 웃음거리가 되었고 선생님들도 교단에 세워 영국·프랑스 최신 유

행 옷이라고 치켜세우면서

"너는 공부하기 아까운 놈이니 외국 가서 패션 모델해라."

대학 방학 때 목포에서 고향 누나를 만났다. "

우리는 지금까지도 4H 멤버들이 언니 모시고 밥도 묵고 그런디 니 소식 들었어. 너 그때 내가 여자 옷 만들어 입혔는디 모르고 입고 가드라. 우리가 얼마나 웃었는지 모른다. ㅎㅎ"

"왜 누나 동생들 입히제 그랬소?"

"하이고, 그것들이 그런 거 입것냐? 우리 엄마도 챙피하다고 못 입게 하드라."

큰누나 시집간 후 4H학교는 문 닫았지만 나의 패션은 변하지 않았다. 남들이, 친구들이 입는 평상복도 없었고 오륙년 길들여져 희멀건 옷들이 오히려 어색했다.

5·16으로 일본이 한국소금 수입 금지하는 바람에 군인들이 전국 염전을 강제로 폐업시켜 우리 집은 큰 타격을 입었다고 한다. 4번이 부산 동래 ㅇ외과 원장님의 자녀들이 사는 서울 집에 가정교사로 입주하여, 지도받은 학생이 보성중에 입학하였다(보성중 졸업 후 중앙고?). 원장님 사모님과 자녀들이 수시로 우리 자취방에 들러 맛난 음식을 챙겨주셨고, 서울대 의대 다닌 보성중학생의 큰형님이 나 고1 때 한동안 공부 지도를 하셨다.

원장님은 동래에서 고아원도 운영하셨다 한다. 방학 때 부산 다녀온 4번은 한 보따리 짐을 지고 왔는디 전부 미제 새것이었다.

옷·운동화·누우면 눈감는 인형, 소리 나는 토끼인형 등등 동생들을 위한 것이었다. 옷과 운동화는 세 살 먹은 어린이가 봐도 여남 구분이 될 정도였다. 문제는 크기였다.

우심이는 화려한 꽃무늬 옷과 빨간 운동화를 억지로 입어보고 신어봐도 맞지 않아 조용히 눈물을 닦았다. 우심이는 다음을 기약하며 손수건 몇 장을 받고 자리를 떴다. 순간 Red운동화 두 켤레, 꽃무늬 바지, 성조기 멜빵 바지, 블라우스 두서너 개, 나비넥타이 등이 내 앞으로 옮겨졌다. 장난삼아 입고 신어보니 내게 딱 맞았다.

"너 말이야, 서울 남자아이들은 흰 운동화 안 신어. 공부 잘하는 애들은 빨간 운동화야. 색깔 보면 1, 2등 금방 알 수 있어. 미제 빨간 것은 전교 1등이야. 알았지? 신을 거야, 말 거얏? 당장 대답해."

방학 때 나의 과외 선생 5번이 끼어들었다.

"아야, 너 실력이면 지금 서울 가도 빨간 운동화 신을 수 있어. 미제는 어렵것지만..."

어이가 없어 평소 잘 나오던 눈물도 안 나 일단 뒹굴고 보았다.
불리할 때 뒹굴다 보면 뭔가 얻는 게 있다. 결국 인형 하나 챙겼다.
엄마는 모른 체 사건 현장을 떠나시고, 몇 인간들이 나 옷 입히려고 이리저리 굴리고 깔깔대고 지랄염병을 하였다. 나는 찔레꽃 무늬 블라우스에 성조기 멜빵 바지, 빨간 신으로 포장 당하고 학교 철조망을 넘었다. 3번 시집가고 1년도 안 돼 초등 고학년생이 미제로 또다시 세상을 흔들어 놓았다.

좋은 일도 있었다. 축구 그런 거 할 때 맨발의 선수들이 접근도 못 하고, 발만 살짝 대도 공이 담장 밖으로 날아 바닷물에 흘러갔다.
학교 끝나고 집에 갔다. 4번이 친구들과 노닥거리고 있었다.
"우리 대석이는 서울 일류 중학교 간단다."

"뭘라고 서울로 보내냐? 저 정도면 미국 하버드중학교 감인디…깔깔깔" 나는 가방을 내던지고 땅바닥 쳐다보며 말했다.

"머한디 부산까지 가서 해필 고아원에서 가정교사 하요? 서울 백화점에서 하제…"

"너 지금 머라 했냐. 좀 알아듣게 해봐. 고개 똑바로 들고. 너 또 울라고 그러지?"

"내가 언제 울었어요? 엉엉엉~"

"알았다 알았어. 내가 잘못했다. 할 말 있으면 해야지. 너 방금 서울 어쩌고 저쩌고 한 거 같은디 머라 해도 좋아. 말 안 해도 되고잉~"

"부산보다 서울이 좋다고 했는디요."

"머야? 너 시방 몇 학년이냐? 입에서 나오면 다 말이냐? 미치것네."

4번의 친구가 거들었다.

"대석이 말이 맞구만. 서울이 부산보다 좋고 미국 엠파이가 서울보다 좋다는데 니가 뭣 때문에 성질 내냐?"

"머야? 니가 저 애기 몰라서 그래. 나한테 엄청 불만이 있는 것 같아. 나 저 애기 털끝 하나 불편하게 하지 않았어. 방안퉁수가 하루 종일 응큼한 생각만 하고 막내도 있는디 지 혼자 엄마 독차지하고 말이야."

엄마가 날아오셨다.

"니가 먼디 애기를 쥐 잡듯 하냐. 느그 아부지 알면 가정교사고 머고 너 다리몽댕이 부러진다."

나는 엄마를 안고 펑펑 울었다. 나의 내성적 성격과 노예근성은 초등 시절에 튼튼히 뿌리내려 지금까지 성장 발전하였고, 무엇보다 나는 점점 여성화되어 오늘에 이르렀다.

지금 생각하면 미제 선물을 4번이 돈 주고 시장에서 고른 것도 아니고, 원장 사모님이 7~10번을 짐작하셔서 보내신 거라 몸 크기나 발바닥 크기는 알 수 없었을 것이다.

우심이 누나는 결혼한 2번, 나는 5번 자취방으로 가는 구도가 잡혔던 모양이다. 할머니는 완강하셨다.

"훅 불면 날아갈 애기를 보낼 수 없다."

듣고 보니 할머니 말씀이 옳으셨다.

"할머니 하라는 대로 하께요."

그러나 나는 할머니와의 언약과 달리 노예 신분으로 서울에 운송되었다. 서울역에 첫발을 디딜 때 기가 막히고 입이 떡 벌어졌다. 꿈인가? 프랑스 영국 패션과 미제만 상대한 나는 서울이 파리나 뉴욕과 맞먹고 상하이 동경보다 열 배는 멋진 줄 알았는데… 우리 선생님도 서울은 눈뜨고 코 베어 가는 곳이긴 해도 세계적으로 손꼽는 도시라 하셨고, 서울 살다 온 고향 어르신도 남대문 한 바퀴 도는 데 어른 걸음으로 삼사일 걸리고 문턱 넘는 데 사다리 타고 한나절 걸린다 했는디, 돌 몇 개 붙인 서울역사가 미국 마굿간보다 못해 보였다. 찜차 비슷한 택시 타고 한참 갔다.

"형님 왜 시골로 가요? 여기 서울 맞소?"

"먼 소리여? 곧 도착해."

개천가에 내렸다.

"형님, 여기 강원도요 경기도요?"난생 처음 질문다운 질문을 하였다.

"지금 먼 소리여, 다 왔당께. 너 그러니까 밥 한 그릇 다 묵으라고 몇 번 말했냐? 너 우냐 지금? 하이고, 동생들이란 것들이 우심이, 우식이밖에 없네."

나는 울면서 재차 물었다.

"서울 맞냐고요."

"여기 정릉이야 정릉. 왕이 사신, 서울에서 최고 명당이야."

한참 골목길 따라 올라가 대문 옆 자취방에 당도하니 형님 친구 서너 명이 주무시고 있었다. 5번 혼자 살고 내가 시험 볼 때까지 이삼 주 정도 있어야 맞는데 이 형님 저 형님 10시쯤 나갔다 12시쯤 술 묵고 들어오는 것이 일상이었다. 연탄 냄새가 나서 혼자 정릉천에 나갔는데 군복 그런 거를 검정색으로 물들여 수백 벌씩 방망이질하고 햇볕에 말리고 있었다. 왕의 호위병들은 검정 군복을 입는다는데 그 전통이 정릉에 살아 있어 무척 신기했다. 2주 정도 지나 시름시름 아파 누워 있는데 4번이 찐빵 그런 거 사 갖고 오셨다. "힘들지? 며칠 안 남았으니 힘내자. 저녁 밥은 묵었냐?"

"기억이 안 나요 형님. 그런데 여기 서울에 있는 정릉인데 왕이 산 게 아니고 군대 옷 공장 그런 곳이요?"

"너 먼 소리냐? 또 아프냐? 밥을 제대로 묵으라고 내가 몇 번 말했냐? 아이고 큰일났네."

"밥을 줘야 묵지요 형님. 서울역 보내주면 나 돈 있은께 집에 가야것 소." 형님은 나의 논리정연한 질문과 부탁을 들은 체 만 체 하고 대문 밖을 서성거렸다.

5번과 그의 혈맹이 고성방가하면서 비틀비틀 들어오다 호랑이와 마주쳤다. 전쟁통에 집주인 아줌마가 나를 안심시키고 먹을 것도 주셨지만 거들떠보지도 않았다. 내게 필요한 건 오직 껴안고 눈물 닦아줄 엄마와 할머니였던 것이었다. 나는 어지럽고 일어날 힘도 없었다. 병원에서 큰 주사 맞고 있는디 2번이 면회 와서 회복하면 고향 집에 보낸다고 했다.

2~4번들이 부모님 몰래 차일피일 미루면서 미제 초콜릿 등등 이것저것 먹잇감을 주었다. 그럭저럭 며칠 후 후기시험 보고 집에 내려갔다. 할머니는 나를 끌어안고 땅바닥에 주저앉아 대성통곡하셨다.

수석합격이라는 전보가 왔다. 4번이 보냈는데 과장했는지 모르지만 입학금 등 학비 면제였다. 아버님이 중학교 정문에서 50미터 거리에 있는 다세대 건물 삼층 상하방을 얻어 주셨는데 다다미방이었다. 엄마는 바쁜 와중에도 자주 서울에 오셨다. 올 때마다 내 손을 잡고 시루떡 말린 생선 등을 이웃과 나누었다. 1층에는 서너 개의 가게가 있었고, 나는 서울 유배 삼사 개월 만에 그 가게의 무료 고객, 아니 가게주인의 아들이 되었다. 만화 가게는 조그만 홀이 있고, 살림방에 텔레비가 있어 만화 몇 권 보면 텔레비 표를 주고 방 밖에서 30분 정도 본다.

나는 만화집 큰아들같이 안방에 배 깔고 누워 감자 그런 거 묵으면서 독서에 몰입하였고, 훗날 보성고 입학시험 국어 과목에 유사한 문제가 많이 나와 큰 도움을 받았다. 1층 세탁소 아저씨는 내 여름 교복을 세탁한 후 풀 먹여 칼날같이 다리미질하여 주신 고로 지금도 내 목에 면도날 흔적이 있다. 내 친구들은 내 부모님 직업에 관심이 많았다.

"대석이 아버지는 세탁소하고 어머니는 만화가게 한다."

"어머니 세탁소, 아버지 만화."

"첫째 아빠 세탁, 둘째 아빠 만화, 첫째 엄마, 둘째 엄마…"

나는 주변에 이모 고모 삼촌이 즐비한 가족공동체에서 귀공자같이 살았다. 나는 복귀한 4번과 기존 5번 대학 신입생 6번과 자취방에 살았지만, 네 명이 잠자는 날은 단 하루도 없었고 평균 열 명 정도와 묵고 자고 했다. 형들 고향 친구들, 목포 친구들로 문전성시였다. 쏘주 안

주로 집에서 보낸 멸치 한 푸대가 순식간에 날아갔다. 한 달에 한 번 오신 엄마가 마련해 주신 반찬이 이삼일에 동나고, 한 달 20여 일은 마가린에 간장 비벼 먹고 살았다. 원래 입이 까다로운 내게

"너 또 밥알 개수 세고 있냐? 몇 알이냐?"

"230개 보인께 5천 개 정도요. 나 앞으로 천 개만 주시오. 엄마 오면 오만 개 묵으께."

3층 바로 옆집에 브라질 이민을 앞둔 가족이 이사와 나의 간식 문제를 해결해주셨다.

서울역 근방에 뭔가 소탕한다는 정보가 돌면 4번 친구 두세 명이 번갈아 가며 한 달 가까이 살았고 면회 온 여자들도 많았는디 그 누님들 치마 길이가 약속이라도 한 듯 한 뼘 정도였다. 10년 후 미니스커트 유행은 한국 누님들 덕이다. 내 고향 친구의 형님인 그 형님은 담배 심부름하면 거스름은 통째로 내게 주었고, 누님들도 미제 초콜릿과 통닭 등을 사오셨다. 밖에 나갈 수 없는 형님들은 대부분의 시간을 나와 함께 보내면서 권투 기본동작 등 호신술을 가르쳤다. 학교 가도 집에 놓고 온 형님과 누님들 생각만 했다. 나는 짠돌이 4번은 브라질 이민 보내고, 그 형님과 누님들을 모시고 살고 싶었다. 한번은 학교 끝나자마자 집으로 뛰어오는데 만화 엄마와 마주쳤다.

"너 요새 통 안 보여 3층 올라갈까 했는데 어디 아프니? 얼굴은 좋은데."

"저 지금 바빠요."

본 체 만 체 올라갔다.

"형님 담배 사오까? 누님 언제 와?"

"담배는 있고, 아까 누나가 너 먹으라고 빠나나 사왔어. 이 옷도 입어
봐."

"하이고, 이것이 빠나나요? 형님도 묵어요."

형님은 담배만 피우셨다.

"형님, 나 형님 집에서 살면 안 돼?"

"나 낼 간다. 열심히 공부하고 있으면 내가 미국 유학도 보내주께."

형님은 거액의 돈을 주면서

"아무한테도 말하지 말고 먹을 거 사 먹고 책도 사."

나는 한참 동안 소화 안 된다는 핑계로 집에서 모래알 같은 밥알을 세
지 않았고 얼굴에 기름기가 흘렀다.

나는 나도 모르게 화초가 잡초로 변해 갔다. 나는 나에 대해 알아본
후 결심했다. 먼저 노예 신분을 유학생으로 바꾸고 링컨의 미국으로
가자. 무엇보다 죄수복 같은 교복을 걸칠 내가 아니다. 미국은 거지도
미제 쓴다.

결심을 똑바로 하니 말투부터 확 달라졌다. 시험 삼아 만만한 5번을
불렀다.

"형님은 공부하러 왔소? 친구들하고 니나노하러 왔소?"

"어? 너 먼 소리야 갑자기."

"아니, 고개 똑바로 들고 말해봐요."

"이것 봐라, 내가 니 뒷바라지하느라 공부할 시간이나 있었냐? 뻑하
면 아프다 하고... 너 때문에 힘들어서 술 묵고 다닌다."

"나는 나고 형님은 형님 아니요. 책 보는 거 한 번도 못 봤소."

"너한테 신고하고 보냐? 책도 없다. 책값으로 너 불고기 사주고, 한두
번도 아니고 그 돈 엄마가 보낸 줄 아냐?"

노예해방도 좋지만 뭔가 잘못 돌아가는 것 같았다.

"책값이 얼만디 그러요?"

"어, 너 돈 있냐? 나도 엄마가 몰래 준 돈 형님들이 꽂감 빼먹듯 다 뽑아 묵고 나는 십분의 일도 못 썼다. 혹시 얼마 있냐? 나 책 보고 싶다."

"내가 뭔 돈이 있것소. 책값이 얼마요, 그것만 말해요 그냥."

"오백 원 정도 있으면 좋은디 우선 이백 원만 있어도 낙제는 면할 텐데...니가 무슨 돈 있겄냐. 그냥 신경 꺼라."

먼저 삼백 주고, 30분 후 2백 더 주면서 다음에는 달러로 줄 테니 영어 공부 잘하라고 당부하였다. 5번은 굽신거리면서 일이백씩 몇 번 더 받아갔다. 자진해서 우직한 6번에게도 삼사백 뿌리면서 격려하였다. 내 재산의 20분의 1 정도가 내 입으로 투입되었다.

방학 때는 고향 친구들과 밤새 놀았다. 엄마는

"너 노는 것은 좋은디 여자 아그들하고 말 나오는 순간 서울 갈 생각 마라. 똑같은 말 두 번 다시 안 한다. 알았지?"

내가 이날 이때까지도 여자 얼굴을 못 쳐다보고 거친 숨만 몰아치는 이유는 중학생 때 습관이다. 중학교 때 담임선생님이 가정방문하셨다.

"대석이는 어려운 환경에도 모범생입니다."

새로 오신 젊은 미술 선생님이 미술반에 들어오면 특별지도해 주신다는 말을 4번에게 전했더니 펄쩍 뛰었다.

"큰형님 미대 간다고 아부지한테 얼마나 혼난 줄 아냐? 하기야 미술했으면 낙제 세 번 안 했겠지. 9년 대학 다니고 말이야. 넌 무조건 안 돼. 다 내 책임이야."

뜻밖에 미술 선생님이 집에 오셨는데 4번은 없고 5번과 말씀을 나누셨다. "담임선생님 말씀 들었는데, 시골 출신이 미술은 훨씬 유리하고요. 대석이는 남다른 소질이 있어요. 한 달 후 서울시 대회가 있는데 우리 학교 명예를 살릴 수 있습니다."

"저는 권한이 없고요, 부모님 반대 이기고 가정교사 해본 4번이 서울로 데리고 온 거야요."

"아, 그러면 제가 직접 만나서 부탁하겠습니다."

"아버지는 선생님 말씀 따르실지 몰라도, 4번은 반고학하여 집안에서 입김이 세서 안 된다면 아무도 못 말려요. 대석이 못 풀리면 4번이 독박 쓰고 나도 집에서 쫓겨나요. 그냥 건강하게 한 2년 버티면 성공이고 저도 해방되고요. 선생님 죄송합니다."

5번이 4번께 미술 선생님 말씀을 보고하였다.

"총각 선생님인디 서울대 미대 나오고 첫 부임했다는데 파스텔로 몇 번 지도하면 책임지고 큰 상 받게 하겠다고 하데요."

"뭐야. 다들 미쳤구나. 그냥 나를 잡아 묶어라. 그림 좀 한다고, 크레용도 귀한디 이 사람 저 사람 크레파스 사다준께 시골에서야 당연히 그림 잘 그리지. 서울 애들 저 애기보다 잘 그린 놈이 수만 명이야. 내가 서울 애를 가르쳐봐서 잘 알아요. 우심이는 다들 타고났다고 해도 조용히 있잖아. 그리고 정 하고 싶으면 고등학교 가서 해. 나 너 때문에 아부지한테 야단 많이 듣고 있는데 한 2년을 못 참냐. 그때는 니 맘대로 할 수 있잖아. 1층 가서 텔레비나 잠깐 보고 와라."

1층 엄마가 내 엄마지 자기가 무슨 자격으로 텔레비 봐라 마라 해, 나는 코웃음치고 1층으로 낙하했다.

어느 날 4번이 친구와 함께 집에서 희의를 소집했다.

"고입이 없어진다는 정보가 있으니 검정고시를 봐야겠다. 집에는 비밀로 하고 일단 시작하고 보자. 수학은 5번이 하고, 물리·화학·생물은 니(4번 친구)가 해라. 영어 잘한 놈은 주변에 없으니 학원에 보내고, 국어는 스스로 잘할 거다. 지금 돈 없으니 너(4번 친구)는 나중에 보자."

유노동 무임금은 오래가지 못했다. 2학년 초에 체제 개편하였다.

"원장님 사모님이 잘 아는 학부형이 명동의 유명 양복점 하신디 큰애 공부 이야기가 나와서 다음 주부터 둘이 공부 시작하기로 했다."

"우리가 돈 안 내는 대신 수학은 무보수고 물리·화학·생물은 그 집에서만 돈 받아라."

나는 예쁜 여학생과 빛나는 공부방에서 최고급 간식을 맘껏 묵으면서 1년 정도 공부했는데 그때도 여학생 얼굴은 안 보았다. 그 어머니는 나를 어여삐 여겨 도시락 반찬도 만들어 주시고 이것저것 챙겨주셨다. 지금 생각하면 그 어머니의 자상하신 인품으로 보아 5번에게도 그 집에서 과외비를 주었을 것으로 사료된다.

서울에는 눈 감고 있어도 코 안 베어 간 사람도 많았고 그분들 은혜를 잊지 못한다. 검정고시 접수서류에 호적초본 등이 필요하여 아버님이 4번의 음모를 알고 급히 서울에 오셨다.

"뭐가 그리 조급하냐? 이 애기 인자 쪼까 밥도 잘 묵고 숨 좀 쉴 만한디 일류고 이류고 다 쓸데없어."

지금까지 기세등등한 4번은 완전히 꼬리 내렸다.

중3 담임선생님이 B고 특대생으로 오라면서 원서를 안 써주시어 4번이 찾아갔지만 차일피일 시간만 끄셨다 한다.

4번은 어찌 알았는지 보성고는 중학교장 직인이 필요 없어 보성고 원서 넣고 오셨다 하셨다. 로버트 박이 시험 보고 집에 왔는데 간송 장학생 고지가 왔다. 1만 원 장학금 지급 통지였다. 장학생 15명 중 상위 2분의 1에게는 1만 원, 2분의 1에게는 1만 원 이하를 지급하였다 한다. 나는 1만 원 받아 등록금 교복·책 사고 남은 돈으로 국산 까만 구두 신었다.

김덕수 선생님은 유도시험 보고 체육 100점을 주셨다. 한정식 선생님은 여름방학 때 시커멓게 탄 내 얼굴을 보고 박대석이야말로 최고 멋진 방학을 보냈다고 박수 치라 하셨다. 박평우 선생님은 후배 학생들을 자식같이 사랑하셨다.

나는 보성 졸업 후 도윤이가 보고 싶어 수소문하였다, 소식을 전해준 친구가 말했다.

"도윤이는 장안의 명문가 출신답게, 영국 귀족들이 했던 조정선수여. 그냥 선수가 아니라 타수야. 타수는 아이큐 300 이상 미남에다 카리스마 100단 이상이어야 돼 기본이. 총장도 도윤이 형님 만날라면 몇 달 기다려야 될까 말까 해."

1981년 고향에 와 동기들로부터 잊힌 나를 알뜰하게 챙겨주신 도윤 회장형님께 감사드린다.

오늘의 활기찬 보성60이 있기까지 변함없고 끊임없이 알뜰 살뜻 챙겨오신 엄마 같은 기석형님께 감사드린다.

이번 문집은 어린 시절 나의 성장에 물심으로 도와준 은인들을 회상하는 계기가 되어 큰 의미를 지닌다. 더 늦기 전에 만나고 싶은 사람들이 한두 분이 아니다. 눈에 선하다. 나의 서울유배기를 끝내고 나니 비단결 같은 보성 악동들과의 추억이 파도처럼 밀려온다.

끝으로 최고의 민족사학 우리 보성인은 삼일독립혁명을 이끈 손병희 교주를 비롯한 수많은 민족지도자와 문화·교육을 통한 애국지사 간송 전형필 선생의 유지를 받들어 인류공영에 이바지할 책무가 있다. 우리 함께 멋진 내일을 꿈꾸자.

박대석(朴大奭)

1970 연세대학교 전기공학과 입학.
목포대학교 경영학과 교수 역임.
현 목포대학교 명예교수.

학창시절 고백서

| 하영빈(3-5) |

이제는 추억으로 남아 있는 학창시절의 고백은 초등학교에 대한 기억으로부터 시작해 볼까 한다.

아버님이 해군 군의관(치과의)이셨던 연유로 초등학교 출발은 해군기지가 있는 경남 진해에서 시작하여 아버님의 인사이동에 따라 인천으로, 인천에서 3학년까지, 그후 다시 진해로, 초등학교의 마지막은 6학년 초 서울로 전학와서 마무리하게 되었다. 무려 네 군데의 학교를 옮겨 다니는 바람에 초등학교 시절 친구들은 아스라이 얼굴만 기억나는 몇 외에는 없었다.

6학년 때 서울로 전학와 제일 놀라웠던 것은 시험이었다. 진해에서의 6학년은 정상적인 수업 진도에 따라 일주일에 한 번 정도 시험을 보곤 했는데, 서울은 6학년 초에 전반기 과정을 거의 다 나가고 중학 진학을 위한 모의고사 등 입시 위주의 시험을 매일 치르고 있었다.

내가 전학온 첫날도 역시 시험시간이었다. 나의 상경 첫 시험과목은 산수였고, 내 점수는 기억에도 생생한 24점을 기록했다. 그 첫날 어머님도 나와 같이 학교에 왔는데, 진해에서 잘나가던 내가 이런 점수가 나온 걸 보고선 깜짝 놀라서 그때부터 정신없이 과외공부를 했던 일이 서울에서 초등학교를 마치면서 잊을 수 없는 기억으로 깊이 각인되어 있다. 중학 진학을 위해 6학년 내내 시험에 몰두하면서 6학년 학우들의 기억도 거의 남아 있지 않다.

그리하여 입학한 보성중학교는 부모님의 염려와 보살핌 속에서 나에게 모범생(?)의 길을 가게 하였다. 운이 좋았던지 중학교 3년간 내리 반장을 하면서 범생이어야 한다는 마음이 자리 잡고 있었던 거 같다. 나의 그때 기억으로는 학교와 집으로 이어지는 변함없는 일상에 대한 지루함과 함께 무미건조한 생활패턴으로 아무 리듬없는 범생의 굴레에서 벗어나고픈 욕망이 내재되어 자신에 대한 불만이 싹트고 있었다.

그러던 차에 진학한 고등학교 시절은 초반부터 나에 대한 불만들이 표출되기 시작한 게 아마 사춘기의 출발이었나 보다. 1학년을 그리 마치고 2학년에 접어들면서, 이젠 정신차리고 학업에 매진하여 대학 진학을 위해 열심히 노력하리라 결심하여 수면도 4시간 이내로 줄여 가며 몇 달을 열심히 진력하고 있던 중이었다.
어느 날 아침 등교시간에 늦어 지각생에게 항상 기다리고 있는 종아리 매를 선사 받게 되었는데, 집에 와서 종아리를 걷고 보니 종아리 맞은 데가 문제가 아니라, 발목 부근이 크게 부어 있어 복숭아뼈가 보이지 않을 정도였다. 그동안 이런 상태가 되어 있는 줄도 모르고 몇 달간 책상머리를 붙들고 앉아서 정신없이 열중했던 것이다.
혜화동 우석병원에 입원하여 심전도, 혈액검사 등 기본검사를 마치고 온통 하얀색 일색인 병실에서 하루를 보내며, 가끔씩 자동차의 불빛이 병실 천장을 비추며 지나치는 걸 바라보면서 자책하고 있었다.
"젊은 놈이 뭐 좀 한다고 얼마 되지도 않는 날들 그리 했기로서니 이리 나약해서 어찌 하겠나!!!~" 하고서....

하루 입원 후 검사 결과는 '울혈성 심부전'이었다. 이제 돌이켜보면 크게 문제가 있는 상황은 아니었던 게, 중간 중간 조금 쉬어가며 다리도 좀 풀어 주면서 해야 하는 걸 책상에 오래 앉아 있다 보니 발목도 붓고 피로물질이 빠져나가지 못해서 그런 걸 가지고.... 병원에서 처방한 이뇨제로 소변 배출을 용이하게 하는 등 조치로 증세는 점차 호전되었다.

그런 후, '이런 걸 가지고 병원 신세를 지나?' 하는 나의 약함과 자존감의 추락, 사기 저하 등 온갖 것들이 머릿속에 가득하게 되었다. 그 무렵 늦은 사춘기를 맞아서 지금 생각해 보면 그야말로 쓸데없는 염세주의와 나약함, 중학 시절 범생의 길에서 탈출하고픈 마음 등이 복합적으로 작용하여 급기야는 2학년을 마치고 정신적 혼란을 탈피하기 위하여 휴학을 결심하게 되었다.

그러나 휴학하면서 다짐했던 마음 추스름과 함께 안정을 얻어 대학 진학을 위해 매진하리라던 것과는 달리 오히려 더 많은 시간 속에서 쓸데없는 잡념과 망상들에 의해서 휴학 전보다 여러 상황이 더 악화되어 젊은 시절의 값진 1년을 뜻 없이 보내는 결과를 낳게 되었다.

그렇게 1년을 허망하게 보내고서 복학한 3학년은 딴 생각할 겨를없이 대학입시 준비로 정신없이 지나간 것 같다. 복학해서 유일하게 나름 친했다고 할 수 있는 학우가 바로 내 뒤에 앉아 있던 김일이었다.

나의 초등학교 6학년과 고3은 그 시기상 처한 상황이 비슷한 점이 있는데, 모두 새로운 환경에서 학우들과 친교의 시간을 즐기지 못한 아쉬움 이다.

또한 당초 내 동기들은 59회로 졸업했으나 나는 60회로 졸업하게 되어, 그런 연유로 59회 모임에도 60회 모임에도 어중간하다 생각되어 참석을 기피하게 되어 왔다.

이제는 많이 바뀌었지만 그동안의 소극적, 염세적 성격에다 초등학교를 네 군데나 옮겨 다니면서 학우들과 친하게 사귀지 못하였고, 중·고등학교를 거치면서 활달하지 못하고 사춘기의 쓸데없는 망상과 불만으로 휴학하면서 주변 학우들과 즐겁게 교류를 못한 것들이 지금 생각하면 소중한 시간들을 허송(?)한 것 같아 후회스럽긴 하지만 지워지지 않는 기억으로 남아있다.

나의 이런 일들을 글로 올린다는 게 부끄럽기까지 하지만, 진솔한 나의 학창 시절의 고백임을 밝힌다.

우리는 종종 자신에게 처해진 상황이 해결할 수 없는 엄청난 것이라고 느끼곤 하지만, 조금 떨어져서 시간을 가지고 돌이켜 생각해 보면 그리 엄청난 것도, 그리 해결할 수 없는 것도 아님을 알게 되곤 한다.

이제 7학년으로 넘어서니 그동안 정말 부질없는 걱정과 번민으로 시간만 보내고 있었던 날들이 새삼 아쉽게 떠오른다.

마음을 조금 내려놓으면 될 일을... 눈 질끈 감고 생각하면 맘 상하지 않을 것들에 시간과 정신을 쏟아가며 아까운 날들을 보낸 것이 고등학교 시절 많은 부분을 차지했는데, 아마도 젊은 시절에는 이런 시기가 다른 사람에게도 더러 있었을 거라고 생각되기도 한다.

찬찬히 생각해 보면, 이런 간단한 이치를 많은 시간이 지나서야 깨닫게 되다는 게 아쉽기는 하지만, 지금이라도 알게 됨이 다행이라 생각하며 이제 드디어 철이 들어가는구나 하고 세월이 값진 약이라 느끼고 있다. 왜 그때는 그런 망상들이 맘속에 크게 자리 잡고 있어 떨쳐내지 못했는지, 그것이 세월의 가르침인가 보다.

학창 시절에 학우들을 많이 알지 못했고 가까이 살갑게 다가가지 못한 아쉬움이 남아있지만, 이젠 나를 알아볼 학우들과 가까이하고 되돌아보는 시간을 가져보고 싶다. 이제는 나도 남에게 베풀고, 용서하고, 이해하는 어른이 되어야겠다.

그래도 보성이 맺어준 인연으로 오늘 내가 있음에 감사하며, 나를 아는 학우들에게, 혹 앞으로 알아갈 학우들에게도 감사와 응원을 보낸다. 이제는 그만 힘들어하고 그만 생각하자. 건강하게 밝은 마음으로 즐겁게 살자~!!! 이제는 우리 이해하고 안아주도록 하자.

나의 미천한 학창시절의 고백을 늦게나마 쓸 수 있게 해준 60회 여러분께 감사를 드리며 마무리할까 한다.

이제는 그만....이제는 우리...우리 고맙습니다~ ^^

하영빈(河英彬)

1974 고려대 임학과 졸업.
1993 한양대 환경대학원 졸업.
현재 정엔지니어링 근무.

감사하고 소중한 우정과 인연

| 채 혁(3-1) |

사람들이 살아가면서 정말로 중요한 것은 현재 어느 위치에 있는가라는 것보다 오히려 어느 쪽으로 가고 있느냐에 있다는 것을 깨달은 것은 그리 오래되지 않았습니다.

그동안 나는 20여 년이라는 짧지 않은 세월을 항공사에 몸담고 있으면서 인생이라는 삶의 이착륙을 무수히 보아왔습니다. 그것은 어떤 사람에게는 성공과 영광의 도약이기도 했지만, 그렇지 않은 사람들에게는 실망과 좌절의 하강이기도 했습니다.

그리고 그런 모습은 내 마음속에 어느 쪽으로 가야 하는지를 점점 명확히 투영시켜 왔습니다.

내게 있어서 도약이란, 그동안의 조직사회에서 늘 아쉽고 부족했다고 느꼈던 것보다 높은 지식에 대한 접근이었으며, 그것은 작게는 회사라는 조직체에, 그리고 크게는 사회와 국가발전에 조금이라도 기여할 수 있으리라는 소망이기도 했습니다.

그런 소망은, 1994년 봄 모교인 연세대 행정대학원에 입학함으로써 마침내 결실을 맺을 수 있게 되었습니다. 2년 6개월이라는 재학 기간에 얻을 수 있었던 학문적 성과는 훌륭하신 교수님들의 깊으신 지식과 명강의가 절대적인 밑거름이 된 것입니다.

그것으로 석사학위 논문을 완성하게 되니, 그동안 지도해주신 여러 교수님들께 먼저 깊은 감사를 드리지 않을 수 없습니다. 더불어 보성고등학교를 졸업한 지 벌써 50여 년이 흘렀다니 보성 60회 동기생들과의 인연과 우정이 더욱 감개무량할 따름입니다.

우리들의 가슴속엔 아직도 아카데미 빵집과 당구장, 망가방 집 등등 혜화동 로타리의 낭만과 젊음의 행진, 추억의 거리가 그대로인데, 세월은 그렇게 무심히 흘렀나 봅니다.

대학 시절 후 상상으로나마 가끔 들러보는 신촌 낭만의 거리들, 현대백화점, 그랜드백화점, 홍익문고까지 꿈속에서도 그리운 공간들입니다. 학교에 가려면 반드시 바라보아야 하는 창천교회의 십자가 모습, 포장마차 거리는 어느덧 옷가게들이 즐비한 패션의 거리로 네온이 화려합니다.
버스만 통행하는 차 없는 거리, 거리의 활력을 더해주는 버스킹, 독수리 다방과 사주카페는 지금도 그대로 있을까요? 한때는 최루탄 가스 냄새가 봄, 여름, 가을, 겨울, 4계절 내내 가시지 않았던 시위와 낭만의 신촌 거리.

옛 선조들은 인연이란 단어를 무척 소중하고 무겁게 여겼던 것 같습니다. 불교에서는 특히 더 그랬던 것으로 느껴집니다. "옷깃만 스쳐도 억겁(億劫)의 인연"이라는 말에서 겁(劫)의 사전적 의미로는, 천지가 한 번 개벽하는 정도로 무한히 긴 시간을 의미합니다. 어느 곳에선 선녀가 하늘에서 내려와 큰 바위를 옷깃으로 스쳐서 그 바위가 다 닳아 없어지는 시간이라고 표현되기도 합니다. 그만큼 인연이란 깊고 중요하다는 표현일 것입니다.

보통 인연이라 함은 귀하고 소중한 말인데, 최근에는 사회가 혼탁해지다 보니 부정적인 의미로 사용되는 경우도 종종 있습니다. 참으로 안타까운 일입니다. 흔히들 혈연(血緣), 지연(地緣), 학연(學緣), 이렇게 말들을 합니다.
그중에서도 우리들의 인연은 학연입니다. 혈연, 지연, 학연 그중에 어느 인연 하나 소중하지 않은 인연은 없겠지만, 특히 이번 기회에는 우리들의 인연인 학연을 이야기하는 것이 좋을 듯합니다.

보성고등학교(普成高等學校)라는 이 여섯 글자로 맺어진 우리들의 학연은 세상을 마치고 저세상으로 가는 그날까지 가슴에 소중히 간직하고 살아가야 될 운명적 고리입니다. 우리들의 인연은 순수한 학구열과 열정만으로 만들어진 소중하고 값진 보물과도 같습니다.

그간에도 물론 약 4만여 동문들은 하나로 똘똘 뭉쳐 사학의 명문 보성고등학교의 발전을 위해 매진해 왔다고 자부합니다만, 더러는 각자 살아가기 바쁘다 보니 다소 모교와 동문과 동기생들에게 소홀했던 경우도 있었을 것입니다.

저 역시 정치에 뜻을 두고 존경하는 정치인 손학규(孫鶴圭)와 '다 함께 잘사는 나라' 한번 만들어 보겠다고 십수 년간 노력했지만, 현재 뜻을 이루지 못하고 아직도 계속 일로매진(一路邁進) 중에 있습니다.
스스로 뒤돌아보고 부족한 부분들은 서로 반성하면서 보성고등학교라는 우리들의 보석 같은 인연의 매개체를 중심으로 모든 60회 동기생들과 함께 후회 없는 삶을 살아갈 수 있기를 기원합니다.

다시 한번 보성고등학교 동기생들과 60회 이도윤 회장의 노고에 감사하며 졸업 50주년을 진심으로 축하드리는 바입니다.

위대한 대 보성 60회! 파이팅!!
2023. 04. 10. 채 혁

채 혁(蔡 赫)

1970년 연세대 체육교육학과 입학.
1977년 대한항공 입사.
1994년 연세대행정대학원입학(정치학석사).
2018년 바른미래당 항공 및 해상안전 특별위원장.

다시 태어나도 나는 약사

| 배경황(3-8) |

1. 인연, 그리고 천명

"뽀오옥~!" 이른 아침 대천 쪽에서 기차 소리가 났다. 이제 기차가 도착할 모양이다. 광천역은 밤새 눈이 많이 와 함박눈이 소복하게 쌓여 있었다. 역 주위는 온통 흰색으로 덮인 눈뿐이다. 새벽부터 나오신 선생님과 부모님은 걱정 반 격려 반의 얼굴로, 시험 잘 보라고 쪼그만 상고머리 촌놈을 연신 위로해 주셨다.

그런데 나는 잔뜩 주눅 든 얼굴이었다. 왜 그리도 춥고 떨리는지, 막 둥지를 떠나는 새처럼 떨면서 '읍'에서 보성중학을 시험 보러 가는 상경기이다.

비록 읍내에서 살았지만, 교육열이 강하신 아버님 덕분에 형님은 벌써 중앙고등학교에 다니셨다. 형님이 서울 안암동에 거주하셔서, 동네 한 바퀴 돌아봤다. 혹시 촌놈이 집을 잃어버리면 찾으려고 내 딴엔 머리 써서 집에서 가까운, 커다란 지형지물을 봐 놓았다. 어린 내가 보기에 엄청 크고 높은 굴뚝이었다.

보성중학 시험 보던 날, 시험이 끝난 뒤 학생들이 우르르 나가는 교문으로 나도 휩쓸려 나갔다. 그런데 어쩐지 문이 설었다. 나중에 생각하니 그 교문은 보성중학 문이고, 형님은 아침에 들어온 고등학교 정문에서 나를 기다린 것이다.

시험 본 애들과 교문을 나간 뒤, 경신고등학교 담을 끼고 가다가 삼선교 큰길이 나오자마자 길을 잃은 걸 깨달았다. 아차 싶어 무조건 높은 데로 올라갔다. 내가 안암동에서 봐둔 그 큰 굴뚝을 찾아야 했기 때문이다.

한성여고 쪽, 높은 곳으로 가서 그 높은 굴뚝을 찾았다. 그런데 아이고, 굴뚝이 몇십 개가 보이는 게 아닌가. 안암동에서 쪼그만 촌놈이 본 큰 굴뚝은 목욕탕 굴뚝이었음을 한참 뒤에 알았다. 결국 졸지에 서울 미아가 된 촌놈은 계속 길을 걸었다.

천행으로 돈암동에서 형님을 만났고 짜장면을 먹었다. 허기진 배에, 마음 졸였던 어린마음에 짜장면은 꿀맛이었다. 그래서 지금도 짜장면을 좋아하나 보다. 굴뚝만 보면 60년 전 길 잃은 꼬마가 생각나 웃곤 한다.

보성중학 다닐 땐 그저 어리고 아무것도 모르는 개구쟁이였다. 학교 앞 혜화초등학교 교문 앞은 항시 시장 같았다. 아이스께끼, 번데기, 떡볶이 등 먹고 싶은 게 많았다. 돈이 없으니 버스표로 번데기를 사먹는데 왜 그리 맛있던지, 지금은 그 맛이 어디 간지 모르겠다.

버스표로 군것질을 한 날이면 성북동 뒤로 삼청공원을 돌고 돌아 삼청동 집에 가는 날이었다. 고생을 해도, 그래도 먹고 싶은 게 많았던 어린 시절이었다. 생물 시간에 개구리 해부한다고 개구리를 가져오라고 해서 수유리 논에 간 생각이 난다. 그 당시 수유리는 논밭이었다. 막대기에 그때 유행하던 뻥튀기를 달아 미끼로 썼다. 내가 맛있는 뻥튀기이니 개구리가 잘 먹을 줄 알았는데 한 마리도 못 잡고 빈손으로 힘없이 터덜터덜 돌아왔다. 돌아보면 그때가 순수하고 깨끗했던 시절이었던 것 같다.

고등학교 2학년 때 한정식 선생님 반이었다. 어느 날 선생님이 화가 나서 지금은 누군지 가물가물한 친구를 회초리로 때렸다.

한참 사춘기 때라 그 친구는 선생님께 대들었고 옥신각신하고 있을 때, 평소에도 우스갯소리 잘하는 재문이가 선생님을 보고 "잘하면 싸우것다." 그 소리에 선생님은 갑자기 공격 목표를 바꾸어 재문이만 엄청 맞았던 기억이 난다. 선생님을 친구와 싸우는 친구로 만든 것이다. 우리 친구들은 킥킥거리며 한참을 웃었고, 지금도 그때 생각하면 허리 잡고 웃는다. 그러던 친구들도 칠십이 넘은 백발이 되어 옛날 생각하고 웃는다.

시골 읍에서 잘살고 존경받는 집은 병원 집이었다. 서울에 집이 없었던 나는 오랫동안 병원하는 아버님 친구 집에 하숙했었다. 그래서 그런지 중학교 때부터 자연스럽게 대학은 의대로 마음속에 정해진 것 같다.

고등학교 졸업 후는 혼돈의 시기였다. 의대 떨어지고 2차로 약대에 갔다. 형님이 약대에 원서를 내면서 하시던 말씀-

"발에 구두를 맞추지 말고 구두에 발을 맞춰라."

사촌형님이 약대 나오셔서 잘 나가시는 걸 본 형님이었다. 그러나 그땐 왜 그리도 시건방졌는지, 약대가 왜 그리 싫었는지.

약대를 등록도 안 하고 나와 재수, 삼수하다 보니 또다시 약대 입학. 등록하고 1학기 다니다 휴학. 군대에 갔다. 군 생활은 도피처로 아주 좋은 곳이었다. 결국 고등학교 졸업 후 9년 만에 약대를 졸업했다.

약대를 싫어했던 이유 중 하나가 갇힌 약국에 계집애처럼 앉아 있는 내가 싫어서였는데, 어느 날 '신강약국'에 약사가 되어 앉아 있는 건 무슨 아이러니일까?

그 옛날에 1약국 2약사 제도를 처음 도입하고, 패밀리 카드를 만들어 환자들을 치료했으니 약국이 잘 된 건 당연했다. 그러나 약국 약사는 왜 그런지 여전히 싫었다. 돈의 문제가 아니었다. 그래서 설립한 게 신강물산. 의약품 수출입업이다. 한참 시건방터지고 세상물정 몰라 외국에만 왔다 갔다 하면 최고인 줄 알았던, 멍청했던 시기였다.
한계를 느끼고 어떻게 하다 보니 의약품 도매업을 하는 신강약품 사장이 되어 이 병원 저 병원 굽신거리고 뛰어다니는 장사꾼이 되어 있었다. 서울은 물론 천안, 평택까지 열심히 뛰었다.
그러나 전납하던 큰 병원이 부도나는 바람에 덩달아 나도 그동안 모은 빌딩이며 집까지 하루아침에 날려 버렸다. "돈은 필요가 없다. "신용만 쌓으면 자연히 부자가 된다."시던 아버님 말씀이 옳았다.
그동안 쌓은 신용과 인맥 덕분에 다시 재기할 수 있었다.

환갑이 되어, 고대구로병원 앞에 약국을 개업했다. 그 싫어했던 약사가 이제야 철이 나서 하루하루가 즐겁다.
암 환자가 오면
"웃으세요. 그러면 암도 도망가요.",
심장병 환자가 와도
"많이 걸으세요. 혈압도, 당 수치도 모두 좋아져요.",
갑상선 환자가 오면
"약 먹기 지겨워도 보약처럼 드세요."

약 처방해 주는 것 이외에 환자와 같이 가슴으로 함께 아파하며 약보다는 겸손한 말 한마디로 환자를 대하려 노력한다.

이런 보람된 직업이 세상에 과연 몇 있을까. 사람이 이렇게도 변할 수 있을까? 나 스스로도 깜짝 놀란다.

약사를 얼마나 싫어했는지 우리 작은아들을 보면 안다. 사실 약대를 가고 싶었는데 약대를 가면 아빠가 호적에서 뺄까 봐 카이스트를 갔다고 집사람한테 실토했단다.

옛날에 역술인이 나를 보니, 내 앞에는 약장(藥藏)이 있단다. 약사가 하늘로부터 가지고 온 천직인데, 그 순리를 역행해서 젊은 날 어쭙잖게 살아온 내가 이제는 부끄럽다.

다시 태어나도 약사로 태어나고 싶다. 칠십이 넘은 노옹이 아직 일할 수 있는 것도 축복이지만, 그렇게 싫어했던 천명인 약사로서 아픈 환자를 돌볼 수 있다는 게 지금 나는 행복하다.

2. 낙하산과 사회적 책임

"지금부터 제군들에게 낙하산 접는 교육을 실시한다. 교육내용을 잘 안 들어도 좋다. 졸아도 좋다. 낙하산을 잘 접어도 좋고, 엉망으로 접어도 좋다. 그러나 제군들이 처음 접는 낙하산을 직접 메고 점프를 해야 한다는 것만 기억해라."

공수부대 낙정대(낙하산 정비부대) 교육관의 첫 마디였단다. 내가 처음 점프할 당시 비행기에 오르기 전, 낙정대 한 사병이 자기가 접은 낙하산을 메고 새파랗게 질려 실토한 이야기다.

우리가 거래하는 준종합병원 이사장님의 모친이 어제 뇌출혈로 쓰러지셨다. 참으로 안타깝고 문병도 못 가는 상태에서도 과연 이 수술을 어느 병원에서 할까 하는 궁금증이 슬쩍 생겼다. 더 큰 대학병원에 모셔, 기자재가 더 좋고 수술경력이 풍부한 의사에게 맡겨 수술받게 하는 것이 아들의 최소한 효도일 수도 있고, 욕심 아닌 당연한 것일지도 모른다.

그러나 그 자신의 병원에 입원해서 수술하셨다. 역시 자신 있는 병원이고, 사회적 책임도 질 수 있는 병원이구나 하는 생각에 저절로 이사장님께 존경심이 갔고, 그 병원과 거래한다는 것에 자부심이 생겼다.

"아무리 연로하시고 소중한 우리 어머님이시지만, 다른 병원에서 수술하면 어떤 사람이 우리 병원에서 믿고 수술받고 치료하겠어요?"

그 한마디가 가슴에 와닿는다.

요즘 사회적 책임은 온데간데없고, 돈 있는 사람이 양반 되고, 오직 어설픈 상혼만 판치는 세상이 아닌가? 자기가 접은 낙하산으로 생사의 갈림길에 몸을 내맡기는 군인이 다른 동료의 낙하산을 접을 때 가져야 할 책임감, 생사의 갈림길에 서 계시는 소중한 어머님의 뇌를 수술하듯 다른 환자를 수술할 때 가져야 할 사랑과 책임감-이 모든 사회적 책임이 있을 때 참으로 이 사회는 더 밝아지고 신뢰감 있는 '우리'가 될 것을 기대해 본다.

3. 편안한 말 한마디

"아드님이 씩씩하게 잘생기셨네요"

말하자마자 약을 조제하러 왔던 아주머님의 얼굴이 시뻘게지시더니

"약사님 눈이 삐셨어요?"

한마디와 함께 조제한 약도 놓은 채 아이와 함께 그냥 나가버렸다.

어안이 벙벙한 내게 약국에서 일 도와주는 총각이 재미있어 못 견디겠다는 얼굴로 "약사님, 그 애는 딸이에요."

한마디 거든다. 거의 40년 전쯤 처음 약국할 때 일이다.

내 딴엔 칭찬이랍시고 한 말이 잘생겼다고 자부하는 딸내미를 씩씩한 사내로 둔갑시켰으니 아이 엄마한테 한참 미안했던 기억이 난다. 그 다음부터는 잘생기든 못생기든 아이만 보면 무조건 딸로 말머리를 시작한 건 물론이다.

한 6개월간 차 청소를 안 해 차 내부에 시커멓게 먼지 쌓인 것하며 아무렇게나 내던진 재떨이에 온갖 잡동사니로 뒤범벅된, 너무 창피할 정도의 차를 끌고 며칠 전 내부 세차를 하러 갔다.

워낙 게으르고 털털해서 내 차를 한번 타본 사람은 이 차도 주인 잘못 만나 고생 많이 한다는 우스갯소리를 하는 판에 차에 귀한 손님을 모시게 됐으니 어쩔 수 없이 세차장에 들른 것이다.

신부 화장한 것보다 더 반짝이는(?) 차에 올라타며 세차비를 건네다

"너무 더러워서 미안합니다"

라는 말에

"원 별말씀을요. 차가 깨끗하면 세차하나요? 더러우니까 하죠."

뜻밖의 세차 아저씨 말에 다시 한번 쳐다봐졌다. 어떻게 이런 신선한 말이 나올 수 있을까? 별 커다란 미사여구도 아니고 유식한 단어로 포장된 말도 아닌데, 어떻게 이런 편안한 표현이 있을까? 그 말을 자꾸 되새기며 그날 하루 내내 기분이 좋았다.

남을 먼저 생각해주는 순수한 말씨, 나를 낮추는 겸양의 말씨가 그런

것일까?

문득 대학 때, 술 마시다 화장실 소변기 옆에서 만난 젊은이가 생각난
다.
바로 옆에서 쏴하고 일을 같이 보다가 나를 향해서 웃으며 던진 말,
"맥주를 많이 먹으니까 오줌이 많이 나오죠?"

배경황(裵京滉)

성균관대학교 약대 졸.
신강약품 대표 역임.
현 녹십자약국 대표.

상환아, 상환아~

| 이종근B(3-6) |

오늘 고등학교 친구가 세상을 떠났습니다.

친구 와이프로부터 부고장이라는 메시지가 들어왔습니다.

언젠가는, 언젠가는 하면서... 그래도 이것만은.. 이것만은 하였는데...

하나님께서 그만큼 고생했으니 이제 됐다 하시며 본향으로 데려가셨답니다.

고등학교 때에는 반도 달라서 잘 모르고 지냈었지요. 대학 때에는 대학이 달라서 더더구나 잘 몰랐었지요.

그러나 고교 동기 동창이라는 이름은 세상 어디에 갖다 놓아도 친구인 것입니다. 나이 30이 넘어서 만난 곳이 서울에서 400km나 떨어진 생면부지의, 당시에는 척박한 땅 경남 창원에서였지요.

마산 출신의 또 다른 친구도 이미 고인이 됐지만, 참으로 오래전에 우리 곁을 떠났었지만, 세 친구 동기들이 만나는 자리가 마련되어 얼마나 위안이 되었는지 몰랐습니다.

3학년 6반 녀석은 창원대 교수로, 3학년 1반 녀석은 창원전문대 교수로, 또 한 놈 3학년 5반 녀석은 한화베아링 이사로 고교 시절 지낸 곳 서울에서 참으로 먼 땅 창원에서 조우를 한 셈이지요.

두 녀석 중 3학년 1반 강신준은 창원-마산 출신이니 뭐 그렇다 치고 3학년 5반 김상환은 정말 먼 곳에 내려와서 한화베아링 회사에 입사해 창원 공장으로 발령을 받아 터 닦고 공장 세우고 등등해서 부공장장까지 올랐었지요. 거의 대학 졸업하고는 창원에서 기름밥 먹어가면서 지냈었다면, 6반 이종근은 대학 졸업 후 서울의 대우에 있다가 창원대로 갔으니 30이 넘어서 이 친구들과 만나게 되었지요.

서로 얼굴이 긴가민가하다가 "아, 동기 동창 중 어떤 놈이 창원대학교에 있다더라, 알아봐라" 해서 서로 알게 되었지요. 처음 만나면 족보까지 하지 않습니까? 처음 만나서 예, 예 하면서 혹시 보성 안 나오셨나요? 아, 보성이요? 예, 그런데요? 그러면 혹시 60회? 예, 맞습니다. 이쯤 되면 바로 "너, 이 누무 새끼~"가 나옵디다. 허허.

아.... 그러다가 창원전문대 교수 강신준이 암으로 세상을 일찍 떠났지요. 참 안타까웠지요. 그놈을 경기도 벽제 근처 천주교 묘지에 묻고 오는 날 참 서글펐습니다. 아는 고교 동창으로는 처음으로 보낸 녀석이기 때문입니다.

그로부터 거의 30년인가요? 30년 넘어 이제 이놈마저 떠나네요.

김상환은 친구이면서 대학원 석사 제자이기도 하지요. 공장에 이사, 상무로 근무할 때 맨날 술 때문에 고민하길래, "술 먹기 싫으면 공부하자" 해서 제자로 삼아 대학원 석사로 졸업시켰고, 충북대 박사과정에 진학시켜서 박사까지 지도했지요. 물론 박사논문 심사도 제가 하였지요. 부정이요? 웃기시네요, 우린 그런 것 알짜 없습니다. 충북대 교수요? 무섭습니다. 무서워, 이 친구 국제학술대회에 논문 발표 여러 편 하였구요, 국내 논문집에도 여러 편 발표하였던 성실한 친구였습니다. 대학원 공부할 때 다들 놀랐습니다. 출장 다녀와서도 수업 시간에 늦지 않게 비행기 타고 택시 대절하면서 다녔던 악바리 같은 친구였지요. 산업공학과의 과목 하나를 수강하였을 때에 카이스트 출신 교수가 결석은 불허한다고 엄포를 놓았는데 유일하게 결석 없었고 시험 아주 좋은 성적을 받았던 친구입니다.

상환이와는 집사람과 함께 4명이서 자주 만나고 식사도 하고 지냈었지요.
직장을 옮겨서 컨설턴트할 때나 국회의원에 출마한다고 할 때에 제안 정책에 대하여 이야기도 하였구요, 선거 방법에 대하여 서로 머리를 맞대고 고민도 하였구요. 요양원도 방문하였구요 등등...
참으로 사연도 많았던 친구였지요.
언젠가, 암이라고 해서 여러 병원을 전전하면서 근심할 때 같이 병원에도 다녔었고, 위로도 하였고, 걱정도 하면서 열심히 완쾌되기를 바라며 기도드렸었지요.
이 친구는 자신이 암에 걸려서 행동에 제한이 걸리게 된 것에 무척이나 안타까워하였지요. 할 일이 아직 많은데...하면서요. 그러나, 마지막까지 희망을 잃지 않고 고교동창회에, 회사 컨설턴트로 열심으로 섬기면서 스스로 체력을 키워 보려고 많은 노력도 하였답니다.
그러다가 언젠가 연락이 왔길래, "요새 어떠냐?" 하였더니 보통 때에는 "아..괜찮아, 많이 좋아졌어, 지낼 만해" 하던 친구가 "응...나 안 좋아~아.. 지금 바쁘다..끊자" 하면서 황급하게 전화를 끊길래 어쩌나 하였었지요. 슬슬 걱정이 되기 시작하더라구요......

그러더니 마지막에는 자신의 초라한 모습을 보이기 싫어서 연락도 끊고 문병도 거부하였었지요. 참으로 야속한 친구였습니다.

정말 전화 걸기가 어려웠습니다.

"나 힘들어..."라는 소리를 듣기가 너무 겁이 났습니다.

"이 교수, 나 어떻게 해~"하는 소리를 들을까 봐 너무나 두려웠습니다. 친구 와이프에게 전화해서 근황을 물어볼 때마다, 흐느끼는 소리를 들을 때마다 찾아가야겠는데, 찾아가야겠는데 하면서도 발걸음이 떨어지지를 않았답니다.

그 모습을 상상하면서 차마 그 모습을 확인하며 바라볼 자신이 없었습니다.

그렇게 힘들어하던 그 친구가, 그 친구가... 이제 하나님 곁으로 갔습니다.

평안하게 갔을 것으로 여겨집니다.

하나님께서 "이 친구야, 고생했다. 이제 평안히 쉬렴.." 하실 것입니다.

내일 그 친구를 보러 갑니다. 마눌님과 같이 갑니다.

사진 속에서나마 환하게 웃는 그 모습만이라도 바라보면서 무어라 말할까요? "잘 있었어?" "이제 평안하니?"라고 말할까요? 아이휴~ 한숨만 나오네요.

그래도 할 말은 해야겠지요. 친구야, 상환아 잘 가라~

이종근(李宗根)B

에꼴 상뜨랄드 파리대학원 컴공과 졸.
창원대학교 교수 역임.
현재 창원대학교 명예교수(컴퓨터공학과).

故 김상환   3-5 김상환   3-1 강신준

대호야, 학선아, 강근아!

| 임철순(3-2), 담연(淡硯) |

나는 두 살 위인 고종사촌 형을 통해 보성고라는 학교를 알게 됐다. 이름표를 달지 않고 머리를 기르고 다니는 게 보기 좋았다. 그래서 다른 고교에 대해서는 전혀 알지도 못한 채 아무 생각 없이 자연스럽게 보성고에 들어가게 됐다.

1967년 입학자 중 지방 출신의 비중은 어느 정도였을까. 정확한 통계를 알지 못하지만 아마도 40% 가깝지 않았을까. 1학년 7반(담임 박종렬·수학)에 배정된 내가 가깝게 지낸 친구가 모두 지방 출신인 게 우연이 아닌 것 같다. 임대호 경북 울진, 송학선 대구, 이강근 전남 순천, 나는 충남 공주. 그리고 또 하나 경남 마산 녀석이 있었는데, 유감스럽게도 이름이 생각나지 않는다.

이 친구 네 명 중 세 명이 이미 이 세상에 없다. 임대호 2001년 3월1일, 송학선 2018년 9월 25일, 이강근 2022년 11월 28일.

대호는 고등학교 당시 대학생이던 형과 함께 살고 있었다. 어선 두 척의 선주였던 아버지는 8남매를 기르고 가르치는 데 별 어려움이 없었는지 아예 서울에 집을 사서 형제를 학교에 다니게 했다. 바다를 보며 자란 대호는 나와 달리 속이 넓었고, 여러모로 나를 도와주었다. 3년 내내 같은 반이었던 대호와는 참 추억이 많다. 특히 고3으로 올라간 지 두 달쯤 됐을 때 둘이서 작당해 땡땡이로 울진의 대호네 집에 가서 이틀인지 사흘인지 놀고 왔다가 담임선생님(홍순태·상업)께 몽둥이질을 당했다. 대호는 졸업 후 은행원으로 일하며 친구들에게 많은 도움을 주었다.

간이 좋지 않았던 대호는 간경화가 악화돼 여러 가지 치료를 받았으나 끝내 회복하지 못했다. 죽기 몇 달 전에는 강근이가 사는 곳에서 가까운 여수의 요양원에 머물다가 서울아산병원에 실려와 생을 마감했다.

그가 간 뒤 나와 이강근 강성학 김동호 최명인 최병석 등은 매달 돈을 거두어 꽤 오랫동안 대호의 아들과 딸의 학비를 대주었다. 지금은 소식을 잘 모르지만, 남매는 가정을 이루어 잘 살고 있을 것이다.

강근이는 고등학교 때 대학생이던 누나와 함께 하숙을 하고 있었다. 그 하숙집에 갈 때마다 나는 누나가 있는 강근이가 정말 부러웠다. 고등학교 때도 술을 잘 마셨던 나와 달리 강근이는 언제나 착실했고, 돈도 허투루 쓰는 법이 없었다. 나는 2학년 때 삼선교 근처의 강근이 하숙집에 들어갔는데, 그와 같은 방을 쓴 건 아니었다. 어울리는 방식이 아무래도 대호와는 좀 달랐다.

그의 대학 시절에 대해서는 잘 모른다. 순천에서 열린 결혼식에는 갔었다. 그러나 그의 직장이 순천의 집에서 가까운 여수여서 자주 만날 기회는 없었다. 대호를 벽제에서 화장해 보내던 날은 순천에서 온 그를 우리 집에 데려와 재웠고, 내가 회사 일로 실의에 빠졌을 때는 덮어놓고 순천으로 가 만성리해수욕장으로 어디로 그와 함께 다니며 마음의 안정을 되찾기도 했다. 강근이는 말없이 남을 배려하는 친구였다.

회사 퇴직 후에는 카메라 작가로 이름을 날렸다. 입문한 지 얼마 안 돼 제56회 광주신록전국촬영대회에서 특별상(2007년)을 받는 등 이런저런 대회에서 자주 입상해 숨겨진 재능을 꽃피웠다. 그러다가 설암에 걸려 말도 잘 하지 못했는데, 호스피스 병동에 입원해 투병하다가 지난해 11월 세상을 떠났다. 그의 사망을 나는 해를 넘겨 1월에야 알았다. 친지들에게도 입원 사실을 알리지 못하게 했던 그답게 조용한 죽음이었다.

학선이는 친구이자 스승이었다. 그는 내가 서예에 입문(2012년)하기 4년 전에 淡硯(담연)이라는 호를 지어주었다. 어떻게 이런 이름을 지을 수 있었을까. 지금 생각하니 서예를 하라는 뜻을 담았던 것 같다. 학선이와는 문과 이과로 갈린 고2 이후 멀어졌다가 최근 20여 년 사이에 더 친하게 지냈다. 나의 치과 주치의였고, 질사모(베니아미노 질리를 사랑하는 사람들 모임)의 회원으로 함께 어울렸다.

치과의사로서 친구들을 많이 도와주었던 그는 한시 짓기를 비롯해 서예, 거문고, 전각, 염주 만들기, 부채 그리기까지 문향(文香)의 세계에서 노닐었고 전시회를 열 만큼 사진 솜씨도 대단했다. 그야말로 다재다능, 모르는 분야가 없을 정도여서 배울 게 많았는데, 담도세포암이라는 희귀 암에 걸렸으니 하늘은 재능있는 사람에게 모든 걸 다 주지는 않나 보다. 2018년 9월 5~17일 서울 인사아트센터에서 '콩밭 송학선의 한시산책–봄비에 붓 적셔 복사꽃을 그린다' 출판 기념 사진전을 마친 지 8일 만에 그는 우리 곁을 떠나갔다. 살아 생전에 좀 더 자주 어울릴 걸, 이런 거 저런 거를 더 배울 걸 하는 후회가 날이 갈수록 더 커지고 있다.

대호야, 강근아, 학선아. 새삼 애도하면서 명복을 빈다. 우리 60회에서도 유명을 달리한 친구가 벌써 많다. 너희는 앞서갔지만 나중에 다시 만나 함께 어울리며 못다한 인연을 이어가도록 하자.

임철순(任喆淳)

한국일보 편집국장, 주필 역임.
이투데이 주필 역임.
현재 데일리임팩트 주필.
자유칼럼그룹 공동대표.

봄비에 붓 적셔 복사꽃을 그린다

| 송학선(3-8) 侳朴(콩밝) |

1. 제도화책題桃花册[복사꽃 그림책에] - 석도石濤

무릉계구찬여하 武陵溪口燦如霞 무릉계곡 초입머리 노을처럼 찬란한데

일도심지흥경사 一棹尋之興更賒 쪽배로 찾아드니 흥겨움 그지없다.

귀향오려정미이 歸向吾廬情未已 집으로 돌아가려니 아쉬움이 남아서

필함춘우사도화 筆含春雨寫桃花 봄비에 붓 적셔 복사꽃을 그린다.

석도(명明 1642 의종毅宗 15~청淸 1707 성종聖宗 46 또는 1718 성종聖宗 57)는 명나라의 왕손이었던 청나라 초기의 승려 화가입니다. 본명은 주약극 朱若極, 법명法名은 원제原濟, 원제元濟, 도제道濟 등을 썼고, 석도石 濤는 자입니다. 호는 대척자大滌子, 고과화상苦瓜和尙, 청상진인淸湘 陳人을 썼습니다.

명의 종실로 다섯 살에 아버지가 살해된 후 출가했다 합니다. 꽃과 과 일, 난초와 대나무, 그리고 인물을 잘 그렸으며 특히 산수화에 뛰어났 습니다. 앞사람들의 화법에 구애받지 않고, 자유롭고 주관적인 문인 화를 그렸습니다.

팔대산인八大山人, 석계石溪, 홍인弘仁 등과 더불어 4대 명승名僧으로 불리며, 후에 양주화파揚州畵派와 근대화가들에게 영향을 미쳤습니다. 노자사상으로 풀어낸 석도화론石濤畵論은 아직도 유명합니다.

이 시를 머리맡에서 읽다가 '필함춘우사도화筆含春雨寫桃花 봄비에 붓 적셔 복사꽃을 그린다.'는 구절에 그만 울음이 터졌네요. 무엇이 그리 그립고 부럽고 하고 싶었는지 그냥 하염없이 울었던 기억이 있습니다.
이제 더 늙기 전에 동무들 불러 봄비에 붓 적셔 그림 한 폭 그려 두고 마냥 취할 수 있기를....

2. 방울방울

암을 이겨낸다는 약물 방울이 방울져 내리는 것을 쳐다보다가 질끈 눈을 감았다 뜨면 고통 없는 순간이 오리라는 작은 희망을 다시 부여잡습니다. 문득 권필權韠(조선朝鮮 1569 선조宣祖 2~1612 광해군光海君 4)의 적적滴滴[방울방울]이라는 시가 생각났습니다.

적적안중루 滴滴眼中淚 그렁그렁 눈엔 눈물
영영지상화 盈盈枝上花 벙긋벙긋 가지엔 꽃
춘풍취한거 春風吹恨去 봄바람아 한스러움 불어가렴
일야도천애 一夜到天涯 하룻밤에 하늘 끝까지 이르도록

석주石洲 권필은 친구의 책 표지에 쓰인 시 한 편이 광해군光海君의 격노를 사 친국親鞫을 받고 유배 가다가, 들것에 실려 동대문을 나선

뒤 갈증이 심하다며 마신 막걸리에 장독이 솟구쳐 죽었다는 바로 그 인물입니다.

적적滴滴은 '방울방울'이겠지만, 안중眼中이라 '그렁그렁'이라 풀었습니다.
햐, 요즘 항암제가 많이 편해졌다지만 아주 드물게 나타난다는 부작용까지 겹치니 정말 힘들군요. 어느 날 갑자기 술맛이 없더라니, 그걸 눈치 못 채고 병을 키웠네요. 콜란지오칼시노마cholangiocalcinoma, 간으로 전이된 담도세포암이랍니다.
두루 미리 건강 챙기십시오.

3. 산거山居[산속 집에서]

공호수유목 空岵茱萸木○●○○● 빈산에 노란 꽃
동풍흘자개 東風扢自開○○●●◎ 봄바람이 어루만져 절로 피었구나
암향요교몽 暗香搖覺夢●○○●● 그윽한 향기가 꿈 흔들어 깨우니
호처청효배 呼妻請肴杯○●●○◎ 아내 불러 술상 청한다.

(오언절구五言絶句 측기식仄起式 회운灰韻, 2015년)

나이 들며 은둔하여 살고 싶은 숲을 석천송풍지간石泉松風之間이라 하지요. 그런데 이 바위 틈 맑은 샘과 푸르고 높은 소나무에 부는 바람 사이를 잊지 못해 병든 이를 가리켜 석천고황石泉膏肓, 연하고질煙霞痼疾 또는 산림고질山林痼疾에 걸렸다 합니다.
고질痼疾은 오래되어 고치기 어려운 병을 말하지요. 고황膏肓은 심장心臟과 횡격막橫隔膜 사이를 말합니다. 이곳에 병이 들면 역시 고치

기 어렵다고들 하지요.

그런데 사실 석천연하石泉煙霞의 아취雅趣가 없으면 시詩의 맛이 없을 테고 또 요즘 같은 세상에 어디 삭막해서 살맛이 나겠습니까? 병이나 마나 아, 나는 언제나 석천송풍지간石泉松風之間에 들어 살꼬?

4. 추도秋到[가을나그네] 콩밝佺朴 漢譯

(오언절구五言節句 평기식平起式 경운庚韻. 2011. 12. 21)

청애홍엽락淸涯紅葉落○○○●●
맑은 물가 붉은 잎은 떨어지고
단오골계성但聆滑溪聲●●●○◎
들리느니 졸졸 개울물 소리뿐이다
고객심중원孤客心中遠○●○○●
먼길 떠나온 외로운 나그네 마음
한탄조창정恨歎凋滄程●○○●◎
타다 못해 지는 잎 내 어이하리.

**편집자주=‘추도’는 고등학교 때 전범중 국어 선생님이 작사하고 박일환 음악 선생님이 작곡한 가곡 ‘가을’을 콩밝이 한시로 옮긴 것이다. 1절:“푸른 물가 한두 잎 낙엽이 지고/들리느니 개울물 소리뿐이네/타다 못해 지는 잎 내 어이하리” 2절:“머나먼 길 떠나온 나그네 마음/소슬한 바람결에 이내 맘 뛰네/높고 푸른 구만리 저 하늘가에.”

宋鶴善(1952.06.05.~2018.09.25.)

서울대 치과대학 졸.
송학선치과의원 원장.
건강사회를 위한 치과의사회 초대회장,
충치예방협회 회장 역임.

장준수의 사랑과 믿음 이야기

| 장준수(3-6), 장성희(아내) |

이 글은 2022년 6월 13일 소천한 친구 장준수와 그 아내의 교회 간증 내용을 간추린 '신앙과 사랑의 이야기'입니다.

1. 아내 장성희

제 이름은 장성희입니다. 엘에이 온누리교회의 안수집사입니다. 간증의 기회를 주신 하나님, 목사님께 감사드립니다.

2008년 초에, 제가 갑자기 냄새를 못 맡는 것 같다는 생각이 들어, 김치병 뚜껑도 열어보고, 마늘 통도 열어보고, 차에 가스 넣으며 가스 냄새를 맡으려 해도, 아무 냄새를 맡을 수가 없었습니다. 함께 일하는 이비인후과 의사에게 여쭈어보았더니, 신경외과 의사에게 가 보라고 하시더라구요.

신경외과 의사는 진찰해 보더니 MRI를 찍어야 알 것 같다고 해서, MRI를 찍은 결과, 제 머리속에 골프공 만한 뇌종양(Brain Tumor)이 자라고 있는 것을 알았습니다. 이 종양이 후각신경을 눌러 후각신경이 죽어, 냄새를 맡지 못하게 되었다며 수술을 권유하였습니다. 종양은

1년에 약 1mm씩 자라나는데, 지난 25~30년 동안 이렇게 커졌다고 했습니다. 악성은 아니지만 그냥 두면 점점 더 자라서 다른 부분도 눌러 시력도 잃게 되고, 더 어려운 일들이 있을 것이라고 하여 2008년 7월 8일 12시 반에 수술을 하기로 했습니다.

수술 후 일주일 정도 입원하였다가 2~3개월 후 다시 일하러 나가면 되겠다 싶어 교회와 직장에 알리고, 별 부담 없이 수술에 들어갔습니다. 그리고 유진소 목사님께서도 뚜껑을 열고 그동안 쌓인 스팀을 다 빼고 오라고, 그러면 더 머리가 깨끗해질 것이라고, 그리고 기도하겠다고 말씀하셨습니다.

입원해 있는 동안 저는 머리 수술을 세 번 했습니다. 첫 번째는 스케줄대로 7월 8일에 하고, 또 한 번은 제가 잠만 자고 깨어나질 않으니 그 이유를 알기 위해, 열어보고, 또 한 번은 VP Shunt라고, 척수를 머리에서 배로 흘러 들어가게 하는 장치를 달기 위해 수술했습니다.

저는 8개월 반 입원해 있었고, 수술 후 6개월 동안 코마 상태로 푹 자고 일어났는데, 그동안 무슨 일이 있었는지 기억이 없습니다. 그동안 있었던 일은 남편 장준수의 간증을 들으시면 됩니다. 한국에서 유명한 일본 사람의 이름은, 도끼로 이마까 상인데 저의 일본 이름은 깐머리 또까상이 되었습니다.

귀 있는 사람들만 들으십시오. 저는 얼굴에 성형 수술을 할 필요가 없습니다. 수술하고 나서 닫을 때 얼굴을 땡겨야 했을 것이기 때문입니다. 그래서 그런지 많은 사람들이 저더러 주름살도 줄고 피부가 좋아졌다고들 말하더라구요.

자고 일어나니 세상이 바뀌었더라구요. 수술 들어갈 때엔 분명히 조지 W. 부시가 미국의 대통령이었는데, 깨서 보니 버락 오바마가 대통령이 되었더라구요. 깨어 TV를 보는데, 흑인이 대통령 연설을 해서 그때서야 알았어요. 이와 같이 우리가 죽어서 잠시 눈을 감았다가 뜨면, 세상이 바뀌어 예수님을 구주로 고백한 사람들은 천국에서 일어날 수도 있고, 또 예수님을 구주로 영접하지 않은 사람들은 지옥에서 눈을 뜨리라는 것을, 또 한 번 깨달았습니다.

저는 천국엔 문턱만 잠시 다녀왔던 것 같습니다. 그곳에서 제일 많이 부르는 찬송은, 'Amazing Grace'였던 것 같습니다. 제가 깨어나 이 찬송을 부르니, 저를 간호하던 의사, 간호사, 간호조무사 등과 저를 찾아 방문오신 모든 분들이 눈물바다가 되었습니다. 이는 찬송만이 아니라 제가 말과 노래를 할 수 있었기 때문입니다.

제 스토리는 다름아닌 '달리다 쿰'("소녀야, 내가 네게 말하노니 일어나라"는 뜻)의 스토리입니다. 2008년 9월 7일 유진소 목사님께서 설교하며 달리다 쿰을 선포하실 때, 저의 의사들은 포기했지만, 예수님께선 "아니다. 죽은 게 아니라 잔다" 하시면서 "달리다 쿰"을 말씀하신 것 같습니다. 세상이 보기에 저는 물론 소녀는 아니지만, 주님께서 보시기엔, 저도 소녀라 생각됩니다. 저는 그날 몸은 무의식으로 병원에 누워 있었지만, 영으로는 이곳에 와서 그 말씀을 남편과 함께 들은 기억이 납니다. 아주 희한하고 기이한 일들은 나중에 알게 되었습니다.

8개월 반 입원하여 있는 동안, 그 혼란의 와중에도 방명록을 써서, 제가 깨면 누가 왔는지 가르쳐 주겠다고, 아들들이 방명록을 쓰자고 제안했다고 합니다.

방명록을 보면, 800명가량이 저를 방문하였는데, 그중에도 저를 병원으로 집으로 방문하여 주신 분들이 많이 있음에 감사드립니다, 그리고 무엇보다도, 저를 위해 끊임없이 기도하여 주신, 여러분들께 감사드립니다. 열세 분의 목사님들, 온누리교회의 많은 성도님들, 고등학교 동창회, 대학 친구들이 중보(仲保)기도를 하니, 너무 시끄러워서 하나님께서도 "얘들 기도 응답해주어야지, 귀가 따갑고 시끄러워서 안 되겠다" 하셨을 것 같습니다. 그리고 "응답 안 해 주면 계속 시끄럽게 기도할 텐데…" 하시며 응답해주신 것 같습니다.

유진소 목사님을 비롯하여 여러 목사님들께서, 어려울 때마다 찾아주시고, 기도하여 주셨고, 주해홍 목사님은, 주일마다 오셔서 주일 예배를 드려주셨음에, 승광철 목사님은 매주 제가 코마 상태에 있었음에도 불구하고, 기타를 가지고 오셔서 찬양하여 주셨음에, 또한 남편 장준수의 이종사촌 형님이 되시는 강영우 박사님께서는 기도하여 주실 뿐 아니라, 재활치료의 전문인으로서 자주 전화해 주셔서 조언과 충고를 해 주셨음을 이 자리를 빌려 감사드립니다.

제가 서서히 깨어나면서도, 심장과 뇌가 불안한 상태에서 숨을 잘 못쉬고, 삼키지도 말하지도 잘 못하고 걷지도 못하면서 우리들이 평소에 할 수 있는 많은 것들이 저절로 되는 것이 아니라 하나님의 은혜임을 다시 한번 깨달았습니다.

숨쉴 수 있다는 것, 냄새 맡고 맛을 볼 수 있다는 것, 말할 수 있다는 것, 걸을 수 있다는 것, 뛸 수 있다는 것, 먹을 수 있다는 것, 대소변볼 수 있다는 것, 운전하고 가고 싶은 곳에 갈 수 있다는 것 등등 이 모든 것들이 하나님의 은혜임을 다시 한번 깨닫고 나니, 평소에 너무나 감사하지 않고 살아왔음을, 실감하게 되었습니다.

제가 오늘 이 단상 위를 걸어서 마이크 앞에 서는 것을 보신 여러분, 여러분은 오늘도 하나님이 일하시는 것, 곧 기적을 보고 계십니다. 6개월 전만 하더라도 휠체어를 타고 다녀야 했습니다. 하나님께서 열심히 일하시지만, 저도 하나님과 발을 맞추려고 피나는 노력을 하고 있습니다. 우리 그리스도인들은 열심히 기도하면서 또한 내가 할 수 있는 것들을 열심히 함으로써 하나님께 영광을 돌려야 한다고 생각합니다.

아직도 가야 할 길이 멉니다. 그럼에도 지금은 모든 것, 내가 몸이 불편한 것까지도 감사하고 불평하지 않으려고 노력하고 있습니다. 요즘도 거의 매일 재활 운동에 박차를 가하면서 다시 한 번 기회를 주신 하나님께 감사드립니다.

특히 제 남편이 제가 코마에 있을 때 하나님께 서원했던 대로 우리 부부는 오아시스 팀과 함께 중국 단기선교 여행을 준비하고 있으니 많은 기도 부탁드립니다. 또한 이번 강영우 박사님 초청 부흥회를 통해 이 삶을 다시 헌신할 수 있도록 새로운 기회를 허락하신 우리의 살아 계신 하나님의 사랑과 은혜를 흠뻑 체험하며 감사찬양 드리는 이 저녁 예배가 되시길 기도합니다. 감사합니다. (2009.11.4. LAX 온누리교회 간증 내용)

2. 남편 장준수

제 이름은 장준수입니다. 장성희 집사의 남편입니다. 오늘 간증의 제목은 (1)"성희의 침상을 바라보며…" "영이신 하나님" "그 기이한 일들"입니다. (2)성희와 함께…. 살아 계신 하나님: 나사로 까닭에 (3)성희를 세상에…동행하시는 하나님: 십자가의 능력 (4)성희를 통하여… 예비하신 하나님: 주님의 기쁨, 자랑…. 편은 더 깊은 묵상 후 말씀드리려 합니다.

노스리지(Northridge) 병원 3313호실을 마지막으로 퇴원 준비할 즈음 즉 온누리교회 설립 13주년인 2009년 3월 1일은 성희가 처음으로 휠체어를 타고서라도 새 생명을 찾고 사모하는 이 성전을 찾아와 감사 예배드리게 하고, 하나님께 영광을 돌리는 하나님께서 주신 감동의 날입니다.

그 후 필사적인 재활 과정을 통해 오늘은 이 성전에서 그간 ANC의 3,000여 성도님들, 19개 교회의 300여 명 중보기도팀, 13명의 거룩한 주의 종들, 식구들, 구역 식구들, 친구 동창들이 모두 모여 있는 가운데, 이 믿음과 사랑의 공동체의 헌신적 기도에 응답해 주신, 살아계신 하나님께 찬양 예배드리며, 증거할 수 있는 기회를 허락하여 주신 하나님께 감사드리며, 오로지 그 이름만이 나타나고 하나님의 승리와 주님의 영광만이 드러나길 원합니다.

성희는 뇌종양 수술 후, 전혀 알지 못할 결과로 세 번의 stroke에 이어 첫 번째 죽음으로 달려가게 됩니다. 처참하고 비참하며 애통해할 수밖에 없는, 앞이 캄캄한 가운데 바랄 수도, 의지할 곳도 없는 그 막다른 절벽 앞에서 우리 하나님이 우리를 사랑과 은혜로 이끌어 주실 것이라 믿게 된 것은 중환자실에서 읽은 강준민 목사님의 저서 '벼랑 끝에서 나를 웃게 하신 하나님'을 통한 영적인 감동이었습니다. 성경 말씀으론 로마서8:11 "예수를 죽은 자 가운데서 살리신 영이 너희 안에 거하면, 그 영으로 말미암아 너희 죽을 몸도 살리시리라."입니다. 이를 저에게 그대로 믿게 한 것이 첫 번째 '기이한 일'입니다 즉 저부터 변화시키기 시작하셨습니다.

수술 후 4일째 갑작스런 뇌압의 팽창과 세 번의 stroke으로 전신마비와 무의식의 코마에 들게 돼 급히 산소호흡기를 부착하게 되고 응급으로 재수술을 감행하게 됩니다. 멍하니 있는 저에게 간호사는 "왜 네와이프에게 뽀뽀를 안해 주냐"고 묻습니다. 뽀뽀를 한 후 수술실로 보낸 중환자실의 텅빈 공간에서 다시 돌아올 성희를 기다리며 화장실 문을 닫고 벽을 치며 통곡하며 기도하였습니다.

이 수술은 늘어나는 뇌의 공간을 주기 위해 Frontal Lobe, 즉 멀쩡한 성희의 뇌의 앞부분을 일부 절제하는 작업이었습니다. 또 며칠 후에는 세 번째로 뇌수의 증가를 막기 위하여 V-P Shunt(자동 밸브)를 부착하게 됩니다. 수술실 앞엔 식사 도중 이 소식을 접하고 주해홍, 전지능, 승광철, 김광선 목사님에 이어 송기상 집사님이 긴급 출동하시고 모두 눈물로 주의 보혈에 의지하여 주님의 은혜만을 간구하며 혹 못 나올 수도 있는 성희의 생명을 놓고 하나님께 자비와 긍휼을 구하였습니다.

천국의 소식인 듯 수술실에서 성희의 supervisor인 주디 김씨가 달려 나와, 수술은 잘 되었고 1시간 후쯤 중환자실로 돌아올 것이라고 말했습니다. 하나님께서는 이 응급한 상황에서 가련하고 상한 심령으로 애통해 하며 간절하게 간구하는 저의 기도를 들으시고 새로운 생명을 허락해 주신 것입니다.

두 번째 회복으로 나가는 과정 중, 결국 무의식과 전신 마비의 코마에 빠진 성희는 또다시 뇌의 팽창과 뇌압의 증가로, 추가 네 번의 stroke을 더 받고 뇌간(腦幹)에 도합 일곱 개 상처를 받게 되어 오로지 하나님만의 영역인 그 뇌 중추신경의 상처와 뇌의 상처로 인해, 또 다시 죽음을 목전에 두게 됩니다. 저는 또 아이들과 함께 의사와 상의하며 마지막 방법을 찾기 시작했습니다. 의사는 심장 전도기와 뇌파 검사기를 통해 조사를 시작하고, 우리는 기도실로 가서 마지막일 수도 있는 이 저녁에, 방문하신 김좌일 집사님과 눈물을 흘리며 애절하게 허나 아직까지도 숨을 허락하여 주신 하나님께 감사드리며 간구하였습니다. "마무리는 하나님의 뜻대로 하소서"라고.

의사의 보고는 심장의 미미한 작동과 잠자는 상태의 뇌파가 검출된 것이었는데, 성희는 1시간 후 쯤 나의 질문에 왼발가락 하나를 까우뚱 보이며, 살아 있는 자신을 증거하듯이 대답하였습니다. 의사의 예측과는 또 달리, 하나님께서는 성희에게 두 번째 삶을 허락하시며 내게 강렬한 믿음으로 소망과 확신과 약속을 허락하셨습니다. "이 아이는 죽지 않고 자고 있는 것"이라고, 그리고 "내가 그녀를 사랑한다"고. 이 세 가지 사인은 바로 "뇌파 있음", "심장 작동함", "발가락 움직임" 등으로, 제게 확신으로 다가와 신, 망, 애, 믿음 소망 사랑과 함께 저를 비춰주는 세 개의 작은 등불이 되었고, 겨자씨 만한 믿음으로 싹트기 시작하게 되었던 것입니다. 저희들의 기도에 하나님께서는 "전쟁은 나에게 속한 것이니"를 선포하시며, 이 투쟁을 "오로지 감사함으로 간구할 것"이라고 말씀하셨습니다.

그 일곱 군데의 뇌중추 신경 손상은 이미 사탄의 모략과 중상에 대적한, 우리 하나님의 지혜와 능력과 자비와 긍휼하심에, 이미 하늘에서 승리하신 하나님의 영광을 보이시기 시작했던 것 같습니다. 신명기 28:7 "네 대적들이 일어나 너를 치려 하면 그들이 한 길로 치러 왔으나, 일곱 길로 도망하나니…." 그리고 또 말씀 주십니다. 예레미야 29:11 "너희를 향한 나의 생각은 내가 아나니, 재앙이 아니라, 평안이요, 너희 장래에 소망을 주려 하는 생각이니라" (13절 "너희가 전심으로 나를 찾고 찾으면…" 14절 " 내가 너희를 만지겠고…….다시 돌아오게 하되 본 곳으로 돌아오게 하리라.")

병원에서 양로원으로 옮기라는 슬픈 통보를 받으며 아직 의학적으로는 생명을 되찾음이 확인되지 않는 불안한 가운데, 의사이신 윤광열 장로님께서도 성희를 보시고 걱정하시고 또 기도하셨습니다. 유진소 목사님, 주해홍 목사님, 승광철 목사님, 방금화 전도사님께 한 달 정도 더 이 병원에 있게 해 달라고, 그 사정과 기도를 부탁드리고, 워싱턴 D.C.에 계신 형님 강영우 박사님께도 내게 조언 주실 것과 기도해 주실 것을 부탁드렸습니다.

그런데 이게 웬 말입니까? 병원과 의사들이 온통 뒤집어진 것입니다. 폐에 폐렴과 함께 위와 소변 기관의 염증, 그 세 부분에 극렬한 염증이 죽음을 몰고 오듯이 찾아온 것입니다. 허나 저는 이제 슬며시 웃으며 미소 지을 수 있었습니다. 벼랑 끝에서 역사하시는 하나님의 처방과 그 귀한 주의 종들께 부탁드린 간절한 기도가 이렇게 응답으로 왔다는 것을 직감했기 때문이었습니다. 의사가 나를 찾아와, 전혀 한 치 앞도 안 보이는 그녀의 상황을 놓고 포기하지 않겠느냐고 할 때 저는 지금껏 중환실에서의 그녀의 두 번의 죽음을 통과시킨 그 하나님을 보고, 우리에게는 계속 기도할 것밖에 없다고 한 당신은, 또 다른 하나님의 역사하심을 목격하게 될 것이니 의사로서의 책무만을 다하여 달라고 부탁하였습니다.

그 후, 실제로 성희의 몸은 더욱 약해졌고, 온몸의 움직임이 전혀 없는 더 깊은 코마 상태에서, 매주 기타를 들고 방문해 주신 승광철 목사님께서 그 가엾은 영을 놓고 하나님께 찬양과 말씀으로 또 기도드리는 그 모습을 보고, 한 간호사가 물었습니다. "이 사람이 너의 남편이냐 동생이냐"라고…… 승 목사님이 제게 이야기해 주었습니다.

바로 그때 성희 집사가 웃음을 지었고 그 사진을 찍어 ANC웹사이트에 올렸노라고 그래서 온 교인들이 놀랐다고. 저는 제 무릎을 치며 세 군데의 심한 염증을 주심을 통해 역사하신 하나님께서는, 이제 오로지 만물의 영장인 인간만이 표현할 수 있는 그 웃음을 주셨기에, 인간으로의 완전한 회복을 약속 주셨다고 믿었기 때문입니다.

하나님은 주치의를 일주간 타주 출장을 보내시어, 기도 드린 대로 꼭 한 달간의 그 기간을 채우시며 "우리와 함께 하심"을 알리시고 저희들을 은혜와 평강으로 이끄시며 선포하십니다. 이사야 43:11 "나 곧 나는 여호와라. 나 외에 구원자가 없느니라." 13절 "두려워 말라 내가 너를 구속하였고 내가 너를 지명하여 불렀으니 너는 내 것이라." 19절 "보라, 내가 새 일을 행하리니, 이제 나타낼 것이라." 21절 "이 백성은 내가 나를 위하여 지었으니 나의 찬송을 부르게 하려 함이라."라고……감사합니다.

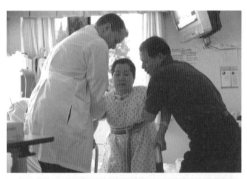

60회 선배님들과의 에피소드

| 이봉수(64회) |

60회 문집 발간을 축하드립니다.

보성의 역사 117년을 보면 60회 교우회는 보성역사의 정중앙에 위치합니다. 40회대 3반, 50회대 6반에서 60회부터 8반의 시대를 열었고, 나라를 위한 구국의 일념에 더해 공부 잘하는 보성의 역사를 후배들에게 계승시키는 중간 역할의 중심에 있었습니다.

60회대 중반 이후에 평준화라는 개혁적 교육 변화가 있었지만 보성의 정신과 전통을 계승케 하는 선도 역할을 잘 감당하셔서 오늘에 이르렀다고 생각합니다. 보성의 중간 역사에 개교 100주년이라는 큰 행사가 있었습니다. 이때 주도적으로 선배님들과 후배들에게 큰 목표를 제시한 분도 60회 선배님이었습니다. 당시 교우회 선배님들은 50억 정도 모금 목표를 세워 30억 이상 걷어 백주년기념관을 짓고 장학재단도 만들자는 생각이었습니다.

당시 60회 최모 선배님께서 모금 목표는 크게 세워야 현실적으로 우리의 계획을 실행할 수 있다고 역설하셔서 덕분에 상근 간사였던 저는 모금 목표 100억이라는 막중한 임무를 떠맡아 진행하게 되었고,

64억을 모금하여 기념관을 짓고 3억 원의 장학기금도 마련하여 모교에 출연할 수 있었습니다.

잊을 수 없는 선배님들과의 추억은 졸업 40주년과 50주년 행사의 사회를 제가 맡았다는 것입니다.

2010년의 졸업 40주년 행사는 2박 3일 여행의 첫날 전남 함평의 폐교에서 있었습니다. 경기도 화성에 가서 밴드를 동반하여 내려가 오후에 음향을 설치하고 저녁 식사 후 여흥 시간을 가지고 새벽에 올라왔던 기억이 생생합니다.

버스 3대로 70여 명의 선배님들이 폐교의 각반으로 조 편성을 하여 짐을 푸는 것을 보고 벤치마킹하여 4년 뒤 제 동기들인 64회에도 적용하여 저희들도 좋은 시간을 가졌습니다.

2020년 졸업 50주년 때는 코로나 상황임에도 전파속도가 잠시 주춤하여 모임이 완화되어 행사를 아슬아슬하게 치렀던 기억이 납니다.

2부 행사 전체를 맡기셔서 클래식과 팝을 적절히 섞으며 프로그램을 짜고, 난해한 넌센스 퀴즈 진행으로 선배님들을 괴롭혔던(?) 생각이 납니다. 이날 행사에 고교은사님 초대를 하였는데 은사님 중 저희 64회에 고문을 가르치셨던 박흥서 선생님의 건강하신 모습을 뵙고 64회에 근황을 알리고 선생님과 추억의 시간을 갖기도 하였습니다.

그동안 인사드릴 기회가 없었는데 아마추어 사회자인 저를 항상 프로 대접해 주신 선배님들께 지면을 통해 감사 인사를 드립니다.

저는 보성에 중·고 6년을 다녔는데 아현동에서 버스를 타고 혜화동으로 등교했습니다. 제가 중1 때 고등학교 2학년이셨던 이름 모를 선배님께서 키 작고 힘없이 생긴 저를 좀 안타깝게 생각하셨는지 거의 한 학기 동안 가방을 들어주시고 격려해 주셨던 기억이 있습니다.

제 눈에는 키도 크시고 체격도 굉장히 크셨던 선배님인데 보성 특유의 명찰이 없어서 성함을 기억하지 못하지만 지금도 고마운 마음을 가지고 저도 남에게 도움을 주는 사람이 되고자 노력하고 있습니다.

올해로 103세가 되신 철학자 김형석 교수님의 말씀에 따르면 인생의 황금기는 65세에서 75세까지라고 합니다. 인생의 황금기에 활발하게 활동하시는 선배님들을 통해 많은 것을 배우고 또한 후배들에게 전달하고자 합니다.

졸업 60주년, 70주년 행사 때 지금 계신 선배님들 모두 모시고 제가 사회를 보며 즐겁게 놀고 싶습니다. 70주년 때까지 항상 건강하시고 행복한 날 되시기를 기원합니다.

60회 선배님들의 사랑받는 후배 이봉수 올림.

이봉수(李奉洙)

보성고 64회.
보성교우회 사무국장 역임.
'엘비스의 호수 이야기' 유튜브 운영.

보성 60회 오빠들과의 인연

| 정효심(두레이벤트) |

당신을 만난 그날

2003년 12월 어느 날 리더스클럽 서초지점에서 당신들을 만났지요. 얼짱은 아니지만 멋져 보였고, 범생이는 아니지만 경제사회 활동의 중요한 위치에 있는 듯 뜨거움도 느꼈습니다.--

김기석 총무님의 진행으로 행사가 시작되자 마치 사춘기 청소년들의 모습을 보는 것 같아 귀엽기까지 했어요. ㅎ 그리고는 2013년까지 매년 12월이면 만났지요.

저는 두레이벤트의 정효심입니다.

제 이름을 아시는 분은 거의 없으실 겁니다.

허지만 저의 얼굴은 거의 모든 60회 여러분이 아시리라 믿습니다.

매년 연말 총회에서 일을 했으니까요.

보성고

전남 보성의 고등학교인 줄 알았는데 서울, 그것도 한복판인 종로구 혜화동에서 역사와 전통이 무려 100년이 넘는 학교라잖아요. 100주년 기념관까지 건립한 대단한 명문고임을 알게 되니 '으음 역시~' 하게 되었지요.

매년 연말의 총회 행사는 그때마다 감회가 있지만 기억에 남는 행사는 2011년(11.12) 보성 100주년기념관에서 보성 60회의 새돌 잔치(환갑잔치)를 치를 때도 다른 행사에서는 보지 못한 대단한 경험을 했지요.

환갑 잔치를 새돌잔치라 하질 않나,

사모관대 쓰고 각각의 사진을 찍지 않나,

계단식 극장에서 장기자랑을 겸한 공연을 하질 않나,

놀라움의 연속이었지요.

그해 보성 60회의 졸업 40주년 기념 수학여행에도 저를 불러주셔서 전남 함평까지 가서 행사를 치렀지요.

폐교의 펜션에서 열린 기념행사도 잊을 수가 없이 기억에 생생합니다. 자유스러운 분위기에서도 나름대로의 질서가 보이는 행사였지요.

또한 60회 총무님의 소개로 보성교우회의 행사는 물론 선·후배님들의 행사도 부족한 제게 맡겨 주셔서 아주 행복하고도 바쁜 생활을 할 수 있었습니다.

연말 등에는 보성고 행사로 즐거운 비명을 지를 정도였으니까요.

그에 대한 보답 차원에서 저는 보성고 교가도 준비하게 되어 더욱 보성고 교우회와 가까워졌습니다.

특히나 보성 60회에서는 2013년에 두레이벤트 정효심에게 감사패까지 주셨으니 제겐 60회님들은 잊지 못할 특별한 추억의 남자들입니다.

졸업 50주년

코로나 사태로 사회 분위기가 서로 조심하며 눈치보고 있을 때 50주년 행사를 하신다기에 '할 수 있을까?' 생각했는데 역시 60회의 힘~~.

2020년 6월 17일 삼성동 인터컨티넨탈호텔에서 보성 전문MC 봉수 오빠와 화려한 출연진... 식전 샴페인, 식후엔 와인파티가 성대하게 벌어졌습니다.

그대들을 처음 만났을 땐 중년의 섹시함이 있었다면 50주년의 그대들은 7월의 화이트 크리스마스로 하얗고 고운 눈을 살포시 맞은 듯한 노년의 중후함이 풍기는 역시 멋진 남자였습니다.

그대들은 나의 추억 속의 남자들입니다. 내 남자!!!!!
모두 건강하시고 오래 오래 행복하시기를 기원드립니다.
두레이벤트 정효심 올림

02

나의 일과 삶, 그리고 가족

나이와 시간

| 이태희(3-6) |

이제 철들었나? 오래간만에 친구를 만났다.

한때는 자주 연락도 하고 꽤나 친했던 친구다. 어느덧 사업이 잘되어 바쁘다던 친구다. 바빠서 그런지 한동안 소식이 뜸해졌고 몇 년째 소식이 없던 친구다. 우연한 기회에 그 친구의 소식을 듣게 되었는데 많이 아프다고 한다.

만사 제치고 병원을 찾았다. 코에는 산소호흡기를 달았고, 목에는 가래를 제거하기 위한 호스가 달려 있고 음식은 식도로 죽 같은 것을 삽입한다고 한다. 다행히 정신은 말짱해 조금 시간은 소요되지만 정상적인 대화는 할 수 있었다.

하던 사업을 정리하고 기존보다 쉽고 수입이 나은 새로운 사업을 시작하기 위하여 동분서주하고 있었다고 한다. 해야 할 일은 많고 바쁜 일정을 보내다 보니 연락도 제대로 못 했고, 대부분의 친구가 도움을 요청하는 친구들이라 친구들과도 자연적으로 멀어졌다고 한다.

오랜만에 찾은 내가 반갑다고 한다. 그동안 엄청 친했던 것 같은 친구가 찾지 않는 것에 대해서는 서운함은 없지만 다 자기 탓이기에 아쉬움은 있다고 한다. 의사의 말은 이제 정상생활은 불가능하고 언제 가느냐 하는 문제만 남았다고 한다.

그의 아내는 모든 걸 아들에게 맡기고 편안한 마음을 가질 수 있게 조언해 달라고 한다. 꽤나 예뻤고 멋이 있던 그의 아내 모습이 엄청 초라해 보이는 것은 내 기분 때문일까? 무슨 말을 할 수 있을까?

벌써 30년 전의 일이 생각난다. 훈련 중 감기가 심한 것 같아 군의관에게 감기약을 좀 독하게 지어달라고 하고 일주일간의 훈련을 마무리하였지만 감기가 끝나지 않는다. 약을 먹으면 좀 나은 듯하다가 약을 안 먹으면 다시 열이 난다. 어쩔 수 없이 병원에 가 처방을 받으려 하였다. 간단한 감기인 줄 알았는데 아니다. 군의관이 당장 입원, 후송하란다. 우여곡절 끝에 후송이 되어 수도 통합병원에 입원하게 되었다. 조직검사다 뭐다 하며 3주간 입원을 한 뒤에 나온 결론은 폐암이란다.

잘하면 3개월에서 5개월, 모든 걸 버려야 한다는 의사의 결론이다. 믿어지지가 않는다. 내가 뭘 어쨌길래 나에게 이런 시련이? 내 생을 되돌아보며 반성도 하고, 기도도 하고, 심지어 하늘을 원망도 했다. 조직검사 결과를 믿을 수가 없으니 다시 검사를 해보자고 졸라 다시 검사가 시작되었다. 그리고 마지막 유서라는 걸 써보았다. 아침에 써놓고 저녁에 보면 아니다. 내일 다시 쓰지. 2주일이라는 한없이 긴 기간을 정성을 다하여 두 장으로 유서를 작성하였다. 그러나 전역 후 최근에 유서를 찾아 읽어보니 한없이 멍청한 말만 써 놓았다. 앞뒤가 다르고 논리도 맞지 않는다. 재검 결과, 다른 결론이 났고 나는 지금까지 살아 있다, 하루하루를 사는 것이 나에게는 덤인 인생인 것이다. 오늘 하루 최선을 다해 살자. 내가 언제 갈지는 아무도 모른다.

시간이라는 것이 한 시간 두 시간, 한 달 두 달, 1년, 2년 느끼기에 따라 다르다. 첫애가 초등학교에 들어간 여름이다. 부모님과 함께 서울에서 부산에 휴가를 가게 되었다. 당시 가장 빠른 새마을 열차를 타고서. 그런데 아버님은 신문 하나 들고 가다가 잠깐 주무시더니 "벌써 왔느냐? 세월 참 좋다." 하신다. 나는 주간지 하나 사서 보며 아들 챙기고 하다 보니 도착하였다. 아들은 사내 녀석이라 그런지 잠시도 가만있지 않는다. 야단법석이다. 군것질도 하고 변소도 가고 졸기도 하는 등 무척이나 지루해한다. 시간은 같은데(4시간 27분) 말이다.

첫애가 초등학교에 입학하는 날 둘째 녀석이 나도 학교에 간다고 울고불고 떼를 쓴다. 내년에 학교에 보내준다고 하며 달래보는데 "내년 몇 밤 자면 돼?" 하고 되묻는다. 다섯 살 어린 나이에 내년이란, 꼬마 인생의 5분의 1이나 되는 긴 기간인 것이다. 그 녀석 생각에는 학교에 안 보내준다는 것으로 들리지는 않았는지 모르겠다.

군대 생활을 하다 보니 많은 부모님들이 자식을 군대 보내면서 아들을 어디에서 어떻게 군 생활을 하게 하여야 좋으냐고 물어들 보신다. 그러면서 마지막으로 아들에게 하는 말이 "3년 금방 지나간다, 잘 견디고 오라"고 한다. 그때는 군 복무기간이 3년이던 시기이다.

그러나 아들 입장에서는 3년이라는 기간을 군에서 보내야 한다는 것이 참으로 암담한 모양이다. 왜 그럴까? 나름 이런 생각을 해보았다. 대략 50세 안팎의 아버지 입장에서는 3년이란 자기 인생의 50분의

1, 51분의 1, 52분의 1로 대략 평균 51분의 3=17분의 1로 17세에 1년을 지내는 느낌일 것이고, 20세에 군대에 가야 하는 아들은 입장은 20세 20분의 1, 21분의 1, 22분의 1로 대략 평균 21분의 3으로 느끼며 이것은 7세에 1년을 보내는 느낌이 되는 셈이 아닐까. 그러니 아버지의 입장은 17세에 1년을 보내는 느낌으로, 잠깐이고 아들의 입장에서는 7세에 1년을 보내는 느낌으로 "어휴" 소리가 나는 것이 아닐까?

여기서 생각하게 된 것이 '시간은 주관적인가 객관적인가' 하는 의문이다. 한 살짜리의 1년은 그 인생의 전부이고 다섯 살짜리의 1년은 자기 인생의 5분의 1이며 20세의 군대기간 3년은 자기 인생의 7분의 1이며 50대의 아버지에게 3년이라는 시간은 17세의 1년과 같이 느껴지는 것이 아닐까?

그러면 내가 100세까지 산다면 나는 얼마나 세월을 느끼며 살 것인가 하는 의문이 생겨 계산해 보았다. 1분의 1 + 2분의 1+3분의 1 + 4분의 1 +⋯ +99분의 1+ 100분의 1=5.056(소수점 이하 네 자리는 4사5입) 정도이다.

계산을 해보면서 느끼는 것은 20대에 10년을 살아도 두 살 때 1년만 못하고 60대에 10년을 살아도 6세 때 1년 산 것보다 짧게 느껴진다는 것이다. 군대에 들어갈 나이 20에는 3.46으로 벌써 자기 인생의 5분의 3 이상을 산 셈이 되는 것 같다. 그래서 옛 선현 공자는 20에 뜻을 세우니 그 사람의 생이 보인다고 하지 않았나 싶다. 지금도 20세 전후에 문과와 이과에 대한 선택과 대학과 전공을 선택하고, 성적에 따라 대학을 선택하는 것을 보면서, 그 청년의 뜻을 세우고 그의 앞날을 예상할 수 있을 것 같아 옛 성현들의 말씀이나 지혜가 존경스러워진다.

이제 내 나이가 70을 넘겼다. 내가 100세까지 산다고 하고 내가 느끼는 삶은 얼마나 살아왔고 얼마나 남은 것일까? 계산해 보니 환갑에 이미 90%를 넘게 살았고 70세에 느끼는 삶은 4.702만큼 느끼며 살았으니, 100세까지 산다고 해도 내 느낌으로는 이미 93%를 살아온 셈이다. 이제 나이 70이면 100세까지 산다고 해도 내 느끼기에는 7%밖에 남지 않은 삶이다.

이제 무슨 말을 들어도 귀에 거슬리지 않는 이순을 훌쩍 넘어선 것이다. 아하, 이래서 옛말에 세월은 유수 같다거나, 나이 들고 나니 세월이 화살처럼 빠르게 느껴진다고 한 것은 아닐까?

이제 겨우 남은 7%를 어떻게 할 것인가? 남의 말에 노여워하지 말고 욕심내지 말고 등등 좋은 말은 많은데, '아하 그렇지' 하고도 생활하다 보면 공연히 화도 나고, 욕심도 나고 짜증도 난다. 그러는 나 자신을 보며 '이러면 안 되지' 하면서도, 살아가면서 목적 없이 아무 보람 없이 산다면 굳이 더 살아서 무엇하랴 하는 어리석은 생각도 든다.

평생을 일에 쫓겨, 공연한 욕심에 들떠 소홀했던 여러 가지가 후회되고 이제 한번 나 자신을 위하여 시작해 보자 하는 생각이 난다.

"자고로 군자란 시서예악에 능해야 하느니라." 하시며 지필묵을 건네시던 부모님 생각에 붓도 들어보고, 악기도 하나 구입해서 이리저리 궁리해 보고 한다. 그러나 혼자의 힘으로는 어림없다. 기어코 여기저기 유명하다는 스승을 찾아 배운답시고 돌아다니는데 "TV에 나오는 아무개는 3년 해서 저 수준인데 당신은 10년을 넘게 하고도 아직도 그 수준이오?" 하는 마누라의 핀잔과 아들놈의 웃음에 공연히 화가 난다. 이 또한 욕심이리라. 지금 10년을 노력해도 일곱 살 때 1년만 못하고 스무 살에 3년 노력한 것만 못하지 않은가? 그리고 그 일에 얼마나 열정을 가지고 했는가. 친구 만나고, 하던 일, 손 놓지 못하고 띄엄띄엄 참견하고....

그런데 이제 새로운 사업을 구상하고 하던 일과 다른 일을 시작해서 돈을 벌어보겠다는 친구에게 어떤 조언이 필요할까? 거기에 몸도 성치 않은 상황에서. 걱정은 산같이 쌓여 있는데 해결할 능력도, 시간도, 사람도 없다. 만사 다 제쳐두고 우선 몸부터 추스르고 일은 아들이나 처에게 맡기고 믿음직하지 않거나 불안해도 불안한 만큼 몸 회복에 힘쓰라는 말은 했지만 돌아서는 발걸음이 개운치 않다. 그의 처역시 애처로워 보이기만 한다.

이제 100세까지 산다고 해도 7%도 남지 않은 나의 인생 어떻게 하는 것이 잘 살았다고 할 것인가? 나는 지금까지 살면서 세 분의 임종을 지켜보았다. 어머니, 장인, 장모, 세 분 모두 마지막 3~4일경에 자신의 생을 한탄하며 별 볼 일 없는 아들, 사위에게 미안해하시며 돌아가셨다. 그리고 그동안 고마웠다는 말을 덧붙이셨다.

"미안해", "고마워" 어찌 보면 평범한 말 같지만 가끔씩 돌아가신 분들이 생각이 날 때면 이런 말씀을 하실 때의 표정과 분위기가 생각난다, 그 짧은 말씀 한마디 하시기가 참으로 어려우셨던 것 같다.

이제 100살까지 산다고 해도 내 느끼기에 7%도 남지 않은 내 생을 정리하면서 후회 없이 갈 수 있도록 준비해야 하겠다. 그러기 위해서는 지금부터라도 정신 차리고 생활해야 할 것은, 나 자신의 모든 욕심을 버려야 하고, 누구에게나 원망과 탓하는 마음을 멈추고 항상 감사하는 마음으로 생활해야지 하고 다짐을 해 본다.

실제로 얼굴도 생각이 나지 않는 동창분들, 그리고 얼굴은 기억이 나는데 이름이 생각나지 않는 동창분들 모두에게 나를 기억해주셔서 고맙습니다.

그리고 얼굴도 모르는 동창을, 동창이라고 책을 만들기를 도모해서 이런 기회를 주신 동창회장님께 고맙다는 말을 해야 할 것 같다. 그리고 그동안 동창회에 적극 참여하지 않은 점에 대하여 미안하다고 해야 할 것 같다. 또 나를 아는 여러 친구들 그래도 잊지 않고 기억해주신 것만으로도 고맙습니다.

모두 건강하시고 후회 없는 삶을 나보다 더 잘 사실 것이라 믿으며 졸부 물러갑니다.

이태희(李泰熙)

육군사관학교 30기 졸업.
육군 대령 예편.

1985년, 그 젊은 날의 방황

| 이도윤(3-1) |

비행기에서 내려다보이는 카트만두는 한적한 시골 도시 같아 보였다. 아니 한적하다기보다는, 높은 건물은 전혀 보이지 않았고 붉은색의 작은 저층 건물들이 오밀조밀 붙어있는 밀집 지역들이 넓게 펼쳐져 있는 모습이었다.

처음의 한적하다는 느낌은 아마도 그때까지 비교적 대도시에 익숙해져 있었던 나의 착시현상이었을 것이다. 재개발 이전의 서울 달동네가 대부분 회색의 시멘트톤이었던 것과는 사뭇 다르게 도시 전체가 붉은색을 띠고 있었다. 그것은 그곳에서 비교적 손쉽게 구할 수 있는 황토벽돌의 색깔이었다.

공항은 비교적 덜 붐비었고 출국 수속도 그리 까다롭지 않았다. 태국 방콕에서 비행기로 3시간 남짓. 그리 길지 않은 시간의 이동으로 8월 초 아열대 지방의 후텁지근함에서 탈출해서 건조하고 맑은 산간 지역의 공기를 맡을 수 있었다.

방콕의 여행자 숙소에서 얻은 주소와 전화번호로 카트만두 현지 숙소를 찾아 머물 곳을 정했다.(그때는 인터넷시대가 아니어서 여행자들끼리 묵고 있는 숙소에서 여행 정보를 서로 교환하곤 했는데 반대쪽에서 막 떠나온 사람들에게서는 누구보다 현지의 생생한 이야기를 들을 수 있어 아주 유용했다.)

간판은 호텔이라고 되어 있지만 방에 침대만 덩그러니 하나 있고 화장실은 공용인 객실이 20여 개 있는 정도 규모의 곳이었다.

여행을 하겠다고 집을 떠나온 게 1월 2일이었다. 처음 간 곳은 대만이었는데 마침 대학 후배가 유학을 떠난다기에 몇 달 같이 지낼 생각으로 짐을 꾸렸다. 그동안 나를 잡고 있었던 모든 것들로부터 한번 벗어나고 싶었다. 다 내려놓고 아무런 의무나 제약 없이 그냥 자유롭게 지내고 싶었고 닥치는 대로 부딪치며 살아보고 싶었다.

대만의 이국적인 풍물은 충분히 자극적이었다. 대만 사범대 앞의 어깨를 부딪치며 걸어야 하는 좁은 식당 골목에 길게 늘어서 있는, 주머니 가벼운 학생들을 위한 중국식 뷔페[自助餐]의 갖가지 요리들, 신호가 떨어지기 무섭게 달려나가는 수십 대의 오토바이들과 그 내뿜는 파란 배기가스의 냄새, 남편(?)의 따귀를 후려치고 훈계조로 뭐라고 소리치고 돌아서는 여성의 뒷모습을 바라만 보고 있는 무기력해 보이는 남성의 모습과 그 광경을 익숙한 일상인 양 별 신경쓰지 않고 금방 아무 일도 없던 것처럼 대하는 주위 사람들의 반응들, 국어일보(國語日報)라는 어린이용 일간지 발행 신문사가 운영하는 외국인들을 위한 중국어학원에서 모처럼 학생의 신분으로, 되지 않는 생기초 중국어 발음을 따라 하느라 영락없는 참새의 모습으로 앉아 있는 여러 인종의 나이 많은 학생들, 누구에게는 평범한 일상이었겠으나 방관이라는 필터를 통한 제3자의 눈에는 어떤 것 하나 신기하지 않은 것이 없어 보였다.

그렇게 재미있던 석 달 정도의 대만 생활을 마무리하게 된 것은 그 전해에 신청해 두었던 일본의 어느 대학 대학원에서 연구생 허가가 나왔기 때문이었다. 당시까지 아직 확실한 삶의 방향을 잡지 못하고 있었는데 여러 대안 중의 하나로 생각하고 있던 것 중 하나가 갑자기 현실감을 띠면서 눈앞에 나타난 것이었다. 절실히 바랐던 일은 아니었지만 일단 그 궤도에 올라타 보기로 했다.

일본의 대학원 연구생 과정은 정식으로 대학원 입학을 하기 전 단계로, 석사과정에서 전공할 분야에 대한 기본공부와 적성 여부를 알아보는 1년 정도의 기간이다. 따라서 수업에 출석해야 할 의무 없이 비교적 자유로운 상태에서 지낼 수 있었다.

먼저 유학 와 있던 대학 선·후배들의 환영과 오리엔테이션 등 그 지역 사정에 익숙해지기까지 한두 달의 시간이 지나갔다.

하지만 워낙 1년을 온통 제끼려고 생각하고 있었던 차라 엉덩이가 들썩거려 책이 눈에 들어오지 않았다. 지도교수에게 양해를 구하고 1년의 말미를 얻었다. 그리고 본격적으로 세계 일주를 떠나게 된 것이다. 망원렌즈 기능이 있는 카메라와 30여 통의 36장짜리 슬라이드 필름, 방수성 고어텍스 상·하의 재킷과 바지, 콤파스, 휴대용 전자시계 등 일본에서 구할 수 있는 것은 일단 구했다.

그리고 한국으로 돌아와서는 배낭과 구급약, 선글라스, 홑겹의 슬리핑백, 맥가이버 칼 등을 구하고 입국비자를 미리 받을 수 있는 국가의 비자는 받고 홍콩으로 출국한 것이 6월 하순이었다. 한국에서 전 세계 유스호스텔에서 통용되는 국제학생증을 만들고 2개월 동안 사용 가능한 유레일패스도 미리 구입했다.

국제학생증을 발행하는 기관에서 전 세계 유스호스텔의 정보가 담긴 책과 나중의 유럽지역 여행을 위해 '18 dollars a day in Europe'이라는 책을 한 권씩 구했는데, 이 책들은 여행 도중 아주 유용한 정보를 제공해 주었다.

* * *

나의 대학 생활은 혼돈의 시기였다.

애초부터 무슨 뜻한 바 있어 대학을 간 것이 아니었다. 남들이 간다니까 가야 하나 보다 정도의 인식밖에는 없었다.

알량한 실력에 맞춰 1차 대학 시험을 보고 예상대로 낙방. 또 별반 장래에 대한 계획이나 큰 고민 없이 적당하고 무난한 2차 대학 지원. 천만다행으로 합격통지서를 받았고 철없는 젊음은 재수를 하지 않아도 된다는 안도감에 만족하고 있었다.

대학이라고 들어가서는 학비와 용돈 조달로부터 자유로웠던 덕분에 고삐 풀린 자유와 방종의 시간이 이어졌다. 밥 먹여 학교 보내주면 할 일을 다한 것으로 생각하셨던 부모님의 자유로운 교육철학 덕분에, 아니 그보다는 당신들이 경험해 본 적 없는 고등교육제도에 대한 이해 부족의 틈새에 적당히 기생하며 하루하루를 허송세월했던 청춘에게 미래계획이나 고민은 그리 절박한 것이 아니었다.

초등학교에서 중학교, 중학교에서 고등학교 진학은 입시라는 통과과정이 진로에 대한 큰 고민 없이 점수에 맞추어 지원하면 되는 것이어서 적성에 대한 고민은 크게 없었다.(예체능계를 빼고는.)

그러나 고2에 올라가며 문,이과를 정할 때는 적성이라는 것이 결정의 중요 요소였는데 그게 그리 간단한 것이 아니었다.

10대 중후반의 나이에 무얼 알고 인생의 방향을 정할 수 있었을까?

지금 생각해 보면 특별한 경우만 빼고는 대충 다들 비슷했을 것이다. 그래도 문과가 세 반, 이과가 다섯 반이나 있었으니 그것도 나중에 약간의 시간적 대가를 치르면 무를 수도 있었다.

하지만 대학이라는 것은 전혀 달랐다. 한 번 정해진 전공과 그에 따른 진로는 고등학교 때와는 달리 그 색깔이 선명했다. 전혀 경험해 보지 못한 자율의 의미를 알지 못했던 무지는 결과에도 그에 상응하는 책임이 따른다는 걸 알 리 없었다.

수업에 들어가지 않아도 누구 하나 무어라는 사람이 없었다. 대리 출석도 그리 어려운 것이 아니어서 출석 미달만 되지 않게 하면 그만이었다. 애초부터 장학금은 면제라서 성적으로부터도 자유로웠다. 적당히 수업 듣고 학점도 땄다.

쌍권총을 차도 여름학기, 겨울학기, 재수강이라는 편리한 제도가 대학에는 있었다. 무에 그리 대단한 독립운동을 한 것도 아니고, 그 당시 한창이었던 학생운동에 바쁜 것도 아니었다. 한때는 조정이라는 운동에 미쳐 한강에서 살다시피 했다.

2차 대학이라는, 게다가 어문학이라는 어설픈 전공이 한정하게 될 그 이후 삶의 무게를 알 바 없는 철없는 어리석음은 그렇게 적당히 비슷한 수준의 또래들과 적당히 어울리며 그것이 사람들의 사는 모습이라고 대충 건방지게 일반화하고 있었다. 그냥 그렇게 2, 3년이 지났다. 이래도 되는 건가? 이건 아닌 거 같은데 라는 생각이 문득문득 들기도 했다.

집 떠나와 열차 타고 훈련소로 가는 날
부모님께 큰절하고 대문 밖을 나설 때
가슴속엔 무엇인가 아쉬움이 남지만
풀 한 포기 친구 얼굴 모든 것이 새롭다...

김광석의 노래, '이등병의 편지' 가사이다. 나는 지금도 이 노래를 들으면 눈물이 난다.

실제로 군대 가는 날 아침, 나도 부모님께 큰절을 하고 집을 나섰다. 그때 부모님의 얼굴에 비치던 대견함과 안쓰러움의 표정과 철딱서니 없는 아들의 실체를 알지 못하던 두 분에 대한 죄스러움이 큰 부끄러움으로 되살아나곤 한다.

군대에서의 3년 가까운 시간은 그때까지 나를 에워싸고 있었던 가족이나 학교, 친구라는 방호벽 없이 졸지에 무장해제되어 발가벗겨진 내 모습과 마주한 시간이었다. 무엇 하나 아는 것도 없고 제대로 할 줄 아는 게 없었다.

말이 대학 다니다 왔다는 거지, 군대 생활에 도움이 되는 기술이나 요령이 있을 리 없었다. 고문관 그 자체였다.

그나마 알량한 내 대학 전공을 필요로 하는 부서가 아니라서 지난 대학 3년 동안의 불성실의 실체가 드러나는 불상사는 없어 조금은 덜 부끄러웠겠지만 그렇다고 달라지는 것은 하나 없었다.

그런데 문제는, 잘못된 것은 알겠는데 도대체 무엇이 어디서부터 어떻게 잘못되었는지 전혀 알 수가 없다는 것이었다. 그렇다고 누구하고 상의하거나 상담할 수 있는 일도 아니었고 또 그런 여건도 아니었다.

무엇이 어떻게 잘못되었는지 알아야 해결 방법을 찾을 텐데 참 답답한 노릇이었다. 김도향의 '세상 모르고 살았노라'가 바로 내 이야기였다.

그럼 처음부터 새로 시작해 보면 어떨까? 구겨버린 원고지 낱장들을 한쪽에 수북이 쌓아놓고 애꿎은 생담배를 재떨이에서 태우며 머리를 싸매고 있는 작가의 모습을 사진으로 본 적이 있다. 그렇게라도 해서 다시 쓰기가 된다면 해 보고 싶었다.

그러나 인생은 글쓰기가 아니고, 처음으로 되돌아가기에는 이미 꽤 멀리 와 있었다. 고등학교 어느 수업 시간에 선생님이 "지금은 너희들이 다 비슷해 보여서 별 차이가 없어 보이겠지만 아주 조그만 간격이 앞으로 10년, 20년 뒤에는 엄청난 거리로 벌어져 있을 것이다."라는 말씀을 하신 적이 있었다. 그 선생님 성함도 기억이 안 나고 또 그때는 무슨 말인지도 잘 몰라서 신경도 안 썼지만 그게 바로 내 이야기였다.

초등학교 때 수업 중에 예고 없이 교실로 쳐들어오는 양호 선생님의 손에 들린 예방주사 주사기와 여학생들의 비명소리, 바짝바짝 다가오는 내 차례. 내무반의 끝에서부터 줄빳따에 퍽퍽 소리와 함께 꺼꾸러지는 선임, 동기들의 고통스러운 신음소리. 이미 그 소리와 공포 분위기에 반쯤은 넋이 나가던 그 엄청난 두려움. 할 수만 있다면 그 자리에서 연기처럼 사라져 숨고 싶은 순간들이 있다.

그러나 인생에서의 고통은 주삿바늘이나 줄빳다와는 달리 한 번으로 끝나지 않았다. 인생의 책임으로부터 도망쳐 숨고 싶었던 비겁했던 젊은 날의 복수는 집요했다. 제대를 하고 4학년 복학은 했으나 여전히 해답은 찾지 못하고 있었다.

그래도 졸업은 해야겠기에 밀린 학점 취득과 새로 생긴 졸업시험 준비 등으로 처음으로 제대로 된 대학생 같은 1년을 보냈다. 주위 또래 친구들은 졸업 후에 취직한다, 대학원 간다 등 각자의 길을 잘도 찾아가는 것처럼 보였다. 나만 혼자 남겨둔 채로. 아무런 거리낌이 없어 보였다. 적어도 내 눈에는.

그중에서도 제일 당황스러운 것은 친구들의 결혼 소식이었다. 결혼이라니? 나는 내 한 몸의 갈 길도 제대로 모르겠는데, 두 사람이 가정을 꾸려 새로운 인생을 시작한다는 것은 나로서는 꿈에도 생각할 수 없는 일이었다. 그들의 자신감과 확신의 근거가 정말 궁금했다. 실제로 물어본 적도 있었다. 지금은 그 답이 기억도 나지 않지만...

어찌어찌 대학을 졸업하니 때는 마침 겨울이었고 눈보라 치는 들판에 황망히 홀로 서 있는 느낌이었다. 그 혼자라는 당혹감에서 벗어날 수 있는 것은 다시 무리 속에 섞이는 것뿐이었다. 당시 호황이었던 수출 경기 덕분에 나 같은 허방도 어느 섬유회사 무역부에 비교적 쉽게 자리를 잡을 수 있었다.

그때의 무역회사는 9(nine)-5(five)가 아니라 8(eight)-8(eight)였고 주말도 따로 없이 불려 나갔다. 퇴근 후 한잔 빨고 집에 가서는 기절했다가 다음 날 아침에 다시 살아서 깨어나면 출근하는 식이었다.

결국 6개월 뒤 사표. 다시 이어지는 장고(長考)...

그러다가 영어를 집중적으로 5개월 동안 합숙하면서 배울 수 있는 기회가 생겼다. 그리고 당시 처음 개원하는 통역대학원에 1기로 입학. 1년의 국내 수업, 2년의 외국 유학, 도합 3년의 과정을 끝내고 졸업. 그 결과 동시통역사로서, 통역대학원 강사로서의 새로운 삶이 시작되었다.

세상이 조금씩 나를 찾기 시작했다. 충분치는 않았지만 그래도 4~5년 전의 암담함과는 달리 사회에서의 효용가치가 나의 자존감을 토닥여주었다.

그렇다고 그걸로 모든 문제가 한꺼번에 해결될 리는 없었다. 넓은 세상이 보고 싶었다.

* * *

홍콩에서 시작해서 필리핀으로. 그리고 태국, 네팔, 포카라, 안나푸르나, 룸비니. 네팔에서는 난생처음으로 육로로 국경을 넘어 인도 타지마할과 바르나시 옆을 흐르는 갠지스강, 핑크시티 자이푸르, 뉴델리. 뉴델리에서 새벽 2시경 비행기로 이집트 카이로. 피라미드와 스핑크스, 룩소, 왕들의 계곡.

다시 버스로 이스라엘. 예루살렘의 황금사원, 골고다언덕, 통곡의 벽, 마사다요새, 사해(死海), 베들레헴, 텔아비브. 하이파에서 배편으로 키프로스. 다시 배로 터키(튀르키예). 이스탄불의 성소피아 사원. 다시 버스로 24시간 걸려서 그리스 아테네. 파르테논신전과 아고라, 올림피아경기장, 크레타섬.

파란 바다와 하늘의 경계가 없고 같은 색깔의 지붕과 하얀 벽으로 둘러싸인 집들이 마치 동화 같은 산토리니. 다시 배로 이탈리아의 바리라는 항구에 들어가면서 미리 구입해 놓았던 2개월짜리 유레일패스의 유효기간이 시작되었다.

유레일패스라는 것이 동구권을 제외하고는(당시는 동구권은 우리에게는 입국이 제한되고 있었다.) 웬만한 유럽 국가에서는 다 통용되어 기차와 육상

운송 수단은 거의 유효기간 내에는 무료로 이용할 수 있었다. 그러다 보니 기차로 밤새 몇백 킬로의 거리를 이동하는 경우도 있었다.

이탈리아에서는 로마, 피렌체, 피사, 밀라노, 베니스. 오스트리아 빈, 독일 뮌헨, 로만티쉐슈트라세(Romantische Straße, 낭만의 길)의 소도시들, 로렐라이언덕, 하이델베르크, 프랑크푸르트, 서베를린, 동베를린. 히치하이킹으로 얻어탄 고물 폭스바겐으로 Autobahn(고속도로)을 달려 함부르크. 덴마크의 코펜하겐, 핀란드 헬싱키, 스웨덴 스톡홀름. 그 당시 기차가 갈 수 있는 제일 북단의 도시 노르웨이의 나르빅. 같은 기차에서 내린 둘뿐인 승객 중 하나였던 엽총을 든 사냥모자의 남자가 어디론가 발걸음을 옮기고 있었다. 어디든지 목적지를 갖고 걷는 걸음은 확신에 차 있었고 거리낌이 없어 보였다.

6월에 시작한 여행이 이미 10월. 이미 10월 중순에 위도 68도인 그곳은 오후 4시면 어두웠고 겨울이었다. 명승지라면 찾아갈 목적물이라도 있었겠지만 바다가 보이는 높은 언덕은 크지 않은 집들이 듬성 듬성 앉아 있는 그냥 경치 좋은 바닷가 언덕일 뿐이었다.

아무도 주위에 아는 사람 하나 없고, 아무도 내가 그곳에 있다는 것을 알 리 없고, 아무도 나에 대해 관심도 없고, 마치 투명인간처럼 혼자 돌아다녔다. 핸드폰이 없던 시절이라 하루종일 말 한마디 하지 않고 지날 때도 있었다.

오슬로에서 베르겐. 기차로 밤새 달려 파리. 에펠탑, 노트르담사원, 몽마르트르언덕, 루브르....

샤모니. 스위스의 마터호른, 융프라우. 스페인 마드리드, 톨레도, 그라나다. 포르투갈 리스본, 벨기에 브뤼셀, 브뤼헤, 프랑스의 르아브르에서 배로 북아일랜드의 벨파스트, 영국의 리버풀, 버밍엄, 런던. 다시 비행기로 뉴욕.

그레이하운드(개그린 버스)로 일리노이 어바나샴페인, 그리고 계속해서

여러 날에 걸쳐 미대륙 횡단 LA. 그리고 서울로.

집에 오니 12월 26일.

그렇게 그 한 해가 갔다.

이도윤(李道潤)

한국외대 통역대학원 졸업.

한.일 동시통역사.

승연㈜ 대표.

나이 일흔 살이 지나고 보니

| 조종하(3-4) 儒路(유로) |

종심(從心)이라고 하는 나이 일흔 살, 어느새 그 나이를 넘긴 세월을 살아가고 있다. 논어의 '從心所欲不踰矩(종심소욕불유구)'에서 유래된 종심은 마음이 가는 대로 하더라도 법도에 어긋나지 않으니 괜찮다는 뜻이다.

그런데 이리저리 어찌어찌 살다 보니 어느새 내가 그 나이를 지나쳐 버렸다.

세월이 흘러가는 속도가 나이를 먹을수록 빨라진다더니 '어? 새해가 밝았네?' 한 지가 엊그제 같은데 '벌써 한 해가 다 갔네' 하며 세월의 빠름을 실감한 지도 꽤 됐다.

서릿발 같은 흰 머리카락이 봄날 새순 자라듯 머리 여기저기에 밀고 올라오는 거울 속 주름진 얼굴을 대할 때마다 하루하루 변해가는 나 자신이 낯설기도 하지만, 그 모습 덕분에 지난 시간을 되짚어보는 일이 하루에도 몇 번씩 반복되고 있는 어느 날, 고등학교 동기회장으로부터 "이번에 동기들 글을 받아서 문집을 만들려고 하는데, 함께해 달라"는 전화를 받았다. 어쩔 수 없이 알았다고는 했는데, 막상 쓰려고 하니 딱히 뭘 써야 할지 떠오르질 않아 고심 끝에 태어나서부터 지금까지의 세월을 반추해보기로 했다.

글재주가 없으니 표현력도 모자라고 재미없는 내용이어도 따뜻한 마음으로 이해해주길 바라면서...

나는 영종도(지금 인천공항이 있는)의 박촌(朴村)이라는 촌에서 농부의 3녀 1남 중 늦둥이로 태어난 외아들이자 막내다.

지금과 달리 아들을 선호하던 시대, 나보다 일곱 살 많은 막내누나가 어머니 뒤를 따라다니면서 "아들 낳게 해달라"고 치성을 드려, 그 정성으로 나를 낳았다며 동네 사람들이 나를 볼 때마다 누나한테 잘해야 한다고 귀에 인이 박일 정도로 말씀들을 하셨다. 그래서 그런지 나이 들어가며 힘겨워하는 누나를 보면 가슴이 더 먹먹해진다.

아버지는 일본까지 다녀오신 지식인이었는데 농사일엔 관심이 없어 늘 어머니가 혼자 도맡아 하시느라 고생이 많으셨지만, 그것 때문에 불평하시는 걸 보지도 듣지도 못했다. 그렇게 일상이 힘드신 중에도 늦게 얻은 자식이라고 특별히 애지중지 키워주셔서 별 탈 없이 잘 크다가 서너 살 무렵에 몸에 이상이 생겨 인천에 있는 소아과 병원을 찾아 진찰받으니 의사 선생님이 신장염이라며 치료 잘 받으면 괜찮아질 것이니 걱정하지 말라고 하셨다.

마침 동인천역의 역장으로 재직하시던 친척이 있어 그 집에서 한동안 통원치료를 받았는데 의사가 된 지금 돌이켜보면 신장염보다는 더 치료가 쉽지 않은 '신증후군'이 아니었나 싶다.

의사 선생님이 짠 음식 먹으면 안 된다고 하셔서 그 어린 나이에도 어른들이 혀를 내두를 정도로 짠 것을 안 먹으려고 애썼던 기억이 지금도 생생하다(치료를 잘 해주셨던 원장 선생님은 훗날 중학교 동창의 아버님으로 다시 만나 뵙게 되었다).

그렇게 부모님의 마음을 졸이면서도 더 이상 큰 병 없이 잘 커가던 어느 날 아침, 동네 친구 둘이 초등학교(당시엔 국민학교) 입학식에 간다고 가기에 친구가 가니 나도 당연히 가야지 하는 생각에 무조건 친구들을 따라서 학교엘 갔다.

또래 아이들이 줄을 지어 서 있는 틈에 끼어 있자니 콧날이 뾰족하고 예쁜 여자 선생님께서 아이들 이름을 하나하나 부르시면서 교실로 들어가라고 하셨는데 끝까지 내 이름은 부르시질 않았다. 휑한 운동장에 혼자 서 있다가 나도 교실로 쫓아 들어갔더니 선생님께서 아이들에게 책이랑 학용품을 나눠주셨는데 이번에도 내게는 아무것도 주질 않으셨다.

이게 무슨 일인가 싶어 선생님에게 "나는 왜 안 주는 거예요?" 하고 여쭈어보니 "너는 누구니? 이름이 뭐야? 여기 명단에 없으면 오늘은 입학할 수가 없단다."라고 하시면서 취학통지서를 받았느냐고 되물으셨다. 나는 그런 건 모르겠고 동네 친구들이 입학하니까 당연히 나도 입학해야 하는 거 아니냐고 떼를 쓰기 시작했다. 당황하신 선생님은 결국 교장실로 데리고 가셨는데 교장 선생님께선 나를 보시자마자 "어? 넌 조 이장 아들 아니냐?"고 물으시며 학교엔 웬일이냐고 하셨다(그 당시에 아버지께선 마을 이장과 농협 조합장을 하고 계셨고 교장 선생님 친구이기도 하셨다).

선생님께 자초지종을 말씀드리자, 껄껄 웃으시면서 너는 아직 나이가 안 돼서 내년에나 입학할 수 있다고 하셨는데, 내 어린 생각엔 늘

같이 놀던 친구들은 되는데 나는 안 된다는 걸 이해할 수가 없어 그 자리에서 다시 떼를 쓰기 시작했다. 난감해진 교장 선생님께서는 집으로 전화하시더니 껄껄 웃으시면서 "조 이장, 날세. 당신 아들이 지금 내 앞에 있는데, 학교엘 다니겠다고 떼를 쓰고 있으니 어쩌면 좋겠나?"

그 시간 집에서는 멀쩡히 아침밥까지 먹은 아이가 없어졌으니 찾고 난리가 났었나 보다. 수화기를 통해 들려오는 "아니, 이 시간에 거기가 어디라고 혼자 갔던가?" 하시는 아버지의 당황한 목소리엔 잔뜩 화가 배어 있는 거 같았다.

교장 선생님이 "오늘 입학하는 동네 친구들을 따라서 온 모양일세. 그런데 이 고집불통을 어찌하면 좋겠나?"라고 하시며 두 분이 한참 말씀을 나누시더니, "그래, 학교도 멀고 힘들면 스스로 그만둘 테니 그냥 다녀보라고 합시다."

그렇게 통화를 끝내시고 나선 "그래, 그럼 학교엘 다니거라. 그런데 다니다가 그만둬도 되니 힘들면 언제든지 이야기하거라." 하시고는 콧날이 뾰족하고 예쁜 담임선생님께는 책이랑 학용품도 나눠주라고 하시며 "힘들겠지만 데리고 잘 가르쳐봐요."라는 당부도 해주셨다.

그렇게 취학통지서도 없이 초등학교엘 다니기 시작했고, 집에서 10리 정도 거리에다 산등성이도 넘어야 했고 냇물도 건너야 했던 통학길이었지만, 그 이후로 하루도 빠지지 않고 친구들이랑 잘 다녔다. 날씨가 힘한 날에는 집안일을 도와주던 형이 물길만 건네주면 혼자 가기도 했는데, 그 덕분에 일 년 뒤엔 개근상을 타고 우등상도 받는 기쁨을 맛보기도 했다. 어른들의 생각과는 달리 3학년까지 별 탈 없이 잘 다녔다.

그때는 취학통지서도 없이 다니기도 했고, 동급생 중엔 아이 아버지도 있었고, 집에서 동생을 봐줄 사람이 없어 등에 업고 등교하기도 했고, 전쟁 후여서 보육원에 살던 아이들도 많았던 그런 시절이었다.

이젠 학교에 다닐 아이들이 없어서 폐교됐는데 예전의 건물과 운동장은 아직도 여전하고 교문 기둥엔 비록 녹은 슬었지만 금산초등학교라는 문패도 그대로 있어, 시골에 갈 때마다 일부러라도 한 번씩 찾아가 옛 기억을 더듬어보곤 한다.

그리고 지금은 대전에 살고 계시는, 3학년 때까지 줄곧 담임을 맡으셨던 단옥자 선생님께는 지금도 한 번씩 연락드리며 지내고 있지만 찾아뵌다고 하면서도 그러질 못해 늘 마음 한구석이 묵직하다.

3학년을 마치자 인천에 살고 계시던 둘째 매형이 시골에선 아무리 공부를 잘 해봐야 소용없다고 인천으로 와서 학교엘 다니라고 하셔서 송림초등학교로 전학했다. 그 후엔 인천중학교를 거쳐서 보성고등학교를 졸업하고 한양대학교 의과대학을 마치고 의사면허를 딴 지가 어느새 47년이 됐다. 양천구에 개원하고 진료를 시작한 지도 어언 37년이 지난 지금의 나를 바라보니 어느 틈에 나이는 70을 훌쩍 넘겨버렸다.

예전과 달리 이젠 환자들의 발길도 뜸해졌고 의사가 나이 드니 환자도 노인들이 대부분이다. 그들 중에도 병원 문턱을 넘나든 지 오래된 사람들이 70~80%를 넘는 거 같다.

그러니 이젠 환자와 의사의 관계라기보다는 그냥 이웃이나 오래된 친구나 지인 같아서 때로는 어디 아파서 온 것이 아니라 마실 나온 거 같은 분위기일 때가 많다.

그리고 한곳에서 오랫동안 진료를 하다 보니 어렸을 적에 내 무르팍에 앉아서 재롱을 떨던 아이들이 성장해서 일가를 이루고 "원장님, 저 아이 낳았어요." 하며 찾아줄 때도 있어 참 고맙고 반갑기도 했는데, 이젠 그 아이들도 중년을 넘어설 나이가 됐으니 그런 기쁨과 감사를 맛보는 일도 없어져 버렸다.

나는 매년 새해가 되기 전에 병원 달력을 만들어서 환자들에게 나눠주곤 했다. 그러다가 올해부터는 달력 제작을 안 하기로 했다. 매년 연말이 되면 아파서가 아니라 달력을 가지러 오는 노인들이 10명 이상이었으나 몇 년 전부터 한두 분씩 안보이더니 작년엔 한 분도 오시질 않아, 모두들 세상을 따나신 거 아닌가 하는 아픈 생각에 다시는 그런 느낌을 맛보고 싶지 않아 그렇게 결정했다. 나이가 들면 세상을 등지게 되는 건 당연하건만 나 또한 그분들의 뒤를 따르고 있다는 생각이 드니 앞보다는 자꾸만 뒤를 돌아보게 된다.

평생을 의업을 천직으로 알고 살아왔지만, 나는 의사라는 직업을 좋아하지 않는다. 매일같이 아픈 사람들의 얘기를 들으며 사는 나날도 그렇고, 내 시간을 제대로 가질 수가 없어서 하고 싶은 게 있어도 이런저런 핑계를 대며 미루다 보니 결국은 포기하고 마는 경우가 많았고, 그런 것들은 마음 한구석에 돌덩이처럼 굳어져 마음을 무겁고 불편하게 한다.

하지만 후회는 하지 않으니 어쩌면 그냥저냥 잘 살아온 게 아닌가 싶기도 하지만 직업으로 누구에게 권할 만한 직업은 아닌 것 같다. 내 아내를 비롯해 이런 생각에 동의하지 않는 사람들도 많겠지만, 비근한 예로 아내는 아들이 의대에 가길 원했는데 성적도 성적이지만 내가 적극적으로 동의하고 권하질 않았으니 지금도 그건 불만스럽게 생각하고 있다.

하지만 나름대로 사회생활 열심히 하며 일가를 이뤄 딸 아들 키우며 잘 살아가고 있고 주변에 친구들도 많은 것 같아 다행스럽고 그런 모든 것 또한 내 복이라 생각한다.

나는 여느 친구들처럼 초등학교 친구나 중학교 친구가 없고 심지어 대학 친구도 별로 없다. 초등학교는 두 군데를 다녀서 친하게 지낸 친구도 없었고 중학교는 인천에서, 고등학교는 서울에서 다녔으니 그 친구들을 만날 기회가 거의 없는 데다가 서울에선 고등학교 1학년 때까지 막내누나랑 둘이 자취를 했다. 초등학교 4학년 때부터 부모님과 떨어져 살다가 고등학교 2학년이 되어서야 시골 생활을 정리하신 부모님과 함께 살았으니 여느 아이들처럼 부모 밑에서 넉넉하고 편안하게 지낼 여유가 없었다.

그래도 고등학교 1학년 때부터 지금까지 만나고 있는 소중한 친구들이 지금도 같은 하늘 아래에 있으니 그 친구들로 하여 내 삶이 즐겁고 든든하고 행복할 수가 있었고 앞으로도 그럴 것이다. 대학을 다닐 때도 학교 친구들보다는 고등학교 친구들과 더 많은 시간을 보내며 희로애락을 함께 나누며 추억거리를 만들었다.

대학에선 사진반 동아리를 함께하던 친구들이 있었으나 그중에 여러 명이 학교를 그만두게 되고 나 또한 1년을 쉰 탓에 본과 2학년 이후론 만나지 못하다가 대학을 졸업한 후, 의업이 아닌 다른 일을 하고 있는 그들을 다시 만나기 시작해서 지금도 만나고 있다.

나이가 들어 보니, 70이 넘으면 마음 가는 대로 살아도 책잡힐 일이 없다고 하는데 거기에 보태서 마음속에 담고 살아가는 좋은 친구들과 어울려 살아갈 수 있다는 게 얼마나 큰 힘이 되고 삶을 윤택하게 해주는지, 그리고 건강을 걱정하며 늘 곁을 지켜주는 든든한 반쪽이 있다는 게 얼마나 마음 따뜻해지고 고마운 일인지, 그 둘을 다 누리며 살아가고 있는 나는 얼마나 행복한 인생인지 인정하지 않을 수가 없다. 지금은 어떤지 모르겠으나 그 당시엔 대학에 입학하게 되면 반드시 행사처럼 치렀던 게 미팅이었는데, 난 미팅이란 걸 한 번도 해보질 못했다. 의예과 1학년 때는 여자아이들을 만나기보다는 친구들을 만나 시간을 보내다가 저녁이면 술도 한 잔씩 나누며 함께 어울려 다니는 게 더 좋아서 그랬고, 그 후엔 지금 함께 늙어가고 있는 사람을 만나 시간을 보내느라고 다른 데로는 눈 돌릴 새가 없어서 그랬다. 지금 돌이켜봐도 후회할 일은 아닌 것이, 1971년 이후 52년간을 그리고 지금도 그 사람 덕분에 건강하고 행복한 삶을 이어가고 있고, 앞으로 얼마나 더 그럴 수 있을지는 모르겠지만 살아가는 동안엔 지금처럼 그럴 것이라고 믿기 때문이다.

젊을 때도 그렇겠지만 나이가 들어갈수록 그 무엇보다도 건강이 제일 소중하다는 걸 알게 된다. 그 사이에 곁을 떠난 친구들도 여럿 있고 지금도 건강이 좋지 않다는 친구들 소식을 접할 때마다 마음이 무거워지지만 그래도 건강한 친구들이 더 많은 걸 위안 삼으며 친구들이 더 이상 아프지 말고 마음 가는 대로 흡족하게 살면서 여생을 건강하고 행복하게 지내길 바란다.

친구야!

이렇게 부를 수 있는 너희들이 같은 하늘 아래 있어줘서 고맙고 엄지척, 사랑한다. 2023년 초봄에 조종하

조종하(趙宗廈)

한양대학교 의과대학 졸업.
전 서울시 양천구 의사회 회장.
현 서울시의사회 고문.
현 조종하 비뇨의학과 원장.

나의 과거사 이야기

| 신동찬(3-3) |

2023년 2월 나는 만 71세가 되었다. 어느새 노년세대로 진입하고 있다. 이 무렵 나의 막내동생이 제수씨와 함께 여행지인 경북 문경시를 지나 충북 괴산군 연풍면으로 진입하던 중 나의 출생지인 연풍면의 연풍교회를 보고 왔다고 한다. 그러면서 연풍교회가 2023년 3월 4일 교회 창립 100주년 기념 예배를 드린다며 연풍교회 제5대 목사님이었던 나의 외조부 사진이 없으니 자손들 중에서 사진을 보내주면 100주년 기념 발간사 제작에 큰 도움이 되겠고 기념 예배에 꼭 참석하여 줄 것을 요청받았다고 하며 내 집에 외조부의 사진을 찾으러 온다고 하였다. 그래서 외조부/외조모의 젊은 시절과 외삼촌과 아기 시절의 어머니를 함께 촬영한 사진 몇 점을 찾아 카톡으로 보냈고, 100주년 기념 예배 때에는 막내동생과 함께 기념식에 함께 참석하였다. 사실 나도 1985년에 아버지/어머니, 그리고 여섯 살인 큰아들, 세 살 작은아들과 함께 연풍교회를 방문하여 어머니를 알아본 그곳 연로한 성도 몇 분과 반가움을 나누는 광경을 찍은 사진을 가지고 있다.

요즈음 나는 신장(콩팥) 이식받은 지 8년차가 되어 그 이식받은 콩팥에 이상 없기를 기도하고 있으며 이식받은 신장 수명이 10년에서 15년 정도 된다는 학회 보고가 있어 건강에 엄청 신경을 쓰고 있다.

출생

나는 3남 1녀 중 장남으로 태어났다. 출생지는 충북 괴산군 연풍면 향교리에 소재한 연풍교회 목사관이다. 당시 나의 외조부께서는 1945년 이곳 연풍교회에 부임하셔서 목회를 하셨다. 지금은 고인이 된 나의 어머니는 나를 임신하여 출산 시기가 가까워지자 아버지가 그 당시 세태대로 어머니를 처가로 보내어 출산케 하고, 아버지는 나를 호적지인 충북 청주시 탑동 186번지에 입적시켰다. 1953년 외조부께서는 충북노회에서 파송 명령을 받고 연풍교회를 떠나 또 다른 목회지로 옮겨 목회하셨다.

연풍면은 충북 수안보 온천지대를 지나 경북 문경새재로 넘어가는 중간에 소재하여 주변이 첩첩산중에 둘러싸여 있고 특히 향교리는 천주교 성지로서 성인 103위중 4인을 순교 배출한 곳으로 성역화된 곳이다. 천주교 노기남 대주교께서 이곳을 방문하여 4위인을 위한 미사를 집전한 곳이기도 하다.

유교의 본산인 향교가 이곳에 있는 걸 볼 때 지방치고는 교육열이 꽤 높았음을 알 수 있다. 그럼에도 천주교와 기독교의 복음을 받아들였으니 참으로 놀라운 일이다. 처음에는 지역민 소수에게 전파되고 전도되다가 1909년에는 기독교 내 선교협정에 따라 장로교 선교 구역으로 지정되어 1923년 3월 첫 예배를 사랑채에서 드리기 시작하여 4명의 전도사를 배출하고 1946년 제5대 때부터 목사님(나의 외조부 김영주 목사)이 부임하여 1949년에는 교회 건물을 건축하고 교회로서 형태를 갖추기 시작하였다. 일제 강점기에는 전도사/목사가 사상범으로 분류되었고 1950년 6.25 때에는 북한군에 의해 종교탄압을 받는 등 우여곡절을 겪다가 드디어 2023년 3월 4일 연풍교회는 창립 100주년을 맞이하였다.

수없이 옮겨다닌 국민학교 시절

나는 국민학교를 학기 초마다 옮겨 6번 만에 졸업하였다. 1학년은 7살에 충북 청주시 석교동에 위치한 석교국민학교에 입학하였다. 나보다 4~5살 위인 아이들도 같이 입학한 것을 보면 고아원 출신 아이들이 학령기를 놓쳐 늦게 입학한 것으로 기억한다.

2학년 때 서울로 이사 와서 종로구 사직공원 뒤에 소재한 매동국민학교에, 3학년은 노량진 본동으로 이사해서 영등포구 상도동의 강남국민학교에, 4학년은 사는 곳을 위주로 하는 학구제에 따라 노량진 본동에 있는 본동국민학교에, 5학년은 성동구 성수동(뚝섬)에 있는 경동국민학교에, 6학년은 용산구 원효로에 있는 남정국민학교를 다니다 졸업하였다.

아버지께서는 충북 청주에 있는 세광중학교 선생님이었고, 세광중학교가 학교시설을 확장하여야 하나 재정이 빈약한 미션스쿨이라 학교에서 결정이 늦는 것 등을 이유로 사직하셨다. 애들 교육을 위하여 서울로 이사하여 생활하는 것이 좋겠다는 생각에서였다. 선생만 해 보신 분이 자신의 의욕대로 성공하는 것이 쉬웠겠는가? 그래서 서울의 변두리로만 이사하다 보니 매년 학기 초에 이사를 하게 되고, 학급의 경우 정이 들 만하면 사귀었던 소수의 친구들과 헤어져야만 하는 어쩔 수 없는 이별의 연속이 계속되었다.

양정중학교에 입학하다

6학년 남정국민학교를 졸업하고 중학교 입학을 위해 담임선생님과 면담한 결과 이웃 동네에 소재한 선린중학교에 입학할 것을 권유하였다. 당시를 회상해 볼 때 나와 성적이 비슷한 학생은 선린중학교로 입학하였다.

그러나 아버지는 청주에서 선생님으로 함께 근무하셨던 분이 양정고등학교에 계셔 양정중학교를 추천하셨다. 나는 어디에 있는지도 모르는 양정중학교를 찾아 원효로에서 효창공원을 지나 걸어서 40분 걸리는 양정중학교에 입학하였다. 이 학교는 걸어서 가거나 교통편(당시 전차)을 이용해도 서울역에서 하차하여 다시 걸어야 했기에 똑같이 40분이 걸리는 중구 만리동(당시는 중구 봉래동-지금은 중·고등학교를 양천구 목동으로 이전하고 서울시는 그 자리를 정비하여 손기정 마라톤기념관으로 재개장함)에 소재한 중학교였다.

입학시험은 국어, 산수, 체육이었다. 당시 서울의 중학교는 모두 세 과목만으로 입학시험을 보았다. 나는 국어, 산수에는 자신이 있었으나 체육에는 자신이 없었다. 달리기도 어느 정도 하였고, 공던지기도 어느 정도 하였으나 턱걸이는 한 개도 못 하고 입학하였다. 그런데 입학하고 보니 첫 시간에 '양정의 역사'에 대하여 선생님께서 말씀하셨고 조선 황실 엄비께서 재산을 하사하신 '5대 사립학교의 하나'라는 자부심을 가지고 공부하라는 기억이 난다.

양정중 3학년 2학기 시절 수학 시간에 선생님께서 문제를 칠판에 냈으나 아무도 풀겠다고 나서는 학생이 없자 나를 지목하시고 풀라고 하셨다. 수학 공식을 이용하면 쉽게 풀 수 있는 문제였으나 이것을 못해 선생님께서 손으로 나의 뒤통수를 한 번 때렸는데 어찌나 아프던지 눈이 튀어나올 것 같았다. 이후로부터 나는 수학을 게을리하게 되었다.

보성고등학교에 입학하다

양정고등학교는 후기여서 진학이 안 돼 나는 전기인 보성고등학교로 진학하였다. 당시 양정중학교에서 보성고등학교로 10여 명 정도 진학하였다. 보성고등학교의 특징은 두발을 상고머리까지 기를 수 있으며 명찰이 없고 운동화도 발목까지 올라오는 농구화를 허용하였다. 명찰이 없음에 이름을 몰라 친구를 사귀는 데 애로가 있었다.

보성중학교에서 보성고등학교로 동계 진학한 동급생에게 전해 듣기로는 중학교가 사용하던 교실을 고등학교가 사용하고, 중학교 교실은 윗층 운동장에 있는 옛 고등학교 교사로 옮겼으며 고등학교 학급 수도 6반에서 8반으로 확대되었다고 하였다. 입학 당시 교장 선생님은 나동성 교장에서 맹주천 교장으로 바뀌었다. 나는 1학년 8반에 배정되었는데 며칠 늦게 오신 8반 담임 선생님은 이상찬 선생님이시며 영어 선생님이셨고, 미국 유학을 마치고 우리를 1년 가르치신 후 대학교 교수로 가셨다고 한다. 또 3학년 3반 담임 선생님이시던 이영호 선생님은 독일어 선생님으로 1년 만 우리를 가르치시고 한양대 철학과 교수로 이직하셨다.

문, 이과를 결정해야만 하는 시기가 1학년 말에 있었다. 59회 때는 2학년 말에 문, 이과를 결정하였다고 하였는데 60회부터는 1년 빨라졌다. 나는 수학에 자신이 없어 문과를 택하였고, 문과는 세 반, 이과는 다섯 반이 되어 문과는 문과대로, 이과는 이과대로 진학반을 실시함에 따라 문과반 학생은 이과반 학생과 점점 사귈 수 있는 기회가 멀어지게 되었다.

3학년 때에는 대입 학력고사가 2년째 실시됐는데, 지금의 대입 수능 시험과 는 성격이 다른 단순히 학력을 평가하는 제도였다. 3학년 때 3선개헌 반대 시위로 학교 밖을 벗어나 성균관대 정문까지 스크럼을 짜고 진출하는 반대 시위도 있었다.

한국외국어대에 입학하다

1970년 당시 대학교도 전기와 후기로 나누어 학생을 모집하였다. 전기대학 시험에서 실패하였다. 실패의 원인은 수학 과목이었다. 20점짜리 한 문제만 완전히 풀었어도 가능성이 있었으나 시험을 보고 집으로 오는 버스에서 복기해 보니 완전히 푼 문제가 없어 몸이 떨리고 앞이 보이지 않았다. 재수하고자 마음먹고 준비를 하였으나 아버지는 "그래도 네가 지난 3년간 공부를 하였으니 후기대학에서 테스트함이 어떻겠는가?" 하셨다.

나는 아버지 말씀이 타당성이 있다고 생각해서 어차피 재수할 생각에 한국외국어대학에서 가장 커트라인이 높은 영어과를 시험 보기로 하고 응시하였는데 수학 시험 문제도 쉽게 잘 보이고 다른 과목 문제도 또렷이 잘 보여 기분이 좋았다. 결과는 합격. 어머니에게 재수할 생각임을 말씀드리고 준비하던 중 아버지께서 평소에 드시지 않는 술을 한잔 하시고 나를 안방으로 오라고 하셨다. 아버지 말씀이 "오늘 등록금을 납부하였고 네 동생이 3명이나 있는데 재수는 안 되니 후기대학을 가도록 하여라"라고 하셨다. 꼼짝없이 다닐 수밖에 없었다.

1972년 3선개헌에 성공한 박정희 대통령은 유신 개헌을 선포했다. 반대 시위가 전국적으로 극렬함에 학교를 군대가 점령하는 계엄령을 선포하고 학교 출입을 강력히 통제함에 3학년을 마치고 이듬해에 군 입대를 하였다.

군 생활 시절

1973년 5월 25일 경기도 고양읍 화전에 소재한 30사단 신병교육대로 입소하여 6주간 기본 군사교육을 받고 대구에 있는 국군 군의학교에서 10주간 임상시험병 교육을 받고 서울 창동에 있는 57육군병원에서 의무시험병으로 군 생활이 시작되었다.

57병원은 수도통합병원을 비롯한 각 지방에 있는 군통합병원으로 환자를 후송하는 마지막 단계의 육군병원이다. 의무시험병은 각 진료 병과의 입원환자는 물론 군 외래환자의 혈액, 소변, 분변, 그리고 조직검사를 매일 의뢰받아 환자의 상태를 진료 병과로 분석/제공하는 임상진단병과로서 이곳에서 나는 근무하였다. 더욱이 응급상황에 대비하여 5분대기조 근무도 병행하고 있었다. 특히 늦여름부터 가을까지는 들쥐에 의해 풀에 옮겨지는 유행성 출혈열 환자가 발생하여 전방 부대에서는 야외에서 절대로 눕지 말 것을 교육시키고 있었다. 전방에서 이 병에 걸리면 미열이 나고 심하면 소변에 누런테가 껴, 환자는 사단 의무대를 거쳐 101야전병원, 그리고 57병원에서 최종 검사(X-RAY, 임상병리검사)를 거쳐 수도통합병원으로 긴급 후송 조치를 하여야 한다. 군 병원 내 군 앰뷸런스로 야간 후송작업을 몇 차례 왕복하다 보면 날이 새는 날도 꽤 있었다. 내가 제대한 후에는 보초서는 일은 방위병으로 대체되었다.

이 병원에서 1972년에 마지막 월남파병(군의관 장교 및 군 의무 장병)을 하였다고 하며 군 의무병의 빈자리를 군 의무병과 교육을 받지도 않은 일반 사병을 보충대에서 그대로 배치받아 군 의사를 보필케 하는, 사실상 군 병원 진료가 마비되는 사태가 벌어지기도 하였다고 한다.

상병 시절에 동기생인 송광헌 군이 우리 군 병원에 환자로 입원하고 또 이중재 군이 ROTC장교 후보생 신체검사를 우리 병원에서 하는 일도 있었다.

학교 복학과 직장생활

군 생활 31개월 2일(당초 34개월 2일에서 3개월 교련 혜택 받음)을 마치고 4학년으로 복학해 지난 3년간 시위로 최루탄 가스로 흘린 세월을 만회코자 열심히 1년간 공부하여 1977년 졸업 후 직장에 들어갔다.

졸업 후 무엇을 할까 고민하다가 쿠웨이트 BAYAN BLOCK 6지구 해외 공사 현장 지점 사무실 근무를 조건으로 건설회사에 입사하였으나 이 건설회사가 한국외환은행으로부터 채무가 많아 은행 관리업체로 지정되고 모든 자금 집행은 은행승인을 받아야 했다. 은행은 쿠웨이트 공사가 수익성 부문에서 회사에 도움이 되지 않는다고 판단하여 발주처인 쿠웨이트 조달청에 은행 지급보증을 거절했다. 이에 따라 중동 진출이 무산되어 나는 퇴사하였다.

그러던 차 쌍용그룹은 한국 최초로 이란에 시멘트 수출 기회가 있어 당시 쌍용그룹 김성곤 회장님과 사위 이승원 사장님이 이란으로 날아가 시멘트를 굽는 원통형(킬른)에 석회석을 넣고 석유류를 이용하여 열을 가하면 시멘트 1차 단계인 크링커 품질을 균일하게 생산할 수 있다고 이란을 설득하고 합작을 제의 하였다. 당시 청와대 박정희 대통령의 경제개발 5개년 계획은 산유국으로부터 직접 원유를 공급받는 조건으로 정유사를 허가 한다는 추가 조건이 있었다.

쌍용양회는 상공부로부터 제5정유 설립허가를 받아 이란과 합작으로 일일 6만바렐의 한이석유(한국-이란 석유)를 합작 설립하였다. 당시에 유공(현재 SK에너지), 호남정유(현재 GS칼텍스), 경인에너지(현재 SK인천정유), 극동정유(현재 현대정유)는 산유국이 아닌 석유 거래 중개 업체에서 원유를 공급받아왔다.

한이석유는 신문광고를 통해 인력을 확보하였다. 나는 1978년 6월 1일부로 한이석유 총무부 II에 신입사원으로 공채되었다. 총무부 II는 이란인을 위해 서비스를 제공(예:영어 통역, 이란 사람을 위한 비행기티켓 구입 제공, 공항 영접, 공장으로 갈 외국 engineer 안내, 기타 필요 서비스 등)하는 부서였다.

한이석유는 공장부지 30만 평을 울산시 온산면에 확보하여 착공하였으나 이란 팔레비 왕조가 호메이니 종교 지도자에 의한 혁명으로 하야하고 새로 설립된 이란 회교 정부는 외국에 투자한 자본을 모두 회수한다는 원칙 하에 한이석유에 투자한 이란지분을 회수한다고 하였다. 쌍용양회는 산업은행에서 외자를 차입하여 이란 회교정부에 투자금을 돌려주었다. 비록 자본 합작은 깨어졌으나 원유만은 안정적으로 공급한다는 약속하에 쌍용정유㈜ 이름으로 준공하고 영업을 개시하였다.

이후 공장 가동에 따라 휘발유를 제외한 석유류제품과 윤활기유 수출을 계속하며 성장하다가 쌍용정유는 사우디 아람코가 한국에 원유를 공급하고 제품도 안정적으로 공급한다는 취지로 한국에 진출을 원하고 있음을 간파하고 주당 5,000원인 주식을 시가 1만5,800원에 33%를 넘겨 경영은 쌍용측에서, 이사회 의장은 아람코측에서 맡는 조건으로 한국에 상륙케 하였다.

이에 따라 쌍용양회는 쌍용정유 주식 28%, 우리사주 주식 5%를 확보하여 주식 수를 아람코와 동일하게 하였다. 김성곤 회장은 쌍용그룹 회장직을 장남 김석원에게 물려주었다. 김석원 회장은 동아자동차를 인수하여 쌍용자동차로 개명하고 설비투자를 계속하는 한편 판매 부진으로 자본잠식 상태까지 간 쌍용자동차를 구조하기 위하여 쌍용양회가 가지고 있던 쌍용정유 주식 28%를 사우디아람코에 매각함에 따라 사우디 아람코는 61% 대주주가 되어 회사명을 S-OIL로 변경하고 경영을 직접 하는 외국계 회사가 되었다.

신장이식 수술을 받다

총무부 II에서 1983년 국내영업부로 발령이 나 1987~1990년 부산 영업소에서 보내야 했다. 부산에서는 부산/경남 지역 보성동창회가 만들어져 당시 48~65회가 정기적으로 모이고 있었다. 부산 근무를 마치고 본사 영업부로 올라와 근무하던 중, 2004년 신장에 무리가 와 내복약으로 치료하다가 신장 투석을 받는 처지가 되었다. 일주일에 3번(월, 수, 금요일), 바늘 꽂은 상태에서 4시간씩 투석을 하며 회복을 기하였으나 투석을 계속하여야 하므로 어쩔 수 없이 2005년 사표를 냈다.

병원 장기이식센터에 신장이식 주선을 요청하고 8년 8개월 동안 투석을 계속하며 기다려야 했다. 드디어 뇌사자의 신장기증으로 2015년 5월 30일 여러 가지 검사과정을 거쳐 응급 이식수술을 받았다. 수술 후 술 담배를 끊고 외식을 금하는 등 이식된 신장 보호에만 신경을 최우선적으로 써야 했다.

공여받은 신장의 수명은 보통 10년~15년이며 그 이후에는 정밀검사를 통하여 재점검하는데 상태에 따라 보통 3~5년 정도를 추가로 본다. 나는 2023년 현재 약 8년째 이식 받은 신장을 사용하고 있다. 이 신장이 고장 나면 다시 투석상태로 돌아가야 한다.

60회 동기생 여러분! 우리는 하루하루 늙어가고 있으며 건강하냐고 서로 안부를 묻곤 합니다. 스트레스를 받지 말고 살아야 합니다. 이 스트레스가 만병의 근원입니다.
스트레스 없는 세상, 일정한 시간에 식사를 하고 술, 담배를 끊고 과식을 금하는 등, 그리고 적당한 걷기 운동을 하면서 세상에서 즐거움을 누리는 하루하루의 생활 되시기를 기원합니다.

신동찬(申東贊)

1977년 한국외국어대학 영어과 졸업.
1978년 S-OIL(당시 한이석유)에 입사.
2004년 신장투석 개시.
2005년 S-OIL 퇴사.
2015년 신장이식 수술 받고 2023년 현재 가료중

나의 일과 삶, 그리고 가족

50년을 살고 나서

| 전병삼(3-4) 松蔭(송음) |

고교 시절 가깝게 지낸 친구들이 몇몇 있었지만, 대학 졸업 후 지방에서 근무하다가 목장을 시작해서 친구들과 오랫동안 만남이 없었다.

2000년대 초 서울에 올라와 동기들 등산 모임에 참석하며 새로운 만남을 시작했다. 초창기 김정곤, 이동일 형이 회장과 총무를 맡아 수고했다. 그 후 이상경, 김시한, 손동철 형이 회장을 맡았고. 이상동 대장을 필두로 보산회 회원들과 함께 매월 첫째, 셋째 주 정기산행과 국내산행, 그리고 해외 산행도 하며 즐거운 시간을 보냈다.

2010년대 초, 서산에 홀로 계신 어머니께 치매 증세가 와서, 서산에 내려가 어머니와 함께 생활했는데, 당시 생활을 글로 써서 동기회 홈페이지에 '스산통신'이라는 제목을 달아 올렸다. 처음 써 보는 글이라 모든 게 미숙하고 서툴렀지만, 동기들의 격려에 힘입어 계속 이어갈 수 있었다. 3년 뒤 어머니가 넘어지셔서, 고관절 골절로 수술을 받으시고, 부천에 있는 요양시설로 옮기시면서

'스산통신'도 막을 내렸다.
어머니는 3년을 계시다가 떠나셨고, 그 후 다시 글을 쓰기로 했다.

글이란 감정이 소용돌이칠 때에나 써지나 보다. 글이라기보다는 일상
생활을 적어 보지만, 세월이 한참 지난 뒤 읽어 보면, 살아온 흔적을
새삼 되돌아보게 된다. 보산회 산행에 참여해, 보산회 총무와 동기 모
임 총무를 맡았을 때 친구들이 보내준 많은 격려가 지금도 고마운 마
음과 함께 기억에 남아 있다.
그때는 우리의 은퇴 시기여서 산행도 하고 여행도 많이 했는데, 돌이
켜보니 우리 인생의 황금기였다는 생각을 한다.
이제는 보산회가 유명무실(?)해졌지만, 매월 두 차례 경복궁역 3번 출
구에서의 만남은 항상 기억 속에 새겨져 있다.

전병삼(田炳三)

건국대학교 축산대학 낙농과 졸.
1977 한국낙농 입사(현 매일유업).
1980 자영(목장).

나의 일과 삶, 그리고 가족

해군 수병 생활을 기억하며

| 박성복(3-6) 淸嵐(청람) |

1971년 6월 20일 늦은 저녁 시간 아버지 어머님께 "다녀오겠습니다"라는 간단한 인사를 올리고 집을 나섰다. 밤 10시경 해군 진해 신병훈련소 입대를 위한 용산역 출발 완행열차에 몸을 실었다. 열차 한 칸에 띄엄띄엄 입대병들이 앉아있었다. 나 또한 중간쯤 자리를 잡고 앉으니, 어디선가 본 듯한 사람이 앞자리에 앉아있었다. 이런저런 얘기를 나누다 보니 가수 한 대수 씨였다(그와의 인연은 제대 후 3년까지는 지속되었다가 그가 미국으로 떠난 뒤 연락이 끊겼다).

다음 날 신병훈련소에 입소하여 3개월간 기본 훈련을 받고 수료식이 끝나자마자 곧바로 구보하여 보트를 타고 대잠수함 훈련을 하고 있는 93함(충북함)에 승선하였다. 익숙하지 않은 바다 위 생활은 힘들기만 해 먹지도 자지도 못한 채 몰아치는 파도와 싸워야 했고, 칠흑 같은 어둠 속 뱃머리에 부딪히는 파도 소리는 극한 공포였다. 깜깜한 밤 보초를 선다는 것 자체가 극한 훈련이었다.

그 이후 해상 훈련을 비롯해 각종 훈련에 익숙하게 되어 점차 군 생활에 적응하게 되었다. 해군에서 경계 및 전투 훈련은 한 번 출동하면

약 40일간 동해 또는 서해 38선 해상 망망대해를 항해하며 경계하는 근무였다.

바다 위 파도와 싸우는 군 생활이었기에 폭력이나 기합은 없었으며 식사도 아주 좋았다(해군 식사는 전 군을 통틀어 가장 맛있기로 유명하다). 오히려 진해항으로 귀향하면 받아야 하는 정신무장 훈련과 구축함 보수 보완 작업 및 포탄 적재 작업이 힘들었다. 주된 보수 보완 업무는 하사, 중사 등 전문 요원이 하며 병들은 보조 업무를 담당하였다.

우리 구축함이 진해항으로 귀대하면 또 다른 구축함이 임무 교대하여 출동하는데, 91함을 타고 있는 한 대수 씨와 잠시 만나 반갑게 안부를 묻곤 하였다. 구축함 대원들은 자부심이 크지만, 고생도 그만큼 컸다(특히 대잠수함 훈련할 때).

그렇게 일 년쯤 되었을 때 미국 샌디에이고 미 해군기지 내 구축함 인수 대원으로 발탁되어 가게 되었다. 평소 300명 이상 탑승하는 구축함 인수에 꼭 필요한 정예대원 약 120명이 선발되었는데, 일등병은 나 혼자였다. 수병은 약 10명이고 대다수가 하사 중사 상사들로 이루어졌다.

한 달간 기본교육 이수 후 1972년 늦여름에 보잉 707기를 탑승하여 미국으로 가게 되었다. 운이 좋았는지 비행기 탑승 후 엔진 이상으로 일본에서 1박하게 되어 우리 대원들은 일본 도쿄 시내를 관광하고 최상급 호텔에서 하룻밤을 보내는 행운도 누렸다. 그렇게 하여 LA를 거쳐 샌디에이고에 도착, 구축함 인수를 위한 준비를 하게 되었다.

무상으로 원조받던 구축함을 우리나라 돈으로 매입하는 첫 번째 사례라는 자부심으로 함장님을 비롯한 전 대원은 한마음 한뜻으로 닦고 조이고 보수 보완하였다(물론 2차 대전 후 보관되었던 구축함이지만, 당시로서는 최신 구축함이었다).

며칠 후 구축함 인수인계식이 미국과 우리나라 사이에 이루어졌으며, 그 시간부터 대한민국의 영토가 되어 재미있는 일이 많았다. 특별히 기억나는 것은 매일 오전 10시경 우리 구축함 부두 앞에 도착하는 차량 이동면세점이다. 함내 안내 방송이 흘러나오면 전 대원들은 이동면세점에 가서 필요한 생필품을 각자 구매하였다.

미국 샌디에이고에서 출발하여 태평양을 가로질러 진해항에 도착하는 30일간의 항해를 위한 보수보완 작업을 하였다(병들은 보조 업무를 담당하였다). 주말에는 병 1명, 하사관 4~5명 한 조가 되어 시내 관광이 허용되어 즐거운 시간을 갖기도 했다.

주점이나 성인물 매장을 출입할 때에는 여권을 제시하여 미성년자 여부를 필히 확인하는 절차가 있었다. 단기하사 한 명이 생년월일 사흘이 부족하여 출입하지 못하고 밖에서 우리를 기다린 일도 있었고, 또 어떤 하사관은 이탈하여 귀대하지 않았다가 미군 헌병에 체포되어 귀대 후 탈영병만을 위해 임시 유치장이 마련되어 중사 상사 중 1명이 보초를 서야 하는 웃지 못할 일도 있었다.

약 15일쯤 지났을 때 미국 LA에 거주하시는 외삼촌 내외분이 면회 오셨는데, 함장님과 반갑게 인사하고 담소를 하시더니 함장(양중현 대령)님께서 특별히 내게 5일간 휴가를 주시어 LA 외삼촌 댁에 다녀오게 되었다. SEA-WORLD, 디즈니랜드 등 기타 여러 곳을 관람할 수 있는 특별한 행운도 누렸다.

약 30일간의 수리 보수작업이 끝나고 샌디에이고를 출항하는 날 함장님을 비롯한 모든 대원들이 하나같이 만세를 외쳤다. 귀항 도중에도 이런저런 훈련이 있었지만, 우리 같은 졸병들은 집에 계신 부모님의 얼굴만 생각날 뿐 특별한 기억은 새겨지지 않았다.

일주일 후 하와이에 도착하였을 때 하와이 주재 대사관 직원과 미 해군 군악대가 성대하게 입항식을 축하해 주었다. 하와이에서 3일간 미비한 부분을 보수하면서 3교대로 하와이 관광과 휴식 시간을 갖게 되어 나는 단체관광 후 곧바로 와이키키 해변으로 달려갔다. 파도를 타는 남녀를 하염없이 바라보며 언젠가는 다시 찾아오리라 다짐하였다 (그 뒤 우리나라가 부자가 되어 옛 군 생활을 기억하며 몇 번 다녀왔다).

하와이를 출항하여 미드웨이, 괌에서 각 일박하며 15일 항해 후 대한해협에 들어설 때 다시 한번 대한민국 만세를 외치며 기쁨의 눈물을 흘렸다. 귀국 후 새롭게 전입된 장교 및 하사관, 병들 약 300명 이상이 각자의 자리에서 38선 해협 주변을 철통 방어하며 경계 근무를 했다.

그렇게 5개월이 지난 어느 날 해군본부 비서실 행정병으로 발령받고 대방동 해군본부에서 근무하게 되었는데, 모든 것이 생소하였다. 다행히 입대 동기 한대수 씨가 먼저 와 근무하고 있어 큰 도움이 되어 즐겁고 행복하게 군 생활을 할 수 있었다. 한대수 씨는 능통한 영어 실력으로 국가에 봉사하고 있었다.

나는 문관 아저씨와 문관 누나들에게서 많은 것을 보고 배우는 기회를 갖게 되어 큰 보람을 느꼈다. 자부심도 갖게 했던 군 생활의 전성기였다. 군 생활은 대한민국 국민으로서의 자긍심을 가지며 나를 뒤돌아보는 계기가 되었다.

제대 후 교우회 총회에서 해군본부 비서실장님이셨던 고중덕 해군 제독님을 만나 인사드렸다. 보성고등학교 46회 대선배님이셨다. 나의 입대 기록을 보시고 비서실로 발령 내셨는지 그것은 알 수 없지만, 아주 훌륭한 제독님이셨다.

그렇게 나의 꿈만 같던 군 생활을 회상하며 지금의 나를 있게 해준 그때로 돌아가는 시간여행을 해본다.

박성복(朴成福)

고려대학교 졸.
효성중공업 근무.
22대 보성교우회장 역임.
태백산업㈜ 회장.

아, 이제는 보성학교 졸업했다고 하지 말자

| 이정복(3-5) 兪岑(유잠) |

나는 초등학교 3학년 때 충청도 산골의 한산국민학교에서 서울의 수송국민학교로 전학을 왔다. 처음에는 충청도 사투리 말투로 친구들한테 한동안 놀림을 받았다. 공부도 그다지 못했고, 잘해 보겠다는 욕심도 별로 없었다.

당시는 시험을 봐서 중학교에 진학했다. 6학년 담임 선생님은 공립인 경동교나 용산교를 추천했는데, 아버지께서 등록금이 몇 배 비싼 사립인 보성교를 가라고 하셔서 보성과 인연을 맺게 됐다.

중·고등학교 시절은 하기 싫은 절 마당 빗자루질하는 땡땡이중처럼, 그저 그렇게 다른 친구들 하는 만큼 따라가는, 그야말로 아무 공부 욕심도 없이, 앞날에 대한 생각 하나도 없이 보냈던 것 같다.

남들처럼 대학 다니고, 군대 다녀와서는 누구나 다 거쳐 가는 길을 따라 직장을 잡고 결혼도 하고, 그렇게 시간을 보내다 1980년 초에 내 사업을 시작하며 바쁜 날이 시작되었다. 내 사업은 수출이 중심이어서 이런저런 사람들을 만나 어렵게 협상하는 일이 많았다. 그럴 때 이야기 도중에 보성고등학교 졸업했다고 말하면 누구나 "아, 명문교 나오셨군요! 그래서 그리 점잖으시군요."라고 하는 사람이 꽤 있었다. 속으로는 "이런 개뿔!" 했지만, 점잖다는 말 한마디 때문에 양보하고 손해 보면서 협상을 매듭지은 경우가 더 많았다.

그렇지만 어쩌다 고등학교 선배를 만나면 거의 내 뜻대로 해주는 선배가 더 많았고, 나 또한 후배를 만나면 후배 뜻을 따라줄 때가 많았다. 이것이 보이지 않는 전통처럼 이어져서, 한 번도 상소리나 거친 말투로 협상해 본 적이 없었다.

심지어 애들 결혼시킬 때 상견례 자리에서도 "명문교 나오셨군요. 그래서 그리 점잖으시군요."라는 말은 늘 따라다녔다. 그런데 이 나이가 되어 바람이 심하게 불면 눈물이 나고, 한쪽 다리를 관절염으로 절뚝거리고, 지하철에서 빈자리 나면 양보 없이 달려가 쭈그리고 앉는 걸 보면, 이제는 도저히 보성고 출신답지 못한 꼴이 되었다.

이제는 누가 "어느 학교 출신?" 하고 물어본다면, 보성이란 이름은 입에 올리지도 말아야겠다고 생각하면서, 지금까지 어깨에 짊어져 온 보성고 출신이라는, 무겁다면 무겁고 가볍다면 가벼운 짐을 내려놓아야겠다.

이정복(李政馥)

고려대 전기과 졸.
1976~ 락희화학 근무.
1980~94 천보산업㈜ 설립. 대표이사.

나의 일과 삶, 그리고 가족

쓸 것이 없긴 하지만

| 백승환(3-3) 東谷(동곡) |

1. 보이스카우트의 추억

학창 시절의 얘기를 쓰려면 쓸 것이 없다. 노상 다람쥐 쳇바퀴 돌듯이 큰 변화 없이 지냈기 때문인 것 같다.

꼭이나 쓰라면 고2 때 보이스카우트에서 캠핑 갔던 이야기를 할 수 있을 거 같다. 담임 선생님이 그 유명한 진교훈 선생님이었는데 마침 보이스카우트에서 단장을 맡고 계셨다.

단원을 모으니 모이진 않고 그래서 할 수 없이 당신 반인 2반에서 뽑았다. 나는 놀러 갈 요량으로 1일 보이스카우트 대원으로 지원해서 놀러 갔다 오게 됐다.

그런데 하필이면 가는 날이 장날이라고 1968년 8월 엄청난 태풍이 불어왔다. 엄청난 비바람을 맞고 다녀오게 되었다. 젊었을 때 기억은 너무 힘들게 지내서 그런지 기억하고 싶지 않다.

2. 기억이 깜박깜박

젊었을 때 30여 년을 조그만 사업을 하다가 사업을 접고 아버님이 남겨주신 조그만 건물을 임대 관리하였는데 문제가 생겼다. 사업을 할 때는 그나마 여직원이 있어 모든 서류를 분류 관리하여 필요한 서류를 금방금방 찾았는데 예순 살 이후 혼자 모든 일을 하다 보니 서류를 어디에 두었는지 찾을 수가 없다. 중요한 서류일수록 더욱 그렇다. 기억력도 깜박깜박 되고 어쩌면 그리 잘 숨겨 놓는지 도저히 못 찾는다. 한번은 미국에 여행 가서 돈이 떨어져 통장에서 찾으려 하는데 비번이 다 틀린다. 도대체 기억이 나지 않는다. 세 번을 바꿔 입력했는데 다 틀렸다. 정말로 비밀번호가 기억이 나지 않는다.

다행히 여행사 가이드에게 도움을 받아 은행에 가서 해결을 했다. 그래서 생각을 해보니 늙어서 제일 걱정하는 것이 치매라고 판단했다. 후손들에게 엄청난 피해를 입힐 거 같았다.

그래서 생각한 것이 우리 구의 치매센터이다. 신청하고 들어보니 모든 게 공짜다. 가입비 무료, 커피 물 음악 운동 모든 게 공짜다. 아~ 여기서 근무하는 사람은 공무원이겠지? 직업 중에 제일 최고인 것 같다.

만고강산이다. 1년을 수료했다. 2016년도 이야기다.

남녀 수강생의 비율이 남:녀= 2:8정도인 것 같다. 70대 누님이 제일 많다. 그래도 보성인이라 그런지^^ 우수한 성적으로 수료했다.

테스트 받을 땐 괜찮았는데 평소에는 어찌 그리 깜박깜박하는지 알 수가 없다.

3. 설사와의 투쟁

30대 중반부터 오전에 화장실을 네 번 갔다. 쉽게 말해 설사다. 그러고 나면 정신이 없다.

병원에 가서 검사를 해보니 아무 이상이 없이 정상이란다. 최종적으로 하는 말은 스트레스 때문이란다. 서울을 떠나란다.

하긴 가끔 지방엘 가면 변이 잘 나온다. 외국에 가면 더욱더 그렇다. 아마도 작은 사업도 사업이라고 돈을 벌어야 한다는 스트레스를 나도 모르게 받았나 보다. 장장 20여 년 50대 중반까지 그랬다.

집안 어른이 이를 알고서 한 말씀:돈 버는 것도 중요하지만 너 그러다 60못 넘긴다. 정신 차리라고 하신다.

그래서 나온 해법이 전에 하다 만 골프를 다시 시작한 것이다. 한약방에서 하는 말이 "아랫배가 찬 체질이니 뜨겁게 데우면 건강하게 된다"는 거 아닌가. 그래서 골프 연습장에서 도끼로 장작 패듯이 정신없이 무조건 휘둘렀다.

전에는 찬물과 맥주를 못 마셨다. 설사를 하기 때문이다. 연습장에서 연습하다 땀이 나면 찬물을 마시고 화장실로 직행. 그래도 열심히 두들겼다. 소위 찬물과의 전쟁이다. 정석이 따로 없다. 무조건 패는 것이다.

전에는 물을 안 마셨다. 설사를 피하기 위해서다. 그런데 이건 더 나쁘단다. 피가 탁해져서 나빠진단다. 그래서 작정하고 중간에 물을 먹어가면서 화장실을 갔다 오고 이러기를 3개월 작심하고 두들겨 패니 뭔가 몸하고 대화를 하는 것 같았다. 열심히 골프를 치러 다녔다.

결국 몸과의 대화가 잘 되어서 20년 설사가 멈추고 완쾌가 되었다.

그래서 나는 골프에 감사한다. 지금은 믿기 어렵겠지만 설사는 멈추고 오히려 가끔 변기가 막혀 고민이다.

백승환(白承煥)

1974년 성균관대 경상대학 통계학과 졸.
1980년 명신전자산업㈜ 대표이사 취임.→
        ㈜에스에이치컴으로 상호 변경.
2010년 ㈜에스에이치컴 대표이사 퇴임.
2010년 ㈜동원씨알티 대표이사 취임. 현재 근무 중.

나의 일과 삶, 그리고 가족

"탄생, 가수왕!"

| 박호인(3-8) |

매년 5월이 되면 3학년 1학기에 있었던 반별 합창대회의 에피소드를 생각해내면서, 혼자 미소를 짓곤 한다. 우리 반(5반) 담임 선생님은 중 공군이라는 별명으로 불리는 영어 선생님이셨다. 기억하기로는 옷도 잘 입으시고, 음악적 감각이 풍부한 멋스러운 분이셨던 것 같다.

그날은 반 대항 합창대회를 앞두고 마지막 노래 연습을 하는 날이었다. 담임 선생님은 조그마한 호루라기를 불면서 화음 연습을 지도하셨다. 나도 지시에 따라 입을 크게 벌리고 열심히 노래를 불렀다. 그런데 선생님이 인원을 반으로 나눠 음을 들어보시더니, 내가 속한 그룹만 소리를 내어 보라고 하셨다. 뭔가 이상한지 계속 분단 별로 소리를 내어 보라고 하시더니, 마지막으로 우리 분단만 소리를 내어 보라고 하셨다. 마지막으로 선생님이 내 곁에 와서 소리를 들어보시고는, 나를 보고 엄숙한 표정으로 말씀하셨다.

"너 합창대회 나가지 말고 교실 당번해라."

그 말씀을 듣고 나는 갑자기 멍해졌다. 드디어 음치라는 비밀을 들켰다는 창피함과 동시에 초등학교 때 담임 선생님의 한마디가 생각났다.

초등학교 5학년 때였다고 기억한다. 그 학교는 1896년에 충북 감곡에 설립된, 120년이 넘는 오랜 역사의 매괴 성모성당 부속초등학교였다. 외국인 주임 신부님이 교장을, 수녀님이 초등1, 2학년 담임 선생을 맡았고, 3학년부터는 일반 선생님이 담임을 맡았던, 고향 마을에 있는 한 학년에 두 반뿐인 아담한 초등학교였다. 학교는 없어졌고, 그 자리는 천주교 사제관과 피정의 집으로 변모하였지만, 지금도 고향의 성당 건물 뒤편에 있었던 옛날 학교 건물이 눈앞에 떠오르곤 한다.

음악 시간이었다. 선생님의 풍금 소리에 맞추어 같은 반 친구들과 성가를 연습하고 있었다. 그런데 선생님이 갑자기 풍금을 멈추시더니, 40명이 안 되는 반을 8~10명씩으로 나누고는, 그룹별로 풍금 소리에 맞추어 노래를 시키셨다. 드디어 내가 속한 그룹 차례가 되어, 나는 목청을 돋우며 성가를 불렀다. 아! 선생님이 나를 지목하시더니 "도레미파솔라시도"를 발성해 보라고 하셨다. 속으로 뭔가 잘못된 것 같아 불안해하면서, 소리 높여 음계를 따라 했다. 그러자 선생님이 나를 보고 한마디 하셨다.

"너 음을 구분 못 하는구나!"

나는 악보 보고 열심히 성가를 불렀는데, 아뿔싸! 내가 음정을 제대로 구별 못 하는 음치였음을 그 말씀을 듣고 알게 되었다.

음정과 박자를 제대로 구분 못 한다는 초등학교와 고등학교 때 선생님들의 말 한마디가 마음의 상처가 되어 노래에 대한 콤플렉스가 생겼다. 노래해야 할 일이 있으면 이 핑계 저 핑계 대면서 자리를 피했다. 노래 부르는 것보다 음악을 듣는 것이 수월했다. LP 레코드판으로 클래식 음악을 즐겨 듣던 친구 처순이를 만나면, 내가 음을 구별 못 하는 핸디캡을 굳이 밝힐 필요 없이 조용히 눈을 반쯤 감고 있으면 그만이었다.

대학 시절은 노래로 인한 스트레스를 거의 받지 않고 보낼 수 있었다. 수원에 있는 서울대 농대에서는 각종 모임에서 막걸리를 주로 마셨다. 술이 거나하게 취해 흥이 나서 젓가락으로 술상을 두드리면서 노래 부를 때는 남들에게 내 음치가 크게 거슬리지 않았던 모양이다. 어차피 기분 좋아 노래 아닌 고함을 지르곤 했으니까, 목청이 큰 내가 좀 유리한 듯 착각도 했다. ROTC로 군 복무를 마치고, 1977년 7월에 직장 생활을 시작해서, 코로나19가 시작되기 전인 2019년 5월에 약 42년간의 직장 생활을 큰 무리 없이 마감하고, 69살의 나이로 은퇴했다. 사실은 62세에 첫 번째로 은퇴했는데, 우연히 다시 일할 기회가 생겨 7년쯤 더 일하다가 마침내 직장 생활을 완전히 접은 것이다.

직장 운도 나쁘지 않았다. 대학 때 전공한 수의학과 관련되는 동물사료, 영양, 축산 분야의 외국계 글로벌 사료 회사에서 일했다. 근무지는 주로 한국이었지만, 중국 사료 시장 개발과 필리핀 축산사업 확장을 위해 8~9년간 현지에서 생활하기도 했다. 직장에 다닐 때 생각지도 않게 미국에 본사가 있는 글로벌 사료 회사의 군산 지사장을 맡게 되었다. 그때 나이가 39살이었다. 그 당시 회사는 성과가 좋을 때 직원들 사기 진작을 위해 팀 빌딩 기회를 마련했다. 대개는 회식이 끝난후 자연스럽게 노래방으로 가는 것이 관례였다. 노래 부르는 순서는 언제나 지사장이 제일 먼저였다. 큰일 났다 싶었다. 음치인 내가 꼼짝없이 노래를 불러야 하는 상황이 올 것이기 때문이다.

머리를 쥐어짜고 생각해낸 아이디어가 있었다. 서울에서 군산까지는 고속도로를 3시간 정도 달려야 했다. 매주 토요일 아침 서울집으로 올 때와 일요일 오후 군산으로 차를 몰고 갈 때 노래를 집중적으로 연습하면, 직원들 앞에서 노래하게 될 때 체면 유지를 할 수 있을 것 같았다. 그래서 서울과 군산을 오갈 때마다 차 안에서 큰 소리로 노래 연습을 했다. 남들이 들었으면 고함지르며 악을 쓴다고 생각할 정도로 정말 열심히 소리를 질렀다.

시작을 언제 하고, 중간에 높낮이를 어떻게 맞추어 불러야 하는지가 제일 어려웠다. 음정 박자를 제대로 구분 못 하니까 노래를 통째로 외우는 수밖에 없었다. 한 가지 좋은 것은 소리를 지르며 운전하니까 졸지도 않고, 3시간 주행 거리도 훌쩍 지나가곤 했던 점이었다. 그때 열심히 연습한 노래가 윤항기의 '장밋빛 스카프'와 최무룡의 '단둘이 가봤으면'이었다.

어느 날 전반기 사업 목표를 달성한 축하 회식 후에 2차로 부서장들과 노래방에 갔다. 예상한 대로 제일 먼저 노래 지명을 받았다. 약간 떨렸지만 자신 있었다. 그동안 남모르게 연습한 실력을 발휘해야겠다고 생각했다. 노래방 기계 반주에 맞추어 십팔번이라고 소개한 '장밋빛 스카프'를 열심히 불렀다. 아! 그런데 박자와 음정 높낮이를 맞추지 못하고, 내 노래는 소리인지 소음이지 구분이 안 되고 따로 놀았다. 점수는 기억이 안 나지만, 형편없었을 것이다. 처참한 실패였다. 나는 스트레스로 그 자리에 있기 민망한 기분이 들었다.

노래 연습하는 방법을 바꾸었다. 운전하면서 차에서 연습한 것으로는 실전에 쓸모가 없었다. 노래방 모니터에 나오는 악보와 가사를 보고 연습하자. 노래방 기계가 금영KY와 태진TJ 두 종류인데, 점수가 잘 나온다는 금영 KY 기계만 집중적으로 연습하자. 노래 종류도 혹시 모를 앙코르에 대비해 다양하게 준비하자. 그때 고른 노래는 '옥경이', '낭만에 대하여', '베사메 무초', '영영', '친구야 친구' 등이었다. 그 후 기회 있을 때마다 노래방에 따라가서는, 창피함을 무릅쓰고 얼굴에 철판을 깔고 마이크를 독점하며 노래 연습을 했다.

중국에서의 사료 사업이 초기에는 성공적이었다. 내가 속한 글로벌 유명 브랜드 사료 회사는 심양, 랑팡, 연태, 남경, 사천, 상해 등지에서 사료공장을 세우고, 중국 축산농가들을 대상으로 사업을 시작했다. 돼지나 닭을 기르는 농장주들에게 선진 축산 기술을 가르치며, "품질이 중국 회사와 차별화되며 투자 대비 소득이 높은 믿을 수 있는 제품"이라고 홍보했다. 실증농장 개발과 함께 판촉 활동을 벌이며, 사료를 현금으로만 판매하였다. 농촌 지역을 돌며 축산 기술 세미나를 할 때마다 강당을 가득 채운 농장주들이 한국에서 온 박사들의 강의 내용을 노트에 빼곡히 적어 가며 질문하는 모습이 매우 인상 깊었다.

북경에서 한국 본부 임원들과 중국 총경리들이 참석한 전략회의가 매년 초에 열렸다. 온종일 빡빡한 회의를 마무리하고, 맛있는 북경요리로 저녁을 먹은 후, 대형 룸이 있는 가라오케에서 즐거운 시간을 갖게 되었다. 북경에 가족과 함께 거주하던 나는 10여 명 일행을 노래방 기계가 금영KY인 곳으로 안내했다. 이번엔 누가 시키지도 않고, 노래를 잘하는 순서대로 마이크를 잡고 각자의 십팔번을 멋지게 불렀다. 모두 노래를 부르고 싶어 하는 즐거운 분위기라서, 나는 심부름하는 척하면서 노래를 안 하고 있었다. 그런데 노래 점수로 돈을 각출하여 도우미 팁을 주자는 아이디어가 불쑥 나왔다. 95점 이하인 점수는 100위안을 벌금으로 내는 규정이었다. 나는 노래를 못 하니까 당연히 돈을 내야겠다고 체념했다.

그 노래방은 내가 전에 몇 번 가서 노래를 불러본 적이 있는 곳이었다. 경험상 금영KY 기계는 노래를 잘 부르든 못 부르든 목청을 높여서 음량 높낮이를 조절하면 점수가 잘 나오는 때가 간혹 있었다. 나는 호흡을 가다듬고 뱃속에 힘을 주고 가장 자신 있게 부를 수 있다고 생각한 '옥경이'를 정말 열심히 불렀다. 노래가 끝나고 팡파르가 크게 울리며 노래방 모니터에 100이라는 숫자가 나타났다.

"당신은 가수왕입니다."

그 소리를 듣는 순간의 기분은 말로 표현할 수 없이 좋았다. 일행도 모두 놀랐다. 왜냐하면 나는 회사에서 소문난 음치였기 때문이었다. 내가 노래를 불러서 100점 만점을 받다니, 정말 감격스러웠다. 그게 노래방 기계 점수였지만….

배우 나문희 씨 남편이 중공군 선생님이라는 사실을 최근에 친구 경황이로부터 들었다. 인터넷을 검색해보니 선생님에 대해 몰랐던 재미있는 스토리를 알게 되었다. 영어 교사로 정년 퇴임하셨고, 5개 국어에 능통하시며, 퇴임 후 전시회를 열 정도로 그림에 몰두하며 지내신다고 한다. 부인이 1941년생으로 올해에 82세니까, 선생님은 아마도 85~86세쯤 아닐까? 선생님 덕분에 지금도 노래에 대한 트라우마가 있지만, 아주 드물게 노래방 가수왕이 된 적이 있었다는 기쁜 소식을 기회가 되면 전해 드리고 싶다. 음치이기 때문은 아니겠지만 2학기 시작하면서 선생님은 흔쾌히 나를 8반으로 보내주셨다. 그 덕분에 내가 영어를 주로 사용하는 글로벌 회사에 근무할 수 있게 되었다고 생각하니 한편으로 선생님에게 매우 감사한 마음이다. 그분은 기억하지 못하는 나만의 스토리지만….

지금도 해보고 싶은 것은 청중이 많은 자리에서 여러 사람과 함께 무대에 올라 노래를 당당히 불러보고 싶은, 이루지 못할 꿈을 갖고 있다. 어물어물하다 보니 번듯하게 이루어 놓은 것도 없이 인생 7학년 고개를 넘어가는 이즈음, 고등학교 시절 기억에 남는 이야기를 쓰는 이 시간이 그 시절의 여러 추억을 떠올리는 기회가 되어 감회가 깊다.

혜화동로터리와 빵집,

학교 정문 가는 길에 있는 가게들,

교문에 들어서면 보이는 붉은 벽돌색 건물,

수업 후 공부하던 도서관,

학교 뒤편 성북동에서 혼자 자취했던 방이 떠오른다.

졸업한 지 반세기가 넘어 길에서 우연히 마주치면 변해버린 모습에 얼른 알아보기 쉽지 않은 반가운 급우들과 "구름에 솟은 삼각의 뫼에 높음이 우리 이상이요"로 시작하는 교가를 함께 불렀을 모습이 영화의 한 장면처럼 스쳐 지나간다.

뱃속에서부터 우렁차게 목소리가 나오지 않는 나이지만, 다음 60회 동창 모임에서 반 대항 합창대회나 노래방 노래 시합을 하면 어떨까 하는 엉뚱한 생각을 해 본다. 나훈아의 '아 테스 형!'을 연습해서 부를까 보다.

그동안 이러저러한 사정으로 동창 모임에 참석을 안 한 사람으로서 생경한 아이디어를 제안하는 것을 양해해 주었으면 좋겠다.

지금까지 인생 소풍 길의 마지막인 하느님의 정년까지 건강하게, 재미있게, 즐겁게 하루하루를 감사하는 마음으로 살아가려고 노력하는 8반 호인이의 음치 자랑이었습니다.

참을성 있게 내용을 끝까지 읽어 주신 동기분들에게 깊이 감사드립니다.

박호인(朴好仁)

서울대 수의학과 졸.
퓨리나 사료 중국 법인장 역임.
CJ 제일제당㈜ 부사장(사료사업 부문) 역임.

My Past 70 Years!

| 최명재(3-4) |

공자께서 논어 위정편(爲政篇)에서 말씀하시길 "나는 15세에 공부를 하겠다는 뜻을 세웠고, 30세에 이르러 일가견을 지니게 되었으며, 40세에 되어서는 유혹에 흔들리지 않게 되었고, 50세에는 천명을 깨닫게 되었고, 60세가 되어서야 다른 사람의 말을 편히 듣게 되었다." 하신 글을 상기하며 70세를 넘긴 이 시점에 글재주도 없이 함부로 글을 쓴다는 것이 송구스럽기도 하다. 이런 부담을 지니며 정해진 주제도 없는 글을 시작하려니 난감하기도 하였고, 솔직히 학창시절이나 대학 졸업 후 서울 종로구 동숭동 국립공업기술원과 구로동 ㈜종근당에 근무하던 때에도 혜화동 1번지에서의 추억을 깊숙이 감추듯이 지냈던 기억뿐이다.

태어나서 초중고 대학교육까지 받으며 살아온 서울을 떠나 지방에서의 생활을 시작할까 말까 수없이 고심하던 기억도 생생하기도 하다. 이때만 해도 2년 계약이라는 제안에 솔깃했고, 이 결정으로 수십 년이 넘는 시간을 지방에서 보내게 될 거라는 상상도 못한 채 대전에서의 생활을 시작하였는데 처가 식구들에게도 2년 후에는 서울로 돌아온다는 약속(?)으로 결혼도 했었다.

이런 환경 속에서 새로운 일과 가정도 꾸미고 살아가면서 당시 신혼이었음에도 집사람으로부터 "나는 맨날 벽만 쳐다보고 시는 게 힘들다"는 투정을 들으며 첫째 아이 출산까지 지냈던 기억이 난다(휴~ ~).

이러한 여건에서 보성 친구들과의 회포를 거의 즐기지도 못한 채 지낸 덕분에 내 이름 석 자를 기억해 주는 친구들이 많지는 않으리라는 송구함과 자괴감도 지니고 살아왔다. 이 자리를 빌려 모든 보성 친구들에게 개인적인 미안함을 전하고 싶다. 사랑하는 보성 60회 친구들 모두 건승하자. 먼저 떠난 친구들도 있지만 이숭에 있든 저숭에 있든 오늘처럼 살면서 서로를 기억하자.

그러한 배경하에서 이 기회를 통하여 나의 지나간 70여 년을 돌이켜 보는 것도 의미가 있을 듯하였다. 나름 생각해 본 나의 글 제목은'My past 70Yrs!'.

내 삶은 세상사의 다양한 유혹도 이겨낸다는 불혹의 나이를 지나면서 그간 사이언스 울타리에서 사이언스 타운, 빌리지 등의 용어와 함께해온 삶이었다. 또한 수많은 시련의 시간을 보내며 쌓인 연륜으로 일정한 경지에도 오른다던 선현들의 말씀과 달리 내 경우에는 정년을 마친 이후에는 일정한 경지라는 단어조차 이해를 하지 못하는 처지라고 생각된다. 게다가 사이언스라는 분야에서 우왕좌왕하며 살다 보니 많은 분들이 정년한 후 즐기며 산다는 취미활동도 별로 없이 안타까운 삶을 지낸 처지여서 부득이 매우 제한적인 과학기술 분야와 더불어 사회활동을 하며 뇌신경과 심혈관이 오늘의 지금처럼 유지되기를 바라며 은퇴의 순간까지 습득한 기술을 필요한 기업과 학생들에게 기

부하고 봉사하며 건강을 유지하고 싶다는 생각뿐이다,

더구나 수많은 좋은 글과 문구들을 접하며 70여 년을 지내고 있는 많은 분들이 접하게 될지도 모른다는 자괴감마저 들기도 하는데, 학생 시절을 거쳐 사회생활을 마치고 소일거리하며 지내는 오늘까지도 미처 이루지 못한 숱한 사안들을 돌아보니 더욱 한심하다는 생각도 든다. 하지만 "아쉬움의 연속이 인생"이라는 선현들의 말씀으로 위안을 삼으며 이 글이 보다 손쉽게 정리되어 용이하게 전달되기를 바라면서 과학기술자의 삶을 잠시 돌아보며 감히 글로 옮겨 보고자 한다. 앞서도 언급한 바와 같이 이름하여 "My past 70 Yrs!"

내 기억 속의 삶

8·15광복에 이은 6·25전쟁, 4·19혁명, 5·16군사정변에 이은 숱한 근대사의 굴곡과 고통을 이겨내던 1960년대 말 정부는 경제개발 5개년계획을 추진하고 있었고, 우리 동창들은 혜화동 1번지의 전통 깊은 사립고등학교에서 대학 진로를 고심하며 사회로 나아갈 준비를 하던 시절이었다.

당시 진로를 지도하시던 선생님께서 경제개발 5개년계획 중 중화학공업정책이 수립되어 1970년대에는 이 분야의 성장이 필연적이라고 하신 말씀을 기억하며 많은 고심도 하면서 금속공학도로 대학생이던 외삼촌, 화학을 선택하여 대학 입학을 한 누이 등 식구들과의 대화 및 학습하는 모습들도 지켜 보며 화학공학의 길에 대한 결심을 키워나가고 있었다.

물론 당시에는 이러한 분야에 대한 가치관과 접하는 자세 등에 대한 고심의 기회가 거의 없었지만, 이제 와서 돌이켜보니 과학 연구자는 전문지식을 배우고 익히는 과정에서 연구자사회에서 구축되어 온 규범과 의식을 익히고 연구에 임하게 되지만, 인류에 해를 끼치거나 타인에게 피해를 주는 결과가 얻어지면 안 된다는 사회적 성격에 대하여 깊은 성찰을 하여야 한다는 생각에도 공감을 하게 되었다. 요즈음은 과학윤리 또는 과학기술 연구의 사회적 책임의 중요성에 대하여 많은 논의도 있지만 나 자신이 출발선에 서 있던 1970년대 초에는 생소하기만 했던 개념이었다.

이 의미는 대학에 입학한 후, 과학기술인은 하이젠베르크의 불확정성 원리를 항상 염두에 두고 기술개발 연구에 임해야 한다는 말씀과 맥을 함께하는 교수님의 충고와 일맥상통한다는 생각도 해보았다. 당시 교수님은 사회운동가이신 함석헌 님이 발행하는 '씨알의 소리'라는 잡지에 매료되어 수업시간 중 지루할 때쯤이면 간혹 관련 말씀들을 나누어주셨는데 그중 한 가지가 불확정성 원리였다. 즉 시속 500km로 주행하는 기술을 지닌 자동차가 개발되어 약간의 커브가 있는 고속도로를 주행하는 경우를 상상해 보는데, 갑자기 고속도로를 가로지르며 건너는 동물을 발견하는 순간, 브레이크의 소재기술이 미흡하면 큰 사고를 피할 수 없다는 말씀이었다. 브레이크 없는 과학기술 발전과 일맥상통하는 말씀으로 사료되었다. 즉 기술 발전을 통한 인류의 삶의 질 향상이라는 긍정적 측면과 더불어 불확실한 상황이 생긴 순간이 오히려 인류의 삶을 퇴화시킬 수도 있다는 생각에 크게 공감하면서 학창시절을 보냈다. 이어 제약회사 중앙연구실에서 마이신도 합성 실험 연구와 합성공장에서 소량 다품종 생산도 하던 초년 화학공학도로서 당시 서울 동숭동에서 설립과 준비를 하며 건설 공사를 시작한 연구기관에 몸을 담게 되었다.

1977년 6월 비 오는 날, 생전 처음 낯선 지역에서의 직장생활을 한다는 긴장감 속에서 이불과 약간의 짐을 싸들고 서울에서 출발했다. 대전역 옆에 있던 버스터미널에 도착해 택시를 타고 정문 공사 중이던 연구소 앞에서 내려 걸어서 1호관 1층에 위치한 연구실로 들어갔다. 당시는 건물만 세워진 상태로, 모든 연구시설과 도면 작성을 포함한 레이아웃 직업 등도 직접 해야 하는 시기였고 높이와 폭이 서로 다른 실험 테이블이 이미 들어와 있던 상황이었다. 수개월 간 나의 임무는 계획에 따라 실험실 바닥에 테이블 설치 위치를 표시하고, 실험을 할 수 있는 지지대를 조립하고, 연구실험 장치를 세우고 설치하는 것이었다. 당시 독일에서 유학을 마치고 귀국하며 연구실장을 맡은 분이 제약화사에 근무중이던 내게 제안을 하면서 연구실 생활이 시작되면서 인력도 확보하고 연구비, 기자제 및 연구사업 수주 등의 업무를 하게 되었다.

서울에서의 대학원 시절에는 실험을 하기 위하여 청계천 일대에 많았던 헌책방과 더불어 온갖 공구, 피팅류와 연구실험에 필요한 도구들을 구입했으나 처음 시작하는 대덕연구단지의 여건상 실험재료와 도구 등을 공급해 줄 수 있는 업체도, 상가도 전혀 없던 시절이었다. 따라서 배차 간격도 길고 하루 몇 대만 운행하던 버스를 기다려 대전 시내 원동, 인동 및 신흥동 지역에서 필요 물품을 찾느라 발품을 팔며 재료를 구입하고 들어오면 홀로 설치하고 시험하며 연구실험을 준비하던 기억이 난다.

이 시절 재료 구매과정의 에피소드 한 가지를 적어 보려 한다. 옆의 연구실에도 나와 처지가 같은 비슷한 나이의 연구인력이 있었지만,

미국에서 공부하고 귀국한 연구실장의 논리상 이른 시간에 다녀와서 일하는 게 더 바람직하다는 판단하에 항상 택시를 타고 다닌다는 이 야기를 듣곤 했다. 하지만 내 경우는 독일에서 귀국한 연구실장이 적은 비용으로 더 열심히 일하자는 스타일이어서 거의 대부분 버스를 타고 다니느라 시간도 더 걸리고 다리 발품도 많이 팔며 시내 업무를 해결하던 기억이 생생하다.

또 한 가지 기억나는 일은 연구실장과 함께 연구실을 시작하고 1년이 지난 후 나는 결혼을 하였고, 당시 울산 석유화학공장인 유공에서 일하던 분이 함께 일을 하게 되었다. 당시 두 분 모두 딸만 2명씩인 상황에서 내가 결혼해 첫아들을 얻자 비슷한 시기에 딸만 둘씩 있던 분들도 셋째로 아들을 보게 되어 '아들 낳는 연구실'이라는 명예를 얻었다.

나의 일상 속 과학연구

앞에서 설명한 대로 수없이 대전 시내의 공구상과 펌프 및 상점 등을 통하여 구입하고 준비하는 과정을 거쳐 설치된 장치를 이용하여 실험과 연구를 하게 되었다. 탄소와 수소가 포화되어 있는 파라핀과 불포화되어 있는 올레핀이 혼합되어 있는 디젤 또는 가솔린에서 파라핀 또는 올레핀을 분리해 내려고 용매에 분산시킨 상태에서 5Å 크기의 기공을 갖고 있는 요소분말을 분산 및 교반 처리를 거쳐 둥근 덩어리 형태의 아닥트를 만들고 이를 물로 용해해 물과 기름을 분리하는 기술의 제반 변수들이 최적화를 위한 연구를 하였다. 이러한 실험적 연구결과를 바탕으로 반응설비를 포함한 여러 가지 설비의 구조와 규격 및 조업조건 최적화를 위한 연구를 했다. 또 공정 설계를 하기 위하여 수십 리터 용량의 반응설비와 후속처리 설비 및 정제 설비 등을 제작하고 물질수지 및 원 단위 산정 및 투자비 예측 등의 업무를 수행했다.

이런 초기의 연구실험들은 훗날 석유화학산업, 정밀화학산업 또는 각종 플라스틱 제조 및 순환사업 등에서의 선택적이고 경제적인 공정기술을 완성하기 위하여 필수적인 분리 정제 기술의 한 가지였다. 당시에는 잘 이해되지 않았으나 돌이켜보니 경쟁력 있는 화학공정 기술은 원료 물질로부터 원하는 물질만 많이 생성하는 방법이 바람직하므로 요즈음에는 미생물 효소 등을 이용하는 생물공학 기술도 다각적으로 연구되고 있다.

내가 이처럼 연구소에서의 첫 연구사업으로 분주했던 시점은 1960년대 경제개발 5개년계획과 중화학산업 육성정책에 따라 울산 석유화학단지, 여천산단 그리고 대산 석유화학단지 등으로 활성화되던 시기였다. 석유는 전혀 나오지 않는 나라이기에 석유 3사에 근무하던 친구들은 산유국의 오일가격 분석 예측과 국내 입고를 위하여 주식시장에서 보듯이 발빠른 대처를 하여야 했다. 가끔 친구들이 사우디에서 원유를 싣고 한국으로 들어오던 선박이 원유를 좀 더 좋은 가격으로 구입하는 국가로 방향을 돌리는 일도 다반사였다며 고충을 이야기하던 술자리도 있었다. 이런 원유들을 국내 석유 3사가 구입하여 가장 먼저 하는 과정은 해저 및 지하에서 시추하여 얻은 새까만 원유에 포함된 소금 및 각종 미네랄을 분리, 제거하는 것이다. 이어 나프타분해 설비에서 열을 가하여 탄소와 수소가 이어진 물질들을 탄소수가 적은 물질로 만들어 에틸렌 또는 프로필렌 등의 산업기반 원료들을 제조하여 후속 산업원료로 공급하여 플라스틱산업, 유화산업 또는 고무, 유지, 페인트, 고무산업 등의 수많은 정밀화학산업이 가동될 수 있도록 우리나라 관련 산업의 인프라를 구성하던 시점이었다.

이러한 산업기술과 조직 및 역할 등은 50여 년이 지난 현재는 인터넷을 통하여 쉽게 접근할 수 있지만, 당시에는 기술 도입비를 주고 미국, 일본, 유럽 등의 산업기술을 들여와 설치하고 그들이 한국인 기술진을 교육시켜 주고 시운전 및 생산기술 안정화까지 지원하던 시기였다. 물론 이제는 한국인 기술진이 중동 또는 아시아 국가들의 산업현장에서 이러한 기술노하우를 제공하며 한국인의 위상을 크게 높이고 있다.

이상과 같이 산업현장에서는 기술 도입을 거쳐 들여온 핵심 기술과 생산기술 등을 기술공급처에 의존하고 있었으므로 대부분의 기업과 산업현장에서는 기술 도입선으로부터 배워온 기술을 통하여 보다 양질의 생산량과 품질을 확보하기 위한 노력을 하던 시기였다. 국가에서 비싼 기술료를 지급하고 들여온 기술과 설비 및 공정들이 원활히 가동되고 배출되는 저비점 및 고비점 유분들의 처리방안을 고려할 상황이 아니었다. 역시 국가 발전계획의 일환으로 설립되었지만, 산업체들의 지원금을 포함한 예산으로 설립된 연구기관들은 정부 출연금이 포함된 예산으로 출범하였다는 의미에서 정부출연 연구기관이라는 명칭으로 분류되었다.

그러나 정부출연 연구기관들은 수익을 발생시키지 못하는 재단법인으로, 발생되는 상당수의 개발기술들은 정부의 조직평가 등에서는 항상 낙제점을 받을 수밖에 없는 구조적인 한계로 인하여 대덕연구단지 출범 50주년이 지나고 있는 현 시점에도 정부조직에서의 역할을 극대화하기 위한 논의가 다각적으로 논의되어왔다.

즉 한국의 석유화학 및 정밀화학과 유화산업 등의 생산공정 및 설비와 기술이 수입되어 가동을 중심으로 운영되고 있는 여건에서 각 산업체들에서 에너지 절감기술, 부산물의 활용기술, 수입 촉매를 비롯한 핵심소재 기술이 대부분 특허의 청구범위로 묶여 있으므로 이를 능가하거나 다른 경로의 공정으로 대체하거나 다른 원료를 사용하여 동일 제품을 제조하는 기술연구 등등 참으로 연구과제가 많다.

하지만, 수입된 공정과 설비로 제품을 생산하여 국내외 시장에 판매하면서도 기술과 가격 및 품질경쟁으로 항상 고심을 거듭하는 동안 산업체 기술개발 인력도 증가되고 있었다. 또한 새로운 기술을 연구실에서 창출했더라도 공정 안정성, 가격 경쟁력 및 환경부담 요인 등등 공정으로 탄생하기까지 필요한 과정이 무척 많았기에 정부출연 연구기관(정출연)에서의 산업현장기술의 개량과 보완 또는 핵심 소재의 대체 기술 등에 국한되어 기업을 지원할 수 있었다.

따라서 출연연구기관 설립 후 20여 년 정도는 산업체 지원기술 또는 특허 침해를 방지하는 기술 등을 주로 수행하였으나 산업체 자체 인력이 확보되고 연구개발 장비와 기술수준이 향상되면서 출연연은 점차 기술경쟁력 향상 연구에서 공공성 있는 연구로 방향을 점차 변경하였다. 이에 따라 나도 20여 년의 연구생활을 지낸 후에는 산업체의 부산물을 가치있는 기술로 활용하는 기술로부터 새로운 원료를 이용하는 신기술과 국제 환경 규제에 대비하는 다양한 연구기술에 대한 로드맵 작성 등을 하면서 화학산업이 환경 공해의 주범이고 위험한 물질이 많다는 소위 화학포비아 현상을 벗어나려는 노력에 참여하기도 하였다.

이러한 방향 전환을 통하여 자원순환이라는 주제에 대한 공감대 형성을 위하여 국제학회에서의 활동 등으로 노력을 경주했다. 특히 출연연 생활을 시작한 지 5년 만에 독일 정부가 장학금을 제공하는 국제 세미나 코스가 있어서 신청할 기회가 생겼고, 이를 통하여 독일 칼스루에 공대에서 연구하게 돼 2년간 독일 생활을 하였다. 처음 4개월은 하이델베르크 어학원에서 10여 개 국에서 참가한 과학도들과 지내며 BASF, MERCK, Hochst 등의 기업 탐방도 하고 함께 탁구, 테니스도 하고 자기들의 가족 및 문화 이야기도 하며 재미있는 시간을 보냈다. 이후 각자의 전공에 따라 여러 연구실로 배치되어 연구를 시작하면서 칼스루에 공대 부근에 아파트를 얻어 식구들을 데려온 후에는 환경, 화학과 열전달을 공부하러 온 많은 한국 유학생들과 지내기도 하고 현지인들의 가족들과 보람 있는 나날을 보내기도 했다. 특히 DECHEMA라는 전시회에 갔다가 인사를 나눈 브라운 박사가 한국의 LS산전 등의 기술컨설팅을 하고 있고 우리 가족이 거주하던 칼스루에와 멀지 않은 프랑크푸르트 근교에서 부인과 아들, 딸 등 5가족이 살고 있는데 당시 5살, 6살이던 우리 아이들을 잘 돌보아 주기에 수차례 방문도 하며 근검하며 절약하는 모습을 보기도 했던 추억도 다시 그리워진다.

이제 돌이켜보면 이 기간을 통하여 내가 수행했던 화학응용기술과 전기 전자 산업 등의 연계와 에너지 환경산업으로의 전환에 필요한 연구들을 구상하기 시작한 계기가 되었던 기회였다고 회상된다.

이제 '친환경 세상'을 위하여

온실가스 농도가 높아짐에 따라 지구 온난화 현상이 일어나고 국지적으로 해수면 상승 또는 기상 이변 등으로 환경 재앙이 커지고 있음을 예측하고 지구환경 보존을 위한 기술적 접근 측면에서 1990년대부터 국제기구에서 6대 온실가스로 지정하고 있는 이산화탄소, 메탄 및 3가지 불소화합물과 질소산화물의 저감과 이용이 필요하다는 논문과 주장을 계속했다. 환경부의 G-7 연구과제 참여를 하면서 탄소포집과 저장(CCS), 탄소포집과 저장 및 이용(CCUS) 기술도 창출하여 현재의 후진 과학자들이 이 분야에서 다각적으로 노력을 계속하고 있다.

인류가 석탄이나 석유를 연료원으로 사용하면서 배출될 수밖에 없는 이산화탄소, 일산화탄소, 메탄 등 화석연료를 다른 탄소원으로 대체 사용하는 기술, 연구로서 연소에 따라 폐기되는 이산화탄소를 기존의 탄소수가 많은 원유보다 탄소수 1개인 원료로 사용하는 자원순환기술연구로 수행한 바 있었다. 이 시절에는 산업자원부의 기술개발사업들을 설정하고 추진하는 역할들로 많은 시간을 투자하며 담당 사무관 또는 서기관들과의 교류도 활발하던 기억이지만, 수년마다 자리 이동이 잦은 공무원들의 특성상 한동안은 사업 특성 등을 반복 설명하느라 서울 대전을 무수히 오가는 등 나름대로 애로점도 많았다.

또 다른 자원순환 연구사업의 한 가지는 플라스틱 폐기물을 석유원료로 순환시켜 수입되는 원유량을 일부 대체하는 동시에 원유를 처리하는 에너지를 줄이는 국가적 절감기술로 활용하려는 일석이조의 연구사업 발굴과 기획 및 수행이었다. 이 글에서는 사용하고 버려지는 모든 폐기물에 의한 환경재해는 논외로 하고 있으나 중화학공업 육성에 따라 삶의 질도 향상되고 일자리도 늘어나는 긍정효과의 반대편에는 항상 삶의 질 향상에 따른 환경 파괴와 극심한 피해라는 불편한 진실들이 지구촌에 퍼지고 있다.

이러한 현실적 어려움을 고려한 친환경적 연구기술이 필요함을 피력하였고 자원 부족과 더불어 버려지는 생활필수품들로 인한 환경재해에 대비하는 자원의 순환이용 기술도 필요함을 느끼게 되었다. 수많은 정부 기술개발 기획단계를 거쳐 뻥튀기와 같이 단열성을 높여 가전품 포장재, 생선용기 또는 단열박스 등으로 널리 사용되는 스티로폴과 같이 발포되어 부피가 큰 플라스틱을 전에는 열을 가하여 기계적 방법으로 액자 또는 욕실 깔판 등으로 사용하였으나 화학적 기술을 도입하여 스티로폴을 제조하는 원료화합물질로 순환시키는 순환기술연구도 수행한 바 있다.

또 다른 사례의 한 가지로 폐수를 종말처리장까지 이동시키기 전에 자체 산업현장에서 배출되는 폐수를 처리하여 연못, 정원수 또는 화장실 등에 사용하는 중수로 전환하여 재이용 또는 순환 이용하는 연구도 했다. 이런 연구사업에 열정을 쏟아붓던 시절에는 환경부 또는 지자체 환경자문위원회에서 활발한 활동을 했다.

끝맺음을 하면서

이상과 같이 대학 입학으로부터 70세를 넘긴 오늘까지 화학공학도로서 일구어낸 자그마한 사례들은 후배 연구자들이 계속 기술발전에 노력해 에너지 자급, 맑은 공기, 맑은 물, 그리고 각종 폐기물로 인한 지구촌의 생태계를 파괴하는 불편한 진실들을 해결하는 환경친화적 기술로 인류에게 공헌할 수 있을 것으로 믿고 있다. 중화학공업 정책에 대한 믿음을 전달해 주셨던 보성고 은사님의 말씀이 나의 삶을 결정하게 한 신의 한 수였다는 생각을 떨쳐 낼 수 없다.

이것이 나의 'past 70yrs'였다고 자부하며 내 현역 시절의 숱한 자료들을 부분적으로라도 참고하고 있는 후배들의 활동하는 모습을 바라보면서 감사하는 마음으로 살아가고 싶다. 더구나 ICBM(IoT, Cloud, Big data, Mobile)을 부각시키며 시작한 4차 산업혁명의 키워드들 속에 아바타를 상기시키며 탄생한 가상현실(VR), 증강현실(AR), 혼합현실(MR)과 메타버스(Metaverse) 관련 산업을 주도하는 구글, MS, 페이스북 등의 세계적 기업들이 주도하며 우리나라의 벤처와 스타트업 기업들을 중심으로 시장 확보와 수익성 창출을 위하여 노력하고 있다. 이러한 노력 속에 차세대 산업요소 기술의 하나인 인공지능, 로봇 등의 구현수단(devices)을 만드는 기술에는 반드시 화학, 생물의 기본기술이 포함되어 있어 매우 일부분이지만 소일거리도 하고 있는 것에 항상 감사를 느낀다. 바람이라면 심신의 건강이 이대로 유지되어 종종 연구실을 방문하기도 하고 취미활동과 재능기부 봉사활동을 꾸준히 이어 가며 건강관리를 위한 노력을 계속하는 삶을 꾸려가고 싶다는 것이다.

최명재(崔明宰)

고려대학교 화학공학과 졸.
과학기술연합대학원UST.
공진청, 공업시험원, 종근당 중앙연구소,
한국화학연구원 근무.
과기연우연합회 기술이사, 산기협 기술주치의
전문 위원 역임,

나의 일과 삶, 그리고 가족

광업인 한평생(나는 지금도 성장 중이다)

| 김석규(3-8) 古㶌(고람) |

나는 6.25 전쟁통 속 어머니 고향인 대구에서 피란 중에 태어났다. 그리고 휴전 후 경기도 시흥군 동면 당곡리(현 봉천동)로 이사했다. 당시 서울 대방동에 공군사관학교(1958년 준공, 현 보라매공원)가 건설 예정이었고, 아버지께서는 토목공사를 담당하는 공군 시설 장교여서 이곳으로 오게 되었다.

어린 시절부터 보낸 곳과 지금 살고 있는 흑석동에서도 내가 다닌 직장이 멀지 않았다. 모두 사무실과 지근거리에서 생활할 수 있던 것도 교통지옥, 주거지옥 대한민국에서 나름 운이 좋았다고 생각한다. 그 당시 내 첫 직장이 여의도, 두 번째 직장은 신대방동, 세 번째가 대림동 인근에 위치해 있고, 그중 10년은 지방에서 근무했다. 정년 후 지금은 민간 기업에 다니고 있다.

준비된 우연, 뜻밖에 광업인의 길로

자원공학(광산)을 전공하게 된 계기가 다소 생뚱맞을 만큼 즉흥적이었다. 1차 대학입시에서 낙방하고 친구들과 모인 위로연에서 2차 대학

입시 원서를 궁리 중이었다. 1지망 학과를 의예과로 기입하고 난 후 2지망 학과를 쓰긴 써야 하는데, 생각해둔 게 없어서 망설이던 참이었다. 그때 가장 친한 친구 이장호(경신)가 "자원공학이 가장 근사해 보인다."고 하길래 별 고민 없이 적었던 게 광업인으로서 내 평생 진로가 될 줄은 아무도 몰랐다. 인생에서 운명이란 그렇게 장난처럼, 우연처럼 슬그머니 다가오는 것일까, 싶은 생각마저 들었다.

또 그때는 군대 갈 나이에 학적이 없으면 특별한 사정이 없는 한 군복무를 해야 했다. 당장 군대에 끌려가지 않으려면 대학 입학부터 하고 봐야 했다. 제대 후 복학하고도 학과 적성에 대한 고민이 아주 없지는 않았으나 자원 공학이 원래는 광산공학이었다는 사실을 알고 나자 신기하게도 마음이 동했고, 내 전공에 대한 자부심이 생기기 시작했다.

흔들리는 나를 붙잡아둔 친구의 응원

졸업 후 첫 근무지가 하늘이 손바닥만큼 작게 느껴지던 작은 오지였다. 근무 조건이나 환경이 워낙 열악해서 이직을 꿈꾸었다. 온 사방이 검은 석탄 가루투성이였고, 매일 지하 수직 600m 갱도에 들어가야 했다. 특히 사고가 자주 일어나는 막장이 내 작업 구역이었는데, 하루하루가 희망 없이 지나갔다. 여기저기 그 당시 유행했던 대기업 수출 상사에 원서를 넣고 시험에 응시하러 서울을 들락거렸다.

그때 오랜만에 만난 보성고교 친구 모임 중 서봉기가 "석규야! 너는 이 분야에서 최고 전문가가 되어라."고 했던 말이 내 가슴에 꽂혔다. 이미 레테의 강을 건넌 그 친구의 응원과 당부가 시골 오지와 서울을 왔다갔다 하며 흔들리는 나를 붙잡았는지, 그 후로 나는 한눈팔지 않고 이 길을 쭉 걸어왔다.

지금도 나는 전문 자격을 갖추고 회사에서 컨설팅 업무를 하고 있다. 초고령화 시대를 대비한 중장년의 재취업과 은퇴 후 라이프를 고심하는 내 주위 지인들에 비해 운이 따라준 것 같아 감사하게 생각한다.

석탄과 함께 산 광업인의 보람

1980년 전후는 우리나라 경제가 본격적으로 발전할 무렵이었는데, 정부의 증산정책에 힘입어 연료용 석탄을 생산하는 업체들이 호황을 누리던 시절이었다. 우리나라 국민총생산 규모가 크게 커졌고, 철, 연·아연, 중석 같은 금속광물과 석회석, 고령토, 납석, 장석, 규석 등 비금속광물의 수요가 크게 증가하여 광업 부문이 국내총생산의 5%를 점유(현재 0.2% 수준)하던 때였다.

뿐만 아니라 석탄 생산량이 연간 2,400만 톤 규모일 때 우리나라 주요 탄전지역인 삼척(태백, 삼척, 고한, 사북, 정선), 문경(점촌, 상주), 화순 그리고 보령(성주, 대천) 지역에서는 "개가 입에 만 원짜리 지폐를 물고 다닌다."는 말이 나돌 정도로 현금이 넘쳐났고, '한국의 라스베이거스'라고 할 정도로 화려하고 활기찬 밤 문화를 선배들이 얘기하곤 했다.

1950년대에는 텅스텐(대표적 광산: 대한중석 상동광산)이 우리 수출액의 약 70%를 점유하였고, 북한에는 풍부하게 매장되고 세계적으로 유명한 철광, 마그네사이트는 물론 각종 천연자원이 많은 반면, 남한에는 텅스텐 외에는 자원이 거의 없다는 사실은 초등학교 때 배웠듯 다 알고 있는 사실이다.

그럼에도 불구하고 매장량이 많지도 않은 석탄으로 국가 산업화와 국토 산림화, 나아가 '한강의 기적', 그리고 지금의 선진국을 일궈냈다는 게 믿어지지 않고, 광업인으로서 더욱 가슴이 벅차오른다.

나는 지금도 성장 중이다

최근 나는 세계 여러 나라를 여행한다. 마음 맞는 지인들과 가기도 하고 여행사 패키지를 이용하기도 한다. 첫 직장이 오로지 석탄만 생산하는 공기업이고, 두 번째 직장은 민영기업이 운영하는 광산(석탄, 금속, 비금속)과 석산, 골재 및 석재 가공공장에 기술, 정부 보조자금과 융자금을 지원하는 공기업이었는데, 국내 현장뿐만 아니라 아프리카 대륙, 중국, 러시아, 미국, 호주 및 남아메리카까지 일 년의 반을 출장차 타지에서 보냈다. 그래서 은퇴 후에도 광산 전문가로 활동하기 위해서는 '전문기술사' 자격이 필요하겠구나, 생각했고, 정년퇴직을 하자마자 이 자격증을 취득했다. 지금도 국내외 광산 컨설팅 요청이 들어오면 일 년에 몇 번은 해외 출장을 가고, 짬을 내 그곳을 많이 걷고 사람 풍경을 즐긴다. 매번 귀국하는 길에는 '지금 이 나이에도 나는 성장하고 있다'는, 좋은 기분을 얻는다.

외국의 어디를 가더라도 길을 잃지 않고 밥 굶지 않으려면 언어소통이 필요한 건 당연지사, 요즘도 매일 아침 40분씩 외국 원어민과 국제통화로 영어 회화공부를 한다. 이젠 혼자서도 외국 여행을 즐긴다. 공주병이 있는 아내는 대도시에서 쇼핑과 미슐랭 식당을 좋아하니 외지에 있는 광산 근처는 눈길 한 번 주지 않는다. 서로 여행 취향이 달라서 은밀하게 나 홀로 외국 여행을 자유로이 만끽하기도 한다.

못 말리는 나의 술사랑

나는 술을 좋아하는데, 술과의 인연은 어린 시절로 거슬러 올라간다. 그 당시에는 집에 손님이 오면 어머니가 한 되짜리 주전자를 내 손에 쥐여주면서 일명 '도가'에서 막걸리를 사오라고 심부름을 보냈다. 막

걸리를 받아들고 집으로 오는 길, '이것이 무슨 맛일까?' 막걸리 맛이 너무 궁금한 어린 마음에 몰래 훔쳐 먹었던 기억이 그 시작일 것이다. 또 고등학교 때는 친구들이 놀러 오면 어머니께서는 집에 남아 있는 정종을 국수와 함께 내주셨다. 참 꿀맛이었다. 오래전에 돌아가신 어머니의 국수말이와 정종 맛은 지금도 잊을 수 없는, '그리운 맛'이다. 누구나 그렇듯이 직장에 입사하고 사회 초년생이 되면 술을 많이 먹게 된다. 특히 내 경우에는 광산 현장에서 첫 근무를 시작했는데, 당시 현장에서는 "술을 잘 먹어야 작업원들을 통솔할 수 있는 리더 자격이 있다."고 선배가 후배에게 술을 많이 권했던, 술로 만사가 형통하던 시절이었다.

지금의 사회 분위기로는 직장상사의 강압과 갑질 소리를 충분히 들을 만한 현장 특유의 회식문화였다. 돌이켜보면 그 척박한 환경에서 고되고 험한 생사의 일을 묵묵히 수행하는 노동자들과 허물없는 소통 관계를 만들기 위해서라도, 또 고된 하루의 피로를 달래기 위해서라도 너나없이 취해야 했던 건 아닐까, 그 시절 나름의 우울과 가난을 달래는 낭만적 취기가 아니었나, 생각한다.

철없이 즐거웠던 친구들과의 신혼여행

나는 근무지가 석탄을 생산하는 강원도 오지였다. 내게 시집을 올 처자가 없었다. 대학을 졸업하고 일찍 결혼한 여동생이 고등학교 교사인 친구를 소개해 주었다. 여동생은 아내에게 그냥 좋은 사람이라고, 자기 오빠라고 말하지 않았고, 소개받은 아내가 내게 술을 많이 먹는지 물었을 때 "칵테일 한두 잔 정도 한다."고 말했다. 내 결혼은 여동생과 합작한, 한 편의 첩보 영화급 작품이었다.

결혼하기 힘든 광산쟁이 놈이 신혼여행에서 내팽겨쳐질까 걱정한 친구들이 제주도로 막 비행기를 타고 응원을 왔다, 나는 그날 밤 허정욱, 이춘실(선린), 고인이 된 최준기와 신혼여행 첫날밤을 보냈다. '칵테일밖에 못 먹는' 고주망태를 보며 '이 인간이 진짜...' 하는 그 복잡한 아내의 속내를 나도 모를 리는 없다. 서울로 돌아와 몇 날 며칠을 아내에게 빌었다. 술을 좋아하는 친구들과의 철없이 즐거웠던 사건이었다.

미래세대를 위한 당부

광업인으로서 살아오면서 광업에 대한 아쉬움도 있다. 우리나라는 산업 원료 광물로 사용할 부존 광물 자원이 없어서 대부분을 수입하는 실정이다. 에너지의 수입 의존도는 94%로, 세계 9위의 에너지 소비국, 세계 5위의 광물자원 수입국이다.

특히 첨단산업 분야의 강국으로 도약하기 위해서는 핵심적인 원료광물을 대상으로 한 광물자원이 안정적으로 확보되어야 한다. 이런 현실을 감안한다면, 우리도 일본의 JOGMAC(일본 석유 천연가스 금속광물 지원기구)처럼 석유, 가스를 포함한 광물 자원을 총괄하는 기구를 만들어, 자원 보유국에 입찰할 때 메

이저급 세계 자원 그룹들과 같은 선에서 출발할 수 있는 경쟁력을 키워야 한다. 지난날 실패한 정책을 남 탓만 할 게 아니라 지속적으로 투자를 해야 후손들이 지금보다 더 많은 기회와 풍요로움을 누릴 수 있다고 믿는다.

먼저 하늘나라에 가 있는 친구들에게 이 글을 전하고 싶다.

김석규(金錫奎)

한양대 자원공학과 졸.
대한석탄공사,
대한광업진흥공(현 한국광해광업공단),
벽산엔지니어링 근무.
현재 자연과환경 기술고문.

함께 걸어온 사람들

| 노희태(3-5) |

뜨겁게 불타던 나의 전우여

오전 교과 훈련을 마치고 대오를 맞춰 식당으로 행진하는 우리 소대를 향해 어디선가 반말 섞인 야유가 들려왔다. 그들은 전국에서 차출된 하사관 교육대였다. 두세 달 후면 한 부대에서 근무할 하사관들이라는 생각에 지금 그냥 지나치면 분명 후환이 있을 것 같은 생각이 들었다.

"부대, 제자리!"

카랑카랑한 쇳소리로 명령을 내렸으나 그들은 아무 일도 없다는 듯 그냥 지나쳐버렸다. 나의 인내심은 한계를 드러내 바로 인솔자를 색출해 책임 추궁과 경미한 구타를 했다. 그리고 내무반까지 따라가 그들의 잘못을 조목조목 시정해 주었다.

이 사건은 바로 '화학 학교' 전체의 이슈가 되었으나, 그들의 잘못이 더 크다고 밝혀져 곧 없던 일이 되었고 이후 그런 사태는 다시 발생치 않았다. 이후 우리가 임지에 배치되었을 때 이들의 소식을 접할 수 있었고 서로의 근황을 주고받는 친밀한 사이로 발전했다. 전국 소재 대학 출신 한두 명으로 시작해 모인 우리 ROTC의 우정은 칠십이 넘는 지금까지도 전국적으로 3,000명이 넘는 친구들과 함께 이어져 내려오고 있다. 이렇게 훈련 과정을 거쳐 임지에 나간 지 2년 후 제대를 하고 사회의 다양한 분야에서 각자의 길을 걸으며 지금까지도 잊지 못할 다정한 전우로 남아있다.

드넓은 세계를 향한 무한 도전

서울과 대구에서 각각 한 달을 지내며 회사 설립을 준비했다. 회사 제반 조직을 만들고 정립하며 생산, 판매, 관리 등 인력을 구성하기 위해 약 1년의 세월을 보냈다. 언제부터인가 조금씩 회사 형태와 업무의 틀이 그 모양새를 잡아갔다.

그때 나는 소기업의 가장 큰 생명은 남들이 하지 않는 차별화된 사업 아이템을 개발하는 것이라고 생각하고 있었다. 남들이 관심 두지 않는 것을 만들어내는 것이 바로 나의 사업 목표였다.

그렇게 제일 먼저 시작한 것이 바지 원단을 선염으로 만드는 것으로, 바이어가 찾는 것을 정확한 타이밍에 생산 공급해주는 것이 관건이었다. 경쟁 업체가 감히 엄두도 못 내는 일을 해서 만든 제품을 유럽 바이어들에게 보내주니 안일하게 만든 경쟁사 제품들과는 비교가 안 될 정도의 품질을 인정받았다. 그 결과 우리 제품의 생산량 전체를 그들이 책임져 주는 쾌거를 이뤘다.

마침 일본 종합상사 마루베니(丸紅) 소개로 파나마 바이어가 직접 우리 회사를 방문하여 상담하는 기회가 주어졌다. 그들은 그동안 마루베니를 통해 일본 산지에서 생산된 원단을 수입하여 자기 공장에서 생산해 유명 브랜드로 중남미 국가에 직·간접 판매하는 거상이었다. 일본 제품의 생산 단가가 천정부지로 올라가자 값싼 한국산을 찾고 있던 그들에게 당시 한국에선 생산하기 어려운 다품종 소량 고품질 제품을 공급하여 현지 언어에 적합한 마케팅으로 근 15~6년을 거래하게 되었다.

그 후로도 25시간 이상 걸리는 비행시간을 들이며, 파나마를 직접 방문하여 그들의 공장과 자유 무역 지대 안에 있는 판매처와 그들 가족들과 함께 동반 비즈니스 여행을 다녔다.

그때 운 좋게 파나마 운하를 직접 보는 기회가 있었다. 내 발 앞에서 거대한 무역 상선들이 좌우 한 치의 틈도 없이 운하를 가득 채운 채, 수로를 따라 관문을 통해 항해하는 장관이 펼쳐졌다. 어떻게 이렇게 거대한 선박이 운하에 입출할 수 있을까 하는 생각이 들었다. 입출 가능한 선박 크기는 ㈜파나마 맥스로 규정되어 있다. ㈜파나마 맥스는 파나마 운하에 입출 가능한 선박의 너비를 32.3m, 길이를 294.1m로 규정했다. 그 후 현대화하여 왕복 통로를 별도로 만들고, 넓이와 길이도 추가 조정하여 '포스트 파나마 맥스'는 너비 55m, 길이 427m로 2016년 6월 완공했다.

함께 걸어갈 사람들

나는 지금 이 글을 쓰며 조금은 부끄럽고 아쉬운 일들을 소회한다. 먼저 우리 모교가 있던 혜화동 1번지를 전차를 타고 혜화동 로터리에서 내려 등교하던 빡빡머리 중1 때부터 시작하여 명륜동 골목 골목을 누비고, 고등학교에 올라 찐빵집, 중국집, 아카데미 빵집들... 그리고 명륜극장에서 눈부시게 아름다운 오드리 헵번의 '로마의 휴일' 영화를 보며 청춘의 꿈을 키우던 생각과, 사계절이 바뀌며 정든 교정을 에워쌌던 라일락, 아카시꽃 향기와 6월의 그 진한 푸르름을 기억한다. "아가씨!"

학교 졸업 후 들른 아카데미 빵집에 있던 누나가 반갑게 나를 맞이해 주던 때 난데없이 나온 말이다. 순간 누나의 얼굴색이 빨간 장미처럼 수줍게 물들었다. 나의 미숙한 이 한마디 말이 내 감정의 산통을 처참하게 깨트리는 순간이었다.

세월이 흘러 미국에서 누나 식구들이 나왔다. 부산을 기점으로 남쪽 지방 여행 계획이 있다고 한다. 부산에 있는 ROTC 친구 H에게 전화해 부탁했더니 의외로 바쁘다는 답을 들었다. 평소 아주 가깝게 지내던 친구였는데, 많이 서운했다.

그로부터 1년이 채 안 돼 H가 폐암으로 세상을 떠났다는 부고를 받았다. 그는 40대 초반에 상처하고, 1년 전엔 그의 부친도 돌아가는 불운을 겪었다. 진작 알았다면 좀 더 연락하고 살가운 정을 나누었을 텐데. 작년과 올해 친하던 친구들이 하나둘 떠나기 시작한다. K, C, J. 돌이켜보면 어떤 이유로 연락이 끊기고, 그저 급하면 먼저 연락 오겠지 하며 괜한 고집으로 버티다 결국 애통할 지경에 이르게까지 되었다. 어느새 바쁘다는 핑계는 후회로 아쉬움만 가을 낙엽처럼 켜켜이 쌓이는 나이가 되었다.

이제 일부러 구차한 변명을 대서라도 더 늦기 전에 남은 길을 함께 걸어갈 나의 친구들을 만나보아야겠다.

노희태(盧熙泰)

연세대학교 생화학과 졸.
1983 삼보직물 창업.
2015 S.E.Corp 근무중.

다이아몬드 이야기

| 이광림(3-6) |

내가 다이아몬드 비즈니스를 시작한 것은 1991년경이다. 그전까지 이런저런 사업을 해봤지만 별 신통하지 않았고 장기적으로 변함없이 할 수 있는 사업을 물색하다가 한 신문 광고를 보게 되었다. GIA의 보석전문가 교육과정을 모집하는 광고였는데 한국의 분교(GIK)가 낸 광고였다. GIA(Gemologist Institute of America)는 세계적인 보석기관으로서 미국에 본부를 두고 있고 보석 감정, 교육, 출판, 디자인, 마케팅 등 보석 시장 및 보석비즈니스의 전반에 걸쳐 선도하는 가장 권위있는 단체이다.

옛날부터 장신구는 인류가 항상 선호해 왔던 것으로, 원시인의 조개 껍질로부터 시작하여 지금은 백화점 등의 1층 최고급 매장에 귀금속이 진열되어 있다. 이것이라면 한번 도전해볼 만하겠다는 생각에 GIK를 찾아가 등록을 하고 강의를 듣게 되었는데 이것이 바로 내가 보석사업에 뛰어든 계기가 되었다. 당시 GIK의 수업료는 1,000만 원으로 매우 고가였는데 미국 본교의 수업료는 1만 달러였다. 미국 본교로 유학갈 경우 체재비 등이 들게 되므로 국내에서 강의를 듣는 것이 훨씬 낫겠다는 생각이 들었다. 지금의 GIK 수업료는 1만5,000달러로 인상되었고 환율과 연동되어 지불해야 한다고 한다.

보석 중에서도 우리 모두가 가장 선호하는 다이아몬드에 대해서 얘기해 보기로 하겠다. 다이아몬드의 구성 물질은 탄소이며 생성 원리는 이러하다. 다이아몬드가 순수한 탄소로부터 생성되기 위해서는 5만 기압 이상의 압력과 2,000도C 이상의 고온이 탄소(흑연 등의 물질)에 작용하여 다이아몬드 크리스털이 형성되는데 이러한 조건을 갖춘 곳은 지구의 표면으로부터 200km 아래의 중심부인 멘탈에 해당한다. 이곳에서 형성된 다이아몬드 크리스털은 화산 등의 지질 활동에 의해서 지표면으로 나오게 된다. 이것이 우리가 광산에서 채굴하는 다이아몬드 원석이다. 발견된 원석을 여러 각도에서 빛을 잘 반사할 수 있는 형태로 연마한 후 금 또는 백금 등의 금속 위에 마운팅한 것이 보석상에 전시되어 있는 보석들이다.

그러면 다이아몬드는 왜 그렇게 가장 귀한 보석으로 인식되는가? 여기에 대한 해답은 이러하다. 첫째, 보석 중에서도 영롱한 빛을 뿜어내는 아름다운 무색투명한 보석으로서 자연계의 물질 중 가장 단단하며(경도 10) 변하지 않는 물질이기 때문이다. 또한 채굴량에서 희소성이 있으므로 아름답고 귀한 물질인 셈이다. 특히 그 무색투명한 빛의 순수성 때문에 결혼 예물에 가장 많이 선호하는 보석이 되었다.

현대에는 과학 기술이 발달하여 실험실에서 인위적으로 다이아몬드 크리스털을 만들어 낼 수 있게 되었다. 이 기술의 원리는 다이아몬드가 형성되는 자연의 환경을 그대로 실험실 내에서 재현하여 똑같은 압력과 온도를 탄소에 가하여 짧은 시간에 생산할 수 있게 된 것이다. 지금의 시대를 'Diamond New Age'라고 하는데 이 인조 다이아몬드는 천연의 다이아몬드와 그 분자구조와 경도 및 외관이 똑같은 동일한 물질이며 현재 시장에서 천연 다이아몬드의 약 3분의 1 이하 가격으로 판매되고 있다. 한국에도 이미 상륙하여 전문 판매회사가 생겨났다. 그런데 다행히도 이 인조 다이아몬드와 천연 다이아몬드를 구별할 수 있는 방법이 딱 하나 있는데, 그것은 스펙트럼 분석에 의해 명확히 구분해 낼 수 있다. 실로 과학의 경이로운 점은 바로 이러한 것이라 하겠다.

최초의 다이아몬드 발견과 드 비어스(De Beers)에 대해 얘기해 보자. 태초에는 이것이 다이아몬드인지 무엇인지 구분할 수 없었으며 그저 냇가에서 발견된 반짝이는 차돌 정도로 생각되었다. 자연상태에서 발견된 투명 영롱한 돌을 그대로 장신구로 사용하거나 제법 큰 돌 등은 왕족 등에게 바치게 되었는데, 어느 시기인가 이 돌을 연마하는 것이 가능한 것을 알게 되었다. 이때 사용한 커팅이 'Old Cut'으로서 커팅된 면의 수가 몇 안 되는 옛날의 커팅을 말한다. 연마기구도 개발되지 않아 원석과 원석을 마찰하여 연마해 냈다고 한다. 비록 완벽하지는 않으나 클래식한 분위기의 모습을 연출해 냈다고 한다. 이 올드 컷으로 연마된 유명한 다이아몬드로는 코이누르(181.93cts)가 있다. 이후 재연마(108.93cts)되어 영국 왕실의 왕관에 세팅되어 있다.

드비어스의 탄생

드비어스는 남아프리카공화국의 한 농부 형제의 이름으로서 당시 형제 소유의 논에서 다이아몬드 원석이 발견되었다. 이것을 알게 된 영국 사람이 농부 형제의 땅을 사들여 광산의 이름을 형제의 이름을 따서 드비어스로 명명했다.

당시에는 농토에 해당하는 금액만을 지불하였는데 이것이 나중에 논란이 되자 다시 추가로 많은 금액과 가축 수십 마리 등 당시로서는 큰 금액을 지불하여 드비어스 형제는 부자가 되었다고 한다.

그러나 광산주와 일개 개인의 부자와는 비교가 되지 않지 않을까? 드비어스 형제는 다이아몬드의 가치를 알지 못하였으므로 지식과 식견의 차이가 불러온 결과라고 할 수 있겠다.

"다이아몬드는 영원히"라는 말을 들어보았을 것이다. 드비어스사의 다이아몬드 캠페인으로 자리 잡은 이 말에 의해 이후 드비어스는 지구상에서 약 80%의 시장을 지배하는 최고의 다이아몬드 회사로 등장하게 된다.

나는 보석비즈니스에 큰 뜻이 있었으므로 처음에는 소매상으로 시작하여 추후 다이아몬드 딜러로 나아가게 되었다. 현대에 있어 모든 분야가 그렇듯 경쟁이 치열해짐에 따라 원가경쟁을 피할 수 없는 것은 다이아몬드 비즈니스에서도 똑같았다. 원석의 원산지를 찾아 들어가는 것이 필요한 시대라는 것을 깨닫고 나 역시 아프리카행을 결심하게 되었다.

서부 아프리카의 라이베리아라는 나라에 연고가 있어 처음 발을 들여놓게 되었는데 약 4년간 있게 됐다. 라이베리아는 미국의 식민지로서 미국이 흑인노예를 해방할 때 미국에 있던 노예들을 이곳으로 많이 이주시켰다. 수도는 몬로비아로 드바이, 나이로비 등을 경유하여 23시간 이상을 비행하여 도착하였다. 당시 라이베리아는 내전이 끝난 지 얼마 안 된 시점이었으므로 모든 여건이 열악하고 혼란한 상태에 있었다.

아프리카에 있는 동안 여러 일화가 있는데 몇 가지를 소개하고자 한다. 몬로비아 공항에 도착한 순간 비행기 창문을 통하여 내다보니 활주로 끝에 수많은 사람들이 줄을 지어 늘어서 있는 것이 보였다. '아, 혹시 오늘 외국에서 귀빈이라도 오는 날인가' 하는 생각이 들기도 했고 아니면 동양에서 오는 나를 맞이하기 위해 환영나온 사람들인가 하고 처음에는 착각을 하였다. 비행기에서 내려 걸어가니 이 사람 저 사람이 와서 팔짱을 끼고 우리 일행의 짐을 서로 빼앗고 난리가 나는 것이다. 이게 무슨 사태인가 했는데 알고 보니 공항에서 시내로 가는 차편 제공과 입국 수속을 대행해 주는 사람들이 서로 손님을 차지하려고 덤벼든 것이었다. 이곳 비행장은 철책도 없고 경계선도 없이 그냥 개방되어 있는 그대로였다. 생전 처음 겪어보는 일이라 어이도 없고 겁도 났지만 되돌아갈 수도 없었으므로 다시 정신을 차리고 그중 한 사람을 골라 차에 짐을 실으니 여권을 달라는 것이다.

입국허가를 받아야 하는데 며칠 정도가 걸리며 비용은 비자료에다 자기네들 수수료 얼마가 합해져 1인당 얼마가 들어간다는 식이었다. 입국수속 데스크도 없고 황량한 활주로에서 바로 개인차량으로 시내로 들어가는 게 이 나라의 입국방식이었다. 비자는 물론 나중에 받아 전달해 주는데 다시 말해 이 사람들이 입국사무실의 브로커인 셈이었다. 당시에는 목숨이라도 부지하고 나올 수 있는 것인지 의심이 들었다.

시내에 도착하여 작은 호텔에 도착하였다. 방 안에 들어가 보니 에어컨은 있었으나 더운 바람만 나오고 우리나라 여인숙보다 못한 시설에 숙박료는 도저히 이곳 아프리카에서는 상상할 수 없는 고가의 금액이었다. 그래서 호텔이 너무 열악하니 큰 호텔로 안내해 달라고 하였는데 그러면 택시비를 더 달라는 것이다. 그것은 당연한 일이었으므로 그렇게 하기로 하고 다시 짐을 싣고 큰 호텔로 이동하였다. 그러나 이 호텔은 UN군이 지휘본부로 사용하고 있는 곳으로 일반인은 투숙할 수 없다는 것이었다. 할 수 없이 이전 호텔로 되돌아왔는데 나중에 생각해보니 여기 현지 사람이 그 사실을 모를 리 없었다. 고난의 아프리카 적응기가 시작된 것이다.

몬로비아 현지에는 다행스럽게도 한국 사람들이 몇 명 있었다. 사진관 하시는 분과 예전에 대우건설에서 고속도로 건설 당시 근무하던 기술자가 남아서 자동차 정비업 등을 하고 계셨다. 그분 이름은 서 사장님이었으며 다른 한 분은 어선의 선장님으로서 어업을 하러 배를 가지고 이곳에 온 분이셨다. 또 한 분은 목재업을 하시는 분으로 뉴욕에서 건너오신 보성고 선배님이셨다. 뉴욕에서 목재업을 하시다가 이 나라에 희귀목재들이 많아 오시게 됐다고 하는데 자본이 없어 어느 미국 여자교포와 같이 왔다가 그 바람에 본처와는 이혼하게 됐다고 한다.

호텔 생활을 마치고 도심에서 조금 떨어진 곳에 마당이 넓은 주택을 임차하여 생활하게 되었다. 당시 오랜 내전의 결과로 발전소가 모두 파괴되어 전기 공급이 끊겨 있었으므로 제네레이터를 돌려 에어콘 등을 가동했다. 집은 마당이 500평은 되었으며 마당 한쪽에 큰 망고나무가 있는 큰 저택이었다. 망고나무에는 크디큰 망고가 수도 없이 달려 있어서 언제든 감 따듯이 따서 먹을 수 있었다. 대문에는 현지 군인을 고용하여 월급을 주고 경비원으로 두고서 황제 같은 생활을 하게 되었다.

현지 파악을 위해 이 사무실 저 사무실을 구경 다니며 다이아몬드 원석과 사금 등의 거래를 지켜보게 되었다. 하루는 우리 집으로 웬 흑인 영감님 한 분이 한국분을 따라 같이 방문을 하는 것이었다. 자신을 소개하며 다이아몬드 광산을 다시 시작하고 싶으니 도와달라는 것이다. 이름은 크로마 영감이었는데 꽤 유명한 광산주였으며 내전 전에는 집이 여섯 채였고 부인도 여섯 명이나 됐다고 한다. 이 나라는 대통령부터 부인이 여섯이니 마치 성공하거나 부유한 사람들은 6이라는 숫자를 좋아하는 모양이었다. 아무튼 내전 전에는 잘 나가던 광산주가 내전이 일어나자 정부군과 반란군 사이에서 모든 재산을 뺏기고 집은 다 불타고 지금 살고 있는 집 한 채만이 남았다고 한다.

광산 후보지는 옛날 광산을 했던 지역 부근이었다. 이곳은 도로에서 반나절을 걸어 들어가는 지역으로, 모든 것을 현지에서 자급자족해야 하는 부쉬 지역이었다. 광산에 관심이 많았던 터라 지원해주기로 약속하고 필요한 장비 및 식량 등 모든 것을 준비해 주느라 약 8,000달러가 소요되었다.

준비물은 양수기, 삽 등의 작업도구, 취사도구, 모기장, 식량, 기름, 인부들 급료 등이었다. 이 모든 것을 준비하여 차에 싣고 인부들과 함께 부쉬로 출발하는 사람들을 배웅하며 많은 다이아몬드 원석을 발견하여 좋은 소식 주기를 기대하고 캐낸 원석은 반분하여 나누기로 했다. 물론 이 흑인 영감이 약속을 지킬 것을 굳게 믿은 건 아니었다.

세월이 흘러 약 6개월이 지났을 때 부쉬 상황이 궁금하여 사람을 보내 알아보니 그동안 몇 개의 작은 원석을 발견한 것이 전부였다. 크로

마 영감은 말라리아에 걸려 인부들에게 업혀 나와 병원에서 겨우 살아남아 다시 회복하여 부쉬로 향했으며 계속해서 채굴 작업을 하고 있다는 정도였다.

그동안 여러 원석 거래 사무실을 다니며 원석을 구입했으나 양이 충분치 않고 원하는 고품질 다이아몬드는 얼마 되지 않으며 가격 또한 높았다. 이스라엘이나 벨기에 등에서 나온 딜러들이 많아 서로 경쟁하고 있었으므로 만만한 상황이 아니었다.

*(주해)부쉬-영어로 bush로서 풀숲이라는 뜻. 아프리카지역에서는 깊은 정글 속을 뜻하거나 험난한 미개간지를 이를 때 부쉬라고 말함.

Dredge Pumping 머신 광산 탐방

그렇게 세월이 흘러가던 중 한 광산을 방문하게 되었다. 강가에서 드레지 머신을 사용하여 채굴하는 방식의 광산이었는데 특이한 형태였다. 잠수부들이 교대로 수면 밑 약 1.5 m의 강 사면에 잠수하여 드레지 머신에 연결된 파이프로 다이아몬드 지층의 모래 및 자갈을 물과 함께 뿜어내어 육지에 그로브처럼 쌓은 후 다이아 원석을 선별해 내는 방식이다. 큰 드레지 머신 4대와 약 10명의 인부, 3~4명의 잠수부가 동원된 광산이었는데 하루에 맥주잔 한 컵 정도의 다이아 원석을 채굴한다고 하였다.

컵 속의 원석들을 살펴보니 크기는 작았으나 꽤 질이 좋은 돌이었다. 드레지 머신 운영에 들어가는 기름값과 잠수부와 인부들의 인건비를 계산하여 이익을 낼 수 있는지가 관건인 광산의 형태였다. 이러한 기계화된 광산도 있지만 순전히 사람들의 힘으로만 채굴하는 광산이 서부 아프리카에는 많은데 이 지역에는 퇴적 광산이 많기 때문이다.

한 전설적인 인물이 있다. 그 사람 별명은 정글 짐이었다. 이 사람은 흑인으로 라이베리아 내전이 나기 전에 약 2,000명의 인부를 데리고 있던 카리스마 있는 인물로 라이베리아 최고의 광산주였다고 한다. 다이아몬드로 모은 재산이 어마어마했으며 이 사람 역시 6명의 부인이 있었다. 모든 인부들은 이 사람의 지시대로 따라야 했다. 만약 속임수를 쓰거나 거짓말을 했을 때에는 가차없이 처벌하였다. 그 대신 큰 원석을 발견하면 상당한 돈을 쥐여주어 보상했다고 한다.

아프리카 퇴적광산에서의 다이몬드 원석 선별방법은 이러했다. 그로브에 쌓인 모래와 자갈을 일정량 삽으로 퍼서 네 사람이 한 조가 된 탁자 위에 놓고 우선 큰 자갈부터 손으로 골라내어 다이아몬드인지 아닌지 확인한 후 바닥에 버린다. 나머지 작은 자갈과 모래들은 손으로 일일이 골라 반짝이는 원석은 앞쪽에 놓인 컵 속에 골라 넣고, 나머지 모래는 전부 버린다. 이 4인 작업조 앞에는 한 사람의 조장이 앉아서 작업하는 모든 과정을 주시하며 원석을 감추거나 속이는 것을 감시한다.

그래도 원석을 교묘하게 숨기는 방법이 있다. 작업자가 원석을 발견하면 조장의 눈길을 피해 원석을 새끼손가락으로 순간적으로 튕겨 입속으로 넣어 삼킨 후 나중에 변으로 나오면 찾아내는 식이다. 이 동작이 번개 같아서 보통사람은 알아차리지 못할 정도로 빠르다고 한다. 일하던 인부 중 누군가 간밤에 갑자기 사라졌다면 이걸 의심해야 한다는데 간간이 일어나는 일이라고도 한다. 목숨을 걸고 실행할 정도면 어느 정도 이상 크기의 원석이라야 하지 않을까 생각해 보았다.

이 레전드 광산주 정글 짐 또한 내전의 와중에 모든 재산과 원석 등을 다 뺏기고 빈털터리가 되었고, 광산까지 전부 뺏긴 후 반군이 빼앗아간 광산을 운영하는 일에 자문하는 대가로 월급을 받는 신세가 되었다. 전쟁이 개인에게 미치는 영향이 어떤지를 이곳에서 실감하게 되었다.

100캐럿 원석 이야기

하루는 자동차 정비소를 하는 서 사장님(교민 중에 가장 연로하신 분) 사무실에 놀러 가게 되었다. 이곳에서 일생에 한 번도 구경할 수 없는 일이 내 앞에서 일어났다. 어떤 흑인 형제가 100캐럿이 넘는 원석을 발견하고 서 사장님 사무실로 가지고 온 것이다. 원석의 크기가 달걀만 하였는데 그 빛이 너무도 휘황찬란하여 사무실 안을 환하게 밝힐 정도였다.

이 원석을 본 순간 우리는 입을 다물 수 없었다. 지금 이 순간이 꿈인지 생시인지 믿기지 않았다. 눈앞에서 벌어진 이 기회를 살린다면 일확천금할 수 있는 기회가 오지 않을까 직감하고, 지금 내게 현금이 3만5,000달러가 있으니 이 원석을 내게 팔면 나머지 금액은 외국에 나가 원석을 팔아서 주겠다고 제안하였다. 그때 마침 내가 수중에 있는 돈이 3만5,000달러였으니 가지고 있는 돈의 전부를 주겠다고 한 것이다.

그런데 형제가 서로 의견이 맞지 않아 다투던 중 원석이 테이블 아래로 떨어지게 되었다. 동생이 이를 찾아내자마자 쏜살같이 사무실 밖으로 튀어 나가는 것이었다. 아! 이게 무슨 상황인가 하고 모두들 밖으로 나가 뛰어가는 동생의 뒤를 바라보고 있는데 정말 바람보다 빠르다는 게 이를 두고 말함인가? 순식간에 시야에서 사라지는 것이었다. 실로 눈 깜짝할 사이에 일어난 일이었는데 이때가 아프리카 비즈니스의 기로였던가 싶다. 그 뒤 흑인 형제 중 형도 동생을 찾지 못하였고 결국 100캐럿 원석의 행방은 미궁에 빠지게 되었다. 당시 추측하기로 이 원석의 가격은 원석 상태로 100만 달러는 그 자리에서 받을 수 있을 것 같았고, 이를 연마하여 판매한다면 300만 달러 이상의 가치가 있을 거라고 생각되었다. 이를 눈앞에서 놓친 것이다. 아~ 얼마나 허망한 순간인가? 이런 기회는 일생에 두 번도 일어나지 않을 일이었다.

그 뒤로 들리는 이야기로는 동생이 벨기에로 가서 이 원석을 모 연마사에게 팔았다는 얘기가 있다고 한다. 하지만 지금까지도 형한테뿐만 아니라 아무한테도 연락을 하지 않고 있다고 한다. 이 원석은 부쉬를 걸어가던 중 발아래에서 발견한 것으로 실로 행운의 원석이었다. 아프리카에서는 종종 이런 일이 일어나곤 한다. 흑인들이 정글 속을 걸을 때는 항상 발밑을 보면서 걸어간다고 한다. 특히 비가 오는 날은 비에 씻겨 땅속의 원석이 노출될 수 있으므로 더욱 주의한다고 한다.

이래저래 약 2년 반의 세월이 흘러 아프리카 생활에 이력이 붙기 시작했다. 그동안 구입한 원석을 여러 차례 원석 상태로 팔기도 하고 커팅하여 나석(裸石)으로 판매하기도 하면서 제법 자리를 잡아가고 있었다. 그러던 중 IMF가 닥치게 되었다.

IMF라는 말은 한 번도 들어보지도 못하고 생각지도 못했던 얘기인지라 이해하지를 못하였는데, 환율이 3,000 대 1까지 올라간다는 말도 들리고 믿어지지 않는 일이 실제로 벌어지게 되었다. 다이아몬드는 한국에서는 수입품이므로 환율이 올라가서 원석 구입가가 높아지면 수익이 없게 되는 구조이므로 이 사태가 회복되기만 하염없이 기다리게 되었다. 그러나 그 후 2년이 넘도록 여전히 환율은 회복되지 않았고 현지에서의 체재비 등을 감당하면서 더 이상 버틸 수 없어 아쉬움을 뒤로하고 한국으로 귀국하게 되었다.

비록 오랫동안 비즈니스를 이어가지는 못했지만 아프리카에서 생활하는 동안 느낀 점은 참으로 순수한 자연의 모습과 때 묻지 않은 흑인들의 있는 그대로의 삶, 그들의 원하지 않는 고난 속의 삶의 모습 등많은 것을 직접 느끼고 체험한 것이 가슴 깊이 남아 영원히 잊을 수없을 것 같다.

다시 세계여행을 한다면 첫째로 아프리카를 택하고 싶다.

유명한 세계적 다이아몬드

세계에서 유명한 다이아몬드 이야기로 글을 마칠까 한다.

1.유레카(Eureka):아프리카 최초의 다이아몬드. 남아프리카에서 발견된 최초의 다이아몬드로 이후 남아공에 광산붐을 불러오게 된다. 1866년 남아프리카 오렌지강 유역에서 에라스 뮈스라는 어린아이에의해 21.25캐럿의 원석으로 발견되었다. 런던 크리스티 경매에서 팔린 후 10.73캐럿의 쿠션 형태로 연마되었다. 이후 드비어스가 구입하여 1967년 발견된 지 100주년이 되던 해에 아프리카 사람들을 위해기증하여 현재 남아공의 광산박물관에 전시되어 있다.

유레카는 "발견했다", "나는 찾았다"라는 뜻이다.

2. Golden Jubilee:세계에서 제일 큰 다이아몬드. 1985년 남아공의프리미어 광산에서 발견된 다이아몬드로, 아름다운 노란색을 띠는 갈

색이며 1997년 태국 국왕의 50주년 대관식에서 공개되었다. 545.67 캐럿으로 연마된 다이아몬드 중 최대의 크기로, 그 이전까지는 영국 왕실의 컬리넌I이 가장 큰 것이었다.

3.호프 다이아몬드:Blue Hope. 45.52캐럿으로 연마된 아름다운 블루 다이아몬드. 영화 '타이타닉'의 소재가 되었다. 인도에서 발견된 이 다이아몬드는 소유주가 죽거나 파산하는 등의 불행이 계속되는 것으로 유명한데 이런 일이 계속되자 미국의 유명한 보석상 해리 윈스톤이 사들여 기증하여 워싱톤의 스미소니언 박물관에 전시되어 있다. 특이한 점은 진한 붉은색의 형광을 내뿜는다는 것인데 보통의 다이아몬드는 푸른색의 형광을 띤다.

4.컬리넌I(Cullinan I):남아공에서 발견된 3,106.75캐럿의 세계 최대의 원석으로부터 총 9개의 큰 돌과 96개의 작은 돌로 연마된 것 중 가장 큰 530.2캐럿의 물방울 모양(pear shape) 다이아몬드로 영국 왕실의 지휘봉에 세팅되어 있다. '아프리카의 별'(Star of Africa)이라고도 불리우며 대도 조세형이 훔친 물방울 다이아몬드가 바로 이 다이아몬드의 형태인 것으로도 유명하다.

5. Pink Star:세계 최고가로 경매된 다이아몬드. 세계 최고가의 다이아몬드는 아프리카의 광산으로부터 132캐럿으로 발견되어 59.6캐럿의 오벌 형태로 연마된 'Pink Star'이다. 2017년에 홍콩 소더비 경매에서 약 800억 원의 사상 최고액으로 낙찰된 다이아몬드로서 그 핑크색의 색상은 너무나 아름다우며 반지로 세팅되어 있다. 홍콩의 큰

보석상인 주대복(周大福)에서 구매하였다.

가장 큰 핑크 다이아몬드 원석은 최근 앙골라광산에서 발견되었는데 170캐럿의 아름다운 연한 핑크색으로 '롤로 로즈'로 명명되었으며 아직 연마되지 않은 상태이다.

6. Color Diamond의 고가 순서:다이아몬드는 거의 모든 색의 천연 색을 띠고 있다. 매우 희귀하며 비싼 가격 순서는 핑크, 레드, 블루, 그린, 옐로, 블랙이다.

"Diamond is forever!"

이광림(李光林)

인하공대 기계공학과 졸.
1976~77 대한항공 근무.
1991~현재 Sunflower Diamond Co. 대표.
2018~현재 MSB Music Instrument 대표(Luthier).

휴가철의 무모한 아빠

| 염영훈(3-1) 古竹(고죽) |

홍천에서 건져낸 '꽃고무신'

1986년 휴가철, 가족과 함께 홍천강으로 당일치기 물놀이를 갔다. 홍천강은 여름철 휴양지로 각광 받고 있었다. 키에 비해 유난히 마른 나는 감히 수영복 입을 생각도 하지 못했던 때라 기껏해야 반바지에 러닝셔츠가 물놀이 의상이었다.

아이들의 놀이기구로 가져간 튜브와 공은 여름 한 철을 겨냥해 팔던 백화점 행사제품으로, 색상과 디자인이 비슷비슷했다. 내가 튜브에 공기를 제대로 불어넣지 못해 피식피식 바람 빠지는 소리가 날 때마다 아이들은 웃으며 재미있어했고 나는 땀만 흘렸다.

그 바람에 시간이 걸려 다른 사람들과 달리 우리는 조금 늦게 물에 들어갔다. 그동안 비가 자주 와서 바닥의 안전 상태를 확인하고 싶었던 나는 물가 바닥의 모래 속을 중점적으로 훑었다. 깨진 병, 돌 또는 쇳덩이, 철사 등에 찔려 다치는 경우를 간혹 봐왔기 때문에 신경이 쓰였다. 아이들에게는 슬리퍼 대신 운동화를 신게 했다.

처음엔 튜브에 매단 줄을 잡고 아이들을 끌어주었지만 한 아이씩 돌아가며 놀아주다 보니 점차 힘이 들었다. 한 30분간 물놀이 기차놀이도 하고 공놀이도 하니 체력이 완전히 바닥으로 떨어졌다. 물가 돗자리에 앉아 있던 아내는 늘 그렇듯 말 없는 표정으로 쳐다보기만 하며 부채질을 하고 있었다.

벌써 12시가 다 되어가고 있었다. 아이들은 튜브를 밀어주고 당겨주며 잘 놀고 있었다. 난 아이들에게 조심하라며 필요하면 빨리 아빠를 부르라고 일러두고, 점심 준비를 위해 아내와 함께 가까운 간이 상점으로 향했다. 필요한 걸 사고 아이들 쪽을 바라보니 조금은 멀어 보였다. 아이들은 잘 놀고 있었으나 계속 신경이 쓰였다.

한 10여 분 지났을까, 아이들이 보였다 안 보였다 해서 불안해져 벌떡 일어났다. 바로 그때 또렷하고 날카로운 큰아이의 목소리가 귓전을 때렸다. "아빠~! 단야가 저기 밑으로 자꾸 내려가고 있어!"

멀리 튜브 하나가 물가에서 맴돌다 앞으로 흘러가는 게 보였다.

"단야야~ 튜브에서 내려."

물 밑의 미끄러운 돌 때문에 자꾸 넘어지고 젖은 안경이 더욱 흐릿해져 난 소리를 지르며 달려갔다. 나와 아이 사이는 더 멀어지는 것 같았다. 물은 이제 정강이 중간까지 깊어졌고, 물길은 꽤나 빨랐다.

튜브에서 내리라는 내 목소리는 계속 높아지고 있었다. 어린 단야가 공포 속에서도 아빠의 목소리를 듣고 튜브에서 내릴 수 있을지 알 수 없었다. 큰아이도 더 이상 동생의 튜브를 따라갈 길이 없었다.

"반야야! 넌 그곳에 가만있어! 움직이지 말고. 물에 들어오면 안 돼."

튜브는 정강이 반 정도의 물 깊이를 마지막으로 힘겹게 흔들대며 앞으로 나아가고 있었다. 물 밖의 큰 돌과 바닥에 잠겨 있는 돌이 어느 정도 속도를 늦춰주고 있었던 것이다. 그러나 30여 m 앞은 물빛이 시퍼래 깊어 보이는 홍천강 본류와 맞부닥치는 곳이었다. 물은 내 무릎까지 올라왔다. 작은아이는 아빠를 부르며 울고, 물은 아랑곳하지 않고 본류로 내닫고 있었다.

난 뛰다가 넘어지다가 하면서도 소리치고 또 소리쳤다. 아이의 이름을 부르는 소리는 강물과 함께 흘러갈 뿐이었다. 본류와 합류하기 전에 단야를 끌어내야 한다! 내 주변엔 아무도 없었다.

그렇게 무서운 곳에 아이들을 내버려둔 나 자신을 용서할 수 없었다. 강물은 투명하다 싶을 정도로 맑았고, 잔물결이 도도하게 흐르는 물살 속으로 사라져가고 있었다. 빨라진 강물은 현기증이 날 만큼 쪽빛으로 나를 에워싸고 있었다. 그러다가 나도 모르게 소름 돋은 팔에 작은아이를 안고 있었다. 어떻게 구했는지 내 정신이 아니었다.

"단야야! 엄마가 무슨 꿈 꾸고 널 낳았는지 알아? 강가에서 흘러가는 예쁜 꽃고무신을 건져냈었대."

난 행운아였다. 만약 아이를 못 보았다면, 그래서 본류로 흘러갔다면... 내 작은아이의 운명과 우리 가족 모두의 운명은.... 자연과 어울릴 때는 오만한 인간은 없어야 한다. 오직 자연만이 있을 뿐이다.

공릉천의 아찔했던 밤낚시

지금 생각해도 아찔하다. 아니 아찔하다기보다는 나의 어리석음에 몸서리친다는 게 더 적합한 표현이라 할 수 있다.

늘 여름철 휴가는 낚시터에서 보내다시피 했는데, 1987년 여름에는 아내를 설득해 아이들과 밤낚시를 가기로 했다. 요즘 대어가 터졌다는 정보를 듣고 가기로 한 곳은 경기도 파주의 공릉천이었다.

며칠 전 지인에게서 텐트도 빌리고 한 끼 정도의 저녁거리와 과일을 준비했다. 천식기가 있는 아이들이라 동네 병원에 들러 주사와 약 처방을 받고 우리는 불광동 시외버스 터미널로 향했다.

공릉천은 경기도 파주시 금천동에 있는 하천형 수로 낚시터였다. 그런 곳에 아이들과 밤낚시를 하려 한 게 지금 생각하면 이해가 되지 않는다. 이곳저곳 오르내리던 장마전선이 북상한다는 뉴스는 있었지만 일기예보가 틀리는 경우가 적지 않았고 많은 비가 예상된다는 언급도 없었기에 감행한 휴가였다.

현지에 도착해 나는 하늘도 올려보고 다리 위도 걸어보고 다리 밑도 내려다보며 이런저런 생각을 했다. 걸어 다닐 논두렁은 굳은 진흙이 었고 폭이 좁은 곳은 60~70cm 정도, 넓은 곳은 80Cm~1m 정도이니 텐트를 치는 것은 물론 밤에 텐트 밖으로 나다니기도 위험해 보였다.

나 같은 아마추어나 가족동반으로 낚시하는 곳이 아니었다. 하천 형태의 수로라 유속도 빠르고 물이 제법 깊었고 물색도 일반저수지나 수로에서는 보기 힘든 뻘 형태의 탁하고 마른 진흙색이었다.

반대편에 자리 잡은 낚시꾼들은 벌써 낚시를 하고 있었는데 대부분 릴이나 방울낚시였다. 낮은 수심에 물이 고여 작은 붕어들이 입질하고 아이들이 좋아라 하는 그런 곳이 아니라 전문꾼들이 2박 또는 3박 이상 진을 치고 고기를 잡는 곳이었다.

처음 와본 곳이라 지형이나 위치를 알 수 없었다. 전문 낚시인들로 보이는 사람들이 위급할 경우 도움이 될 것 같아 그들의 정면에 자리 잡는 것 외에 다른 선택의 여지가 없었다.

우리가 내린 곳은 다리 끝에서 하천으로 내려가는 초입이었다. 다리 축조 공사를 하고 남은 돌을 잘잘하게 깨 잠시 쉬거나 이동하기 편하게 바닥에 깔아 놓아 공터의 역할을 하고 있었는데, 하천 수로와의 거리는 10m 정도였다. 상황이 나쁘면 즉시 철수할 수 있는 퇴로를 확보해야 했다.

우리는 공터가 있는 곳으로 내려갔고, 전문 낚시꾼들과 마주 보는 곳에 자리를 잡기로 했다. 공릉천에 간 것은 순전히 60~80cm급 잉어와 넉 자 월척 붕어가 많이 나온다는 얘기를 들었기 때문이다. 다녀온 적이 있더라도 장마철 우기이니 대상지에서 제외할 수도 있었다. 더구나 가족동반임을 생각해 보면 논할 것도 없었다.

논두렁의 폭이 최대한 넓은 곳에 텐트를 치기로 했다. 다리 밑 공터에서 약 30m 아래로, 공터에서 가장 가깝고 텐트를 치기에 제법 넓고 아늑해 보이는 곳이었다. 먼저 낚시 도구, 텐트, 옷가지, 먹을 것을 담은 그릇 등을 순차적으로 옮긴 후 아내와 아이들은 내가 두 번씩 왕복하여 모두를 안전하게 옮겼다. 빌려온 텐트는 인디언 텐트 같아서 비좁은 곳에 딱 알맞다고 할 수 있었다.

건너편 전문꾼들은 연거푸 고기밥을 주먹만 하게 뭉친 후 차마 우리 앞으로는 못 던지고 조금 비껴서 힘껏 던지고는 했다. 아이들을 텐트 안에 앉게 하고, 하천을 볼 수 있게 입구를 끈으로 동여매고는 "텐트 멋지지?"라고 하였다. 아무도 대답은 없었다. 나는 일반 낚싯대에 떡밥을 뭉쳐 바늘에 달고는 살며시 앞으로 던졌다.

어느덧 오후 8시가 되어 가고 있었다. 하늘을 보니 짙은 회색 구름이

낮고 빠르게 들판을 가로지르고 있었다. 하천 아래 저 멀리 진흙뻘 같은 회색빛 강물이 넘쳐나게 모여드는 것 같았다. 아마도 임진강이려니 했다. 그 많은 물이 다 어디서 왔는지 알 수 없었다. 난 그때 어쩌면 그토록 무책임하고 상황인식이 전혀 없었는지 한탄하지 않을 수 없다.

아내는 저녁 준비를 하고 있었다. 밥 냄새, 김치찌개 냄새가 구수했다. 저녁 8시가 막 지났을 때 얼굴에 굵은 물방울이 튀어 손에 묻어나고 있었다. 하천물이 아닌 빗물이었다. 투득... 투투득...쏴아 하며 빗소리와 비는 더욱 세차고 힘차게 귀를 때리고 있었다.

'유속이 빨라지고 하천물이 불어나는 것은 어디선가 비가 많이 왔다는 얘기 아닌가?' 이런 생각을 하는 동안 텐트 속 바닥이 질퍽대기 시작했다. 빗줄기는 점점 빠르고 굵어지고 있었다. 도착했을 때와 지금의 물흐름은 많이 달랐다.

건너편 전문 낚시꾼들이 철수 채비를 하고 있었다. "지금이다. 이곳을 빠져 나가야 한다." 먹는 둥 마는 둥 그릇들을 가방에 처박아 넣고 텐트도 그냥 포개서 끈으로 묶은 다음 자리를 떠야 했다. 텐트 밖으로 나온 가족들은 비에 젖어가고 있었다. 식사도 중지하고 자리가 엉망이 되었으니 어린 나이에 놀라움이 컸으리라.

"조금 있으면 컴컴해질 거야. 그 전에 나가야 해. 바닥이 미끄러운 진흙 같은 흙이니 절대로 넘어지면 안 돼. 무서워하지 말고 뛰지도 마. 다 같이 가면 위험하니 나누어 가자. 먼저 아빠와 단야, 다음이 아빠, 반야, 엄마 차례야. 절대 넘어지면 안 돼, 알았지?"

온몸을 두드리는 굵은 비를 맞으며 한기와 공포에 짓눌렸던 아이들은 나를 뚫어져라 쳐다보며 고개만 끄덕였다.

"둘째 먼저 아빠와 저기 위쪽 다리 입구까지 가자. 랜턴은 아빠가 들고 갈 테니, 당신과 반아는 절대 움직이면 안 돼. 균형이 무너지면 물에 빠질 수 있어. 절대로 가만있어야 해."

말이 떨어지기 무섭게 난 출발했다.

"하나둘...하나둘... 아빠 손만 잡고 가는 거다. 잘 하고 있어, 우리 단야~하나둘..."

한 30m 되는 논두렁길이 그렇게 멀 수가 없었다. 직선 길은 조금 빠르게, 꼬불꼬불한 길은 더욱 조심하면서 헤쳐나갔다. 둘째를 몸에 바짝 매달고 다리 밑 공터에 도착하자 먼저 철수했던 건너편 낚시인들이 아이와 내가 손에 쥔 물건을 받아 주었다. 난 작은아이 뺨에 입 맞추고 사랑한다는 말을 계속했다. 두 번째는 아내와 큰아이였다. 어둠이 깔리기 직전이라 완전히 컴컴하지는 않았지만 그래도 랜턴으로 바닥 경사로를 비추었다. 불안에 떨며 기다리던 아내와 큰아이는 발길을 옮기는 데 시간이 많이 걸렸다.

빗줄기가 순간 약해진 것 같았다. 하늘의 도움이 분명했다. 우리는 다리 밑 공터에서 모두 만났다. 서로 위로하며 랜턴의 불빛으로 서로를 확인하고 있었다.

"이곳을 빨리 빠져나가야 해. 비가 다시 세차게 내리면 물이 차오르는 건 시간문제니 빨리 다리 위로 오릅시다."

저녁 9시 가까운 시간에 우리는 다리 위로 올라갔다. 조금 있으면 파주 경유 서울 가는 시외버스가 올 것이라 하였다. 하지만 오는지 안 오는지 아무도 모르고 있었다. 도로 상태가 어떻게 될지 모르기 때문이었다. 엄청난 폭우로 길이 잠겨버린다는 것을 전제로 물어보았을 때 그들은 답이 없었다. 그때는 무조건 높은 곳으로 오르라고 했다. 저녁 9시가 넘었다. 빗소리, 하천 물소리는 더 세차게 들리고 있었다. 랜턴으로 다리 아래를 비추어 보았다. 우리의 낚시터, 그곳은 눈에 보이지 않는 것 같았다. 흙탕물만 흐르고 물은 악마의 배처럼 불어만 가는 채 자신을 감추듯 어둠으로 변해가고 있었다.

멀리서 자동차의 헤드라이트가 밤하늘을 가르고 있었다. 가까이 올수록 버스임을 알았다. 랜턴으로 신호하며 빨리 오라는 듯 재촉하고 있었다. 우여곡절 끝에 서울로 가는 시외버스에 올라탔지만 집에 도착할 때까지 안심할 수가 없었다.

번쩍이고 우당탕탕 소리를 내는 장마철 폭우는 점차 심해지고 창밖이 보이지 않을 정도로 줄기차게 쏟아지고 있었다. 빗줄기는 춤추듯 이리저리 날뛰었고 불한당같이 자신을 패대기치고 있었다.

철수 당시보다 위급하거나 위태해 보이지는 않았으나 그래도 쏟아지는 폭우는 또 다른 공포를 안겨주었다. 드디어 버스는 불광동 시외버스 터미널에 도착했고, 우리는 택시를 타고 집으로 향했다. 밤 11시가 넘었다. 비는 계속 쏟아지고 있었다.

"여보, 미안했어. 얘들아, 사랑한다." 몇 번이고 혼자 중얼거렸다.

밤 12시가 다 되어 집에 도착했다. 소파에 앉자마자 TV를 켰다. 경기도 일원인 파주 고양시 벽제 공릉천 등의 엄청난 폭우로 인한 물난리 소식이 자막으로 보도되고 있었다. 시간당 100mm가 넘는 폭우가 집중적으로 쏟아졌다고 했다.

잠을 이룰 수 없어 젖은 채로 현관에 둔 낚시도구 등 물건을 대충 정리하고 마루에 앉아 연신 담배만 피워댔다. 새벽에야 잠이 들었다가 오전 10시경 일어나자마자 다시 TV를 켰다.

화면을 압도하는 지난밤의 폭우는 그야말로 물바다를 이루었고, 어디가 도로이고 하천인지 어디가 들판이고 농경지인지 구분할 수 없게 진흙탕 색으로 화면 전체를 채워나갔다.

"어제 공릉천에서 낚시하던 2명이 사망하고 4명이 실종되었습니다."

이런 뉴스가 자막과 함께 매시간 흘러나왔다. 아내는 말없이 뉴스를 듣는 둥 마는 둥 젖은 빨래를 세탁해 테라스에 널고 있었다. 햇살이 따사롭게 테라스 안을 비스듬히 비추고 있었다.

염영훈(廉永薰)

1974년 동국대 인도철학과 졸.
1976~88년 ㈜대한조선공사 근무.
1988~2000년 중소기업 근무.
현재까지 자영업 종사.

냉면 한 그릇

| 홍성원(3-3) |

무척이나 더웠던 걸로 기억되는 초등학교 2학년 여름방학의 어느 날, 외출하셨다가 땀을 뻘뻘 흘리고 들어오신 아버지는 내게 냉면 한 그릇을 사오라고 시키셨다. 나는 어머니가 주는 빈 냄비를 하나 받아 들고서 시장에 있는 냉면집으로 향했다. 얼마나 걸었을까? 이마에선 땀이 비 오듯 떨어지고, 얇은 티셔츠는 물에 들어갔다 나온 것마냥 땀에 푹 젖어버렸다. 뜨거워진 냄비를 꼭 쥐고 어림잡아 한 시간 반은 훌쩍 넘게 걸어서 도착한 시장. 저 멀리 보이는 냉면집 간판이 그렇게 반가울 수가 없었다.

아저씨! 우리 아버지가 냉면 사오래요!

그래, 거기 좀 앉아서 기다려라.

냉면집 한구석에 쪼그리고 앉아서 아저씨를 물끄러미 쳐다보았다.

'아, 저 아저씨는 아버지 친구잖아. 분명히 경찰이었는데….'

낯이 익었다 생각했는데, 냉면집 아저씨는 아버지의 친구분이셨다. 지금 생각해 보니, 아저씨는 경찰을 그만두시고 냉면집을 시작하신 것 같다.

아저씨는 곧바로 냉면 만들기에 돌입하셨다. 밀가루 포대에서 밀가루를 퍼 담아 그릇에 물을 붓고 반죽을 하기 시작했다. 내가 보기엔 다 된 것 같았는데, 아저씨는 반죽 치대기를 멈추지 않았다. 해도 해도 끝나지 않는 반죽, 이제 끝나려나 하면 또다시 치대고, 냉면 반죽하던 그 시간이 어찌나 지루했던지, 뱃속에서는 연신 꼬르륵거리는 소리가 삐져 나왔다.

드디어 반죽이 다 된 모양이다. 요즘 헬스클럽 가면 위에서 아래로 잡아당기는 운동기구처럼 생긴 냉면 뽑는 기계에 그 오랜 시간 동안 걸려 만든 냉면 반죽을 넣더니 아저씨는 "으랏차차" 우렁찬 소리와 함께 철봉 손잡이를 당기기 시작했다.

이윽고 기계 아래로 실타래처럼 풀려 나오는 냉면 가락들이 솥 안으로 빨려 들어가는 모습은 어린 나에겐 신기하고도 경이로운 광경이었다.

이윽고 잘 삶아진 냉면국수를 꺼내시더니만, 찬물에 냉면국수를 넣고 휘휘 저어 면을 식히고는 그 큰 손으로 국수를 곽 짜셨다. 손가락 사이로 쭉쭉 빠지는 물들, 눈 깜짝할 새 면을 만들어 내는 아저씨가 어찌나 멋있었던지, 넋을 잃고 쳐다보고 있던 나를 아저씨가 부르셨다.

얘야, 냄비 가져와라~

네, 아저씨!

아저씨는 냄비에 야구볼처럼 똬리를 튼 냉면 덩어리를 넣고, 오이채도 넣고, 내가 좋아하는 삶은 계란 반쪽도 넣으시고 여기에 시원한 육수를 붓고 얼음도 띄우셨다.

입안에 고이는 군침들을 꿀꺽 삼키며, 아저씨께 돈을 드리고 시원한 냉면이 그득하게 든 냄비를 받아들었다.

뛰지 말고 살살 걸어가거라~!

네, 안녕히 계세요!

가게를 나서는 순간 땡볕이 내 머리 위를 따갑게 쏘기 시작한다. 또다시 흐르는 땀줄기, 눈 속으로도 들어가고 입속으로도 들어간다.

땀 때문에 눈이 따갑고 찜찜하지만, 양손이 냄비를 꽉 잡고 있어 닦을 수도 없다. 얼음이 녹기 전에 빨리 아버지께 가져다 드리고는 싶은데, 뛰지 말고 살살 걸어가거라 하던 아저씨의 말씀이 떠올라 정말로 살살 걸었다. 그 더운 날씨에 땀을 비 오듯 흘리면서 먼길을 달려가고 있었지만 "얘야, 애썼다" 하며 칭찬해 주실 아버지 얼굴이 떠올라 콧노래가 흘러나왔다.

산 위에서 부는 바람 시원한 바람~

흥얼흥얼 노래를 부르며 가다 보니 저 멀리 우리 집이 보이기 시작했다. 마을 어귀에서 동네 친구들이 다가와 호기심 어린 눈빛으로 냄비 안에 들어있는 게 무엇이냐고 물어대는데, 괜히 내 어깨가 으쓱거린다.

"어, 이거? 냉면! 아버지가 냉면 사오래서 갔다 오는 길이야."

그때 당시만 해도 냉면은 고급 음식이었고, 군침을 꿀꺽 삼키는 아이들에게 둘러싸인 나는 마치 왕이라도 된 것처럼 으스대었던 기억이 난다.

개선장군마냥 의기양양하게 집으로 들어선 나는 큰 소리로 아버지를 불렀다.

"아버지~ 냉면 사왔어요!"

툇마루에서 냉면을 받아 든 아버지는 나에게 냉면 줄 생각을 안 하시고 한참을 드시는데 이제나저제나 한 입 먹어볼 수 있을까 한참을 서서 기다리는 나는 입안에 침이 말라가고 있었다. 한참을 지나서야 "옛다~이거 너 먹어라" 하고 냄비를 내게 넘기신 아버지,
냄비 속에는 생각보다 많이 남은 냉면 육수 속에 국수 몇 가닥이 남아 있었다. 지금 기억으론 아버지가 남기신 냉면을, 혓바닥으로 남은 한 방울까지 핥아먹은 것 같다.

그렇게 세월은 흘러 흘러 냉면 심부름시키셨던 아버지는 돌아가셨고, 어린 나도 훌쩍 중년이 넘어버렸다. 지금도 여름만 되면 아버지가 남겨주셨던 그때 그 냉면이 생각이 난다. 이미 찬 기운이라곤 하나도 남지 않아 미적지근했던 냉면육수와 몇 가닥 남지 않았던 냉면가락, 하지만 그때 먹었던 냉면 맛은 아직도 잊을 수가 없다,
그때 그 소박한 냉면 한 그릇은 어느덧 나에게 고향 집과 아버지에 대한 애틋한 추억이 되었다.

홍성원(洪性元)

1974년 연세대 응용통계학과 졸업.
1976년 삼성생명 입사.
1978년 현대건설 전직.
2009년 현대백화점 퇴직.
2013년 코엑스 퇴직.

여름이 다가오는 길목에서

| 이효용(3-4) |

여름이 다가올 때쯤
은근히 기다리는 곤충이 있다.
어릴 적 매미는 두 종류만 있는 줄 알았다.
말매미랑 참매미.
말매미는 몸집이 크고 우렁차서
아이들은 이 녀석만 좋아하는데,
난 참매미가 더 정겹고 맘에 든다.
쌔름쌔름 우는 소리가
소녀들 모여서 깔깔대는 것처럼
싱그러워 마음이 차분해진다.

세월이 흘러 어른이 되고, 엄마도 떠나고,
한여름 서울 근교
조그만 아파트에 살 적에,
내 방 외벽에서 며칠씩 울다 간 녀석도 참매미였다.

그 매미가 울고 갈 때마다
울 엄마가 나 보고 싶어 다녀갔다고 믿곤 했다.
돌아가신 해 여름에도
내 집 외벽에서 며칠씩 울고 가곤 했다.

이젠 수년째 그 참매미가 찾아오질 않는다.
세월이 너무 지나 울 엄마, 내가 사는 곳을
못 찾으시는가 보다.
혹시 길을 잃어
먼지 가득한 도시를 헤매시지나 않는지?
올여름엔 아까시 우거진 곳에
홀로 있는 이 둘째 놈
꼭 찾아와 주길 빌어본다.

이효용(李孝龍)

고려대학교 식품공학과 졸.
1978년~ 대우그룹, 한남 근무.
현 서원패키지 상임 고문.

나의 일과 삶, 세계 속에서

세계지리 시간에 꿈꾸던 코트라생활

| 박범훈(3-3) 海月(해월) |

지난해부터 (사단법인)kotra동우회장을 맡아 주로 하는 일이 9개 동호회 활동 지원과 함께 매월 발간하는 70페이지 분량의 동우회 소식지 원고를 부탁하고 발간하는 일로 분주한 시간을 보내고 있기에, 60회에서 동기회 문집 원고를 모집한다는 소식을 접하였을 때에는 솔직히 참가할 마음의 여유를 갖지 못하였다.

그러다가 60회 카톡방에 올라온 경기고 63회 문집 목차를 보니 kotra선배의 글이 게재되었기에 나도 졸필이라도 기고를 하여야 하겠다는 생각을 하게 되었다.

아울러 문집 발간위원회가 제안한 내용 분류제목 '쉰 그릇의 떡국'을 보고 자연스럽게 나의 첫 직장이었던 kotra 이야기를 하기로 방향을 잡게 되었다.

kotra생활을 추억하려니 중학교 2학년 때 이대석 선생님께서 가르치셨던 세계지리 시간에 알사스로렌 지방 관련 수업을 열심히 듣던 기억이 떠올랐다.

중학교 2학년 사춘기 시절 고삐 풀린 망아지처럼 공부는 안중에 없이 명동으로, 종로로 친구들과 돌아다니면서 마침 절찬 상영 중이던 엘비스 프레슬리와 앤 마거릿 공동 주연의 영화 '비바 라스베가스' 같은 것에 심취해 있던 내가 유독 세계지리 과목에 관심과 흥미를 가졌다는 것이 먼 훗날의 떠돌이 직업과 연관되기에 새삼스럽다.

어쨌든 kotra생활을 하면서 함부르크, 프랑크푸르트, 베를린, 스톡홀름과 시카고에서 생활하고 세계 각지 심지어 아프리카의 모로코, 코트디부아르, 콩고, 나이지리아, 케냐, 탄자니아, 이집트 등을 출장 다니며 세계지리 시간에 배운 지식을 복습하는 기회를 갖게 되었다.

나는 서울대학교에서 독일어를 전공한 것이 업보가 되어 첫 근무지를 함부르크로 발령을 받아 가족과 함께 부임하게 되었다. 엘베강이 흐르고 도심에 알스터(Alster)라는 인공호수가 아름다운 함부르크는 첫 근무지로서의 생활환경은 가히 최고였지만 독일어와 독일 관습, 독일 법규 등 독일 생활에 대한 모든 지식이 부족한 나에게는 어려움이 적지 않았고 이는 도전의 자극을 일깨우는 시간이었다.

특히 근로자의 업무환경이 세계 최고인 독일에서 대한민국 최전방 산업전사로 파견된 나로서는 365일 7일 24시간 근무에 익숙하여 주말은 물론 평일에도 야근이 일상인 생활을 하였다.

당시 둘째 여식이 태어났는데 오전 7시대에 출산을 보고 사무실에 출근하여 바쁜 시간을 보내는 것이 당연한 회사 문화였다.

출산 며칠 후 그날도 늦은 시간대에 퇴근하여 귀가하였는데 현관부터 집안 전체가 소등되어 내심 의아한 생각이 들면서 안방 전등을 켜니 아내가 갓난아기를 옆에 두고 눈물을 흘리고 있었다. 당시 산후조리원이라던가 산모를 돌보아줄 가족과 친지도 없이 갓난아기와 함께 큰 아이도 돌보아야 하는 상황에서 남편은 보이지도 않고 몸이 사정없이 아프니 정말 장모님 생각과 함께 눈물을 흘렸던 것 같아서 지금도 아내에게 미안하고 고마운 생각이 든다.

함부르크 3년 기간 많은 것을 배웠지만 독일에 대한 공부가 부족하다는 생각이 떠나지 않아 귀국 후 2년 근무를 마치고 회사에 독일 연수를 신청하여 프랑크푸르트와 베를린에서 1년여 공부를 하는 시간을 갖게 되었다.

회사에서는 가족을 동반할 수 있는 지원정책이 있었지만 나는 공부는 외로워야 한다고 혼자서 떠나 나름 정말 열심히 학업에 충실한 시간을 가졌다. 당시 가족과 떨어진 외로운 생활을 하다 보니 개인적으로는 가장 공부, 아내에 대한 남편 공부, 자식에 대한 아빠 공부를 나름 충실히 하게 된 것 같다.

하숙집 이층의 책상에 앉아 창문을 내다보면 이웃 단층 건물과 연결되었는데 종종 지붕 위에 앉아 있는 두 마리(암, 수로 보였던)의 비둘기가 마냥 부럽고 행복하게 보이던 시절이었다.

연수를 마치고 본사 근무를 6개월 더 한 후에 가족과 함께 베를린에 입성하였다. 베를린 시절은 정말 양 날개를 펄럭거리며 독일 생활을 신나게 하였던 기간이었다.

아파트 주민들에게는 매우 엄격하셨던 관리인 노부부도 나에게는 매사 지나칠 정도로 독일적(zu deutsch)으로 생각하고 행동하여 고맙다는 후한 평가와 함께 정성 어린 친절을 베푸셨다.

우리나라에서 찾아오신 유명인사를 모시고 1945년 7월에 포츠담회

담이 열렸던 체칠리엔호프궁(Cecilienhof Palace)에 갔을 때, 인근 교차로에서 앞차의 독일인 운전자와 언쟁이 일어났는데 내가 논리적인 설명을 하여 목격자들로부터 지지를 얻어 상대 운전자가 물러섰던 기억이 떠오른다. 쑥스럽지만 곁에 있던 유명인사의 칭찬으로 kotra Man의 어깨가 잠시 으쓱거리기도 하였다.

베를린 근무를 마치고 귀국하여 2년여가 지나 해외 발령 시기가 다가오니 회사에서는 어느덧 독일 전문가라고 평가되는 내가 또 다시 독일지역으로 나갔으면 했다. 그러나 나는 독일 생활 7년이면 충분하다고 여겼기에 우리에게는 다소 호기심이 발동되는 북구의 대국인 스웨덴의 스톡홀름무역관으로 부임하게 되었다.

부임 당시는 1998년 12월이어서 IMF 여파로 어려운 우리나라에 대한 투자 유치가 절실하였던 시기였다. 주 스웨덴 한국대사와 함께 스웨덴 각지를 다니며 투자 유치 활동을 하고 대사님과 함께 관할 지역인 라트비아의 대통령 취임 행사에도 함께 가서 현지 경제계 인사와 언론인들을 만나며 유의미한 활동을 하였다.

또한 현지를 국빈 방문하셨던 대통령을 맞이하기 위하여 대사님 부부, 한인회장 부부와 함께 나와 내자가 비행기 트랩 밑에서 환영 인사를 드렸으며 나름 대사님께서 요청하신 주요 업무도 수행하였다.

스웨덴은 정말 환경을 중요시하는 선진국가이다 보니 공기와 물이 청정하고 심지어 골프장 화장실에도 음료용 일회용 물컵이 비치되어 있던 것이 다소 낯설었다.

스웨덴 근무를 하는 동안 교민들 덕분에 노르웨이 앞바다에서 고등어 낚시도 해보고, 여름에는 노르웨이와 핀란드에서 휴가를 보냈으며 겨울에는 비행기로 스웨덴 최북단의 북극권인 키루나에서 아이들과 함께 얼음 호텔 숙박을 경험하기도 하였다.

귀국하여 본사 근무를 하면서 경제계 인사들과 조찬모임을 갖는 기회가 많았는데 참석자 대부분은 해당 기관에서 고급 경력을 쌓으신 훌륭한 분들이었다. 그런데 해당 기관들이 kotra처럼 세계적 네트워크(kotra는 현재 84개국 129개 무역관 운영)는 없지만 적어도 미국에는 지사 지점이 있어서 참석자들 중 미국 근무를 경험하신 분이 많았다.

그래서 나는 kotra의 마지막 해외 서비스를 미국 시카고에서 하기로 하였다. 시카고 오헤어 공항에 도착하여 무역관원들의 영접을 받으며 관장 사택으로 가는 차 안에서 느꼈던 감회는 예전 근무하였던 독일이나 스웨덴보다는 정말 미국의 생활이나 근무 여건이 수월하여 어려움 없이 3년을 보낼 것 같다고 생각되었다.

무역관 규모도 크고 역사도 오래되고 근무 환경도 좋으니까 kotra직원들의 선호도도 높아서 우수 직원들이 모이게 되어 자연히 무역관 성적도 쑥쑥 올라가게 되었다. 덕분에 부임 다음 해에는 시카고무역관이 1등을 하여 관원들 보너스도 많이 받을 수 있었다.

시카고는 미국의 수도가 아니어서 대사관은 없지만 경제 중심지이기에 각국의 총영사관은 상당한 규모로 활동을 하고 있었다. 그래서 각국 영사들의 모임이 있었는데 나는 우리나라 총영사께서 이 모임에 참석하시지 않은 것을 알고 내가 대신 참석하여 각국의 영사관 외교관들과 친교를 나누면서 또한 나만 영사단이 아닌 무역관장이기에 우리 사무실로 새로 부임인사를 오신 일본무역진흥회(Jetro) 시카고 관장을 영사단에 참석토록 하였다. 그분(Mr. Taka Tsuchiya)과는 지금도 매년 인사를 나누고 있다.

▶ **미시간 애비뉴를 배경으로**(시카고 무역관장 시절).

일리노이 주지사는 우리 모임에 정성을 다하여 지원하였는데 때로는 관용 비행기로 우리들을 초청하여 숙박과 함께 식사를 대접하며 일리노이 투자 유치를 위한 노력도 하였다.

독일이나 스웨덴은 중산층이 넓은 시장사회주의 국가임에 반하여 자본주의 국가인 미국은 정말 부자나라라는 것을 실감하는 기회를 여러 번 갖게 되었다. 한인 실업인이 음악회를 초청한다기에 찾아가니 본인 자택의 현관에서 음악회를 열었다. 현관 크기와 자택의 규모를 가늠할 수 있었다.

관장 사택이 위치한 동네는 핼러윈 데이를 전후하여 집집마다 아름다운 장식을 하는 정도이지만 사택에서 약 1km 정도 떨어진 한국 총영사 관저 인근 주택들은 그즈음에 어둠이 가득하였다. 모두들 플로리다에 있는 별장으로 휴가를 떠나기 때문이란다.

둘째 아이는 당시 고등학교를 다녔는데 학교 친구들이 주말에 가족과 비행기로 뉴욕양키스 경기를 보고 왔다는데 양키스 입장료를 생각하면 정말 대단하다고 여겨진다.

맥도날드 형제가 1954년 캘리포니아에 이어 1955년 시카고에 매점을 열었지만 정작 관장 사택 인근에서는 맥도날드 매점을 찾기가 어렵고 흑인도 보이지 않으며 주부들 대부분은 직장생활의 필요성을 갖지 않는 전업주부로 아이들 육아에 열심인 환경이었다.

시카고 다운타운에 위치한 공립학교와 달리 우리 동네의 공립 고등학교는 대학교 수준의 시설에 일부 아이들은 고급 과외를 받으며 학업 열기도 대단하여 우리나라와 다를 바가 없었다.

당시 최경주 선수의 인기가 대단하였는데 마침 한인교포의 초청으로 최경주 가 시카고를 방문했다. 그분은 나에게 최경주와 함께 라운드하고 집에서 식사를 하자고 초청하셨는데 고지식하였던 나는 평일에 휴가를 내면서 라운드를 하기가 어렵다고 거절하였던 것이 지금 생각하면 아쉬운 대목이다.

생각나는 대로 kotra 해외생활을 기억하니 잠시 그 당시로 돌아간 기분이 들었다. 대학 재학시절에는 kotra라는 조직도 모르고 있었고 입사 시험에 붙은 후에도 우선 다녀보다가 적성에 맞지 않으면 다른 직장으로 옮기도록 하자고 내심 계획하였으나 입사 후 맡은 보직이나 해외 근무 생활이 적성과 잘 맞아서 정말 보람되고 행복한 시간을 보낸 것 같다.

더구나 두 아이도 해외생활을 나름 충실히 한 덕분에 성장한 지금 사회생활을 잘 하고 있어서 정말 kotra에 고마운 마음이 든다.

이에 kotra가 베풀어준 은혜에 조금이라도 갚으려는 마음에서 지난해 선배님들께서 권유하신 (사단법인)kotra동우회장을 맡아서 OB, YB들과 함께 보람있는 생활을 하고 있다.

kotra는 지난해 2022년에 창립 60주년을 맞았지만 kotra동우회는 역사가 40여 년 되었고 회원 수는 약 500명이다. 이제 마지막 사회봉사라고 생각하고 임기 3년의 회장직을 아름답게 마무리하고자 한다.

박범훈(朴範勳)

서울대 독어과 졸.
kotra, kintex 근무.
현재 ㈜코어피플 대표컨설턴트.

월급쟁이 생활 45년 후일담

| 김일세(3-3) |

원고 제출 요청

2023년 2월 말에 서초구에 사는 60회 동기생들이 뭉쳤다. 코로나바이러스 탓에 3년간 만나지 못했던 동기생 15명이 모여 정담을 나누던 중에 동기회장이 느닷없이 동기생 문집을 발간하고자 하니 원고를 3월 말까지 제출하라고 했다. 글을 써야 한다는 생각에 부담감을 느꼈는지 참석자들이 웅성거렸다.

"나이 70을 넘긴 꼰대들의 인생 회고록인가?"
"에휴, 챗GPT로 써야겠네."
"스트레스를 팍팍 주네."
"원고 제출기한이 너무 짧아."

며칠 뒤 동기회장이 단톡방에 추진위원 명단을 발표했다. 그리고 원고 청탁 전화를 국내뿐 아니라 해외 거주 동기들에게까지 돌리기 시작했다. (나중에는 해외 거주 동기들에게 원고 쓰기를 독려하기 위해 미국까지 갔다고 들었다.) 이쯤 되면 못 쓰겠다고 빠져나갈 길이 없어서, 뭘 써야 할지 나름대로 고심하지 않을 수 없었다. 이런저런 생각 끝에, 내가 이번 3월로 45년의 월급쟁이 생활을 마감하고 은퇴하는지라, 회사생활에서 겪었던 일 중에서도 업무 외적인 일화를 써보기로 한다.

1. 첫 회사(새내기~청년기, 11년)

1974년은 1차 오일쇼크로 최악의 세계적 경제위기가 발생했을 때였다. 원유 도입 가격이 5배 급등하고, 물가는 8배 폭등하였으며, 경제부도 위기를 맞이한 상황에서 국민의 삶은 지옥으로 떨어질 위기에 처했다. 당시 정부는 막대한 오일달러가 쌓이는 중동국가에 우리 건설업을 진출시키려고 고심하였다. 박정희 대통령은 관계관들에게 중동 건설 진출 가능성을 검토하라고 했다. 현지에 다녀온 관계관들은 그곳은 한낮에 50도까지 올라가는 살인적 더위가 기승을 부리고, 온통 사막이어서 물도 없으므로 도저히 공사를 할 수가 없다고 보고했다. 박 대통령은 현대건설 정주영 사장을 불러 직접 가보라고 했고, 현지를 다녀온 정 사장은 날씨가 더우면 낮엔 자고 밤에 일하면 되고, 모래와 골재가 널려있으니 공사 여건은 좋고, 물은 차로 실어 나르면 되니까, 중동이야말로 외화를 벌어올 수 있는 기회의 땅이라고 보고했다고 한다. 이렇게 무한한 잠재력을 꿰뚫어 본 낙관론으로 우리나라의 해외 건설 진출 역사가 시작되었고, 한 해 700억 달러가 쏟아져 들어와 경제 부흥의 전기를 마련하게 되었다.

나는 그런 변화가 벌어지고 있던 1978년 초 해외로 진출한다는 청운의 꿈을 품고 해외 건설 수주 전담 국책회사(KOCC)에 입사했다. 몇 달

되지 않아 해외지사 발령을 받고는 얼떨떨하면서도 마음이 설레기도 했다. 건설공사 계획을 쏟아내는 중동에 있는 열사의 나라, 쿠웨이트 지사 주재원으로 발령받았다. 중동 국가들은 독립한 지 얼마 되지 않아서, 그 시장에서는 소위 종주국이었던 선진국들이 독점적 지위를 누리고 있었다. 이제 겨우 개발도상국으로 발돋움하는 한국업체가 경쟁하기에는 벅찬 곳이었다.

해외지사 근무는 업무의 다양성에 대비해야 한다는 조언에 따라, 관련 서적들을 사서 열심히 공부했고, 직장 선배들의 말에 귀를 기울이면서 열심히 메모했다. 당시에는 유창한 영어를 구사하는 그분들이 그렇게 존경스러울 수 없었다. 처음 지시받은 텔렉스 문안을 작성해 놓고 창피해서 눈치를 보며 하루 종일 결재를 올리지 못하다가 마지못해 우물쭈물하며 올린 기안을 선배가 새빨간 펜으로 대부분 고쳐서 돌려줬을 때는 거의 죽고 싶은 마음밖에 없었다.

드디어 말로만 듣던 보잉 여객기를 타고 쿠웨이트 공항에 도착하니, 섭씨 40도를 넘는 열기와 짠 바닷내음이 확 밀려왔다. 첫 해외 생활은 정신 차릴 수 없이 바빴다. 쿠웨이트지사는 인접국 이라크지사의 업무를 겸했기 때문에 수시로 이라크의 바스라와 바그다드를 자동차를 이용하거나 때에 따라서는 비행기로 장거리 출장을 다녀와야 했다.

그러던 중, 걸프만 건너에 있는 이란에서 호메이니가 혁명을 일으켜 샤 왕조의 팔레비 왕을 축출하는 사태가 발생했다. 그곳에 거주하던 수많은 한국 교민들의 해상탈출이 거의 매일 밤 일어났다. 탈주 교민

중에 우리 회사의 전화번호를 한국공관 전화로 잘못 알고 있는 사람이 많았다. 그래서 쿠웨이트 해안에 불법 상륙한 후 도움을 요청하는 전화벨이 거의 한 달 동안 끊이지 않았다. 당시 내가 쿠웨이트한인회 간사직을 맡고 있었기 때문에 쿠웨이트 국경경비대원들에게 이들의 처지를 설명하고, 한국공관 영사를 연결해주는 등의 지원을 해 주었다. 힘든 일이었지만 나름대로 최선을 다했기에 보람을 느꼈다. 해외에 나오면 모두 애국자가 되는가 싶었다.

그로부터 2년 넘게 더 근무하다가 귀국하고, 결혼해서 아내가 첫 아이를 가지게 되었다. 꿈 같은 신혼생활을 즐기던 어느 날 갑자기 쿠웨이트/이라크지사에 근무하는 동료 직원의 신변에 이상이 발생하여 급거 귀국하는 바람에 내가 긴급 재파견 명령을 받았다. 출국하던 날 김포공항에서 눈물 흘리는 신혼의 아내를 두고 떠나면서 마음이 쓰라렸던 기억은 아직도 지워지지 않는다.

당시 이라크와 이란 사이에 전쟁이 터져서, 국경지대에서 양국 군대가 일진일퇴 중이었다. 전폭기의 공습으로 우리 공사 현장의 주요 시설도 파괴되었고, 바그다드지사 건물 바로 뒤의 군부대 건물에서 자살폭탄 테러가 발생해 우리 건물 마당에 파편이 쏟아지고, 유리창이 박살 나고, 사무실과 주방 기구들이 부서지는 대형 사고가 났다. 천만다행으로 직원 대부분이 출타 중이어서 인명피해는 없었다.

한번은 바그다드에서 남부의 도시 바스라로 700km나 되는 출장길에 올랐다. 오후 늦게 출발하였는데, 어두운 밤에 전투 현장과 가까운 사막을 달려야 했다. 그런데 자동차의 앞유리창 김 서림을 제거하는 장치가 고장 나서 앞이 보이지 않았다. 현지인 운전기사가 연신 손바닥만 하게 부분적으로 닦아대며 운전하는데, 창밖에는 어둠 속 허허벌판 사막에 폭우가 쏟아지고 있었다. 겁이 나서 천천히 운전하라고 아무리 말해도, 운전기사는 문제없다며 엑셀러레이터를 밟아댔다. 그 순간! 흐릿한 앞유리창에 초대형 트레일러의 거대한 바퀴들이 나타났고, 그 위에 엄청나게 큰 탱크를 적재한 모습이 보였다. 우리 차는 그 트레일러의 앞바퀴와 뒷바퀴 사이를 향해 질주하고 있었다.

운전기사가 놀라서 급히 브레이크를 밟았지만, 빗길에 미끄러진 차는 정확하게 트레일러의 앞 뒷바퀴 사이로 돌진하여 꼼짝없이 오징어포 신세가 될 판이었다. "악~" 외마디 외침 속에 어린 시절부터 내 삶의 주요 장면들이 불과 2~3초 간에 활동사진처럼 뇌리를 스쳐 지나갔다. 눈앞에서 거대한 바윗덩어리 같은 바퀴들이 밀려오는 공포의 순간, 쾅! 하는 굉음과 함께 몸이 공중으로 떠올랐다가 떨어지는 충격을 받고 기절했다. 천우신조로 우리 차가 빗길에 비틀거리면서 트레일러 뒷바퀴를 비스듬히 들이박고는 튕겨 나온 것이었다. 그 직후에 또 한 번의 충격이 왔고, 우리 뒤에서 오던 차가 우리를 추돌한 것이었다.

정신을 차려보니 살아 있었고, 하늘에 계신 조상님께서 살려 주셨다는 생각이 들었다. 당시 엄마 배 속에 있던 딸이 이제 나이 40이 되었지만, 지금도 그 교통사고로 아빠가 저세상 사람이 되었다면 자기를 만나보지도 못했을 것이라고 한다. 둘째와 셋째 아들도 자기들은 이 세상에 태어나지 못했을 것이라고 한다. 그 사건 후에도 구사일생의 교통사고를 몇 차례 당했지만, 그때마다 조상님께서 구해 주셨다고 생각했다.

2. 두 번째 회사 (중장년기, 19년)

중년에 접어들면서, 그동안의 직장생활에 대한 회의가 몰려왔다. 그래서 대기업(현대그룹)에서 화공분야에 진출한다는 뉴스를 보고 현대석유화학이라는 신설 회사에 응시해서 합격했다. 입사 후에는 낙오하지 않기 위해 밤잠을 줄여가며 엄청난 업무량을 소화해냈다. 법무, 기획, 대관, 총무, 인사, 노무, 구매 및 영업본부 등의 온갖 부문을 두루 거쳤다.

그런데 이 회사에서 뜻밖의 일과 부딪혔다. 현대그룹의 정주영 회장님이 1992년에 정계에 뛰어들어 통일국민당을 창당하고, 서른 명 넘는 국회의원을 배출한 후, 마침내 대통령선거에 입후보를 결정했다. 당시 나는 서산공장의 총무부장으로 있었는데, 유조선을 가라앉힌 방조제 물막이공사 서산농장이 유명해지자 견학하러 오는 수많은 유권자와 당원들이 우리 회사의 최첨단 석유화학단지까지도 연이은 견학코스에 포함시키는 경우가 많았다.

어느 날에는 방문객들이 우리 회사 영빈관에서 식사를 했다. 나는 맨뒤쪽 테이블을 맡았는데, 손님들이 회장님을 모셔 오라고 성화였다. 할 수 없이 내가 가서 회장님을 모셔 오니, 정 회장님이 내게 우리 테이블의 건배사를 하라신다. 잠시 우물쭈물하다가 겁도 없이 "정주영 회장님을 대통령으로!"라고 홀 전체가 울리도록 큰 소리로 외치니, 우리 테이블 손님들도 일제히 "대통령으로!"라고 화답했다. 나는 내친 김에 연이어 "정주영 회장님을 청와대로!"라고 외쳤다. 우리 테이블 손님들이 "청와대로!"라고 화답하니, 순간적으로 넓은 식당 전체 분위기가 긴장한 듯 조용해졌다가 "와~!"하고 열광하는 분위기로 바뀌었다. 정 회장님은 지긋이 미소를 지으셨다. 주변에 선거관리위원회와 수사기관의 사람들이 불법선거운동 동태를 조사하던 참이어서 속으로는 무척 쫄았다. 그 후 관계기관에 불려가 불법선거운동 혐의로 조사받았지만, 특별한 일은 없이 무사히 넘어갔다.

그해 12월 새로운 정치세력으로 급부상한 정 회장님은 대선에서 3위를 했고, 그 후 수년간 탄압받는 상황에서도 서산농장에서 키운 소 1,001마리를 북한에 보내고, 금강산 관광프로그램으로 200만 명이 넘는 관광객을 유치하는 놀라운 치적을 이루어 내었다. 정 회장님이 세상을 떠나던 날에 나는 청운동 빈소에서 조문객 안내를 맡아 마지막 가시는 길을 배웅했다.

3. 세 번째 회사(노익장 15년)

대기업에서 정년퇴직한 후, 건설엔지니어링회사(평화엔지니어링)의 회장으로부터 해외사업 수주를 맡아달라는 제안을 받아 심사숙고 끝에 수락하고, 본격적으로 해외의 건설엔지니어링사업 수주에 뛰어들었다. 이 회사에서 내가 야심적인 목표로 설정한 첫 사업은 베트남 정부가 발주하는, 당시로서는 규모가 상당히 큰 토목사업이었다. 그렇지만 베트남에 가본 적도 없고, 발주처에 아는 사람 하나 없어서 수주전략을 세우기가 막막했다.

이 궁리 저 궁리하다가, 산악반 동기인 정진국이 베트남 호치민에 자주 출장 다닌다는 얘기가 불현듯 생각났다. 그 친구를 찾아가 어찌하면 좋을지 상의하니, 동기인 강경구가 호치민에서 사업을 하고 있다며 연결해 주었다. 강경구는 내가 도착하던 날 공항까지 나와 주었을 뿐만 아니라 집으로 데려가 베트남 시장의 특성에 대하여 알려주었다. 또 자기 회사의 똑똑한 현지인 여직원을 내가 발주처 담당자와 접촉할 때 동행케 하여 면담 분위기를 아주 부드럽게 해주었다. 덕분에 일이 잘 풀려서, 결국 이 사업 수주에 성공했다.

이를 계기로 나는 베트남에서 15년간 매년 사업을 수주하는 실적을 달성했다. 그렇게 되기까지 베트남에 진출해 있던 동기 강경구와 서우석의 도움이 큰 힘이 되어 주었다. 서우석은 어느 날 한밤중에 갑작스러운 어지럼증으로 고생할 때, 바쁜 와중에도 멀리서 찾아와 한국인 의사가 하는 병원에 입원할 수 있도록 해 주었다. 그 고마움을 지금도 잊을 수 없다.

나와 교동국민학교, 보성중, 보성고를 모두 같이 다닌 유일한 친구 장기언이 베트남 하노이 인근에서 공장을 경영하며 사업을 활발히 하고 있었는데, 어느 날 과로로 쓰러져 긴급하게 귀국한 일이 있었다. 이친구가 수술을 받은 후 건강을 되찾고 하노이에 귀임하였다는 소식을 들었다. 하노이 출장길에 그 친구에게 전화하니, 매우 반가워하며 때마침 남편 병간호차 현지에 나와 있던 부인과 함께 호텔로 찾아왔다. 셋이서 한식당에 가서 모처럼 한식을 먹으며 시간 가는 줄 모르고 이야기보따리를 풀기까지는 좋았는데, 비행기 예약 시간을 놓쳐 곤욕을 치러야 했다.

나는 인도양의 섬나라 스리랑카에서도 수주 활동을 전개하여 15년간 여러 사업을 수주했는데, 반기문 UN사무총장 시절에 이 나라는 30년간 이어온 반군과의 내전을 끝냈다. 이 반군이 점령했던 중북부지역을 수복지구라고 하는데, 이 지역을 거쳐야 갈 수 있는 최북단의 자프나의 지방정부 발주처장이 만나자는 연락이 왔다. 수도 콜롬보에서 자동차로 2박 3일 출장길에 올랐는데, 수복지구를 통과할 때는 여러 차례 검문검색을 받아야 했다. 곳곳에 총탄 자국이 어지럽고, 도로 양옆에는 지뢰 발굴을 위해 경고 표식을 해놓고 땅을 파헤치고 있었다. 겁에 질려 소변도 보지 못하고 몇 시간을 참고 또 참다가, 다음 소도시에 이르러서야 겨우 해결한, 기나긴 공포의 시간을 겪었다.

내게는 국내에서도 지뢰에 얽힌 사연이 있었다. 서초구와 과천시에 걸쳐 있는 우면산은 시민들이 자주 찾는 동네 뒷산인데, 정상부에 군부대가 있으며, 산 중턱에는 철조망과 함께 붉은 글씨로 '과거지뢰지대'라는 푯말이 여러 군데 있다. 인터넷을 검색해보면 시민에게 서울 둘레길의 한 부분으로 우면산 산책길 구간을 개방하면서 지뢰를 제거하는 작업을 했는데, 수년 전 우면산에 산사태가 발생하여 아직도 18개의 지뢰가 유실된 후 찾지 못한 상태이므로, 허용구역이 아닌 곳은 출입을 자제하라고 한다.

재작년에 비가 많이 왔던 어느 날, 우면산 둘레길을 산책할 때 서초구청과 군부대 명의로 우면산 유실 지뢰 주의 및 의심 물체 발견 시 신고하라는 플래카드가 여러 곳에 붙어 있는 것을 봤다. 그날은 함께 다니는 친구들이 평소 잘 안 다니던, 으슥하고 빗물에 쓸려내려 간 흔적이 있는 코스로 접어들었다. 내 바로 앞에서 걷는 아내의 등산화 뒤꿈치 바로 옆(5cm 정도)에 수상한 물체가 흙 속에서 반쯤 노출되어 있는 걸 발견하곤 소스라치게 놀라 일행을 멈추게 하고, 이 둥그런 금속성으로 보이는 물체가 분명 유실 지뢰인 거 같으니 신고하기로 하였다. 그 즈음 TV방송에서 거듭 봤던, 한강 범람으로 상류에서 떠내려온 유실 지뢰의 공포스러운 장면이 연상되었기 때문이다.

우리 일행은 그곳에 돌과 나뭇가지로 위치를 표시하고, 핸드폰으로 사진을 찍어 신고했다. 며칠 뒤 서초구청과 군부대 등에서 전화만 몇 차례 왔을 뿐, 현장 조사하러 간다는 얘기는 없어서 몹시 짜증이 났다. 관계기관들이 너무 엉성하게 관리하는 거 아닌가 하는 불만이 일기 시작했다. 그런데 한참을 지난 어느 날 관계기관에서 전화가 걸려 왔다. 신고한 물체를 조사한 결과 등산용 코펠 뚜껑이 흙 속에 반쯤 파묻혀 있는 것으로 판명되었다는 통보였다. 핸드폰으로 발굴한 물체의 사진을 첨부해서 보내왔는데, 지뢰와 아주 유사한 둥그런 모양의 금속 재질 물체는 분명 코펠 뚜껑이었다. 한 편의 코미디 같은 일이지만, 아직도 우면산의 유실 지뢰 우려는 그냥 웃어넘길 일이 아닌 것 같다.

4. 은퇴 : 느긋하게 걸어라

평생을 직장에 매달려 생산성, 시간 싸움, 생존경쟁, 국제 경쟁입찰 등으로 밤샘하며 마음 졸이는 삶을 살아왔는데, 65세 즈음하여 건강에 경고음이 찾아오기 시작했다. 중년 대부분이 갖고 있다는 대사성

질환들이 생기고, 친구들과 만나도 주로 건강 얘기뿐인 나이가 되어 버렸다. "아차!" 하면서 미루어 왔던 운동을 하기로 결심하고 주말마다 가까운 산을 오르기 시작했다. 초기에 직장생활에 얽매여 바닥나 버린 체력으로는 가벼운 주말 산행조차도 어려운 정도였지만, 차츰 기운을 차리면서 서울 근교를 넘어 태백산맥 등지로 범위를 확대해 나갔다. CVD-19 중에도 주말 산행만은 계속 열심히 했다.

그러나 지나쳤는지, 허리와 다리에 통증이 오기 시작하더니 척추디스크 진단을 받아 신경외과에서 1년간 스테로이드 주사를 수차례나 맞고 소염진통제를 달고 살지만 아직 차도가 없다. 요즈음은 한의원에 침을 맞으러 다니는데, 침뜸 치료를 해주는 침구사에게 디스크질환 완치에 얼마나 걸리겠느냐고 물으니, 이제 나이도 있으니 조급해 하지 말고 '느긋하게' 치료할 마음을 가지란다. 요즘 '느긋하게 걸어라(Walk in a Relaxed Manner)'라는 60세 미국인 수녀가 스페인 산티아고 순례길을 걷고 쓴 책을 읽고, 그녀가 걸으면서 깨달았다는 '느긋하게'를 나도 실행해야 할 때가 되었음을 실감하게 되었다. 지난 45년간 월급쟁이 생활을 하며 몸과 마음에 찰싹 달라붙어 버린 '조급함'을 떨쳐내고, '느긋한' 명상의 시간을 갖기를 다짐한다.

김일세(金一世)

한양대 법학과 졸.
서울대 환경대학원 졸.
현대석유화학 상무 역임.
평화엔지니어링 해외 담당 사장, 부회장 역임.

신짜오 베트남

| 김준오(3-6) |

프롤로그

우리 세대는 격변의 시대에 살았다. 우리나라가 잘살아보자는 기치 아래 산업화로 나아가는 한편 자유, 정의, 민주주의 실현을 위해 민주화 투쟁을 벌이던 그 시대였다.

경제는 점점 나아졌으나, 사회와 정치가 매우 혼란스럽고 지역 간 갈등이 극심했던 시절이기도 하였다. 그러나 자식에게만은 가난에서 벗어나게 하려는 심정으로 조직 생활을 하다 보니 경쟁이 심해지고 심신의 피곤함이 쌓여가기만 하였다.

그때 나의 로망은 은퇴하면, 요즈음 인기 프로인 '나는 자연인이다'처럼 자유로운 영혼으로 살아가고픈 마음이었다. 막상 은퇴를 하고 백수로 생활하다 보니 처음 몇 년은 여유롭게 지낼 수 있었지만, 시간이 지남에 따라 점점 무료해지고 건강도 예전 같지가 않아 무언가 새로운 돌파구가 필요하였다. 특히 겨울철에는 오래된 아파트라서 난방이 부실하여 동창(凍瘡)으로 고생한 적도 있었다.

어느 해 친구 따라 베트남에 여행차 방문한 적이 있었는데, 문득 이곳에서 지내면 어떨까 하는 생각이 들어 본격적으로 베트남이라는 나라를 제2의 삶의 터전으로 고려하기 시작하였다. 그러나 말이 통하지 않아 이곳에서 살아가려면 이 나라의 언어나 문화를 이해하는 것이 필요할 것 같아 먼저 언어를 배우기로 하고, 베트남에서의 제2의 인생을 시작하였다.

이 글은 그곳에서 어학연수 및 한 달 살기를 하면서 느꼈던 생각을 정리한 것이다.

에피소드 1

*'가지 않은 길' 로버트 프로스트. "노란 숲속에 두 갈래로 난 길이 있습니다. 나는 두 길을 다 가지 못하는 것을 안타깝게 생각하면서 오랫동안 서서 한 길이 굽어 꺾여 내려간 데까지 바라다볼 수 있는 데까지 멀리 바라다보았습니다. 그리고, 똑같이 아름다운 다른 길을 택했습니다. 그 길에는 풀이 더 있고 사람이 걸은 자취가 적어 아마 더 걸어야 될 길이라고 생각했던 게지요. 그 길을 걸으므로, 그 길도 거의 같아질 것이지만... 훗날에 훗날에 나는 어디선가 한숨을 쉬며 이야기할 것입니다. 숲속에 두 갈래 길이 있었다고. 나는 사람이 적게 간 길을 택하였다고. 그리고 그것 때문에 모든 것이 달라졌다고."

아침부터 이 시가 나를 자유롭게 한다. 사실 어제 베트남 어학 강좌가 끝나고 오늘은 테스트하는 날이다. 내 평생 범생의 길에서 일탈한 기억이 거의 없기에 오늘의 파행은 새로운 나의 경험이 될 것이다. 며칠 고민 끝에 시험을 포기하기로 하였다. 이 시험은 단지 내 능력을 테스트하기 위한 것이고 다음 강좌 수강과는 무관하다.

시험을 보아도, 보지 않아도 달라지는 것은 없다. 다만 내 삶이 그동안은 시험을 보는 길을 택하여 왔다. 그러나 이젠 나 자신이 가보지 않았던 길을 가보고 싶었다. 어떤 기분일까?

역시 마음 한구석에는 왠지 찜찜한 기분이다. 나의 뇌 회로망에서 이런 일탈은 허용이 되기가 어렵다. 그러나 일상에서 정도라고 하는 길을 버리고 새로운 길을 택하는 경우가 많아지면 나의 뇌도 이런 일탈에 잘 적응하리라 생각된다.

한편으로는 지금껏 살아오면서 이 길만이 옳은 길이라며, 한길만 가도록 우리 아이들에게 강요한 것이 나의 잘못일 수도 있다는 생각에 아이들에게 미안한 마음이 든다.

사실 모든 길의 끝은 죽음이 아닌가? 다양한 인생 경험을 겪는 것이 더 나은 삶일 수도 있지 않은가? 지금까지 부모 말을 잘 따르고 순종해준 아이들에게 고마움을 표하면서 자유 의지로 더 행복한 삶을 살기를 바랄 뿐이다.

이곳에서 나의 생활도 궤도 이탈일 수도 있다. 멀쩡히 집 놔두고 겨울에 이곳을 찾는 그 마음도 사실은 엄청난 나의 변신이다.

어제는 베트남 교민이 이곳이 왜 좋은지 물어왔다. 나는 세 가지가 좋다고 하였다. 우선 기후가 나에게는 좋다. 1년 365일 해가 쨍쨍하고 소나기를 퍼 붓는 그런 날씨가 좋다. 그리고 젊은 사람이 많아 좋다. 우리나라는 너무 늙었다. 서울 거리를 다니면 젊은이보다 나이 든 분이 많다. 나도 나이가 많지만 그런 분위기는 별로다.

이곳 젊은이들 얼굴에는 항상 미소가 있다. 특히 학생들을 보면 예쁘고 귀엽다. 어른에 대한 공경심이 있어 학교 교내를 걸으면 인사도 잘한다. 또한 가성비 좋은 음식과 마사지 등 서비스 산업이 다양하다. 많이 경험은 하지 않았으나 그런대로 재미가 있다. 그래서 난 베트남이 좋다.

앞으로 얼마 동안 이곳에 올 수 있을지는 몰라도 이곳의 문화와 곳곳을 두루 다니며 많은 경험을 할 수 있으면 좋겠다.

에피소드 2

나는 주말이면 호치민 7군 푸미흥 한인 타운에 간다. 오늘도 오전 복습 마치고 오후에 푸미흥으로 갔다.

내가 푸미흥으로 가는 이유는 딱 한 가지. 나의 조국 대한민국의 냄새를 맡으러 간다. 그곳에 가면 사람도 한국인이요, 간판도 한글이고, 말도 우리말이 통하는 곳이기 때문이다. 우선 마음이 편하고 안정이 된다. 해외생활 한 달이지만 그리움은 그냥 그리움이다.

일단 갔지만 마땅히 계획이 있어 간 것이 아니어서 우선은 이발을 하기로 하였다. 머리 자른 지 한 달 이상 되었고, 이곳이 너무 더워 머리가 길면 땀도 많이 나고 냄새도 나기 때문이다. 인터넷에서 이곳 이발소 중 선호도가 높은 곳을 택해 들어갔다.

사실 나는 머리 깎으러 간 것인데 이곳 이발소는 본업은 남성 휴게실이고 부업이 머리 자르는 것이다. 대부분 머리 자르기보다는 쉬기 위해 가는 경우가 많다.

이곳 이발소에서는 손톱 깎기, 발톱 깎기, 발 씻기, 면도, 귀 청소, 코털 제거, 머리 감기, 얼굴 오이팩, 안마 등이 주메뉴이다. 이발소 요금도 기본이 15만 동이고 머리를 깎으면 5만 동이 추가되어 20만 동이다. 여기에 팁 10만 동으로 총비용이 30만 동, 우리 돈 1만5,000원이다. 아마 가성비 따지면 이것 따라갈 수 없을 것이다. 머리도 깎았으니 출출하여 저녁 먹으러 갔다.

3주 전에 갔던 월남 집에서 숯불 돼지 불고기를 시켜 보드카를 곁들여 먹었다. 혼술하자니 쑥스러워 옆자리 한국인에게 한잔 권했더니 사양한다. 그래 어차피 혼술이니 조용히 먹기로 하였다.

술 한 잔씩 들어갈 때마다 오늘 이 자리에 나를 있게 한 분들을 생각해 본다. 갑자기 왜 그런 생각이 나는지 나도 잘 모르겠다. 우선 나의 부모님. 오래전 돌아가시어 잊고 지냈는데, 오늘 문득 그분들 사랑을 되새기게 한다. 생전에 효도 못 한 것 후회되지만 지금은 어쩔 수가 없다.

또 나의 아내. 아직도 내 마음에 깊숙이 아련히 남아 있는 아내에 대해 사랑하고 고맙다는 고백을 자주 하지 못하여 미안할 따름이다. 그리고 우리 아들, 며느리, 손주들. 그대들이 있었기에 내가 이만큼 기쁘게 살고 있음을 고백해야겠다.

그리고 친구들, 지인들... 모두가 나를 지탱해주는 힘이었다는 것을 솔직히 고백한다.

그리고 오직 한 분. 그분께서는 그냥 웃음으로 나를 반겨주시고 사랑해 주신다. 내일 주일 그분을 뵈러 가는 것 자체가 나에게는 행복이다. 그분이 있어 내가 행복한 것이다.

가만히 보면 사실 내가 이만큼 성장해 살고 있다는 것은 내가 잘나서가 아니라 주변 모든 사람으로부터 받은 은혜 그리고 그분의 사랑 덕분이 아닐까 생각된다. 참 철이 늦게 드는 것 같다.

에피소드 3

아니 어쩌다 이런 일이... 어제오늘 이곳 호치민 대한항공 지점에 전화를 걸었다. 일정을 조정하기 위해 항공편 변경을 위해서이다. 통화량이 많아 기다리라는 안내가 나온다. 10분 정도 기다리라는 것이다. 10분, 20분이 지나도 연결이 안 된다.

다시 끊고 전화하니 똑같은 메시지이다. 이러기를 여러 차례... 전혀 개선의 여지가 없다. 하는 수 없어 주소를 찾아 오늘 오후에 대한항공 호치민지점에 갔다.

아니 웬걸! 2020년 3월 5일부터 4월 30일까지 코로나 19로 공항이 폐쇄된다고 한다. 원래 계획은 숙소가 3월 12일까지로 1차 되어 있어 3월 12일이나 3월 27일경에 귀국할 예정이었는데 5일부터 운항이 없다니 한국으로 돌아가는 것도 문제고 자칫 불법체류자가 될 수도 있었다. 대한항공 홈페이지에는 대한항공 운항이 중지되더라도 제휴사인 베트남 항공으로 대체한다고 되어 있었는데 그것이 아니란다. 하루하루 긴박하게 돌아가 어제 안내문은 이미 다른 내용으로 바뀐 것이다. 전화로만 확인했다면 꼼짝없이 4월 말까지 이곳에 있어야만 했다. 그렇다고 특별히 문제가 있는 것은 아니지만 내 의지대로 하지 못하고 또한 이곳에서 돌발사항이 생기면 무슨 험한 일을 당할지도 몰라 서울로 가기로 한 것이다.

베트남은 사회주의 국가이고 공산당 1당 체제이므로 공산당의 명령이 바로 법이다. 정책 결정 과정에서 내부적으로 의견 조율을 하겠지만, 한번 결정되면 그만이다.

이번 한국인에 대한 무비자 취소나 공항 회항, 한국 대구 경북에 거주하는 자국민에 대한 입국 불허도 같은 맥락에서 보아야 한다. 여기에는 예외나 인권에 대한 배려가 없다. 만약 한인에게서 확진자가 나오면 한인 타운을 격리한다는 계획도 있다고 한다. 이미 하노이 인근 마을이 봉쇄된 경우도 있다. 이렇듯 한번 꽂히면 물불을 가리지 않는 게 사회주의 국가이다. 다수 국민의 안전을 위해 그럴 수도 있지만 그것도 정도가 있지 않을까?

국내 좌파 지지자들이 이런 상황을 알아야 할 텐데 그냥 사탕발림에 부화뇌동하는 것을 보면 안타깝다. 일단 대기 예약으로 해 놓고 숙소로 돌아왔다. 항공권 구매를 했던 여행사에 확인하여 대기 예약을 확정으로 바꾸었고 인터넷으로 항공권도 발급받았다.

3월 4일 밤 11시 비행기이다. 서울 가는 마지막 항공편이다. 언제 다시 운항 재개될지는 모르겠지만 다행스럽기도 하고 떠난다니 섭섭하기도 하다.

코로나 19가 많은 것을 바꾸어 놓았다. 그러나 성숙된 시민 정신이라면 능히 극복할 수 있으리라. 다만 지도자라고 하는 사람들의 판단 미숙이 얼마나 많은 혼란을 보여 주는지를 똑똑히 알 수 있었다.

이 와중에 떠보겠다고 나대는 사람들의 처신을 보면 그들의 척하는 모습에 실망이 크다. 지금 이 사달은 권력자에 의해 수습되는 것이 아니고 시민 정신으로 수습되고 있다고 감히 단언할 수 있다. 하여튼 빨리 수습되어 일상으로 돌아가기를 기원해 본다.

에피소드 4

아니 이 겨울에 무슨 더위야! 서울은 영하의 기온을 가리키고 있는데, 이곳 호치민시는 아침 기온이 26도라고 한다. 그런데 체감온도는 32도이다. 아침부터 호치민 날씨가 기승을 부린다. 공원을 한 바퀴 돌고 숙소로 돌아오니 속옷이 흠뻑 젖었다.

처음에는 땀을 많이 흘리지 않았는데 이제 시간이 지나니 땀구멍이 열렸는지 제법 땀이 많이 나온다. 이곳에 적응되는 징조이다. 이제 물도 많이 마시고 염분도 조금씩 섭취해야겠다.

어제 전 직장 후배를 만나서 오랜만에 대패 삼겹살을 안주로 하여 보드카를 마시고 맥주로 입가심을 한 덕택(?)에 아침에 약간 숙취가 왔다. 솔직히 술도 이제는 절제할 나이가 된 것 같다.

며칠 전 유튜버들이 여러 번 소개한 맛집에 갔다. 베트남 가정식을 하는 식당인데 벤탄시장 부근에 있다. 골목을 들어서서 보니 로컬 맛집인 것 같은데 인테리어가 예사롭지 않다. 베트남 정서를 잘 살린 음식점이다. 한국 유튜브 먹방 여러 곳에서 소개하다 보니 손님의 90%가 한국 여행객이다.

호치민은 관광지가 별로 없고 다만 먹거리와 마사지 이발소 등 유흥 중심으로 관광객이 오다 보니 먹거리가 관광의 중요 항목이 되었다. 반쎄오가 유명하다고 소문이 나 있는데 나는 코코넛 볶음밥과 두부 요리를 시켰다. 나름 유명한 메뉴 중 하나이다. 양도 적당하고 우리 입맛에도 잘 맞는다. 두부 요리도 추천할 만하다. 다만 가격이 로컬 지역임에도 비싼 편이다. 대략 1만4,000원 정도이니 이곳 사람들이 먹기에는 부담스러운 가격이다. 이곳 직장인들이 점심에 즐겨 먹는 쌀국수 가격이 보통 2,000~3,000원 수준이니 쉽게 접근하기가 어려울 것 같다.

요즈음 날씨는 우기에서 건기로 넘어가는 시기이다. 비는 가끔 오는데 요란한 비는 지나간 것 같다. 해질녘 서쪽 하늘 구름 속의 석양을 보면 어릴 적 생각이 많이 난다. 내가 자랐던 곳도 석양은 무척 아름다웠었다.

에피소드 5

이제 일상으로 돌아가자. 2년 반. 코로나 19로 많은 것이 정지되었지만, 이제 그 터널에서 나와 일상으로 돌아가는 일만 남았다. 사실 코로나의 악몽은 이곳 베트남에서 시작되었다. 2020년 2월 중순 어학연수 차 이곳에 왔는데 코로나의 확산으로 서울로 돌아가는 마지막 비행기가 2020년 3월 4일이어서 마지막 비행기를 타고 겨우 베트남에서 탈출하였다.

그 이후 베트남은 봉쇄정책을 추진하여 국민의 자유가 철저히 제한되었다. 지금 이곳은 With Corona19 정책으로 돌아서서 활동에 제약은 없다. 다만, 마스크는 계속 착용하고는 있다.

이제 이곳 일정을 끝내고 한국으로 돌아간다. 마침 코로나가 안정되어서 한국도 입국자 PCR검사나 신속 항원 검사 의무가 해제되어 훨씬 편하게 들어갈 수 있게 되었다. 아직은 다소의 제약이 있지만 큰 틀에서는 코로나로부터 자유를 찾은 것이다. 이제는 일상으로 돌아가면 친구들과의 모임도 자유로워지고, 국내외 여행에도 부담이 없어 좋을 것 같다. 누구에게나 그렇겠지만 나에게 2년 반은 그야말로 숨 쉬기 어려운 시기였다고 생각된다.

혼자 지내다 보니 대화의 상대도 없어 어떤 경우는 일주일 내내 한마디도 말을 하지 않은 것 같다. 요즈음은 SNS로 대화하다 보니 말을 할 기회가 전혀 없었다. 아무런 대화도 없고, 친구나 친지들과의 교류도 없고, 가끔 막내가 집에 오면 대화하는 것이 고작이다 보니 우울증이 와서 나 자신을 추스르기가 쉽지 않았다. 그나마 산에 가거나 공원에 가서 새소리나 사람 구경하는 것이 정서에 도움이 되었던 것 같았다.

한 달에 두 번 큰아들 식구들과의 맛집 탐방도 내게는 큰 위안이었다. 오늘은 호치민시의 가장 부유한 동네인 2군에 갔다. 이곳에는 센트럴파크가 있어 산책하기도 좋다. 또한 호치민시의 랜드마크가 있는 곳이기도 하다.

2019년에 한 번 온 적이 있었는데 그때 기억이 나서 오늘 다시 찾았다. 역시 분위기는 과거와 같다. 사회주의 국가체제에도 이런 곳이 있다니 참으로 신기하다. 너무나 자본주의 냄새가 나기 때문이다. 도심의 뒷골목에 가보면 기본 생활도 어려워 허덕이는 국민들이 대다수인데 이렇게 호화로운 생활을 한다는 것이 잘 이해가 되지 않아서이다. 역시 자본주의나 사회주의나 국가 권력을 국민을 위해 쓰는 것이 아니고 사유화하여 몇몇 기득권 인사들의 배를 채우는 데 쓰는 것 같다. 이제 이틀 지나면 자랑스러운 우리나라에 간다. 작지만 강한 대한민국에서 일상으로 돌아간다.

김준오(金俊午)

서강대 전자공학과 졸.
SK 하이닉스 제조본부장(전무) 역임.
㈜ 원팩 대표이사 역임.

동남아를 누빈 출향 한평생

| 최병수(3-2) |

男兒立志出鄉關(남아입지출향관) 學若不成死不還(학약불성사불환)

보성학교에서 배워 지금까지 암송하고 있는 한시 중 하나로, 내가 가장 좋아하는 구절이다. 이 작품에서 배운 기개로 평생을 살게 한 고맙고도 멋진 시라고 생각하고 있다.

당연히 권학(勸學) 개념의 시이겠으나 해석하고 받아들이는 입장에서는 학문을 성취하여 입신출세하는 데 그치는 것이 아니라 남아가 한때 품은 뜻은 필사의 의지를 가지고 죽을 때까지 잊어서는 안 된다는 가르침으로 받아들이고 싶다.

내가 이 시의 가르침을 10분의 1이라도 이행했는지에 대해서는 자괴감이 앞서기도 하지만 나름대로 나의 인생을 돌아보자면 비록 치기(稚氣)에 가까울 수는 있겠으나 노력은 많이도 했구나 싶고 절로 미소가 지어지기도 한다.

초등학교 5~6학년 시절, 당시 대학교수이던 김찬삼 씨의 세계 무전여행기 책을 신바람 나게 보면서 어린 가슴에 해외에 대한 꿈을 키웠다. 컬러판 사진으로 본 아시아 유럽 아프리카 남미 등등 넓고도 신비로운 풍경은 해외에 대한 동경심과 모험심 도전심을 심어주었다. 또한 남자라면 대자연을 통해 호연지기(浩然之氣)를 키워야 한다는 말씀에 대학 시절부터 혼자서 배낭을 메고 명산 명승지를 돌아보고 나름대로 천지가 얼마나 넓고 흥미진진한지를 깨달으면서 출향(出鄕)에 대한 두려움도 없어진 거 같다.

또 한 가지 해외에 대한 꿈을 키우게 된 것은 힘들고 못살았던 우리나라를 전 세계에 알리고 선진국의 반열에 세우신 삼성 이병철 회장, 현대 정주영 회장, 대우 김우중 회장의 자서전을 다 읽어보았는데 그중에서도 나는 감히 김우중 회장의 '세계는 넓고 할 일은 많다'가 가장 멋있어 보였다. 제목 자체부터가 우리 세대 젊은이에게 꿈과 비전을 제시하고 세계경영이라는 신조어를 만드셨던 분이라 가장 나한테는 으뜸이라고 꼽고 싶다(비록 흑역사의 부정적인 면이 있기는 하나).

이제 나의 보잘것없는 출향담(出鄕談)을 회상해보자면, 1970년 고교 졸업과 동시에 입산수도(?)를 한답시고 부모님 곁을 떠나 책을 한 아름 지고 대구 팔공산 동화사 눈 덮인 산길을 터벅터벅 올라가던 장면이 지금도 눈에 선하다. 고교 시절 집안 어르신들의 불운으로 집안이 풍비박산되어 정신적으로, 경제적으로 심한 고초를 겪고 암울한 시절을 보낸지라 오로지 공부로 출세해서 집안을 다시 일으키고 어르신들의 한을 풀어드리겠다고 작심하고 해프닝을 벌였는데, 무분별하고 철없는 도전으로 몇 달 만에 접기는 하였지만 어린 마음에도 그러한 뜻을 품었다는 점에서는 지금도 박수를 보내고 치하해주고 싶기도 하다.

해외에 대한 나의 동경에 부응하는 재미난 에피소드도 있다. 1982년

나의 첫 발령지였던 인도네시아 근무를 마치고 귀국길에 어머니를 초청하여 홍콩 대만을 관광시켜 드렸다. 1985년 브루나이에 근무할 때는 1년에 2주간 주어지는 국내 휴가를 국내로 들어오지 않고 아내를 불러 2주간에 걸쳐 동남아 5개국을 여행하였다. 1988년 이후 해외여행 자유화로 대중화가 되었지만 그 당시만 해도 여권을 만들려면 대사관을 통해 초청장을 받아 외무부에 직접 신청을 해야 했고, 하루 종일 반공소양교육을 이수하고 경찰서에서 신원 조회를 받아야 하는 등 쉬운 일이 아니었으나 어려운 여건에서도 이루어냈다.

정식 발령을 받아 근무한 나라는 인도네시아 브루나이 홍콩 3개국이었으나 그 사이에 아시아권 10개국을 무단으로 돌아다녔다. 그 당시 여권은 단수 여권이라고 해서 한 번 사용하고 귀국하면 자동적으로 VOID(무효)가 찍히는 시절이었다. 당연히 회사 규정에는 위배가 되지만 기회를 이용하고자 내 멋대로 감행을 하고 다녔으니 지금 생각해도 그 용기와 배짱이 가상하게 여겨지기도 한다.

내 출향의 가장 자랑스러운 장면은 단연 중장년을 보낸 인도네시아 해외 도전이 아닌가 싶다. 나이 40에 나가서 60에 돌아왔으니 불혹에 출향하여 지천명을 거치고 이순에 이르는 내 인생 황금기(?)를 보낸 셈이다. 아무런 사업, 장사 경험도 성공에 대한 보장도 없이 식솔들을 이끌고 무작정 뛰어든 모습이 무모하게 여겨질 수도 있으나 뚜렷한 목표를 세우고 젊음이라는 밑천이 확고하였기 때문에 두려움이란 손톱 밑의 때만큼도 느끼지 못했던 거 같다.

40세가 되면 꼬리보다는 닭 대가리가 돼야 한다는 선친의 말씀을 따라 사업으로 돈을 벌고 싶었다. 또 일찍부터 해외근무 경험으로 영어의 중요성을 깨달아 내 자식은 한국 입시제도의 희생물이 되지 않게 국제학교에서 영어로 무장을 시키고 전인교육을 시키려 했다. 그리고 사업으로 성공해서 한국의 젊은이들에게 해외 진출의 길을 열어주는 데 한몫하자는 목표를 세웠다.

내 사업은 LED전광판 제조 판매였는데, 주 품목은 증권회사 주식시세 전광판으로 LED전광판 불모지였던 인도네시아 시장에 내 목표가 적중하여 시장을 거의 독점하였다. 뿐만 아니라 다른 전광판 시장도 프레젠테이션을 하고 샘플도 제출하고 해서 벼락부자가 되는구나 하는 환상에 빠지기도 했다.

하지만 큰돈을 만질 인물은 못 되는지 3년 만에 IMF가 찾아와 환율 2,300Rp가 10개월 만에 1만7,000Rp로 상승하는 어처구니없는 지경을 겪기도 했다. 그 와중에 애들 둘이 국제학교 고교과정이었으니 어쨌든 살아남기 위해 잡상인도 마다하지 않고 치열하게 살았다. 애들 학비는 결국 한국의 아파트를 팔아 초지일관 뜻을 굽히지 않았으니 애들이 애비의 모습을 보고 학업에 전념하여 연년생 둘이서 나란히 서울대 사범대 사회교육과에 합격하여 주었으니 초기 목표는 아무런 의미도 없고 그저 애비의 원(願)을 풀어주어 유종의 미를 거둔 것에 자부하며 만족하고 싶다.

그 후 10년간을 더 버티며 고군분투하였으나 헤어나지 못하고 철수함에 사업상 돈은 모으지 못했지만 골프 등 누릴 거 다 누리고 부채 없이 건강한 몸으로 귀국하였으니 운도 좋고 천지신명께 감사드릴 따름이다.

아직도 끝나지 않은 역마살 기운인지 지금은 해외 주재원으로 발령받은 딸내미를 따라와 손주 뒷바라지하는 신세로 지내고 있다. 나이가 있으니 언제까지 버틸 수 있을는지 미지수이나 동남아 생활에 만족하고 태평한 말년을 보내고는 있다. 한편으로는 고국에서 산천 유람이나 다니고 친구들과 소주 한잔 나눌 수 있는 것이 내가 하고픈 웰빙의 삶이 아닌가 싶다.

위에서 말한 시의 마지막 구가 人間到處有靑山(인간도처유청산)이니 내 뼈 묻을 땅 한 평이 어디엔들 없겠느냐 하는 초탈의 여유도 북망산을 바라보는 고희에 와서 새삼 마음에 와닿는 말씀으로 들린다. 소시적 한 푼이라도 더 벌고 한 푼도 밑지지 않으려고 바둥바둥 아귀다툼했던 시절이 이제는 부끄럽게만 여겨지고 공자님 말씀대로 이순이나 종심(從心)에 맞는 삶을 살며 일장춘몽과도 같은 인생만사에 순응하고 너그럽게 베풀어가며 살다가 청산으로 돌아가고 싶다.

이번 기회를 통하여 우리 친구들 각양각색의 인생 여정, 에피소드를 접하게 된다니 흥미진진하고 다시 만나게 된 듯 기대가 크기도 하다. 앞장서서 문집 발간에 수고가 많으신 회장님과 위원님들께 심심한 감사의 말씀을 드리며, 우리 모든 동기, 친구들의 무병장수와 만수무강을 염원하며 졸필을 이만 줄이기로 한다. 감사합니다.

최병수(崔炳樹)

고려대학교 임학과 졸.
대한조선공사 10년 근무.
인도네시아 개인사업 18년.

나의 일과 삶, 세계 속에서

인도네시아, 그리고 이탈리아

| 정규조(3-6) |

인도네시아, 정열의 4년 반 주재근무

"와아~제법 네온사인 조명이 화려하네!"

미소 띤 얼굴로 환호하던 아내는 조금 늦은 밤, 어둠 깔린 고속도로에 진입하자 얼굴이 굳어지며 침묵모드로 바뀌었다. 낯선 곳에서의 시작에 조금씩 긴장되는 모양이다.

1990년 1월 인도네시아 주재 근무 5개월 만에 가족(아내, 초 4와 초 3의 딸, 아들)과 합류한 순간이었다. 인도네시아 수라바야공항 도착 후 자택으로 이동하던 중에 우려 반 기대 반이었던 이곳 생활이 슬슬 걱정되기 시작했나 보다. 이렇게 생소했던 나라에서 4년 반 동안의 주재원 생활은 시작되었다.

삼성전자 수원사업장에서 근무하는 동안 미주 영어권 인사발령의 기회가 세 번씩이나 부서장의 합의 거절로 무산되더니 이제야 고작 오지의 나라로 발령한단 말인가 하고 탄식, 갈등도 했지만...

당시 수원 제조사업부에서 해외사업 관련 업무를 함께 하다 보니 여기저기 해외출장이 많았고, 결국 동남아 현지법인 투자프로젝트를 주관하게 되면서 현지 기업체와의 합작법인 설립, 제조공장(냉장고, 에어컨, 세탁기) 건설투자와 생산시스템 및 판매조직 구축 등의 광범위한 과제를 갖고 약관의 나이에 법인장으로 부임해 뜨거운 적도의 나라 생활을 시작하였다.

당시 소속했던 사업부는 물론 삼성전자 본사 또한 해외 외국기업과의 합작투자 경험이 없었고 노하우나 참고자료가 전무한 상태에서 어렵사리 시작한 조인트 벤처였다. 숱한 고비를 거쳐 마침내 튼실한 해외법인으로 다져놓고 3년차부터 흑자 전환해우수법인 표창까지 받은 나는 소임을 다하고 1994년 6월에 본사로 귀국하였다.

인도네시아 10위권의 M그룹과의 지분율 50 대 50 합작사업이었지만 합작 파트너사 CEO와의 계약조건 협상과 J/V법인 운영 협의 등은 그야말로 고도의 대화 기술과 인내가 필요했다. 상호 원활한 영어 소통이 가능했고 진지한 대화 채널을 유지하며 이해와 신뢰를 구축해나가는 과정을 통해 안정적 법인 운영을 할 수 있었다.

귀국 송별회에는 J/V의 간부급 등 수십 명을 포함해 인도네시아 그룹기업 CEO도 함께 참석하였는데, CEO인 ALIM그룹 회장은 그동안의 성과와 노고에 감사하는 마음으로 특별히 선물로 노래를 부르겠다며 무대 위로 올라갔다. 그는 노래에 앞서 "사람들 앞에서 노래하는 것은 일생에 처음"이라며 "Mr. JEONG(정규조)에게 많이 고맙다"며 노래를 시작하는데 진짜 진짜 노래를 못하였다. 모두들 웃지도 못하고 덤덤히 끝까지 경청하였는데, 그만큼 고마움의 진심 어린 성의 표시라고 생각되어 더욱 가슴이 뭉클해지기도 하였다.

우리가 불편한 게 없도록 각별히 챙겨준 ALIM회장은 업무적으로는 철두철미했는데, 미운 정 고운 정 다 들어 친구처럼 가까운 사이가 되었고, 훗날 한국을 두 차례 방문하여 재회하기도 하였다. 정말 고마운 사람이었다.

인도네시아 동부 자바의 3위권 기업인 M社의 지명도 덕분에 합작법인의 CEO사장 직함을 가진 나는 자연스레 지역 내 인사로 인정받아 활동했다. 소규모였지만 그곳 한인사회에도 적극 참여하게 되었다.

자카르타와 달리 수라바야는 인도네시아 제2 도시임에도 인프라는 더 열악하였다. 연말 전후에 발생하는 스콜성 장마는 가히 위협적이고 연중 평균기온이 30℃ 이상이었으니 체질이 약질로 바뀌어 건강 악화로 귀국하는 교민도 간혹 생길 정도였다. 육지와 해수면의 차가 작지만 바람, 태풍이 약해 자연재해가 적은 것도 이 지역의 환경 특징이었다.

현지에는 한국 식재료 마킷도 없고 한국음식점이 귀해 서울 본사에서 고추장 간장 등 주요 식재료를 박스에 담아 정기적으로 보내왔다. 한국적 음식 섭취를 못 하면 힘을 못 쓰는 한국인들 아닌가? 그곳 고유 음식 메뉴 중 우리 입맛에 가장 맞는 걸 골라 A, B, C그룹으로 정해 놓고 한국에서 출장 여행 오시는 분들을 위해 여유있게 대비했던 기억도 있다.

요즘에도 한국에서는 일본 식민역사 잔재에 관한 이슈가 넘치는 듯하다. 과거 인도네시아는 네덜란드에 360년간, 말레이시아와 싱가포르는 영국에 140년간 식민지배를 받았다. 그러나 이들은 각각 오래전부터 네덜란드, 영국과 우호적 외교관계와 인적 경제적 교류를 하고 있다. 베트남은 미국, 프랑스와 또한 어떠한가?

인도네시아는 국토면적 세계 14위로 한국보다 19배 크고, 인구는 2억7,000만 명, 1만7,000여 개의 섬으로 이루어진 나라(자바, 수마트라,

술라웨시, 보르네오 등)로, 250여 인종에 언어가 150여 개(표준어는 인니어, 바하사 인도네시아)나 된다.

정말 큰 나라다. 규모가 크고 인종과 언어가 각색이니 생활양식, 문화, 종교의 다양성은 한국과 많은 차이가 있다.

13세기 무슬림 상인들을 통해 이슬람 문화가 유입되기 시작하여 불교/힌두교가 무너져 지금은 전 국민의 87%가 이슬람이며 기독교가 7%, 가톨릭 3% 수준이다. 8~9세기에 지어진 보로부두르 불교사원(세계문화유산, 중부 자바 족자카르타시)은 세계 불가사의 문화유적으로 평가되고 있다. 10세기에 건립된 프람바난 힌두사원(자바섬 중부) 또한 유네스코 세계유산이다.

무슬림은 일일 5회 기도를 올리는데, 일반회사에도 이슬람 기도실이 마련되어 있으며 기도시간은 엄격히 보장한다. 한 달간의 라마단에는 종교의식에 따라 일조시간에 의무적으로 금식하는데, 금식하며 공장에서 일하는 근로자들이 늘 걱정스럽고 안쓰러웠다.

자바 동부에 있는 브로모화산은 활화산이다. 조랑말 타고 평지 고원을 10여 분 지나 분화구 정상에 올라가면 맨 밑바닥에서 수증기를 내뿜는 분화구가 내려다보인다. 누군가 내려갔었는지 맨 아래에 큰 글자가 새겨져 있다.

유명관광지인 발리섬은 아직도 힌두교가 주류(92%)이므로 힌두문화를 체험할 수 있는 곳이다. 다양하고 이색적인 즐거움을 주는, 꼭 추천하고 싶은 관광코스이다.

그들의 국민성은 다소 온정적이며, 오래전 일부다처제의 관례로 인해 여성의 권리가 다소 소홀하게 다루어지는 경향도 있는 듯하다. 반면, 1965년 수하르토 쿠데타 사건으로 인한 대학살(공산주의자와 화교를 대상으로)과 1998년 발생한 폭동은 뼈아픈 유혈 인종 폭동 사건이었다. 당시 아시아 금융위기 이후 반정권 폭동이 발발하였는데 수하르토 대통령은 이를 교묘하게 조작하여 화교계로 불만을 돌려 화교들이 공격당하는 대규모 폭동시위로 발전하며 화교들이 큰 피해를 당했다.

인도네시아어는 네덜란드 식민 시절에 영어 알파벳을 글자로 도입해 지금에 이르렀는데, 문법이 다소 배우기 쉬우나 전문적 용어의 표현에 어려움이 있으며 어휘 부족으로 영어로 대체 사용하는 단어가 많다. 주재 근무기간에 배운 나의 인도네시아어는 꽤나 능숙하다는 얘기를 듣곤 했다.

수라바야에서는 다른 4명의 주재원과 그 가족이 인근에 함께 거주하며 지냈다. 가슴 아픈 사연도 있었다. 출산을 며칠 남겨두고 병원의 미숙한 처치로 인해 태아가 탯줄에 감겨 사망하는 안타까운 일이 있었다. 열악한 의료수준에 늘 조마조마했는데 결국 의료사고가 터졌다. 내 딸 아이도 말라리아 모기로 인해 1주일 이상 입원했을 때 불안을 떨치지 못한 적도 있었다.

어느 날 새벽 4시쯤 다른 주재원 부인으로부터 다급한 전화가 걸려왔다. 남편이 갑작스럽게 간질 증상이 심각해 두렵다며 어떻게 조치해달라며 울먹였다. 병원에 긴급 후송 조치하고 진단 결과 이곳에서는 치료할 수 없으니 자카르타나 서울로 가는 게 좋겠다는 소견에 따라 현지 의사 동반 보호하에 항공편으로 서울 신촌세브란스 병원으로 후송하여 뇌수술 처치 후 완쾌시킨 사례가 있다. 야생 뱀을 건강식으로 섭취했다가 세균이 뇌로 침투해 발작 증상을 일으켰던 것이었다.

또 현지인이 흉기를 몸에 숨긴 채 주재원을 수일간 미행한 일이 있는데 다행히 이를 눈치챈 주재원의 연락으로 경찰 협조를 구해 피해를 예방한 일도 있다. 환경, 문화, 사고방식, 언어의 차이 등등으로 빚어지는 기막힌 사건 사고가 어찌 이것뿐이었을까.

즐거웠던 일도 소개하고 싶다.

한인들과의 정기적 교류 모임(버팀목과 활력이 되었던)과, 부임 전 좋아했던 테니스는 높은 외부기온 때문에 결국 포기했지만 주말 오후마다 골프 라운딩은 단골 메뉴가 되었다(주재원 가족들은 평일에도 거의). 뭐니뭐니해도 가장 좋은 것은 주재기간에 매년 가족 해외여행을 했다는 것이다. 쉽지 않았던 시절에 자유여행 식으로 네 차례 동남아, 오세아니아, 미국 서부, 유럽, 일본 등을 가족과 함께 다녀온 것을 가장 값진 추억으로 간직하고 있다.

그러나 세상은 점차 IT산업이 급격히 발전하던 때라 이국땅에서 계속 살면 IT세상 적응에 뒤처질 수 있겠다는 걱정과, 이제 새로운 도전을 해나가야 한다는 목표를 가질 때라고 생각하였다. 주재근무 4년 반의 소임을 마치고 귀국 후에도 해외사업 업무를 계속하며 잦은 해외 출장은 반복되었다.

새로운 둥지 이탈리아에서 10년

1997년은 IMF사태로 인해 국내 기업은 혹독한 경영 어려움에 직면하고 사업구조 조정 등을 통해 해결을 모색해 나갔던 시절이었다. 사업구조 조정 TF업무와 일부 기존 사업의 분리매각을 진행하던 중 삼성전자와 이탈리아 A회사 간의 합작법인 J/V Project를 추진 담당하게 되었고, 합작 계약과 법인 설립을 성공적으로 완결지었다. 인도네시아에서의 경험이 절대적으로 활용되었음은 말할 것도 없다.

이 과정을 거치면서 A회사의 경영진으로부터 신임을 받아 두 회사 합작법인의 CEO로 추대되어 10년간 재직하게 되었다. 삼성전자 내의 사업 분할 및 자산매각을 통한 지분투자 방식이어서 인력 이관 및 법인조직 구성, 생산라인 구축, 영업판매 조직 셋업 등을 원활하게 진행할 수 있었다.

A사는 산업용 냉동 냉장 장비 제품시장에서 글로벌 Top3(미국 독일 이탈리아)이지만 제품의 외관 디자인에서 예술의 나라답게 단연 압도적 최고였다. 해외 10여 개 국가에서 생산 및 판매법인을 운영하는 글로벌 그룹회사이다.

합작 양사의 역할은 이탈리아가 자본투자와 기술력 제공, 삼성전자가 자산 현물투자와 인력 제공을 하는 윈-윈방식이었다. 법인 가동 초기부터 A회사의 제품 라인업을 도입하기 위해 R&D와 기술부서가 현지 연수를 통해 제품 연구와 제조시스템을 벤치마킹해 가면서 한국 내 J/V공장 제조라인 구축에 혼신의 힘을 다했다.

J/V 가동 초기부터 보급 초기 단계였던 IT전산화, 그룹웨어, 이탈리아와의 화상회의 시스템 구축 등 IT시스템 환경 조성을 우선해서 기업경쟁력 확보에 투자를 아끼지 않았다.

합작사업 전에는 불모지대였던 국내시장에서 J/V가동 후 6년차에 마침내 시장점유율 1위로 등극하였으며 연관된 고급모델 제품의 지속적 도입과 연구개발 등 다양한 제품 라인업 확대를 통해 견고한 정상의 위치를 유지해왔다.

2년마다 독일 뒤셀도르프에서 개최되었던 'Euroshop 국제전시회'에 제품전시 참가를 통해 A그룹사의 국제적 위상을 확인한 순간은 지금까지도 감동 그 자체이다. 그 모든 귀한 체험을 할 수 있도록 도움 주신 분들께 감사하고, 특히 A그룹회사의 마르자로 회장님과 멘토 역할을 해주신 모로시노토 사장님에게 무한 감사를 드린다.

이탈리아는 어떤 나라인가? 중세 14C경 시작된 이탈리아 중심의 찬란한 예술 문화 문명의 발상지 아닌가? 이탈리아 기원의 르네상스 신문명이 알프스를 넘어 유럽 전체로 전파되었으며 세계문명화로 발전하는 한 축이 되었다.

베네치아 공항에서 자동차로 1시간 거리의 합작사 A기업 본사에는 10년간 20회 정도 출장 방문했던 것 같다. 세계적 관광지로 유명한 아름다운 수상도시 베네치아는 과거 베네치아 공화국의 수도였다. 르네상스시대에 문화발전의 중심지 역할을 하였으며 예술 건축 분야에서도 뛰어나고 매혹적이다.

와인 얘기를 안 할 수 없다. 이탈리아를 방문할 때마다 새로운 와인 맛을 경험하는데 한때는 그 맛과 매너와 정취에 빠져들기도 하였다. 그 나라 온 국민이 어린 시절부터 일상적으로 즐기는 국민주 아닌가. 그들에게는 술이라기보다는 하나의 음식 메뉴로서 평생을 함께하며 즐기는 필수 반려품이다. 토스카나 키안티, 바롤로 등 익히 접할 수 있는 대표 와인들이 많이 있다.

DOC, DOCG 등으로 구분되는 엄격한 와인 등급 인증체제는 물론 세계적으로 프랑스와 1, 2위를 다투는 고품종의 와인 생산국가로서 일조량이 풍부하고 강수량도 충분해 포도 재배에 최적의 환경이라고 한다. 이탈리아 가정에 초대받아 가보면 웬만한 가정은 주택 지하에 와인창고를 갖추고 숙성, 저장하고 있는데 보관량도 어마어마했다. 부러웠다. 서울처럼 집중화된 대도시 형태가 아닌 전국적 균형 발전과 소득수준 유지로 지방이 차별되는 한국과는 많이 다르게 보였다. 일상이 여유롭고 예술 문화적으로 즐기는 국민성인지라 가정 내에서도 음악적, 미술적 환경에 친숙한 분위기가 물씬하다. 가족들의 여가는 당연히 문화예술 친화적이고 풍요로울 수밖에 없다.

이탈리아는 과연 서구문명의 최고 선진국이라 할 수 있지 않겠는가. 그러나 우리도 이제는 문화예술 생활에 조금씩 접근해 가고 있다는 생각에 약간 위안이 되곤 한다.

이탈리아 영토 안에 두 개의 소도시형 독립국가-산 마리노(이탈리아 중부지역), 바티칸시국(로마 시내)-가 존재함을 아시는가? 아름다운 도시들은 또 어떻게 표현해야 할까? 베네치아, 베로나, 피렌체, 밀라노, 제노바, 로마, 나폴리 등 아! 다시 가 보고픈 곳 아니겠는가!

해외J/V기업들과의 경영 성과물과 함께 이 모든 것들이 값지고 귀한 추억이었고 더 말할 나위 없는 소중한 기쁨이고 선물이었다.

직장생활 중 어찌하다 보니 해외업무를 병행하면서 50여 개국 130여 회 해외출장을 다녔지만 주로 공항, 호텔, 사무실을 쳇바퀴 돌 듯 반복한 것에 아직도 아쉬움을 많이 느낀다. 두서없는 글이 동기 친구들에게 무슨 도움이 되겠나 하는 생각도 있지만 조금의 기억이라도 남겨놓고 싶은 충동과 일상 이야기의 나눔을 통해 서로에 대한 이해의 폭을 조금이라도 넓혀 보자는 바람으로 졸필이지만 소회를 옮겨 보았다.

정규조(鄭圭朝)

연세대 공과대학 졸업.
삼성전자 동남아 법인장 역임.
삼성 아르네㈜ 대표이사 역임.
대주기업㈜ 사장 역임.

뒤돌아본 나의 이야기

| 조건래(3-8) |

동기생 여러분, 그간 모두들 안녕하셨습니까? 12년 전(2011년 10월)에 동기회 문집을 만들겠다고 하여 썼던 글은 이렇게 시작했었습니다,

"여러 친구들의 회갑을 맞아 즐겁게 축하를 하고 함께 기쁨을 나눌 수 있어 참 좋습니다."

그런데 이번에 다시 시도를 한다 하여 그 당시 글을 일부 수정하여 다시 적어봅니다. 어렵게 살았거나 어렵게 지내고 있거나 아니면 흔히 말하는 성공을 하고 부자가 됐거나, 그 과정이나 현재의 상황에 아무 상관없이 오늘까지 살아오느라 다들 참으로 수고가 많으셨습니다.

지금쯤은 너나 할 것 없이 그냥 살아온 것이 아니고, 어쩌면 여기까지 살아낸 것이라는 생각이 들기도 할 것입니다. 이제 우리가 다 함께 큰 소리로 지금의 우리들에게 그 노고를 치하합시다! 그리고, 난 별로 이야깃거리가 많은 사람이 아니고 글재주가 있는 편도 아니지만, 이 기회를 빌려 나의 지나온 길을 휘-이 돌아보려고 합니다.

학창시절과 젊은 날들

나는 혜화국민학교를 졸업하고 또 보성중학을 잘 다녔고, 우리의 모교 보성고등학교에 그럭저럭 합격하였다. 시험 직전에 입원을 해야 할 정도로 몹시 아파서 간신히 시험을 보았지만, 장학생으로 입학하여 학비를 면제받기를 기대하셨던 아버지께는 많이 죄송했다.

그래서 입학 후에 어린 마음에도 좀 색다른 각오로 마음을 다잡고 공부를 열심히 하기 시작했지. 해보니 그것도 할만하더라고, 선생님들께서 귀여워하시지 또 부모님들도 좋아하며 칭찬을 하시지 속으로 우쭐한 마음도 들지…. 그래저래 잘 지내고 학년 말에 성적표를 받았는데 갑자기 눈에 들어온 담임(설악산인 김종권 선생님)의 평가가 '이만저만 모범적인데…, 수줍고 내성적임'. 그래서 혼자 이건 아니라며 속으로 욱한 일이 있었음.

2학년이 시작되어 임시반장을 뽑을 때 '손을 번쩍 들어' 나서지 못하고 종례 후 교무실로 가서 담임(박종렬 선생님)께 "제가 해보겠습니다."라고 했으니 역시 좀 소극적인 나였다는 생각이 든다.

아무튼 그래서 나는 생전 처음으로 임시반장을 거쳐 남 앞에 서는 반장을 하게 되었다. 그리고 그때쯤에 나는 국민학교 선생님이 되기로 결심하고, 공자의 말씀처럼 '열다섯에 학문에 뜻을 세워' 정말 공부를 열심히 하기 시작했고, 또 의욕이 샘솟아 도서반, 생물반, 문예반, 연식정구반 등 교내 특활반과 룸비니클럽의 교외 활동까지 참 여러 곳에서 잘하지는 못해도 성실히 활동했다.

2학년이 끝날 때쯤 '참 나쁜 대통령'(그의 딸이 다른 때에 다른 분에게 한 말을 빌려야겠네) 박정희가 3선 개헌을 준비한다고 점점 시끄러워지고 있었다. 나는 그때나 지금이나 한결같이 그따위 개헌은 옳지 않다고 믿는다. 하지만 선거권이 없는 고등학생이 거리로 나가 경찰과 마주해서 돌팔매질을 하는 데모는 바람직하지 않다고 생각했고, 차라리 집안 어른, 일가친척, 이웃 사람 하나라도 반대투표를 하도록 설득하는 것이 현실적인 대처 방안이라고 믿었다.

선생님의 반대도 무릅쓰고 더구나 부모님께 말씀도 안 드리고 갑작스럽게 학생회장 선거에 입후보를 하고 그만 당선까지 되어서! '아…, 그 이후로 혼자서 어찌나 괴로웠는지. 아니 우리 간부들도 나 때문에 얼마나 힘든 시간들을 보내었는지!' 이제야 처음으로 하는 이야기인데 나는 여러분들과 동창이 아닐 수도 있었지. 그 1년 동안의 우여곡절을 다 말로 하고 싶지 않지만 아주 간단히 하자면, 나를 제적하겠다고 교무회의를 하지 않나, 9월쯤엔 3주 이상이나 수업에 참여할 수 없도록 교감(홍상유 선생님)과 생활지도 주임(썩배 김재원 선생님)이 교대로 나를 옆에 붙잡아 놓지를 않나, 심지어 도서관으로 데리고 가 하루종일 나를 지키고 앉아 있기도 했었다.

그래서 '좋다, 이렇게 유치하게 놀자고? 난 그리는 못 하겠다. 학교고 뭐고 다 때려치우고 난 당신들과 안 논다. 나가서 검정고시를 보면 되지, 도무지 신뢰가 뭔지 생각도 하지 않는 당신들과는 더 이상 말 안해!' 하는 마음으로 자퇴 원서를 확 내질렀어. 이를 아시게 된 우리 아버지께서는 이때에는 신설된 우석중·고등학교에 교장으로 부임하여 계셨는데, 우리 학교 교장(맹주천 선생님)과 정말로 대판 하셨다고 나중에 들었다.

결국 자퇴는 유야무야 없는 일로 처리되었고, 그러다 보니 가을도 깊어 가고 결국 개헌이고 뭐고 다 갈 데로 가버렸으며, 모두들 대학입시 준비에 몰두하던 그때에 순하고 착했던 보성고등학교의 학생인 나는 그만 독학하는 놈처럼 되어 가지고는 얼핏 눈에 독기가 서려서 헉헉거리며 공부인지 뭔지를 했다. 졸업을 바로 앞두고는 학생회장에게 공로상을 주는 관례를 깨고 내게는 시상할 수 없다는 통보를 담임(김민하 선생님)으로부터 받고 '오냐, 그깟 것을 준다고 하면 오히려 내가 거부하려 했었다.'는 말을 입안에 가두고 아무 일도 없는 양하며 여러분들과 함께 빛나는(?) 졸업장을 받고 나서, 졸업 기념으로 나눠준 허리띠 버클을 변소에 던져버리고 교문을 나섰다.

참으로 잊지 않고 있는 고마운 일들도 있었는데.., 그러한 힘든 시간을 보내고 있던 고 3의 그해 여름에 설상가상으로 우리 가족이 살던 집을 헐고 그 자리에 새집을 짓는 일이 벌어져 공부는 고사하고 잠자리도 불편한 지경에 이르렀고, 급기야 김용운 군(안과의사)이 그의 집에서 한 달여를 거저 먹고 자며 잘 지낼 수 있도록 도와주어서 지금도 고마운 마음을 깊이 간직하고 있다. 용운아, 아직도 정말 고마워!

또한 교무회의에서 퇴학 처분(제적) 운운하던 때에 당신의 교직을 걸고 나를 구명해주신 김영택 선생님의 깊은 사랑과 나에 대한 신뢰를 잊을 수가 없고, 아직도 그 감사의 마음을 제대로 다 표현하지 못한 나의 부족함에 스스로 맘이 상하기도 한다.

그런데 정말로 '우짜면 좋노!' 하는 일이 닥쳤다, 학년이 마무리되어 갈 즈음에 느닷없이 어머니께서 날 보고 서울대 공대에 가라시는 바람에…. , 서로 마주 앉아 참 여러 날을 돌림 노래를 부르듯 하다가 어머니께서 내 고집에 섭섭하셔서 눈물 흘리시기를 드디어 세 번째 하시던 날 밤에 나는 국민학교 선생이 되기 위해 교대로 가겠다는 날선 푸른 꿈을 접고 어머님의 말씀을 따르겠노라 약속을 하고 말았다.

그리하여 나로서는 참 황당하게도 서울대 공대 건축과에 입학하여 즐겁지 않은 마음으로 대학 생활을 시작했고, 입학식을 하고 나서부터 우리 가족은 물론이요 내 주변의 그 누구도 그야말로 급변한 나를-솔직히 말하자면 형편없이 흐트러진 자세의 나를- 이해하기가 어려웠으리라 생각된다.

그렇게 1년을 개판으로 지내고 나서 별수 없이 다시 학생 같은 모습으로 돌아오기는 했으나, 학문을 하는 것이 아니라 그냥 시험공부나 열심히 해서 학점이나 따고 학적부에 우등생으로 기록이나 남기며 특별히 미래에 대한 계획 같은 것도 생각하지 않은 채 졸업까지 하고 말았다. 그리고는 드디어 육군에 입대하여 31개월 만에 예비역 병장으로 다시 서울 땅에 나타나 1976년 11월에 그냥 건설회사에 취직을 했다.

사랑, 결혼 그리고 사회생활

신입 사원으로 수습기간을 보내는 중에 난 착하고, 사려 깊고 또 아름답기까지 한 지금의 내 아내를 만나 사랑에 푹 빠져버려 우리 가족과 처가의 모든 분들을 깜짝 놀라게 하며 바로 석 달 반 만에 결혼으로 직행, 이것으로 내 인생의 2막이 시작되었다. 해외 건설 붐에 맞추어 나도 리비아에 다녀오고 나중엔 사우디아라비아에도 갔고, 아이도 예쁜 딸을 둘씩이나 낳고 집도 장만하고 하며 살았다.

"결혼은 기가 막히게 잘했는데 그만 장가를 잘못 들었다"고 주변 사람들에게 몇 번을 우스갯소리로 했지만(사실은 그냥 웃어지는 형편은 아니었고) 결혼할 당시에는 상상도 하지 못했던 일들이 나와는 아무 상관도 없이 일어나고, 그런 것들이 세월이 가면서 내 삶에 정말 결정적인 영향을 끼칠 줄이야!

지금은 고인이 되신 동서 형님은 내가 결혼할 때 육군 장성이었고 몇 해 뒤 전두환 일당이 12·12 군사 반란을 일으키고 나아가 광주 민주화운동을 총으로 무력 진압한 얼마 후에 군에서 퇴역하였는데, 나의 짐작으로는 전역당했다는 말이 더 맞을 듯하다. 소문에 당시 육군 참모총장이던 정승화 대장 라인이었다던가?

얼마 후 참으로 의아하게도 그분이 하필이면 내가 근무하던 그룹의 한 건설 회사 사장(후에 회장)이 되셨다. 당신이 건설분야에 문외한이라면서 굳이 나를 곁에 두시겠다 하여 옥신각신, 갑론을박 끝에 그 회사로 적을 옮겨 무려 10여 년을 함께하며 별일을 다 겪고 입사, 퇴사를 수차례 거듭하고는 드디어 "나는 졌습니다." 하며 확실하게 퇴사를 하였다. 벙어리 냉가슴이라 했던가, 누구와 의논할 수도 없고 아내에게도 깊은 이야기를 하지 못한 채 혼자서 가슴앓이를 크게 하면서 어쩔까나, 어찌하면 좋을까 깊이 고민하였다.

그러한 어려운 나날을 보내며 곰곰이 짚어보니 이것은 동서 형님과의 문제만은 아니었던 것 같기도 하다. 내가 우리 사회에서 어쩌면 제대로(?) 적응하지 못하고, 제 부모에게서 물려받은 것이 크게 많은 '놈들'과 자꾸만 부딪치게 되는 것이 진짜 나의 문제라는 반성이라고 할 수 없고, 반성이어서도 안 되는 생각에 다다르게 되었다.

왜 그들이 '놈들'이냐고? 동서 형님의 회사에 퇴사, 재입사를 하던 중간에 근무했던 회사들이 있는데, 결과적으로 내가 얼마간 근무하며 윗놈들을 들이받았던 S그룹, 또 다른 D그룹의 그들은 그로부터 10년을 못 넘기고 큰 물의를 빚으며 부도, 그룹 해체를 했으니까…. 그런 결론에 도달하고는 더 재볼 것도 없이 '가자! 이 땅을 떠나자. 내가 우리 가족과 다시 시작하기 위해 다른 사회로 간다.' 하고 뉴질랜드로 이민을 왔다. 맨땅에 헤딩이라고 했나, 김포공항에서 비행기를 탄 것이 1994년 4월이다.

Aotearoa(길고 흰 구름의 땅) 뉴질랜드에서

그때가 이 나라의 가을이었고 오클랜드 공항을 나서니 차가운 바람에 섞여 비가 위에서, 옆에서 제멋대로 흩뿌리는 궂은 날씨에 나는 아내와 딸 둘과 함께 어느 그런저런 모텔로 안내를 받아 첫날을 보내게 되었는데, 갑자기 몰려드는 그 싸늘한 초라함이라니…․. 아이들은 어찌 보면 겁먹은 모습인데, 아내는 짐짓 초연한 척하는 것 같았다. 대강의 인연으로 알게 된 이민수속 동기들 중에 먼저 와 자리 잡은 이들의 도움을 받아가며 차를 사고, 집도 사고, 아이들이 학교에 입학도 하며 낯선 땅에서의 생활을 꾸려가다가 불과 1년도 안 된 시점에 약 2,000km나 떨어진 남섬의 작은 도시 더니든으로 이민 같은 이사를 했다.

그곳에서 5년 동안 아이들이 건강하게 공부를 잘하며 지낸 것이 참으로 다행이었고, 우리는 2000년 1월에 여러 가지로 살기 편한 오클랜드로 다시 돌아와 지금껏 잘살고 있다. 더니든에 있을 때 함철훈 군(사진가)이 만화가 최정현 씨와 함께 우리를 찾아주어 참 반가웠고, 이곳에는 몇 해 전 김기호 군(서울시립대 교수)이 연구차 출장을 와서 좋은 추억거리를 같이 즐겁게 만들기도 했었다.

몇 해 전엔가 연배가 나보다 조금 위인 분이 약주를 드시고는 나름 멜랑콜리해져서 "조형, 조형도 잘 아시겠지만 이 이민살이라는 게…., 하--…." 운운하는데, 아! 그 말 '이민살이'를 들으며 왜 '타향살이 몇 해던가…'하는 노래와, 6·25 시절을 이야기하던 예전 어르신들의 피란살이 이야기 따위가 떠오르는지 알 수 없는 중에도 쓸쓸함, 외로움, 어려움, 허전함, 그리움 등등의 느낌들이 몽땅 한꺼번에 밀려들며 '그래, 맞다! 이민생활이나 교민생활보다는 이민살이가 맞는 말 같구나' 했었다.

때로는 우리나라의 나쁜 뉴스들을 접하며 '정말 잘 떠나왔어. 저런 속에서 내 성질머리로 어찌 살꼬?' 할 때도 있지만, 가끔씩 문득 스며드는 등 뒤의 서늘함이야말로 떠나온 자만이 갖게 되는 가엾은 느낌일 거야. 그런데 이곳에 온 지 벌써 30년차가 되다 보니 이제는 여기가 제2의 고향인가 싶기도 하네. 두 딸이 결혼을 해서 각자 가정을 갖고 잘 지내고 있고, 우리 부부는 할머니, 할아버지 노릇을 하며 그네들에게 작은 도움이라도 되어주는 즐거움을 느끼며 살고 있지. 큰딸은 아들 둘, 작은딸은 딸 둘을 두어서 종종 모두 함께 모이면 10명이라 복작거리며 즐겁고 행복한 시간을 보내곤 한다. 이곳 사회에서는 자그마한 단위의 기부가 꽤 성행하는지라 힘이 닿는 대로 참여하기도 하니 그것도 또한 기쁨이다.

지난날들을 돌아보며 이러니저러니 투덜대기도 했지만…, 어쩌면 나는 천성이 꽤나 낙천적인 사람인가 싶기도 하다. 꿈, 앞으로의 계획을 말해보라 했지? 뭔 소리여, 시방! 이제는 함부로 나댈 때가 아니라 하던 대로 잘 갈무리하며 슬슬 멈춰설 준비를 해야 하지 않을까 싶네. 고희를 넘기고 보니 문득 "잊으신 물건 없이 안녕히 가십시오."라는 안내 방송이 들리는 듯해….

동기생 여러분! 모두 다 늘 건강하시고, 여러분 가정에 사랑과 평화가

가득하기를 빕니다. 넋두리 같은 글을 잘 읽어준 그리운 친구들에게
고마워하는 마음으로 내가 요즈음 즐겨 읽는 시를 하나 보내드리겠습
니다.

너
琴兒 皮 千得

눈보라 헤치며
날아와
눈 쌓이는 가지에
나래를 털고
그저 얼마 동안
앉아 있다가
깃털 하나
아니 떨구고
아득한 눈 속으로
사라져가는
너

조건래(趙建來)

서울대 건축학과 졸.
1994년 뉴질랜드로 이민.
현재 오클랜드에 거주.

앗살라무 알라이쿰

| 왕 윤(3-6) |

"앗살라무 알라이쿰!"

사우디 아라비아(이하 사우디)의 인사말이다. "평화가 당신에게 있기를"이라는 뜻이다. 사우디의 정식 국가 명칭은 Kingdom of Saudi Arabia. 21세기에 들어선 지금도 사우디 하면 무더운 사막의 나라, 왕정 국가, 무슬림들이 사는 부유한 산유국 정도로만 알려져 있다. 지금은 문화가 많이 개방되어 있지만 여전히 베일에 가려진 미지의 국가일 것이다.

아라비아 반도 최대의 아랍국가인 사우디는 고대 전통 사회의 가치규범이 일상생활 전반에 걸쳐 뿌리깊게 자리 잡고 있는 전제 군주국이다. 내가 거주하던 1980년대 당시엔 술과 음악이 허용되지 않았고, 하루 5번 기도 시간을 지키느라 모든 상점이 문을 닫았다. 영화관도 없었다. 여자들은 외출 시 얼굴과 몸을 아바야, 히잡, 니캅으로 가려야 했다. 운전도 허용되지 않았다.

관광 비자조차 허용되지 않아 가보고 싶어도 쉽게 갈 수 없는 나라였다. 페르시아만의 이 낯선 이슬람 제국이 우리에게 속내를 열어 보인 것은 1970년대에 시작된 중동 건설 붐이다. 대한민국 해외 건설시장의 보고로 떠오르면서 한국 기업들이 대거 진출해 한국 경제성장의 동력이 되었고, 귀한 달러를 벌 수 있었던 기회의 땅으로 급부상했다. 그 물결에 나도 올라탔었다.

1982년 6월 초 네덜란드에 본사를 둔 시그마 페인트에 취업되었다. 혹시나 하고 지원했다. 덜커덕 합격 통보를 받았는데 "위험하니 가지 말라"는 주위의 만류가 대부분이었다. 역마살이 제법 끼어있던(당시엔 미처 몰랐지만) 나는 '사우디? 전혀 색다른 세상인데…재미있겠다'라며 낙관적 기대에 부풀어 쉽게 결정내렸다. 당초 계획은 1년간 해외 영업 경험을 쌓으면서 실전 영어도 익힌 뒤 금방 돌아올 생각이었다. 그 1년이 무려 9년의 대장정이 될 줄은 상상조차 못했지만.

30대 초반, 새로운 기회를 모색하던 내가 메마른 사막 위에 세워진 이슬람의 거대한 제국 너머에 첫발을 내디뎠다. 난생 처음 국제선 비행기를 타고 도착한 첫 정착지는 알-코바(Al Khobar), 사우디 동쪽 해안인 페르시아만에 접한 도시다. 그곳 본사에서 9개월의 수습기간을 마친 뒤 서부 지역 아시아 담당 영업책임자로 발령 받았다. 부임지는 제다(Jeddah). 수도 리야드(Riyadh)에 이은 사우디 2대 도시이자 이슬람 성지 메카(Mecca)와 메디나(Medina) 사이에 자리 잡은 아라비아 최서단의 관문이다. '파하드 왕의 분수' '떠 있는 모스크'(Floating Mosque) 등 역사적 유적이 가득한 항구도시다.

알-코바에서 제다까지의 이동거리는 1,500km, 차로 이동했다. 오래전 주말의 명화 '아라비아의 로렌스'를 보면서 동경했던 이국적인 아랍의 사막을 피부로 느껴보고 싶었기 때문이었다. 리야드까지 500km를 넘어서자 교통량이 현저히 줄어들면서 도로의 차들이 드문드문 스쳐갔다. 지평선과 맞닿을 듯 사방으로 뻥 뚫린 사막 도로 위를 시속 180km로 날아가듯 달렸다. 종횡으로 가로지르며 마주한 그 사막을 40년이 넘은 지금도 잊을 수 없다.

하늘과 땅의 경계가 모호한 그 사막의 광활함, 그 속에 내재된 고요함, 크고 작은 물결처럼 아득한 부드러운 모래 언덕들과 시간의 부식이 거칠게 새겨진 암석들의 투박함이 공존하는 곳, 그 혼재된 몽환적인 풍광들 속에서 난 태어나서 처음으로 나라는 존재의 미미함과 마주했다. 당시의 자각은 메마른 가슴에 흩뿌려진 단비처럼 신에 대한 외경심과 미물로서 인간으로서의 한계에 대한 깨달음으로 이어졌다. 지금까지 내 삶의 중추가 된 신앙의 씨앗이 심어진 계기였다.

"알라후 아쿠바르"의 땅

이슬람은 사우디의 종교, 정치, 역사, 경제, 사회 및 문화의 근간이다. 이슬람의 종주국을 자부하는 그들의 삶을 이해하기 위해선 그들의 정체성을 관통하는 일상의 의식을 이해해야 한다. 이슬람(Islam)은 아랍어로 '순종한다'는 의미다. 이슬람 신자를 일컫는 무슬림(Muslim)은 이슬람 선지자 '무함마드의 가르침을 순종하는 사람들'이라는 뜻이 된다. 사우디에 도착한 후 9년 남짓 살면서 가장 많이 들은 말이 "알라후 아쿠바르"다. 바로 "알라는 위대하다", 즉, 알라 외엔 그들에게 다른 신은 없다는 의미이기도 하다.

업무 중 무슬림 직원들은 하루 다섯 번 머리 방향을 메카를 향해 기도한다. 영화에서 종종 볼 수 있는 이 기도를 '살라'라고 하는데, 이때 모든 업무가 일시에 중단된다. 모든 상가가 문을 닫는다.

매번 30분에서 1시간 정도가 걸리는 살라가 매일의 기도라면 라마단은 매년 한 달 동안 갖는 금식월이다. 이슬람력으로 9월 한 달 동안 일출부터 일몰까지 물을 포함해 아무것도 먹을 수 없다. 모든 식당들이 문을 닫는다. 나와 같은 외국인은 집에서 도시락을 싸와야 하는 번거로움이 한 달 동안 지속된다는 의미다.

해가 지면 밤새도록 먹고 마신다. 처음엔 '이게 뭔가?' 하던 나도 그들의 정신세계를 지배하는 이슬람에 관심 갖고 조금씩 이해를 넓히고 배워가면서 그 행위와 의식을 차츰 공감하게 되었다. "알라는 위대하다"는 단순한 이슬람의 인사말이 아니었다. 매일 매일의 신앙 고백이자 그들이 살아가는 이유인 것이다. 먹고 마시는 것보다 일하는 것보다 알라에게 순종하는 것이 최우선임을 스스로에게 끊임없이 일깨우고 되뇌는 자기 암시인 것이다.

참수형이 집행되는 나라

내가 사우디에서 지내는 동안 이슬람 율법의 엄격함에 섬뜩 놀랄 때가 많았다. 사우디에서는 이슬람을 제외한 다른 종교는 일절 허용되지 않는다. 불법이다. 다른 종교의 간행물 및 잡지의 출판 및 반입 모두 금지이며 역시 불법이다. 이슬람의 엄중한 교리에 처음엔 '설마' 하던 우리도 그 예외없는 법 적용과 실행에 적응되며 조심하게 되었다. 사우디 전역에 걸쳐 간음과 매춘 행위, 음주, 돼지고기 판매, 도박은 금기다. 밀주를 상업적으로 판매하다 적발될 경우 형벌은 공개 참수형이다. 그렇다. 여전히 참수형이 공개적으로 집행된다. 공개 처형 장소 및 시간을 신문과 방송을 통해 알린다. 집행일은 이슬람 국가의 주일인 금요일, 장소는 시내 중앙의 대광장이다. 그 참수형이 집행되는 곳을 우연한 기회에 지나친 한국인의 얘기를 들었는데, 사형이 집행되자 모여 있던 군중이 일제히 박수를 쳤다고 한다. 육신이 저지른 죄는 육신으로 죗값을 치르고, 그 영혼은 이제 천국으로 가게 되었기 때문에 보내는 축하의 박수라는 것이다.

성경에서 읽던 돌팔매형도 집행된다. 내가 도착하기 4년 전, 사우디 한 공주가 결혼도 하지 않은 채 유부남과 간통했다는 이유로 사형당했다. 그 사형을 요청한 사람은 다름아닌 그 공주의 할아버지인 한 왕족이었다고 한다. 10여 년 전쯤인 2009년엔 남편이 있는 사우디 공주가 런던 방문 중 어느 영국 남성과 부적절한 관계를 맺은 것이 드러나 망명을 신청했다는 기사를 읽었다. 사우디로 돌아갈 경우 이슬람 율법인 '샤리아'에 따라 돌팔매형으로 처형된다는 것이 망명 신청의 이유라고 BBC가 전했다. 21세기에 들어섰지만 공주라도 예외없이 간통으로 돌을 맞아 죽을 수 있는 나라다. 전제 왕정국가의 공주가 이럴진대 일반 무슬림들이야 말해 무엇하랴. 간통은 밀주 제조 및 판매, 마약 거래, 살인과 함께 중범죄에 해당되며 처형 방법만 다를 뿐이다. 이슬람 창시자 무함마드의 출생지인 메카와 그의 무덤이 있는 메디나는 무슬림이라면 평생동안 반드시 한 번 방문해야 하는 순례지다. 그 유명한 성지를 나도 사우디에 머무르는 동안 한 번쯤은 가보고 싶었다. 안타깝게도 비무슬림들은 도시 방문이 원천적으로 불가능함을 뒤늦게 알았다. 특별한 경우에만 극히 복잡한 절차를 거쳐야 한다(여기서 '복잡한'이란 현실적으로 불가능하다는 의미다). 영주권을 얻는 것도 하늘의 별 따기다.

몇 가지 예를 들었지만, 이처럼 믿음과 실천으로 이루어지는 이슬람교는 "알라는 위대하다"는 신앙 고백, 동트기부터 일몰까지 하루 다섯 번 메카를 향해 올리는 살라, 가난한 이웃을 돌보는 자선과 기부, 몸과 마음을 비우고 닦는 라마단, 알라의 예언자인 무함마드의 탄생지와 무덤을 찾는 성지 순례까지 다섯 가지 행동 강령에 기반한다. 이것이 평생 그들의 일상을 관장하는 신앙의 다섯 기둥인 셈이다.

가정적인 남자가 되다

내가 만나 본 사우디인들, 전부 남자였지만 가장으로서 강인함과 위엄을 최고의 가치로 여겼다. 보수적이고 전통 가치를 숭상하는 사우디는 오랜 가부장적 사회이기 때문에 남아 선호 사상이 두드러진다. 대신 남자들은 가족과 사회에 대한 의무감과 사명감도 잊지 않았다. 대체로 무뚝뚝하고 우리와 같은 이방인을 경계하고 쉽게 정을 주지 않았다. 의심도 많은 편이었다. 신의, 위신, 덕망과 같은 가치를 중시하는 기질이 두드러졌다.

라마단 기간 중 외국인들은 현지인들 앞에서 대놓고 음식을 먹거나 거리에서 물 마시고 담배 피우는 행동을 하지 말도록 내부 직원교육을 수시로 받았다. 남녀간의 내외는 상상 외로 엄격하다. 모르는 여인에게 다가가 말을 걸거나, 심지어 그것이 단순히 길을 물어보는 행위라 할지라도 커다란 문제를 야기할 수 있다. 요즘같이 핸드폰으로 모르는 여자의 사진을 함부로 찍는 행동 따위는 결코 그들 사회에서 용납될 수 없는 사건이다.

사우디에서의 체류가 해를 거듭하면서 가정밖에 모르는 남자가 되었다. 우선 퇴근하면 갈 데가 없다. 술도 없고, 술집도 없고, 오락 및 유흥시설, 심지어 극장도 없다. 겨우 외식할 수 있는 몇몇 식당 뿐이었다. 더구나 여자들에겐 운전 면허를 아예 주지 않으니 어디를 가든 아내와 아이들을 데리고 가족 나들이를 해야 했다. 가끔 비현실적인 공간이라는 생각마저 들었다.

그곳은 모든 것이 하얗고 밝았다. 사람들이 입고 다니는 옷, 자동차, 집들도 거의 흰색이고, 매일 뜨거운 햇볕이 내리쬐는 밝은 날의 연속이다. 밤마저 대낮처럼 환했다. 돌이켜보면 참 살기 좋은 곳이었다. 회사에서 집과 자동차를 제공해주고, 개인 소득세가 없었다. 수입은 높았고, 물가는 저렴했다. 온 세상에서 수입된 각종 물품들을 무관세로 들여와 풍족했다. 당시 휘발유 가격이 물 값의 3분의 1도 되지 않았다. 무슬림 국가이기에 치안 역시 뛰어났다. 당시엔 불편한 점들이 많다고 느꼈는데, 이제 보니 사막의 낙원이었다.

쾌적한 주거공간 컴파운드

컴파운드는 높은 담으로 둘려싸여 프라이버시를 최대로 보호받을 수 있었다. 주로 영국, 독일, 미국 등에서 온 고임금 임원들이 머물렀다. 반면 빌라는 별도의 커뮤니티 시설이 뒷받침되지 않는 밀집형 공동주거 형태다. 1980년 당시 인도, 파키스탄, 필리틴에서 온 대부분의 외국 노동자들이 빌라에 거주했다. 내 경우엔 고임금 외국 근로자를 위한 전용 거주지인 컴파운드(Compound)에서 살았다. 처음 2년은 독신자 컴파운드에서 지내다가 한국에서 가족이 들어오면서 페밀리 컴파운드로 옮겼다.

컴파운드는 기존 사우디의 주거 형태와는 다른 여러가지 장점이 있다. 우선 각종 부대 시설이 제공되었다. 수영장, 헬스장, 테니스장, 놀이터, 조깅 트랙, 미니 마트들이 들어서 있다. 매주 금요일 오후면 수영장 주변에 컴파운드 직원들이 바베큐 시설을 준비해 놓았다. 그때 먹은 소고기 바베큐는 내 인생 최고의 별미였다.

두 번째 이점은 자유롭다는 것이다. 용산의 미8군 부대를 연상하면 이해가 빠를 것이다. 높은 담장 위로 날선 철조망이 뒤엉켜 쳐진 미군 부대 안은 서울에 있지만 미국을 고스란히 옮겨다 놓은, 미국인을 위한, 미국에 의한 작은 미국이다. 외국인 컴파운드 역시 사우디의 엄격한 법이 적용되지만 거주민 모두가 외국인이기에 지극히 예외적인 공간이기도 했다. 예를 들면 컴파운드 내에선 별도의 교통 법규가 따로 있었고, 여자들은 컴파운드 밖에선 상상할 수 없는, 수영복 차림으로 자유롭게 수영장 시설을 즐길 수 있었다.

'신의 물방울' 사우디 하우스 와인

프랑스 회사 Rauch에서 적포도, 백포도, 사과 각각의 원액 100%로 된 과일 주스를 720ml 병 12개 들이 박스로 팔았다. 원래는 과일 주스로 판매되지만, 술이 고픈 외국인에겐 하우스 와인을 만드는 명품 재료가 된다. 와인 병 크기의 포도 원액 12병을 20리터의 큰 통에 붓는다. 설탕을 4~5kg 첨가한 후 대략 5리터의 물을 붓는다(설탕이 많을수록 알코올 도수가 높아지고 물이 많을수록 농도가 약해진다), 빵 만드는 효모를 한 수저 넣고 20도 안팎의 실온에서 밀봉하고 통 마개에 사이펀에 사용되는 가는 플라스틱 관을 꽂아 가스를 방출하면 된다.

약 2~3주 정도 놓아두면 마실 만한, 그러나 도수를 전혀 알 수 없는 사우디 하우스 와인이 탄생하는 것이다. 취향에 따라 백포도주, 적포도주, 사과와인, 또는 블렌딩된 정체불명의 와인이 만들어진다. 술을 마실 수 없는 사우디에선 신이 주신 최고의 물방울이 아닐 수 없다.

그렇게 색다르게, 별세상에서 살았다. 감사하다. 40여 년이 지난 지금, 그 시절을 돌이켜보면 사우디에서의 9년은 내 인생의 황금기였다. 30대 초반의 나이에 다국적 기업의 영업 책임자로 승승장구했고, 나와 우리 가족만이 누릴 수 있는 독특한 기억과 유대감을 만들었다. 대구에서 태어나 군인이셨던 선친을 따라 이곳저곳 옮겨 살던 내겐 작고 비좁은 한국이 세상의 전부가 아님을, 그동안 알지 못했던 수많은 나라의 사람들이 같은 하늘 아래 그들만의 독특한 풍습과 생활 양식을 따르며 치열하게 살아가고 있다는 깨우침을 주었다.

기쁘다. 바깥 세상에 대한 새로운 시각을 열어 준 사우디에서 생활을 할 수 있는 소중한 기회가 주여졌기에. 가족밖에 모르는 가정적인 남자가 되었고, 내 후반기 삶의 경제적 기반을 마련할 수 있었다. 이율배반적이지만 이슬람 종주국에 살면서 기독교 신앙을 갖게 된 결정적인 계기가 된 곳이다.

눈을 감는다. 그때 그 비릿한 모래 내음이 코 끝에 머물다 스며든다. 매끄러웠던 얼굴을 때리던 메마르고 따가운 모래 바람이 어느덧 주름진 얼굴을 쓰다듬듯 스쳐나간다. 휘이잉 ~ 낯익은 모래 바람 소리가 귓전을 휘감는다. 하얀 세계, 밝은 공간, 탁 트여진 커다란 세상의 한 조각으로 꿰어졌던 9년 동안의 삶, 잠시 잊었고 잃어버릴 뻔했던 기억의 편린들이 살포시 물기를 머금은 채 새록새록 되살아난다. 불과 몇 달 전의 일들처럼 생생하다. 언제까지 놓지 않고 싶은 사우디에서의 생활이 아스라한 춘몽으로 사라져가고 있다.

그립다. 아쉽다. 그러나 어찌하겠는가. 인생인 것을.
하나님이 가르쳐 주신 행복은 마음의 평화를 찾는 것이다. 건조한 사막의 대평원에서 가장 소중한 것이 물이듯, 만만치 않은 인생살이 궤적에서 내 안의 평화를 잃지 않는 한 행복할 수 있을 것이다.
"알라이쿰 살람!"
당신에게도 평화가 함께 하기를.
2023. 6. 1 뉴질랜드에서 왕 윤

왕 윤(王 鉉)

고려대학교 졸업.
SIGMA PAINT S.A CO. 근무.
1995 뉴질랜드 이민.
현 WELLINGTON 거주.

13월의 태양이 뜨는 나라, 에티오피아

| 김태구(3-3) |

내 삶의 후반부를 지내고 있는 아프리카 에티오피아(Ethiopia)와 한국
사이의 특별한 인연, 그리고 지금 우리 대한민국이 있기까지 에티오
피아 사람들이 베푼 도움과 사랑, 잊지 못할 은혜를 친구 여러분께 알
려드리고 싶어서 졸필이지만 감히 펜을 들었습니다.

아프리카 동부, 뿔의 나라 에티오피아는 참 특이한 나라입니다. 성경
에서 언급될 정도로 유구한 역사를 자랑하는 나라이면서. 2021년 세
계은행 자료에 의하면 인구 1억2천만이 넘는 나라입니다. 이 나라는
한반도의 약 5배 크기, 남한의 11배에 달하는 영토를 가진 대국이자,
84개 종족이 어울려 사는 다민족 국가입니다.

이 나라는 아프리카 영혼의 수호자(Spiritual Owner)를 주장하는 자존
심 강한 나라입니다. 제국주의 시대에도 꿋꿋이 나라를 지켜서, 아프
리카 전체 55개 국가 중 유일하게 식민지의 아픈 경험이 없습니다.
1896년에는 에티오피아 북부의 아드와(Adwa) 전투에서 현대적 무기
로 무장한 이탈리아 군대를 괴멸시키는 저력을 과시했습니다. 지금도

3월 2일을 아드와의 승리(Victory of Adwa)를 기념하는 국경일로 지정하고 있습니다.

문화적으로는 "암하릭"어 라는 자신들의 언어와 고유문자를 가지고 있으며, 세계 최초로 커피를 발견해 커피의 나라가 알려져 있습니다.

우리와는 특별한 인연이 있지요. 한국전쟁이 터졌을 때 아프리카에서는 유일하게 아무 조건 없이 지상군 전투부대를 파견한 나라입니다. 당시 파견된 부대는 셀라시에 황제의 황실 근위대이자, 에티오피아 최정예부대인 강유부대였습니다. 이 부대는 한국전쟁 기간에 253번의 전투를 모두 승리로 이끌었으며, 특히 대단한 것은 한 명도 포로가 되지 않았다는 점입니다. 이것은 어느 전쟁사에서도 볼 수 없는 유일한 사례였습니다.

▶ 강유 부대원, 살아계신 분들과 함께

또다른 특별함은, 에티오피아에서는 시간이 우리와 달리 흐릅니다. 이곳에서는 1년이 12개월이 아니라 13개월입니다. 새해의 시작일(우리의 1월 1일)은 9월 11일입니다. 1월부터 12월까지는 한 달이 30일이기 때문에, 13월은 닷새나 엿새가 지나면 끝나고 다시 1월로 넘어갑니다. 13월은 빠그메라고 부르는데, 한 해를 마무리하고 새해를 준비하는 13월이라 상점이나 관청 모두 문을 닫습니다. 왜냐하면 빠그메 달 5~6일은 한해를 마무리,정리 하고 새해를 준비,계획 하는 기간으로 지내는 전통 때문입니다. 공무원들도 출근은 하지만, 일은 하지 않고, 지난해를 마무리하고 새해를 준비하는 기간으로 지냅니다.(빠그메 전에 필요한 물품 뿐만 아니라 필요한 관청 일도 미리미리 준비 해 둬야 함) 참 지혜롭지 않나요?

또 하루는 우리와 같은 24시간이지만 (물론 GMT 기준 적용은 받지만), 그들의 시간은 하루를 낮 12시간 밤 12시간으로 나누는데 ..아침 6시부터 저녁 6시까지를 낮 12시간,(오전 6시를 0시로 잡고 낮 시간을 시작) 저녁 6시부터 아침 6시까지를 밤12시간으로 정해서(오후 6시를 12시로 잡고 밤 시간을 시작) 하루24시간을 지내는거죠. 그러니 우리는 밤 12시가 넘으면 하루가 지나가는데 그들은 새벽 6시 까지가 밤 12시 이니 새벽 6시가 지나야 하루가 지나는 겁니다 .그래서 세계인들이 알고 얘기하는 아침 7시가 그들의 시간으로는 낮1시가 되고, 아침 9시가 그들은 낮 3시가 됩니다..(이들의 시간을 로컬 타임이라 부릅니다.) 그래서 현지인과 만날 약속을 할 때는 인터네셔널 타임인지, 로컬 타임인지를 분명히 해야 합니다. 만약 오전 9시에 만나기로 할 때, 이걸 분명하게 해놓지 않으면, 내 시계로 아침 9시에 약속 장소에 가 있어도 헛일이 됩니다. 상대방은 로컬 타임으로 9시, 그러니까 인터네셔널 타임으로는 오후 3시에 나오기 때문입니다.

또한,이들은 아직도 에티오피아 고유의 곱트력을 사용하고 있습니다. 곱트력은 보편적인 그레고리안력(Gregorian Calender)보다 7년이 느립니다. 그러니 2023년은 에티오피아 달력으로는 2016년입니다. 대부분 장소에서 곱트력과 그레고리안력을 함께 표기해서 큰 불편은 없습니다. 고집이 세다고 할 수도 있고, 아니면 자신의 문화적 전통을 유지하고 있다고 할 수도 있겠습니다.

2013년에 처음으로 에티오피아 땅을 밟았을 때 받은 특별한 느낌을 아직 잊지 못합니다. 아! 이 나라에는 16세기와 현대가 공존하는구나! 하는 느낌이었지요. 수도인 아디스아바바는 비록 고층 건물이 즐비하지는 않지만 여기저기 자동차가 다니는 현대도시의 모습을 지니고 있었습니다. 그러나 시내를 벗어나면 풍경이 완연히 달라졌습니다. 마차가 다니고. 당나귀가 끄는 수레들이 주류를 이루고. 시내에서도 소, 말, 당나귀, 양, 염소 등의 동물이 함께 살아가는 그런 곳이었습니다.

남부의 오모벨리 지역에 갔을 때는 나체족, 입술에 접시를 끼운 접시족을 볼 수 있었고, 그들의 추장 암바사(사자라는 뜻)와 만든 친밀한 관계가 기억에 남습니다. 또 해수면보다 낮은 다나킬 사막의 용암이 들끓는 소금사막을 다녀와서는 단순히 16세기와 현대의 공존을 넘어서, 창세기와 현대가 공존한다는 경이로움을 느꼈습니다.

에티오피아에서 선교사로 생활할 때 현지인들과의 우정을 잊지 못하고, 우리나라와의 특별한 인연을 기억하면서, 항상 이 나라에 대한 사랑을 버리지

않고 있습니다. 지금은 한국에서 치과 치료를 받고 있지만, 하루빨리 그곳으로 돌아갈 날을 손꼽아 기다리고 있습니다.

마지막으로 이 글을 읽는 친구 여러분에게 한 가지를 부탁하고자 합니다. 지금의 대한민국이 있기까지, 우리나라가 세계 10위의 경제 대국으로. 그리고 선진국 대열에 합류하기까지, 피 흘리며 대한민국을 지켜준 에티오피아 형제들의 은혜와 사랑이 있었음을 부인할 수 없습니다. 지금 이 나라는 참 못사는 나라입니다. 1974년에 공산주의 혁명이 일어나서 경제가 무너졌습니다. 1991년에 민주주의를 회복하기는 했지만, 아직 경제 상황은 호전되지 않고 있습니다. 그러나 이 나라는 우리가 전쟁을 겪었던 1950년대에 아프리카 대륙의 강국이었고, 우리보다 훨씬 잘 사는 나라였습니다.

이런 점을 생각해서 혹시 에티오피아 사람을 만날 기회가 있으면 커피 한 잔이라도 대접할 수 있는 마음의 여유를 보여주시기를 간절히 머리 숙여 부탁드립니다. 꾸벅.

김태구(金泰九)

1975 한양대학교 건축공학과 졸.
1978~2012 현대건설(CTO/현대서산 사장 역임).
2013~현재 아프리카 에티오피아 선교사.
(2019~2023 7월 케냐 선교사 역임).

프랑스 과학자의 신변잡기

| 정광희(3-2) |

1. 체력의 노화

매해 연말처럼, 지난 연말에도 딸아이가 손자 둘을 데리고 일주일 방문으로 우리 집에 왔었다. 매번 방문 때마다처럼(딸네가 한 해에 세 번 우리를 보러 오고, 우리가 한 번 런던의 딸사위집에 간다), 그때도 매일 한 번씩은 애들이 운동을 하도록 두세 시간을 같이 보냈다. 집에서 약 300미터 떨어진 동네 축구장에서 달리기, 축구공 놀이, 럭비공 놀이를 한다.

미리(작년 11월에 열 살)라는 이름의 큰손자와는 110미터(축구장 대각선) 경주에서 작년 8월까지는 내가 이겼는데, 연말의 90미터(축구장 긴 모서리) 경주에서 나를 약 2미터 정도 앞장서서 이겼다. 나래(올 초에 일곱 살)라고 불리는 둘째가 출발신호를 하고 동영상을 찍었는데, 세 번째 경주에서는 내가 살짝 일찍 떠났는데도 불구하고 또 졌다. 몸을 풀기 위하여 우리 셋이 축구장 가장자리를 몇 바퀴 뛸 때 나래가 뛰는 것을 보니 둘째에게도 질 것 같아서 경주는 포기하였다. 이제는 나래가 몇 살에 나와 단거리 경주에서 이길지(형에 비하여) 확인하는 것만 남았다.

나는 학생 때 이후로 한 가지 규칙적인 활동을 해왔는데, 바로 달리기다. 26살 여름방학에 일주일에 한 번씩 툴루즈 남쪽 운하변에서 뛰기를 시작하여, 불과 몇 해를 제외하고는 계속해왔다.

젊을 때는 시속 11킬로미터로 뛰던 것이 지금은 시속 7.5킬로미터로 느려졌다. 50대가 되면서 일주일 한 번에 최대 17킬로미터까지 하던 것을 몇 년 전부터는 일주일 세 번씩 동네 축구장에 가서 매번 7킬로미터를 뛰고 20분간 맨손체조를 한다. 미리한테 지는 시각을 최대한 늦추기 위하여 한때는 애들이 오기 전 몇 달간 110미터 달리기를 초재기를 하면서까지 연습해봤으나, 속도가 늘지 않아 그만 포기해 버렸었다. 어떻게 보면 내게는 자신의 체력을 잴 수 있는 표준(거리와 속도)이 있는 셈이다. 그러나, 이렇게 늙어가면 과연 몇 살까지 얼마만큼 달리기를 할 수 있을까?

내가 어릴 때부터 20대까지는 몸이 약한 편이었고 운동도 좋아하지 않았다. 코피도 자주 흘렸고, 두통이 정기적으로 와서, 아스피린을 자주 먹었다. 그러나 30대 이후부터는 건강이 좋아져서, 춘풍(꽃가루알레르기)을 제외하고는 약을 거의 쓰지 않게 되었다. 아마도 달리기를 계속한 덕분이 아닐까 생각된다. 체육이라는 것이 몸뿐만 아니라, 정신건강을 향상하는 데 중요한 역할을 한다는 것을 늦게서야 배운 셈이다. 1987년부터 내가 거주하는 스트라스부르에서는 서쪽으로 차로 1시간이면 1,100미터 높이의 보즈산맥에 오를 수 있고 반대로 동쪽으로 라인강을 넘어가면 같은 시간에 거의 같은 높이인 독일의 흑림(슈바르츠발트)에 오를 수 있기에, 겨울 2~3개월 동안은 혼자라도 스키를 타러 가면(아내는 수년 전부터 골다공증 때문에 눈 위 걷기를 하고) 즐겁다(75세가 넘으면 스키장 사용료가 면제란다!!).

손자들이 크면서, 이들에게 체육의 중요함을 강조했던 이유에서인지, 둘 다 모두 체육을 좋아한다. 미리는 지난해 운동회 때 400미터 경주에서 4학년으로 학교 내 신기록을 세웠고, 나래는 작년 운동회에서 7개의 메달을 받아 초등학교에서 매해 하나 주는 은잔을 받았는데 몇 달간 보관하다 학교에 돌려주고 잔 위에 제 이름을 새겼다. 아이들도 여섯 살 때부터 스키를 배워서 2월에는 우리를 방문하여 스키도 타고 독일 흑림의 온천지에서 수영도 한다(겨울 추운 날씨에 밖으로 통하는 수영장에 있으면 기분이 매우 좋다). 산에 가서 봄에는 곰마늘 고사리와 쐐기풀, 여름엔 산딸기, 가을에는 도토리, 밤과 은행도 따고, 애들과는 연날리기, 로케트, 공놀이, 자전거 등을 한다. 이런 즐거운 시간이 과연 얼마나 계속될까? 아이들은 크고, 아내와 나는 늙어가고…

2. 과학자로서의 삶

아버지가 물리학 전공의 과학자인 이유로, 어릴 때부터 자연과학에 호기심이 많았고, 나는 자연스럽게 과학자가 되고자 했다(아버지로부터 많은 것을 배웠고, 또한 큰 사랑을 받았다. 아버지에게 사랑을 돌려드리지 못한 것이 두고 두고 후회가 된다). 중학교 때 고전기하학을 재미있게 배워 수학의 엄밀함을 익혔다. 중학교 2년과 3년 사이 추웠던 겨울방학에는 아버지에게서 미분적분과 확률론 등을 배웠다. 집 안에 영어나 일어로 된 과학책이나 잡지가 많았고, 고교 1학년부터는 혼자서 영어판 물리, 화학, 수학 방면의 대학 교재를 읽었다.

고 2학년 때 물리학 시간에 책상 밑으로 몰래 공학수학 책을 읽다가 물리 선생님께 들켜 책을 한두 주 압수당한 기억(선생님께서 그동안 읽으신 것 같다), 내가 영어에 앞선 것을 알고 간섭하지 않으셨던 영어 선생님(중공군, 누가 이분에게서 벌을 받지 않았을까?), 3학년 독일어 시간을 결석하며 교정 바위에서 수학책을 읽다가 독일어 시간이 끝날 때쯤 교실로 들어간다는 것이 선생님과 정면으로 마주치는 바람에 벌을 받은 것 등이 생각난다(독일어 선생님은 좋아했었는데 당시에 오해를 풀어드리지 못하여 죄송하다).

고교 3학년은 일부러 문과(2반)로 갔는데, 수학시험 때 한번은 문과 이과 문제를 둘 다 받았기에 둘 다 푼 것을 보고 수학 선생님께 불려가서 설명을 해드린 적도 있다. 대학입학시험 중 물리학은 고교 범위에 없었던 복소수 해석과 시수(벡터) 등으로 문제를 풀었다.

대학에 갔더니 많은 것은 이미 혼자 배운 것이어서 학교 강의나 시험에 매우 소홀하게 하였다. 당시 물리학과 동기 중에 뛰어난 친구들이 여럿 있었는데, 지금 생각하면 그들과 많이 교류를 하였어야 했다고 후회된다.

과학도 다른 분야와 마찬가지로 서로 경쟁하고 화합하는 중에 발전하기 때문이다.

고등학교 때부터는 프랑스에 관심이 깊어져서 프랑스문화원을 다니며 좋은 영화도 많이 보고 책도 빌려 보았다. 거기에 훌륭한 양자역학 책이 있었는데, 저자인 툴루즈대학의 에밀 뒤랑 교수의 추천을 얻어, 1976년 프랑스 정부가 주는 장학생으로 선발되어 스물네 살 때 툴루즈로 유학을 떠났다. 고체물리 전공으로 석사를 마치고 필립 뒤랑(아들) 교수의 연구실로 가서 양자화학 방면에서 박사논문을 위한 연구를 하고, 서른에 국가박사를 마친 후, 서독에서 박사후연구원을 하였다.

서른둘에 귀국하여 물리과 조교수로 일하고, 서른다섯에는 다시 프랑스로 건너가 프랑스 국립과학연구청의 선임연구원으로 연구직을 얻었다. 당시에는 수년 동안만 일하다 귀국할 생각이었는데, 결국 타국에 남아 있게 되었다. 마흔아홉에 대학교수로 옮긴 후 68세가 되는 2020년에 정년퇴직을 하였다. 서울대 문리대 물리학과의 동기 중 일생을 과학자로 연구한 사람은 네 명이다. 대학 동기 중에서는 내가 가장 먼저 귀국하여 조교수로 취직하였고 또한 가장 늦게 퇴직한 셈이다. 퇴직하던 해에 박사과정으로 등록한 학생이 있어 내년에 끝낼 예정이므로, 그때까지만 에메리투스(명예교수) 신분을 연장하여 일하지만, 자세한 지도는 현직에 있는 부교수가 하고, 나는 대개 3주에 한 번씩 화상회의로 지도하고 있다. 따라서 대학은 요즘 두 달에 한 번씩 나간다.

젊을 때부터 여행을 자주 하는 습관이 생겼고 직장도 많이 옮겼다. 직업적인 면에서 더 나은 환경에서 일하려고, 1995~2001년에는 파리 근교(집에서 500킬로미터, 당시 열차로 4시간, 현재는 1시간 50분)에서, 그 후로는 마르세이유(집에서 820킬로미터, 열차로 6시간)에서 일하기 위하여 일자리와 집 사이를 열차로 왕복하였다. 대개 3일을 직장에서 일하고 4일은 집에서 일하며 보냈다. 처음에는 매우 힘들고 지루하였으나 열차 내에서 책도 읽고, 강의 준비도 하고, 음악도 듣다 보니 그런대로 좋은 시간이 되었다.
국제적으로 많은 사람들과 교류하여, 한국 미국 중국 대만 일본과 프랑스 사이에 공동연구나 학술발표회를 상호 주최하였다.
58세에는 전국대학협의회를 통하여 특급교수(프랑스에는 교수 자리에 다섯 개 직급이 있는데 특급은 교수 40명 정도에 한 자리씩 있다)로 진급하였다. 1994년에 설립된 한국과학기술한림원에는 국내 교수들의 추천으로 초대 정회원이 되었다. 1999년에는 당시 원장을 지내신 분이 엄격한 회원 자격검사를 통하여 회원을 많이 추려내어, 전체 회원의 질을 높게 만들었기에 현재까지도 이 기관이 국내에서는 가장 정통적인 과학단체로 간주된다. 71세가 되는 올해부터 나는 종신회원으로 구분되었다. 박사과정부터 일한 41년 중 매우 열심히 일한 것은 아마도 15년 정도에 불과하다. 한 가지 후회가 되는 것은 퇴직하기 전 10년 동안 스스로 연구를 하지 않고, 부교수나 박사과정 학생의 연구지도만 하고 강의를 조금 했다는 것이다. 내가 직업생활에서 최선을 다하지 못하였다는 후회가 남아 있다.

3. 가족생활

아내는 대학 2학년 가을에 문리대 교정에서 만났다. 당시는 의예과에 다니고 있었고, 의대 졸업과 수련의 1년을 마치고 나를 따라 프랑스로 왔다. 일흔 살에 정년퇴직을 하고 근무시간을 8할로 줄여 다시 일하고 있는데 내년부터는 하루나 이틀만 일할 예정이다. 아내와 나는 결혼 47년째가 되었다. 딸은 아내처럼 의사나 나처럼 과학자보다 고등학교 때 선생의 권고에 따라 상과대학을 다니고 금융계에서 일하고 있다. 사위는 프랑스인들의 아들인데 역시 금융가로 일한다.

큰손자 미리는 일찍 어릴 때부터 모든 일에 호기심이 많고, 논리적인 사고와 문법에 맞는 정확한 말을 구사하며, 숫자를 좋아한다. 이 아이는 후천적인 영향을 받기 전부터 과학자나 공학자(손으로 만드는 것을 좋아하기에)의 소질을 타고났다는 생각이 든다. 여덟 살 때 우리 집에 왔을 때는 내 책장에서 어려운 양자역학 등 책들을 혼자서 뽑아보며 얼마간 흥미롭게 보내는 것을 보았다. 그러나 때로는 매우 까다로운 성격이 있다. 그리고 딸은 이 아이가 게으르다고 하는데, 그 면은 우리 아버지와 나를 닮았나 보다.

둘째 나래는 매우 무난한 성격으로 형처럼 번쩍이는 지성은 보이지 않으나 성실하여, 큰아이와 달리 걱정이 되지 않는다. 특이한 것은 둘째가 한국 음식을 유난히 좋아하는데, 입맛까지도 유전으로 전해받지 않았나 하는 생각이 들 정도이다. 딸아이는 프랑스에서 태어나 자랐으나 한국어를 잘한다. 손자 둘은 런던에서 태어나 자랐기에 집에서는 불어를 쓰고 학교에서는 영어를 쓴다. 둘째는 한국어에 관심이 많아 제 엄마에게 한국어를 정식으로 가르쳐달라고 주문하는 것을 옆에서 들었다. 딸도 한국을 좋아하고 손자들에게도 한국을 알려주기 위하여 몇 년에 한 번씩은 여름 동안 한국 방문을 한다.

유학을 오고, 귀국하고, 다시 외국에서 살다 보니, 지난 71년 삶 중에서 44년을 타국에서 산 셈이다. 타국생활 중에 가장 힘들었던 것은 부모님이 한국에 계셨던 이유로 마음이 항시 양쪽 나라 사이에 갈라졌던 점이다. 그래서 외국생활을 하면서도 자주 귀국했고, 여름 한두 달은 일부러 대전의 한국과학기술원에 머물며 공동 연구를 한 이유도 바로 부모님 때문이다.

아버지는 2010년에 돌아가셨는데 효도를 해드리지 못하여 후회된다. 그러나 어머니에 대하여는, 올 이월에 돌아가시기 전까지 내 동생들과 내가 할 수 있는 모든 것은 해드렸다. 나는 특히 어머니 곁에 머물려는 목적으로 2021년에 8개월 동안 연구재단을 통한 공동연구로 머물며,

어머니와 많은 시간을 같이 보낸 것이 좋은 추억으로 남아 있다.
세 명의 남동생과 한 명의 여동생이 있기에 앞으로도 계속 귀국방문을 하게 될 것이다.

4. 사회생활

나는 어릴 때부터 자연은 과학과 같이 좋아했다. 친구는 많지 않고, 비교적 외톨이로 지냈다. 어릴 때 같이 놀던 동네 친구인 임전수 학형은 고교의 한 학년 선배(59회)로 다시 만나는 인연이 있었고, 고 2-4반 때는 이도윤 학우와 좋은 인연이 맺어졌고, 고 3-2반의 김호응 학우와는 늦게 우정을 쌓았다.

40세 부근에는 독일 쪽에서 내가 근무하던 연구소를 방문한 한국인 화학자와 재미있는 시간을 보내고, 몇 달 후에 그 사람이 나와 고교 동기인 것을 안 적이 있는데 바로 최명재 학우이다. 그 후로는 대전에 머무를 때마다 같이 재미있는 시간을 많이 보냈다. 그리고는 대전에 거주하던 동창을 여러 번 만났는데 그중 유관희 학우가 또한 있다.

나이가 들면서 점점 타인과 교제가 넓어졌고, 또한 동식물에 대한 관심도 증가하였다. 아버지가 하신 말씀 중에, 젊은 시절에는 타인에 대한 관심이 적었으나, 해방과 동란을 거치며 잔혹한 일들을 많이 본 후에는 사람에 관한 측은함이 생기셨단다. 사실 아버지께서는 남녀노소, 사회적 역할에 관계없이 만나는 누구와든 같이 대화하는 것을 좋아하셨었다.

나는 퇴직 후에도 직장을 중심으로 만난 몇 명의 옛 동료와 정기적으로 식사를 나누며 즐거운 시간을 갖는다. 아내도 친한 남녀 동료의사나 제자 의사들이 꽤 많고 재미있게 같이 지낸다.

내가 사는 도시(주변까지 약 40만 인구)에도 꽤 많은 한인들이 거주하는데 몇몇 사람들과는 교류하고 특히 가까운 이웃인 한 가정과 가깝다.

그러나 다른 한인 교민사회는 거의 알지 못한다. 아마도 우리에게 종교가 없는 것이 한인사회를 알지 못하는 원인일 수도 있겠다. 한인회가 있었는데 몇 년 전 동포 사이의 불화로 해체되었다는 이야기를 들었다. 참으로 안타까운 일이다.

나는 가입한 민간단체가 몇 개밖에 없는데 그중 가장 자주 관계한 것은 프랑스 한인과학기술협회(약칭 프랑스과협, ASCoF)이다. 1976년에 당시 낭트대학교의 학장으로 계셨던 민선식 물리학 교수의 주도로, 현재 19개의 해외과협 중 네 번째로 설립되었다. 회비를 납부하는 회원이 200명이 넘고, 프랑스를 중심으로 스페인 포르투갈 이탈리아 튀르키예에 거주하는 회원도 포함된다. 나는 1989~90년 임기 2년간 과협 회장을 맡았으나 연구생활에 지장이 심하였다. 또 내 임기 전과 후로 협회 내부에 문제가 많아져 이를 등지고 살다가 2013~16년 두 번째 임기를 다시 맡아서 몇 사람의 마음이 통하는 회원과 함께 과협을 청정투명하고 활발하며 즐거운 단체로 변환시켰다.

우선 당시 재불과협(재불란서한인과학기술자협회)의 이름을 변경(법국은 중국 명칭, 불란서는 일본 명칭이기에)하고 정관도 변경하였다. 정관 중에 특히 한 개의 조항을 삽입하여 일체 정치적, 종교적, 상업적인 활동을 배제하였다. 내가 회장을 맡기 전에 협회를 순수한 과학기술, 친선 목적이 아닌 다른 목적으로 이용하려는 조짐이 보였기 때문이다(사실 세계의 현 상태를 보면, 선·후진국을 막론하고, 종교와 정치 사이의 결탁 혹은 구태적 이념에 기반한 정치체계가 세계평화와 민주체계를 위협하고 있지 않은가?). 몇 사람의 선후배와 공동으로 회원과의 화목, 남녀 선후배를 막론하고 상호

존경하며 화목한 단체로 발전시키는 데 많은 노력을 기울였다.

나는 일찍부터 한국사회의 반말하고 존댓말 하는 비대칭적 선후배 관계가 가장 큰 병폐의 하나라고 생각하였다(이런 악습은 일제 식민시대에 생겼을까?). 고교 때는 상급생에게 절대로 존댓말을 쓰지 않았다. 이학년 때 한번은 밖에서 산 책이 누군지 2층 3학년 반에서 뿌린 물을 맞아 교실로 올라가 누가 물을 뿌렸냐고 항의하다가 여러 명으로부터 수모를 당할 분위기에, 마침 복도를 지나던 김덕수 체육선생님께서 3학년생들을 꾸짖으신 적이 있다. 당시 이분께서 내 생각을 아셨던 것으로 추측된다.

(보성고등학교에서는 머리도 조금 기를 수 있었고, 명찰을 달지 않았던 좋은 전통이 있었다. 실은 학년 표지도 없었으면 더 좋았을 것이다).

나는 과협에서도 젊은 회원들께도 철저하게 존댓말을 쓰며 격려한다.

(손자들을 꾸중할 때는 일부러 책임감을 주기 위하여 존댓말을 쓰기도 한다).

내 임기 후에는 회장 선거 때 적극적으로 참여하여, 훌륭한 사람들이 회장이 되도록 하는 데 성공한 것을 무척 다행으로 생각한다.

우리 과협의 모임에는 가족들까지도 많이 동반하며 이를 위한 재정적 보조도 아끼지 않기에 특히 우애가 좋은 분위기로 진행된다. 여하튼 현재로는 과총(한국과학기술단체총연합회)에 속한 해외 19개의 과협 중 가장 모범적인 단체로 성장한 것이 크게 자랑스럽다. 우리 과협이 2015, 2022년 큰 국제모임(EKC)을 두 번 주최한 경우에도 아름다운 회의장과 도시의 선택, 학술적으로 훌륭한 연사 초대, 맛있는 프랑스의 고급 음식 등으로 참가자들로부터 많은 칭찬을 받을 수 있었다. 내게는 과협 모임에 참가하는 것이 큰 즐거움이다.

내 회장 임기 중, 여과총(한국여성과학기술단체총연합회)의 제의와 후원에 따라 아내가 유럽 한국과학기술인협회를 2015년에 설립하고 초대 회장과 연임으로 8년을 맡고는 올해 초에 인계하였다. 현재로는 여과총에 소속된 네 개의 여성과협(미국, 유럽, 캐나다, 아시아태평양) 중에서 유일하게 해외 과협으로부터 독립된 사단법인이다(내 경우에는 딸을 낳으면서부터 여성의 사회적 지위에 관한 관심이 생겼고, 모든 사회적 차별에 대하여 나이를 먹으며, 진보적으로 크게 변화하였다).

이제는 내게 한가로운 시간이 많아졌으므로 내가 졸업한 프랑스 국립응용과학원의 동창회 지부회가 주최하는 다양한 모임에도 자주 참여하려 한다. 귀국 때마다 고교 동창과 대학 동창을 만나는 것도 큰 즐거움이다. 퇴직 후에 악기를 배울까, 합창단에 속해볼까 문의하다가 현재까지는 주저하는 상태이다. 아마도 내가 이 면에서 자신이 없나보다. 그러나 어떻게 되든 안 되든, 그냥 시작해볼까??

결언:

세계 각처에서 평화를 위협하는 문제들이 많이 생기고 있다. 물론 이것은 농업발전이 동반한 지구상의 인구 증가, 도구의 발명, 사회조직의 증가와 복합성을 거치는 동안, 변함없이 늘 생겨왔던 문제이기는 하다. 그러나 산업혁명이 가져온 엄청난 파괴력, 과다하고 진위를 가리기 어려운 광폭의 정보 공유 등이 인간이 소유한 악독한 야심과 합쳐지면 걷잡을 수 없는 세상을 초래하게 된다. 많은 종교나 윤리사상에서 가장 핵심이 되는 인간에 대한 자비심을 실천한다면 영구한 세계평화가 올 수가 있지 않을까 하는 생각은 너무나 순진하게 보일 수도 있겠다.

그러나 우리 후손들에게 사회에서 성공할 수 있는 자질을 가르칠 뿐
아니라, 참으로 인간뿐 아니라 모든 동식물과 자연까지도 사랑할 수
있는 인성을 키우는 것이 중요하겠다. 이것은 미적인 혹은 이상적인
생각에서가 아니라 단순히 지상에 인류가 존재하기 위하여 절실히 필
요하기 때문이다. 그러나 과연 자비심이라는 것이 모든 사람이 소유
할 수 있는 것일까??

특히 크는 손자들을 보면서, 인생에서 학교시절이 참으로 중요한 시
기라는 것을 늦게서야 깨닫게 되었다. 다시 그 시대로 돌아갈 수 있다
면, 동년배뿐 아니라 선후배를 포함한 많은 학우와, 또한 훌륭한 교사
들과 학습 이외의 많은 면까지 교류할 수 있었다면, 우리가 더 좋은
인성을 소유할 수 있었을 것이고, 더 행복한 삶을 가졌을 수 있었지
않을까? 물론 이미 지나간, 재회가 불가능한 일이다!!

정광희(鄭光熙)

서울대 물리학과(1970~73).
프랑스 응용과학원 물리공학과, 고체물리(1976~79).
프랑스 뚤루즈대학 국가박사, 양자화학(1979~82).
서독 자유대학 연구원 (83-85);
단국대학 조교수(1985~86).
프랑스 국립과학연구원(1987~2001).
프랑스 엑스 마르세이대학 교수(2001~2020).
명예교수(2020~2028).
한국과학기술한림원 정회원(1994~2022).
종신회원(2023~).

모스크바의 '빨리빨리' 사장

| 전태룡(3-3) |

1994년 10월 21일 성수대교가 붕괴되어 32명이 사망하고 17명이 부상하는 대형 사고가 발생했다. 그즈음 나는 러시아 수도인 모스크바와 카자흐스탄 수도였던 알마티(현재는 아스타나)를 오가며 구 소련 지역을 대상으로 한국 물건을 수입 판매하는 회사를 운영하고 있었다.

모스크바에는 5층 건물을 임차하여 본사 겸 antenna shop(상품의 판매 동향을 탐지하기 위해 메이커나 도매상이 직영하는 소매점포)을, 고려인(한인 2~3세)이 많이 사는, 그래서 인력 확보가 용이한 알마티에는 봉제 공장을 만들어 생산 기지로 활용했다. 당시 주 판매품은 가전제품, 남녀 정장, 중고 차량 등이었는데 그중 가전제품은 없어서 못 팔 정도였다. 당연히 매출을 늘리려면 재고 확보가 최우선 과제였기에 능동적이고 신속한 업무 처리를 전 직원들에게 요구했다.
특히 속도를 강조하기 위해 '빨리빨리(브이스트리)'를 입에 달고 살았다.

그래서 내 별명이 '브이스트리 사장'이었다. 그러나 민족성 때문인지, 오랜 공산주의 통치하에 있어서 그랬는지 매사에 자발적으로 신속하게 움직이는 직원은 없었다.

언어 문제로 모든 일을 그들(특히 관리자 겸 통역인 고려인)을 통해서 해결할 수밖에 없는 상황이라 어쩔 수 없었다. 한국에서 하루면 될 일이 일주일이 걸려도 될까 말까 하고 그 이유도 황당하고 거짓말 같아 답답함이 극에 달하였다.

그때 마침 한국대사관 김모 참사(안기부 파견)님이 모스크바대학원에서 박사과정을 이수 중이며 러시아말도 곧잘 한다는 미스터 리를 소개해 주었다.

많은 대화 끝에 그를 '비밀병기'로 쓰기로 합의하고 채용했다. 직원들에게는 러시아 말을 못 한다고 소개하고, 고려인 관리자를 포함하여 전 직원을 은밀히 감독하고 특히 세관 등 관공서 업무가 원활히 진행될수록 방안을 모색해보라고 지시했다.

한 달쯤 지난 후 그의 보고는 이러했다.

거짓 보고는 다반사였고 대부분의 관공서가 급행료를 공공연히 요구하는데 이를 지적하거나 고발하는 건 평민(?)으로서는 상상조차 하기 힘들다는 것이다. 또한 고려인이 소수민족이고 공산당원도 아니었기에 더욱 일이 안 풀렸다고 했다. 그때만 해도 구 공산당원들이 정계 재계를 장악하고 지배세력으로 군림하고 있었다. 따라서 아이러니하게도 빈부의 차가 자본주의 사회보다 엄청 컸다.

그 후 나는 회사 발전을 위해 관리자를 루스키(러시아인)에 공산당원 출신으로 교체했다. 보안 유지상 내가 직접 지시하고 보고 받기 위해 영어가 가능한 사람을 구하느라 꽤나 힘들었는데, 고려인과의 이별도 순탄치 않았던 기억이 아련하다.

관리인 교체 후 업무 추진이 원활해졌다. 특히 대외 업무에서는 상당히 빨라져서 좋았다. 다만 회계 처리상 비자금을 만드느라 가능한 모든 편법을 동원하던 아픈 기억도 새롭다.

그러나 여전히 '빨리빨리'는 입에 달고 살았다.

그런 와중에 성수대교가 무너진 것이다. 국격은 물론이고 내 자존심도 같이 무너져 내렸다.

만나는 직원마다 묻는 말, "브이스트리 사장님! 다리는 왜 무너졌나요?"

그 후 한동안은 속이 터져도 '빨리빨리'를 입 밖에 낼 수가 없었다

전태룡(全泰龍)

성균관대학교 신문방송학과 졸.
㈜진양, Puma Korea, 한국 Mizuno, Grapro 근무.

미래의 러시아를 위하여

| 전동신(3-1) |

막상 무언가를 써보려 하니 뚜렷하게 내세울 만한 것이 없다. 더군다나 대학 졸업 후 공식 문서나 메일이나 쓰던 나로서는 난감하기까지 하다. 그래도 나름 파란만장했고, 열심히 최선을 다하고 살았다고 생각했는데, 대학을 졸업하고 40여 년이 넘는 사회생활 중 막상 무언가를 이야기하자니 마땅히 내세울 것이 없다는 사실에서 이게 내가 살아온 것이구나 하는 자괴감마저 드는 것 같다.

결국 이런저런 생각 끝에 결과적으로 용감을 떠나 무모하게 덤벼들었던, 그렇지만 수년간에 걸쳐 러시아에서 벌이고 경험했던 일들이, 비록 이로 인해 엄청난 돈과 시간을 낭비했지만 러시아라는 나라가 언젠가는 우리가 진출해야만 될 좋은 파트너가 될 것이란 생각과 비교적 생소한 이야깃거리가 되지 않을까 싶어 러시아 이야기를 정리하는 것으로 주제를 정하게 되었다.

러시아 진출 동기

"믿지 말자 미국놈, 속지 말자 소련놈!"

2006년 내가 처음 러시아와 사업을 한다고 했을 때 주위로부터 들었던 이야기이다. 또 환갑이 거의 다 된 나이에 어떻게 소련이라는 공산주의(러시아 사람들에게 공산주의나 사회주의 운운하면 엄청 화냄. 엄연한 자유민주주의국가라고 주장함) 나라와 돈벌이를 하려 하느냐는 엄청난 만류와 부정적인 의견으로 이에 대한 설득과 논쟁이 늘 다툼으로 발전해 한때 오랜 친구들과 절교를 하기까지 했다. 그만큼 당시 보편적인 사람들의 러시아에 대한 거부반응이 커 실제로 러시아를 왕래하며 접촉하던 당사자로서는 정말 답답하기 그지없었던 기억이 생생하다.

그때만 해도 우리에게 러시아에 대한 인식이 부정적이었던 것은 예를 들어 러시아의 대부분의 에어콘이 LG전자 제품이라거나 삼성전자가 스마트폰이나 전자사업으로 엄청난 이익을 낸다거나 팔도라면이 공장을 몇 개씩 늘려가고 있다는 등의 러시아에 대한 긍정적 정보보다는 러시아의 마피아에 대한 왜곡된 인식이나 체첸의 테러와 같은 매우 부정적인 정보들로 도배되어 있어 어쩔 수 없었던 것 같기도 하다. 대화 중에도 소련과 러시아가 구분되지 않던 때이니 러시아에서 무언가를 벌인다는 것이 지금 생각하면 너무 조급하지 않았나 하는 회의가 들기는 한다.

그러나 같이 일하게 된 파트너나 업무로 만나는 러시아 친구들은 대부분 우람한 겉보기와 다르게 순수하기도 했고, 열정이 넘치는 듯이 보였고, 무엇보다도 러시아의 무한한 자원과 한국의 축적된 자본과 기술력이 상호보완적인 관계여서 논리적으로 생각한다면 러시아 진출은 단순히 필요만이 아닌 필요충분조건을 갖추고 있다는 판단이 들었다. 전쟁 발발자로 세계적 공적이자, 지나친 권력욕과 거의 망령이 들어 보이는 푸틴의 지금 모습과 달리 그 당시 푸틴은 역동적이었고,

희망과 미래의 나라로 이끌어주는 유능한 지도자로 판단하기에 충분했던 것 같다.

그 당시 내 생각은 푸틴이 마치 우리의 박정희 대통령과 같은 역할을 담당할 것이라는 생각, 대부분의 러시아 젊은 친구들의 핸드폰 배경 화면으로 설정될 만큼 남녀노소를 불문하고 누구에게나 추앙받던 시절로, 러시아를 예전의 러시아제국으로 부흥시킬 수 있을 것이라는 기대를 받고 있는 듯했고 그래서 어떤 면에서는 부럽기도 했던 기억이 있다.

또한 모든 정황이나 생필품의 70%를 수입에 의존한다거나 우리의 1970년대 말이나 1980년대 초 정도의 경제상황 등을 볼 때 한 걸음 먼저 간 우리의 발전사례가 러시아에도 상당 부분 적용될 수 있을 것이라는, 그야말로 모든 것이 황금알을 낳는 거위의 기회로 보이기에 충분했던 것 같다.

▶ 2012년 모스크바 크레믈린 인근에서 찍은 푸틴 반대시위.
대부분의 자동차가 백미러 옆에 콘돔풍선(흰 부분)을 달고 다녔다.

러시아의 첫인상

처음 모스크바에 도착하자 저녁 파티에서 마실 포도주를 준비하기 위해 우리로 말하자면 이마트와 같은 대형 마트에 갔다. 우선 그 규모가 우리의 대형 마트와 비교가 되지 않을 만큼 큰 규모였고, 계산을 위해 아마도 족히 1시간은 기다려야 되는 길고 긴 줄을 서야만 했다. 물건을 사는 사람도 많았지만, 나중에야 알게 된 사실이지만 캐셔들의 계산능력이 우리와는 많은 차이가 있기 때문이라는 설명이었다.

좌우지간 러시아 사람들은 예전부터 배급을 위해 줄 서는 것이 생활화되어서인지, 모두가 태연하게 길고 긴 시간을 기다리는 모습은 비단 이곳뿐 아니었다. 크레믈린궁 앞의 대형 맥도날드 가게나 목 좋은 스시집(초밥)에서도 목격되고, 줄을 서서 대기하는 인내력은 러시아가 세계 최고가 아닐까 싶었다.

당시 러시아의 민주화가 본격적으로 진행되고 있었고, 주로 30대에서 40대 초반의 친구들이 정치와 경제를 좌지우지하고 있어 역동성이 넘쳐 보이는 러시아의 미래는 무척 밝아 보였던 것 같다.

러시아와 7~8년에 걸쳐 활발하게 많은 일을 추진했고, 고생도 했고, 어려움도 있었고 좋은 일도 있었지만 내가 진행하고 추진했던 사업을 하나하나 나열하는 것보다는 러시아문화의 한 단면으로 우리 친구들이 흥미를 가질 만한 이야기와, 언젠가 러시아가 정상적인 국가로 탈바꿈할 때 우리와 협력하게 될 무한한 가능성을 주장하기 위해 몇 가지 경험을 적어본다.

다차와 반야

러시아 사람들은 유난히 목욕을 좋아한다. 러시아에 수십 번 갔지만 공중탕을 본 것은 아마 블라디보스토크에서 150km 정도 북쪽으로 있는 우스리스크라는 예전에 우리 독립투사들이 독립운동의 근거지로 활동했던 지역에서 호기심으로 한번 들여다보았던 적이 있는데 오래전 우리의 동네 목욕탕과 별반 다른 게 없었던 것 같다.

그들의 대표적 목욕문화는 '다차'라는 러시아의 중산층 정도면 대부분 소유하고 있는 second house와 '반야'에서 잘 볼 수 있다. 반야는 우리나라에서 군이 비교한다면 가족탕이 있는 펜션 정도가 비슷하지 않을까 싶다. 규모가 조금 있는 도시의 경우 금요일 저녁에는 인근 다차로 나가는 길이, 일요일 저녁에는 들어오는 길이 지독히 붐벼 그야말로 교통지옥이 우리나라의 명절 수준으로 보면 되지 않을까 싶었다. 물론 열악한 도로 등 SOC 사정에 기인하기도 하지만.

다차에는 주거동이 있고, 이와 조금 떨어져 처음에는 화장실로 오해했던 조그만 별채들이 반드시 있는데, 이것이 우리에게 흔히 알려진 핀란드식 사우나시설이다. 겨울이면 이곳에서 열을 내고, 눈이 쌓인 밖으로 나와 눈밭에서 뒹굴거나 호수가 있는 지역이면 얼음을 깨고 들어갔다 다시 사우나 도크에서 열을 내고 식히는 공간으로 한국에서도 가끔 경험하였을 것이다.

반야라는 것은 쉽게 말해 밤 문화를 위한 종합 엔터테인먼트장이라고나 할까? 반야는 집 한 채를 통째로 빌리는 것이 군이 말하자면 펜션과 같으나 다른 것은 반야는 시간당 계산을 한다는 것이다. 그리고 이곳은 숙박하는 곳은 아니고, 전형적인 만능 릴랙스 엔터테인먼트를 위한 장소라고 해야 할까? 모든 반야는 크게 세 구역으로 구분되는데, 노래방시설은 필수이고 반야의 수준에 따라 소규모 당구시설 같은 오락기구들과 중앙에 대형 테이블이 있는 메인홀이 있는데, 사우나를 하고 나서 남자는 목욕가운을 걸치고 여성은 큰 타월만으로 몸을 가리고 파티(?)를 즐기는 곳이다.(우리는 주로 우리나라에서 온 손님들과 함께하는 자리가 많아서 특별히 한국 노래가 내장된 포터블 노래방 마이크를 준비하고 다녔다.)

여기에 보드카와 샤슬릭 등 음식을 준비하고 야간파티에 빠질 수 없는 파트너를 부른다. 기막히게 쭉쭉빵빵한 러시아 토종, 카자흐스탄, 우즈베키스탄의 아시아계 혼혈, 몽골족(우리와 똑같은) 같은 각양각색 여인들이 도열해 각자 선택을 기다리는데, 우리가 룸살롱에서 파트너를 정하는 것과 동일하다. 파트너를 정하는 방법은 세계적으로 이 방법이 가장 합리적인 모양이다.

그런데 한 가지 팁을 준다면 카자흐스탄이나 우즈베키스탄에서 온 혼혈여인들이 내 기준으로 볼 때는 순수 러시아계보다 훨씬 우월해(?) 보였다.(모스크바와 같은 대도시에서는 여러 인종이 나오고, 그 외 지역은 주로 순수 슬라브계 러시아 여인들임.)

역시 여기에서도 목욕을 하는데, 핀란드 사우나 식의 사우나도크와 깊이가 거의 목까지 오는 아주 작은 규모의 풀장과 같은 형태의 냉탕이 있고, 한쪽에 샤워시설이 구비되어 있다. 사우나도크에는 잎이 달린 자작나무 가지로 몸을 때려주는 전문기술자가 있다. 내가 만난 자작나무 기술자들은 한결같이 조폭을 연상시키는 거구들로, 그런 덩치로 이런 일을 하기에는 분위기와 전혀 어울리지 않는 친구들이 우리 몸을 함부로 돌려가며 자작나무 매타작을 하는데 보기에는 매우 고통스러울 것 같지만 아픔보다는 시원한 느낌이 있다.

자작나무로 온몸을 때리면 몸속의 노폐물을 제거해준다고 한다. 그 효과에 대해서는 내가 실제로 느껴보지 못했으니 보증은 할 수 없다, 그런데 조심할 것은 자작나무 타격에 상당한 테크닉이 필요해 초짜에게 잘못 걸리면 상당한 통증을 감수해야 하는 경우도 있을 수 있다. 흥미로운 것은 남자나 여자가 타월 한 장으로 몸을 감싸거나 아니면 원초적인 모습으로 남녀가 구분 없이 사우나도크에서 찜질을 하는데 막상 그런 상황이 되면 생각보다 그렇게 exciting하거나 남녀가 모두 특별한(?) 느낌이 없어져 서로가 오래전부터 알았던 것 같은 묘한 친근함이 형성되는 것 같은 느낌을 받게 되었던 것 같다. 이렇게 원초적인 모습이 된다면 누구나 탐욕, 경쟁 이런 것보다는 경계가 허물어지고 친구가 될 수 있는 것이 아닐까?

그리고 다른 한 부분은 순전히 침대만 놓인 방이 보통 3~4개 있다. 이곳의 용도는 여러분의 상상에 맡기는 것이 좋을 것 같다. 그리고 술과 음식은 외부에서 반입이 가능하고 그곳에서 주문해도 되는데 아무래도 외부에서 반입하는 것이 비용을 절감하는 방법이다. 경우에 따라 이런 시스템이라고 하기에는 다소 거창하지만, 하나만 있는 소규모 반야도 있고 대개는 3~4개의 시설을 가지고 있다.

그런데 이놈들은 사람들이 있거나 말거나 별로 개의치 않고 탕 안에서나 조금 구석진 곳에서 그 짓을 서슴없이 거행하기도 한다. 유교적 도덕관과 폐쇄적인 성에 대한 인식으로 무장된 동양의 조그만(?) 우리가 처음 받았던 충격이란! 또 동양에서 간 상대적으로 왜소한 한국인의 기를 죽이는 것은 소위 말해 그 친구들의 대물을 대하는 순간 나도 모르게 움츠러들게 됨은 아무리 자존감이 넘치는 사람이라도 의기소침하지 않을 수 없는 일이다. 또 하나의 충격은 아무리 유흥업소라도 파트너에 대한 예의는 지켜야 할 것 같은데, 자기 파트너와 볼일을 마치고 나서 다른 사람의 파트너를 서슴없이 침대가 있는 방으로 청하기도 하고 응하기도 하는 것이었다.

아무리 그렇고 그런 장소라도 여성에 대한 인격적인 면이나 도리상으로나 동양적 의식, 질서, 이런 것들하고는 한참 거리가 먼, 그야말로 아무리 문화적 소양이 있는 점잖은 사람이라도 개판이라는 말로밖에는 달리 표현할 방법이 없을 듯하다. 이런 곳이 러시아 전역에 하나의 문화로 자리 잡고 있는 것은 성에 대해 지극히 개방적인 그들의 문화로만 치부하기에는…. 허긴 독일이나 북유럽에도 남녀혼탕이 있다고 하니. 그런데 이런 반야의 경험을 치렀던 분들은 지위의 높고 낮음, 나이가 많고 적음 없이 대부분이 왠지 묘한 무언가 하나를 이루었다는 성취감이 엿보이는 것은 나 혼자의 생각일까? 결론적으로 말하면 남자는 모든 계층을 막론하고, "모두가 모두가 다…남자는 다 그래"라는 심수봉 누님의 노래가 진실인 것 같다.

보드카 탐방

보드카가 러시아의 전통술이라는 것은 누구나 잘 알지만, 우리가 화학시간에 골치를 썩이던 원소 주기율표를 만든 멘델레프가 만 30세인 1865년에 보드카를 발명했다는 것은 대부분이 알지 못하는 것 같다. 러시아 사람들의 주장에 의하면 술은 무조건 40도여야 한다. 나는 초기 출장 때에는 위스키를 주로 선호했으나 자리가 거듭될수록 보드카가 다음 날 숙취나 컨디션 조절에 유리하다는 사실을 경험적으로 터득하게 되었다. 더군다나 러시아에서는 당연히 위스키에 비해 보드카가 훨씬 저렴하기도 하고.

보드카를 마실 때 보통 냉동실에 꽁꽁 얼려 먹는 경우가 많은데 원래는 8~10도를 유지해서 육류 안주보다는 캐비어(웬 캐비어! 캐비어는 언감생심 꿈도 못 꾸고, 훈제 철갑상어는 괜찮은 안주임)나 피클, 염장 어류가 최상의 궁합이라고 한다. 여기에 보드카와 관련된 믿거나 말거나 한 몇 가지 이야기를 적어 본다.

(1)러시아의 40이라는 숫자의 의미

= ① 영하 40도가 아니면 절대로 춥다고 하지 말 것. ② 바로 이웃의 거리는 40km. ③ 알코올 도수가 40도가 아니면 술이 아니다.

(2)3인의 표류 이야기

미국인, 독일인, 러시아인 3인이 어쩌다 망망대해에서 표류하다 배고파 죽기 직전 낚시로 금어(金魚)를 낚았는데 금어가 당신들의 세 가지 소원을 들어줄 테니 살려달라고 애원했다고 한다. 그래서 미국인: 절세미녀와 위스키 한 박스와 함께 고향으로 보내주! 뽕, 돌아갔음. 미스 아메리카와 함께. 독일인 :세계에서 제일 맛있는 맥주와 금발미녀와 함께 고향으로 보내주! 뽕, 돌아갔음, 금발미녀와 함께. 러시아인: 보드카 한 상자, 그리고 고향으로 간 두 친구를 다시 불러 주! 뽕, 두 친구 다시 돌아왔음. 자고로 보드카는 셋이서 함께 마셔야 한다나?

(3)세계대전과 보드카

러시아혁명의 계기가 되었던 1차 세계대전이나 러시아의 참전으로 연합국의 승리가 결정적이었던 2차 세계대전이 실제로는 보드카의 힘이라고 전해 내려오는 이야기가 있다. 러시아 군인들은 보드카가 떨어지면 보드카 한 병과 탱크 한 대를 맞바꾸어서 먹을 수 있다고 함.

(4)푸틴의 공로

내가 처음 러시아에 간 2006년만 해도 실제로 공무원들의 서랍 속에 보드카가 있었고 근무 중에도 술 냄새를 풍겼으나 푸틴 집권 후에는 크레믈린궁에서 낮 12시 이후 술 냄새를 없앤 것이 푸틴의 치적중 하나라고(?)

(5)러시아 건배사

러시아에서 접대나 저녁파티를 하면 돌아가면서 길면서도 멋들어진 건배사를 한다. 러시아 친구들의 건배사를 들으면 왜 톨스토이나 도스토예프스키, 푸시킨, 차이코프스키, 볼쇼이무용단이 세계적인지에 대해 공감할 수 있을 것 같다. 러시아인의 본바탕에는 문화 예술적 기질이 깊게 자리 잡고, 인생이 무엇인지, 삶이 무엇인지 등 문학적, 예술적인 면모를 갖추고 있는 것이 아닌가 싶어 공산주의 체제하에서 오랜 시간 보낸 민족이라는 것이 생경스럽다는 생각까지 든다. 러시아 친구들의 건배사를 들으면 모두 시인이고 훌륭한 연설가이다. 전통적인 러시아의 건배사는 첫 번째 잔은 황제를 위하여, 두 번째 잔은 조국을 위하여(러시아를 위하여), 세 번째 잔은 여성을 위하여. 우리의 건배사는 어떤 것이 좋을까?

아프고 쓰린 기억들 그리고 넋두리

(1)X그룹과의 농지 확보사업

MB가 대통령이 되고 처음 미국을 방문할 때, 전용기 안에서 기자들에게 앞으로 해외 식량기지를 구축하여야 한다는 발표를 한 적이 있다. 이 발언은 이미 우리가 닭 생산을 주로 하는 X그룹과 러시아의 연해주(프리모르스키)에서 100만ha(30억 평)의 농지를 확보하는 작업을 진행 중, X그룹 회장님의 조언을 듣고 했던 발표이다.(회사 이름은 구체적 언급을 피하고 싶다.) 여기에서 옥수수를 연간 150만 톤 생산해 자체적으로 소비하고(참고로 X그룹은 5~6개의 사료공장을 보유하고 있다.) 잉여생산물은 수출하는 엄청난 계획이었다.

러시아는 페레스토이카(1985년 4월에 선언된 소련의 사회주의 개혁 이데올로기) 이후 콜호즈(집단농장)를 개인 또는 민간 농업법인에게 분양했는데, 토지구획이 정리된 상태로 분양된 것이 아니라 일정 구역의 농장에 속했던 모든 사람들의 명의로 이전등기되어 있었다. 토지 매입을 하려면 구획정리부터 하는 난제를 해결해야 하고, 협동조합과 같은 영농법인과 합작형태의 농장을 운영하는 방법이 병행되어야만 했다.

이 사업의 관건은 투자비의 70%를 차지하는 집채만 한 농기계들의 효율을 최대화하는 것인데, 연해주의 경우 1모작만 가능하여 결국 러시아를 포기하고 다모작이 가능한 남방국가로 진출했다. 그 과정이 일방적이어서 우리 입장에서는 별로 신사적이지 못했다는 생각이 든다.

재미있는 것은 러시아의 남쪽 지역(크라스노다르주:소치의 북쪽으로 우리의 제주도와 비슷한 기후)에 농지 매입을 위해 방문했는데, 농지의 가운데 군데 군데 석유 채굴장비가 자리를 잡고 있는, 우리로서는 정말 흔치 않은 광경이었다. 농장 주인은 석유가 나오고부터 농사는 짓지 않고 하얀 양

▶ 농지에 있는 석유 채굴 장비

복에 백구두를 신고 나타나 러시아 시골 촌농부를 연상했던 우리를 기함을 시키기에 충분했다.

언젠가 닥칠지 모르는 식량위기나 식량의 무기화를 극복하기 위해서나 국토가 좁은 우리 입장에서는 지리적으로 크게 멀지 않은 이곳에 기업형 농업을 한번 생각해봐야 하지 않을까?

(2)동계올림픽 소치의 국제여객터미널

2014년 평창과 경쟁해서 동계올림픽을 개최한 소치는 러시아의 가장 중요한 휴양지이며 스탈린의 별장이 있는 곳으로도 유명하다. 여기에 국제여객 터미널을 건설하는 사업이었다. 소치에서 개최될 동계올림픽과 관광객 유치를 위한 프로젝트로, 수의계약 형식으로 참여가 가능하다는 약속을 믿고 한국의 투자자를 입찰에 참여시켰으나 약속을 어기고 세계 최대의 국영 가스회사인 가스프롬의 계열회사와 경쟁입찰이 되었다. 가스프롬의 이사회 회장이 메드베데프 대통령으로, 그야말로 끗발에서 밀려 어쩔 수 없었다. 이런 것이 아직 정비되지 않은 러시아 사업에서의 문제의 하나이다. 허긴 우리도 예전에 본격적인 국제화 이전에는 유사한 우를 범하지 않았던가?

▶ 당시 준비했던 전체 조감도

▶ 여객터미널 조감도

(3)국영 석유회사 로스네프트 콤소몰스크공장

로스네프트는 러시아 제1의 국영석유회사(정유회사)이다. 하바로프스크에서 북쪽으로 500km 정도 올라가면 콤소몰스크라는 인구 30만 정도 되는 도시가 있는데, 이곳에 러시아의 수호이(미그전투기)를 제작하는 공장도 있다. 러시아에서는 비교적 큰 산업도시이다. 이곳의 정유공장이 설비 노후에 의해 정제효율이 떨어져 탈황설비 등을 새로 하는 고도화프로젝트였다.

전체 사업규모는 25억 달러로 우리는 2%의 커미션(5,000만 달러)을 받기로 하고, 정유공장 건설에 성과를 올리던 국내 유수의 S건설이 참여했다.

실제적으로는 수의계약 형식으로 시작돼 2년여를 준비한 S건설이 입찰서 가방을 메고 갔으나 입찰 당일 결정을 1개월 연기한다고 한다. 2008년 10월 초로 기억되는데 입찰 하루 전 리먼브라더스 사태가 터져 결국 1개월 후 러시아 측의 자금조달 문제로 사업이 취소되고 말았다. 팔자가 완전 뒤집히는 뼈아픈 기억에 지금도 가슴이 아리다. 우리가 받은 손실도 손실이지만, S건설은 2년에 걸친 입찰 준비를 하느라 대략 5억 원 정도의 비용을 날렸다는 이야기를 들었다.

▶ 콤소몰스크 로스네프트공장 앞에서

▶ S건설사와의 계약서명식

(4)블라디보스토크 APEC 프로젝트

블라디보스토크공항에서 시내로 들어가는 초입에 연해주 정부가 2014년 블라디보스토크 앞 루스키섬에서 열리는 APEC회의의 SOC 건설의 일환으로 연해주 골프연맹에 골프장 건설을 위해 340ha(약 100만 평)의 부지를 제공했다. 골프협회에 10%의 지분을 주기로 하고 사업권을 인수해 진행했던 건으로, 많은 한국의 투자자들이 관심을 보였던 사업이다.

18홀의 골프장과 고급 주택단지를 건설하는 사업에 5~6팀의 한국 투자자들이 관심을 가지고 추진했으나 결국 투자자들의 빈말이나 자금 문제로 우리는 술대접과 온갖 서비스를 하는 관광가이드 역할만 한 결과가 되었다.

(5)블라디보스토크와 루스키섬을 연결하는 사장교

2014년 블라디보스토크 바로 앞에 루스키라는 섬에서 APEC회의가 있었다.

이를 위해 ㄷ자 형태의 항만을 가로지르는 사장교(가끔 TV에 블라디보스토크 방문 연예프로그램이 나올 때 반드시 보여주는 다리)와 세계적으로 세번째로 긴 블라디보스토크의 육상과 루스키섬을 연결하는 2개의 대형 사장교를 건설하는 것이 APEC 준비를 위한 제반 SOC사업 중에서도 가장 중요한 사업이었다.

당시 인천대교 건설을 마무리한 우리의 S건설 사업부가 인천대교의 경험과 여기에 적용된 제반 시설물, 장비 등을 그대로 사용할 수 있어 엄청나게 유리한 위치였고, 러시아 정부도 당연히 S사가 시공하는 것으로 생각하고 있었다. 그 과정을 다 이야기하자면 책 한 권을 써도 부족하겠지만 우여곡절 끝에 2년여에 걸쳐 양측의 모든 준비와 협상이 다 되었고, 실행만 남은 상태에서 황당하기 그지없게도 베트남에 있는 프랑스계 회사가 참여하여 우리 측 가격의 50% 수준을 제시해 그곳으로 결정되었다.

내가 생각하기에는 우리 측에서는 돌다리를 두드려 보고 안전하게 건너는 것이 아니고 돌다리를 해머로 부수고 건너지 않는 것 같다는 비유가 적당할 것 같다. 언젠가부터 우리 기업들은 예전의 도전정신보다는 사업의 안전을 빙자한 책임 회피가 먼저가 된 것 같다. 발전된 경영시스템이라는 미명 아래 복지부동이나 소위 말해 보신 위주로 기업 경영이 변화된 게 아닌가 하는 생각이 들면서 예전의 도전의식이 아쉬웠던 경우이다.

사업을 추진하는 동안 러시아 교통부 차관을 비롯해 부주지사, 건설 관계자 등이 아마 열 번 정도는 인천대교 현장을 방문했다. 그 수발을 다 들어가며 다리의 상판식까지는 너무나 많이 올라 다녔던 현장을 준공 후에는 한 번도 지나가보지 못한 아이러니한 다리가 되었다.

▶ 금각(금으로 된 뿔)만대교 조감도

(6)시베리아의 톱밥

이르쿠츠크시에서 70~80km 정도 가면 지구상의 담수의 20%를 품고 있다는, 또한 우리 민족의 발원지이기도 한 바이칼호수가 있다. 이르쿠츠크시에서700~800km 북쪽, 바이칼호 북단에는 인구 10만 명 정도 되는 아마 도시로는 시베리아에서 가장 북쪽에 형성된 우스트일림스크라는 도시가 있다.

내가 알기로 이곳 일대가 세계적으로 벌목을 가장 많이 하는 지역이다. 이곳에 산처럼(아니 산 자체로 보아도 무방) 쌓여 있는 최상 품질의 톱밥산이 있다. 이 지역에서 발생되는 톱밥을 일정 지역에 쌓아둔 것으로, 그들의 이야기로는 20만 톤 이상이 쌓여 있고 매년 새로운 톱밥이 발생된다. 우리 입장에서는 연료용이나 축산용으로 매우 귀중한 자원이지만 여기에서는 그야말로 처치 곤란한 쓰레기로 취급된다.

▶ 시베리아의 톱밥산

이 톱밥을 무상으로 사용하여 발전소용 바이오펠릿(biomasspellet)이나 톱밥블랑켓(축산용으로 쓸 수 있는 벽돌 형태로 찍은 톱밥) 공장을 건설하는 것은 300억 원 정도의 투자가 소요되는 사업이었으나 결론적으로 입질만 활발했을 뿐 투자가 이루어지지 않아 성사되지 못했다. 지금도 투자자가 나타나면 충분히 가능성이 있는 사업일 것이다.

이곳에서 가장 기억에 남는 것은 밤하늘을 빽빽하게 채운 무수한 별들이 손을 뻗으면 잡힐 것같이 바로 머리 위에 펼쳐지는 광경이다. 별...별...별. 아직도 눈에 선하다. 한번은 이곳에 1주일 정도 머무른 적이 있는데, 밤마다 보드카 파티를 하고 거의 잠을 자지 못했음에도 불구하고 거의 피로를 느끼지 못했다. 사람이 사는 데 맑은 공기가 얼마나 중요한 역할을 하는지 새삼 깨닫지 않을 수 없었다. 이에 반해 우리가 매일 마시는 공기는 거의 독에 가까운 것이 아닐까?

(7) 타만항만 개발

타만이라는 도시는 러시아가 이미 점령한 우크라이나 크림반도가 눈앞에 바로 보이는 곳이다. 마치 조금 넓은 강과 같은 좁은 수역을 경계로 북쪽은 아조프해, 남쪽은 흑해가 된다. 이 지역은 소치의 북쪽 지역으로 기후가 제주도와 비슷하고 목가적으로 아주 평화롭게 보이는 도시다.

우리가 어렸을 때 '대장 부리바'라는 율 브리너와 토니 커티스가 주연을 한 영화가 있었다. 그때 우리는 그 군대를 '코사크'라고 알고 있었으나 실제는 '카작'이 맞는 발음으로, 이곳이 러시아의 지금의 광활한 영토와 알래스카까지 정복하였던 용감무쌍한 카작 군대의 본거지이기도 하다.

그리고 여기에 아직까지도 카작군을 양성하는 학교가 있는데, 이 학교에 컴퓨터 10대와 몇몇 학생에게 장학금도 지급하는 행사로 지역 TV 뉴스에도 보도되었다. 여기에 러시아가 늘 갈망하는 부동항과 흑해함대의 기지 및 항만의 배후도시를 건설하는 러시아 진출사업의 첫 번째 SOC사업을 하기로 했다. 우리나라 굴지의 P건설이 시공을 맡고, 국내 저축은행과 D그룹이 파이낸싱을 하는 구도로 수차례 현장을 방문하였으나 결국 관광 가이드 역할만 하게 되었고, 두 번째로는 호남지역에서 성장한 국내 굴지의 엔지니어링회사를 자회사로 보유한 P그룹(P건설과 다름)이 큰 관심을 보여 수차례 현장답사 등 준비과정을 거친 뒤 최종적으로 P그룹의 회장과 블라디보스토크 사장교 건으로 한국에도 다녀간 당시 레비틴이라는 러시아 건설교통부 장관과의 사업 참여를 결정하는 미팅이 준비되었다.

그런데 어찌된 일인지 미팅 이틀 전 우리 회장님의 출장이 돌연 취소되었다. 다음 날 이 그룹에 대한 검찰의 수사가 시작되었다는 뉴스를

▶ 타만항 개발 조감도

▶ 왼쪽이 크림반도, 오른쪽 하단이 러시아 타만, 아래쪽 바다가 흑해, 위쪽이 아조프해다.

보게 되었다. 다분히 정치적 수사로 보였다. 결과적으로는 이번에도 2년여에 걸쳐 관광가이드만 한 셈이다.

(8)무르만스크의 항만 개발

내가 러시아 무르만스크라는 도시를 처음 알게 된 것은 사회에 첫발을 디딜때로 기억되니 45년 전쯤 이야기가 될 것 같다. KAL기가 러시아 무르만스크라는 동토에 불시착했다고 신문방송이 떠들썩했던

사건을 기억할 것이다.

그때는 소련연방과 냉전이 한창이던 때이니 보통 일이 아니었던 것 같다.

이 사건이 나에게는 상당히 깊게 남아 있다. 내가 사랑을 고백했던 후배가 이 항공기의 승무원이었기 때문이다.(이 문집은 이래저래 와이프에게는 공개를 할 수 없지 않을까?)

이 무르만스크주에 페첸가(Pechenga)라는 북극해와 접한 작은 어업항구 도시가 있는데, 희한한 것은 대서양 난류의 영향으로 겨울에도 결빙되지 않는다는 것이다. 여기에 북극해에서 채굴하는 석유와 가스를 처리하는 제반 산업설비와 그 배후도시를 건설해 국제 금융허브로 개발하는 그야말로 엄청난 프로젝트가 있었다.

그리고 지구온난화의 긍정적 여파로 북극해가 해빙돼 북극해 항로가 활성화되면 유럽에서 아시아권까지 15일밖에 소요되지 않아 엄청난 해양물류 혁명이 일어날 것이라는 게 이 사업의 대략적 개요이다. 1단계 예산이 25억 달러, 3단계까지 78억 달러가 소요되는 사업이다. 푸틴의 유일한 남자사촌인 이고르 푸틴이 러시아 측 개발위원장으로 간판 역할을 하고 있었다.

이고르 푸틴이라고 하면 전형적인 '푸틴마피아'의 일원으로, 구도적으로 생각하면 사업은 상당한 가능성이 있었다. 우리 팀이 전체적 비즈니스 플랜을 짜고 얼마 전 도산한 미국의 크레디트스위스(creditswiss) 은행이 프로젝트 파이낸싱을 하는 구도로 김앤장을 비롯한 국내 유수 회계법인, 법무법인이 참여하여 진행했다. 그러나 너무 거창해서인지 러시아 측에서 조직의내분으로 진행과 중단사태가 2~3회 반복되다 결국 무산되었다. 지금은 어떻게 되어 가는지 모르겠다.

(9)소규모 석유정제사업

지금까지 대부분 대형사업 중심으로 소개하였으나 반드시 대형 프로젝트만 진행한 것은 아니다. 그 한 가지 예를 들자. 러시아 북쪽에 석유와 가스 생산의 중심이 되는 야말이라는 지역이 있다. 여기에 연료유 정제공장이 없어 디젤 같은 정제유를 1,000km 정도 떨어진 곳에서 철로로 수송해 사용하는 코미디가 벌어지고 있었다. 여기에 소규모 정제공장을 건설해(그렇게 큰 투자가 아니었음.) 원유를 정제해서 인근 지역에 판매하면 그야말로 땅 짚고 헤엄치는 사업이었다.

지금은 변했는지 모르겠는데, 당시만 해도 정제공장이 있으면 석유를 수출할 수 있는 자격이 부여되어 우스리스크 인근 지역 판매와 더불어 중국이나 북한 등에 정제유를 수출도 할 수 있는 조건이었는데, 당시 매각금액은 기억이 나지 않는다.

글을 마무리하면서

그밖에 모스크바 인근 부동산개발(당시 총리였던 메드베데프에게 보고되었던 사업으로 지금의 우리 아파트 같은 것으로, 당시 러시아에서는 스마트시티 개발이라고 했음), D그룹이 참여하고자 했던 모스크바 시내 신축 아파트 개발, 특별히 동절기에 유용한 모스크바 다운타운 지하개발, 블라디보스토크 항만의 부분 매입에 의한 운영 사업, 모스크바공항 광고사업 등등 많은 일이 있었으나 돈은 내가 버는 게 아니라 하늘에 계신 누군가 벌게 해 주는 것이라는 생각으로 마음을 비울 수밖에 없었던 아프고도 쓰라린 기억이 있다. 이런 아픔이 언젠가 초석이 되고 밀알이 될 수 있기를 바란 나로서는 정말 벅차고 어렵기도 했던 지나간 일들이다.

러시아 관련 사업을 통해 가졌던 꿈과 기억의 대부분은 2~3번의 사무실 이전이나 컴퓨터 교체를 통해 대부분 자료나 근거는 버리고 없어졌다. 머릿속에 남아 있는 기억과 몇 장의 사진을 통해 되살려볼 수 있었던 기회에 감사하고, 러시아와 관련된 사업은 아직 때가 아니지만 언젠가는 누군가 열어야 할 일이 아닌가 하는 가능성과 모티브가 되었으면 하는 기대를 해본다.

처음에 언급했듯이 우리의 축적된 기술과 자본력, 러시아의 무궁무진한 자원, 아직은 열악하기 짝이 없는 제반 생산시설, 앞으로 구축되어야만 할 각종 인프라, SOC사업 이런 것들은 우리나라와 전형적인 상호보완적 관계라고 볼 수 있다. 언젠가 러시아가 정치적 경제적으로 정상적인 시스템으로 전환될 때의 무한한 가능성을 설명하기 위한 몇 가지 사례를 소개한 의도를 이해해 주기를 기대한다.

▶ 블라디보스토크의 평양식당
　도우미들.
　여러 번 가다 보니 친해졌다.

전동신(全東新)

성균관대학교 경영학과 졸업.
1977년~98년. KCC 근무.
1998~2008 C&S대표.
2006~현재 러시아 투자 유치 사업.

나의 미국 유학 생활 시련기

| 장효일(3-4) |

1970년대 우리나라는 정치적으로 매우 혼란한 시기였다. 대학가는 연일 데모로 인해 수업이 정상적으로 진행이 되지 않았음은 물론 한 때는 학생들의 학교 출입조차 제한되었고, 위수령 등의 조처로 매 학기 개강을 하여도 휴강이 잇따라 제대로 된 수업이 이루어지지 못한 채 종강이 되는 사태가 계속되었던 비정상적인 시기였다. 이로 인해 학생들이 제대로 된 전공지식을 배울 수 없는 암울한 시기였다.

나는 대학 때 ROTC를 지원하여 대학을 마친 후 1974년부터 1976년 까지 군 복무를 하였고, 고려대학교 대학원에 진학하여 석사를 마친 후 보다 나은 선진 학문을 배우기 위하여 유학의 꿈을 안고 준비를 하기 시작했다. 그 당시의 유학은 요즈음처럼 TOEFL과 같은 영어시험 성적만으로 입학 신청을 할 수 있는 게 아니었다. 정부 주관의 국가고 시처럼 국사, 시사 논문, 영어 작문 유학시험을 통과하여야만 유학을 갈 수 있는 자격이 주어졌던 때이다. 비록 미국으로부터의 입학 허가 서류를 받았을지라도 위의 시험들을 모두 통과하지 못하면 유학 갈

수가 없었던 시대였다.

나는 열심히 유학시험 준비 기간을 보내고 모든 시험 통과 후, 미국에 있는 대학의 생화학과로부터 생활비와 학비를 받는 조건으로 입학하게 되었다. 이렇게 장학금을 받게 되면 입학 후 좋은 성적이 유지되어야만 지속해서 장학금 혜택을 받을 수 있고, 그렇지 못하면 그 당시 1980년대 대한민국은 개발도상국으로 달러 가치도 비싸고, 개인이 미국대학의 비싼 등록금과 생활비를 부담하며 유학을 하기란 집안이 아주 부자가 아니면 쉽지 않았다. 본인 사비로 등록금과 생활비를 감당해야 하는 사태가 일어나면 유학 자체를 유지하기가 불가능하기 때문에 학점 관리는 유학 생활을 계속할 수 있는가 마는가의 가장 중요한 문제였다.

그런데 한국에서 정치적으로 불안정하고 학생 데모가 난무하던 시기에 보냈던 대학, 대학원 시절과 군 복무 등으로 제대로 체계적인 학업을 할 수 없었던 이유와 군 복무로 공백기가 있었던 터라 미국에서의 공부는 무척이나 힘이 들었다. 특히 생화학이라는 과목은 학문 중에서도 가장 힘든 분야 중 하나로서 기본실력이 안 되어 있는 상황에서 영어로까지 강의를 듣는다는 것은 정말 힘겨운 일이었다. 게다가 장학금을 받기 때문에 논문을 위하여 실험실에서의 실험과 조교일까지 병행하자니 하루 24시간이 모자랐다.

매일 변함없이 학업에 매진하며 그 당시 위에서 언급했듯이 국내에서 제대로 배우지 못하여 과목에 대한 기초지식도 부족하고, 영어 강의도 완전히 이해하지 못하는 상황이니 본의 아니게 독학하듯이 열심히 밤늦도록 했건만 한계에 도달하여 결국 첫 학기는 가장 중요한 전공과목인 생화학 과목에서 중도 포기해야만 했다. 미국 대학은 당시 국내 대학에는 없는 drop이라는 제도가 있었는데, 좋은 학점을 못 받겠다고 판단되면 학기 중간에 그 과목을 포기하고 다음 학기에 다시 신청할 수 있었다.

이 제도의 단점은 그 과목에 대해 낸 등록금은 포기해야 한다는 것이다. 만일 대학원 과목에서 C학점을 받는다면 장학금은 끊기고, 박사 입학도 어렵고, 등록금과 미국 생활비도 전부 본인이 부담해야 하니 이런 상황에 처할 경우 유학 자체를 포기해야 하는 처지에 놓이게 되는 것이다. 실제로 한국 유학생 중 이런 경우로 유학을 포기하고 귀국하는 사례를 직접 본 적이 있었다. 장학금을 받아야 하는 나는 천만다행히도 drop 제도를 잘 이용하여 일단 drop을 하고 지도 교수님의 배려 덕분에 다음 학기 다시 생화학 과목을 신청하여 A학점을 받는 등 좋은 성적으로 석사학위를 취득할 수 있었다.

그러나 장학금을 받는 상황에서 받은 당시의 스트레스와 불안감, 장학금 수혜자로서의 자괴감은 엄청나서 그러잖아도 모든 것이 생소하고 어려웠던 타국에서의 당시 학업과 생활은 내 인생에 가장 힘들고 어려웠던 시간이었으며, 두고두고 기억되고 있다. 꿈을 안고 유학을 하러 갔지만 과연 내가 이 어려운 유학 생활을 마치고 학위를 취득할 수 있을까 하는 불안감에 외로움까지 더해져 내 인생에서 가장 혹독한 시련을 맛본 시절이었다고 기억된다.

유학 초기는 공부 외에도 정신적, 시간적, 경제적 여유도 없었다. 당연히 유학 첫해에는 학교가 걸어가는 거리에 있었기도 하고 학업 외에는 차가 필요할 것같지 않아서 차를 구입하지 않았지만, 미국에서는 차가 없으면 아무것도 할 수 없는 감옥 같은 생활을 영위할 수밖에 없는 상황이라는 것을 한 달 후에 알게 되었다. 아파트나 학교 주위에는 식료품점이나 대형 마트가 없어 차가 없으면 일주일 단위로 식료품을 구입하는 것이 쉽지 않았다. 룸메이트나 한국 유학생에게 차를 태워달라고 부탁하는 것도 쉬운 일이 아니었으며, 어렵게 부탁한 터라 한번 가면 대형 슈퍼에서 일상용품과 먹거리를 몇 주 치씩 사오는 것이 그나마 나들이의 전부였던 생활을 계속하였다.

대부분 아침 8시 집에서 아침 먹고 점심 샌드위치를 만들어 가져가서 수업 듣고 실험하고, 6시 전후하여 저녁 해 먹고 다시 실험실 가서 실험하고 수강 과목 복습하고 밤 11시~12시쯤 차도 없이 캠퍼스에서 집까지 그나마 지름길인 잔디밭을 가로질러 오다 보면 밤이슬에 신발과 바지가 흠뻑 젖었다. 그렇게 뚜벅뚜벅 집으로 향하던 게 내 일상의 전부였다. 어두운 밤 아무도 없는 잔디밭을 걸으며 떠 있는 달 속에 어머니 모습도 그려보고, 일부러 한국 가요도 흥얼거리며 사무치게 고향 생각을 하던 그때의 외로움과 왠지 모를 서러움은 지금 생각해도 촉촉이 마음을 적셔 오곤 한다.

이렇게 미국에서의 유학 생활을 시작하여 박사학위 취득까지 7년여간 여러 가지 크고 작은 일과 결정의 순간들이 학업과 미국에서의 일상생활 여기저기에 있었지만, 유학을 포기하고 귀국할까 하는 마음마저 생겼던 유학 초반의 어려움에 좌절하지 않고 끝까지 버티며 극복했던 것이 이후 나의 인생에 큰 힘이 되었다는 생각이 든다.

나는 유학을 마치고 귀국한 후 1987년도부터 고려대에서 강의를 맡게 되었다. 교수가 된 후 학과장, 생명과학대학 교수협의회 의장, 대학 윤리위원회 위원, 벤처사업단 단장, 부학장 등 여러 보직을 거치며

2008년도에는 생명과학대학 학장 및 생명과학 환경대학원장 등의 임무까지 수행할 수 있었고, 우리나라 미생물 생명과학 분야에 유수한 학회인 한국미생물생명공학회 회장직도 역임했다.

이 모든 일을 책임감을 가지고 나름 잘 수행하며, 내 전공 분야에 조금이나마 기여할 수 있었던 것은 유학 시절 초기의 시련이 원동력이 되었던 것은 분명한 사실이다. 다사다난했던 7년간의 유학 생활은 내 인생에 있어서 시련에 굴하지 않는 극복의 의지를 배우게 해주었던 매우 값지고 소중했던 시절이었음에 새삼 고마움이 느껴진다.

장효일(張孝一)

1974 고려대학교 식품공학과 졸업.
1974~76 ROTC.
1987 노스캐롤라이나 대학교 박사.
1988 고려대학교 유전공학과 교수.
2008 고려대학교 생명과학대학 학장 및
생명환경과학대학원 원장.
2014~15 한국미생물생명공학회 회장.
2016~ 현재 고려대학교 명예교수.

소중한 인연

| 유지형(3-7) |

처음 글을 써 달라고 요청받았을 때 취지는 공감하면서도 50년 세월의 어색함과 자칫 개인적인 자랑으로 비칠까 염려되어 미루고 있었는데, 몇 친구의 재차 권유로 용기를 내어 미국 생활 중 겪었던 일 몇 가지를 소개하려고 한다.

1994년 7월 21일(목)이 내가 한국을 떠나 미국으로 이사 온 날이다. 물론 그 전에 내 두 아이들이 이미 유학 중이었기 때문에 가능한 일이었다. 그 이전 나를 기억하는 동기들 대부분은 중학교 때 키 작은 아이가 장충체육관에서 거행된 서울시 중학교 농구대회 결승전에서 최명인과 함께 열심히 농구했던 것으로 기억하고 있다. 그것도 중학교 농구대회 결승전을 TV중계했으니 그 당시로서는 얼마나 파격적이고 주목받는 일이었겠는가 그리고 교육에 뜻을 두셨던 아버지를 도와 학교 재단에서 일했던 것으로 기억하는 정도다.

미국 이주 이후 신문사에서 일하며 제2의 인생이 시작되었다. 23년을 근무하면서 기쁨과 보람, 좌절과 어려움이 교차되었다. 새로운 환경의 적응에 어려움이 있을 때마다 매번 새롭게 시작한다는 각오로 마음을 다잡고 사회를 이롭게 하는 일을 해야겠다는 결심을 더욱 다지게 되는 시기의 연속이었다.

첫 번째로 부딪힌 일이 볼티모어 폭동과 한인을 향한 총격 사건이다. 그 당시는 볼티모어 다운타운에 한인 비즈니스가 많았는데 계속 한인에 대한 불신으로 한인을 향한 총격 사건이 빈번했고 심각했다. 때로는 타 인종끼리 빚어진 갈등에도 불똥이 우리에게 튀는 어처구니없는 사건도 있었다. 많은 희생을 목격하고 그들의 가슴 아픈 사연을 소개하며 희생자를 위로하고 또 다른 한편으로는 흑인을 소비자로, 인격체로 대해 줄 것을 호소하며 한인 사회가 불이익을 받지 않도록 동분서주했던 기억이 새롭다. 요즘은 한인을 향한 총격사건이 거의 없는데, 한인들이 안전한 카운티로 이주하는 등 여러 요인이 있음에도 불구하고 격세지감을 크게 느낀다.

둘째로 래리 호건 메릴랜드 주지사와 그의 한인 부인 유미 호건 여사와의 인연이다. 메릴랜드는 전통적으로 민주당 텃밭이다. 공화당 출신은 어쩌다 가뭄에 콩 나듯이 한 번 한 적은 있어도 래리 호건의 2회 연임(메릴랜드 연임 제한 규정)은 처음 있는 일이며 더욱이 작년 말 퇴임 때 77%의 엄청난 지지율로 임기를 마친 것도 전무후무한 일이다. 처음에는 한인들이 당선이 어렵다고 무척 소극적이었는데, 우리도 한번 한인 부인인 유미 여사를 메릴랜드주 퍼스트 레이디로 만들어 보자고 설득해 우리 신문사가 적극 지지하고 나섰던 일이 기억난다. 덕분에 한인들이 투표에 엄청 참여했다. 지금도 투표장에 한인들이 줄 서서 기다리는 진풍경을 잊을 수가 없다.

결국 우리 때문만은 아니지만 편견과 역경을 딛고 래리 호건이 기적적으로 당선되었다. 미국에서 최초로 한인 주지사 퍼스트 레이디가 탄생하는 순간이었다. 그 후 호건 주지사는 한국 사위를 자처하고 부부는 170여 개의 한인 비즈니스가 밀집해 있는 엘리콧 시티 40번 선상에 5마일을 코리안 웨이(2016년)로 명명하고 코리아타운(2021)을 완공해 메릴랜드주와 한인사회의 역사에 큰 발자취를 남겼다. 또한 임기 후 미대 교수인 호건 여사는 싱글맘, 입양아, 장애인 등 사회적 약자를 지원하고 한식 전도사 역할과 일상 문화 전파 등 사회 활동을 분주하게 이어가고 있다. 호건 부부와 나는 서로의 입장을 존중하며 소중한 인연을 이어가고 있다.

셋째로 장학재단과의 오랜 인연이다. 1997년에 설립된 이 지역 장학재단과 인연을 맺게 되었다. 그때는 장학재단이 많은 어려움을 겪고 있었는데 학교 운영 등 비영리단체 경험도 있어서 15년 전부터 참여해 오늘에 이르렀다. 오랜 세월 어려움도 많았지만 매년 장학생들을 선발하여 장학금을 지급하고 그들이 사회에서 성장하여 기여하는 것을 보면서 큰 기쁨을 갖는다. 현재 재단은 탄탄하게 성장하고 있고, 나는 후진들이 더욱 발전할 수 있도록 토대를 마련하는 데 역점을 두고 있다.

그리고 나의 개인적인 삶은 신문사 은퇴를 대비해 20년 전에 마련했던 주유소 비즈니스도 작년에 그만두고 집사람, 딸, 아들, 손주들과 한동네에서 평온하고 소박한 삶을 살고 있다. 또한 은퇴 후 칼리지에서 그동안 못했던 공부도 좀 더 하고 사회에 유익한 봉사도 하면서 남은 시간 나를 단련시키고 소중한 인연들을 지키며 살려고 한다.

60회 동기들의 건강을 기원한다.

유지형(柳志瀅)

한국일보 미국 볼티미어 지국장.

나는 살아있다

| 백형완(3-6) |

나는 살아있다!

1999년에 뉴저지로 직장을 옮기면서 연락이 닿게 된 동기 김철영이 한국에서 가져온 60회 동기 수첩이 있다고 하면서도, 머뭇거리며 주지 않으려고 했다. 결국에는 받아서 열어보니 '백형완 사망'이라고 기재되어 있었다. 미국에서 유학하면서 한인들 없는 곳에서 소식 없이 십몇 년을 살다 보니 그렇게 되어 버린 모양이었다. 이 글에서는 미국에서 생활하면서 죽을 뻔하다가 살아난 이야기를 해보려 한다.

나는 고등학교 졸업 후, 서강대학교 전자공학과에 들어갔다.
1학년을 마치고 겨울방학에 당시 부모님께서 잠시 계시던 대전으로 가서 크리스마스를 함께 보냈다. 대전에 있는 동안 친구 세 명을 만나 잘 놀다가 헤어졌는데, 얼마 후에 내가 장티푸스에 걸렸다. 처음에는 열이 높아 큰 병원에 몇 번 갔지만 딱히 무슨 병인지 모르고 일주일을 보냈다. 결국에는 입원한 후 장내 출혈을 시작하니, 그제야 장티푸스라는 것을 알게 되었다. 수혈을 2번에 걸쳐 10병이나 했다고 기억한다. 그 당시는 요즘처럼 혈액을 철저히 관리하지 않아서, 그때 수혈로 간염 바이러스에 감염되지 않았나 싶다. 한 달이나 지나 퇴원하는 바람에 신학기 등록도 2주나 늦게 했다.

그리고 학교를 다녔는데, 한 주가 지나자 다시 열이 올랐다.

서울의 대학병원에 가니, 전에 먹은 약이 적정량보다 적어서 완치되지 않고 있다가 재발했다고 했다. 다시 처방해 주면서, 이틀 내에 열이 잡히지 않으면 내성이 생겼다고 봐야 하니, 다른 약을 쓰겠다고 했다. 그러나 이틀 후 열이 내려가 장티푸스는 완치했고, 시간이 흐르자 이 일은 잊어버렸다.

대학을 졸업하고 카이스트에서 석사학위를 받은 후 한국원자력연구소에서 4년 일하면서 결혼도 했다. 처는 공립학교 영어 교사였다. 1980년에 미국 중서부의 미주리주립대에 와서 박사과정을 마치고 사우스다코다(큰 바위 얼굴이 있는 도시)에 있는 주립대학 공대의 교수가 되었다. 처가 이제 보험도 되니 정기검진 한번 하라고 하는 바람에, 미국 땅에서 처음으로 정기 검진을 했다. 그게 1986년이었다. 검진 결과는 아무 이상 없다고 했는데, 처가 혈액검사 결과에서 간 수치가 약간 높다고 의사에게 전화를 걸었다. (우리 아버지가 간이 좋지 않았다.) 의사는 별로 신경 쓸 거 없다고만 했다.

세월이 흘러 1995년 겨울에 컨설팅할 일이 있어서 코네티컷에서 며칠을 지냈다. 그런데 어느 날 하루는 이상하게 물을 엄청나게 많이 마셨다. 집에 돌아오니 정상으로 돌아와서 그냥 넘어갔다. 그러다가 1996년 봄이 되어 한국에 잠시 왔는데, 또 물을 많이 마시게 되고, 입술이 바싹 마르고 했다. 미국에 돌아가서는 곧장 의사를 만나서 피검사를 하니, 당뇨라고 했다. 혈당 수치가 300을 넘었다고 했다. 긴장해서 혈당기를 사고, 당뇨약을 처방받아 일주일 복용하니 정상으로 돌아왔다. 그래도 의사는 계속 약을 먹으라고 했다.

당시 처가 미국에서 두 아이를 키우며 집에만 있으니 답답하다면서, 내가 학생일 때부터 교수가 된 후까지도 교수들에게 양해를 구해 미국 역사 등의 과목을 심심풀이로 청강하다가, 자기도 미국에서 학위를 받으려고 간호대학에 들어가 4학년에 재학 중이었다. 그런 처가 당뇨는 약을 먹기 시작하면 죽을 때까지 먹어야 하니 음식 조절로 치료하는 게 좋겠다고 해서, 당뇨약을 일주일 먹다 끊고 음식조 절로 방향을 잡았다.

문제는 이때 피검사 결과에서 간 수치가 10년 전보다 조금 더 나빠져 있었다는 점이다. 의사는 괜찮다고 했지만, 처가 의사에게 자꾸 물어보니까 피검사를 좀 더 해보자고 해서 결국 알아낸 것이 C형 간염이었다. 간 내과 의사를 추천받아 조직 검사를 하니 간경변 진단이 나왔다. 그때는 막 나온 C형 간염 치료제로 3개월 치료했지만, 바이러스가 없어지지 않았다. 의사는 신약을 여러 가지 개발하고 있으니, 새로운 약이 나오면 다시 치료하자고 했다.

1996년에 시카고에 있는 회사로 직장을 옮겼다. 시카고의 대학병원에서 간 내과 의사를 만났는데, 새로운 약이 나왔다고 해서 다시 치료를 시작했다. 또 시카고의 간염 서포트그룹을 알게 되었다. 이 그룹은 한 달에 한 번씩 모이는데, 좋은 의사들을 초청해서 근래 어떤 치료약이 개발되고 있는지, 간염이 어떤 방향으로 진행되는지 등의 이야기를 들었다. 이 모임에 다니면서 정말 많이 배웠고, 어떻게 간염에 걸리고 진행되는지도 잘 알게 되었다. 요약하자면 이렇다.

B, C형 간염 -〉간경화-〉여러 가지 증상-〉간암-〉다발성 간암-〉 사망.

시카고에서 치료받을 때는 머리카락이 많이 빠지고 백혈구 수치가 낮아지면서 몸이 힘들었다. 1년 치료를 끝낸 직후의 피검사에서는 바이러스가 나오지 않았지만, 3개월 후 다시 피검사를 하니 바이러스가 늘어났다. 결국 2차 치료도 실패했다. 1999년에 뉴저지로 이사온 후, 다시 간 내과 의사를 만났다. 또 다른 신약이 나와서 세 번째 치료를 시작했다. 이번에도 1년 치료하고, 3개월 지난 후 피검사를 하니 간염 바이러스가 없었다. 그 후 검사에서도 바이러스는 발견되지 않았다. 그래서 C형 간염은 완치되었다.

그렇지만 처음 발견했을 때 이미 중기 정도로 진행된 간경변 때문에 간 내과 의사에게 계속 가야 했다. 1년에 두 번 MRI를 찍었는데, 2004년에 간암이 처음 발견되어 수술을 받았다. 그다음에는 매년 네 번 MRI를 찍었다. 2005년과 2010년에 간암이 발견되어 수술을 받았다. 2010년에는 수술이 잘 안 되어서, 금방 다시 수술하는 바람에 고생을 많이 했다. 그 후에는 간경변으로 인한 말기 증상들이 나타나기 시작했고, 마침내는 간이식 대기자 명단에 올랐다가, 2013년에 뇌사자의 간을 이식받아 지금까지 건강하게 잘 지내고 있다.

여기서 위험했던 게 식도 정맥류 출혈이었다. 피가 간을 통해 흐르면서 독소가 제거되는데, 간경변에 걸리면 간이 딱딱해지니까 피가 잘 통하질 못해서, 간으로 들어가는 혈관에 압력이 증가하면서 혈관이 굵어진다. 위와 식도의 혈관에도 이런 현상이 나타나, 위내시경으로 불거진 혈관을 끈으로 묶어 터지지 않게 해준다. 혈관이 터지면 출혈이 시작되어 위로부터 소장과 대장을 지나게 되고, 이때 변이 검은색이 된다. 입으로 출혈하는 수도 있는데, 심하면 분수처럼 솟구쳐 나와서 매우 위험하다. 이렇게 출혈을 하면 사망으로 이루어진다. 동기 이용석도 그렇게 세상을 떴다.

나도 어느 날, 침에 피가 약간 섞여 나오고 검은색 변이 나오길래, 급히 응급실로 가서 살아났다. 출혈이 천천히 일어나서 생명을 건진 것이다. 나중에 중환자실에 입원했는데, 출혈량이 엄청났다고 들었다. 무서운 것은 암이 생기면 다발성이 되고, 다른 장기로 전이가 된다는 점이다. 나는 다행히 다발성이 아니었고, 매번 일찍 발견해 수술하는 바람에 버텼다고 생각한다.

뉴욕의 병원에서 간이식을 한다고 할 때는 언뜻 내키지는 않았다. 병원의 교육 프로그램에 참여하고, 간이식 대기자 명단에 올랐다가, 1년 6개월 만에 뇌사자의 간을 받았다. 원래 47세 사망자의 간이 병원에 왔을 때 내 차례가 아니었는데, 9개월 아기에게 배당되어 간의 왼쪽만으로 충분하니까, 남은 오른쪽이 내게 온 것이다. 당시 막상 수술 의사의 전화를 한밤중에 받고는 마음의 준비가 안 되어 고심했다.

그런데 처가 의사와 재차 통화하고 나서 "나라면 가겠다."라고 하는 바람에 병원으로 향했다. 간은 왼쪽이 30%, 오른쪽이 70% 정도인데, 나는 양쪽 간과 쓸개를 떼어내고 이식받았다. 남의 생체가 내 몸 안에 들어오면 거부반응이 일어나기 때문에 면역력을 줄이는 약을 평생 먹어야 한다. 면역력이 보통 사람보다 떨어지니까 위생에 특히 신경을 써야 하지만, 지금은 일반 생활에는 큰 지장이 없다. 내가 간이식을 못 받았으면 고생하다 죽었으리라 생각한다. 누군지도 모르는 47세의 기증자와 그 가족에게 감사를 드린다.

한국에서는 뇌사자의 장기 이식이 무척 힘들다고 알고 있으니, 미국

이 나를 살렸다고 생각한다.

2020년 팬데믹 초기에 어머님께서 편찮으셨다.

나는 떨어진 면역력 때문에 위험해서 한국에 올 형편이 못 되었다. 어머님께서는 요양원에 석 달 계시다 돌아가셨는데, 동기 황윤식이 요양원도 주선하고, 신부님 모셔 와 종부성사, 연도, 장례식까지 모두 해 주었다. 황윤식과 부인께 깊은 감사를 드린다.

한국에서는 간으로 인한 사망률이 높고, B, C형 간염이 많다고 들었다. 이제는 C형 간염은 약이 여러 종류 개발되어 2~4주 치료하면 100% 완치된다. B형 간염은 완치약은 아직 없지만, 있는 약을 먹으며 잘 관리하면 별 문제 없이 살 수 있다.

내 경우를 보면, 일던 간경화가 시작되면 무척 조심해야 하고, 의사한테 정기적으로 가 봐야 한다, 나는 주위 사람들에게 간염이나 간경화가 있으면, 간이식 병원으로 가보기를 권한다. 내가 두 사람을 권해서 한 사람은 간이식 후 잘 회복했고, 다른 한 사람도 간이식 대기자 명단에. 올라 있다. 일반적으로 간 내과 의사는 고칠 생각만 하지, 간이식을 권하는 편이 아니다. 내 경험으로는 간경변이 되면 나아지지 않고, 더 나빠지지만 않으면 최상이라고 생각한다.

2011년 말에 은퇴하고, 2013년 2월에 간이식하고, 2015년부터는 일주일에 두 번씩 산행을 한다.

산행 거리는 보통 6~9마일 정도이고, 경사가 꽤 있는 코스를 걷는다. 한동안은 혼자 다니다가, 지금 다니는 그룹을 만나서 열심히 다니는데, 나이로는 내가 젊은 편이다. 대부분 여든 가까운, 은퇴한 의사들이 많아서 여러 가지로 도움도 많이 받으며, 산행이 은퇴 생활을 즐겁게 해주는 활력소가 된다.

덧붙인 사진은 2021년 가을에 동부에서 제일 높은 산인 Mt. Washington에서 찍었다.

이 산은 날씨가 갑자기 변해 완주하기 쉽지 않은데, 이날은 12시간을 걸었다. 다른 한 장은 이번 주에 뉴욕과 뉴저지 경계에 있는 허드슨강 강가를 걸으면서 찍은 사진이다.

▶ 백형완(2021. 9. 14) NH Mt Washington 24 Me 정상

우리 친구들 모두 건강히 은퇴 생활을 즐기시기를! 백형완이는 뉴저지에 살아있다!!!

백형완(白亨完)

서강대 전자공학 학사, 카이스트 석사,
미주리주립대 박사.
한국원자력연구소, 사우스다코다 주립대 조교수,
US Robotics, 3COM, Intel, Dialogic 에서 은퇴.
1980년 도미, 현재 뉴저지 거주.

나의 일과 삶, 세계 속에서

내 인생의 Journey

| 최광휘(3-8) |

갑자기 지난 50년간 내가 어떻게 살았나 하는 내 인생의 Journey를
써보라는 권유를 받고 한 번도 생각해보지 않았던 나 자신을 되돌아
보게 되었다. 고등학교 졸업(1970) 후 정확히 53년 되는 기간이다. 고
등학교 다닐 시 그저 무난한 시간을 보냈기에 특별히 기억나는 사건
은 없지만 한문 시간 큰 회초리를 휘두르는 선생님이 무서웠고, 독일
어 선생님의 작달막하고도 굵은 몽둥이가 무서웠던 기억이 난다. 그
래도 즐거웠던 기억은 음악 선생님이다. 고등학교 1학년부터 3학년
학생들을 운동장에 모아놓고 '오 솔레 미오'를 가르쳤던, 질리를 무척
좋아했던 음악 선생님 기억이 아직도 생생하다.

나는 졸업 후 한 번도 고등학교를 다시 방문했거나 고등학교에 관련
된 행사에 참가해본 적이 없이 지냈으니 너무 바삐 살았거나 관심이
없었던 것은 사실이다. 내가 지금 쓰고 있는 글을 누가 읽어주기를 기
대하기보다 그저 나의 생활에 대한 독백이라 할까 그저 그런 마음으
로 이 글을 써본다. 고등학교 졸업 후 들뜬 마음으로 서울대 의대 대
학생활을 시작하면서 59회 선배들이 만든 현우회에 참가해 보성 졸

업생들과의 관계를 계속 유지할 수 있었다.

그중 내 동기들(이상경, 김준오, 임기호)과 제주도 중문으로 여행 갔던 일이 아직도 기억에 남는다. 며칠간의 여행을 끝내고 서울로 돌아오는 마지막 밤, 우리는 여인숙에 머물게 되었다. 여름이라 무척 후텁지근하고 모기들이 극성이었던 밤이다. 지금도 구입할 수 있는 초록색 모기향을 켜놓고 우리 4명은 피곤에 지쳐 코 골며 자던 중 누군가가 무슨 탄내가 난다고 고함지르는 바람에 모두 잠에서 깨어났다. 알고 보니 모기향의 불똥이 솜이불에 튀어 모락모락 흰 연기를 내면서 타고 있는 것이었다.

얼른 물로 불을 끈 후 녹아떨어져서 다시 자는데 또 냄새가 나길래 일어나보니 불이 완전히 꺼지지 않은 상태였다. 솜이불이라 불기가 쉽게 꺼지지 않는다는 것을 처음 경험했었다. 결국 상당 부분의 솜이불이 불에 타 어떻게 처리해야 할지 의논하던 중 4명 중 2명은 주인에게 이실직고하고 용서를 빌거나 변상해주겠다고 처리하자고 했고, 나머지 2명은 그냥 솜이불을 접어서 탄 곳이 안 보이게 한 후 도망가자고 주장했다.

아직도 내가 어떤 주장을 했었는지 기억이 안 나지만, 도망가면 잡힐 것 같은 걱정도 있었다. 선착장으로 가서 배를 기다리는 시간이 꽤 있었기 때문에 결국은 차고 있던 시계, 라디오 등을 잡힌 뒤 서울에 올라가면 돈을 보내겠다는 약속으로 낙찰되었다. 아직도 나는 이다음에 단체여행을 간다면 꼭 홀수로 가겠다고 생각하고 있다.

바쁜 대학생활로 자주 많은 동문들을 만나진 못했지만 이단성과의 접촉은 계속되었다. 이단성의 고려대축제 때 사이먼 앤 가펑클의 'I am a rock'이라는 노래로 상을 탄 기억, 또 둘이서 종로 거리를 누비며 여대생들 쫓아다니던 기억, 소주에 만취한 후 길거리에서의 추행 등 자랑스럽지 못한 일들이 생각난다. 나와 같이 의대에 들어온 보성 동기(고영근)와는 학창시절 반이 달라 가깝게 지내지는 못했지만 계속 친구들을 통해 근황을 접하곤 했다.

의대 학창시절에 나는 미술부와 서울대 스키부에 속해 열심히 그림 공부도 했지만 타고난 소질은 없는 것으로 판명되었다. 그래도 학창시절 취미생활로 만난 선배들과의 돈독한 관계는 지금까지 지속되고 있다. 그래도 의대 시절 가장 기억나는 것은 스키부 활동이다. 9월에 시작한 지상훈련은 매일 2시간의 힘든 체력단련인 달리기, 토끼걸음, 층계 올라가기, 벽타기 등으로 시작되어 마지막엔 의대 연건동 정문에서 시작해 미대 캠퍼스를 거쳐 창경궁, 동성고등학교를 지나는 큰 서클을 돈 후 뜨거운 목욕 끝에 콜라를 마시는 일이었다. 3개월의 지상훈련과 연말고사가 끝나면 2개월 반 기간의 대관령 합숙생활이 시작되었다.

이때만 해도 교통이 나빠서 고속버스터미널에서 새벽 5시에 출발하면 오후 4시쯤 횡계에 도착했다. 대관령엔 스키 리프트 시설이 설치되지 않아 스키를 신고 30분을 올라간 후 1분 내려오는 것이 고작이었다. 그러나 아침 새벽부터 시작하여 어둑어둑해질 때까지 열심히 탄 노력으로 어느 정도의 기술연마는 할 수 있었다.

그 덕택에 이곳 맘모스스키장(캘리포니아)에서 재미있는 시간을 보낼 수 있었다. 6년의 의대 생활을 끝낸 후 해군 군의관으로 인천, 마산, 대전에서 36개월 복무를 마치고 1979년 미국으로 이민을 온 셈이다.

아직도 기억에 남는 일은 힘든 외과인턴 당직 후 집에 돌아오니 CBS의 전설적인 앵커 월터 크롱카이트의 긴급보도로 시작된 "President Park in South Korea is dead"다. 이때는 못하는 영어 배우느라 귀가 떠지지 않아 병원에서 간호사가 원하는 것을 알아듣지 못해 몇 번이나 묻고 하면서 잠도 못 자고 하루하루 지치는 생활이었다.

힘든 인턴생활 중 기억에 남는 일(뉴욕 플러싱의 플러싱병원에서 인턴을 했음)은 외과병동 간호사 중 한국 간호사가 있었는데 무척이나 한국 의사를 싫어하는 사람이었다. 한국 의사가 나 말고 한 명 더 있었는데 이유는 모르지만 특히 한국 의사를 힘들게 하던 간호사였다. 혹시나 같은 한국인이니 좀 도움을 받을 수 있을까 해서 친해 보려 했는데 나와 같이 인턴을 하던 유대계 슈바르츠나 중국인 슈에겐 그렇게 잘하면서도 나에겐 찬 대접이었다.

어느 날 야간 당직 중 나의 임무는 다음 날 수술할 환자들의 피검사, 소변검사, 흉부 엑스레이 촬영, 심전도 검사 등등을 모두 주문해서 수술 전 준비하는 것이 밤 새워 하는 일이었다. 일 시작한 후 6개월 정도 지났을 때 어느 정도 일이 몸에 익어 어떻게 처리하면 2~3시간 눈을 붙일 수 있는지 깨달았을 때다. 간신히 새벽 일찍 잠을 자러 들어갔는데 30분 정도 지나서 전화벨이 울렸다. 내가 뽑아낸 피를 담은 튜브를 실수로 땅에 떨어뜨려 깨뜨렸다면서 다시 피를 뽑아달라는 그 한인 간호사였다. 단 둘이 있고 같은 한국인이고 아무도 보고 듣는 사람도 없었는데, 잘 알아들을 수 없는 영어로 지껄이는 그 간호사가 미워서 귀에 대고 내가 알고 있는 쌍소리를 다 속삭였다. 너무 후련한 밤이었다. 잠은 설쳤지만.

뉴욕에서 1년간의 외과 레지던트를 끝낸 후 리치몬드(버지니아주)에서 1980~1983년 ENT(이비인후과) 레지던트를 마쳤다. 1980년 리치몬드에 있는 Medical College of Virginia 이비인후과(Otolaryngology/Head&Neck Surgery)에서 3년간 레지던트 생활을 하면서 미국의 의료 체계를 접할 수 있었다. 특히 대학병원 교수직을 맡고 있는 의사들이 개인 의사활동을 하고 있는 것이 한국과 달랐다. 대학의 이비인후과 의사들이 의료팀을 만들어 대학병원과 계약을 맺고 의료팀이 번 돈의 일부를 대학병원에 낸 후 나머지 이익을 자기들끼리 나누어 갖는 시스템이 신기했다.

또한 대학병원은 실력과 명성이 있는 의사들을 전국에서 스카우트해와 학교의 평판을 올리기 위해 노력을 많이 한다. 내가 훈련받을 때만 해도 가장 평판이 좋은 이비인후과 프로그램은 하버드대 병원이 아니라 촌구석에 박혀 있는 아이오와대 프로그램이었다. 각 대학의 이비인후과 프로그램은 3년마다 미국 이비인후과학회가 실시하는 평가를 받는데, 학회가 설정한 기준에 못 미치면 대학병원 수련프로그램을 정지시킬 수도 있다. 그래서 각 진료과목의 과장들은 끊임없이 프로그램 수준을 올리기 위해 노력하고 있다.

그뿐 아니라 미국 이비인후과학회에서 수련의 숫자를 각 대학에 지정해 매년 졸업하는 전문의 숫자를 조절함으로써 자신들의 가치를 유지하는 것도 특이했다. 리치몬드는 말보로 담배로 유명한 필립모리스가 있는 곳이고 남북전쟁 때 남군의 수도로, 로버트 리 장군의 본부가 있었던 곳이다. 내가 훈련받고 있는 병원 옆에 리 장군 박물관이 있어 자주 들렀다. 리 장군이 신던 양말까지 보존하고 있던 곳으로 그때만 해도 미국 남북 간의 알력을 잘 모르던 나는 125년이 지난 시점에도 양키들과 싸우고 있다는 말의 의미를 이해하지 못했었다.

3년의 교육기간이 끝난 후 나는 워싱턴DC에서 안면성형외과 펠로십을 시작했다. 이비인후과 수련이 끝나면 여러 분야에서 더 수련을 받을 수 있는데, 그중 한 분야가 안면성형외과였다. 인기가 좋아 경쟁이 심한 분야였기에 이 프로그램에 속한 지도 의사들은 펠로들에게 월급을 제공하지 않았다. 특히 나처럼 운이 좋아 뽑힌 외국 의대 졸업자에겐 더했다. 이런 이유로 미국 안면성형외과학회에서 수련비를 수련이 끝나면 갚는 조건으로 매달 1,000달러씩 도와주었다. 그래도 다행스러운 것은 성형외과학회에서 권위가 있던 클라이드 린튼 박사에게 직접 수련을 받을 수 있었던 것이다.

이때가 내가 기억하기로 가장 가난했던 시절이었다. 둘째 딸까지 태어나 네 식구를 책임지고 있는 나는 제대로 월급도 못 받으면서 학회에서 제공하는 융자금으로 생활하려니 돈이 모자라는 것은 당연한 일이었다. 한번은 조그만 점포에 들러 김치 한 병을 주문하였는데 당시 3달러 현금이 없어 신용카드를 내밀었다. 그런데 신용카드 3개가 모두 한도 초과로 결제를 거절당했을 때 눈물이 글썽거려 눈을 가렸었다.

힘든 안면성형외과 펠로십을 끝낸 후에는 뉴욕 플러싱으로 돌아와 개업을 하였다. 뉴욕은 내게 지금도 고향처럼 느껴지는 곳이다. 겨울 눈의 경치며, 처음 미국에 도착하여 롱아일랜드 고속도로를 지날 때 그 많은 나무들하며, 백화점에서의 친절한 직원들의 태도, 떠나온 한국과 너무나 다른 인상을 주던 곳이다. 개업한 뒤 에어컨도 없는 조그만

쉐보레 몬자를 몰고 브롱크스 퀸즈 브루클린과 맨해튼 등을 돌아다니며 이곳저곳 병의원에서 환자를 돌보며 바삐 지내던 시절이 더욱더 지금도 뉴욕을 그리워하게 만든다.

결국은 1년 개업생활을 끝낸 후 선배의 추천으로 겨울에도 꽃이 피어 있는 로스앤젤레스로 옮긴 것이 1985년이었다. 38년간 LA 코리아타운에서 이곳저곳 옮겨 다니며 지금까지 개업을 해왔다. 처음엔 이비인후과와 안면성형외과를 병행하다 4년 후 이비인후과를 중단하고 안면성형외과에만 전념했다. 큰 병원에 속해 있지 않아 다른 과 의사 동료들과 접촉이 없어 아쉬움이 많았다.

벌써 38년째로 접어든 개업으로 명성을 꽤 얻었지만 간혹 "선생님, 은퇴하지 마세요"라는 환자들의 말을 들으면 이젠 내가 은퇴할 때가 가까워진 것을 느낄 수 있다. 거울에 비치는 얼굴을 보며 늙어가는 모습을 찾아보는 것도 내가 좋아하는 일 중의 하나다.

최근 다니기 시작한 조각교실에서 강사가 나의 첫 작품을 보면서, 처음 시작한 것치곤 무척 잘한다는 말을 들었을 때, 그동안 환자 진료 중 배운 것이 헛된 것은 아니었구나 하는 생각이 든다.

이곳에 이민 옴으로써 잃은 것도 무척 많았고 아쉬운 것도 무척 많이 떠오른다. 미국에 와서 한국을 밖에서 볼 수 있었던 것은 내게 큰 도움이 되었다.

가족, 친척, 친구들과의 잦은 접촉이 없는 것은 큰 아쉬움으로 남아 있다.

최광휘(崔光輝)

1976 서울대 의대 졸업.

1976-1979 해군 군무.

1979 미국 이민.

1979-1980 surgical intern at Flushing Hospital in New York.

1980-1983 Virginia University Head & Neck Surgery residency.

1983-1984 Facial Plastic Surgery Fellowship.

1984- current plastic surgery private practice.

내 인생의 꼬리표: 뉴저지 사투리

| 임기호(3-8) |

마드리드의 한 호텔 식당, 관광객 30여 명이 앉아 있다. 노인이 주 고객인 Globus 관광회사를 통해 12일 동안 스페인과 포르투갈을 일주하는 패키지 투어의 첫 모임이 저녁 식사와 함께 진행되고 있다. 참가자는 대부분 미국에서 온 백인 노인들이다.

처음부터 끝나는 날까지 우리를 인도할 스페인 출신 여행 인솔자가 먼저 자기소개를 하고 일정과 기본 규칙을 설명했다. 경험이 많은지 그 사람 영어는 듣기 어렵지 않았다. 그래도 마지막에는 자기 영어를 못 알아들으면 반복해서 질문하라고 코멘트했다. 자신의 스페인 억양은 어찌할 수 없다고 사과 아닌 사과를 미리 한다. 나는 속으로 '나도 마찬가지일세.'

다음은 자기소개 시간이었다. 이름, 사는 곳, 이번 여행에서 바라는 것들 순으로 이야기하란다. 내 차례가 금방 와서 소개를 시작했다. "Hi, my name is Henry Yim. I have lived in New Jersey for 40 years. As you can tell, I have the NJ accent(안녕하세요? 제 이름은 헨

리 임입니다. 저는 뉴저지에 40년 넘게 살고 있습니다. 보시다시피 뉴저지 억양이 나옵니다)."

말을 마치고 잠시 사람들을 응시하며 기다렸다. 1초, 2초, 드디어 터졌다. "와하하하하!!!" 건너편 테이블에 모여 있는 백인 여럿이 배꼽을 잡고 웃으며 큰 소리로 외친다. "Hey Henry! We are also from NJ. We have the same NJ accent too. Hahaha!(여보, 헨리! 우리도 뉴저지에서 왔거들랑요. 우리도 당신과 같은 뉴저지 사투리를 해요. 우하하하!)"(뭔 소리냐고? 뒤에 설명이 나옵니다.)

대학 졸업 후 첫 직장이 한국아이비엠 영업부였다. 당시 컴퓨터가 새로운 분야여서 입사 후 일년 반이라는 긴 교육을 거쳐야 했다. 무척 힘들었지만 지금 와 생각하면 아주 훌륭한 훈련 과정이었다. 훈련은 중·고등학교 시절처럼 미리 선정된 과목이 순서대로 이어진다. 선생님들의 강의, 시험, 사이사이에 예습과 복습을 반복하는 비슷한 과정이었다. 차이점은 외국인 선생님의 강의와, 모든 책과 비디오 학습이 영어라는 점이다. 못 알아들은 영어 강의는 복습으로 따라갔다. 그 고된 훈련이 내 평생 살아가는 밑받침이 되어 주었다.

기초기술 훈련과 마케팅 교육이 끝나고 부서를 배정 받은 후에도 고객이 질문이나 문제를 제기하면, 독학하거나 선배들에게 물어서 답을 찾아내어 설명을 해주는 등 또 다른 배움의 과정이 이어졌다. 그다음에는 고객과, 폭발적으로 늘어나는 신입사원의 교육을 담당하는 직책이었다. 말이 가르치는 것이지, 사실은 오늘 공부해서 내일 가르치는 하루살이 인생의 반복이었다. 그렇게 3년 남짓 기나긴, 그렇지만 무척 고마운 배움이었다. 회사의 기술훈련뿐만 아니라 영업과 인사관리 분야의 훈련까지 포함되어 나에게는 평생 도움이 되었다.

그러다가 4년 다닌 한국아이비엠에 사직서를 내고 미국으로 이민 가기 위해 하와이행 비행기를 탔다. 직장생활이 보람이 있어서, 그 이민은 계획을 미리 세워 놓은 거는 아니었다. 마눌님이 첫 아이를 하와이 친정에서 낳고 백일쯤 지나면 아이를 데리고 오겠다고 했는데, 처남이 시나리오를 바꾸어서 아기 보러 나보고 하와이로 들어오라 했다. 처남이 급행으로 보낸 아기 사진을 보자마자, 그 즉시 미국 대사관에 이민비자를 신청했다. 수속이 빨리 끝나 1980년 10월 호눌룰루에 도착해 딸아이를 안아볼 수 있었다. 그 기쁨이야 어찌 내가 표현하리오? 대한항공 여객기로 하와이에 내리니 제복을 입은 백인이 우리말로 "이민! 이민!" 하고 외치며 따라오라고 손짓을 했다. 그를 따라 어느 방으로 들어서니 한국에서 온 이민자들에게 번호표를 주며 앉으라고 하는 것이었다. 모두들 긴장한 표정이 역력했다.

나는 하와이에 두 번째 왔고, 해외에서 훈련을 받느라 여행을 여러 차례 해서 그다지 긴장되지는 않았다. 첫 해외여행으로 홍콩에 갔을 때 외국인 여성이 "Good Morning" 하며 미소로 인사하자 책에서만 보던 말을 실제로 듣고 느꼈던 묘한 감정이 생각났다. 책에서 배운 대로 "I am fine, Thank you, and you?" 하지 못하고 반사적으로 "Good Morning"을 반복해서 넘겼던 기억이 새로웠다.

방 안에 모여 있는 사람들은 모두 번호표를 손에 들고 조용히 앞을 바라보고 있었다. 대화를 나눌 분위기가 아니었다. 무거운 침묵과 눈감고 뭔가 고민하는 American Dream의 첫 발자국을 내딛던 이민자들이다. 나도 번호표를 받고 앉아 있는데, 이민국 직원 하나가 "Number eight, number eight!(8번, 8번)" 하고 외쳤다. 아무도 꼼짝하지 않았다. 내 옆의 중년 아주머니가 8번을 들고 있으면서도 일어서지 않았다. 내가 그분을 보지 않고 앞쪽만 보면서, "8번 부르는데요." 했더니 그제서야 벌떡 일어나 번호표를 보이며 담당자를 쫓아갔다. 너무 생각이 많아서였을까? 아니면 영어를 못 알아들어서였을까? 그러나 내게도 언어 장벽이 어떻게 다가올지를 그 당시에는 전혀 짐작하지 못했다.

내 차례가 되어 인터뷰를 시작했다. 질문은 간단했고, 대답도 간략하거나 "Yes" 아니면 "No"로 끝났다. 영주권이 집으로 우편 배달된다고 알려주며, 담당관이 "미국에서 새로운 삶을 잘 가꾸시기 바랍니다.(Good luck with your new life in America.)"라는 말로 인터뷰를 끝냈다. 고맙다고 하며 일어서 나오는데, 뒤에서 듣기 좋은 말씀을 던졌다. "영어를 잘하시니까 미국 생활에 성공적으로 정착하실 겁니다.(Because you speak a good English, I am sure that you will have a very successful American life.)" 멋진 거짓말이었지만, 불안감을 털어내는 데에는 도움이 되었다.

인터뷰를 마친 후 처가집으로 왔다. 첫 아이를 24시간 관찰하고 안아보면서 희망찬 며칠을 보냈다. 하와이에서 맞이한 첫 일요일에 아기를 장모님께 맡기고 마눌님과 영화를 보러 갔다. 우디 앨런(Woody Allen)이 나오는 영화였는데, 무슨 영화였는지 하나도 기억이 없다. 전혀 알아듣지 못했으니 당연하다. 혼란스럽고 많이 걱정되었다. 이민국 담당관이 분명히 영어 잘한다고 했는데 이게 웬일이지?

그로부터 석 달, 나는 와이키키해변에서 조깅하며 휴가 아닌 휴가를 보냈다. 장모님 대접에 몸무게가 4Kg이나 늘어 갈비씨를 무난히 벗어났다. 하와이는 좋은 관광지이며 살기 편한 기후이지만 딸 교육을 위해 본토로 가서 미국 생활을 시작하라는 조언을 따라 뉴욕행을 결정했다. 애틀랜타와 뉴욕으로 고민하다가, 1981년 1월에 뉴욕으로 향했다.

동기 이강희가 JFK공항에 나와 반갑게 맞아 주었다. 다음 날 약속에 따라 맨해튼의 직업소개소(Head Hunter)를 찾아가니 론(Ron)이라는 남자가 반갑게 맞아주었다. 그는 동기 최광휘 부인의 지인이었다. 고마운 두 동기와 아파트 구할 때까지 숙소를 제공하신 59회 선배분이 없었다면 나의 미국 생활은 애틀랜타에서 아주 다르게 시작했을 거다. 론은 내일 인터뷰 일정이 잡혀 있다고 설명하면서, 여러 가지 도움말을 쉽게 해 주었다.

다음 날 첫 Job인터뷰는 American Express였다. 밥 페인(Bob Payne)이라고 자신을 소개한 사람이 본격적으로 기술에 관한 질문을 시작했다. 한국아이비엠에서 워낙 호되게 훈련을 받았던 덕택에 어렵지 않았다. Assembler Language(컴퓨터 프로그램 언어) 시험도 만점을 받았다. 언제부터 일을 시작할 수 있나 등, 개인적인 상황을 몇 가지 묻더니 곧 다시 오란다. 끝난 후 다음 면접 스케줄이 없어서 다시 직업소개소의 론 사무실로 향했다. 하도 정신이 없어 어떻게 도착했는지 기억이 없다. 론이 나를 보자마자 함박웃음 지으며, 인터뷰 반응이 아주 좋았다고 알려주었다. 기분이 으쓱해졌다. '내 영어가 통하나?'

이틀 후 아침에 다시 American Express 건물에서 2차 인터뷰를 했다. 이번에는 컴퓨터 프린트를 보여주며 아주 구체적인 기술 질문을 했다. 꽤 오래 진행된 인터뷰가 끝나자 인사부로 데리고 갔다. 간단히 인사를 건넨 인사부 직원이 몇 가지 질문 후 입사 절차를 설명해 주었다. 공식적인 채용 제안서(Official offer letter)가 곧 집으로 배달될 거라며, 연봉 액수를 알려주는데, 내가 요구한 것보다 정확히 8% 더 올려준 금액이다. 하루도 일 안하고 연봉 인상이다. 이렇게 고마울 수가! 입사 결정이 그렇게 빨리 마무리되리라고는 예상하지 못했기 때문에 기분이 무척 좋았다.

그러나 잠시 후 인사부 직원으로부터 역시 예상했던 평가가 나왔다. 좋은 말을 빼면 이런 말씀이었다. "당신 영어는 형편없네요. 그러나 컴퓨터 언어는 좋아요.(Your English language is terrible, but your computer language is excellent.)" 이거야말로 올렸다 내렸다가 아닌가? 그러더니 다시 올린다. 자기가 해군으로 일본에서 2년 근무했는데, 내 영어가 일본인들 영어보다는 훨씬 낫다고 위로의 말씀을 던졌다. 칭찬인지 뭔지 아리송했다. 이래서 영어 낙제 점수를 극복하고 첫 번째로 면접한 American Express로 직장이 정해졌는데, 직업소개소의 론이 미리 주선한 다른 회사 인터뷰들을 취소하지 말고 가보라고 했다. 경험도 쌓을 겸 느긋하게 인터뷰를 몇 번 더 했다.

돌아오는 평가는 비슷비슷. "당신 영어는 고용하기에 충분치 않아요.(Your English is not hirable.)" 뉴저지에서 월세 아파트를 구하고 첫 직장으로 출근이다. 사무실은 월 스트리트 근처, 맨해튼 제일 남쪽의 Water street. 맨해튼 가까운 뉴저지 집에서 버스 타고 들어와서, 지하철 타고 9·11사태에 무너진 World Trade Center 정거장에 내려 마천루 보며 힘차게 걸어갔다.

사무실에 도착하니 보스가 우리가 일할 시스템을 소개해 준다. 알아듣고 할 만했다. 점심시간이 되자 직원 식당으로 안내해 주었다. 여기서 완전 절망! 첫인상은 좋았다. 음식 주문에 말이 필요없다. 내가 직접 고르거나 손가락으로 가리키면 접시에 음식을 담아주었다. 점심 한 끼는 제대로 먹겠구나 싶었지만 큰 오산. 자리에 앉자마자 대화는 스포츠 얘기. 내가 미국 야구, 미식축구 선수들 이름을 알 턱이 있나. 전혀 못 알아듣고 가끔씩 한두 단어 알아들으니, 가끔씩 억지 미소짓는 게 전부. 업무 얘기를 하면 대화에 끼어들 수 있겠건만 이 사람들 밥 먹을 때는 절대 업무 얘기 안 하시더라. 그날부터 즐거워야 할 점심시간이 가장 괴로운 시간이 되었다. 아마도 나의 위궤양이 여기부터 시작되었으리라.

스포츠에는 문외한이지만 컴퓨터 숫자 계산은 미국인들을 따돌렸다. 언젠가 나의 정규 근무 시간(?)인 주말에 일하고 있는데 갑자기 전기가 나갔다.

대낮이어서 별 불편 없이 책상에 높게 쌓인 컴퓨터 프린트 종이를 보며 일하고 있는데, 백인 여러 명이 예고도 없이 들이닥쳤다. 전기가 나가 계산기를 쓸 수가 없는데 우리 빌딩에 손으로 계산하는 동양인 괴물이 있다는 소문을 듣고 찾아왔다고 한다. 옛날에는 컴퓨터 문제 해결을 하려면 2진법, 10진법, 16진법 계산을 해야 했다. 한국인들은 웬만한 것은 암산으로도 하는 것을 대학에서 컴퓨터 전공한 미국인이 특수 계산기 없으면 진법 전환과 더하기 빼기를 못 해서 문제 추적을 못한다. 그 사람들에게 수차례 단계별로 계산을 해주고 나서 "Thank You So Much"를 엄청스레 많이 들었다. 왜 영어는 숫자 계산처럼 안 될까?

다음 직장도 마찬가지였다. 미국 첫 직장에서 1년 넘게 일하다가 자리를 옮기기로 했다. 내가 원한 자리는 씨티뱅크의 Senior System Officer 였는데 정말 어렵게 턱걸이로 들어갔다. 기술 담당 VP(Vice

President: 부사장이 아닌 중급 직책)가 나를 뽑으려 했지만 상급자인 Senior VP (상급 직책)가 내 영어를 문제 삼았다.

결국엔 Senior VP를 직접 만나보라며 공을 내게 넘겼다. 며칠 머리를 굴리면서 IBM의 훈련 과정에서 배운 걸 토대로 면접 준비를 했다. 그 높은 분의 지론이 이러하다. 자기 아버지가 총명하신 그리스 이민 1세대로, 자신과 자식들이 모두 American Dream을 이루었다는 부러운 얘기다. 그런데 자기 아버지가 못 하신 것이 딱 한 가지인데, 그게 영어 극복이었다고 말하신다. 그거야 이민 오기 전이나 휴가 중에 하와이 교민들에게도 수없이 들었던 얘기였지만, 그렇다고 "맞습니다" 하고 물러날 수는 없는 일이었다.

나는 여러 가지 준비한 것 중에서 한 가지를 주로 설파했다. "당신이 뽑으려고 하는 직책이 사용자 그룹과 소통을 잘 해야 하는 자리라고 설명하셨는데요. 여러 연구 결과를 보면 잘 듣는 것이 좋은 소통의 85%를 차지한다고 합니다.(You explained to me that the position you are hiring needs to communicate well with the user groups. The listening is 85% of the good communication according to many research organizations.)" 나는 인사훈련 때 본 적이 있는 자료를 내밀며 말을 이어 나갔다. "사실 말하는 것은 바람직한 소통에서 5%도 차지하지 않아요. 이 자료에 그렇게 나와 있어요. 나머지는 듣기, 눈 마주치기, 제스처 등등이지요. 제가 스피킹 능력을 향상시켜야 한다는 건 잘 알아요. 그렇지만 저는 잘 듣고, 이해합니다. 당신이 말씀하신 것을 다 알아들었잖아요?" 똑바로 쳐다보며 말을 하니까 그 사람이 고개를 끄덕였다. 내가 계속 말했다. "내가 말하기보다 듣기에 더 치중하는 것에 동의하시지요? 더 많이 들을수록 더 소통을 잘할 겁니다." 그분이 미소를 지으신다.

하지만 열심히 다른 보조 자료들도 들이댔지만 요지부동이다. 그의 대답은 이랬다. "나는 이민자가 나의 아버지처럼 나이가 좀 든 후에 미국에 오면 영어 문제를 극복하지 못한다는 생각에는 변함이 없어요, 하지만 내가 VP하고 다시 상의해 보지요." 그래도 지성이면 감천이다.

며칠 후 VP가 전화를 해 왔다. Senior VP가 나를 만난 후에 반대에서 기권으로 바뀄다며, 자기가 책임을 지고 나를 뽑겠다고 했다. 내가 고친 IBM 프로그램 하나에 기술 점수를 후하게 준 모양이다. 그 높으신 분이 끝까지 찬성 표를 안 주셨는데, 꼭 같은 부류의 높은 분을 여러 해 후에도 만나서 내 부서 이동에 반대표를 받은 적이 또 있다.

어렵게 은행에 취업이 되었지만 복이 터졌다. 휴가가 단숨에 2주에서 4주로 늘어나고, 월급도 무척 많이 올랐다. 그 당시 은행 Officer로 입사하기 전에 인사부 직원에게 들었던 두 가지 조건이 있었다. 하나는 열 손가락 지문이 FBI에 등록됨과 동시에 신원조회가 통과되어야 입사할 수 있고, 그다음은 입사 후 적어도 일년에 한 번, 한꺼번에 2주 이상 휴가를 사용해서(부정 행위를 막기 위해) 자기 자리를 휴가 중에는 비워 두어야 한단다. 휴가 조건은 차라리 제약조건이라기보다는 열망 항목이다.

그래서 일년차 직원이 하와이에 20일 휴가도 다녀왔다. 한국에서는 이렇게 오랜 휴가를 한꺼번에 써본 적이 없어 신기했다. 한 가지 복이 더 있다. 점심 식사는 HQ 빌딩에 있는 Officer식당에서 웨이트리스 서비스 받으며 느긋하게 할 수 있게 되었다. 보스는 빌딩 꼭대기에 있는 VP식당에서 먹으니 나는 혼자서 편하게, 머리에 쥐가 나는 대화의 압박 없이 점심을 먹을 수 있었다. 보스는 규정상 VP식당에 나를 초대할 수 없어 미안하다고 한다. 나는 속으로, '못 들어가는 게 다행이네요.' 언제나 영어 걱정 없이 점심식사할 수 있으려나? 이 망할 놈의 영어!!

돈 많은 은행이 역시 직원 교육에 후했다. 내가 가고 싶어 하는 훈련 교육 비용을 모두 승낙할 뿐만 아니라, 교육과 흥미를 합친 라스베이거스에서 열리는 기술 콘퍼런스에도 참석하라고 등 밀어서 보냈다.

재미있는 일화 하나. 첫 교육 출장에서 돌아와 여행경비 신청을 했다. 저녁 경비를 영수증 첨부하여 30달러를 청구했다. 며칠 후 전산부 담당 부장이 나를 소환했다. 아주 착하고 마음씨 좋은 백인 매니저. 웃으면서 나보고 저녁이 왜 30달러밖에 안 되냐고 따지면서 와인이 어디로 갔냐고 묻는다. 술은 잘 마시지만 술 비용은 청구가 안 되는 걸로 알았다고 했다. 공식적으로는 맞는 말이란다. 그러나 그분 왈, "자네가 banker인데, 저녁과 좋은 와인은 banker의 기본이라네. 저녁 비용에 식전 칵테일과 와인 값을 더해서 다시 청구하게나."

원 세상에, 이런 법이. 미국 직장 요상하네, 희망액보다 월급을 더 높여 주지 않나 저녁값도 두 배로 더 청구하라고 하질 않나? 아직은 전성기 시절의 미국 회사들의 눈에서 꿀물 떨어지는 풍성한 얼굴의 시대가 있었지만, 그 시절을 뒤로한 미국 기업들의 눈에서 핏물 떨어지는 또 다른 냉정한 얼굴을 그때는 몰랐다.

즐거운 직장생활이었지만 3년 후 은행을 그만두었다. 두 가지 요인이 거의 동시에 겹쳤다. 하나는 내 월급 상향조정 신청이 요구대로 안 되었고, 다른 하나는 IBM World Trade Corporation HQ로 재입사하기 위해 이력서를 보내라는 제안이 들어왔다. 내 월급 문제는 나의 조수를 뽑는 과정에서 터졌다. 내가 담당한 분야에 전문 직원이 오로지 나 혼자뿐 이어서, 조수를 뽑아야 했고, 내가 기술 면접을 다해야 했다(그 당시 떠오르는 새로운 기술이었는데, 은행이 나를 일년이나 열심히 교육 출장을 보내주어 전문가 타이틀이 붙었다). 여러 명을 인터뷰했는데 부풀린 이력서만 훌륭하고 실력은 거의 'F'학점 수준이다. 간신히 한 명이 뽑을 만한 C학점 수준이었다. 다행인지 불행인지 구직자 이력서들이 나한테와 그들의 월급 요구액을 내가 다 보았다.

낙제자들의 월급 요구가 내 월급의 50%까지 높았다. 그때야 비로소 이민자의 낮은 임금 덫에 내가 갇혀 있었고, 첫 직장에서 내 요구 금액보다 왜 월급을 더 높게 주었는지를 알게 됐다. 내가 예뻐서 더 준게 아니고, 내 직급의 최저 월급이 나의 요구액보다 높아서, 할 수 없이 최저 월급에 맞춘 게 그 액수였다. 직업소개소의 론이 나의 월급 첫 단추를 잘못 꿰어 주었던 거다. 하긴 한국에서 온, 의사 소통도 어려웠던 나의 월급을 다른 미국인과 유사하게 요구하라고 조언해 줄리가 없었겠지만, 어쨌든 초봉을 너무 낮게 요구했다.
이민자 무시에 은근히 화가 치밀어 내 보스와 상의 후 전산실 최고 책임자와 면담하게 됐다. 그분이 바로 나에게 저녁에 와인값 더하라고 하시던 마음씨 좋은 아저씨. 내 월급을, 뽑으려는 신참 수준까지는 올려달라고 했다. 그분은 올려주고는 싶은데 은행 규정상 현재의 월급에서 50%를 올릴 수는 없단다. 나보고 정말 미안하다며, 그만두고 일년 뒤에 재입사하는 방법이 있다며 솔직하게 귀띔한다. 내가 사직할 걸로 결론을 내리신 모양이다. 저녁비를 올리라고 하셨던 게, 아마,

월급 적은 내가 불쌍해서?

그때 마침 한국아이비엠의 인연이 내게 다가왔다. 한국에서 근무할 당시 우리를 관리했던 IBM WORLD TRADE CORPORATION HQ 에 자리가 하나 나왔으니 이력서를 제출하라는 연락이 왔다. 무척이나 고마웠다. 워낙에 고맙고 좋은 감정이 있던 친정 회사는 정말 뿌리칠 수 없는 유혹이었다. 하지만 은행도 사직하겠다고 하니, 내 보스가 막후에서 교섭하여 대안을 제시했다. 내가 개발하고 있던 프로그램 하나가 매우 매력적이었는지, 파격적으로 직원이 아닌 Independent Contractor 계약을 제안했다.

은행이 개인과 직접 Independent Contractor 계약을 체결하는 건 매우 드문 경우다. 거의 대부분의 Contractor들이 은행과 계약된 중계회사를 통해서 온다. 은행은 계약된 회사에 돈을 주면, contractor 는 소속된 중계 회사에서 커미션을 뺀 후에 임금을 직원처럼 월급을 받는다. 나의 경우는 은행이 중계회사를 거치지 않고, 내게 직접 계약금 100%를 지불한다.

제안된 6개월 계약 금액이 매우 높아서 고민을 많이 했다. 하지만 6 개월 후의 재계약에 확신이 없었다. 나의 영어 실력으로 6개월씩 생명 연장하는 Contractor 사업에 나 홀로 선다는 게 두려웠다. 항상 직원을 보호하는 회사의 온실 속에서만 지내온 나에게는 변신이 두려웠다. 그래서 그 좋은 액수의 Contractor사업을 포기하고, 적지만 안정된 월급을 주는 IBM 재입사 방향으로 틀었다. 월급도 괜찮게 오르고 한국아이비엠 경력 연수를 100% 인정해 준다고 했다. 덕분에 휴가가 2주 아닌, 5년 근무 직원 수준인 3주로 늘어났다. 그래도 전 은행 직장에 비해 당장은 1주 줄었다.

IBM WTC(World Trade Corporation)는 미국을 제외한 세계 모든 국가의 IBM 조직을 관리한다. 한국에서 근무할 때 받아보던 WTC HQ Letter는 거의 성경 수준으로 여겨졌는데 내가 여길 오다니 꿈만 같았다. 허드슨 강을 굽어보는 좋은 환경과 멋진 건물에서 다양성 있는 직원들과 일을 했다. 이곳에서는 가끔씩 영어 아닌 외국어가 들린다. 직원들의 이름도 여러 종류이며 미국 스포츠 얘기가 주 화제거리도 아니고 해외토픽 얘기도 많이 한다. 어휴, 살 것 같다. 아시아 조직과는 연결이 잘 안 되어 한국 출장 기회는 별로 없었지만, 세계를 돌아다니며 영어를 모국어로 쓰지 않는 사람들 상대로 일하니 더 재미있었다. 많은 경우, 내 영어나 그들의 영어나 도토리 키재기.

게다가 HQ에서 근무하면 여러 장점이 있다. 직급이 높은 직책이 많아서 진급이 빠르니 월급이 잘 올라가고, 비행기도 비즈니스석을 태워준다. 팬엠 에어라인이 파산하기 전에는 그 비행기를 많이 탔는데, 게이트의 팬엠 직원들이 나와 동료들을 알아봐서 매번 일등석으로 옮겨주고 내릴 때에는 와인도 남았다고 병을 건네주곤 했다. 방문국에서도 HQ에서 나온 사람들에게 대접을 잘 해준다. 중남미에 가면 해당 국에서 보낸 여행사 직원이 전용차를 가져와 공항에서부터 안내와 보디가드 역활도 해준다. 백인 직원과 같이 다니면서, 나는 묻혀서 일을 쉽게 할 수 있었다.

내 생애의 클라이막스를 향해 승승장구 몇 년 신나게 올라갔다. 남보다 책 한 장 먼저 읽으면 빠른 진급을 할 수 있었다. 별일도 아닌데 툭하면 상금을 받았다. 이렇게 행복한 직장 생활이 영원할까? 그럴 리가 만무하지요. 정상에 오른 후의 내리막길은 험난했다. 좋은 것이 있으면 나쁜 것도 있는 게 세상 이치 아니던가? 그야말로 돈이 넘쳐나던 IBM이 1993년 쯤부터 기울기 시작하더니 급기야 파산 소문이 파다하게 퍼졌다. 갑자기 회장이 바뀌고, 다음 날부터 완전히 다른 회사로 변했다.

파산을 피하려고 감원을 시작하는데 정말 칼날이 시퍼랬다. 잘려 나가는 정도가 추풍낙엽을 넘어 핵폭발 수준이었다. 새 회장은 최악의 살인자라고 욕을 먹으면서도 꿈쩍도 안 했다. 파산하면 다 죽지만 반이 죽더라도 파산을 피하면 나머지 반은 산다는 논리였다. HQ빌딩에 직원 2,400명 정도가 득실거렸는데 몇 년 지나자 100여 명만 여기저기 흩어진 채 살아남았다. 물론 그 멋진 빌딩도 급매물로 나왔다. 감원 제1호 대상이 직접 돈 벌어 오지 않는 HQ 직원이었고, 결국 그 좋던 HQ 자리가 내게서 등을 돌렸다. 나를 훈련시켜 주고 좋은 직장을 제공했던 회사가 이렇게 배신을 하다니 기가 막혔다.

파산 위기를 넘긴 후에도 끊임없는 절약은 계속되었고, 나는 감원의 칼날을 피해서 안전한 직책을 찾아 옮겨다녀야 했다. 소위 말해서 타고 다니는 말이 지치기 전에 다른 말로 재빨리 갈아타야 했다. 시대가 변해 나의 시장 가치도 떨어져 이직도 힘들었고, 쌓아 놓은 연금 호봉 숫자가 아까워서 안에서 버텼다. 나중에 생각하니 조직에서 제공하는 안전망이 전혀 없을 바에야, IBM 재입사 전에 제안 받았던 Contractor사업에 도전했을 걸 하는 후회가 몸서리치게 밀려왔다.

어차피 조직에서의 파리 생명이나, 6개월 단위의 계약직 생명이나 피차 일반. Contractor사업했으면 저축 통장에 비상금이나 많이 쌓아놓았을 텐데. 미국에서 월급쟁이들은 저축하기가 매우 힘들어 직장 잃으면 재빨리 다른 수입원을 찾아야 한다.

그 사이에 어느덧 내 나이가 50대 초반에 접어들었다. 감원을 피해 상대적으로 안전한 보직을 찾아 흘러흘러 미국 국내 영업부로 옮겼다. 영어를 부드럽게 잘해야 먹고살 수 있는 영업부가 나의 제1 순위였을 리는 만무하다. 사실 내게 남은 마지막 선택이었다. 게다가 나는 언어 능력도 모자라고, 흥정 대화에 소질이 전혀 없다. 다행히도 한국에서의 영업부 경험과 마케팅 훈련 덕분에, 여러 번의 인터뷰를 거친 뒤 영업부로 옮길수 있었다.

영업부의 장점은 Offshore(미국에 있는 기술 직책을 상대적으로 임금이 싼 인도, 중국 등으로 옮겨 경비를 줄이는 미국 대기업들이 사용했던 방법)가 없어서 갑자기 보직이 외국으로 넘어가 잘리는 일이 없다. 인도나 중국에서 일하는 직원들은 미국에 거주하는 고객들을 직접 만나지 못하고, 게다가 인터넷으로만 특수화된 소프트웨어 제품 팔기가 불가능했기 때문이다. 더구나 복잡한 IBM제품 영업에는 많은 기술 경험이 필요해서 대규모 감원이 없다. 영업 소통 언어도 중요하지만 제품 기술 경험이 필수인, 내 직책은 Technical Sales Support.

워낙 복잡한 소프트웨어를 판매해야 하니, 아무리 정치인처럼 능숙한 언변을 갖춘 세일즈맨이라도 제품 설명은커녕 복잡한 제품 이름조차 외우지 못한다. Technical Sales는 고객을 상대로 설명하고, 시연하고(실제로 시스템에 연결해 고객이 제시한 문제들을 해결해 제품의 우수성을 증명해야 한다), 교육도 시키면서 고객을 설득해서, 복잡한 제품을 팔 수 있는 매우 중요한 직책이다. 세일즈맨이 우리에게 고객을 연결해 주고 식사 대접하는 걸 빼면 나머지가 몽땅 내 일이 된다. 장소가 결정되면 찾아가 슬라이드를 통한 설명, 프로그램 시연, 사용법 교육의 순서로 고객을 설득했다. 그렇게 해서 사방을 돌아다니는 세일즈맨 생활이 시작되었다.

뉴욕 지역이 내 담당이지만 서부 지역을 제외한 북부의 메인주에서 남쪽의 플로리다주까지 비행기 타고 날아다녔다. 공항이 내 사무실 같았고, 9·11사태 덕분에 더 많은 시간을 공항에서 불편하게 보내야 했고, 조그만 비행기에 웅크리고 다녀서인지 요통을 얻었다. 이래서 위궤양과 요통이라는 두 개의 훈장을 받게 되었다.

고객과의 약속이 확정되면, 그 전날 날아가서 고객 회사 근처에 숙소를 잡고 다음 날 아침에 약속된 사무실에 찾아간다. 서울에서 들은 농담에 남자들은 마눌님, 내비, 골프 캐디 말을 잘 들어야 한다는데, 나야 캐디를 동반하는 고급 골프장을 밟아볼 일이 없으니 캐디와는 상관 없고. 가끔씩 마눌님 말씀은 거역해도 내비 아가씨 말씀은 잘 따라서, 처음 가는 고객 장소들을 무난히 찾아다닐 수 있었다.

대개 아침 10시경에 약속이 잡히는데, 미팅 순서는 대략 50분 슬라이드를 곁들여 설명하고(판매하고?), 또 50분 시스템 시연하고, 10분 정도 질의 응답한 후, 무사히 끝나면 점심 대접하고 공항으로 가서 비행기 타고 집에 간다. 호텔 방에서는 5시에 일어나 Opening Statement를 연습해야 한다. 처음부터 말이 꼬이면 판매 성공은 물 건너가는 법. 못 팔면 세일즈맨이 돈을 못 벌고, 그 친구들이 내게 책임을 돌리면 곤란해진다. 내가 잘하면 그 친구들 수입이 많아지고, 계속 나를 고객과 연결해주면 내 자리가 안전해지고 떡고물이 내게도 온다. 그렇다고 공평한 공존공생은 아니고, 내가 조금 불리한 위치에 있는 건 분명하다. 처음 5분, 10분을 실수없이 잘 진행해야 일이 쉽게 풀리니까.

제일 확실한 방법은 연습이다. 웅변 연습하듯 외운 내용을 큰 소리로, 또렷한 발음으로 말해야 한다. 한국인 특유의 억양이야 어쩔 수가 없지만, 단어를 잘 고르면 발음이 쉽다. 연습하다 발음이 잘 안 되면 다른 단어로 바꾸어 다시 연습한다. 1시간 정도 연습하면 10분 정도 분량을 외우고 안 꼬이고 발음할 수 있을 만큼 다듬을 수 있었다. 설명을 잘 넘기면 시스템 시연과 질의 응답은 상대적으로 쉬워진다.

약속 장소에 도착하면 먼저 슬라이드를 점검하고, 시연 시스템에 연결해 테스트해보고, 고객들이 입장하기를 기다린다. 고객 숫자는 대개 5명에서 30명까지 들쭉날쭉하다. 작은 회사의 경우 고객은 5명 정도라도 각 분야의 IBM 세일즈맨이 10명쯤 온다. 세일즈맨들은 본인 점수를 높이기 위해 간접적이라도, 팔릴 만한 고객과의 약속에는 가급적 머리를 들이밀어 눈도장 보고를 한다. 고객 입장이 끝나면 내 제품을 직접 담당한 세일즈맨이 사 가지고 온 커피와 도넛으로 인사하며 간단히 농담 따먹기를 한 후, 나를 소개하고 마이크를 내게 넘기면서 시작된다. "안녕하세요? 제 이름은 헨리 임입니다. 저는 뉴저지 사무실에서 동부 지역을 담당하고 있습니다. 저는 뉴저지에 30년 넘게 살아서, 보시다시피 뉴저지 억양이 섞여 있어요.(Good morning, my name is Henry Yim. I support the East region based in New Jersey. I have lived in New Jersey for 30 years. As you can tell, I have New Jersey accent.)"

1초, 2초, "와하하하! 껄껄껄껄!!!!!"

미국인들이 내 억양을 귀로 듣고 뇌에서 이해하여 반응하는 데 1,2초 시간이 좀 걸리지만 배꼽잡고 웃는다. 뉴저지 사투리 얘기는 대략 이렇다. 미국 첫 직장이었던 American Express에 근무할 당시, 거의 대부분의 동료가 뉴욕 주민이었고 나처럼 뉴저지에서 통근하는 이는 적었다. 뉴욕 동료들은 항상 뉴저지를 뉴욕 변두리 취급한다. 동료들이 나보고 뉴저지 촌놈들이 사는 곳에서 사투리 영어 배우지 말라고 놀려대며, 뉴욕으로 이사해서 정통 영어를 배우면 억양이 좋아질 거라고 농담했었다. 미국 남부 발음은 금방 알 수 있지만 뉴욕과 뉴저지는 별 차이가 없는데 뉴욕 사람들의 농담인 것 같다. 이민 1세의 억양(heavy accent)을 쏟아내는 내 영어가, 뉴저지에서 30년 살았으니 뉴저지 사투리 동급이라고 은근슬쩍 우겨대는 내 농담에 배꼽을 잡는다.

하여튼 시작은 괜찮다. 초반에 긴장을 풀고 넘어가면 얼음 깨기 (Breaking Ice) 성공. 가끔씩 고객들을 집중하게 하려면, 적절한 농담이 꽤 효과가 있는데 미국은 인종이나 사회 문제에 예민해서 농담도 조심해야 한다. 나는 원래 타고난 재치가 없어서, 여러 인종 농담 책을 읽고 추려내어 외운 후에 적재적소에 사용한다. 내 주위의 직원들은 나를 유머가 많다고 생각하지만, 원래 타고난 건 없고 다 외운 거다. 농담 섞으며 연습한 대로 혀 안 꼬이고 몇 분 지나면 슬라이드 설명이 잘 풀려 나갈 거다. 이 부분을 잘 넘기면 시연은 기술적인 면이 많아서 상대적으로 쉬운 부분이다. 이 시연 부분에서는 "뭐라고요? 다시 말씀해 주실라우?(Excuse me, please repeat what you said.)" 이러는 사람 거의 없다. 제기랄, 빌어먹을, 30년을 살았어도 새벽 5시부터 기상해서, 발성 연습까지 해야 한다니!

어쨌든 offshore 칼바람의 걱정 없이 영업 할당 보너스도 받으며 근무하다가 은퇴할 나이가 되었다. 요통이 심해져 더 이상 비행기 출장이 힘들어져, 보스가 주최한 은퇴 파티에서 와인 한 잔을 끝으로 마감. 은퇴 파티가 맨해튼의 식당이었으니, 시작과 끝이 맨해튼이다. 이민 초기부터 나타난 위궤양이 은퇴 후 사라져 지난 30년 동안 못 마시던 아침 커피도 다시 즐길 수 있게 되었다. 은퇴 후 열심히 운동한 덕에 요통도 많이 사라졌다. 내가 사는 곳의 주민 골프장은 주중의 경로 골프비가 최근에 많이 올라서 20달러. 한국에 비해 엄청 싸다. 물론 그 비싼 부동산 세금 안 내는 비거주민은 상당한 요금을 내야 한다. 요통으로 못 치던 골프를 일주일에 세 번 칠 수가 있을 만큼 허리가 튼튼해졌다.

직장생활에서 얻었던 두 개의 훈장, 위궤양과 요통을 반납하니 다른 훈장을 받았다. 여행병이다. 늙어가는 나이에 우울해지려 하면 짐 싸고 여행이다. 최근에는 자주 서울 와서 시간을 많이 보내려니, 그나마 넘어 가던 영어도 불편해지고, 국어도 어눌하다. 요즘에는 단어가 기억 안 나 자주 말이 막히는 데다가, 생소한 한국어 단어들이 나를 괴롭힌다. 생소한 동네 이름, 전철역 이름, 웬 줄임말들, 충돌사고가 아니고 추돌사고 등등등. 미국에서는 그럭저럭 전화기 잘 쓰며 사는데, 여기서는 조카애 도움이 없으면 전화기로 구매를 못 하는 경우가 허다하다. 미국 아마존에서 쉽게 물건 사는 게 여기서는 잘 안 된다. 택시도 예약 못 해서 불편하다.

내가 어리바리한 외국인이 된 것 같다. 서울에서 내게 붙는 수식어가 교통 약자, 디지털 약자, 백발노인, 아파트 하나 없는 깡통노인, 연금 노약자 등등이다. 여기가 내가 살던 고향 맞아? 만일 남은 황금 인생을, 꿀잼의 서울에서 살기 위해 역이민 오면, 또 다시 적응 고생의 반복이 되려나? 은퇴 후의 황금 인생이 이래저래 흔들리는 꿈인가?
그래도 고향이다. 모든 게 변하는 이 세상에서도 언제나 지켜주고 변함없는 친구들이 있어서 좋다. 물론 나의 친구들은 거의 다 보성 60회 동기들이다. 동기들이 없으면 고향이 고향 아닌 타향이 될 텐데, 황금 여생을 같이할 동기들이 있는 게 행복이다. 미국 생활에서 흔히 보는 노년의 우울증, 고향에 오면 친구들이 우울증이 근처에도 못 오게 막아준다. 고마운 친구들이고 귀한 동기들이다.
은퇴 후의 황금 인생이 여기부터 시작이다!

임기호(林基鎬)

서울대 공대 전기과 졸.
1980년 미국 이민. IBM 근무.
2015년 IBM 은퇴.

한국에서 미국, 그리고 다시 한국으로

| 김헌수(3-4) |

저는 1974년 고려대 물리학과를 나와 1976년 ROTC로 제대한 후 아내 가족을 따라 미국 이민을 갔습니다. 도착한 시카고는 여름에는 참으로 덥고 습하고, 겨울에는 미시건호수가 있어서 그런지 바람도 많이 불고 눈도 많이 오고 정말 추웠습니다. 지금 되돌아보면 왜 그렇게 날씨가 나쁜 곳에서 15년 동안 살았는지 후회되기도 하지만 처음 미국에서 뿌리를 내린 곳이라 그냥 아무 생각 없이 살았던 것 같습니다. 그리고 낯선 미국에서 미래에 대한 두려움 때문에 도전을 하지 않고 시카고에 안주했던 것 같습니다.

처음 1년은 모든 이민자들이 하는 것처럼 닥치는 대로 여러 가지 일을 했습니다. 가발가게를 맡아서 흑인 동네에서 흑인들을 대상으로 판매업, 공장에서 부품 조립하는 일 등등 여러 곳에서 일하고 살았는데, 미국 생활에 익숙해지니 이렇게 살아서는 안 될 것 같아 낮에는 로컬 컬리지에서 전자공학을 전공하며 밤에는 GTEAutomatic Electric이라는 교환기 제조회사(미국에서 교환기 제조업체로는 두 번째 큼)

에 취직해 전자공학 학사 학위를 받기까지 2년 동안 학업과 일을 병행했습니다.

지금 되돌아보면 그걸 어떻게 해냈을까 싶지만 그때는 젊었을 때라 어렵다고 느껴본 적이 없습니다. 점심 식사는 항상 출근길 운전 중에 샌드위치로 해결했고, 집에는 밤 12시경에 들어와 숙제하고 새벽 1시쯤에나 겨우 잠을 잘 수 있었고, 아침 8시에는 학교에서 공부를 시작했습니다. 한국에서 대학교 다닐 때는 그냥 학점만 따려고 벼락치기하면서 간신히 졸업했지만 여기서는 왠지 공부가 너무 쉬웠고 잘 이해가 되었습니다. 그래서 그런지 거의 A학점을 받았던 것 같습니다. 덕분에 1981년에 AT&T 산하 벨연구소에 시스템 엔지니어로 취직할 수 있었고, 여기서도 일하면서 원격으로 일리노이공대에 등록해 컴퓨터공학을 전공해 석사학위를 취득했습니다.

벨연구소에 들어와 보니 미국 전역에 벨연구소가 있었습니다. 주로 뉴저지 쪽에 많이 있었는데, 노벨상을 받은 훌륭한 과학자들도 많이 있었고 거의 모두가 석사학위 이상 소지자였습니다. 그리고 석사, 박사 공부를 적극 장려하며 등록금을 대주는 등 혜택이 다양한 아주 좋은 회사여서 많은 사람들이 일하고 싶어 하는 직장 중 하나였습니다. 언어도 서투르고 어려운 점도 많았지만 다행히 모두가 친절하고 잘 이끌어주어 많은 것을 배울 수 있는 기회였습니다.

입사하고 1년 후, 그 당시 세계에서 제일 큰 기업인 AT&T(미국 통신회사)는 미국 연방지방법원 해럴드 그린 판사에 의해 대기업독점금지법에 따라 분리하라는 판결을 받았습니다. 이에 따라 돈을 많이 버는 AT&TLongline이라던 지역의 회사들을 독립체제로 잘라내기 시작했습니다. 그 대신 전에는 법적으로 통신사업만 하게 되어 있었는데 다른 사업에도 참여할 수 있게 되어 기존 인프라를 이용해 제일 쉽게 접근할 수 있는 게 컴퓨터사업이라고 판단되었습니다. 통신 교환기가 많이 컴퓨터화되어 있었기 때문이었습니다.

한 부서가 분리해 나와 컴퓨터사업을 한다고 나섰는데 그게 제가 속한 부서였습니다. 약 300명 정도의 인력이 이제부터 컴퓨터를 개발한다고 착수하고 있었습니다. 이때는 벨연구소가 개발한 32bitCPU(그 시절에는 모든 컴퓨터가 16비트 CPU를 사용했고 32비트는 상당히 진보된 것이었음)와 또 벨연구소가 직접 개발한 UNIX라는 운영체제를 가지고 컴퓨터사업에 뛰어들었습니다.

저는 UNIX라는 운영체제 안에서 소프트웨어를 개발하고 있었지만 여기에 체계적인 개발방법론을 사용하면서 배운 경험이 나중에 삼성전자에 들어갔을 때 많은 도움이 되었습니다. 지금은 대수로운 일이 아닐 수도 있지만, 여기서는 개발을 하기 전에 개발 설명서를 정해진 형식에 따라 아주 자세히 써야 했고, 그것이 리뷰와 심사를 거쳐 승인이 나야 개발에 들어갈 수 있었습니다. 또 개발 중간중간에도 여러 가지 필요한 검증단계를 거치며 많은 서류를 작성해야 개발을 진행할 수 있었습니다. 이런 것이 전체 개발기간 단축에 지대한 영향을 끼치는 것이었습니다.

언뜻 보면 그냥 개발하면 되지 무슨 글을 써서 검증하고 또 검증을 하느냐 싶지만 처음부터 완전히 검증하고 시간과 돈이 들어가는 개발을 첫 단추부터 잘 꿰어야 된다는 이론입니다. 제품의 품질을 검증하는 데도 그냥 하는 것이 아니라 검증테스트 계획을 서류화해서 이것도 심사를 거쳐야 승인이 나고 또 이 계획대로 테스트를 하는, 정말 빈틈이 없는 개발방법론을 적용하고 있었습니다.

여기에는 한국분들도 10여 명 있어 자주 만나 교류를 하고 있었는데 1990년에 삼성, 현대, 엘지 등에서 비공식적으로 한국인들을 대상으로 자기 회사를 홍보하면서 한국에 와 일하라고 권유했습니다. 저는 한국에 갈 마음이 없어 그냥 회사 소개만 들을 요량으로 참석하고 집에 가서 집사람에게 이런 스카우트 제의가 있었다고 얘기하니 집사람은 너무나도 적극적으로 이 기회에 한국에 가자고 저를 설득하기 시작했습니다. 결국 삼성과 현대의 초청으로 한국을 방문해 인터뷰했는데, 두 군데에서 다 오라고 해서 지인들과 의논했습니다. 지인들은 "삼성은 가지 마라, 거기에는 이미 기라성 같은 인재들이 많아 살아남기 힘들 거다"라고 조언해 주었지만, 그래도 기왕이면 상대적으로 체계적인 면에서 더 잘 정리된 삼성에서 일하고 싶어 삼성을 택했습니다.

1991년 4월 한국에 돌아와 삼성을 다니기 시작했습니다. 삼성도 이병철 회장의 주도로 컴퓨터사업을 시작한다고 미국에서 석·박사급 경험 있는 인재를 저까지 약 30여 명 뽑아 개발하고 있었는데 저는 막차로 들어왔습니다. 미국에서 15년 살다 돌아오니 처음에는 한국말로 씌어 있는 설명 서류를 읽는데 무슨 말인지 모르는 전문용어들이 너무 많아 당황했습니다. 처음에는 TICOM이라는 국가행정 전산망을 구축하는 국산 컴퓨터 개발 총괄을 했습니다. 삼성, 엘지, 현대, 대우 네 회사가 컨소시엄을 이루어 진행하고 국가가 지원하는 대규모 컴퓨터 개발프로젝트였습니다. 일본에서 컴퓨터 개발을 장려하기 위해 진행했던 프로젝트와 같은 성격으로, 네 회사가 협력도 하고 경쟁도 하게 해서 컴퓨터산업을 발전시키려는 정부 주도 개발프로젝트였습니다.

한 6개월 지나니 회사생활에도 적응이 되고 잘 이해되지 않아 헤맸던 전문용어들도 눈에 들어왔습니다. 개발하는 방법을 처음부터 끝까지 점검해본 결과 개개인의 능력은 뛰어난데 개발방법론 등은 너무 낙후되고 정리돼 있지 않아 제가 여기 온 이유가 바로 이런 것들을 바로잡는 것이라고 판단했습니다. 이래서 내가 미국 회사에서 경험한 것을 전수해주라고 뽑은 것이구나 하면서 선견지명이 있는 이병철 회장이 존경스러웠습니다. 개발을 시작하는데 벨연구소에서는 50~100쪽에 달하는 정해진 양식의 아주 자세한 사양을 쓰는 것과 달리 삼성에서는 고작 3~4쪽에 대강의 줄거리밖에 없어 실제 개발을 하면서 시행착오를 겪느라 개발기간이 지연될 뿐만 아니라 중간에 너무 뜯어고쳐서 품질과 개발비용에도 상당한 문제가 있었습니다.

하루는 실무자인 과장급 개발자에게 왜 개발사양을 정확하게 자세히 쓰지 않고 대강 써서 개발을 하느냐고 묻자 도리어 "제가 오늘 하루 종일 어디 있었는지 아십니까?" 하고 반문을 하는 것이었습니다. 들어본즉, 생산라인에서 개발한 제품에 품질문제가 생겨 거기서 오류를 수정하고 있었다고 합니다. 그런 일이 다반사여서 다음 개발계획이 지연돼 개발사양을 자세히 쓸 여유가 없다고 했습니다. 저는 기가 막혀 이 똑똑한 과장급 개발자를 어떻게 하면 설득할 수 있을까 생각 끝에 기존 삼성에서 하는 혼내는 방법보다 비유를 해서 설명해 주었습니다. 당신이 개발하기 전에 개발사양을 정확하게 정의하고 시작했으면 절대로 생산라인에서 품질문제는 일어나지 않았을 것이고 개발기간과 비용도 상당히 줄일 수 있을 것이다, 도편수의 설계도면을 본 적이 있느냐고 물어보았습니다. 집을 짓는 데도 이렇게 자세하게 치수가 기술된 도면이 있는데 집보다 몇백 배 복잡한 컴퓨터를 만들면서 대강의 줄거리만 가지고 개발을 하면 되겠느냐면서 "당신이 집에서 책상을 직접 만든다고 하면 설계도가 필요하고 그 설계도에 필요한 재료들의 치수가 다 명시돼야 만들 수 있을 거다. 설계도도 없이 대충 치수로 만들기 시작하면 치수가 들어맞지 않아 몇 번이고 재료를 끼워 맞추려고 다시 풀어 톱질을 하고 목재소에 몇 번씩 들러 재료를 다시 구입하느라 계획보다 시간과 비용이 훨씬 더 들게 될 것이다"라고 설득했습니다. 그는 그제서야 "그렇겠네요" 하고 동의했지만 오래된 관습을 하루아침에 고치기는 상당히 어려웠습니다.

그때부터 벨연구소처럼 개발사양이 작성되어 검증되지 않으면 강제적으로 개발을 진행하지 못하게 했습니다. 처음엔 기존 개발자들의 반발이 심했지만 저는 이렇게 해야 개발기간과 비용을 줄일 수 있다는 것을 체득했기 때문에 끝까지 밀어붙여 급기야 성과가 나오기 시작하니 모두들 인정하기 시작했고, 삼성전자 컴퓨터부문만이 아니라 다른 사업부에도 적용하기 시작했습니다. 그때는 제가 컴퓨터 개발실장으로서 삼성전자 전 사업부 개발실장들에게 이 방법론을 전수하기 시작했는데 반발이 심했지만 다행히 이런 것의 필요성을 잘 아는 부문장이 도와주셔서 강제적으로 적용하기 시작했습니다.

제가 판단하기에 이것으로 해서 각 사업부에서 엄청난 효과를 가져왔겠지만 이런 일들은 자세히 이해하지 못하면 알 수 없고 또 빛이 나지 않아 최고위층에서 모르고 지나갔던 것 같은데, 이런 걸로 생색내기가 성격에 맞지 않아 그냥 지나갔습니다. 남들보다 빨리 진급하고 잘 나가기는 했어도 조금 정치적(?)으로 홍보만 잘했으면 삼성에서의 재직기간이 더 길지 않았을까 싶은데 지나간 일은 다 부질없는 생각이라 하지 않기로 했습니다. 제가 몸담은 컴퓨터사업부는 이 덕분에 잘 나가고 있었기 때문에 굳이 내세우려 들지 않았습니다.

에피소드를 하나 소개하면 컴퓨터 하드웨어를 개발하는데 여기서는 커다란 A0사이즈(1189mmx841mm)의 종이에 손으로 각종 부품이 들어가는 회로도를 그려서 PCB가 다섯 겹이라면 큰 종이 다섯 장에 부품회로도를 손으로 그려 그것을 검증하는 원시적인 방법을 쓰고 있었습니다. 벨연구소에서는 CAD(computeraideddesign)를 이용해 컴퓨터상에서 도면을 그리고, 이런 회로가 서로 간섭이 일어나는지 전기적 신호가 서로 충돌하는지 등을 모두 다 모의실험을 해서 회로가 동작하는 것을 컴퓨터에서 검증하고 문제가 생기는 부분을 수정하고 나서 PCBBoard를 제작하는 시스템으로 개발합니다. 그러면 개발이 끝나도 큰 문제가 없고 미리 검증을 거쳤기 때문에 품질도 상당히 좋았습니다.

제가 삼성에서 이런 방법을 적용하기까지는 많은 사람을 설득해야 되었습니다. 비싼 CAD시스템도 사야지, 또 이것을 어떻게 사용하는지 훈련도 시켜야지 등등.. 여하튼 이런 방법을 적용해 컴퓨터를 개발했는데 처음에 오류가 단지 5군데에서 생겨 수정한 다음 잘 돌고 있는 컴퓨터를 테스트하고 있었는데, 마침 부문장인 장 아무개 부사장님이 들러 이것저것 물어보다가 저희가 개발한 결과를 보고 깜짝 놀라 칭찬하며 통신부문에서 개발하고 있는 교환기에도 전수해 달라고 부탁하셨습니다. 이분은 원래 개발자 출신으로 기존 방법으로 개발하면 기간이 3~4배 더 걸리고 비용도 엄청 들어간다는 걸 너무나도 잘 알고 계신 분이었습니다. 처음에는 오류가 약 100개 이상 나와 다시 PCBBoard를 만들어 40~50개로 오류를 줄이고, 또 다시 만들어 또

줄이고, 이렇게 PCBBoard만 적어도 4~5번을 새로 만들어야 하는 상황이었습니다.

부문장님의 칭찬과 함께 그날 저녁은 이 프로젝트에 참여한 사람들 모두 푸짐하게 얻어먹은 기억이 있습니다. 이런 개발방법론을 적용하면서 컴퓨터 성능과 품질을 대폭 향상시키고 개발기간을 줄이면서 국가행정 전산망 4개사 매출 전체의 50% 이상을 삼성이 할 수 있었고, 3개사가 남은 50%에서 각각 15% 정도 매출을 올리고 있었습니다. 저는 삼성에 들어와 개발실장으로 이사보, 이사, 상무까지 했고 다음에는 전무로 진급해 사업부 마케팅 팀장을 하고 급기야 2004년에 부사장으로 진급하면서 컴퓨터사업부를 책임 맡는 사업부장이 되었습니다. 사업부장을 맡고 있었던 5년 동안에 컴퓨터 수출이 매년 2배씩 성장했고 매출은 2009년에 약 4조 원을 기록했습니다.

유럽에도 수출을 하고 있었는데 처음에는 시장에 진입하기가 참으로 어려웠습니다. 삼성이 반도체를 잘하는 회사인 것은 알지만 컴퓨터를 잘 만드는지는 아무도 인정해 주지 않았습니다. 독일에 미디어마트라는 대규모 전자가전 매장이 있었는데 우여곡절 끝에 진입하게 되었습니다. 저희는 다른 컴퓨터 회사들보다 규모가 작았기 때문에 규모의 경제에서 경쟁력이 없어 가격이 상대적으로 비쌀 수밖에 없었는데 미디어마트에서는 저희 제품을 점점 많이 주문하고 있어서 제가이 회사 대표와 식사를 하면서 우리 제품이 경쟁사에 비해 가격이 비싼데 왜 우리 제품 주문을 계속 늘려 가느냐고 물었더니 "너희 제품은 품질이 다른 회사 수준보다 약 2배가 좋아서 고객 만족이 되고 고장 나서 수리 들어오는 컴퓨터도 적어 가격은 비싸지만 전체 비용으로 보면 너희 제품을 판매하는 것이 더 싸고 또한 불량으로 되돌아오는 제품이 적어서 고객 만족을 시킬 수 있어서 그렇다"라는 대답을 듣고, 그동안 삼성에서 적용한 벨연구소에서의 개발방법론이 효과가 나는 것을 보면서 보람을 느꼈습니다. 이런 스토리를 우리가 컴퓨터를 팔고 있는 법인들에 홍보를 해서 적극적으로 컴퓨터 매출을 장려해 매해 매출이 2배씩 늘어나는 것을 보고 2009년 5월에 정년퇴직(?)을 했습니다. 그동안 컴퓨터 사업이 너무 지지부진해 컴퓨터사업부를 맡은 사람들은 1년을 넘기지 못했는데 저는 여기서 최장수 사업부장으로 5년을 하고 퇴직을 했습니다.

제가 1991년 4월에 한국에 왔을 때는 15년 동안 미국에 있었기 때문에 그동안 상당히 많이 변한 한국에 와서 문화적인 충격이 여러 가지 있었습니다. 첫째는 길을 가다가 지나가는 사람이 몸을 부딪치고 지나가도 아무런 미안함도 느끼지 않고 그냥 가버리는데 너무 불쾌했지만 몇 년이 지나고 나니 저도 그러고 다니는 걸 보고 역시 문화는 금방 적응을 하나 보다라고 느꼈습니다.

그리고 제가 견디기 힘들었던 것은 서울 시내 한복판 번화가에서도 여러 군데에서 하수도 처리가 잘 되지 않아서 나는 오수의 냄새가 정말 싫었습니다. 지금도 여전히 싫습니다. 대만에 가면 한국보다 더 심하더군요. 이런 면에서는 여건이 되면 사회 간접인프라를 개선해야 되는 과제가 있는 것 같습니다.

한국에 들어온 지 1년 만에 미국에 출장을 갈 기회가 생겨서 제가 살던 시카고공항에 내렸는데 고향에 온 것 같이 푸근하게 느꼈습니다.

후에는 출장을 너무 많이 다녀서 한국에 오면 이게 내 고향인 것 같고 미국에 가면 거기가 내 고향인 것 같고 많이 혼동이 되었습니다.

지금 생각해보면 제가 삼성에서 근무를 하면서 너무 억척같이 살았던 것 같았습니다. 저와 같이 미국 등지에서 들어오신 30명이 제가 전무가 되던 해에 따져 보니 모두 다 삼성을 떠나고 없었습니다. 학교로 가신 분 미국으로 돌아가신 분 등등.

삼성에서 근무할 때는 새벽까지 술을 마시다가도 틀림없이 6시 30분에 출근을 했고 술은 일주일에 7일 계속 마실 때도 있었고 한번 마시기 시작하면 엄청난 술을 마셨고, 미국에서 들어온 저를 보고 오리지널 삼성사람들보다 더 삼성사람 같다고들 했었습니다. 이렇게 지내다 보니 퇴직하고는 건강이 많이 나빠져서 고생을 많이 했습니다. 다행히 건강에 대한 공부를 5년 동안 하고 있어서 건강 관련된 라이선스도 4개나 취득했고 지금은 아주 건강해져 젊은 사람들 못지않은 건강을 유지하고 있고 주위 친지들의 건강도 컬설팅을 하여 치유를 해주는 보람에 잘 지내고 있습니다.

건강에 대한 공부는 생화학, 분자생물학, 인체생리학, 영양학 등 참으로 많은 부분을 섭렵해야 돼서 지금도 지속적으로 공부하고 있고 향후에도 계속적으로 공부해서 주변에 병으로 고생하는 사람들을 치유해 주는 낙으로 지내려고 하고 있습니다.

제가 이 글을 쓰게 된 동기는 두 개가 있습니다. 현재 미국에 있는 3

학년 때 5반이었던 소대영 친구가 아주 좋은 글솜씨로 쓴 자서전 비슷한 수필을 읽고 감동을 받아 나도 한번은 살아온 길을 정리를 해놓아야겠다는 생각을 하고 있었었는데 마침 동기회장의 권유도 있어서 이 글을 쓰게 되었습니다.

끝으로 두 분 동기에게 감사드리고 이상 줄입니다.

모두 건강하게 지내세요.

김헌수(金憲洙)

고려대학교 물리학과 졸.
1976년 미국 이민.
일리노이공대 대학원 컴퓨터 사이언스,
벨연구소 MTS(1981~1991)
삼성전자 부사장 역임(1991~2009).

한국, 아르헨티나, 미국 세 나라 살이

| 소대영(3-5) |

1987년 5월 첫날 한창 무르익은 봄날이었다. 여섯 살 된 큰딸과 두 살이 채 되지 않은 작은애를 데리고 아내와 나는 김포공항을 떠났다. 왜 이민을 떠나야 했는지는 딱히 내세울 명분이 없었다.

종교의 탄압과 정치적 억압을 피하기 위함도 아니었다. 변화 없는 무료한 일상을 바꿔보고 싶었는지, 막연히 외국 생활에 대한 동경 같은 이유로 이민을 택하지 않았나 싶다. 항공기는 그렇게 막연한 꿈을 안고 있는 우리를 13시간여 비행 끝에 LA 국제공항에 내려놓았다. 하룻밤을 새워 날아왔지만 날짜는 5월 1일 역시 같은 날이었다. 이날은 우리 가족 이민 역사가 시작된 날로 기록되었다.

그 당시 한국에선 아르헨티나 이민 바람이 불고 있었다. 물론 관심 있었던 사람들에게만 느끼는 바람이었지만. 우리와 같이 탑승한 이민 동기만 해도 10여 가구가 넘었다. 그 넓은 땅에 내려진 이들은 밥상에 뿌려진 콩알처럼 사방으로 흩어졌다. 한국에서 지구 중심을 향해 뚫고 들어간다면 마주치는, 그야말로 지구 정 반대편의 땅, 남미의 아르헨티나였다.

할 수 있다면 미국 이민을 택했겠으나 그곳은 정말 가기 힘든 나라였다. 그때 이민 바람이 잔뜩 차 있던 사람들이 꿩 대신 닭이라고 택한 나라가 아르헨티나였다. 한국에선 해외개발공사를 통하여 해외 이주를 적극 권장하던 시기였다. 또한 많은 이민 브로커 역시 왕성히 활동 중이었다. 해외개발공사의 아르헨티나 이민은 농업 투자이민으로, 가구당 3만 달러를 아르헨티나 국립은행에 예치하고 입국 후 인출하여 농업 관계 사업에 종사하면 되는 아주 간단한 조건이었다.

한국 입장에서는 인구문제를 조금이라도 해소하고(그 당시 예비군 훈련 시 정관수술도 공짜로 해주고 훈련까지 면제해 주었다.) 아르헨티나로서는 외화 유입도 기대되는, 그야말로 누이 좋고 매부 좋은 사업이었다. 이 공기업을 이용한 사람들은 별 탈이 없었으나 사설 이민 브로커를 통한 사람들 중 많은 이들이 시간과 금전상으로 혹독한 대가를 치르기도 하였다.

아르헨티나로 가려면 LA를 거쳐 아르헨티나 국영 항공으로 갈아타야 했다. 몇 년 후 김포에서 브라질 상파울루까지 대한항공 직항 노선이 생겨 다소 편리해졌으나 적자 운행으로 몇 년을 버티다 결국은 이 노선을 없애 버려 남미 교민들의 원성을 산 일이 있었다.

다음 날 연결되는 항공을 타기 위해 LA공항 인근의 한 호텔에서 하룻밤을 묵어야 했다. 미국행 여행객이 다 빠져나간 후 남게 된 남미행 이민 가족은 이민청 소속 경비원 인솔하에 인근 호텔로 향했다. 그때의 불쾌한 기억은 지금도 내 머릿속에서 잊히지 않고 남아 있다. 인솔 과정에서 행여나 미국 불법 입국자가 생길까 봐 앞의 인솔자 외에 옆에 한 명이 따르고 끝에 또 한 명이 따라붙었다. 우리 남미 이민 가족들은 전쟁터에서 잡힌 포로 같은 형상이 아니었나 싶다. 한 가구씩 방을 배정해 주곤 그들은 의자를 통로 가운데 놓고 그곳에서 졸며 자다 하며 밤을 새웠다.

다음 날 공항까지 다시 인솔한 경비원은 "당신들 참 좋은 나라에 이민 간다. 참으로 부럽소."라며 위로인지 비아냥인 듯한 말을 남기고 무사히 자기를 임무를 마친 데 흡족해하며 휘이휘이 가버렸다. 안데스산맥을 타고 내려오던 비행기는 중간 기착지인 페루에 잠시 내렸다. 다리라도 뻗고 콧바람이라도 쏘여볼 양 면세구역을 둘러보았다. 냉방도 되지 않았던 그곳은 후텁지근했고, 먼 옛날의 어느 시골 장마당에 서 있는 듯한 느낌이었다. 노랑 빨강 초록으로 기억되는 원색으로 짠 보자기 같은 천 조각들이 주렁주렁 걸려 있었다. 지금 생각해 보니 판초란 특산물이었던 것 같다. 판초란 안데스 지역 원주민들의 전통의상을 말한다. 사각형 직조물 한가운데 구멍을 뚫어 머리만 내어놓은 채 입는, 매우 편리하고 실용성 있는 의상이다.

그리고 세련되지 못한 기념품들이 잡동사니처럼 판매되는 볼거리 없는 모습이었다. 다시 비행은 계속되었다. 우리 아이들의 얼굴엔 피곤함과 짜증이 가득했다. 할머니 품에서 사랑받고 어리광부리며 고생 모르고 편히만 살던 이 애들이 지구 끝 저 낯선 곳에서 누가 기다린다고 이 먼 곳으로 달려가고 있을까? 누가 우리들 좋은 자리 마련해 놓고 불러준다고, 집 버리고 어머니, 할머니, 형제 손을 뿌리치고 이리도 먼 길을 가야만 할까? 갑자기 눈 주위가 벌게지며 가슴까지 먹먹해졌다.

이제 도착시간이 가까워졌나 보다. 흘러나오는 안내 방송에서는 생뚱

스런 발음들뿐이었다. 띠띠까까 까끼꾸께꾸 쎄놀 쎄뇨라 올라게딸 무니씨빨, 온통 된소리 발음들이 마구 고막을 찔러 댔다.

30시간 넘게 날아온 우리 모습은 정말 되돌아 생각하고도 싶지 않은 몰골이었을 것이다. 오랜 비행에 찌든 행색에 엄청난 이민 보따리에 묻혀 나타난 우리 모습은 초라하고 불쌍한 피난민 그 자체였다. 도착 전 기내에서 접한 정보(?)대로 100달러짜리 하나 여권에 끼워 넣고 입국심사 마치고 아르헨티나라는 나라 땅을 밟을 수 있었다.

아! 내가 다시 살아나가야 할 나라. 축구 잘하는 나라, 땅고(탱고)의 나라, 'Don't cry for me Argentina'가 떠오르는 나라.

2차 세계대전 당시 온 세계가 전쟁의 포화 속에서 신음할 때 팜파스(초원지대)에서 마음껏 풀을 뜯고 자란 살진 소를 내다 팔아 주체할 수 없는 부를 쌓으며, 밤마다 땅고의 음률에 묻혀 살던 그들. 아르헨티노.

한국에선 무명 삼베 적삼에 짚신 신고 다니며 한 끼 식사인들 배불리 할 수 없던 시절 이 땅에선 화장실의 비데는 기본이고 지하철이 운행되고, 도로는 유럽에서 수입된 메주만 한 돌(이 돌 하나와 소 한 마리를 바꿔 왔다 했음)로 빼곡히 포장하여 마차길로 불편 없게 하였다. 밤마다 향기로운 비노(포도주)와 아사도(오랜 시간 은근한 불에 구워낸 갈비)를 즐기며 살아온 이 땅. 그러나 지금은 딴 나라의 위정자들이 "아르헨티나같이 되고 싶나?"라며 제 나라 국민들을 억압하는 데 인용되는 국가쯤으로 추락해 있다.

이 나라에 이민이 시작된 것이 1960년대 초반이라 한다. 브라질, 아르헨티나 등 남미 국가는 그 넓은 국토를 개발할 목적으로 이민을 받아들이게 된다. 1962년 1차 브라질 이민단이 부산을 출발하여 브라질로 향하였다. 같은 해 아르헨티나에도 13세대가 떠났다. 목적지는 리오네그로주의 라 마르케 지역이었다. 그러나 막상 현지에 도착해서 야 깨달았다. 도저히 사람의 손으로 개간할 수 없다는 사실을.

한국 정부도 이민 보내 인구를 줄여볼 생각만 했지 현지 사정은 파악 조차 하지 않았다. 이민자들은 토지도 무상 대여한다는 말만 믿고, 한 국식으로 불굴의 의지만을 가지고 호미나 삽 곡괭이 등을 챙겨 들고 떠난 이민이었다. 불도저로도 힘든 개발을 호미 들고 덤볐으니 어디 가당키나 했겠나?

이들이 두 손 들고 단보짐 하나 챙겨 들고 다시 도착한 곳은 상파울 루, 부에노스아이레스, 아순숀 같은 대도시였다. 맨손으로 이곳에 정 착한 우리의 선배들은 닥치는 대로 품팔이하며 생활하게 된다.

봉제 하청 일부터, 지방 곳곳 누비고 다니며 방문 판매하는 벤데(판매 한다는 현지어)까지 허드렛일은 도맡다시피 하게 된다. 그러다가 1980 년대 후반부터 그 전보다는 훨씬 진보된 사고와 자본력까지 갖춘 사 람들이 투자이민이라는 형태로 다시 한 번 밀려들었다.

"빵아! 여기다."

한 달 전 먼저 도착한 동생네가 마중을 나왔다. 한국에서 같이 사업하 던 동생네와 함께 이민 가기로 뜻이 맞은 것이다. 나는 집 정리가 늦 어 한 달 늦게 떠났다. 먼저 도착한 동생네가 방을 얻어 놓고 알게 된 사람 차를 빌려 마중 나온 것이다.

공항에서 부에노스아이레스로 들어가며 놀란 것이 한두 가지가 아니 었다. 빌려온 차는 어찌 그리 고물인지 이민 가방을 다 싣고 굴러갈까 심히 걱정스러웠다. 앞서거니 뒤서거니 달리는 많은 차들도 별반 다르지 않았다. 앞뒤가 찌그러진 차, 차 뒤뚜껑을 막대기로 받혀놓고 엔진을 식히며 달리는 공냉식 방게차, 차 덮개를 잘라내어 오픈카로 만들어 다니는 차, 연료통 뚜껑이 없어 걸레로 쑤셔 막고 달리는 차는 어찌도 그리 많은지. 하여튼 뭔가 다 제멋대로 돌아가는 동화 속의 나라 같았다. 도로변의 가옥은 어렸을 적 본 부산 영도의 청학동 판자촌이었다. 사진이나 영화에서 본 빨강 줄장미가 예쁘게 피어 있던 그런 집은 그 어디에도 보이지 않았다.

"어, 이거 뭐가 잘못된 거지, 이건 아닌 것 같은데." 연신 속으로 그렇게 생각 하고 있었다. 이민 전 이곳의 실상은 어디에서도 알아보기 힘든 시절이었다. 한국에서 이곳은 너무 멀었고, 교민 숫자도 많지 않아 관심도 갖지 않는 그런 곳이었다. 그런데도 내가 이곳에 관심을 갖게 된 건 한 가지 이유가 있었다. 한국에서 장사할 때 우리 점포를 임대해준 군 고위급 간부가 있었는데, 이 사람이 언제부턴가 보이지 않았다. 나중에 들려온 소문에 의하면 아르헨티나로 이민을 떠났으며 몇 달 후 처가 집 식구도 모두 불러들였다는 것이다. 이 사람은 정보부대에 근무하고 있었는데 왜 미국도 아닌 그 생소한 나라로 떠났을까? 또 처가식구 모두 불러들였으면 얼마나 살기 좋은 나라였을까. 아무도 관심을 기울이지 않는 흙 속에 박힌 진주가 아닐까? 나 혼자 알고 있는 고급 정보라 생각하고 이곳으로의 이민을 추진했다.

이민 한 달 전쯤 어렵게 만난, 한국에 나와 있던 아르헨티나 교포가 떠올랐다. 따끈한 현지 사정을 알 수 있는 좋은 기회였다. 지금 생각해 보니 그때는 듣기보다는 묻고 싶은 게 너무 많아 몹시 들떠 있었다. 무슨 얘기를 해도 듣는 것보다 내가 물어볼 게 더 급하고 많았다.

뭘 가지고 가야 하나, 무슨 일을 하면 좋은가, 애들 학교는, 말은 어떻게 익혀야 하나, 한 달 생활비는, 등등.

그러나 그때 단호하리만큼 확실히 들려준 그 한마디, "이렇게 좋은 나라에서 이 정도 살면서 거긴 뭐하러 갑니까."

이 말이 그땐 지나가는 말의 접두어 정도밖에는 들리지 않았다. 이미 바람난 년은 일을 저질러야만 끝나는 법이다. 이민 바람 불면 눈에 콩깍지 달라붙고 귓구멍에 도토리 틀어박혀 누가 뭐래도 안 보이고 안 들려 막상 부딪혀 눈탱이가 밤탱이 되고 귓구멍이 맞구녕 나서 찬바람이 쌩쌩 후비고 지나가야만 끝나게 되어 있다. 기내 면세점에서 사온 시바스 양주 한 병을 다 비우고 나서야 아르헨티나 수도 부에노스아이레스에서 첫날을 보내며 이민 생활을 시작하였다.

이민 와서 첫 번째 해야 할 미션은 신분증, 영주권 만드는 일이었다. 시내 복판에 자리한 이민청에 도꾸멘또(영주권)를 신청하고 발급받는 일이다. 당연히 해야 할 일이지만 모든 관공서 일이 그렇듯이 여간 성가신 게 아니었다. 특히 이민청에서의 절차는 소문이 나 있었다.

새벽부터 이민청 앞은 줄 서는 일로 시작된다. 업무 시작 1시간 전쯤 되면 번호표를 나누어준다. 그날 처리할 수 있을 만큼 나누어 주는데 몇 번까지가 될지는 번호표를 나누어 주는 사람밖에는 알 수 없다.

몇 시간을 기다리고도 번호표를 받지 못하면 또 다음 날에 같은 동작을 반복 해야 한다. 다행히 번호표를 받아쥐면 그저 황송해하며 직원들이 출근하여 호명할 때까지 참을성 있게 기다려야 한다. 한두 시간이 지나 건물 그림자가 짧아지며, 온몸으로 뜨거운 햇볕을 받게 되면 짜증이 나기 시작한다. 몇 시간씩 창문 밖에서 안을 들여다보며 기다려왔으니 그 직원들의 일거수 일투족을 다 알고 있다.

"저 빨강 머리 년 좀 봐, 벌써 커피가 석 잔째여."

"저 뿔테 안경 쓴 년은 화장실이 네 번째랑게."

"절마는 전화통 잡은 지 벌써 20분이 다 돼 간다 아이가."

"저리 수다만 떨고 있으니 언제 일하겠나."

이렇게 불평 들을 토해내다 보면 그나마 노천의 해라도 피할 수 있는 계단에 쪼그려 앉을 수 있는 특혜를 얻게 된다. 그리고 또 한참 시간이 흐른 후에야 비로소 직원과 마주 앉게 된다. 그토록 기다리던 도꾸멘또 용지가 앞에 놓이면 가져간 서류(공증해간 가족증명서, 결혼증명서, 건강진단서, 여권, 3만 달러 예치 증서, 이삿짐 선적 증명서 등등)가 먼저 점검 대상이다. 간혹 뭘 물어보면 눈치로 답하지만 못 알아들어 눈만 바라보며 껌벅껌벅하고 있으면, 그들은 참으로 친절하게도 "노 쎄 뿌레오꾸빼(괜찮아, 걱정 마세요)"를 연발하며 알아서 쓱쓱 적어 내려갔다.

그저 황송해하며 머리를 조아리며 "자슥 진즉부터 알아서 적을 것이지 뭘 물어보고 그래."

암튼 여권의 반 정도 크기인 도꾸멘또가 그들의 삐뚤삐뚤한 글씨체(그때 안 사실인데 그들은 왼손잡이가 꽤 많았다. 종이도 책상 위에 바로 놓지 못하고 가로로 놓고 쓰는데 참으로 우스웠다.)로 채워지고 잉크 찍은 손도장을 꾹 누르면 모든 절차는 끝난다. 그런데 그놈의 도꾸멘또가 어찌나 촌스럽게 생겼는지 아주 옛적의 동네 외상 장부 같다고나 할까?

색깔도 진한 갈색으로 8페이지짜리 수첩인데 언젠가 한국에 갔을 때 주민센터에서 영주권 제시를 요구받은 적이 있었는데, 모퉁이가 닳아 허옇게 바랜 도꾸멘또를 보여준 적이 있었다. 그때 직원들이 돌려보며 미묘하게 짓던 표정을 지금도 기억하고 있다.

"무슨 영주권이 이렇게 생겼지? 다큐멘터리 프로그램에서 봄 직한 할아버지 적에 사용하던 도민증 같기도 하고, 삐뚤삐뚤 쓴 손 글씨는 처음 글 배우는 아이들 습자지 같기도 하네."

하여튼 이 후지고 촌스럽게 생긴 영주권 때문에 얼굴이 화끈거린 게 한두 번이 아니었다. 그렇게 도꾸멘또 작업이 끝나면 녹초가 되어 80여 년 전에 만들어 놓은 지하철을 타고 집으로 향한다. 처음 그 지하철을 탔을 땐 무슨 역사 체험하는 느낌이었다. 80여 년의 역사를 고스란히 뒤집어쓴 채, 찌든 기름 냄새와 껌벅거리는 어두운 백열등 조명 속에 삐걱거리는 소음과 함께 느릿느릿 목적지로 향한다. 지금은 100년의 역사를 갖는 이 숩떼(지하철)는 세계 최초의 지하철이라 한다. 1913년에 개통된 이 노선은 뿌리메라 훈따 역에서 뿌라자 데 마쇼 역까지 10.7km를 운행하는데 지금도 고풍을 간직한 명물로 소임을 다하고 있다.

집 근처 끼오스꼬(구멍가게)에서 사 들고 온 메사 데 비노(사각 종이 팩에 담긴 1리터짜리 서민용 포도주)로 반주하며 무사히 첫 번째 미션의 성공을 흡족해하며 대견해했다.

두 번째 미션은 한국 출발 한 달 전에 보냈던 이삿짐 찾기다. 영주권 작업을 끝내고 한동안 살아갈 궁리를 하다 보면 이삿짐이 항구에 도착한다. 이른 아침부터 신발 끈 단단히 매고 항구로 향한다. 복잡한 서류가 담긴 누런 봉투를 지참하고 항만 직원들 출근하기 전에 정문 옆으로 난 쪽문에서 줄 서서 기다리는 일부터 시작이다. 이 나라 공무원이 다 그렇듯 느지막이 출근하여 커피 두어 잔 천천히 마시고 담배까지 느긋하게 피운 후 잡담까지 걸쭉하게 나눈 후 이들이 나타난 시각은 업무 시작 1시간이나 지날 때쯤이다. 실컷 혼잣말로 욕하고 흉보고 있다가도, 나를 부르는 손놀림에 언제 그랬냐는 듯이 납작 허리를 굽히며 공손히 서류를 건네준다. 서류를 들고 사라진 직원은 인내심이 한계에 다다를 즈음에야 나타나 따라오라는 신호를 보내고는 어느 한구석의 컨테이너로 인도한다. 컨테이너를 여니 나무상자로 짠 우리 이삿짐 포장이 나타났다.

"아! 이제야 식탁 놓고 밥 먹을 수 있겠다." 하는 순간 장도리와 빠루를 손에 든 직원이 능글스러운 미소를 띠며 우리 앞에 다시 모습을 나타낸다. 우리는 이들의 표정이 뭘 뜻하는지 이민 선배들의 가르침으로 익히 알고 있었다. 나무 박스를 끄집어내어 세관 검사한다며 박스 파헤쳐 놓은 모습은 끔찍할 것 같았다. 이불 보따리, 쓰던 주방용품, 구석구석 틈새마다 박아넣은 라면 봉지, 각종 건어물 보따리, 심지어 찌그러진 주전자까지.

나는 비굴한 미소를 띠며 "헤이 아미고~"를 연발하며, 스킨십까지 해대며 100달러짜리 한 장을 돌돌 말아 주머니에 찔러 넣어준 후에야 멀쩡히 찾아 나올 수 있었다. 트럭 앞자리에 앉아 집으로 향할 때는 더운 햇살도 많이 기울고 콧구멍에서는 유행가 가락도 흥얼거려졌다.

이젠 필수 미션의 마지막 절차, 운전면허증 만들기다. 동생네와 우리는 이른 아침부터 운전면허 시험장으로 향하였다. 역시 이민 선배의 말씀에 따르면 현장에 가면 자동적으로 해결될 것이라 했다. 한국에선 필기시험을 위해 공부도 하고, 또 실기시험을 위해 돈 들여 학원까지 다니지 않았던가. 또 시험 중엔 정차했다 출발하는 언덕 코스에서 뒤로 미끄러져 시험에서도 몇 번 낙방했지 않나. 그 어려운 시험을 귀는 있으되 알아듣지 못하고, 입은 있으되 말을 못 하는 우리가 어떻게 해결할 수 있단 말인가. 그래도 눈은 볼 수 있으니 사방을 잘 살펴보란다.

신청을 하고 신체검사를 마친 줄은 필기시험장에 이르기까지 뱀 또아리 튼 듯이 아래층 홀을 몇 바퀴 돌아 필기 시험장으로 이어져 있었다. 몇 시간 지나 필기시험장 앞에 서게 되었다. 앞의 그룹이 시험을 끝내고 나오면 우리 차례 다. 몹시 불안해하고 있을 즈음, 이 모든 과정을 한눈에 내려다볼 수 있는 2층의 발코니에서 우리 쪽을 내려다보며 손짓하는 켄터키 프라이드 치킨 영감의 구레나룻 노신사가 눈에 띄었다. 우리는 앞뒤 좌우를 살펴봤다. 누구에게 손짓을 하는 걸까? 다시 쳐다본 그 사람이 분명히 우리를 가리키고 있었다. 줄에서 빠져나온 우리는 바삐 계단을 올라 그에게 다가갔다. "우스떼 데스 꼬레아노?"(당신들 한국사람이지요?)

안내된 장소의 책상 위에는 벌써 우리들의 접수증이 놓여 있었다. 한 사람당 100달러씩, 400달러에 모시겠단다. 말도 알아듣지 못하는 당신들이 어찌 실기와 필기를 볼 수 있겠는가. 그러한 당신들의 고충을 우리는 이해하고 돕고 싶단 말인 것 같다. 허리춤 안주머니에서 얼른 400달러를 꺼내주고 나니, 반시간도 못 되어 플라스틱으로 라미네이팅된 멋진 운전면허증이 우리 손에 쥐어졌다. 그것은 도꾸멘또보다는 훨씬 세련되어 있었다.

한국에서도 획득하기 어려웠던 면허증을 이렇게 쉽게 갖게 되니 신기하기도 하고 무척이나 고맙기도 했다. 그날은 아마도 비노를 몇 리터는 마셨을 것이다.

그러는 사이 우리가 살아갈 집도 구했다. 임시 거처하던 단칸방에서 아르헨티나라는 나라 안에 내 땅을 공식적으로 갖게 된 것이다. 교민들의 생활 터전이 모여있는 곳에서 다소 떨어진 위치였다. 그런 관계로 이민 선배들의 축적된 생업 노하우를 학습할 기회를 많이 놓치게 된 것이 아쉬운 면이었다.

한편으론 그 당시 꽤 젊은 나이에 간 이민이라, 고생에 찌들고 궁색하게 보이기까지 한 이민 선배들을 깔보는 교만한 마음이 밑바닥에 자리 잡고 있었다. 또 하나는 동생네와 같이했으니 그 누구의 도움 따윈 없어도 우리끼리 무슨 일이든 다 할 수 있을 것 같았다. 실로 건방진 이 교만이 두고두고 많은 시행 착오로 이어졌다.
암튼 그 교만은 바로 부딪히게 되는 생업에도 이어지게 된다. 그 당시 교민의 대다수(8,90%는 족히 되지 않았나)는 의류 관련 사업에 종사하고 있었다. 어느 특정 분야에 몰려 있다는 것은 분명한 이유가 있다.

가족관계로 형성된 양질의 노동력, 동 업종에서의 유기적 일감 수주, 부족한 언어가 크게 약점이 되지 않는 점, 동 업종에서 얻게 되는 많은 정보, 거기에 눈썰미와 섬세한 손 솜씨까지. 그런데도 우린 이민 온 지 석 달도 안 돼 그 나라 사람을 상대로 음식점을 열기로 하였다. 피자와 엠빠나다(한국의 만두 일종으로 오븐에 굽는다), 거기에 아사도(소갈비를 은근한 숯불로 오랜 시간 구운 것) 또 프라이드 치킨도 곁들이기로 했다.
훗날 생각할 때마다 부끄러워 얼굴이 화끈거렸다. 아니 어찌 그리 건방지고 가소로운 결정을 할 수 있었을까? 머리카락에 실밥이나 달고 사는 궁색하게 보이는 이민 선배들과는 뭔가 달리 보이고 싶었나, 하여튼 나가도 너무 나갔다. 이민 오기 전 한국에서 치킨 장사를 하여 제법 많은 돈을 모은 것도 한 이유가 되었다. 이곳에 와서 알게 된 건 어디에도 프라이드 치킨이라는 게 없었다. 왜 없을까? 영업장 하나 내놓으면 프랜차이즈 하나 내달라고 벌떼처럼 몰려드는 게 아닐까. 자꾸 그렇게 상상하다 보니 꿈속에서까지 아르헨티나 전역에 수많은 프랜차이즈를 가진 회장님이 되어 있었다.

또 건물주가 급히 돈이 필요하니 3년치 월세를 일시불로 내면 파격적인 가격으로 해주겠노라 제안을 해왔다. 그런데 그 금액이 갓 이민 간 우리로서는 그리 부담스럽지 않게 느껴졌다. 그 후론 나는 또라이, 건물주는 아무것도 모르는 이민 갓난이를 등쳐먹은 나쁜 영감탱고로 불려졌다.

그곳에 반년만 살아 보면 다 안다. 엄청난 인플레는 몇 % 정도가 아니다. 몇백 % 단위로 나간다. 그러니 3년치를 요구한 X이나 그걸 받아들인 X이나, 사람들 술상 머리의 안줏거리로는 딱이었다.

어서 회장님이 되기 위해서는 마음이 급했다. 계약과 동시에 가게 인테리어를 하고 각종 집기를 구입해 채워 넣었다. 그러나 아내는 시작부터 말렸다. 이건 아니다라고. 세월이 흐른 후 자주 떠오른 일인데, 그리 말리는데도 강행하는 나를 아내는 얼마나 안타깝고 불안한 눈으로 바라볼 수밖에 없었을까.

결론부터 말하면 피자는 구워 보지도 못했고, 엠빠나다와 감자튀김은 하루에 고작 2,30달러어치씩 팔고, 아사도는 매일 숯불만 피워대다 콧구멍만 까매지다 끝났다. 비장의 카드였던 치킨마저 물 건너가면서 반년 만에 문을 닫게 되었다. 살면서 알게 되었지만 이 나라 사람들은 고기는 불에 구워서 오랜 시간 천천히 기름을 다 빼고 먹는 걸로 알고 있다. 기름에 튀기는 것은 작은 해산물이나 밀라네사(소 살코기만 망치로 두들겨 빵가루를 입혀 튀긴 것) 정도였다. 내가 그 나라를 떠날 때까지도 치킨은 보질 못했다.

모든 시설물을 다 포기하고 간신히 세입자를 데리고 갔으나 타 인종은 계약하기 싫다고 해주지 않는 바람에 두 손 탈탈 털고 빈손으로 나오게 되었다. 동생네와 우리는 너무 남의 말에 귀 기울이지 않고 자기들만의 세상에 꽁꽁 갇혀 살아가고 있었다. 같이 가고 있으니 별반 두려움에 망설임도 없이 이렇듯 무모한 사업도 시작했던 것이다. 책임감도 나눠 갖게 되고 믿는 구석도 있었다. 혼자 가는 길은 두렵고 외로우며 멀게만 느껴지지만 같이라면 뭐가 겁나겠나. 웃으며 노래까지 부르며 가는 호기도 부릴 수 있는 것이다. 각자의 길을 걸으며 도움이 필요할 때 달려와 도움을 줄 수 있으면 좋았을 텐데.

그런데 안타깝게도 두 번째 하는 사업도 또 같이하게 되었다. 의류시장에서 사용되는 플라스틱 백(비닐 백)을 만드는 작은 가공 공장을 하게 되었다. 큰 공장에서 생산되는 비닐 백 원단을 구입하여 용도에 맞는 크기로 재단하여 접착 및 인쇄하여 납품하는 가공 공장이다.

이 당시 환율은 하루에도 몇 차례씩 올랐다. 물건 팔고 수금한 돈이 다음 날 아침에는 몇십 % 줄어 있는 것이다. 그러니 장사하는 사람들은 파는 일 못지않게 깜비오(환전)상에 수시로 들락거려 부지런히 달러를 깔고 앉는 것이 중요한 일과였다. 그 인플레 속에서도 이들이 깜비오해 가는 액수는 상당했다. 내가 몇백 달러를 깜비오할 때 이들은 천 달러 단위는 쉽게 넘어가고 있었다. 그 들이 5달러짜리 옷 한 장

생산할 때 우리는 그 옷을 담을 5센트짜리 봉지를 만들고 있는 것이다. 단가가 이렇다 보니 아무리 마진이 좋고 양이 많다 한들 소규모 가공 공장으로는 한계가 있었다.

하루 종일 만들고 매일 시장에 납품했지만 두 집 살림 하기도 빠듯했다. 나는 심한 열등감에 빠져 의욕을 잃게 됐다. 그렇게 고생에 찌들어 보이고 깔보기까지 했던 이민 선배들이 사실은 나보다 훨씬 상석에 있었던 것이다. 동생네는 인내심 있게 잘 버텨 내고 있었지만 나는 도저히 계속하고 싶지 않았다. 더 할 의욕도 잃었고, 계속하길 원하는 동생네와 더 이상 같이 하기도 싫었다. 1년 만에 나는 그 일에서 완전히 손을 뗐다.

이역만리 땅도 설고 물도 선, 아는 이 아무도 없는 이곳에 같이 와서 두 번의 사업까지 동고동락하다가 이렇게 막상 헤어지게 되니 한동안 천애의 고아가 된 듯 황망하고 비통하였다. 적지 않게 가져온 돈도 거의 탕진하고 이제 남은 건 아내와 두 아이들뿐이었다. 오랜 시간 좌절 속에 뒹굴어야 했다. 이민 생활 2년이 이렇게 힘들게 지나가고 있었다.

이때 나처럼 자리를 잡지 못한 또 다른 사람들은 멕시코 국경을 넘어 미국 밀입국을 시도하게 된다. 누구는 어제 떠났느니, 누구는 국경에서 잡혀 돌아왔느니, 또 누구 딸은 길잡이하는 멕시코 X에게 당했다더라 등 별별 흉한 소식들이 들릴 때쯤, 나는 미국 닭 공장으로 취업 이민 신청을 하였다. 5년 정도 시간이 소요된다고 들었다.

먹고는 살아야 하니 의류시장을 다시 기웃거리고 다녔다. 그때 생산되는 의류 제품에는 자그마한 자수를 놓아 파는 게 유행이었다. 주로 작은 글씨나 꽃송이, 기호 같은 형상인데, 꼭 하나씩은 박아 넣어야 물건이 팔렸다. 참 유행이란 묘한 것이었다. 모든 제품이 다 필요로 하다 보니 자수를 놓는 집은 부르는 게 값이고 일감이 넘쳐 나서 새로 들어오는 물건은 아예 받지도 못했다. 우리는 웃돈을 얹어 주며 중고 기계 두 대를 구입하여 밤낮으로 연습을 했다. 시장에 나가 물건을 받아 와서 박아 대기 시작했다. 서툴기 그지없는 솜씨였으나 그거라도 놓아야 물건이 팔렸다. 우리 부부는 밤낮으로 재봉틀을 밟아댔다. 그러던 중 김이라는 사람을 알게 됐다. 그도 역시 수사((자수를 놓는 사람)였는데 브라질 수사 한 명을 데리고 있었다. 숙달된 브라질 수사 한 명이 놓는 양은 우리 두 부부의 곱절이 되었다.

항상 부러워하던 어느 날 그는 브라질에 가서 수사 몇 명씩 데려오지 않겠느냐는, 귀가 번쩍 뜨이는 제안을 해 왔다. 내가 직접 해봐서 아는데 수사 몇 명 데려오면 돈이 쌓이는 모습이 벌써부터 눈에 보이는 듯했다. 안 할 이유가 없지. 천 리 길이 멀겠는가, 즉시 실행에 옮기기로 약속하고 세부 작전을 짜나갔다. 재 아르헨티나 브라질 대사관에서 비자를 받으려면 다소 시간도 걸리고 복잡해질 수도 있으니 직접 공략을 시도하기로 했다. 이과수까지 국내 항공으로 간 다음 그곳에서 택시로 국경을 넘고 다시 브라질 국내 항공으로 상파울루까지 가는 일정이다. 이과수는 그 유명한 세계 3대 폭포 중 하나가 있는 곳이다. 페루 아르헨티나 브라질 3개국이 맞닿아 있는 이곳은 큰 어려움 없이 택시로 국경을 넘나들었다. 이곳까지 와서 그 유명한 명물을 구경할 겨를도 없었다. 먼발치에서 물안개 피어오르는 모습만 바라보곤 곧바로 상파울루로 향하는 비행기에 올랐다. 혼자서는 엄두도 못 낼 여행을 둘이 하니 별 어려움 없이 척척 잘도 해결해 나갔다.

2달러짜리 미국 지폐는 행운의 상징으로 선물로 곧잘 주고받는다. 이렇듯 혼자서는 두렵고 나서기 어렵지만 둘(2)이서는 힘과 여유마저 생기게 되는 행운의 숫자다.

상파울루에 도착한 우리는 바로 봉 헤찌로로 향했다. 상파울루라는 이름은 포르투갈어로 성 바오로의 도시란 뜻이며 남미 최대의 상업 도시다. 이곳엔 두 개의 큰 재래시장인 옷시장이 있는데 우리가 도착한 봉 헤찌로와 쌍 빠을리노 다. 이 두 시장은 한국의 동대문 시장과 남대문 시장을 너무 닮아 있었다. 우리는 이 시장 속을 무작정 헤매고 다녔다.

이 시절 아르헨티나에서는 메넴이라는 사람이 대통령이 되면서 비효율적이며 만성 적자인 많은 국영기업을 민영화하는 개혁이 과감히 이뤄지고 있었다. 또한 외국 채무마저 동결해 버렸다. 엄청난 적자만 내고 있는, 태만하고 부패에 찌든 공기업은 가차 없이 팔아 치우고 이익을 낼 수 있는 민간 기업으로 전환 시켜 정부는 막대한 자금을 보유하게 된다. 그 결과 엄청난 돈이 시중에 풀리자 개들도 달러를 물고 다닌다고 했다. 또 환율도 달러 대 아우스트랄(당시 화폐 단위)을 1 대 1로 고정시켰다. 언제나 누구든지 원하면 100아우스트랄을 은행에 가져가 100달러로 교환할 수 있었다.

많은 인접국 노동자들이 아르헨티나로 몰려들었다. 브라질 노동자들도 기회만 주어진다면 마다하지 않았다. 브라질을 들락거리며 사업하는 사람이 있었는데 그곳에 가면 자주 들러 여독을 풀곤 하는 술집이 있었단다. 그런데 언제부턴가 그 아가씨가 보이지 않더란다. 낙담하여 섭섭한 마음을 갖고 있던 중 시간이 지나 들른 이곳 한인타운 술집에서 돈 잘 벌고 있는 그 아가씨를 다시 만나게 되었다고 침 튀기며 기뻐한 이가 있었다. 한국 속담대로 등잔 밑이 어둡다고 지척에 두고 그리워했노라고.

이리저리 돌고 돌아 나는 4명의 수사와 식사 담당까지 구할 수 있었다. 같이 간 김이라는 친구도 역시 5명을 모아 귀향을 하게 되었다. 그 많은 인원 모두 비행기로 이동할 수 없고 버스로 국경까지 가서 다시 택시로 국경을 넘어 이 나라의 버스로 부에노스아이레스에 도착하는 일정이다. 정말 길고도 긴 여정이었다. 길게 이어지던 바나나 농장의 풍경, 냉방이 되지 않아 차창 밖에서 밀려 들어오는 끈적한 바람에 펄럭이던 때에 전 커튼, 어느 휴게소인지 나무 그루터기에 앉아서 마시던 맥주 한 캔, 뭐 이러한 기억 밖에는 딱히 생각나는 것이 별로 없다. 너무 힘들고 지루한 여행이었다는 기억밖에는. 일주일 정도의 소요 시간이 1년 정도 지난 듯했다.

난 물건을 수주하기 위해 더욱 부지런히 시장 바닥을 돌고 돌았다. 열심히 찍어 오면 이들은 쉬지 않고 박아 댔다. 많이 박을수록 더 벌게 되어 있는 임금 구조였기에 내가 구태여 독촉을 할 필요도 없었다. 식자재만 사주면 식사 담당은 식사 준비와 보조 일까지 알아서 척척 해 댔다. 이렇게 찍새와 딱새의 동거는 순조롭게 진행됐다. 거기에 내가 개발해 낸 독특한 자수 방식은 크게 히트를 치면서 물량이 끊이지 않았다. 이민 온 뒤 처음으로 돈도 조금 모아 봤고 행복감도 맛보았다.

그렇지만 좋은 일은 항상 오래가지 않게 돼 있나 보다. 1년 반 정도의 좋은 시절을 끝내야 할 시간이 다가왔다. 한인 사회에 사건 하나가 터졌다. '인접국 불법 체류자 불법 고용 혹사사건'. 사건 경위는 이랬다. 자수사업으로 돈이 잘 벌리게 되자 발 빠른 한 교포가 컴퓨터 자동 자수 기계를 들여놓고 대량 생산체제를 갖추게 된다. 이 기계는 한 번에 같은 모양을 20개씩 수놓을 수 있는, 단발 소총 앞에 기관총 같은 위력을 자랑하는 최신형 독일제 기계였다. 삽질하는 우리 앞에 포클레인 같은 위용이었다. 힘들게 수사를 구할 필요도 없다. 잔 손질할 수 있는 조수들만 몇 명 있으면 생산이 가능하다.

많은 돈을 버는 한인 밑에서, 저임금과 열악한 환경에서 고생하던 브라질 일꾼들이 사고를 일으켰다. 컴퓨터 연결선을 모두 잘라 버린 것이다. 그리고 자국 대사관에 자기들은 노예와 같이 혹사를 당했다고 고발을 하고 나섰다. 이때 이곳의 매스컴은 누구 편을 들어 기사를 썼을까? 자기들의 이웃 국가? 아니면 지구 반대편에서 건너온 소수민족, 코납작이 꼬레아노? 답은 너무나도 자명하다.

이참에 매스컴과 관련 기관에서는 한인 악덕 업주가, 불법 고용한 인접국 노동자들을 노예와 같이 혹사해 자기들 배를 불리고 탈세를 일삼고 있다고 연일 떠들어댔다. 이민국과 노동청까지 합세하여 한인 작업장을 들쑤시고 다녔다. 당시 한인들에 대한 시각은 이랬던 것 같다. 커다란 이민 가방에 파묻혀 흘러 들어온 꾀죄죄한 모습의 아시안(한인도 포함)들의 벙벙한 얼굴과 납작한 뒷머리 모습은 누가 봐도 그리 세련된 모습은 아니었으리라. 말도 잘 알아듣지 못하지, 더듬거리며 단어만 몇 개씩 내뱉는 모습 또한. 아무리 가방끈이 짧아도 영어는 몇 번쯤 들어봤겠지만 스페인어는 이 나라 도착 전 한 번도 접해 본 적이 없었다.

처음 이곳의 아르헨티노들은 이런 동양인들에 많은 동정심을 가졌던 것 같다. 길을 찾느라 지도책을 이리저리 보고 있으면 어김없이 차에서 내려 도움이 필요하냐며 친절히 가르쳐주곤 했다. 그런데 놀라운 건 롤러코스터를 타는 악조건의 경제 상황에서도 조금씩 하청받아온 물건으로 밤을 지새우며 연명(?)하던 한인들이 이삼 년 지나면 좋은 자동차를 갖게 되고 또 얼마 지나면 자기 가게라고 차고앉게 된다는 사실이다. 그리고 일꾼들까지 부리게 된다. 신문지 깔고 밥 퍼먹고 찬물 한 컵으로 입가심하다가 자기들보다 더 좋은 차를 타고 좋은 옷을 입고 다니는 모습을 보는 그들의 시선은 어느덧 시기와 질투로 바뀌고 있었다.

"어이 아미고야, 너희들도 불법 체류자니 걸리면 좋을 게 없다. 조용해지면 우리 다시 만나자. 빨리 너희 나라로 돌아가라." 다음 날 바로 임금에 차표까지 끊어 주어 브라질로 돌려보냈다. 여기 남게 했다가 나에게 튕길지 모르는 불똥이 염려스러웠기 때문이었다.

사실 노동 현장은 어디나 열악할 수밖에 없다. 과중한 노동시간, 소음, 먼지. 등등.. 그러나 우리 한인들은 그렇게 악착같이 살아왔기에 당연시했던 게 사실이다. 이민 와서 3년이 이렇게 흘러가고 있었다. 또 무슨 일이든 해야만 했다. 재아 호남향우회 회원들 중 많은 이들이 스웨터 생산을 하고 있었다. 몇 번 들러본 이들 공장 안에서는 커다란 기계가 밤낮없이 돌아가며 연신 스웨터 원단을 뽑아내고 있었다. 입력된 프로그램에 맞춰, 기계 밑으로 쏟아지는 원단을 10여 명의 미싱사들이 바로 꿰매어 제품을 만들어 냈다.

옆의 창고에는 산처럼 만들어 놓은 스웨터 더미 앞에서, 사장 안 주인은 물건을 구매하러 온, 도·소매상에게서 받은 100달러짜리 지폐를 종이 부스러기 쑤셔 넣듯 연신 앞치마 주머니에 밀어 넣고 있었다. 한편에선 납품 나갈 물건이 차에 가득 실려 있었다. 집에 돌아와 낮에 본 모습이 떠올라 잠을 이루지 못했다. 곰곰이 생각해 보았다. 기계 값은 어찌어찌 마련하며, 구경만 해본 저 큰 기계를 내가 다룰 수 있을까? 며칠을 이 생각 속에서 쳇바퀴를 돌았다. 당시 유럽에서 중고 기계를 수입하여 파는 후안이라는 아르헨티노가 있었다. 그를 찾았다. 오랜 상담 끝에 반은 즉시 지불하고 나머지는 6개월 후부터 1년간 분할 상환하기로 하면서 새로운 사업에 뛰어들었다. 자수하여 번 돈으로 그나마 종잣돈 삼고 기계 운영에 관하여는 추후에 해결되겠지 하며 지난날 기계 일할 때를 더듬고 있었다.

힘들고 고된 군 생활을 만기 제대하고 나온 나는 또다시 현실 속에서 주눅 들어가며 한심하고 딱한 시간을 보내게 되었다. 친구들은 좋은 학교를 다니거나 대기업에 입사하여 화려한 젊은 날을 즐기며 언제나 활기차고 바삐 지내고 있었다. 그들을 만날 때마다 나는 항상 서둘러 취하곤 했다. 엄청난 자격지심은 그러진 않고는 달리 해소방법이 없었다.

대화의 주제인 학창 시절 얘기나 직장 이야기는 내가 끼어들 여지가 없었다. 어려서는 그리도 똘똘하다고 칭찬받던 애가 어찌 그리 학업을 멀리하게 됐을까 하며 우리 부모에게도 나는 아픈 손가락이었을 것이다. 다시 공부하기에도 자신이 없고 그렇다고 인문계 고등학교만 마친 나로서는 할 게 아무것도 없었다. 이렇게 암울하게 보낸 시간이 많아서인지, 옛날의 무용담이나 즐거웠던 과거를 얘기하는 일에는 끼어들지 않는다. 현실에서 벗어 나는 방법이 무얼것만 생각하다가 부산에 계신 외삼촌을 찾았다. 외삼촌은 그때 큰 선박 회사의 임원으로 계셨다.

해양훈련소라는 양성소를 6주 수료하고 외삼촌 찬스를 이용하여 타기 힘든 외항선 선원으로 취직하여 일본으로 건너가 선원 생활을 하게 되었다. 각종 기계를 접하며 보수하고 관리하는 일은 적성에도 잘 맞고 재미도 있었다. 기관실에서는 말단이었지만 일과 후, 선수에 올라 배와 경쟁이라도 하듯 따라오는 돌고래떼와의 만남은 환상적이었다. 또한 옆으로 살같이 달려나가는 쪽빛 바닷물은 정말정말 아름다웠다.

이러한 기계와의 인연이 있었기에 스웨터 기계도 부딪치면 할 수 있겠지라는 작은 자신을 갖고 덤벼든 것이다. 프로그램을 입력하고 원사를 올려놓고 돌리는 기계 밑으로 원단이 내려오기 시작했다. 그러나 자세히 보니 사방에 구멍 나고 한 올씩 빠진 불량품만 계속 내려오는 것이다. 스웨터 기계의 경험이 없었으니 그리 쉽게 생각한 것은 아니었으나 그저 황망할 따름이었다.

바늘도 수도 없이 부러져 나갔다. 그때 독일에서 수입되던 바늘 한 개값이 1달러였다. 어느 날은 수백 개의 바늘이 부러지곤 했다. 그럴 땐 눈앞이 뿌예지며 눈물까지 흘러나왔다. 내려오는 원단은 불량품 천지요, 바늘은 속절없이 부러져 나가지. 원인을 찾아내기 위해 기계 밑에 드러누워 쳐다보던 눈으론 땀과 눈물이 섞여 범벅이 됐다. 어떨 땐 그냥 그대로 눈을 감고 싶을 때도 있었다.

아내는 계속 내려오는 불량 원단을 버리기 아까워 한 코 한 코 밤 늦는 줄 모르고 때우고 있었다. 쪽잠 좀 자고 나와 또다시 밤늦게까지, 언제나 돌부처처럼 그렇게 그곳에 앉아 있었다. 나도 기계 밑에서 밤새우기를 밥 먹듯 했다. 드디어 한 달이 되기 전에 한계에 다다랐다. 아내가 심신이 미약해지며 호흡 곤란에 정신 불안 증세까지 나타났다. 잠깐씩 쭈그려 자던 아내는 호흡도 불규칙하고 자주 깜짝깜짝 놀라곤 했다. 가슴이 아프다며 작은아이를 꼬옥 끌어안고 자기도 했다. 영문 모르는 어린것은 답답하여 지 엄마를 밀어내곤 하였다. 나는 뜨거운 눈물이 흘러나와 베개를 흠뻑 적시곤 했다. 아내의 손을 꼬옥 잡아주던 것도 그때가 처음이었다.

이 기계를 다시 반값만 받더라도 내일 당장 돌려주리라 마음먹은 것도 한두 번이 아니었다. 그러나 또 한편으론 이 상황을 헤쳐나가지 못하면 난 아무것도 할 수 없겠다는 절박함도 있었다.

사람이 죽으란 법이 없다는 말을 이때 절감했다. 한 가지 한 가지 해결해 나가다 보니 두 달이 지날 무렵부터 불량률이 현저히 줄어들었다. 많고 많은 사소한 문제가 뒤엉키고 꼬여 처음 대하는 나와 내 아내를 옭아매어 신음하게 만들었던 것이다. 물론 경험 있는 기술자였다면 며칠이면 해결한 일이었다. 알음알음 그 방면의 사람들에게 도움도 청해 봤지만, 겉으론 무척 동정하며 도움말을 주는 듯했으나 실질적으론 아무 도움도 되지 않는, 요점은 빠져 버린 변두리 얘기나 하며, 자기의 경륜이나 은근슬쩍 자랑하기에 바빴다.

'내가 이 바닥 기름밥 먹은 지 얼만데, 니가 기계만 달랑 들여놓으면 저절로 굴러갈 줄 알았더냐.' 뭐 이런 생각이 아니었을까?

이민 오기 10여 년 전의 일이 떠올랐다. 5년의 선원 생활을 끝내고 아내를 만나 결혼했다. 한 번 나가면 1년 이상씩 외국을 떠돌아다녀야 하는 생활을 더는 하기 싫었다. 먼 친척의 소개로 작은 무역 회사에 취직을 하게 되었다. 결혼도 하고 새 직장도 생기니 정말 잘 돼가는 것 같았다. 당분간은 행복한 시간이 흘러갔다. 그러나 시간이 흐를수록 직장에 대한 기대가 자꾸 멀어지고 있었다. 급여는 선원 생활할 때의 반이 되지 않았고 말끔히 차려입고 출근은 했으나 업무는 지극히 단순하여 그냥 단순 노동자와 다를 게 없었다. 염증을 느낀 직장생활이 제대로 될 리가 없었다. 상사의 몇 번에 걸친 질책 끝에 마침내 쫓겨나고 말았다. "○대리, 내일부터 그만둬." 적은 봉급마저 끊기니 정말 초라하기 그지없었다. 결혼하며 살게 된 반지하 방만이 부끄럽고 초라한 내 모습을 가려줄 유일한 공간이었다.

그렇게 시작된 백수 생활은 1년 정도 계속되었다. 아내는 다시 직장 생활에 뛰어들었다. 결혼 전 오랜 직장생활에서 쌓은 경력과 성실이 취업하는 데 많은 도움이 되었을 것이다. 아내는 월급 받는 날에는 어김없이 내가 좋아하는 소주와 삼겹살 반 근을 사왔다. 백수생활하던 내게는 소주와 삼겹살 한 점이 잠시나마 자학에서 벗어나게 해주었다. 난 뭘 할 수 있을까? 내일은 뭘 해야 하지? 언제까지 이러구 살아야 하지? 뭐라도 해야 하는데 가진 건 없구.

어느 날 배회하던 중, 흑석동 비탈길에서 젊은 부부가 하던 포장마차에서 소주 한 병을 마신 적이 있다. 젊은 아내는 술과 안줏거리를 팔고, 남편은 뒤편에서 연신 닭똥집이며 꼼장어를 구워대고 있었다. 그 젊은 아내 말로는 돈 안 들이고 이만큼 남는 장사 없다며 은근히 자랑까지 하였다. 포장마차를 나와서는 눈 쌓인 모퉁이에서 발 감각이 없어질 때까지 한참을 지켜봤다.

나는 포장마차 할 돈도 없었다. 반지하 방 전세금 300만 원이 내 전재산이었다. 5년이나 선원 생활하며 전액 집으로 송금한 돈은 적지 않았다. 당시 우리 부모님의 생활은 아주 어려웠다. 두 여동생은 대학 재학 중이었고, 막내는 고등학생이었다. 송금된 내 월급은 당장 생활비로 들어갈 수밖에 없었을 것이다. 우선 급한 대로 쓰고 나중에 어떻게든 맞춰 놓을 요량이었지만, 생활은 나아질 기미 없이 오히려 형 동생 결혼시키며 더 큰돈 들어갈 일만 생겼을 것이다. 이렇게 내 봉급은 다 녹아 없어지고 하나도 남아 있지 않았다. 그때 부모님을 원망하는 마음도 든 것이 사실이나 한 번도 입 밖에 내지 못했다. 그렇게 생각만 하고 있던 포장마차도, 발목까지 빠지는 눈길을 앞에서 끌고 뒤에서 허연 김을 뿜으며 언덕길을 밀고 올라가며 몇 번의 뒷걸음질치던 그 부부를 다시 본 뒤로는 포기하고 잊고 말았다.

한 해가 다 갈 무렵 그동안 계속 주시해온 한 점포에 사활을 걸기로 했다. 처가 집에서 염치 불고하고 돈 좀 빌리고, 반지하 전세금 빼내서 방배동에 있던 점포를 인수하고, 우리는 다시 부모님과 할머니가 세 들어 사는 비좁은 집으로 끼어들어 갔다. 그 당시 제법 유명해지던

프라이드 치킨의 가맹점으로 장사를 시작하였다. 낮 시간대에는 혼자 하고 저녁에는 퇴근하는 아내가 쉴 사이도 없이 달려와 가게 일을 도왔다. 그동안의 허송세월을 만회라도 하듯 쉬는 날 하루 없이 밤늦게까지 정말로 열심히 일했다. 그러다 보니 매상도 눈에 띄게 오르고 혼자서는 감당할 수 없게 되어 아내도 직장을 그만두고 같이 매달렸다.

아내가 가게를 맡고 일꾼도 두게 되면서 나는 밖으로 부지런히 뛰어다녔다. 나만의 영업 전략을 짰다. 우리 점포 한 블록 위로는 단독주택이 많았다. 아파트는 배달이 잘 되었지만 단독주택은 쉬운 일이 아니었다. 단독주택의 주문이 아파트와 같이 활성화되면 매상이 많이 증가할 게 확실했다. 지금처럼 스마트폰 에서 찾아볼 수 있는 그런 시절이 아니었다. 학교나 직장에서도 일일이 약도를 그려 내야 하던 때다. 우리 점포 사방으로 약도를 그려나갔다. 우선 다섯 개의 큰길을 따라 지도를 만들어나갔다. 약 두 달의 시간과 운동화 한 켤레를 닳아 없앤 후에야 나만의 지도가 만들어졌다. 아마 대동여지도도 이렇게 만들어졌을 것이다. 지도에는 각종 지형지물인 전봇대, 쓰레기통, 각종 간판, 심지어 벽의 낙서까지 표시되어 있었다. 그리고 한 집 한 집 고유번호를 부여하고 스티커까지도 두 장씩 꼼꼼히 투여하였다. 각 집의 고유번호는 내 지도에도 붉은 글씨로 선명히 표시했다.
"B-157인데 배달되나요?" 긴가민가해서 물어본다.
"물론이죠. 언덕 올라가다 첫 번째 골목에서 두 번째 집이죠?"
"어머 어머~ 어찌 그렇게 잘 안디야~"
무척 신기해한다. 완전 대박이었다. 밀려드는 주문에, 보잘것없던 한 가맹점이 매출 1위의 점포로 우뚝 서게 됐다. 이렇게 승승장구하며 1

년 만에 빚을 다 갚고 난생처음 내 집까지 갖게 되었다.

하나씩 문제점이 해결된 기계는 부드러운 기름을 머금고 경쾌한 소리를 내며 잘도 돌아갔다. 부드럽게 돌아가는 기계 소리는 정말 감미로운 멜로디였다. 기계 밑으론 밤낮없이 돈을 뽑아내고 있었다. 아내의병도 기계와 함께 말끔히 나았다. 다음 해엔 기계도 더 들여놓았다.어떻게 그리 만드는 옷마다 잘 팔리느냐며 주문을 날리는 도매상인들의 칭찬에 입이 째질 듯 신이 났다. 이젠 잠자리에 들어서도 기계 소리만 듣고도 어느 모델 어느 패턴을 짜고 있는지도 알 수 있었다. 이렇게 열심히 기계 돌리고 납품하고 수금하며 바삐 살아갔다. 내가 처음 보며 몹시도 부러워했듯이, 물건 판 지폐 뭉치를 아내도 앞치마 주머니에 쑤셔 넣곤 했다.

일에 쫓겨서 챙겨주지 못하고 자는 모습만 들여다보곤 했던 아이들도고맙게도 잘도 커 주었다. 큰아이는 당시 상위 10%만 들어간다는 부에노스아이레스 중학교(고등학교까지 5년제)에 진학해 주었다. 그동안의가슴앓이도, 기계 밑에서 흘리던 눈물도 말끔히 날려 버리고 좋은 세월을 맞게 되었다. 이후로도 아이들은 우리를 한 번도 실망시키지 않고 바르게 잘도 커 줬다. 이 글을 쓰는 지금도 이 세상에서 제일 잘나고 고맙고 훌륭한 사람은 내 아내와 두 딸이라고 나는 자신 있게 생각한다.

아무튼 좋은 시간은 몇 년간 지속됐다. 이때가 내 일생에서 가장 호시절이었다. 큰아이 대학 진학하고 맞은 여름 방학에 아이들을 한국 여행도 보내고 미국 어학연수도 보내봤다.

"아빠, 나 미국 유학 갈까?"

어학연수에서 돌아온 큰딸이 불쑥 이런 말을 꺼냈다. 다녀본 다른 나라에서 많은 자극을 받은 모양이었다. 큰애는 과묵하고 신중한 아이였기에 나도 그냥 스쳐들을 얘기가 아니었다. 며칠 생각 끝에 "네가 원하면 그리 해봐. 우리는 너에게 아무런 조언을 해줄 수는 없지만 학비는 걱정 마라."

다음 날부터 딸아이는 컴퓨터 앞에서 작업에 열중하며, 때론 누런 서류 봉투를 발송하곤 했다. 부모로서 가방끈이 길지 못해 안타깝게 바라만 볼 뿐 아무것도 도와줄 수가 없었다. 그때 본 딸의 모습은 아주 노련하며 믿음직스럽기 그지없었다.

마침내 결정된 대학으로 입학하기 위해 나는 딸아이와 함께 미국으로 향하였다. 뉴욕까지 가서 버스를 타고 밤새도록 달려 다음 날 오후 늦게 도착한 캠퍼스는 겨울 방학 중이라 학생들은 하나도 보이지 않고 눈 속에 묻혀 짧은 석양빛에 적막만 흐르고 있었다. 사무실에서 건네받은 열쇠로 들어선 기숙사 방에는 두 개의 침대와 역시 두 개의 책상 외에는 아무것도 없었다. 그 먼 곳의 비좁은 추운 방에 딸아이 혼자 달랑 남겨 놓고, 나는 밤차로 다시 뉴욕으로 향해야 했다.

교문을 나서며 뒤돌아본 차창 밖으론 하얀 눈 속에 묻힌 딸아이의 모습이 자꾸 작아지며 하염없이 흐르는 눈물로 더 이상 보이지 않았다. 뉴욕행을 기다리는 버팔로 대합실에서 한국에 계신 어머니에게 전화를 걸었다. 누구라도 붙들고 울고 싶은데 그때 생각난 사람이 어머니였다. 수화기 저편으로 어머니의 음성이 들리자 나는 그만 엉엉 소리 내어 울고 말았다. 이역만리 이민 와서 죽으나 사나 동고동락하던 내 새끼를 또다시 먼 곳에 혼자 떨어뜨려 놓고 돌아서는 심정이 비통하였다. 그저 엉엉 우는 것밖에는 아무 말도 할 수가 없었다. 그때 어머니 말씀이 "애비야, 자식들에 대한 부모 마음이 다 그렇단다. 너희들 먼 나라로 보내놓고 하얗게 텅 빈 마음으로 난 몇 년을 그러고 살았다." "어머니, 정말 죄송합니다. 난 지금까지 그런 어머니 마음을 헤아려 볼 생각도 못 했습니다."

그러나 말이 입 밖으로 발음되어 나오지도 못했다. 매달 생활비나 빠지지 않고 보낸 것만으로 무슨 큰 효도나 하는 양 살아왔다. 실로 부끄럽기 짝이 없는 노릇이었다. 수화기를 내려놓고도 한동안 울음을 그칠 줄 몰랐다. 지나가는 사람들이 흘긋거리고 어떤 이는 "아 유 오케이?" 하며 한동안 지켜봤다. 퉁퉁 부은 눈으로 다음 날 뉴욕에 돌아와 바로 아르헨티나행 비행기를 탔다. 집으로 돌아와서도 허전한 빈 가슴을 가라앉히는 데는 많은 시간이 필요했다. 딸아이의 학비는 그곳에 거주하는 아이들과는 딴판이었다. 영주권 신분이면 아주 적은 금액으로도 족했다.

주 아르헨티나 미국 대사관을 찾았다. 오래전 신청했던 영주권 관련 서류를 찾아봤다. 사실 신청 후 까맣게 잊고 있었다. 이곳에서 사는 게 당연했기에 미국으로의 이주는 까맣게 잊고 있었다. 그 당시 많은 교민은 이미 미국 영주권을 받아 놓고 있었다. 정기적으로 미 입국 도장 받아 놓고, 다시 돌아와 그대로 생업에 종사하고 있었다.

이때의 아르헨티나 경제 상황은 다시 고질적인 초인플레 상황으로 돌아가고 있었다. 10여 년, 돈을 벌 수 있었던 시기는 다시금 막을 내리고 있었다. 장기간의 메넴 대통령 집권은 말기로 접어들며, 어느 정부

때나 다르지 않게 부정부패, 외화 밀반출, 탈세, 환율 폭등 등으로 서민들의 생활은 피폐해 가기 시작했다. 많은 사람들이 좋았던 시절 벌어둔 돈으로 당장은 심각성을 크게 느끼지 못했지만, 공용 화폐인 아우스트랄과 달러의 1 대 1 환율도 이미 깨져 하루가 다르게 뛰었다. 찍을 대로 찍어낸 화폐도 모자라 채권도 화폐와 같이 통용되고 있었다. 채권의 크기는 통용되는 화폐와 똑같았으며 중앙 정부, 주 정부, 심지어 각종 공기업에서도 무분별하게 찍어 내다보니 어디서는 받고 어디서는 안 받고 도무지 혼돈 속이었다. 현재 지역 경제를 돕기 위해 지방 정부가 발행한 상품권 정도로 생각하면 이해가 쉽겠다. 또한 기존 화폐 아우스트랄의 색상도 물자마저 모자라 잉크 부족으로 흐려지는 기현상도 나타났다.

밑져야 본전이라고 긴가민가 찾아간 미 대사관에서는 입꼬리가 귀에 걸리는 신나는 말을 듣게 된다. 폐기 시한이 얼마 남지 않았으니 취업 이민 하려면 이른 시일 안에 수속을 밟으란다. 웬 호박이 이리 넝쿨째 굴러들어온단 말이냐? 후다닥 다음 날 신청하고 인터뷰까지 일사천리로 이루어졌다. 마침내 독수리 날개를 쫙 벌린 멋진 도장이 영주권 번호와 함께 우리 여권에 힘차게 찍혔다.

사업은 예전처럼 좋은 시절이 아니었다. 물건을 만들어 봤자 제값 받기도 힘들고 유행 또한 바뀌니 나같이 한물간 나이의 사람들은 잘 팔리는 패턴을 보는 안목이 한참 떨어졌다. 그리하여 많은 공장의 주인이 그들의 자식들로 바뀌고 있었다. 그들은 그나마 유창한 언어와 신세대의 감각으로 제법 경쟁력을 유지해 갈 수 있었다. 딸아이 학비 줄이고 가끔 미국 나들이하면서 도장이나 받아 올 요량이었지만 아주

가버릴까 하는 마음으로 바뀌고 있었다. 그 영주권이라는 게 개목걸이 정도밖에는 안 되었지만 절실히 필요한 사람에게는 생사 박탈권을 갖는 비표 정도가 되는 것이다. 당시 교민 사회를 공포에 떨게 한 사건이 일어났는데, 이참에 나도 이 비표를 써먹어 봐야겠다고 결정하고 만다.

교민 사회에서는 '은빛 권총강도 호세' 사건이 발생하여 온 교민을 공포 속에 빠지게 하였다. 한인들이 다량의 현찰을 가지고 있는 점을 잘 아는 호세라는 강도가 몇 명의 무리를 이끌고 밤마다 한인 가정집에 침입하여 강도 행각을 일삼고 다녔다. 방법 또한 잔인하고 공포스러워 많은 한인들을 벌벌 떨게 하였다. 한밤중에 침입한 강도들은 식구들을 묶어 놓고 무조건 폭행을 가했다. 때론 식구들 앞에서 부녀자들에게도 몹쓸 짓을 서슴지 않았다.

이런 상황에 놓이면 매트리스 속에 있던 달러 뭉치가, 냉장고나 김치 항아리 또는 땅속에 묻어둔 패물이나 돈뭉치가 줄줄이 나왔다. 가까이 지내던 한 후배도 이런 일을 당하고는 넋이 나가 있었다. 땅거미가 지면 많은 사람들이 공포스러운 밤에 전전긍긍해야 했다. "자, 떠나자." 이렇게 우리는 '이민'을 넘어 '삼민'을 떠났다.

떠난다 하니 즐거웠고 아름다웠던 기억들이 뭉칫뭉칫 떠올랐다. 라플라타 강변의 레스또랑에서 즐기던 향기롭던 비노와 맛있는 빠리사, 헤네랄 라바세에서의 평화롭던 바다낚시. 바릴로체의 무지갯빛 호수, 아홉 홀을 돌고 마주하는 장작더미 위에 잘 구워진 빠리사, 담갔다 하면 물고기가 나오던 산안토니오의 선상 바다낚시. 어느 것 하나 정겹지 않은 게 없었다. 이민 가서 올 때까지 우리 식구의 둥우리가 되어준 빌바오의 우리 집. 우린 이 집에서 아내와 함께 좌절도 했으며 기쁨도 맛보았다. 우리 아이들도 별 탈 없이 클 수 있도록 단단한 보호막이 되어주었다. 30대 후반에 이곳에 정착하여 50이 넘어 다시 한번 알 수 없는 여행길에 올랐다.

2001년 겨울, 우리 식구는 플로리다 마이애미 공항을 통하여 미국 땅에 이민자 신분으로 발을 들여놓았다. 공항에서의 이민 입국 심사는 염려스러웠던 바와는 다르게 그리 오래 걸리지 않았다. 밀봉된 두툼한 서류 봉투를 이민국 직원에게 건네주고 몇 군데 사인하고는 지문을 찍고 바로 다음 목적지인 뉴욕 으로 향하였다. 뉴욕에선 하숙집에 머물며 소셜 카드를 만들고, 플라스틱 영주권이 도착하길 기다리며 여행객 같은 홀가분한 시간을 가졌다. 며칠 후 우리 식구 네 명의 영주권이 우송돼왔다. 이리 보고 저리 보고 다 닳도록 만지작거렸다. 자유의 여신상이 멋지게 인쇄되어 있었고 날개를 쫙 편 독수리까지 음영으로 나타나며 보는 각도에 따라 나타나는 글씨 또한 일품이었다. 정식 영주권까지 손에 넣었으니 우리는 다시 헤어져 각자 해야 할 일이 남았다.

아내와 작은아이는 다시 아르헨티나로 돌아가 작은아이의 반년 남짓 남은 고등학교를 마쳐야 했고, 나 또한 취업이민이기에 1년의 취업 기간을 보내야 했다. 다시 재회를 기약하며 나는 미 동부, 델라웨어에 위치한 닭 가공 공장으로 향했다. 우리가 받은 영주권은 닭 공장에서 1년 이상 근무한다는 조건으로 내주는 미숙련 취업이민 케이스였

다. 일꾼 구하기 힘든 이곳 공장에서 일정 기간 노동력을 제공하여야
한다. 자취하며 공장에 출근하게 되었다. 아침에 출근할 때쯤 커다란
닭차가 와서 둥근 입구를 한 통에 닭들을 산 채로 쏟아부었다. 어떻게
죽이는지는 직접 보지 못했으니 기술하지 않겠다.

죽은 닭은 탈수기 안으로 컨베이어 벨트에 실려 빠르게 이동된다. 몇
차례 뜨거운 물이 공급되며 탈수 과정을 거친 닭들은 깨끗하게 털이
다 빠져 포동포동한 몸으로 한 다리가 갈고리에 걸린 채 컨베이어 벨
트를 따라 이동하며 날카로운 칼날에 복부가 열려 차례차례 해체되는
과정을 겪게 된다. 이때 자동화된 기계 주변에 배치된 일꾼들은 사람
의 손으로만 할 수 있는 일을 담당한다. 잘린 부위를 열심히 주워 담
는 사람, 적출된 내장에서 똥집과 콩팥만 분리하는 사람, 한쪽 발목만
남긴 채 돌아가는 걸쇠에서 부지런히 나머지 발목을 떼어 내는 사람
등등, 컨베이어 벨트 속도에 맞춰 부지런히 움직여야 했다. 내가 배치
된 부서는 포장부였다. 이 부서에는 주로 한인들이 몰려 있었는데 왜
그랬는지는 오래 있지 않아서 잘 모르겠다.

남미에서 온 나 이외에 주로 한국에서 온 사람이 많았다. 컨베이어 벨
트를 사이에 두고 마주 보고 늘어선 사람은 30명에 다다랐다. 빠르게
이동하는 벨트 위에는 부위 별로 담긴 박스가 실려 있다. 조장의 지시
에 따라 스트로폴 용기에 주워 담는 일이다.

어떨 땐 다리만 6개, 가슴팍만 6개, 똥집만 한 컵, 또 어떨 땐 똥집과
콩팥을 각각 반 컵씩, 이런 식으로 하루 종일 주워 담는 일이다. 제일
어려운 것은 날개를 담는 건데, 한 번에 두 개씩 들어 동시에 꺾어서
가지런히 12개씩 놓는 것은 요령과 민첩함이 요구되는 일이었다. 나

는 손가락이 다소 불편한 관계로 이 작업만 걸리면 조장의 눈총깨나 받아야 했다.

많은 한국인이 이곳에서 1년 이상씩 잘도 채우고 나갔다. 혹시 날짜 계산에 착오라도 생길까봐 보름 이상씩 알뜰하게도 더 하고 나갔다. 나는 그간 좋은 시절 보내며 일꾼도 써 가며 사업가 행세를 하며 지내다 왔는데 나이 들어 이게 뭐 하는 짓인가 싶었다. 간신히 2주를 넘기고는 그만두기로 마음먹었다. 많은 한인들이 브로커를 통하여 이곳에 오게 되었는데 일한 지 1년이 되어서야 영주권을 받을 수 있었다. 일찍 영주권이 나오더라도 브로커 손에 도착한 영주권은 일이 끝날 때까지 전해주지 않았다. 기간을 잘 채우는 인력을 소개하는 브로커는 계속 사업을 이어갈 수 있기에, 이들은 철저히 스폰서 측 사람이었다. 나는 이미 내 손에 영주권을 들고 들어왔다. 손놀림이 더뎌 몇 차례 경고를 받고 끝내는 인사 담당에게 불려갔다. "몇 년 전 사고로 손을 다쳐 열심히 하려 해도 빠른 속도를 따라가기엔 무리인 듯하다."며 매우 불쌍한 표정을 지었다. 빠른 영어로 해대는 말을 알아들을 수는 없었지만, 그럼 그만두고 돌아가 언제든 할 수 있으면 다시 오라는 말인 듯했다. 그리곤 나 같은 하급 일꾼 하나로 더 시간을 허비하고 싶지 않다는 듯 바삐 자리를 떴다.

다음 날 당장 아르헨티나로 돌아왔다. 역시 그곳은 혼돈 속이었다. 기계는 좀 저렴한 가격에 매각하였으나 집은 팔지 못하고 그곳에 있는 후배에게 관리를 부탁한 채 나의 또 다른 조국 아르헨티나를 영원히 떠날 때는, 2002년 가을 낙엽이 아베자네다 공원을 이리저리 뒹굴던 무렵이었다.

이 나라는 우리 아이들을 고맙게도 잘 키워 줬고 내 인생에 최고의 성취감도 맛보게 해주었다. 있을 때는 욕도 하고 불평불만으로 저주도 퍼부었지만, 정말 어머니같이 고마운 나라였다. 내 죽기 전엔 절대 잊지 못할 나라, 아르헨티나.

"Muchas Gracias, Viva, Argentina."

한인타운에 있는 아파트에 우선 둥지를 틀었다. 아르헨티나에서 온 사람들과 만나서 비즈니스에 관한 정보를 접할 수 있었다. 의류 생산 경력이 있는 사람들은 자바 의류시장으로 들어갔다. 나이도 비교적 많지 않은 장년층으로, 아르헨티나 시절부터 그들의 부모와 의류 생산에 종사하여 많은 노하우와 자금을 갖춘 사람들이다. 또한 어린 시절부터 익혀 온 능숙한 스페인어는 일꾼 부리기에도 부족함이 없었다. 쟈바시장이라 불리는 이곳은 LA 다운타운 동쪽에 위치하며 원래의 행정구역 명칭은 LA Fashion District다. 1970년대부터 유대인이 장악하고 있던 의류 시장이었으나 1980년대 중반 이후로는 70~80% 이상이 한인의 운영 상권으로 바뀌었다. 이곳에는 수천의 크고 작은 의류 관련 업체가 있다. 의류 생산, 판매, 패션, 봉제, 원단, 각종 부자재 프린팅 등 옷에 관한 모든 것을 다 갖춘 곳이다.

이렇게 규모가 크다 보니 한인 경제의 젖줄이며 LA경제에도 큰 부분을 차지하고 있다. 아르헨티나에서도 초창기 유대인이 장악한 의류 시장에서 하청이나 받아 시작한 이민 선배들이, 악착같이 기술과 자본을 축적하여 지금은 거의 모든 시장을 장악하고 있다. 의류업은 가족 중심의 헌신적 노동력과 눈썰미, 섬세한 손 솜씨가 한인 이민자에게는 딱 맞아떨어지는 일이었다. 언어가 불편해도, 아빠는 원단 깔아

놓고 잘라 대고 엄마는 재봉틀에 앉아 죽어라 밟아라 삼천리 하고, 자식들은 열심히 팔면 되었다. 근무 조건이 열악하다느니 노동청에 고발하느니 오버타임이 어떠니 성가신 일 없이 머리 처박고 일만 하다 보면 세월이 흘러 규모도 점차 커지며 일꾼도 거느리고 '싸장님, 싸모님' 소리를 듣게 된다.

또 한 부류는, 50~60 이상 되는 나이대로, 주얼리 사업에 종사하고 있었다. 주얼리 사업이라면 거창하게 들리겠지만 금은방으로 생각하면 된다. 반지 목걸이 팔찌 귀고리 등 14k 금제품과 시계 판매, 귀금속 때 빼고 광 내기, 배터리 교환, 헌 금 매입 등등, 이런 종류가 되겠다. 그 당시 스왑 미트(Swap meet)라는 건물 안에는 이런 금방들이 꼭 몇 개씩은 있었다. 규모는 몇만 달러의 소규모부터 수십만 달러의 중형, 백만 달러에 이르는 대형까지 다양했다. 스왑 미트는 원래 물물교환하는 장소였으나 시대가 바뀜에 따라 시장 형태를 갖추고 모든 물건을 사고파는 미국판 장터라고 보면 된다. 크기도 다양하여 10여 개의 점포를 갖춘 곳부터 100개가 넘는 점포로 이루어진 곳도 있었다. 주로 1년 단위로 계약이 연장되었고 건물 전체를 회사에서 관리해주니 크게 신경 쓸 일도 없었고 대부분 라티노들이 고객이므로 그리 까탈스럽지도 않았다.

라티노란 미국에 거주하는 라틴 아메리카인을 통칭하는 말이고, 히스패닉이란 스페인어를 사용하는 인종적 문화적 편견이 담긴 단어이므로 라티노란 호칭을 사용함이 맞다 하겠다. 난 조금은 편해 보이고 물건의 가치도 항상 유지하고 있는 금은방을 하기로 마음먹었다. 전에 하던 스웨터 사업은 항상 큰 부피의 물동량에 눌리곤 했다. 기계도 컸고 수시로 입고되는 원사의 양 또한 큰 트럭으로 한 차씩이었다. 만들어진 물건은 수시로 퍼날라야 했으며 철 지난 물건을 보관하기 위한 큰 공간 또한 필요했다.

화려한 할로겐 조명 밑에서 각종 금붙이가 저마다 빛을 발해 예쁜 꽃동산 같다. 이 물건은 팔리지 않아도 항상 금값은 가지고 있다. 물건 구입은 1~2주에 한 번씩 다운타운에 나아가 빠진 물건이나 신제품을 채워 놓으면 되었다. 그 부피 또한 아내의 손가방에도 충분히 담을 양이었다. 재고로 처진 물건도 금값 만큼은 돈이었다. 뭐니 뭐니 해도 모니가 최고여!(money money 해도 money가 최고여)

부동산 에이전트는 나를 신주단지 모시듯 정성을 다해 데리고 다녔다. 소형 중형 대형의 금방 리스트를 연신 침 발라 가며 뒤적이며 LA 인근을 다 쑤시고 다녔다. 아마도 나를 잡아놓은 어망 속의 물고기로 보았을 것이다. 그렇게 구하게 된 금은방은 제법 중간이 넘는 규모였다. 거주환경 또한 괜찮은 집도 그리 멀지 않은 곳에 마련할 수 있었다. 이 또한 반년여의 짧은 시간 안에 이루어졌다. 어쩐지 처음 아르헨티나 정착할 때와 너무 흡사해 또 너무 서두르는 게 아닌가 싶어 조금 흠칫한 느낌이었다. 첫 이민 생활에서 깨달은 사고방식은 시작이 어렵지만 일단 첫발을 내디디면 앞으로 나가게 된다는 것이다. 겪게 되는 수많은 시련도 이리저리 걷어 채이다 보면 세월이 흐르며 이루어지곤 했다. 호랑이 굴 앞으로 지나가게 되어 한쪽 팔을 잃을 수 있고, 여우 곁을 지나며 그놈들에게 홀려서 몇 바퀴 맴돌다 나올 수 있어도 결국은 더욱 단단해져 앞길로 나가게 된다.

새로 마련한 집은 정말 만족스럽고 좋은 집이었다. 작은아이도 대학에 다니고 있었고 지인들과는 골프도 치고 다니며 마치 성공한 이민 생활인 양 자랑스럽기까지 하였다. 그러나 멋모르고, 아니 멋만 알고 시작한 이 사업도 2년이 되어 갈 무렵부터 자꾸 되돌아보며 다시 생각하게 되었다. 쇼케이스에 겹겹이 쌓여 있던 금붙이가 자꾸 얇아져 가고 있었다. 판 물건은 다시 채워지지 못하고 생활비와 경비로 빠져나가고 있었다. 이곳은 내가 살던 곳과는 비교되지 않을 만큼, 눈에 띄지 않게 많은 지출을 필요로 하는 나라였다. 물론 그곳에서도 없었던 건 아니었지만 버는 수입에 비하면 그리 크지 않은 액수였다. 솔직히 그곳에서는 세금이라는 개념도 그리 부담을 갖지 않았다. 아주 큰 사업체가 아닌 이상 회계사에게 일정액만 지불하면 그들의 수완에 따라 별 탈 없이 잘 해결해 주었다(나 개인의 경우였지 모두가 다 그런 것이 아니었음을 분명히 밝힌다).

지출이 큰 공장 임대료도 뒷마당에 담장 쌓고 공장으로 개조하여 쓰면 한 푼의 지출도 없었다. 노동력 또한 적은 비용으로도 풍부하게 쓸 수 있었다. 이런 사고와 계산법으로 오랫동안 살아온 나는 이곳의 비즈니스 운영에는 낙제생이었다. 내 통장의 잔액은 자꾸 줄어 갔다. '가만있자, 다시 한번 더 늦기 전에 생각해 보자.'
창피한 말이지만 헌금을 매입하는 과정에서도 진짜 금인지 식별을 잘하지 못하여 산 헌 금도 많았다. 나에게 가짜 금을 팔고 간 X은 얼마나 비웃었을까? 금 장사를 하는 X이 금인지 똥인지도 모른다고, 물건을 흥정하던 X이 제일 무거운 금반지를 끼어보고는 아주 좋다며, 세트가 될 만한 큰 팔찌를 보여 달라기에 '아이구, 오늘 큰 손님 하나 물었네.' 생각하며 정성껏 대해 주는 사이 한 손에 반지 끼고 다른 한 손엔 팔찌 끼고 냅다 달아난 사건도 있었다.

하여튼 이 장사에 정나미가 떨어질 무렵 스왑 미트 안에서 한 사건이 일어났다. 어머닝날 대목을 앞두고 가게들이 많은 물건을 채워놓고 있던 한밤중에 지붕을 통하여 침입한 도둑떼가 중간에 위치한 금은방 금고를 산소 용접기로 절단한 후 금붙이를 싹 쓸어갔다. 그 당시 곳곳에 위치한 금은방을 떼거리로 몰려다니며, 한밤중에 싹 쓸어가는 도둑떼들 때문에 같은 업종의 우리들은 항상 불안한 마음을 가지고 살아가고 있었다. 장사도 잘되지 않는데 이렇게 마음마저 졸이며 장사하고 싶지 않았다.

금 보유량은 많이 줄었지만 역시 많이 오른 금값으로 손해는 보지 않을 것 같았다. 가게를 내놓은 지 한 달 만에 팔렸다. 그간 먹고살았고 투자한 돈도 섭섭지 않게 회수되었다. 고맙고 다행으로 생각하며 다음 사업을 생각해야 했다.

미국에 와서 짧은 시간에 펼친 사업이었으나 보잘것없는 실적에 다시금 위축되어 갔다. 지금까지 내가 해온 사업을 하나하나 떠올려 보았다. 음식 사업, 포장백 사업, 봉제업, 자수사업, 스웨터 사업, 금은방 사업, 뭐 하나 연관성이 없는 그야말로 동쪽에서 놀다 서쪽으로 뒹굴고 남쪽으로 튀는 그런 형상이었다. 전문성이 전혀 없던 나의 스펙으로는 어쩔 수 없는 선택이었나 보다.

전문 분야가 전무했던 나의 군 생활 역시 그랬다. 군 용어로 100(일빵빵-보병)보직을 받으며 말단 소총부대에서 버그적거리다 끝났다. 고지 훈련 중이던 20대 초 군 시절, 내 키만 한 M1 소총을 들고 높고 낮은 포복으로 철조망을 통과하여 8부 능선에 이르렀을 때는 이미 초주검 상태였다. 초복의 찌는 더위는 고문 그 자체였다. 대학 진학을 두 해에 걸쳐 낙방하고 방황하던 때에 날아온 군 징집영장은 정말 다행스러운 현실 도피였다. 논산훈련소에서의 6주 훈련은 방황하던 시절에 비하면 정말 아무것도 아니었다.

작대기 하나를 6주 훈련 보상으로 달고 나왔을 때는 제법 어깨도 으쓱해지고

방황에 찌든 때도 다 털어낸 듯싶었다. 대기 중이던 우리 부대는 꽤 오랫동안 논산에 머물러 있었다. 그동안 빽 있는 사람부터 하나씩 빼내가고 있었다. 육본, 방첩대, 수도경비사령부, 동해경비 사령부, 등등…

다음으로 영어회화 가능자. 악기 다룰 줄 아는 자, 연예인 경력자, 용접할 줄 아는 자, 목수 경력자, 심지어 점 볼줄 아는 자까지 다 빼내고 나니 남은 것은 거시기만 하나 달린 맹물뿐이었다. 이렇게 반 이상이 빠져나간 우리 병력은 한밤중에 기차에 태워졌다. 어디로 가는지도 모른다. 북상하던 기차가 새벽녘에 도착한 곳은 서울의 인근 이태원이었다. 이곳을 알아본 우리는 마음이 마냥 들떠 있었다. 두어 달 전만 해도 개똥철학을 논하며 술 마시며 친구들과 어울려 다니던 곳이 아니냐? 이곳에서 근무하게 되리라 맘껏 부풀었던 우리의 기대는 병력을 인수하러 올라탄 빨간 모자의 등장과 함께 무너졌다.

"동작 그만." "동작 봐라." "차렷, 짐칸 위로. 통로에 취침. 의자 밑으로 포복." 닭장 쑤셔 놓은 듯한 광란 속에서도 기차는 계속 달렸다. 마

침내 도착하게 된 역사에는 '원주'라는 역 이름이 또렷이 나타났다. 역이름을 확인한 우리들의 입에선 절망과 탄식 소리가 흘러나왔다. 누구도 가길 원치 않던 곳, 설마하며 애써 생각도 하지 않던 곳, 바로 육군 제1하사관 학교였다. 이곳에 차출되어 단기 하사가 되기 위한 혹독한 훈련을 다시금 6개월 동안 견뎌내야 했다. 그 6개월이 참으로 길었던 것 같다.

그때도 그리 길게 느껴졌던 한 6개월 정도 발품을 팔고 다닌 것 같다. 그러던 중 한 비즈니스를 접하게 되었다. 전혀 들도 보도 못한 빙과류 도매 업체였다.

아이들이 엄마에게 떼써서 얻어먹는 길거리 빙과류를 취급하는 업종인데, 좀 후지고 우스꽝스럽기까지 했으나 매상은 제법 높았다. 더욱 매력적인 것이 오전 장사만 하면 끝이다. 반면 계절의 영향을 많이 받고 권리금이 다소 높았으나 오랜 숙고 끝에 이 사업을 시작하게 되었다. 크게 변화도 없고 지극히 단조로운 이 사업은, 내 일생에서 세 번째로 긴 시간 하게 된 사업으로, 60대 초반의 나이까지 이어졌다.

이젠 바쁘게 쫓기지도 않고 조용히 살고 싶은 마음이 자주자주 일곤했다. 우연히 몇 번 들른 '필란'이라는 곳이 있었다. LA 북동쪽으로 80여 마일 거리인 이곳은 해발 4,000피트t(약 1,200m) 높이에 위치한 청정지역이다. 기본적으로 2.5~5에이커(1에이커=1,224평) 단위로 구획이 정지되어 있는 전원도시이다. 우리 부부는 선뜻 LA라는 대도시를 떠나기로 마음먹었다. 비즈니스를 접게 되면 구태여 이 도시 속에서 복잡하게 살 이유가 없었다. 또 역시 우리답게 몇 번 보고 난 뒤 5에

이커짜리 땅도 구입했다. 가격이 그리 크지 않아 빨리 결정할 수 있었던 것이다.

이젠 시골에서 좋은 공기 마시며 아주 편히 어슬렁거리며 살기로 했다. 사실 한편으론 하나의 욕심이 있었던 게 사실이다. 이곳에서는 많은 한인 농가들이 매실을 재배하고 있었는데, 우리가 오기 전 해에는 좋은 매실 가격으로 이곳 사람들은 무척 행복해 보였다. 이곳으로 귀농(?)하며 나대지로 있는 땅을 뒤집어 엎고, 좌우 오와 열을 맞춰 구멍을 뚫고 물길을 깔고 어리고 예쁜 매실나무를 심었다. 농장 주위로는 바람막이로 소나무도 빙 둘러 심었다.

나무들은 밤이나 낮이나, 내가 잘 때도 놀 때도 쑥쑥 자라주었다. 딴 나무들은 아직 추워 한참 동면하고 있을 때도 바지런한 매실은 예쁜 꽃과 앙증스러운 열매로 무릉도원을 이루어 놓고 있었다. 이쁘디 이쁜 매화는 내 손녀였고, 눈에 넣어도 아프지 않을 매실은 내 손자였다. 삽자루를 들고 나서는 나를 복실이와 복돌이, 복순이(남매 강아지 두 마리와 사촌)는 앞서거니 뒤서거니 따라다녔다.

도시에 살 때 짜증스럽게 했던 헬기의 소음도, 시도 때도 없이 울려대던 구급차의 경적도, 버르장머리 없는 아이들의 오토바이 굉음도 이곳에선 들리지 않았다. 멀리 솟아 있는 마운틴 하이는 여름이 다 올 때까지도 하얀 눈 모자를 쓰고 있었으며 밤하늘엔 온통 별들이 맑은 시냇가의 모래 같았다.

이곳에서 두 딸을 시집보냈고, 어머니도 하늘나라로 떠나셨다. 딸아이들이 한 번씩 다니러 왔다 돌아갈 때는, 신작로에 날리던 흙먼지가 다 가라앉을 때까지 그 자리에 마냥 서 있곤 했다. 꼭 우리 어머니가 그러셨듯이. 우리 어머니는 우리 앞에서는 항상 죄인인 듯했다. 자식들에게 그렇게 헌신하고도 뭘 그리 항상 못 해준 듯했을까. 나는 왜 그렇게 어머니 앞에서는 항상 불만스럽고 무례한 행동만 하였고 못난 모습만 보였을까? 나는 어머니 얘기를 이후론 하지 않게 되었다. 생각조차 하지 않으려고 머리를 흔들어댔다. 너무 못난 행동이 부끄럽고, 생각하면 가슴이 아프고 감정조절이 되지 않았기에. 그런데 우리 아이들은 그때의 나 같지 않게 잘해주고 있었다. 그저 면목없고 고마울 뿐이다.

이제 나이도 70이 훨씬 넘었다. 혹시 모를, 기억하지 못할 시간이 올까 봐 세 나라를 떠돌아 살아온 발자취를 생각나는 대로 적어 봤다. 2021년을 며칠 남겨 놓은 날에.

소대영(蘇大永)

1987년 아르헨티나 이민.
현재 미국 LA 거주.

11일간의 미대륙 횡단기

| 조의순(3-6) |

미국 LA에서 이민생활 13년을 한 처지에 나이 50에 또 뭔 바람이 불어 미 동부 뉴욕으로 생활 터전을 옮길 기회가 생겼다. 어차피 부초처럼 떠도는 인생이려니 하고 아예 타던 차(토요타 캠리:소나타급)를 몰고 미쿡사람들도 평생 하기 힘들다는 대륙횡단을 해보기로 마음을 굳히고 준비를 시작하였다. 특히 동행할 집사람이 고속도로는 겁이 나 운전을 못 해 혼자 몰고 가야 하는 어려움이 있었다.

미 대륙횡단은 보통 세 가지 코스(미북부, 중부, 남부)가 있는데, 록키산맥을 지나 시카고를 경유하는 북부코스를 택했다. 여름철에는 주로 북부코스(80번Interstate freeway)를 이용한다.

준비물은 차 트렁크에 아이스박스를 넣고 저녁은 모텔 등에서 간단히 취사할 수 있는 라면, 즉석밥, 김치캔, 기타... 특히 쏘주는 중간에 살 수 없으니 넉넉히 아이스박스에. 길 안내는 미 전체지도, 주별 지도, 그리고 당시엔 스마트폰이 대중화되기 전이라 길 안내 전용 스크린기기 등.

*2013년 5월 29일(1일차), 620Km 운전=아침 10시 LA를 출발, 라스베이거스(네바다주)는 많이 다녀봐서 건너뛰고 네바다주를 지나 유타로 진입하여 8시간 운전해 자이언(Zion) 국립공원 인근 모텔에서 여장을 풀었다. 차로 15분 정도의 거리라 자이언국립공원으로 향했다. 이 공원은 모하비사막과 버진강을 포함하여 지질층이 독특하다. 트레일 코스도 있었으나, 이번엔 '주마간산'. 언제 다시 올지 모르지만….

*5월 30일(2일차), 740Km 운전=국립공원 내 브라이스캐년(이곳은 그랜드캐년과는 달리 오밀조밀한 여성스러운 계곡임. 특히 온통 캐년이 붉은색을 띤 아름다움을 간직하고 있었다.) 투어버스를 타면 유명 포인트에 내려 관광을 하고 다음 버스를 이용하고, 또 다음 포인트로 이동한다. 캐년 내에 다니는 버스투어를 마치고, 다음 행선지인 록키산맥을 향해 또 긴 여정을 시작한다. 유타주 캐년랜드를 지나는데 2시간째 사람 사는 집이라곤 볼 수가 없다. 양쪽 길 모두 끝없는 황무지뿐….
이제 콜로라도주로 넘어오다. GrangJuction 도시의 모텔에서 여장을 풀다.

*5월 31일(3일차), 470Km 운전=간단히 근처 패스트푸드점에서 커피와 빵으로 아침을 때우고, 오늘은 록키산맥으로 진입한다. 70번 프리웨이를 타고 북동진. 콜로라도강을 끼고 2시간째 달린다. 주변엔 스키와 골프장의 멋진 뷰가 기를 죽이네. 이네들은 어쩜 이리 잘살까? 갑자기 눈발이 날린다. 5월 말인데. 기온을 보니 섭씨 6도. 우린 반바지, 반소매… 지금까진 계속 오르막이었는데, 긴 터널을 지나니 이제부턴 30분간 내리막… 다 내려오니 조지타운이라는 도시. 표지판에

'Rocky Mountain'이 보인다.

잠시 한눈팔았는지 교통경찰에 걸렸다. 이만저만 사정 이야기를 하고 미국 온 지 13년 동안 한 번도 위반한 적 없었다고 하자 내 운전면허를 조회해 보더니, "오케이, 굿 드라이버"라고 하며 봐준다(여담으로 이민생활 23년간 지금까지 한 번도 딱지 뗀 적 없음).

드디어 록키산맥 Easter Park 초입의 산장에 오랜만에 좋은 시설에서 쉬며 내일을 기약하며 소주 한 병 깠다.

*6월 1일(4일차), 516Km 운전=Estes Park은 록키산맥에서 휴가를 보내기에 아주 훌륭한 작은 휴양마을이다. 여기서 관광용 특수버스를 타고 20분 정도 산 정상까지 오르면 록키의 장엄한 봉우리들을 만날 수 있다. 존 덴버의 '록키마운틴 하이'를 여기서 들으니 정말 애잔한 마음이 들며 가슴이 울컥해진다.

6월인데 아직 눈이 내 키만큼 쌓여 있다. 해발 2,290m. 그러나 산 아래에서는 엘크사슴이 푸른 잔디에서 어슬렁거리며 큰 뿔을 뽐낸다. 이런 곳이라면 몇 달 푹 쉬고 싶다.

*6월 2일(5일차), 484km 운전=오늘의 일정은 무조건 사우스다코타 주로 향해 달리는 것이다. 울창한 숲을 지나 북쪽으로 계속 북상, 얼마를 지나니 왼편은 록키산맥 끝자락, 오른편은 와이오밍주 초입이다. 끝없이 목초지만 계속된다. 여긴 마을도 없고, 쉼터 공간도 없다. 정말 재미없는 주다.

드디어 재미없는 와이오밍을 지나 사우스다코타에 도착하였다.

*6월 3일(6일차), 723km 운전=러시모어산 국립 기념지에 도착. 조지 워싱턴, 토머스 제퍼슨, 시어도어 루스벨트, 에이브러햄 링컨. 러시모어조각상은 1927년부터 1941년까지 14년에 걸쳐 만들었다 한다. 바로 밑에서 쳐다보니 정말 대단한 조각상이다. 미국인들은 짧은 역사이지만 이런 역사적 가치를 잘 보존하는 듯하다.

오전에 기념관을 다 보고, 이젠 다음 목적지인 시카고로 향해 달린다. 지리학자는 아니지만 미국 대륙은 양대 록키산맥과 애팔라치아산맥을 기준으로 서쪽의 태평양 연안 도시와 사막지대를 이루다가 록키를 만나고, 동쪽 끝자락부터 대평원이 애팔라치아산맥을 만나곤 아름다운 숲이 대서양 연안까지 이어진다. 그래서 뉴저지주를 '가든 스테이트(Garden State)'라고 부른다.

*6월 4일(7일차), 470km 운전=90번 고속도로 동쪽으로, 다시 80번으로 갈아타고, 이젠 중간에 볼 관광지는 생략하고 시카고로 직행한다. 사우스다코타의 Sioux Fall에서 아이오와주 수 시티(Sioux City)까지. 여긴 대평원지역이라 많은 풍차가 돌고 있다. 중간에 존 웨인 출생지 관광표지판이 있었지만 그냥 통과. 아이오와주의 대도시인 디모인(Des Moines)에서 또 휴식.

오늘 점심에 24시 편의점 Subway에 가서 당한 인종차별: 서브웨이 샌드위치를 사면서 이것저것 토핑을 주문하는데, 종업원이 R과 L의 발음을 의도적으로 못 알아듣는 듯 딴짓을 하여 역시 중부 촌지역은 어쩔 수 없구나 했다. 다음부터는 맥도널드만 가서 "1번 빅맥", 이런 식으로 주문하였음.

*6월 5일(8일차), 490km 운전=오늘은 시카고 입성 목표. 9:30 출발하여 3시간 운전하니 "Welcome to Illinois". 80E로 향해 가다가 88 하이웨이로 갈아타고 조금 지나니 이번엔 '로널드 레이건 메모리얼 톨'이라는 유료 고속도로가 나온다. 참고로 미국 대부분의 고속도로는 무료이다. 하여튼 30분 운전하면서 5번의 톨게이트를 지나며 13달러의 요금을 냈다.

이 사람들은 도로명에 사람 이름을 잘 갖다 붙인다. 지금 내가 사는 달라스는 조지 부시 전 대통령(아버지, 아들)의 이름을 큰 고속도로에 붙이고 있다. 암튼 텍사스는 부시 가문의 아성이니까.

오후 3시경에 시카고 외곽 한인들이 많이 사는 코리아타운 근처 모텔에 여장을 풀었다. 근처 한인마켓 푸드코트에서 오랜만에 한국 음식으로 저녁을 먹고 내일 시카고 시내관광을 하기로 하였다.

*6월 6일(9일차), 386km 운전=아침부터 비가 주룩주룩 내린다. 더구나 오늘은 시카고 수로 보트 유람선관광을 하기로 하였는데… 언제 다시 시카고에 올까 싶어 강행군하기로 했다. 아침 9시 반에 모텔을 출발하여 시카고 다운타운까지 가는 길이 교통지옥이다. 전에 살던 LA도 교통정체가 심한데, 여긴 한 수 위다.

2시간 만에 시티 중심부에 있는 빌딩 주차장에 차를 맡겨놓고 시카고 리버크루즈 건축물투어 보트를 탔다. 정말 멋진 건축물들을 1시간가량 볼 수 있었다. 진정 시카고관광을 하려면 최소 3박은 하여야 할 것 같았다.

아쉬움을 뒤로하고 이번 여행의 종착지인 뉴욕으로 향한다. 시카고 출발 2시간쯤에 시간 변경선을 넘자 오후 4시가 5시로 시간이 바뀌었다.

*6월 7일(10일차), 450km 운전= 오늘은 하루 종일 동쪽으로 계속 달려야 한다. 여기 출발지는 오하이오주 모니(Maunee)시(디트로이트시 남서방향 90Km, 오대호 Erie의 서쪽 끝)로, 여기서 6시간을 운전하여 뉴욕주와 맞붙은 펜실베이니아주로 들어서다. 중간에 클리블랜드를 지날 때, 추신수의 클리블랜드 인디언스 팀도 잠시 생각이 났다.

늦은 오후에 펜실베이니아주 중부의 공업도시 클리어필드(ClearField)에 도착. 마지막 여행지 숙소에 도착하니 마음이 설렌다.

10여 일 동안 주로 모텔에서 숙박을 하였는데 요금이 70~100달러로 정말 복불복인 듯. 아침을 주는 곳도 있고(간단한 머핀, 바나나, 사과, 커피…) 너무 지저분한 곳도 있고, 사전답사를 할 수도 없고 그렇다고 잠만 자고 나오는데 매번 3,4성급 호텔도 무리고). 좌우간 오늘 마지막 숙소가 그간 숙박지 중 최악이었다. 이름도 Knight inn, 기사(騎士)가 잠을 자는 곳이라?

*6월 8일(11일차), 430km 운전=간단히 햄버거로 아침을 때우고 10시에 뉴욕으로 출발. 3시간 정도 80번 도로로 달리니 저 앞 표지판에 "Welcome to New Jersey"가 나온다. 참고로 뉴저지주는 펜실베이니아주, 뉴욕주와 경계를 이룬다. 일반적으로 한국 사람들은 맨해튼섬과 롱아일랜드섬만 뉴욕주인 걸로 생각하는데 실제로는 엄청 더 넓다. 북쪽으로 오대호(온타리오호:나이아가라 폭포)까지가 뉴욕주이다.

이제 계속 가면 뉴욕주 맨해튼으로 진입하는 조지 워싱턴 브리지(한인들은 이 다리를 '조다리'라고 부른다고 함) 사인이 나온다. 이왕 맨해튼으로 들어왔으니 뉴욕의 명물인 자유의 여신상을 보는 것으로 이번 여정을 끝맺기로 했다.

이번 여행을 하면서 간단히 느낀 점은 이 나라는 뭐든 크다는 것이다. 음료수 잔도 큼직하고, 음식도 곱빼기 정도, 고속도로는 무조건 왕복 10차선 이상, 남자고 여자고 체격이 장대하다. 하다못해 이놈들 거시기도 크다. ㅎㅎ

총 운전거리는 5,779Km. 졸작을 읽어주셔서 감사합니다.

2023.5.12. 조의순

조의순(曺宜純)

인하대 공대 조선공학과 졸.
1979~ 삼성중공업 근무.
2000년 미국 이민.
현재 텍사스주 달라스에 거주.

나의 엘살바도르(EL SALVADOR) 회상

| 김희중(3-3) |

2023년 2월에 SNS를 통해 엘살바도르 교도소 수감자들의 모습이 세상에 알려졌다. 각종 문신으로 뒤덮인 맨몸으로, 바싹 깎은 머리에 반바지 차림으로 손에는 수갑을, 발에 족쇄를 차고, 수천 명의 죄수가 짐짝처럼 다닥다닥 붙어서 신축된 초대형 교도소로 집단 이감되는 끔찍한 영상이었다. 성인 인구의 약 2% 정도인 10만여 명이 감옥에 있어서 세계에서 인구 대비 수감률이 가장 높은 나라, 살인을 비롯한 강력 범죄가 기승을 부려 대통령이 폭력조직 및 범죄와의 전쟁을 선포한 나라, 그런 위험한 나라 엘살바도르(El Salvador)에서 1994년부터 2002년까지 지냈던 기억을 회상해 보고자 한다.

1977년, 대학 4학년 졸업반 가을 학기에 취업을 준비하던 나는 당시 국가적으로 부르짖던 수출입국의 구호에 부응하여 종합상사나 수출 회사에 취업하여 해외 출장과 해외 주재원 생활의 기회를 갖는 것이 좋겠다고 생각했다. 그리고 '삼도물산'이라는 섬유 수출기업에 입사해서, 수출역군으로서 직장 생활을 시작했다.

그런데 말이 좋아 수출기업이지, 1980년대 초부터 섬유 봉제 수출은 사양 산업으로 치부되었고, 그나마 최대 수출국인 미국은 품목별로 쿼터(QUOTA)라는 총량을 기준으로 회사별 수출량이 제한되어 있었다. 회사 매출의 정체를 해결할 유일한 길로 미국과 가까운 나라에 봉제공장을 세워서 미국으로 우회 수출하는 방법을 모색했고, 마침내 1988년에 도미니카 공화국에 직장 선배의 주관으로 최초의 해외공장을 설립해 운영을 시작했다. 1991년 봄에 내가 두 번째 공장책임자로 부임한 직후, 그해 하반기부터 도미니카도 역시 미국 수출 물량이 쿼터로 묶이는 바람에 생산 및 수출 물량의 제한을 받게 되었다. 본사에서는 1992년 말에 나에게 귀국 명령을 내리면서, 해외공장의 경험을 살려서 두 번째 해외공장 설립을 계획하고 추진하라고 했다.

당시 중미에 있는 엘살바도르는 1980년부터 1992년까지 지속된 내전이 UN 중재의 평화 협정으로 끝났다. 미국이 전통적인 친미 국가인 엘살바도르에 각종 지원과 혜택을 제공하자, 몇몇 한국 기업이 선도적으로 진출하여 좋은 성과를 냈다는 소식을 들었다. 그래서 내가 1993년에 두어 번 엘살바도르에 직접 다녀오고 나서, 그곳에 두 번째 해외봉제공장을 설립하기로 내부 결재를 받았다. 수도인 산살바도르(San Salvador)에서 남쪽으로 46킬로미터 떨어진 국제공항 근처인 엘페드레갈(El Peregal)의 자유무역 공단에 공장건물을 임차하는 계약을 체결했다. 1994년 1월에 공장 책임자로 부임하여 5명의 한국인 생산관리자들과 함께 내부 시설 공사부터 시작했다. 공장을 짓는 3개월 동안 현지 공원들을 채용해서 교육과 훈련을 마치고, 5월에 첫 제품을 생산하기 시작했다.

나는 부임 전인 1994년에 TV에서 방영된 '엘살바도르'라는 전쟁 영화를 본 일도 있고, 오스카 로메로(Oscar Romero) 대주교의 일생과 암살을 다룬 영화를 보기도 했다. 저렇게 위험한 나라에서 공장을 돌려 이익을 내면서 안전하게 생활할 수 있을까 하는 걱정이 태산 같았다. 그렇지만 공장이 수도권 외곽지역에 있어서 노동력이 풍족하고, 경쟁이 될 만한 공장들이 많지 않아서 양질의 공원들을 채용하기 쉬웠다. 그들은 대부분 처음으로 직장생활을 하는, 순진한 초보자들이었다. 한 사람 한 사람 모두 내가 직접 면접을 거쳐 채용했기 때문에 모두 가족 같은 친근감을 느낄 수 있었다. 공원 대부분이 초등학교 6년 학력이 전부였고, 봉제공장의 주역인 봉제공들은 대부분 여성이었다. 재단, 완성, 검사, 기계 등 다른 부서까지 합해도 전부 1,000명의 공원 중에 850명이 여성이었고, 150명이 남성 근로자였기 때문에, 공장의 관리 여건이 양호한 편이었다.

12년 내전으로 일자리가 없이 어렵게 지내던 여성들이 새로운 기술을 배워 일하면서 돈을 벌어 자녀를 부양하려고 노력하기 때문에, 일에 대한 열정도 있고, 정해진 목표량을 달성하면 지급하는 인센티브를 받기 위해 열심히 생산량을 올리던 그들의 모든 땀과 수고에 힘입어, 8년 동안 공장책임자로 있던 나는 최고의 성과를 달성하며 전성기를 보냈던 좋은 추억이 가득하다. 설립 첫해부터 원만한 노사 관계를 유지하고 특별한 어려움 없이 연간 미화 1,500만 달러 정도의 제품을 납기에 맞추어 생산, 수출하여 바이어들로부터도 우수 공장으로 인정받았던 것도 좋은 추억으로 남아 있다.

당시 공장에서 나의 공식 호칭은 Gerente(스페인 발음으로 '헤렌떼', 영어로 Manager) Senor (Mr.) Kim이었는데, 공원들이 자기들끼리 부르는 나의 별명은 Papa Oso(빠빠 오소, 아빠 곰)라고 했다. 항상 조용하고 온유하며, 자기들에게 아버지 같은 듬직한 어른이라는 뜻으로 그렇게 부른다고 했다.

나도 공원들에게 최대한 좋은 작업 환경을 유지해 주고, 인격적인 대우를 해주려 노력했기 때문에 아빠와 같은 존재로 존경받았다고 감히 자부해 본다.

그 시절 엘살바도르의 치안상태는 좋지 않았고, 빈부 격차가 심해 정치적, 사회적 불안은 항상 존재했다. 그러나 정부 관료나 일반 국민 모두 외국 투자업체의 외국인들에게는 우호적인 태도를 유지했기 때문에 특별히 신변 위협을 느꼈던 일은 없었다. 당시 한국 투자업체는 10여 군데 있었는데, 친밀하게 지내던 200명 정도의 한국인은 대부분 한국업체의 생산 및 관리직 직원들과 가족이었다.

2002년, 대한민국이 월드컵 축구 4강 신화를 이룰 때, 우리도 해외에서 신나게 응원하던 그해에, 법정관리 중이던 우리 회사 삼도물산이, 마치 영화에서 나오는 것처럼, 사채를 끌어모은 기업사냥꾼들이자 M&A 사기꾼들에게 인수되는 일이 터졌다. 이들은 자신들의 사채를 먼저 갚기 위해 본사 건물을 비롯한 회사 소유 부동산들을 처분하기 시작했다. 회사가 파산으로 내달리는 모습이 확실히 보이던 그해 여름, 1994년의 설립부터 8년 동안 전심전력을 다해 운영했던 엘살바도르 공장책임자의 생활과 함께 25년에 걸친 직장 생활, 그리고 6년의 기러기 아빠 생활을 모두 청산하기로 했다. 그리고 1996년에 가족이 이민을 가서 살고 있던 미국 LA로 가서, 지금까지 정상적인 가장으로 생활해 왔다.

*참고 : 나무위키에서 발췌한 엘살바도르 자료

엘살바도르 공화국은 중앙아메리카에 있고, 수도는 산살바도르이다. 국토의 면적이 21,041㎢로 경상북도 정도의 크기이며, 인구는 652만 명이다. 대통령은 5년 단임제이며, 스페인어가 공용어이다. 1980년부터 12년간의 내전으로 세계 각국으로 이주한 해외이주자가 280만 명이나 되고, 대부분인 250만 명이 미국에 거주하고 있다. 해외 거주 국민이 고국으로 보내는 연간 송금 규모가 약 60억 달러에 달하는데, 이는 국내총생산(GDP)의 23%에 해당한다. 현재 대통령은 팔레스타인계 이민자 출신이며, 산살바도르 시장을 역임한 42세의 나이브 부켈레이다. 그의 임기는 2024년 6월 1일에 끝난다. 경제 분야에서 특이한 점은 2001년부터 자국 통화인 '콜론'의 유통을 중단하고, 미국 달러를 법정 통화로 사용하고 있으며, 2021년에는 비트코인을 법정 통화로 공식 채택했다.

김희중(金熹中)

연세대학교 교육과 졸.
94년부터 8년간 엘살바도르 법인장 근무.
현재 미국 LA 거주.

04

우리가 일궈온 세상

우리가 일궈온 세상

욕망과 유혹

| 김진성B(3-3) |

♡백 투 더 바이블♡

욕망과 유혹은 인생의 영원한 화두이자 반복해서 밀려오는 풀어야 할 숙제입니다. 욕망이란 게 유혹의 뿌리이니 둘은 동전의 양면인 셈이지요.

유혹은 권력보다 강력하고 뱀처럼 은밀하게 다가옵니다. 선악과의 세 가지 유혹이 뱀에서 비롯된 것을 보면 알 수 있는 일이지요. "먹음직도 하고 보암직도 하고 지혜롭게 할 만큼 탐스러운."

사도 요한은 선악과의 세 가지 유혹을 간명한 언어로 쉽게 재해석하고 있습니다. 1)육신의 정욕 2)안목의 정욕 3)이생의 자랑.

욕망은 땔감처럼 조심스럽게 관리되고 통제되어야 할 대상입니다. 욕망(desire)이라는 이름의 에너지가 화력을 벗어나면 그건 곧 정욕(lust)입니다. 명예(honor)도 자랑의 대상이 되면 그건 더 이상 명예가 아닙니다. 명예욕(desire for fame)일 뿐이지요.

그리스신화에는 세 가지 욕망의 이야기가 다양한 에피소드로 기록되어 있습니다. 황금사과와 세 가지 욕망의 이야기는 그중 하나이지요. 여신 테티스의 결혼식에 초대받지 않은 에리스(Eris)가 몰래 잠입합니다. 에리스는 이간질이나 불화를 뜻하는 헬라어입니다. 그녀는 이간질을 일삼고 돌아다니는 불화의 여신이었지요.

에리스는 연회장에 황금사과 하나를 떨어뜨린 후 그곳을 빠져나갑니다. 황금사과에는 다음과 같은 글귀가 새겨져 있었습니다. '가장 아름다운 여신에게.'

평소에 서로를 시샘하며 미모 경쟁을 하던 세 여신의 다툼은 정해진 수순이었지요. 제우스의 아내 헤라와 딸 아테나, 그리고 며느리 아프로디테. 셋 중 어느 편도 들 수 없었던 제우스는 궁여지책을 내놓았습니다. "지상 최고의 미소년이 가장 아름다운 여신을 선택할 수 있을 것이다."

자타가 공인하는 지상 최고의 미소년은 트로이 왕자 파리스. 결국 세 여신은 저마다의 미끼로 파리스를 유혹하지요. 1)올림푸스의 대표 여신 헤라는 파리스에게 막대한 재물을 약속합니다. 눈에 보이는 것들에 대한 욕망, 안목의 정욕을 자극했던 것이지요. 2)전쟁의 여신 아테나는 파리스의 전쟁 승리를 보장합니다. 명예욕, 이생의 자랑을 부추겼던 것이지요. 3)사랑의 여신 아프로디테는 파리스에게 지상 최고의 미녀를 약속합니다. 인간의 원초적 욕망, 육신의 정욕을 자극했던 것이지요.

고심 끝에 육신의 정욕을 선택한 파리스. 그는 황금사과를 아프로디

테에게 바칩니다. 그리고 훗날 스파르타 왕비 헬레나의 연인이 되지요. 하지만 금지된 사랑, 불륜의 대가는 참혹했습니다. 그리스와의 10년 전쟁 끝에 트로이 왕국은 지상에서 완전히 사라지게 되는 것이지요.

성경과 신화에는 유사한 내용들이 제법 많습니다. 1)선악과의 세 가지 욕망과 황금사과의 세 가지 욕망. 2)첫 사람과 창조주를 이간질하고 불화를 일으켰던 뱀, 그리고 이간질과 불화의 여신 에리스.

그렇습니다. 황금사과와 세 가지 유혹의 신화는 성경을 표절한 수많은 에피소드 중 하나입니다. BC 8세기 그리스신화의 원형은 바로 BC 15세기에 기록된 성경입니다. 히브리경전이 지중해의 무역상 페니키아(두로. 시돈)를 통해 유럽으로 전파되는 과정에서 픽션화한 것이지요.

그리스신화에서 세 가지 욕망의 이야기는 연작(옴니버스)입니다. 연이어 또 다른 에피소드로 이어지는 것이지요. 지중해의 사이렌(Siren)섬에는 아름다운 얼굴과 독수리의 몸을 가진 인면조 세 자매가 살고 있었습니다. 이들 세 자매가 노래를 시작하면 지나가던 배들은 어김없이 뱃머리를 사이렌섬으로 돌렸습니다. 세 자매의 매혹적인 음성과 유혹의 노랫말을 도저히 거부할 수 없었던 것이지요.
"뱃사람들아, 쾌락과 재물과 명예가 차고 넘치는 이곳으로 오라!"
도시에 사는 현대인들은 요정 사이렌을 내세우는 유혹의 상술을 매일 쉽게 맞닥뜨릴 수 있습니다. 파도형 머리 위에 왕관을 쓴 초록색 미녀, 바로 스타벅스 로고입니다. 아마도 스타벅스는 항구도시 시애틀의 뱃

사람들을 모두 유혹하여 매장으로 끌어들이고 싶었던 모양입니다. 스타벅스(Starbucks)라는 상호는 소설 '모비 딕'의 등장인물인 커피애호가 스타벅(Starbuck)을 복수형으로 바꾼 것이지요. 창업주의 인문학적 발상과 아이디어는 참으로 흥미롭습니다.

이처럼 신화는 읽는 재미와 상상력을 안겨주는 고대문학 특유의 매력을 갖고 있습니다. 하지만 그렇다고 해서 허구의 신화가 진리의 로고스를 대신할 수는 없을 것입니다. 플라톤이 흥미 중심의 신화(mythos)를 경계하고 로고스(logos)를 권장했던 것은 그 때문입니다. 신화는 다양한 유혹들을 나열하고 있지만 그 대처법에 대해서는 침묵하고 있습니다.

그렇다면 성경은 유혹에 대해 어떤 해결책을 제시하고 있을까요? 성경의 인물들은 유혹보다 훨씬 더 소중한 것으로 유혹을 물리칠 수 있었습니다. 아브라함은 풍요로운 땅을 선택하는 우선권을 조카 롯에게 양보합니다. 눈에 보이는 물질보다는 보이지 않는 관계를 더 소중히 여겼던 것이지요.

요셉은 여인의 은밀한 유혹을 물리칩니다. 정욕보다 더 소중한 영안이 없었다면 불가능한 일이지요. 다윗은 칼 대신 용서와 사랑이라는 무기로 명예를 지킵니다. 자신을 모욕하고 저주했던 시므이를 용서하는 아량을 베풀었던 것이지요.

그로부터 오백 년 후. 유대민족을 몰살 위기에서 구원하게 되는 역사적 인물이 등장합니다. 노예로 끌려갔다가 페르시아왕비가 된 에스더와 그녀의 사촌 모르드개. 이 두 사람은 베냐민지파 시므이의 후손입니다.

만약 다윗이 칼로 시므이를 심판했다면 어떻게 되었을까요? 지금의 이스라엘은 존재할 수도 없는 것이지요. 물론 성경의 인물들도 유혹에 무너지고 넘어지기를 반복합니다. 모두 나 같은 죄인이며 먼지나 재와 같은 연약한 피조물입니다. (창 18:27, 욥 42:6)

그러나 그들에게는 신화의 영웅들과는 구별되는 특별한 눈이 있었습니다. 바로 영안입니다. 육체 밖의 세계를 보는 눈으로 넘어진 자리에서 다시 일어설 수 있었던 것이지요.(욥 19:26)

"이제사 나는 탕아가 아버지 품에 되돌아온 심회로 세상을 바라본다."(구상, '신령한 소유' 중에서)

탕자의 시선으로 세상을 바라보면 극복하지 못할 유혹은 없을 것입니다. 오히려 감사와 기쁨이 덤으로 따라오곤 하지요. 성경의 인물들이 감동을 주는 것은 결코 그들의 성품이 완벽해서가 아닙니다. 그들이 영안을 회복한, 돌아온 탕자이기 때문입니다.

· 늑대 사냥꾼의 우화 ·

피냄새를 따라 추적해온 늑대는 마침내 피범벅이 된 창 하나를 발견합니다.

사냥꾼이 묻혀 놓았던 피는 혹한 속에서 어느새 피 얼음으로 변해 있습니다.

늑대는 맛있는 피 얼음을 핥기 시작합니다.

황홀한 맛에 취해 창날을 따라가면 창날이 늑대의 혀와 입술을 베기 시작합니다. 이제 자신의 피를 핥기 시작하는 늑대는 피가 자기 것임을 알지 못합니다.

베이고 핥는 과정이 반복되면서 유혹과 피의 향연은 끝을 보이지 않습니다.

외로운 늑대는 자신에게 무슨 일이 생겼는지 묻지 않습니다. 그저 서서히 피 흘리며 죽어갈 뿐입니다.

다음 날 늑대의 주검을 확인한 사냥꾼이 흐뭇한 회심의 미소를 짓습니다. 유혹에 무너진 외로운 늑대들은 우리 주변에서 쉽게 목격할 수 있습니다. 하지만 유혹이라는 이름의 늑대 사냥꾼은 눈에 띄는 법이 없습니다. 성공 혹은 쾌락이라는 신화의 탈을 쓰고 있기 때문이지요.

태평양 건너편에서 이민자로 산다는 것은 별로 재미없는 일입니다. 기울어진 운동장에서의 삶이란 항상 허전할 수밖에 없는 것이겠지요. 그래도 서로의 잘남을 다툴 일은 적은지라 마음은 평온합니다. 그래서 이곳을 재미없는 천국이라 부르는 모양입니다.

욕망을 관리할 수만 있다면 노년도 제법 아름답다는 생각을 해 봅니다.

김진성(金振成)B

고려대 경제학과 졸.
삼성물산 근무.
무역 자영업.
1998년 미국 이민.

참삶을 위하여

| 김병규(3-2) |

나는 간혹 어릴 적 모습을 떠올리곤 한다. 언젠가 초등학교 입학식장에 줄을 서서 들어가던 모습을 떠올리며, 그때는 아무 걱정도 모르던 행복한 시절이었다고 느낀다. 이제는 세상을 살면서 갖은 풍파를 겪고, 인생을 마감할 때가 다가오고 있다. 우리 세대의 부모님들은 전쟁통에 우리를 낳아, 기르고 가르치느라 많은 고생을 하셨으리라. 동기회장이 60회 동기들의 문집 발간 소식을 전하면서 원고를 의뢰하는 전화를 했을 때는 확실히 답을 못했는데, 후에 무슨 글이라도 써서 제출하자는 생각을 굳혔다. 그런데 뭘 쓰지? 무슨 주제로? 이제는 언제 죽어도 이상하지 않은 지금, 20대에 한참 고뇌하던 화두를 다시 꺼내 본다. 인생은 무엇이고 나는 누구인가? 어떻게 사는 것이 참된 삶인가?

한 번밖에 없는 삶을 어떻게 사는 것이 가장 성공적이고 보람이 있을까? 행복하고 성공적인 삶을 살다가 가기를 누구나 희망한다. 유년 시절이 지나고, 2~30대가 되어 자신의 삶에 대해서 진지하게 고뇌할 때는 앞서 살다가 떠나간 인생 선배들의 삶을 참고하게 된다.

나는 인류 역사에서 가장 위대한 인물로 예수와 석가를 꼽는다. 그들을 성자라 부르고, 위대한 인물로 숭배하는 이유는 자신의 삶을 통해서 진리의 빛과 발자취를 보여주었기 때문이다. 예수로 인해서 기독교가 시작되었고. 석가로부터 불교가 시작되었다. 그런데 지금의 기독교와 불교가 예수와 석가의 사상이라고 자신 있게 이야기할 수 있을까? 그렇지 못하니, 무수한 분파가 생기고 있다. 예수와 석가 사후 (死後)에 그들의 사상이 온전히 전해지지 못했기 때문이다. 그들 시절에 지금과 같은 과학기술, 즉 녹음이나 출판의 기술이 있었다면 우리 시대의 종교적 혼란과 진위 논쟁은 없었을 것이다. 예수 석가의 사상을 분명하고 가깝게 알 수 있었을 것이고, 진리를 찾는 귀중한 가르침을 물려받았을 것이다.

그렇다면 우리는 어떻게, 어디에서 예수와 부처의 왜곡되지 않은 사상을 배울 수 있을까? 나는 일일일생(一日一生)의 생각을 주장한 다석 (多夕) 유영모 (柳永模, 1890~1981) 선생을 소개하고자 한다. 다석은 크게 알려진 인물이 아니지만, '뜻으로 본 한국 역사'를 저술한 함석헌의 스승이었으며, 오산학교 설립자 남강 이승훈의 권유로 잠시 오산학교 교장을 역임했고, 월남 이상재 선생의 뒤를 이어 YMCA 연경반을 35년간 맡아 지도했다.

4년마다 열리는 세계철학자대회의 22차 회의가 2008년에 서울대학교에서 열렸는데, 당시 필자는 '다석사상연구회'의 홈페이지를 관리하는 자격으로 회의를 참관한 바 있다. 그때 소개된 사람에 퇴계 이황, 율곡 이이, 원효, 우암 송시열, 다산 정약용과 함께 근현대의 토착 사상가인 유영모와 함석헌이 들어 있었다. 당시 유영모와 함석헌을 소개하는 부스에 사람들이 가장 많은 관심을 보였음을 기억하고 있다.

이에 앞서 다석이라는 인물과 사상은 그의 직계 제자인 박영호 선생이 문화일보에 1993년부터 2년간 총 325회에 걸쳐 연재함으로써 세상에 알려졌다. 또 2019년부터 아주경제신문이 100회에 걸쳐 유영모 선생의 일생과 사상을 소개했고, 그의 사상을 연구하는 학자들의 인터뷰를 연재하기도 했다. 인터뷰에 응한 학자의 한 사람인 오강남 교수('예수는 없다'의 저자)는 자신의 저서인 '종교, 심층을 보다'에서 '내 안의 신'을 발견한 인류의 위대한 영적 스승 60인을 소개하면서, 우리나라에서는 다석 유영모와 함석헌을 선정하였다. 다석학회 회장인 정양모 신부(전 서강대 교수)는 "인도가 석가를, 중국이 공자를, 그리스가 소크라테스를, 이탈리아가 단테를, 영국이 셰익스피어를, 독일이 괴테를 각각 그 나라의 걸출한 인물로 내세울 수 있다면, 한민족이 그에 버금가는 인물로 꼽을 수 있는 사람이 바로 다석 류영모"라고 말하였다. 성천문화재단을 설립한 고(故) 유달영 선생은 다석을 공자보다 위대한, 5천 년 역사의 한국이 배출한 성자라고 평했으며, 생전에 매년 다석의 탄신일마다 성천문화재단에서 추모 모임을 거행했다.

우리의 삶은 내가 택한 것이 아니다. 선택할 수 있었다면 사람들이 자기 삶을 흔쾌히 받아들였을지도 의문이다. 젊은 시절 베트남에서 전쟁이 한창일 때, 총을 든 베트콩이 지켜보는 가운데 자신이 묻힐 무덤을 파는 월남 군인의 사진이 신문에 보도된 적이 있었다. 그 월남 군인은 무덤을 다 파고 나서 총을 맞고 묻혔을 것이다. 얼마나 비극적인 세상인가? 얼마 전에는 튀르키예에서 지진으로 수만 명이 목숨을 잃는 비극이 발생했다. 일본에서도 쓰나미로 수십만 명이 하루아침에 목숨을 잃었다. 그야말로 한 치 앞을 알 수 없는 것이 우리네 삶이지만, 우리는 안전하다고 믿으며 살고 있다. 하루에 40명이 넘게 자살한다는데, 이것은 OECD 국가 중에서 10년 이상 부동의 1위를 지키고 있다. 이렇게 앞날을 알 수 없고 불안한 가운데에 안심입명할 수 있는 삶은 어떤 것일까?

결국 우리는 참나[眞我]가 무엇이고, 하느님이 정말 있는지를 묻게 된다. 다석 선생에게는 독특한 삶의 모습이 여럿 있는데, 그중에서 '일일일생(一日一生) 주의'와 '없이 계신 하느님'의 사상을 소개한다. 일일일생 주의는 하루에 평생을 산다는 것인데, 독특하게 하루하루 살아가는 날을 헤아리며 산다는 것이다. 아마도 자기의 일생을 하루하루 세어가며 살았던 사람은 세계에서 다석이 유일할 것이다. 다석의 저서로는 '다석일지'라는, 일기 형식으로 하루하루의 생각을 적은 것이 유일하게 남아 있는데, 거기에 매일 살아온 날의 숫자를 기록했다. 다석은 1890년 3월 13일에 태어나서, 1981년 2월 3일에 91세로 타계해서 33,200일을 사셨다. 우리는 여든두 살 생일을 지내고, 50일만 더 살면 삼만 날을 살게 된다. 일일일생은 아침에 눈을 뜰 때 태어나서, 저녁에 잠들 때 죽는 것을 가리킨다. 예수도 "한날 괴로움은 그날에 족하니라. (마6:34)"라고 했고, 공자도 "아침에 도를 들으면 저녁에 죽어도 좋다. (논어)"고 하였는데, 이런 말이 모두 일일일생 주의에 해당한다.

대낮에 등불을 들고 다니며 사람을 찾았다는 디오게네스는 자신을 찾아온 알렉산더가 소원이 무엇이냐고 묻자, 당신이 아침 햇빛을 가리고 있으니 비켜달라고 했다고 한다. 왕과 거지의 대화이지만, 당신은 꿈속에서 왕일 뿐이고, 나는 자족의 삶 속에 있다는 긍지를 보여준 것이다. 알렉산더는 그런 자족의 삶을 사는 디오게네스를 무척 부러워하고 경외했지만, 욕심을 이기지 못하고 정복에 나섰다가 객사했다. 그야말로 꿈같은 삶이라고 하지 않을 수 있겠는가? 욕망을 절제하지 못하는 삶과 자족의 삶이 좋은 대비를 이루고 있다. 어떤 삶이 진정 바람직한 삶이고, 참으로 지혜로운 삶인지를 생각해보지 않을 수 없다. 인간은 무명의 굴레 속에 있고 지혜(반야)로 이 무명을 떨치는 것이 도를 깨치는 길이라는 것이 부처의 가르침이 아니겠는가? 차안(此岸, 相對)에서 피안(彼岸, 絶對)으로 건너가는 지혜의 말씀이 반야바라밀다(般若波羅蜜多)이다.

다석 선생은 삶의 18,888일(52세)을 파사일이라 하여 상당히 의미를 부여했다. 1은 이(1)로 나이고 8(팔)이 넷(4)이니 그대로 나의 파사(破私)일이다. 우리가 이이, 저이, 그이라고 하면 이 사람, 저 사람, 그 사람이라는 뜻이다. 즉 이가 사람을 의미하는데 ㅇ을 생략하고 그냥 작대기 하나를 그은 ㅣ도 사람을 나타낸다. 그러므로 18,888의 1을 ㅣ로, 사람으로 본 것이다. 영어도 I(아이)가 사람을 나타내고 한자도 ㅣ작대기 하나 그어놓고 사람을 나타낸다. 작대기 하나를 그어서 사람을 나타내는 것이 만국 공통의 현상이다. 그다음에 8이 네 번 연속되어 八四(팔사)인데, 公자를 파자하면 팔과 사(八과 ㅿ)가 된다. 八四(팔사)가 八ㅿ(팔사)이며 破私(파사)이다. 자신의 에고[私]를 깨뜨리고 공(公)이 되는 날이다. 공자의 지천명의 지경이 50세이다. 선생은 이 순간이 52세 되던 1월 4일이다(1943년). 이러한 체험은 참나를 보았다 하여 견성(見性)이라 하고, 삶의 목적을 얻었다 하여 득도(得道)라 하고, 짐승에서 사람이 되었다 하여 부활이라 한다.

선생은 중생을 체험한 날짜 수에 따라 자신의 실제 삶을 많이 바꾸었다. 선생은 우리 삶의 핵심이 식색(食色)이라 생각해서, 식색을 절제하는 길이 참삶의 길이라 생각했다. 음식을 섭취하지 않으면 죽기 때문에, 최소한의 양으로 생활하는, 즉 하루 한 끼씩 식사하면서 지냈다. 성생활은 삶에 아무런 영향을 주지 않기 때문에, 결혼(結婚)을 해혼(解婚)으로 바꾸어 성생활을 철저히 자제했다. 간디가 38세에 브라마차리아(독신)를 선언하고 부인과 남매처럼 지냈는데, 간디와 톨스토이를 흠모하던 선생도 같은 삶의 모습을 보여주었다. 선생은 관(棺)에서 칠성판만을 떼어서 방안에 들여다 놓고 그 위에서 생활했는데, 그것은 언제나 죽음을 잊지 않기 위해서였다. "인간은 계획하나, 하느님은 웃는다"는 말을 들은 적이 있다. 인간이 열심히 계획을 하고 꿈을 꾸지만, 하느님은 "오늘 밤에 너희를 내가 데려갈 건데."하면서 웃는다. 우리에게 죽음을 잊지 말라는 것이다. 우리가 항시 죽음과 함께 가는 존재라는 것을 잊지 않으면, 이 세상에서 그렇게 많은 분쟁도 줄어들지 않을까 하는 생각이 든다.

다석의 독특한 모습은 '없이 계시는 하느님' 하느님에 대한 신앙이다. 선생은 15세에 교회에 다니기 시작해 종교 생활을 시작했다. 그러다 22세에 교회에 다니는 것을 멈추었다. 그 이유는 선생이 오산학교의 교사로 근무하면서 만난 춘원 이광수가 노장사상과 불교를 알아야 한다고 권유했고, 또 톨스토이와 간디의 영향을 받았기 때문이다. 선생은 교회에서 가르치거나 주장하는 교리가 예수의 참 사상과 거리가 있다고 보았다. 그래서 교리를 신봉하기보다 예수의 참 사상을 찾아서 믿으려 했다. 예수의 참 사상은 불교나 노장사상과 배치될 것이 없다는 것이다. 그리고 그것은 '없이 계시는 하느님'이라는 신관을 믿는 것이다.

'없이 계시는 하느님'이 무슨 소리인가? 우리 지구는 태양계에, 태양계는 은하 우주에 속해 있는데, 그와 같은 은하 우주가 셀 수 없이 많이 모여 있는 것이 유한우주이다. 137억 년 전의 빅뱅 이후 그와 같은 우주가 생성되었고, 지금도 계속 팽창하고 있다는 것이다. 우주의 크기는 지름 약 930억 광년이고, 1광년은 빛이 1년 동안 가는 거리를 말한다. 빛은 1초에 지구를 일곱 바퀴 반을 도는 속도(30만 킬로미터)를 가지고 있으니, 그것이 930억 년을 가는 거리가 우주의 크기이기 때문에 숫자로는 나타낼 단위가 없다. 유한우주는 지금도 계속 팽창하고 있는데, 그 크기를 포함할 공간이 없으면 팽창할 수가 없을 것이다. 이 유한우주를 담고 있는 것이 무한우주이고 허공이다. 이 허공의 생명이 얼이라는 것이다.

이것이 불교에서 말하는 허공(수냐타 빔)과 같은 것이고, 노장의 무극(無極)과 같은 것이다. 빔과 허공은 얼로 살아 있다. 다석은 이 허공과 얼을 합해서 '없이 계시는 하느님'이라고 본 것이다. 예수도 "하느님은 만유보다 크다."라고 했다. 만유는 우주 전체를 가리키고, 만유보다 큰 것은 허공밖에 없다. 그다음에 "하느님은 영이시다."라고 했다. 그게 바로 얼이다. 그러므로 허공과 얼 전체가 하느님 아버지인 것이다.

다석은 이상적인 삶은 결혼하지 않는 삶이라 여겼다. 결혼한다 해도 자식을 적게 낳거나 낳지 않는 것이 좋으며, 부부간의 성생활은 빨리 졸업하라는 것이 좋다고 했다. 맹자는 '속막대언(續莫大焉)', 즉 대를 잇는 것보다 더 중요한 일이 없다고 했지만, 다석의 생각은 완전히 다르고 예수와 부처의 생각과 같다. 그래서 다석은 유교가 가족주의에 지나지 않는다고 생각했다. 자식을 낳아서 고생시키는 것이 무자비하다는 것이다. 자비로운 부모는 자식 많이 낳아서 고생시키지 않는다. 이 끔찍한 세상에 자식들 자꾸 불러내면, 그것이 무슨 자비로운 부모이냐는 것이다. 하루에도 40명 이상이 자살해 죽는다고 하는데, 내 자식이라고 자살하지 않는다는 법이 있는가?

"불교에서는 나한(羅漢) 이상이 되면 이 세상에 다시 안 온다는데, 우리는 낙제생이라 온 것인지도 모른다. 나를 낳지 않은 부모의 은혜가 더 중(重)하다. 지금보다 더 많이 낳았다면, 우리가 이렇게 활개 치고 살 수도 없지 않을까? 자식 안 낳은 점이 바로 큰 은혜다. 한 여인으로부터 평생 4백 개의 난자가 나온다는데, 그것을 다 낳는다면 어떻게 한단 말인가. 자식 못 낳는 게 불효하는 게 아니다. 이걸 내가 대담하게 선언한다. 함부로 자식 낳는 것보다 심한 부자(不慈)는 없다"(다석어록)

예수는 결혼을 인정했지만, 세상에는 타고난 고자도 있고, 후천적으로 고자가 된 사람도 있다. 예수는 하느님을 위해서 스스로 고자가 되어 결혼하지 않겠다는 것이다. 그러나 이런 일은 누구나 할 수 있는 게 아니라, 하느님에게 능력과 선택받은 사람만이 할 수 있다는 것이다. 부처님도 성기를 여자의 음부에 대려면, 차라리 독사의 입에 넣으라고 했다. 하나밖에 없는 자식 라홀라를 승려로 키워 제자로 만들었기 때문에 부처님의 자손은 끊어졌다. 독신을 장려하면 인구가 줄고, 자손이 끊어지면 인구가 멸절할 것을 걱정하지만, 사람은 그와 같은 정신이 들기 전에 벌써 일이 벌어지고 난 뒤의 일이 되는 것이다. 그와 같이 인간의 성에 대한 욕구는 대단히 끈질기고 집요한 것이다.

심리학자 데이비드 호킨스(David Hawkins)가 인간의 의식 수준을 룩스라는 단위를 써서 17단계의 밝기로 나누었다. 제일 아래가 어둡고 위로 올라갈수록 밝아진다. ①20룩스(수치심, 굴욕), ⑨200룩스(용기, 긍정, 원기 왕성), ⑰ 700~1000룩스(깨달음, 언어를 넘어선 경계, 순수의식)로 나누었다. 제일 아래의 부정적 단계인 ①수치심과 굴욕에서 중간 단계인 ⑨번째 200룩스가 되면서 부정적인 에너지가 긍정적으로 바뀌게 된다. 부정적 사고에서 벗어나 긍정적 사고로 넘어가게 된다. ⑰번째 700~1,000룩스가 예수 석가 등 깨달은 성인들의 의식 수준이라는 것이다.

다석 선생의 사상은 「씨알-다석 유영모의 생애와 사상」(1985 홍익제)이라는 책을 통해서 처음으로 세상에 알려지게 되었고 처음 접하게 되었다. 가뭄에 단비처럼 그 사상과 말씀에 동화가 되었고 지금까지 또 앞으로도 그 힘으로 하루하루를 맞이하고 싶다. 좀 더 일찍 다석 유영모라는 성인의 삶과 사상을 알게 되었다면, 어렵고 힘든 사상적 시행착오도 적었을 것이고, 정신 성장에도 많은 도움을 받았을 것으로 짐작하게 된다.

다석 선생은 타계 전 몇 년간은 치매 상태로 전혀 사람을 구분하지 못했다. 그런 중에도 항시 무릎을 꿇고 앉아 가끔 '아바디'를 부르며 찾았다. 그것은 예수님처럼 하느님 아버지를 부르는 것이기도 했다. 아! 는 인간의 입에서 처음 나오는 소리이자, 모음을 대표하는 소리이다. 바는 밝다는 뜻이고, 디는 선생은 진다는 지보다 딛고 일어선다는 디를 선호하셨다. 그래서 아바디라는 말씀이 다석일지의 여러 곳에서 나타난다.

다석 선생은 누구인가? 2,500년 전 예수와 석가의 사상을 분명하게 밝혀서 알려주신 분이고, 진리의 말씀을 남겨주신 분이다. 순수하게 한글로 철학을 하신 우리나라 고유의 토착 사상가이다. 다석 선생은 예수를 믿음으로 신앙의 길로 들어섰지만, 흔히 다원주의자라고 여겨지는 분이다. 그러나 다원(多元)이란 있을 수가 없고 진리가 둘이 될 수가 없다. 眞(진)이 둘이면 엎어질 顚(전)이 된다. 일원다교(一元多敎)가 맞는 말이다. 하느님(전체)은 한 분이지만 도달하는 길은 여럿이 있다. 예수는 하느님을 아버지처럼 믿은 분이지, 자신을 하느님으로 생각한 것이 아니다. 부처님도 달을 가리키는 손가락이었지, 자신을 믿으라고 했던 분이 아니다. 우리가 예수님 사상을 바로 알고 믿으면 전혀 다른 종교와 다투고 분쟁할 까닭이 없다. 지금도 종교분쟁이 곳곳에서 벌어지지만, 우리가 모두 죽어가는 불쌍한 가엾은 인간들이고 서로 간에 연민 의식을 느끼고 불쌍하게 여길 일인 것이다.

다석 선생은 이 땅 5천 년 역사에 예수, 석가와 같은 깨달음의 반열에 오른 성인이라고 직계 제자 박영호는 말한다. 우리가 2천~3천 년 전의 예수 석가와 같은 깨달음의 반열에 오른 다석 선생의 사상을 과학 문명이 비약적으로 발전된 오늘날 더 분명한 언어로, 또한 우리 언어로 공부하고 배울 수 있는 기회를 얻었다는 것은 더할 수 없는 영광이라고 할 수 있다. 우리가 아는 바와 같이 서구에서는 기독교가 쇠퇴해서 문을 닫아가고 있는 형국에 있고, 미국에서만 근본주의자 위주로 그 명맥을 이어가고 있다고 한다.

한국에서는 아직 성행하고 있지만, 한국도 세계의 물결을 거스를 수는 없을 것이고, 진리보다는 맹신에 가깝다고 한다면 쇠퇴해지는 날이 올 것이다.

다석 사상을 통해서 더욱 명확하게 예수와 석가의 사상을 조명할 수가 있다. 참다운 삶, 성공적 삶, 후회 없는 삶이란 무엇인가? 이 꿈같은 세상 삶에서 깨어나 참나를 알아서, 거짓 나에 속아서 희로애락을 일삼는 비참한 삶에서 벗어나 진리로 자유하는 삶을 살자는 것이다.

하느님만을 그리워하면서 살자.

거기에 인생의 즐거움과 행복과 보람이 함께함을 믿는다.

김병규(金炳圭)

고려대학교 경영학과 졸.
1977~2008 엘지 하이트론 등 근무.

신천옹(信天翁)

| 함철훈(3-7) |

지난 3월 친구들로부터 글을 보내라는 요청을 받았을 때 참 난감했습니다. 마침 준비해 오던 일이 묘하게 겹쳐 그 일에 몰두할 때였고, 그 내용 또한 그동안 살아왔던 삶의 기준을 바꾸는 일이었기 때문입니다. 살다 보면 그렇게 나름 중요한 일이 한 시점에 모일 때가 있는데, 친구들이 잘 아는 것과 같이 아둔한 저에게는 양적으로뿐 아니라 질적으로도 내 능력의 한계를 통감하며 쩔쩔매고 있던 바로 그때였습니다.

구체적으로 변명하자면 그동안 준비하던 논문의 마지막 결론의 매듭을 짓고 있을 때였으며, 또한 목사 고시를 한 달 앞두고 있었습니다. 목사 고시는 지금까지 해왔던 공부처럼 지식을 더해 모르는 부분을 채우는 게 아니었습니다. 오히려 내가 갖고 있는 선입견을 지우는 일이었습니다. 논문 또한 내 생각을 풀어내는 일이 아님을 알게 되었습니다. 이미 세상에 검증받은 남의 이론으로 내 생각을 전하는 방법을 취합니다. 객관적으로 인정받기 위해서는 어쭙잖은 나의 생각을 함부로 주장하지 말라는 것입니다. 거기에 논문의 주제까지 '케노시스-스스로 비움'이니 이를 어찌합니까?

그래서 회장님과 총무님에게 다음 기회로 미루어 달라고 양해를 구했지만 다음이란 없고 오히려 시간까지 더 배려해주면서 격려의 빛까지 되받게 되었습니다. 내가 파악한 목사 고시의 주제를 구구히 다시 풀자면 지금까지 살면서 세워온 자기중심적 사고를 버리고 성경에 기록된 하나님의 말씀으로 나머지 삶의 기준을 세우는 것입니다. 논문에 대해서는 준비해 오던 제목을 그대로 옮기면 내가 하려는 말이 더 이해가 될 것입니다.

논문 제목입니다. 'VWI의 사진 미학인 케노시스와 VWI를 통한 예술 선교 연구-A study on kenosis, the photographic aesthetics of VWI, and art mission through VWI'입니다.

여기서 VWI는 1996년부터 내가 운영하고 있는 사진학교이니 결국 내가 추구하고 있는 추상 사진미학인 자기 비움(케노시스)에 대한 것입니다. 논문에서는 사진에 대한 기존 미학 이론이 미천하기 때문에 유서 깊은 예술가를 예로 들었습니다. 그렇게 선행 연구로 영국의 국민 화가 윌리엄 터너(J.M.W. Turner 1775~1851)를 시작으로 인상파 화가들을 넘어 추상화의 아버지 격인 칸딘스키(Wassily Kandinsky 1866~1944)까지.

그리고 음악가로는 많은 화가들, 특히 추상파 화가들이 추앙한 세바스찬 바흐(Johann Sebastian Bach 1685~1750)와 인상파 음악을 창시하고 완성한 자유로운 프랑스의 영혼 드뷔시(Claude Debussy 1862~1918)를 지목했습니다.우리나라의 예술가로는 침향무를 작곡한 가야금 명인 황병기와 최순우 님의 달 항아리를 연결했습니다. 물론 그렇게 접근하는 중 추상 사진에 대해 언급하신 한정식 선생님의 논문도 인용하였습니다.

목사 고시에서의 논문과 설교는 '테오파니'(theophany신현-피조물에게는 감지되지 않는 하나님의 존재가 인간에게 보이도록 스스로 드러내시는 신비)와 보이지 않는 하나님이 스스로를 비우셔서(kenosis) 우리 인간의 눈에 보이게 드러내셨다는 내용입니다. 이 일에 대한 다양한 기록이 있지만 그 정점은 성육신(incarnation)이며 한마디로 "그는 근본 하나님의 본체시나 하나님과 동등됨을 취할 것으로 여기지 아니하시고 오히려 자기를 비워 종의 형체를 가지시어 사람들과 같이 되셨고 사람의 모양으로 나타나셨으매 자기를 낮추시고 죽기까지 복종하셨으니 곧 십자가에 죽으심이라"입니다. 여기에 언급된 '자기를 비워'가 '케노시스'이고 '나타나셨으매'가 '테오파니'인 것입니다. '테오파니'에 대해서는 논문 마지막 부분의 주석에서 인용합니다.

"말로 표현하지 못할 신비한 일들이 세상에는 많기에 예술가들은 각기 자신의 방법으로 그것을 아름다움으로 드러내려고 노력한다. 화가는 그림으로, 음악가는 소리로, 조각가는 입체적 형체로, 그리고 시인은 시로 표현한다. 그처럼 VWI는 빛으로 하나님의 아름다움과 영광을 드러내기 위한 연구소이다. 기치는 '하나님의 마음에 합한 사진'이다. 또한 VWI사진 미학의 궁극은 '하나님의 눈으로 세상을 보는 것'이다. 이번 2023년 5월 목사 고시의 한 과목으로 받은 논문 제목인 '테오파니에 대한 성경적 예증과 견해'는 그래서 나에게 예상하지 못했던 유익이었다."

목사 고시에는 설교문 작성이 한 과목으로 있습니다. 거기에 아름다운 우리 친구 조건래에 대한 사연을 예로 넣었기에 여기서 나눕니다. 설교의 제목은 '이상한 나라 연작 중(中)-이상한 나라 천국의 포도원' 가운데서 건래와 관련된 일부입니다.

"내가 사진 촬영을 위해 떠나는 여행지는 오지라 불리는 곳이 많습니다. 문명으로부터 벗어난 지역이라 불편한 점도 많지만 그만큼 우리 삶의 폭을 넓게 볼 수 있습니다. 그렇게 피엔지(PNG)라고 불리는 파푸아뉴기니 원주민에게 농사법과 돼지 사육을 전해주기 위해 정글에서 그들과 같이 사는 우리 젊은이들을 만났습니다. 우리의 꿈나무들입니다. 그만큼 그 정글 속에서 사는 사람들의 삶은 나의 생각과는 많이 다른 이상한 나라입니다. 그렇게 이상한 나라 이웃에 나의 오랜 친구가 살고 있습니다. 뉴질랜드 남섬의 끝자락 남극해와 닿아 있는 생소한 이름의 더니든(Dunedin)입니다. 두 번이나 비행기를 갈아타고 저는 친구를 만날 수 있었습니다. 친구가 보금자리를 튼 곳은 바닷가 한적한 마을입니다. 친구와 두 딸, 그리고 그의 아내와 함께 맞는 바닷바람은 순하고 조용했습니다. 왜 여기까지 왔는지? 우리 세대는 그렇게 살았습니다. 많은 말이 필요 없었습니다. 손을 잡으니 단번에 알 수 있었습니다.

다음 날 친구가 안내한 곳은 넓은 바다가 한눈에 보이는 높은 절벽 위였습니다. 절벽 끝에는 등대가 있었고 커다란 새들이 많이 있었습니다. 처음 본 새였는데 가까이 다가가도 별로 피하는 기색도 없이 하던 일을 멈추지도 않는 이상한 새였습니다. 뒤뚱거리며 걸어가는 녀석은 제 길을 가고, 졸고 있는 녀석은 뭐가 좀 모자라는 바보처럼 보였습니다. 부리를 아예 몸 깊이 묻고 자고 있는 녀석은 무슨 배짱인지 내가 곁에 가서 눈치를 줘도 꿈쩍도 하지 않습니다. 그래서 나는 그 새를 아주 가까이 자세히 볼 수 있었습니다. 이렇게 야생의 큰 새를 자세히 보기는 처음이었습니다. 몸의 크기에 비례해 부리도 아주 컸지만 다른 새들처럼 뾰족한 구석이 없이 둥글넓적해 위협적이지 않았습니다. 그런데 한 녀석이 잠자기도 지겨웠는지 기지개를 켰는데, 정말 놀랐습니다. 그러지 않아도 큰 몸에 날개까지 펴진 것입니다. 하늘을 나는 새가 이렇게 클 수 있다니! 바로 그 유명한 알바트로스입니다. 세상에서 가장 커다란 새, 그래서 다른 새와 달리 날개를 두 번 접어야 하는 그 전설의 새입니다. 우리 동양에선 신천옹(信天翁)이란 이름으로 불리는 새입니다. 참 이상한 나라의 이상한 새입니다.

그리고 나는 돌아와 친구가 보여준 이상한 바보새 알바트로스에 관심을 갖게 되었습니다. 알바트로스가 왜 절벽 위에 살고 있는지도 알게 되었습니다. 큰 몸이 날기 위해서입니다. 보통 새들은 자신의 날갯짓으로 날기 시작하지만, 알바트로스는 몸이 크고 무거운 데다 날개까지 두 번 접혀 있어 날기 위해 날갯짓을 할 수가 없는 새입니다. 그래서 높은 절벽에서 자기가 날 때를 기다리는 새입니다. 먼저 몸을 띄울 바람이 불어야 합니다.

그래서 바람을 기다리다, 바라던 바람이 왔을 때, 바로 그때 높은 절벽에서 몸을 던지는 것입니다. 그렇게 떨어지다가 가속도가 붙고 맞바람이 몸을 띄울 만큼 세차지면 그때 두 번 접힌 큰 날개를 쫙 펼치는 것입니다. 땅에서 바보 취급을 받는 새이지만, 하늘을 믿는 늙은이 신천옹 알바트로스는 그렇게 기류를 타고 나는 하늘의 왕자가 되는 것입니다. 다른 새들처럼 날기 위해 그리고 날면서도 날갯짓을 하지 않습니다. 바람에 몸을 맡기고 바람과 하나 되는 새입니다. 기류를 높이 탄 어느 녀석들은 지구를 반 바퀴 돌고 온다는 기록도 있습니다."
왜 건래가 내게 이 새를 보여주었는지! 건래를 아는 우리 친구들은 고개를 끄덕일 것입니다.

여기는 불가리아 소피아에서 샌프란시스코로 가는 비행기 안입니다. 3일 전 인터라켄(Interlaken)에서 목사 안수를 받고 돌아와 학위 수여식에 참여하기 위해 아내와 함께 가는 2023년 5월 13일 토요일입니다. 여기와 샌프란시스코의 시차는 마이너스 10시간이고 나는 속도는 거의 천 킬로미터라는 인간이 감당할 수 없는 스피드입니다. 이스탄불에서 갈아탄 비행기는 북극을 향해 북서쪽으로 올라가다가 그 끝 꼭짓점에서 다시 남서쪽으로 방향을 바꾸게 됩니다.왼쪽 창으로는 석양과 새벽하늘의 노을이 보이고 오른편으로는 까만 밤으로 이어지는 항로입니다. 모니터로 중계되는 지도에 북으로는 유럽의 끝 베르겐(Bergen)과 남으로는 스타반겔 파로에(Stavanger Faroe) 사이를 지났고, 곧 오른편 북쪽 파로에 아이슬랜드 리지(Faroe Iceland Ridge)와 왼편 남으로는 잰 마엔 리지(Jan Mayen Ridge)로 명명된 북대서양(Atlantic Ocean)과 북극해(Arctic Ocean)가 만나는 지역 섬마을을 지상 1만973 미터로 통과하겠다고 안내됩니다.
12시간이 넘는 비행시간입니다. 이 기회를 그냥 지나치면 회장님과 총무님이 베풀어준 마감 시간을 또 놓칠지도 모른다는 부담감이 다가옵니다. 내일부터는 또 예정된 일정으로 바빠집니다. 의무감으로 노트북을 꺼내 자판을 보며 눈을 감으니 혜화동 분수 로터리의 동양서림, 우체국과 중앙미유주유소로부터 교문까지 이어지는 길이 떠오릅니다. 글을 써야 한다는 부담이 어느새 행복감으로 바뀌었습니다. 우리 친구들의 얼굴이 보이며 붉은 벽돌 건물 2층 우리 반 창을 훌쩍 넘어 자란 목련꽃이 있고 성북동으로 올라가는 담에 가득 피어나는 아까시의 달콤한 향과 새소리보다 더 청아한 우리들의 목소리가 들렸기 때문입니다. 우리 삶의 아름다운 시절이 비행기 안에서 그려집니다. 오십 년도 더 지난 우리들의 교정을 볼 수 있고, 아까시 향내를 맡을 수 있고, 물소리 바람 소리 같은 우리들의 정겨운 소리를 들을 수 있습니다.

그렇게 우리는 이제 꽤 오래 살았습니다. 아버지를 넘어 할아버지나 될 법한 나이도 지났습니다. 그런데도 아직 할 일이 많이 남아 있습니다. 사람의 반쪽으로만 살아왔기 때문입니다.

우리끼리는 막힐 얘기가 없는 거리낌 없는 사이기에 조금은 어색한 말을 꺼냅니다. 우리 보성고등학교는 남학교입니다. 그런데 세상에 남자는 절반입니다. 나머지는 여자입니다. 그런데 나는 그 절반인 여자를 모르고 살았습니다. 알려고도 하지 않았고 그냥 무심하게 살아왔는데 이제 그 반쪽인 여자를 배워야겠습니다. 개인적인 이야기지만 아내는 여자로 태어나 평생 남자인 나를 신랑으로 섬겼다는 것이 무엇인 줄 이제야 조금 눈치채게 되었습니다.

여자로 태어나 신부로 산다는 것이 무엇인지 남자로 살아온 우리가 애써 공부해야 할 구체적인 내용입니다.

이제 나에게 목사의 일과 논문으로 풀어 본 신부의 영성을 이제 남은 삶 내내 배워가겠다는 생각을 전하며 저의 졸필을 맺으려 합니다.

보성 60회 친구들과 다시 만나면 마음속 깊은 얘기를 더 나누고 싶습니다.

함철훈(咸喆勳)

사진작가.

나의 사상과 문화 산책

| 한병선(3-5) |

1. 내가 '사상과 문화'를 처음 느낀 때는 속초초등학교 6학년 때로 기억한다. 담임 박보근 선생님은 미술 시간에 종소리를 그리라고 하셨다. 어떤 학생은 교회 종을 그리고 다른 친구는 학교 종을 그렸다. 모든 학생들이 종을 그렸다. 그러자 선생님은 까만 크레용으로 동심원을 그린 작품이 소년 국전의 특선 작품이라고 하셨다. 나는 순간, 뒤통수를 때려 맞은 충격이 왔다. 사물의 핵심을 모르고 껍데기만 보았던 것이다. 이렇게 해서 나의 마음속에 사상과 문화라는 단어가 착상하게 된다.

2. 속초중학교 3학년 때 과외 선생님이셨던 손정의 님은 문화, 가치관, 세계사에 대해 자주 말씀하셨다. 나는 영어, 수학 수업 대신에 이런 이야기를 더 해달라고 졸랐다. 그리고 많은 질문을 했던 것으로 기억하고 있다. 이 시기가 나에게 있어 사상과 문화에 대한 호기심을 자극했던 시기였던 것 같다.

3. 보성고등학교에 입학하여서는 괴상한 친구를 만나게 된다. 이제는 너무 오래되어서 이름도 잘 기억나지 않지만, 그 친구의 모습은 아직도 생생하다. 키가 크고, 잘생기고, 웃을 때 친근감을 주던 친구였다. 아쉬운 것은 그 친구와 1년도 함께하지 못했다는 것이다. 그 친구가 검정고시를 쳐서 대학으로 바로 간다고 자퇴를 했기 때문이다. 그 친구는 항상 겨드랑이에 '신동아' 또는 '사상계'를 끼고 다녔다. 문화 충격이었다.

나는 당장 '신동아', '사상계'를 샀다. 읽고 또 읽어도 진도가 나가지 않았다. 고통의 시간이었다. 학교 공부는 완전히 뒷전이 되었다. 또, 이 당시에 기독교 명화가 많았다. 스파르타쿠스의 난을 주제로 한 영화(커크 더글러스 주연)에 또 충격을 받았다. 로마군이 주동자 스파르타쿠스를 잡으려고 할 때, 주위의 모든 노예들이 내가 스파르타쿠스라고 나서는 장면이 충격적이었다. 그것은 휴머니티였다. 또한 자유를 위해서는 목숨도 버리겠다는 의지였다. '자유'가 평생 내 마음속에 최고의 사상으로 자리 잡는 순간이었다.

4. 보성고등학교는 나에게 사상과 문화의 토대와 밑거름이 되어주었다. 교정 앞 커다란 하얀 목련 그늘은 베르테르의 감성을 느끼게 해주었고, 월례 전교 조회시간의 기미 독립선언문 낭독은 내 피를 뜨겁게 했다. 내가 다니는 학교가 기미 독립선언문을 만들고 인쇄, 배포한 장소라니... 내가 그 선열들의 후예가 되어 그 중심에서 공부하고 있다니... 나는 이제 나도 모르게 사상과 문화의 중심에 들어와 있는 것이다. 이 당시 모든 선각자, 독립운동가들의 사상과 문화는 자유, 평등, 평화였다. 자연스럽게 나도 이 물결에 합류하게 된다.

5. 김포세관에서 입국 여행자 검사 업무를 할 때의 일이다. 1980년대는 모든 수하물에 대해 전량 검사를 할 때이다. 나는 가방 속보다는 컨베이어 벨트 주변의 동태를 감시하거나 사람들의 인상과 태도를 보고 검사하는 편이라 다른 직원들보다 일손이 빨랐다. 당연히 내 검사대 줄이 빨리 줄어드니 새치기도 종종 있었다.

그날도 점잖으신 분 앞으로 어떤 사람이 새치기하는 것을 보고 뒤로 가시라고 안내하고 그 점잖은 분을 검사하는데, 화선지가 몇 롤 있었다. 그림을 그리시냐고 하니 서예를 좀 한다고 했다. 얼굴을 보니 대가의 모습이 풍긴다. 검사할 필요가 없는 분이다. 검사가 끝났으니 가시라고 했다. 아마도 화선지 양이 많아 통관이 안 될까봐 걱정을 많이 하셨던 듯하다. 그리고는 대만 친구에게 주려다 만나지 못해 못 준 작품인데, 이 작품 주인이 당신인 것 같다고 하며 조심스럽게 봉투 하나를 건넸다. '근도핵예(根道核藝)'라 쓰여 있었다. 도에는 뿌리가 있어야 하고 예술에는 핵이 있어야 한다는 뜻이다.

이 글귀가 관세청에서 일을 처리함에 있어 내 평생 마음의 지표가 되었다. 몇 년 후 표구점에 가서야 우리나라 최고의 서예가 중 한 분인 장전 하남호 선생의 작품임을 알게 되었다. 장전 선생과는 묘한 인연이 있는지 그 후로도 우연히 2~3번 정도 입국장에서 뵙고 인사드린 적이 있다.

6. 일본을 통일한 오다 노부나가를 통해 길의 중요성을 이야기하고자 한다. 역사책에는 도요토미 히데요시가 일본을 통일하고 임진왜란을 일으켰다고 되어 있지만 실제로는 노부나가가 98% 통일하고 직전에 암살당하는 바람에 이 암살사건을 수사하는 과정에서 히데요시가 정

권을 잡고 통일하게 된다.

노부나가가 부친으로부터 영지를 물려받을 당시 노부나가 성은 아주 작은 영지에 불과했다. 노부나가는 통행세를 폐지하고 상인들이 마음대로 드나들 수 있도록 했다. 신하들은 통행세를 폐지하면 재정이 파탄 난다고 극렬히 반대했다. 그러나 통행세를 폐지하고 얼마 지나지 않아 상인들이 노부나가 성으로 몰려들기 시작한다. 여관이 생기고 주막이 붐비고 유곽이 생기고 상품의 구색을 맞추기 쉬워지니 도매점도 생겨난다. 이렇게 번 돈으로 네덜란드 상인으로부터 조총을 구입한다. 나중에 이 총이 임진왜란 때 우리를 겨누게 된다.

이 당시는 일본도 우리나라와 마찬가지로 서양 상인들과의 무역을 배척하던 시기였다. 서양 상인들은 조선 청나라 일본 영주들과 자유로운 무역을 하자고 문을 계속해서 두드렸다. 그러나 노부나가만이 서양인들과의 무역을 장려했다. 제한이 없었다. 노부나가는 길을 열었다. 길을 열면 흥하고 길을 막으면 쇠퇴한다는 원리를 몸소 실천한 인물이다.

7. Pop은 세계적인 유행 음악이다. 우리가 젊었을 때는 미국과 영국의 Pop이 전 세계를 휩쓸더니 요즘은 K-pop이 전 세계를 휩쓸고 있다. 왜일까? 궁금했다. 옛날에는 Pop의 공급 루트가 두 가지였다. 라디오 LP판 공연을 통한 수요자용 루트와 미 8군 스테이지와 미 본토 공연을 통한 세션들의 공급자용 루트이다.

아시아에서 미군이 주둔했던 곳은 한국, 일본, 필리핀이었다. 그런데 왜 유독 한국만이 Pop이 발전한 것인가? 이는 지리적 접근성 때문이다. 한국은 용산, 동두천 등 수도권에 미군 부대가 있어 세션들, 즉 최고의 실력 있는 연주자들이 모여들었고 일본과 필리핀은 아주 멀리 지방에 주둔해 있어 2~3류 세션들이 드나들었다. 두 나라의 문화가 만나 새로운 문화를 만들어 낼 때 최고의 고수들이 어우러져 만들면 최고의 음악이 될 수밖에 없다. 신중현 조용필 패티김 등 최고의 아티스트들이 미 8군에서 연주하면서 미 본토 Pop을 몸으로 배우고 익혀 후일 훌륭한 작품을 만들게 된다. 이처럼 쉽게 접할 수 있는 길이 열리면 문화는 발전한다.

8. 관세청 일이 너무 재미있어서 일에 푹 빠져 10년을 보낸 어느 날 문득, 역사적으로 또 국제적으로 가장 핫했던 인기 상품은 무엇이었을까 궁금했다.
-초원길을 통한 동서 문물 교류:가장 오래된 동서 횡단길이며 유라시아 북방 초원지대를 통과한다. 이 시기 핫한 첨단 아이템은 청동기 문화, 유리 제품, 말이었다.
-비단길을 통한 문화·문물 교류:비단길은 로마가 쇠퇴하고 중동 지역이 융성하면서 개척된 길로 비단, 차, 낙타, 제지술의 교역로다.
-바닷길을 통한 동서 문화 교류 절정기:비단길과 비슷한 시기에 개척된 길로 도자기, 향료, 차, 나침반, 선박 건조 기술 등이 핫 아이템이다.

9. 우리나라는 역대 3대 교역길의 동쪽 끝 종점이었다. 고조선 시대 이후로 쭉 이 길들을 통하여 우리나라에 불교, 기독교, 이슬람교, 간다라 미술 등 사상과 문화가 교류되었다. 고대 우리나라는 초원길의 혜택을 가장 많이 받아 4천년 이상 사상과 문화의 번성기가 유지되었

다.

그런데 이 길이 막히게 되는데 이는 원나라 때부터 시행되어 명나라 때 절정을 이룬 중국의 해금(海禁) 정책 때문이다. 해금 정책이란 바닷길을 제한하는 것이다. 해금 정책을 시행한 목적은 이 당시 유럽에서 선풍적 인기를 끌던 도자기 무역을 극소수의 특정 업자에게만 독점권을 부여함으로써 세수및 뇌물 경제 확대와 뇌물행위가 소문나지 않게 하기 위해서 시행한 것으로 보고 있다. 나중에 청나라 시대에도 차 무역 업자에게 같은 수법으로 독점권을 주고 은으로만 결제하도록 함으로써 아편전쟁의 단초를 제공하게 된다.

당시 아편은 불법이 아니었다. 부자들만이 누릴 수 있는 특권이었다. 큰 틀에서 보면, 서방 세계와 중국은 현재까지도 자유시장 경제 원리와 왕조시대 보호 무역주의를 내걸고 몇백 년째 대립하고 있다. 우리나라의 경우, 중국과는 바닷길로 하룻길이지만 육로로는 3개월 이상을 가야 한다. 해금 정책으로 문물이 막히며 조선의 사상과 문화도 쇠퇴하기 시작한다. 그 결과, 조선말 쇄국정책으로 나라까지 빼앗기는 수모를 당하게 된다.

10. 모든 사상과 문화의 어머니는 '길'이다. 개인, 사회, 국가 모두 길이 막히면 쇠퇴하고 길이 열리면 융성한다. 내가 젊은 시절 신봉했던 자유, 평등, 평화의 사상도 길이라는 어머니의 젖을 먹고 자란다는 사실을 깨달은 것이다. 동시에 내 직업에 대한 자부심과 긍지를 가지게 되었다. 나는 평생 세상의 국제 문물을 조절하는 것을 업으로 하며 살지 않았던가?

나는 관세청에서 근무할 때, 수출입 밸브와 외환 밸브를 가능한 한 많이 열어야 한다는 개혁파였고 그로 인해 상사들과 많은 대립을 했었다. 그러나 나의 신념은 지금도 변함이 없다. 공직 생활 내내 자유와 길 신봉자로서의 삶을 산 것에 나는 대단히 만족한다.

한병선(韓秉善)

KDI 국제정책대학원.
KAIST 경영대학원.
관세청 부이사관 퇴직.

나의 아버지 소설가 강석근

| 강 윤(3-5) |

먼저 이런 자리를 마련해주신 전북문학관 김영 관장님과 직원분들에게 여기 참석한 저의 가족들과 같이 감사의 인사드립니다. 이분들, 특히 조카들의 도움으로 '한국인'의 재출간과 50년 전의 자료들을 수집할 수 있었습니다. 유품 자료들을 관리, 태블릿 PC 등에 정리하는 수집 등 모든 것이 혼자서는 쉽지 않았을 것이라 생각됩니다.

나는 '낭포'라는 낱말이 좋다. 아늑해야 하는 것이 포구라면 바람이 일고 물결이 이는 그 포구는 아늑함 속에서도 움직임과 발전과 설렘이 있을 것이기 때문이다. 또 낭자는 낭만과도 통한다. '고' 자를 붙이니 더욱 좋았다. 전보는 강윤(장남) 방 '고낭포'앞으로 왔다.

아버님 회고 중에서 강석근 이름이 아닌, 유일하게 제 이름이 나오는 순간입니다. 1966년 서울신문사에서 '한국인'이 장편소설 당선작으로 선정되었을 때의 회고입니다.
아버님은 '한국인', '휴전선', '징계맹경외애밋들' 등 3권의 장편과 10

여 편의 단편을 8년 동안 열심히 발표하셨습니다. 교직에 오래 계시면서 결핵약 파스의 장기 복용이 간에 영향을 주어서, 제가 군에서 제대하던 1975년, 50세의 젊은 나이에 돌아가셨습니다.

단편소설은 장편을 쓰시면서 그동안 모아놓으신 자료와 구상을 토대로 '현대문학'(당시는 월간) 등을 통하여 발표하셨습니다. 항상 우리 시골집 시원한 대청마루와 평온함을 좋아하셨습니다. 제가 어릴 때 대청마루 끝쪽에서 그랜드피아노 같은 3단 보면대의 책상에서 집필하시던 모습이 보기 좋았습니다.

몸이 좋지 않아 시골집에 계시는 동안 추석 명절 때면 농악대와 같이 땀 흘리며 장구를 치시던 모습이 눈에 선합니다. 말년에 '징게맹경외애밋들'을 1부로 마감하는 것을 안타깝게 생각하셨습니다.

제 생각에는 '한국인', '휴전선'은 아버님 자신의 문학에 대한 열정을 쓰신 것 같고, '징게맹경외애밋들'은 고향에 계신 저의 할아버지, 당신의 아버님 생애를 기억하며 고향을 향한 애틋한 심경과 그리움을 쓰신 것으로 생각합니다.

위의 자료들을 50년 동안 보관하기도 쉽지 않았습니다. 이런 어려움을 어떻게 아셨는지 전북문학관의 소선녀 작가님이 발품으로 제게 연락이 닿았습니다. 이제 전시와 보관을 통하여 전북문학관(전주)에서 여러 사람이 접할 수 있게 되었음을 다시 한번 감사드립니다.

솔직히 소선녀 작가님이 연락하시기 전에는 전북문학관의 존재를 알지 못했습니다. 아버님 자료를 전하려고 지난달 처음 방문했습니다. 좀 더 홍보가 되고 활성화되었으면 하는 바람입니다.

제가 아는 SNS 등 채널을 통해 문학관 홈페이지(www.jbmunhak.com) 방문 권유 등 제가 아는 사람들이 공유할 수 있는 공간을 통하여 활성

화에 도움을 주고자 합니다. 홈페이지에서 아버님의 작품들을 링크할
수 있는지도 상의하고 싶습니다.

2년 후인 2025년은 아버님의 탄생 100주년입니다. 여기 계신 분들
과 협조하여 아직 찾지 못한 단편 자료들을 보충해 나가겠습니다. 다
시 한번 이런 자리를 마련해 주신 모든 분들께 감사드립니다.

고맙습니다. 2023. 4. 25. 강 윤

또 발표 울렁증이 발동한다. 많은 사람들 앞에 서서 마이크만 잡으면
생각과는 달리 떨리는 목소리로 소리가 작아지고 앞에 있는 사람들이
안 보인다. 천천히 하고 싶은데 자꾸 빨라진다. 이러면 안 되는데….
자꾸 작아지는 느낌, 에이 그냥 흘러가는 대로 빨리 끝내는 수밖에,
앞에 앉아있는 소수의 사람만 들을 수 있는 이대로 가는 수밖에. 그러
다가 제대로 인사도 못 하고 내려왔다.

전북문학관 작고문인 아카이브 '지평선의 작가들'에 새로 추천된 전
북 출신 작가들의 유품 전시 및 추모 강연에서 아버지를 위한 자리를
마련해준 전북문학관에 감사하며 친척들과 함께 즐거웠던 추억을 이
야기하며 잘 하고 싶었는데 아직도 잘 안 된다.

그래도 가는 비가 오는 날씨에도 새벽에 출발하여 10시에 시작되는
추모 강연을 위하여 참석한 형제들과 친척들은 그동안 고생했다며 이
런 자리가 아니면 우리가 언제 즐거운 시간을 같이할 수 있겠느냐며
반겨주신다. 우리 부부는 감사의 인사를 드리며 같이한 모든 분들과
즐거운 시간을 가졌다.

아버님 별세 이후 소설 초본과 원고들은 낡고 오래된 박스에 담겨 50
년 동안 열 번 이상의 이삿짐 속에서 천덕꾸러기로 변했다. 장남인 나

혼자만의 기억에 가끔 생각나 꺼내 보던 소설가 아버지의 깨알같이 작은 손글씨로 써 내려간 메모들, 이것들이 모여 단편, 장편소설이 되는 모습이 신기했다.

고등학교 재학 중 방학 때 아버지 원고를 대학로에 있던 현대문학사에 가지고 가면 당시 주간이셨던 백철, 박화성, 황순원 씨 등이 어린 나를 반갑게 받아주시며 나이보다 젊어 보이는 아버지의 왕성한 창작 활동을 칭찬하시던 기억이 새록새록 떠오른다. 절친이시던 김동인 선생님도...

내가 제대하고 대학 2학년에 복학할 1975년 5월에 돌아가셨으니 손자들은 물론 내 아내도 아버지의 생전 모습을 보지 못했다. 내가 늙으면 누가 이 초고와 원고 등에 관심을 가지고 보관할 수 있을지 장담할 수 없다는 생각에 구석에 처박혀 있는 추억들을 점점 멀리할 수밖에 없었다. 이번 전시회를 준비하며 이제는 우리들의 시대가 아닌 아들들과 조카들의 만남의 시간을 마련하도록 하는 것이 우리가 할 일이라고 생각한다.

그동안 아버님의 대표작인 '한국인'은 혼자서 10년 이상의 한글워드 작업과 조카의 편집으로 책을 다시 재발간하게 되었다. 2017년 9월 둘째 아들의 결혼식 기념품으로 500여 명의 하객에게 나눠주었다. 필요로 하는 도서관과 학교, 여러 독서모임과 스터디그룹에서 같이 사용할 수 있어서 나름 다행으로 생각한다.

올해 3월 갑자기 아버지를 찾는 전화가 왔다. 그동안 한 번도 찾는 사람이 없었는데.... 아무도 살지 않는 시골집과 나의 할아버지 선영을 찾아가 그 옆에 살던 이장댁에서 내 전화번호를 받았다고 연락한 사람은 전북문학관 상주작가 '소선녀'라고 했다.

카톡으로 명함을 보내면서 4월에 전북 태생 작고 문인을 찾아 유품 전시 및 보관을 해주겠다는 설명. 잠시 멍해졌다. 반가운 마음과 어깨의 짐을 덜 수 있다는 기대감. 초고만 가지고 있을 뿐 그동안 책들과 발표한 작품들을 다 버리고, 찾지 못한 부분도 많은데.

다음 달 전시 예정이니 현재 가지고 있는 자료를 먼저 3월 안에 주면 4월 초부터 전시할 예정이라고 했다.

어디에 그 박스를 두었더라. 세 박스를 간추려 한 박스로 정리했었는데.... 다행히 사무실 창고 안에서 박스를 발견하고 다시 한번 내용을 살펴보면서 정리했다. 나의 졸업장과 대학 입학금 8만 원 영수증 등... 내 사주도 나왔는데 20세 전에 죽을 상이라 빨리 동생을 낳아야 한다는 내용이다. 그러나 70세를 넘겼으니 그 점쟁이가 돌팔이인지 내 기가 센 건지....

아버님 초고와 원고들, 출판을 앞두고 교정 중인 수정본들, 작품을 연재했던 한국일보 신문 모음, 100만 원 고료 당선인증 상장, 누이들과 동생들 집에 있는 책과 자료들을 체크하고, 모자라는 부분과 예전의 책은 헌책방 사이트를 검색하여 구매하고, 재발간한 '한국인' 책을 기증하여 그날 참석자들에게 나눠주기로 하였다.

장편소설은 3권으로 어느 정도 자료가 준비되었는데 10여 편의 단편소설은 자료가 안 보이네. 국립도서관, 국회도서관을 가서 복사를 하든지 해야지. 막상 예약을 하고 방문하면 검색하는 시간이 더 걸리고 직원이 자료를 찾아와도 눈으로 스캔하고 복사만 되니 다시 작업을 해야 되나?

단편을 제일 많이 발표한 현대문학사를 찾아갔다. 그동안 논현동으로 이사했는데, 무작정 방문하여 1960~1970년 당시 아버님 관련 자료를 찾았다. 담당자가 지방 출장으로 없어 다음 날 다시 찾아가 면담한 끝에 1년 정기 구독으로 전의 자료를 PDF로 받을 수 있었다.

강석근(1925~1975)의 '현대문학' 발표작

1. 1966. 6.(No.138) 파문-신문응모 장편소설 당선작가 특집
2. 1967. 3.(No.147) 제2의 표적(標的)
3. 1968. 3.(No.159) 봄
4. 1969. 2.(No.170) 소상(塑像)
5. 1971. 8.(No.200)~1972. 10.(No.214) 징게맹경외애밋들
6. 1973. 9.(No.225) 비 오는 날
7. 1975. 4.(No.244) 사소도

내가 처음 보는 단편도 있었다. 전체를 USB에 담아 보관하고, 조카의 태블릿PC에 설치하고 4월 1일 그동안 모은 자료를 가지고 차량 2대로 전북문학관으로 갔다. 자료를 처음 보는 조카들은 신기해했다. 그래도 우리가 가지고 간 자료는 보관상태도 좋고 양도 많다고 좋아하는 직원을 대하니 그동안 보관하기를 잘했다는 생각을 하였다.

평생을 교단에서 계시던 아버님을 기억하는 제자들 중에는 시인 작가로 등단한 분도 있다. 문철상 시인은 중학교 2학년 때 국어 담당 선생님의 칭찬으로 시단에 데뷔할 수 있었다고 회고하고 있다. 당시에는 여러 사람에게 영향을 주어 문단에 데뷔를 했다고 소설가 윤흥길 같

은 분도 회고록에서 밝히고 있다.

* * *

내가 부탁드리고 싶은 것은 한 번만이라도 핸드폰이나 PC로 전북문학관 사이트를 방문하여 회원으로 등록하고, '전북의 문인들' 중 '해방~1980년대' 32번 강석근을 검색하여 읽어 주시면 나를 기억하는 것으로 알고 감사드리겠습니다. 현재 위의 단편들을 PDF로 만들어 이 사이트에서 검색 가능하도록 홈페이지 작업 중입니다.

모든 작품이 가로가 아닌 세로로 되어 있습니다.

보성 60회 졸업하신 모든 분들이 옛날의 소설을 읽으시며 뱁새눈이 아닌 횟목 눈으로 크고 맑은 눈을 가지시기를 기원드립니다.

2023. 5. 1. 강 윤

https://blog.naver.com/munhakwan/223110422705

강 윤(姜 潤)

고려대학교 화학공학과 졸.
성신양회 근무,
오피스타운 서초점.
아직 문구점 운영중.

나의 음악 유랑기

| 김덕년(3-1) |

어릴 적 학교에서 호구조사를 하면, 취미란에 가장 흔히 써넣던 것이 '음악감상'이 아니었나 싶다. 대개 특별한 취미도 없고 성실하게 그 칸을 채울 생각도 별로 없을 때, 습관적으로 쓰던 게 음악감상이었다. 나도 취미란에 아무 생각 없이 음악감상이라고 썼던 기억이 많이 있다. 그런데 그 시절 무심코 쓰던 음악감상이 지금에는 노년기 나의 삶을 지탱해주는 '음악 광상'이 될 줄이야 꿈에나 상상했을까? 참 아이러니한 일이다.

보성의 중학교, 고등학교를 거치는 동안 음악을 특히 좋아하기는 했다. 며칠 전 우리 1반 반창회 모임에 모처럼 나갔는데, 친구 김진규가 "네가 보성중학교 때, 박일환 선생님 음악 시간에 비틀스의 '예스터데이'를 불렀다."라고 얘기해서 즐거운 회상에 잠긴 적이 있었다. 그러고 보니 중학교 시절부터 팝송을 즐겨 들었던 것 같다. 당시 밤 10시부터 MBC 라디오에서 방송되던 임국희의 '밤을 잊은 그대에게'라는 프로그램을 열심히 들었던 기억이 있는데, 진행자가 임국희인지 누군지는 전혀 관심이 없었다. 그저 촉촉하고 우수에 찬 듯한, 묘한 목소리에 끌려, 정신 못 차리고 매일 밤 열중해서 들었다. 나중에 서른 가까운 아줌마란 얘기를 듣고 크게 실망했다. ㅎ

고등학교 2학년 때는 몇몇 죽이 맞는 친구들과 음악감상실을 드나들었다. 방과 후–어떤 때는 수업 도중에 담장의 개구멍으로 나와서–교복과 가방은 학교 앞 단골 라면가게나 가까운 친구네 집(주로 혜화동 권오근네 집)에 처박아 놓고, 미리 준비한 사복으로 갈아입은 다음 종로에 있는 '디쉐네'나 명동 미도파 백화점 4층에 있던 '미도파쌀롱'에 자주 갔다. 그렇게 즐거운(?) 고교 시절을 보낼 수 있었던 것이, 지금 생각해보면, 우리 학교가 다른 학교와 달리 머리를 기를 수 있었기 때문이 아니었나 한다. 그 시절에는 고교 교사들이 순번을 정해 교외지도한다고 시내 중심의 유흥가를 돌아다녔는데, 한번은 종로 한복판에서 체육과 김덕수 선생님을 멀리서 발견하고 단체로 줄행랑을 친 적도 있었다. ㅎ

그때 자주 가던 종로 우미관 근처 뒷골목의 '디쉐네'는 젊은 시절의 디스크자키 이종환이 그때 이미 구수하고 해박한 팝송 해설과 입담으로 인기를 얻고 있던 곳이었다. 학교 땡땡이치고 오후 내내 한나절 이종환의 재치 있는 입담을 즐기며 음악을 듣고, 소형 스포츠 담배 한 갑을 싹 비우고 오는 재미가 쏠쏠한 시절이었다. 명동에 있는 '미도파쌀롱'도 제집 드나들듯 했다. 그곳은 일반적인 음악감상실이 아니라 클럽스타일이었다. 밤에는 어른 상대의 카바레였고, 낮에는 젊은이들 상대로 라이브 공연이 열렸다. 당시 인기 있던 그룹사운드들이 번갈아 출연했다. 훗날 인기를 누린 듀엣 '뚜아에무아'의 남자 멤버 이 필원이 그룹 '가이즈앤돌즈'의 멤버로 출연했고, 지금 정훈희의 남편 김태화도 그룹 '라스트 찬스'의 멤버로 출연했었다.

그때를 회상하면 지금은 고인이 된 친구 이용을 잊을 수 없다. 참 멋있던 놈…. 살아 있으면 참 재미있었을 텐데…. 가끔 유튜브에서 롤링 스톤스의 '크라이 투 미'나 라이처스 브라더스의 '유브 로스트 댓 러빙 필링' 등의 노래를 들으면 그 시절 생각이 떠올라 혼자 미소를 짓곤 한다. 이 두 노래는 당시 거기 출연하는 모든 그룹이 자주 불러서 특히 기억에 남는다.

그렇게 보성학교를 졸업하고 미대에 진학한 직후에는 고교 때와 너무 다른 분위기에 적응하기 어려웠다. 그래도 음악 좋아하는 몇몇 선배를 알게 되면서, 팝송 일변도이던 내 음악 상식에도 변화가 일어났다. 밥 딜런이나 피터 폴 앤 메리 등 포크 계열 가수들도 처음 알게 되었다. 특히 서양화과 상급 학년이던 김민기와 친해져, 음악 얘기도 많이 나누고, 그가 공연하던 소극장에 가서 그의 노래를 자주 들었다.

당시 서울대 미대의 분위기는 유행하던 청바지, 통기타, 생맥주 문화의 영향으로 미술대학인지 음악대학인지 분간이 어려울 정도였다. 여기저기 기타 가방 메고 다니던 학생 중에 나중에 유명해진 김민기, 이정선, '현경과 영애'(이들은 미대 동기생이었다.)도 있었다. 음악을 좋아하던 나도 빠질 수 없어서, 낙원동 악기 가게에서 싸구려 기타를 하나 구해서 그 대열에 합류했다. 기타는 처음이라 교본 하나 구해 배운, 간단한 코드 몇 개 치는 정도 실력에 지나지 않았다. 그래도 야유회나 회식 자리에서 여자애들한테 잘 보이려고, 땀 뻘뻘 흘려가며 팝송을 흥얼거리던 기억이 난다.

1학년 겨울 방학하기 며칠 전에 과 대표 여자애가 내게 다가오더니, 주말에 광교의 서린호텔에서 졸업생 사은회가 있다고 했다. (그 시절에는 4학년 졸업생들이 그동안 가르쳐줘서 고맙다고, 교수들을 모시고 호텔 연회장을 빌려 행사를 하는 게 관례였다.) 내게 기타 들고 가서 노래 좀 할 수 있겠느냐? 하는 것이었다. 잉? 무대에서 노래를 하라고? 깜짝 놀라 이게 어떻게 된 일이냐고 되물었더니, 이유인즉 지난가을 야유회 때 내가 기타 치며 노래를 불렀는데, 그때 뒤에서 듣고 있던 김민기가 괜찮았다고 하면서 이번에 한번 출연시켜 보라고 했다는 것이었다. 이런 행사는 이 바닥에서 유명한 김민기가 주로 맡아 한다고 했다. 학교에서 노래 좀 부르는 애들을 골라 무대를 꾸미는 방식으로 진행했다고 하는데, 이번에는 나를 선택한 모양이었다. 출연료도 섭섭지 않게 준다니까 일단 하겠다고 했다.

사람 많은 데서 망신은 당하지 말아야지 하는 생각으로 열심히 연습해서 무대에 섰다. 다행히 가사도 안 까먹고 무사히 노래를 마치고 내려왔는데, 지금도 기억나는 건 예상외로 컸던 박수 소리와 환호성이었다. 내 노래 실력을 빤히 아니까 그 환호가 조금 의아했다. 나중에 알아보니 '코튼 필드'라는 곡을 원본과 다르게, 엄청 빠른 속도로, 로큰롤 스타일로 부른 게 호평을 받았다고 했다. 어쨌든 박수도 받고 출연료도 챙겨서 흐뭇한 마음으로 행사장을 나와, 버스정류장으로 향하는데 뒤에서 누가 불렀다. 김민기였다. 무슨 일이냐고 물었더니, 이번 주말에 연건동 치과대학 강당에서 열리는 서울대 전체 여학생 축제인 '여울제'에 출연하라는 것이었다. 그제야 나는 이 사람이 내가 이런 식으로 노래 부르는 스타일을 좋아한다는 것을 깨달았다.

나는 마음을 가라앉히고, 그 행사에 누가 출연하느냐고 물어봤다. 조영남, 양희은, 서유석, 트윈폴리오, 김세환, 어니언스 등 TV에서 보던 유명 통기타 가수들 거의 모두가 나온다고 했다. 아마 김민기가 다 섭외한 듯했다. 나는 또 한 번 놀란 가슴을 진정시키면서, 그런 무대에 어떻게 내가 나갈 수 있느냐고 되물었더니, 각 단과대학의 학생들도 많이 출연하니까, 아까 부른 것처럼만 하면 아무 문제 없다고 했다. 그렇게 그 무대에 출연한 후에 나는 소위 '캠퍼스 싱어'가 되어서, 각 단과대학 축제, 각종 학교 행사, 모임 등(왜 그리 많았는지?)에 초대받았다. 약간의 돈을 버는 재미에 이리저리 정신없이 뛰어다녔던 기억이 난다.

특히 매주 토요일 저녁에는 명동에 있는 가톨릭대학교 부설 여학생회관 1층의 '해바라기 홀'에서 그룹 공연에 참여했다. 서강대 다니는, 가창력이 뛰어난 여학생 싱어가 한 사람 있었고, 내가 전부터 친분이 있던 홍익대 디자인학과에 다니면서 캠퍼스 싱어로 활동하던 이광조가 합류해 5명이 그룹을 만들어 매주 공연했다. 주로 밥 딜런이나 김민기, 피터 폴 앤 메리 등 포크 계열의 노래를 불렀고, 나는 화음과 기타 반주를 맡아 했다. 리드 싱어 두 사람의 가창력과 화음이 꽤 인기가 있었는데, 나중에 그 당시 유명했던 PD 이백천 씨의 소개로 TBC 라디오 음악프로그램에 출연한 적도 있었다. 한번은 방송이 끝난 후 이백천 씨가 장발 머리 자르고 TV에 출연할 수 있겠냐고 제안해서, 그룹 멤버들이 논의하다가 결국에는 거절했던 기억이 난다. 혹시 그때 머리를 자르고 TV에 출연했었다면 몇몇 사람의 인생이 바뀌었을지도 모르겠다.

재미있는 건 그 당시 방송에 출연하기 전에 멤버들이 우리도 그룹 이름을 하나 짓자고 해서, 내가 그냥 우리가 노래 부르는 홀 이름 해바라기가 어떠냐고 했다. 그렇게 적당히 만들었던 그 이름이 수십 년 동안 끈질기게 이어지면서, 아직도 활동하고 있다는 점이 신기할 따름이다. 어느 토요일의 정기 공연에는 김수환 추기경이 소문을 듣고 구경 오셨다. 양희은의 '아름다운 것들'을 좋아한다고 해서, 추기경과 같이 부른 게 기억에 남는다. 언젠가 인터넷에서 호기심으로 해바라기를 검색해 본 적이 있는데, 약력 난에 초창기 해바라기가 1973년 명동 가톨릭회관에서 이정선, 이주호, 한영애, 김영미가 4인조 포크 그룹으로 활동을 시작했다고 되어 있었다. 그런데 그룹 이름을 여자 선교사 한 분이 해바라기로 지어 줬다고 써 놓은 걸 보고 실소를 금할 수 없었다. 나는 해바라기에서 6개월 정도 활동한 후, 기타를 잘 치던 미대 선배인 이정선한테 인계하고 떠났다. 그게 그들에게 운명처럼 잘 들어맞고, 또 둘이 죽이 잘 맞아 계속 활동하면서, 이정선과 이광조라는 가수가 세상에 알려지게 된 것도 재미있는 일이다.

그 시절 재미있는 일화가 또 하나 있다. 2학년 가을 어느 날 안동에 있는 서울대 ROTC 학군단 훈련소에 위문공연을 갈 기회가 있었다. 김민기, '현경과 영애', 각 단과대학 출연자들과 함께 기차로 안동으로 내려가는 길이었다. 기차여행이 지루하니 기타 치며 노래도 하고 게임도 하는 도중에, 느닷없이 '현경과 영애'의 현경이 즉석에서 번갈아 노래 만드는 게임을 하자고 했다. 그래서 내 순서가 왔을 때 장난삼아 한 곡을 기타 반주로 만든 것이 훗날 '현경과 영애'의 음반에 실린 '얘기나 하지'였다. 안동 공연을 마치고 돌아온 후 어느 날 학교에서 현경이가 나한테 그때 기차에서 만든 노래 중 하나가 마음에 들었으니, 가사까지 붙여 줄 수 있겠느냐고 했다. 자기들이 그즈음 방송 출연이 부쩍 늘어나 일반인에게 알려지기 시작하니까, 어느 음반사에서 음반을 의뢰해 왔다고 했다. 평소에 부르는 노래는 거의 팝송의 번안곡이기 때문에, 음반을 내려면 자신들의 오리지널 곡이 몇 개는 있어야 한다는 것이었다. 김민기도 노래 한 곡을 주기로 했다고 한다.

나는 서슴없이 승낙하고, 그날 저녁에 대충 곡에 가사를 붙여 봤다. 지금도 그날이 생생히 기억나는 게, 기차에서 장난삼아 곡을 만들었듯이 가사도 한두 시간 안에 일사천리로 완성한 것이었다. 지금 생각해도 신기한 일이지만, 젊은 시절 풍부한 감성의 결과가 아니었나 싶다. 그도 그럴 것이, 김민기의 대표작 '아침이슬'이나 '친구' 등을 고교 시절에 만들었다는 것을 봐도 알 수 있다. 사실 나는 그 곡 '얘기나 하지'를 별로 좋아하지 않는다. 솔직히 말하자면, 급하게 만든 티가 어쩔 수 없이 여기저기 보이고, 멜로디도 너무 단조롭기 때문이다. 가사도 운율에 억지로 맞추려고 어색해진 부분이 많다. 그래서 그 후에 어쩌다 노래할 기회가 있을 때 나는 그 노래를 부른 적이 없다.

세월이 지나 내가 서울예고에 재직하고 있을 때 김민기가 찾아온 적이 있었다. 오래간만에 만나는지라 반가워하면서 함께 식사하는데, 도중에 그가 얘기를 꺼냈다. 요즘도 노래를 만들고 있느냐고 물어보면서, 자기가 어린이 뮤지컬을 하나 만들려고 하는데, 내가 참여할 수 있느냐는 것이었다. 그때 문득 떠오르는 생각이 '야, 김민기는 나를 여러 번 놀래키는구나!'였다. 아마 '현경과 영애'의 음반에 실린 곡을 보고, 내가 작곡을 계속하고 있다고 짐작해서 나를 찾아온 모양이었다. 나는 노래를 만들어 놓은 것도 없고, 참여할 능력이 안 된다고 정중히 사양했다. 후에 김민기는 혜화동 대학로에 뮤지컬 소극장인 '학전'을 개관하고, 30여 년이 지난 지금까지도 어린이 뮤지컬을 꾸준히 공연하고 있다. 적자를 안 보는 해가 없다고 들었는데, 무슨 수로 지금까지 버텨오고 있는지 신기할 따름이다. 아마 아동 뮤지컬 외에 포크 콘서트나 그나마 조금은 알려진 '지하철 1호선'의 공연 등으로 명맥을 유지해 온 것 같다. 정말 김민기는 대단한 사람이라고밖에 말할 게 없다.

다시 내 얘기로 돌아가자. 나는 여러 이유로 결석을 많이 해서 졸업을 못 할 지경에 이르렀는데, 다행스럽게도 골치 아픈 애 빨리 내보내자는 학교 측의 고마운(?) 결정으로 유급하는 일 없이 무사히 졸업은 하게 되었다. 사실 나는 미대를 4년 다니는 동안 좋은 친구, 좋은 선배들 만난 것 외에는 학교에 별로 애정과 흥미가 없었다. 이유는 여러 가지이지만, 첫째가 당시 미대 교수라는 사람들의 수업에 임하는 태도였다. 서양화과 교수 중에는 우리나라 미술사에도 나오는 유명 화가들이 많았는데, 명성과는 달리 그들의 수업행태는 지금 생각해도 말이 안 되는 것이었다. 예를 들면 아침 수업 시간에 조교가 들어와서 출석을 부르면 그날 수업 끝이었다. 그냥 학생들이 알아서 온종일 그림을 그리는 것이었다, 그래도 젊은 교수나 시간강사의 강의는 수업이 이루어졌지만, 지금은 기억이 가물가물하다.

지금도 미대 동창들 모일 기회가 있어서 대화를 나눌 때 가장 많이 나오는 이야기가 그 당시 교수들의 직무 유기에 가까운 행태이다. 3학년 때, 어느 원로 교수가 한 학기 내내 교실에 안 나타난 적이 있었다.

아까 아침에 학교에서 봤는데, 어디 처박혀 나타나지 않고 있나 궁금했다. 그래서 내가 총대를 메고 교수실로 혼자 쳐들어갔다. 약간은 화가 나서 노크도 하지 않고 방문을 확 열었을 때 화들짝 놀라 나를 쳐다보던 그 교수의 당황한 표정이 아직도 생생하다. 옆에는 아는 조교 선배가 같이 있었는데, 그 선배는 이 상황이 재미있었는지 씩 웃고 있었다. 그 교수는 조교와 같이 소위 '기록화'라는 것을 그리고 있었다. 기록화는 박정희 시대에 국가적 경제발전의 여러 모습을 그림으로 그려서 후대에 남기자는 의도로 유명 화가나 조각가들에게 의뢰해서 작품을 제작하는 것이었다. 아마도 서울대 미대가 국립대학이니까 의뢰가 더 많이 들어온 것 같다. 그 교수는 물량이 밀리니까 수업은 제쳐두고 큰 돈벌이를 하는 셈이었다. 게다가 대부분을 조교를 시켜 그리게 하고 있었다. 민망한 모습이 불편했던지, 교수가 얼굴을 붉히고 버럭 화를 내면서. 당장 나가라고 호통치는 모습을 보고 뒤돌아섰던 기억이 아직도 생생하다.

졸업 후 운 좋게 졸업미전에 출품했다 퇴짜(?)맞았던 작품이 나중에 인정받아서 이우환, 박서보 등 한국의 내로라하는 작가들의 그룹에 초청받아 십여 년 작품활동을 했다. 단조롭게 그림 그리는 게 싫증이 나서, 설치작업이나 비디오 등 영상작업을 주로 했다. 별로 만들어 놓은 것도 없고 작품 수도 많지 않은데, 그때는 희귀한 분야였기 때문인지 여기저기서 전시 초대를 많이 받았다.

재미있는 것은 1980년대 초반에 덕수궁 국립현대미술관에서 열리는 '청년 작가전'에 내가 선정됐다는 것이다. '청년 작가전'이란 것은 지금도 이름만 바꿔서 국립현대미술관에서 열고 있다. 현대미술 분야에서 소수의 화가를 엄선하는, 젊은 미술가라면 누구나 뽑히고 싶은 꿈의 전시회였다. 그런데 나는 시큰둥했다. 왜 그랬는지 지금은 나도 잘 이해가 안 되지만, 아마 몇 년 동안 그 동네에서 유명하다는 현대미술가들과 직접 대면하고, 그 바닥을 경험하면서 느낀 여러 모순과 현대미술에 대한 실망감이 복합적으로 작용했던 것 같다.

작품 2점을 출품하라 했는데, 나는 1개만 출품했다. 그것은 영상작품을 설치할 때 사용했던, 접었다 폈다 하는 다리가 달린 스크린이었다. 다시는 이런 작품 안 하겠다고 결심하면서 칼로 스크린을 쫙 찢어서 작품으로 제출했다. 그걸 작품이라고 보내고 나서는, 저런 큰 전시에 이렇게 출품해도 되나 하고 은근히 걱정하기도 했다. 아니나 다를까, 현대미술관 관장이던 김세중(서울대 미대 학장 역임, 광화문 이순신 장군 동상 제작) 교수가 내 작품을 보고 불같이 화를 냈다는 뒷얘기를 들은 적이 있다. 그 이후 나는 더 이상 그 바닥을 기웃거리지 않았다. 나도 미대 출신이고 미술을 사랑하지만, 지금까지도 현대미술이란 게 과연 무엇이며, 우리 삶에 무슨 도움이 되는지 잘 모르겠다.

반면 음악에 대한 나의 관심은 점점 더 커져서, 그동안 선호했던 팝이나 포크 계열 장르에서 어느 때인가부터 재즈 음악 쪽으로 바뀌었다. 아마 30대 후반에 우리나라에서 꽤 인기가 있었던 케니 G를 비롯한 퓨전재즈의 영향을 받지 않았나 싶다. 사실 퓨전재즈는 정통 재즈가 아니고, 팝과 재즈의 중간 정도로 볼 수 있는데, 그 시절에는 낯설었던 묘한 분위기의 선율에 흥미를 느껴 CD를 사서 자주 들었다고 기억한다. 그때부터 점점 재즈의 세계에 빠져들어, 주말이면 이태원에 있는 '올댓재즈'라는 재즈클럽에서, 지금은 고인이 된 정성조 씨의 색소폰 연주를 듣곤 했다. 정성조 씨의 연주 스타일과 음악이 귀에 익어서인지, 지금도 비밥 스타일의 1950년대나 60년대의 부드러운 정통 재즈를 선호하고 있다.

대학교 때 재즈를 좋아하던 친구 하나가 창덕궁 근처에 있던 '공간'이라는 건물 지하의 '공간사랑'에서 길옥윤 재즈 연주회가 있다고 해서 따라갔지만, 두 시간 내내 시끄럽고 지루해서 혼이 났던 기억도 있다. 그 이후 재즈 근처엔 얼씬도 하지 않겠다고 다짐했는데, 정성조 씨 공연을 보고 그렇게 되었으니 참 희한한 일이다.

재즈는 처음엔 다가가기 매우 어렵지만, 귀에 익숙해지면 빠져나오기 힘들고, 점점 깊어지는 정말로 묘한 음악이다. 굳이 미술과 비교하자면, 추상미술의 전개와 비슷하다. 예를 들어 우리가 잘 아는 몬드리안의 작품 '나무' 시리즈에서 사실적인 나무가 점점 추상적으로 변형되어 가듯이, 재즈 연주자들이 처음 연주하는 평범한 곡들(재즈 용어로 '헤드'라고 부른다)이 각 파트 연주자들의 즉석 연주로 아름답게 변해가는 과정이 재미있고 흥미진진하다. 또 다른 예를 들자면 요리 경시대회에서 주최 측이 제공한 같은 재료를 가지고, 각 요리사가 제각각 맛이 다른 자기만의 음식을 만드는 과정과도 비슷하다. 프랑스 샹송 '어텀 리브스'나 '서머 타임' 같은 스탠더드 곡의 재즈 버전을 들어보면 재즈의 전개 과정을 쉽게 이해할 수 있다.

음악을 자주 들으니까 오디오에도 관심을 두게 된다. 나는 운이 좋은 편이어서, 30여 년 전에 용산전자 상가에서 구입한 영국제 명품 스피커 하나가 지금도 고장이 나지 않고 내 귀를 호강시켜 주고 있다. 요즘은 예전처럼 CD를 사서 듣지는 않고, 유튜브에 올라오는 전 세계의 유명 재즈 그룹이나 빅밴드의 연주 실황을 핸드폰에 저장해서 듣는데, 핸드폰에 저장된 파일이 어떻게 즉석에서 우리 집 홈씨어터 오디오에 연결되는지 신기하다. 예전에는 상상도 못 했던 현실이 아닐 수 없다. 요즘은 디지털 녹음 기술이 발전해서, CD와는 비교할 수 없을 정도로 좋은 음질과 현장감을 생생하게 즐길 수 있다. 대형화면으로 전 세계 유명 연주자나 밴드의 연주 실황을 고화질, 고음질로 직접 보고 들으니, 예전 오디오로 음반이나 CD를 단조롭게 듣는 것과는 완전히 다른 세계이다.

앞에서 음악감상이 나이 들어서는 '음악광상'이 되어버렸다고 언급했듯이, 재즈 감상은 지금 내 일상에서 나도 모르게 큰 비중을 차지해 버렸고, 또한 가장 큰 즐거움이 되었다. 집에 있는 날에는 내가 좋아하는 엘지팀의 프로야구 중계나 저녁 뉴스 한 시간 외에는 온종일 음악만 듣는다. 잠을 잘 때도 볼륨만 약간 줄여놓은 채 자야 잠이 올 지경이다. 가끔은 내가 연주자가 되어, 무대 위에서 트럼펫 같은 악기를 들고 서 있는 꿈을 꾸기도 한다. 어떤 때는 너무 빠져버린 것 같아 살짝 걱정스럽기도 하지만, 마약이나 알코올 중독보다는 훨씬 낫다고 스스로 위안하기도 하고…. 무엇보다 늘그막에 심심할 때 이게 무슨 횡재인가 싶기도 하고…. 또 이런 즐거움이 노년의 건강에 약간이라도 도움이 되지 않을까 슬쩍 기대하기도 하고.

나는 미술대학을 졸업하고 평생 미술을 업으로 살아오긴 했지만, 혹시라도 누가 미술과 음악 중에 하나를 선택하라고 한다면, 주저없이 음악을 선택할 것 같다. 내가 살아오는 동안 경험한 '음악'은 장르를 불문하고 모두 경이로웠으며, 인간이 행복하게 살아가라고 하늘이 내려주신 선물이라고 믿는다. 이제 우리 누구나 바삐 살았던 시절은 지나가 버렸고, 시간 여유가 많아진 지금은 그 옛날 학창 시절 무심코 취미란에 습관적으로 적어냈던 '음악감상'을 새삼스레 본격적으로 시작해도 좋을 듯싶다,

김덕년(金德年)

서울대 미대 서양화과 졸.
현 서울예고 미술과 강사.

우리가 일궈온 세상

책에 대한 나의 소고(小考)

| 한병선(3-5) |

우리 선조들은 오래전부터 문화를 숭상하고 책을 가까이해왔다. 옛 선비들은 주전공 이외에 노래, 그림, 춤, 활쏘기 등 예체능을 아주 잘할 줄 알아야 풍류 있는 선비라 여겼고, 또한 주전공인 책 출판은 당연하고 부전공으로 농사, 어업 여행기, 무술 등의 책을 출판해야 멋있는 선비 대접을 받는 풍조가 있었다. 예를 들면, 다산 정약용의 '목민심서'는 주전공으로 기본이고, 물고기 생태를 기록한 자산어보(정약전) 등 여러 책을 출판했다. 사신 수행원으로 중국에 갔을 때 한시 배틀에서 중국학자들을 KO시켜 우리나라보다 중국에서 더 유명한 이덕무는 그림에도 능했으며 부전공으로 무예도감을 편찬했다. 이런 환경덕분에 책의 출판이 많았다. 또한 아시아에서 종교와 사상이 균형 있게 발전한 나라는 우리나라밖에 없다. 불교, 기독교가 그랬고 유교가 그랬다. 우리나라 사람들은 종교와 사상에 진심이었다. 그래서 종교서적 출판이 많았다.

훈민정음 해례본은 간송미술관 소장 간송본과 상주본 단 두 권만이

608 | 목련꽃 그늘 아래서

남아 있다고 한다. 그럼 도대체 몇 부를 출판했을까? 궁금했다. 한글을 널리 알리고 쓰게 하기 위한 홍보적인 성격이었으니 어마어마한 양을 출판했을 것으로 추정한다. 간송본도 어느 민가에서 나왔다고 하니 서민층까지 널리 퍼진 것으로 보인다. 그런데 왜 두 권만이 남았을까? 연산군의 한글 말살정책 때문에 한글책은 모두 불타 버려서 훈민정음 해례본이 이렇게 귀해진 것이 아닐까? 훈민정음 해례본을 갖고 있다가 화를 당할 것을 염려하여 불상 복장에 숨겨 보관 전승하려 한 것은 아닌지? 훈민정음 창제로 말미암아 소수 지식인들이 독점하던 출판 시장에 기생 등 일반 서민들이 참여하게 된다. 출판 시장의 규모가 당연히 커졌을 것이다.

더불어 인쇄술도 다른 나라보다 빨리 발전했다. 인쇄술의 발명은 세계 문명사에 혁명적인 사건이다. 책의 대량 유통으로 지식과 정보를 누구나 접할 수 있게 되면서 세계 근대화, 민주화를 촉진하는 데 결정적 역할을 했다. 고대 필사본의 시대에서 목판본의 시대로, 또 활자본의 시대를 거쳐 이제는 윤전기, 디지털인쇄 시대에 이르고 있다. 이 여러 세대를 거치는 동안 우리나라는 목판본과 활자본 세대, 도합 2세대에 걸쳐 세계 최고였다. 우리나라는 세계 최고의 목판본인 팔만대장경을 만들었고 세계 최초의 금속활자본인 직지심경을 갖고 있다. 팔만대장경은 방대한 분량뿐만 아니라, 한 사람이 모든 경판을 새긴 것처럼 판각 수준이 일정하고 아름다워 추사 김정희도 신선이 내려와 쓴 것 같다고 감탄했다고 한다. 이는 우리나라가 문화강국임을 입증하는 사료들 중 하나이다.

우리나라는 5,000년 내내 거의 문화강국이었다. 조선 말기 정치가 개판이었을 때 잠깐 문화 암흑기가 있었다. 공교롭게도 이 잠깐의 문화 암흑기 때 우리나라가 서양에 알려졌으니 본의 아니게 야만인 취급을 받았던 것도 무리는 아니다. 서양인들은 요즘의 K팝, K드라마, K문화 등을 단기간에 이룬 경이로운 발전이라고 한다. 아니다, 우리는 옛날부터 문화강국이었다. 문화는 하루아침에 불쑥 발전하는 상품이 아니다. 오랜 세월 수많은 사람들이 참여하여 정반합을 거쳐 다른 문화와 섞이며 발전하는 것이다. 우리의 남사당패거리들은 쫄쫄 굶으면서도 당당하게 무대를 장악하고 한판 잘 노는 것에 목숨 거는 예인들이다. 전 세계 어디에도 이런 문화는 없다. 영화 '왕의 남자'를 보면 쉽게 이해가 간다.

책과 관련하여 우리 선조들이 이룩한 세계 최고의 팔만대장경, 세계 최초의 금속활자, 문자 창제 원리와 만들어진 과정을 설명한 세계 유일의 책 훈민정음 해례본을 자랑하고 싶어 이 글을 쓴다.

한병선(韓秉善)

KDI 국제정책대학원.
KAIST 경영대학원.
관세청 부이사관 퇴직.

자동차 관련 이야기

| 윤석윤(3-5) |

오늘날 우리가 생활하는 데 꼭 필요한 것 중의 하나가 자동차입니다. 저는 에너지관리공단에 1기 신입 사원으로 입사하여 근무하면서 1990년부터 1993년까지 수송에너지 과장을 맡은 경험을 가지고 몇 가지 생각나는 대로 이야기를 해보려고 합니다.

1978년도에 우리나라의 자동차 대수는 대략 28만 대로, 당시의 자동차세는 축거(軸距), 윤거(輪距)를 가지고 세금을 결정하였고(즉, 자동차의 크기로 세금을 결정) 이후 1980년대에 들어서면서 자동차가 급격히 증가하여 내가 수송에너지 과장으로 갔을 때는 자동차 대수가 거의 300만 대에 이르렀다.
자동차에 대한 환경의 변화는 우리에게 해결해야 할 많은 문제를 야기했다. 이들을 요약하면

1) 자동차 세제를 수익자 부담 원칙으로 하자. 현재의 자동차 크기에 따른 세금은 불합리하니 주행세로 바꾸자(참고로 자동차세는 지방세이고 주

행세는 연료에 부과하는 세금이라서 국세임. 지자체에 따라 국세 전환에 따른 세수의 유불리가 수반됨).

2) 우리나라의 자동차 산업은 수출을 해야만 먹고살 수 있는 산업(특히 미국)으로, 국내 수요로는 생존이 불가한 상황이며 모든 차량의 에너지 효율기준(연비)을 미국 기준에 맞추어야만 했음. 이를 위해서 당시 시가지 공인 표준 연비를 각 차량에 표시하게 돼 있는데 여기에 표시된 연비는 우리나라 기준이 아니고 LA4 MODE(미 LA의 주행 패턴에 따른 연비임)를 적용함에 따라 실제 우리나라에서의 연비와는 많은 차이를 보임으로써 일반 국민들은 자세히 알지도 못한 채 많은 불편을 겪고 있었다(연비 소송도 여러 건 있었음).

3)1990년대에 접어들면서 우리나라는 많은 차량을 외국에 수출(연 30만 대 이상)하였으나 수입은 1만5,000대에 불과하여 무역 불균형에 따른 외국의 불만 야기로 어느 정도는 외국에 문을 열어주면서 우리 산업을 지켜나가야 하는 문제가 야기됨.

4)에너지를 수요 측면에서 산업 부문, 건물 부문(가정, 상업 포함), 수송 부문, 기타(군용 등)로 분류하는데 수송 부문이 20%를 넘어가면 선진국형 에너지 소비형태로 판단함. 1990년대에 들어서면서 수송 부문이 22%를 넘어서고 있었고, 이에 따라 수송에너지의 효율화 문제가 중요해짐.

나는 위의 문제들을 해결하기 위해 많은 아이디어와 외국의 사례를 공부해나가면서 지경부와 협조하여 여러 가지 대책을 강구하였다.

1) 주행세로 바꾸는 문제는 자동차세는 지방세이고 주행세는 연료에 부과되기 때문에 국세가 되므로 관련 예산이 중앙정부에 귀속됨에 따라 전 지자체가 격렬히 반대하고 있었고 내가 지경부와의 회의에서 낸 아이디어가 좋다고 장관에게 보고됨에 별도의 TF조직이 신설되고 나와 우리 과 직원 일부가 지경부에 파견 근무를 하게 되었다. 지자체 중 강원도는 반대를 하지 않았는데 이유는 여름 휴가철에 강원도로 가는 차량이 많아짐에 따라 강원도 내의 연료 소비와 이로 인한 세수 증가를 기대할 수 있어서이다.

그래서 나는 완전한 주행세 도입은 포기하고 주행세를 변형한 배기량별 세제를 도입하기로 하고 여론을 움직이는 방향으로 갔다(1991년 6월경 국내 전 신문에서 60회 이상 사설로 이 문제를 다루었음). 다행히 30여 일을 밤을 새워가며 일한 보람으로 축거, 윤거를 근거로 한 자동차세를 배기량별 자동차세로 바꾸는 데 성공했고, 지금까지 이를 근거로 자동차세를 내고 있으니 내가 자동차와 관련해서 일반 국민들의 생활에 커다란 영향을 끼친 셈이다.

그러나 현 시점에서는 다시 세제 개편을 해야 한다고 생각한다. 이유는 자동차 가격에 따른 세제 보완과 전기차 보급으로 인한 인센티브 등을 고려해야 한다. 즉 세금은, 특히 직접세의 경우는 수익자 부담 원칙(도로 파손, 환경 오염 등)이 반드시 적용되어야 하기 때문이다.

2) 1980년대에 들어오면서 우리나라도 우리나라의 주행 패턴에 따른 연비를 적용할 필요성을 느껴 서울의 주행 패턴을 가지고 SEOUL 14

MODE를 개발하였는데 발표까지만 하고 폐기하게 되었고, 결국 미국의 기준을 우리에게 적용할 수밖에 없었다. 이것이 국력의 차이이고 자동차 산업은 결국 미국의 기준에 맞추어서 연비를 표시하게 되었다. 이래야지만 미국의 환경 기준을 맞출 수가 있었고 미국으로의 수출이 가능했기 때문이다. 참고로 우리나라에서 주행 시 실제 연비는 공인 연비에 중형차는 0.65 정도, 소형차는 0.7 정도를 곱하면 어느 정도 일치한다. 여기서 중형은 2,000cc 이상, 소형은 2,000cc 미만이라고 보면 되겠다.

3) 미국은 영토도 넓고 차량이 커서 아무래도 연비가 좋지 않다 보니 연비 규제가 강했다. 대표적인 것이 CAFE(Corporation Average Fuel Economy 기업 평균 연비)이다. 이에 우리나라도 이 제도를 도입해 실제 적용을 하였는데 당시 위반한 업체가 있었으나 실제로 벌금을 부과하지는 못했고 나중에는 흐지부지되어 버렸다. 내 입장에서도 실제로 벌금을 부과하게 되면 그 회사가 존망의 기로에 서게 되고...나 자신을 감당할 수가 없었다. 또 나의 내면에서는 그러고 싶지가 않았다. 그래서 이 문제를 자동차를 배기량별로 7개 군으로 세분화하면서 자동차세를 cc별로, 군 별로 세금을 차등 적용함으로써 국내 자동차 회사들의 양보를 얻어내는 동시에 외국의 자동차 수입을 약하게나마 견제할 수 있었다. 이유는 당시 국내 생산 차량은 외국 차량보다 차체 크기에 비해 훨씬 배기량이 작았기 때문이다.

4) 수송 에너지의 효율적 관리를 위해서는 제도 변경 등 획기적 변화가 요구되는 시기였고 수송 에너지 사용량이 전체의 20%를 넘어가는

시기에 잡지 못하면 앞으로의 관리는 더욱 어려워지는 중요한 시점이었다. 해서 오랜 회의 끝에 두 가지 제도 개선을 요구하게 되었다.

가. 현재 운영되고 있는 버스 노선을 공영화하여 각 회사들이 골고루 혜택을 보게 한다. 이로 인해 쓸데없는 과잉 경쟁 방지.

나. 승객1~2명을 태우고 서울에서 먼 지역으로 가는 경우 환승 시스템을 적용하여 운용 효율을 최적화. 예를 들면 호남선의 경우 서울에서 광주까지 가는 것이 아니라 공주 정안까지 가고 정안에서 광주 승객들을 모두 모아 광주까지 간다. 지자체 간 대중교통의 환승제 적용으로 수송에너지 효율을 극대화시키고 국민의 이동권도 보장해 주는 것 등이다.

내가 이를 1991년에 제안하였는데 실제적인 적용은 그 후 20년 정도 지난 이명박 대통령 시기에 이루어진 것으로 안다.

나는 에너지관리공단에 1980년에 1기 공채 사원으로 입사해서 33년을 근무하였는데 근무 중 대통령 표창, 산업 훈장을 받았다.

신입 사원 입사 시 초대 이사장(777정보사령관 출신 김용금)이 보성고 출신이었다.

이사장이 보성고를 무지 자랑하였는데 내가 보성 출신이고 또, 신입 중 수석으로 입사하는 바람에 이사장의 관리 대상이 되어 있었고, 나의 장형(윤석봉, ROTC 1기로 대령 출신임)이 한 번은 회사에 나를 찾아왔다가 총무이사(남중수, 육사 11기 전두환 동기)의 이름을 듣고는 군에 있을 때 모신 분이라 인사를 하고 가 내가 동생인 걸 알게 되면서 많은 배려를 받았다.

근무할 때는 몰랐는데 퇴직 후 생각해보니 거기는 '신의 직장'이 아니라 '신도 근무하고 싶은 직장'이라는 생각을 하게 된다.

두서없이 글을 쓰고 나니 일부는 내 자랑이 있어서 겸연쩍기는 하나 아~이런 친구도 있구나 하는 마음으로 읽어주시면 감사하겠습니다.

윤석윤 배상.

윤석윤(尹錫潤)

1972 서울교대 입학.
1976 한양대학교 화학공학과 편입.
1980 에너지관리공단 입사.
2011 에너지관리공단 (부이사장 역임) 퇴사.

우리가 일궈온 세상

거거거, 행행행

| 김세준(3-1) |

去去去中知 行行行裏覺(거거거중지 행행행리각)은 내가 좋아하는 말이다. 이 한문을 훈독하면, "가고가고 가다 보면 알게 되고, 행하고 행하고 행하다 보면 깨닫게 된다."는 뜻으로, 내가 존경하는 봉우 권태훈(鳳 宇 權泰勳) 선생님이 만든, 그의 평생 철학과 행동을 함축하는 문구이 다. 1988년 간행된 베스트셀러 소설 '단'의 실제 주인공인 권태훈 선 생은 1900년 전북 익산에서 태어나 1994년까지 활동한, 백두산을 거점으로 동아시아를 종횡으로 누빈 독립운동가, 수련 도인이자, 단 군 사상가이다. 그는 "행복은 노력하는 데서 온다."는 믿음을 가지고 있었고, 사람들이 자신의 잠재력을 최대한 발휘할 수 있도록 돕는 데 평생을 바쳤다.

한자 음독이 한국어 발음과 비슷한 것도 흥미롭다. 거거거는 가가 "가 다"이고, 행행행은 하하 "하다"이다.

내 전공 분야 중 하나인 내면 소통학(Intra-personal communication) 이 론상으로도, 우리가 생산적 결과를 내려면, 결심하거나 말하는 것에 시간을 허비 하기보다, 일단 행동해 보는 것이 효과적이라고 한다. 시골 국민학교만 졸업한 정주영 회장님도 직원들이 지시한 일을 못 하겠다고 핑계를 대면, "해봤어?"라고 되묻곤 하였단다.

"갈까 말까 할 때는 가라, 할까 말까 할 때는 하라"는 속담처럼, 자유롭게 걷고 행동하는 사회가 되려면 어떤 조건이 필요할까? 아침에 이불을 박차고 일단 밖에 나와 돌아다니도록 하는 제도 중 하나가 대중교통비 보조 제도이다.

독일은 2022년부터 한 달에 9유로(약 1만2,000 원)만 내면 고속열차를 제외한 모든 대중교통을 이용할 수 있는 제도를 시범 운영한 뒤 2023년 5월부터 정기권 금액을 올려 상시 도입했다. 네덜란드의 철도 전문 미디어 '레일테크'에 따르면 스페인은 1922년 9월부터 시작한 철도 무료 이용권을 한 해 더 연장했다.

미국이나 유럽 등 선진국은 대중교통 운영비용에서 승객이 내는 요금이 차지하는 비율이 40~50% 정도다. 나머지 절반은 국가에서 재정을 충당한다는 의미다. 반면 우리나라는 요금으로 운영비용을 충당하는 비율이 70%가 넘는다.

이들 국가가 무상교통 및 대중교통비 지원을 시작한 이유는 코로나19 사태로 줄어든 대중교통 수요를 자극하고, 탄소배출 저감 등 기후위기에 대응하기 위해서다. 또 에너지 위기로 불어난 생활비 부담을 줄이려는 의도도 있다. 편리한 대중교통의 의미를 기후위기 시대에 맞춰 재발견해야 하고 국민의 이동권과 복지권을 보장하는 차원에서 '값싼 정기권'이 필요하다는 게 이 나라 교통 정책 주장의 핵심 줄기다. 이에 더해 국민들이 싼 교통비 덕에 건강이 증진되어 국민건강보험료도 줄고, 의사소통과 소비 진작도 되고, 그러다 보면 국민 생산고도 늘어날 것이다.

이에 반해, 우리나라 지하철 적자 원인이 노인들 무임승차 제도 때문인 것처럼 씌어 있는 홍보 포스터 문구는, 보는 지공거사들의 자존감을 떨어뜨린다.

노인들의 뇌를 건강하게 유지시키는 방법에는 '걷기'만 한 게 없다고 한다. 나만의 경험적 주장이지만, 단순한 걷기보다 더 좋은 것은 전신운동이다. 전신운동에 최적화된 곳이 어린이 놀이터인 것 같다. 벌건 대낮에는 어린이 전용 장소를 어른이 함께 이용하면 쪽팔리는 노릇이겠으나, 아무도 이용 안 하고 보는 사람도 없는 오밤중에 노인들이 이용하는 것은 비싼 부동산을 전천후로 뺑뺑이 돌려주는 국토 활용 최대화 방안 중 하나이다.

일반인용 운동시설을 비롯하여 시소, 미끄럼틀, 그네, 정글짐 등 놀이시설들을 창의적인 몸 움직임으로 매일 30분씩 땀이 날 정도로 격렬하게 이용하면 우리 뇌의 시냅스가 뉴런에 아드레날린, 도파민, 옥시토신 등 생화학 물질 알맹이를 뿜뿜 뿜어내서 뇌를 활성화하게 된다. 몸의 움직임 부위에 따라 뇌 생성 물질도 다르다고 한다. 또한, 몸의 움직임에 정신 집중하는 '움직임 명상'의 한 부문으로 삼아 수련할 수도 있다. 신체 장애가 있는 사람들은, 예술이나 운동경기를 관람하는 것만으로도 관련되는 신체와 뇌 부분이 활성화된다.

건강하게 싸돌아 다니도록 정책적인 지원을 하려면, '먹고 싸는' 기본 인권을 보장해 주어야 한다.

하루 필수 음식을 저렴한 값으로 공급해 주는 방법으로는 거의 매년 발생하는 가축 전염병 때문에 산 채로 매립하는 소, 돼지, 닭을 활용할 수 있다. 그 숫자만 수십만 마리씩 된다. 전염된 가축은 고열로 익히면 사람이 먹어도 아무 탈이 없다. 매립하는 대신, 현장에 고열 처리 이동 차량을 보내 저렴한 통조림 원료를 만들면 돈이 없어 단백질을 섭취하지 못하는 사람들의 먹는 기본권이 보장된다.

돌아다니는 사람들의 소변 문제도 개방화장실 수를 열 배로 확대하면 해결될 수 있다. 도시 대부분의 1층 화장실에 잠금장치가 되어 있어, 걸어다니는 노인들의 전립선 빈뇨 문제를 해결해 주기 어렵다. 행인들에게 자발적으로 개방하는 화장실은 지방정부 환경과에서 아침과 저녁 하루 두 번 청소 해주고, 손씻기 비누와 화장지 공급을 해주면, 위생 제고와 노인 공익 일자리 창출이 되는 일석삼조의 사회복지 사업이 된다.

전쟁과 정치갈등, 압축 경제성장으로 많은 국민들이 트라우마에 걸려 있어, 경제지표는 세계 10위권인데, 행복지수는 50위이다. 국민들에게 쾌적한 치유 도시 환경을 만들어 주고, 전기버스를 지방 구석구석까지 다니게 하고, 온라인 집단 정신치료도 해줘야 한다.

걷고 행동하는 데서 배우고 깨달은 것을 나누려면 말과 글 표현이 자유로워야 하는데, 그러기 위해서는 한국이 좀 더 관용성이 높고 즐거운 문명사회가 되어야 가능하다. 우리에게는 "말할까 말까 할 때는 하지 마라"라는 속설이 있다. 그러나 생성 인공지능 시대(Chat GPT)에 와 보니, 말과 글을 엄청 많이 쏟아내 빅 데이터를 구축한 영어가 모든 언어 중에 가장 강력한 인공지능 기본 언어(Natural Language Processing)가 되었다.

잠시 뇌 운동할 겸 수비학(Numerology)을 활용해, 아래 인생 후반전

10계명을 외워보자.

① 일만 하지 마라(때때로 예술과 오락을 즐겨라).
② 이 일 저 일, 돈 계산 필요한 일에 올인하지 마라(한 번 실패하면 골로 갈 수 있다).
③ 삼삼오오 어울려라(나이 들수록 어울려 다녀라).
④ 사생결단하지 마라(여유를 갖고 살아라).
⑤ 오케이(OK)를 많이 하라(되도록 입은 닫고 지갑은 열라).
⑥ 육체적 스킨십을 즐겨라(스킨십 없이 홀로 지내면 빨리 죽는다).
⑦ 70%에 만족하라(올인하지 말고 황혼의 여유를 즐기면서 살아라).
⑧ 팔팔하게 운동하라(인생은 짧으니 게으르지 말고 몸과 마음을 다잡아라).
⑨ 구차한 변명을 삼가라(변명만 일삼으면 사람이 몹시 추해 보인다).
⑩ 10%는 이웃을 위해 투자하라(노년에 가장 소중한 자산은 인간관계이다).

자유롭게 걷고 행동하고 말하는 것은 내가 자의 반 타의 반 오늘도 제대로 실천하지 못하는 희망사항이며 진행형이다.

김세준(金世俊)

경희대 언론정보학 박사.
두산그룹 오리콤 광고회사,
스위스 네슬레식품, 미국 JWT 근무.
선진닷컴 대표이사.
경희대 겸임교수 역임.
현 세한대 평생교육원 교수.

속초 동아서점 김일수

| 한병선(3-5), 조선일보 인터뷰 |

속초에는 중앙시장 입구에 책방을 겸한 문구점이 있었다. 동아문구사, 동아서점의 전신이다. 나는 국민학교 시절 학교 앞에 문방구가 있는데도 집에서 더 멀리 있는 동아문구사를 애용했다. 상품 구색이 다양한 점도 있었지만 주인 아저씨의 좋은 인상과 궁금증 때문이었다. 갈 때마다 그 아저씨는 내 이름을 불러 주었다. 어떻게 저 아저씨가 내 이름을 알지? 무척 궁금했다. 그런데 자세히 보니 문구점에 오는 모든 어린이의 이름을 다 알고 부르고 있었다. 신기했다. 그 주인 아저씨가 김일수 친구의 아버님이시다. 김일수는 신설이었던 중앙국민학교를 다니고 나는 전통 명문의 속초국민학교를 다녀서 내 이름을 알 수 없었을 텐데 어떻게 알았는지 지금도 궁금하다.

학기 초가 되면 전과와 수련장을 사 들고 부푼 꿈을 안고 집으로 향하던 추억이 있고, 바둑판과 돌 통을 사 들고 좋아했던 추억도 있다. 지금도 우리 집에는 동아문구사에서 산 바둑통이 있다.

속초중학교에서 5명이 보성고등학교에 진학했다. 벌써 2명이 고인이 되었다. 군 제대 후 복학하여 연세대학교에 잘 다니는 줄만 알았던 김일수는 낙향하여 아버님을 도와 동아서점을 경영한다고 했다. 1980~90년대에는 강원도 영동지역 총판까지 하면서 사세 확장을 많이 했다고 한다. 나는 사업 얘기는 직접 물어보기 겸연쩍어서 다른 친구에게 듣는 편이다.

2000년대 들어 아마존 흥행과 더불어, 서점에 가지 않고 yes24에서 책을 사는 나 자신을 보면서, 지방의 중소형 서점들이 앞으로 어려워질 수도 있겠다는 생각이 들었다. 어려웠을 텐데도 김일수는 여전히 친구들에게 밥도 잘사고 중학교 동창회에 기부금도 잘 냈다. 어렵지 않은줄 알았다. 나는 관세청 퇴직 후 몇 년 동안 여러 가지 병마와 싸우느라 고향에 갈 수 없었다. 김일수도 이때 업종 전환 문제로 많은 고민을 했던 것 같다.

2017년쯤 우리 딸에게서 전화가 왔다. 친구들과 속초에 여행 왔는데 반드시 들러야 하는 핫한 여행코스로 동아서점이 있다는 것이다. 신문에 난 기사를 보고 찾아왔단다. 어릴 때 보아서 기억을 못 하실 텐데 사장님께 인사를 드려야 할지 여부를 묻는 전화였다. 부리나케 인터넷 검색을 해보니 조선일보, 중앙일보 기사가 뜬다. 기사 내용은 쉽게 말해서 지방서점 콘텐츠를 바꾸어서 혁신 경영을 한 최초의 사례라는 것이다. 콘텐츠 혁신이 쉽지 않았을 텐데 포기하지 않고 잘 해낸 것 같았다. 밑에 신문기사를 첨부하였으니 참고하기 바란다.

사양산업이란 없다. 단지 콘텐츠 연구를 하지 않았을 뿐이다. 우리는 사양산업이라고 버렸다가 후회했던 아픈 기억이 있다. 자전거 산업이 바로 그것이다. 싸구려 중국산 자전거에 밀려 콘텐츠 연구도 하지 않고 스스로 포기하고서 나중에 얼마나 배아파 했던가?

이런 좋은 콘텐츠 혁신사례를 보성60 문집에 싣고 싶다는 문집 추진단의 요청에 따라 신문기사 내용을 다음 페이지에 게재하니 많은 친구들이 보았으면 한다.

조선일보(2016.10.8)

[Why] 손님 줄어드는데도 매장 키운… 속초의 60년 된 책방 - 조선일보

3代째 내려오는 동아서점

– 속초 독서문화의 구심점
문화 갈증 채워주는 역할, 인터넷 서점에 밀려 고전… 2代 아버지, 막내에게 SOS

– "서점 기능에 충실하자"
손님 30~40%가 관광객… 그래도 책 찾아 읽는 재미, 그걸 위해 공간 넓게 꾸며

유소연 기자
입력 2016.10.08. 03:00

"동네 서점이라고 다 작아야 합니까?"
지난 4일 강원 속초시에 있는 동아서점엔 잔잔한 클래식 음악을 배경으로 은은한 향이 퍼졌다. 곳곳에 앉아서 쉴 수 있는 소파가 마련돼 서점보다 카페처럼 느껴졌다. 그 분위기가 60년 된 서점 같지 않아 "생각보다 크고 깔끔하다"고 하자 김일수(65) 대표가 발끈했다.

"가을은 비(非)독서의 계절이에요. 날씨 좋아 다들 놀러 나가느라 책을 안 읽거든요." 40년 가까이 책방 주인으로 살아온 김일수(가운데) 대표가 말했다. 그의 아내 최선희(오른쪽) 씨도 묵묵히 그 시간을 함께했다. 왼쪽은 3대째 서점 일을 하고 있는 영건씨.

1956년 고(故) 김종록 씨가 문을 연 이 서점은 50년 넘게 속초시청 근처에 있다가 지난해 1월 교동 신시가지로 자리를 옮겼다. 2대인 김일수 씨가 대표를 맡고 그 아들인 영건(29) 씨가 매장 관리를 도맡으며 함께 일하고 있다. 간판 밑에 작게 '개점 1956'이라고 쓴 것 외에는 오래된 흔적을 찾기가 쉽지 않았다. 오히려 문고본 책 진열장에 '포켓몬 문고'라고 쓰고 '몬'자를 X자로 지운 유머 감각이 돋보였다. 포켓몬 잡으러 속초에 오는 젊은이들을 겨냥한 것이다.

실제로 동아서점은 최근 속초 관광객들 사이에서 새로운 여행코스로 뜨고 있다. 손님 중 30~40%가 관광객이어서 지난 7~8월 휴가 성수기에 서점도 가장 바빴다. 포켓몬 때문에 속초에 왔던 젊은이들은 SNS에 동아서점을 방문한

'인증샷'을 찍기도 한다. 이 서점이 이렇게 주목받은 것은 지난 60년 사이 처음이다.

옛 동아서점은 1층과 지하 1층을 합쳐 66㎡(약 20평)짜리 공간이었다. 문구류와 함께 참고서를 들여놓은 '동아문구사'로 시작했다. 창업주 김종록 씨 몸이 좋지 않게 되자 서울에서 대학 다니던 김일수 대표가 짐을 싸서 속초로 왔다. 잠깐 휴학하고 일을 돕는다는 것이 평생 서점 일을 하게 됐다. 1978년이었다. 서점에서 번 돈으로 결혼도 하고 아이 셋도 키웠다. 하지만 2000년대 들어 인터넷 서점이 생기며 위기가 왔다. 하루에 책 10권도 팔지 못하던 날이 허다했다. 이후 10년 동안 줄곧 내리막길만 걸었으니 변변한 단골 하나 없었다. 버티고 버티던 그는 2년 전 서울에 있는 막내아들을 찾아갔다.

"아버지 청춘도 내 청춘도 다 서점에 있는데 문 닫기가 쉽지 않더라고요. 아버지 살아계실 때까지만 해보기로 했어요. 큰아들은 미국 가 있고 둘째 아들은 잠깐 일 시켜보니 쾌활한 성격이 서점과 영 안 맞더라고요. 책 좋아하는 막내에게 '아버지랑 같이 서점 안 해볼래?' 물으니 보름 뒤에 답을 주데요. 사실 침체기가 계속되니까 기가 죽어 있었는데 젊은 놈이 선뜻 돕겠다니 초심으로 돌아가 어떻게든 서점을 살려보자는 생각이 들었어요. 자식이지만 어찌나 기특하고 고맙던지요."(김일수)

아들 영건 씨는 서울에서 대학을 졸업한 뒤 공연기획사에서 계약직으로 일하고 있었다. "10년 가까운 서울살이에 몸도 마음도 지쳐 있었어요. 20대의 많은 날을 맘 둘 곳 없이 살았죠. 그래도 막상 떠나려니까 망설여지기도 하고…. 며칠을 뒤척이다가 '해보자, 대신 서점다운 서점을 만들어보자' 했어요. 그때는 책방에서 일하면 여유롭고 낭만적일 거라는 기대감도 없진 않았죠."(김영건)

2014년 9월 영건 씨는 재계약을 앞두고 퇴사한 후 고향으로 왔다. 아버지와 아들은 그때부터 새로 만들 서점에 모든 걸 걸었다. 일단 주차장이 있는 넓은 자리를 구했다. 대중교통이 좋지 않아 손님 대부분이 자가용을 타고 서점에 오는데 이전 자리는 너무 비좁았다. "인터넷으로 세계 유명 서점들이 어떤지 둘러봤어요. 진열이 빽빽하지 않고 편안히 머무르고 싶은 공간으로 꾸몄더라고요. 서점 기능에 충실한 서점을 만들고 싶었어요. 오래된 서점이 관광지 역할을 하면서도 책은 못 파는 경우가 많잖아요. 손님들이 우리 서점 와서 모르는 책을 발견하는 재미를 느끼면 그게 매출로 이어질 거란 생각에 공간을 개방적으로 꾸몄죠."(김영건) 실제로 동아서점을 찾은 손님들은 창가 의자에 앉아 한참 책을 읽다가 사 가곤 했다. 이곳에서 잘 팔리는 베스트셀러 목록을 참고해 책을 사는 사람도 있었다. 동아서점에서 매달 독서 모임을 여는 박성진 시인은 "동아서점이 속초 독서문화의 구심점 역할을 하고 있다"며 "주민들이 문화 시설이 부족한 데서 오는 갈증이 많이 해소됐다"고 했다.

"가업을 잇는다는 거창한 생각보단 이제껏 해온 밥벌이니까 제대로 해보자는 생각이 먼저 들었어요. 일단은 버텨서 살아남아야죠. 젊었을 적엔 참고서 팔아 먹고살았는데 학생 수가 줄어드니 별 돈벌이가 안 되더라고요. 아들이 낸 아이디어에 웬만하면 따랐어요. 서점 운영하는 방법은 제가 가르치면 되니까요."(김일수) 창업주 김종록 씨는 아들과 손자가 새로 연 서점을 보고 지난해 11월 세상을 떠났다. 김 대표는 "손자까지 당신 일 물려받는 거 보고 아버지가 정말 기뻐하셨다"고 했다.

서점 운영은 영건 씨 생각처럼 한가하진 않았다. 책 한 권 볼 짬도 안 날 때가 잦았다. 매일 쏟아져 나오는 신간을 추리기 위해 독서 관련 팟캐스트와 TV 프로그램, 일간지 책 추천 코너를 모두 챙겨본다고 한다. 처음 1년간 하루 12시간씩 꼬박 일하면서 서점에서 포기할 수 없는 매력을 발견했다고 했다.

"대형 서점이 아니니까 출판사에서 홍보물도 잘 안 보내주더라고요. 그래서 제가 직접 손글씨로 책 소개 문구를 썼는데 그런 부분이 정감 가서 좋다는 손님들이 생기기 시작했어요. 서점 일 하다 보니 미래를 가장 빨리 읽어내는 게 책이에요. 이를테면 '오키나와에서 헌책방을 열었습니다', '반농 반X의 삶', '사는 게 뭐라고' 같은 책을 함께 진열하니 잘 팔리더라고요. 요즘 사람들은 대안적 삶의 방식에 관심이 많은 걸 알 수 있죠. 무엇보다 이제 책이 5만 권이나 되니 서점을 계속할 수밖에 없어요."(김영건) 그는 단골손님이었던 이수현(26) 씨와 최근 결혼했다. 할아버지, 아버지에 이어 그의 삶도 서점에서 막 싹을 틔우고 있었다.

한병선(韓秉善)

KDI 국제정책대학원.
KAIST 경영대학원.
관세청 부이사관 퇴직.

혜화동의 도서관에서 '세계기록유산'까지

| 서경호(3-2) |

혜화동 일대가 천하의 중심이던 6년 내내 부여받은 번호를 다 모아도 20이 넘지 않았던 꼬맹이 서경호에게 학교는 도피처이자 생활 터전이었습니다. 자기 방을 가지는 것은 꿈도 꾸지 못하던 그 시절 다섯 형제의 막내는 이리저리 치이는 집을 벗어나는 게 큰일이었습니다. 국민학교 시절에는 만화가게 들렀다가 늦게 들어가면 혼이 났지만, 중학교에 들어가서는 도서관이라는 탈출구를 찾았습니다. 도서관에서 공부하다 오는 아들을 나무랄 부모는 없겠지요. 도서관 덕분에 혜화동의 6년이 제게는 기억할 만한 시간으로 남게 되었다고 생각합니다.

도서관에 간다고 하면 누구나 공부 열심히 하는 학생을 떠올리지만, 제게는 그게 일종의 기만 전략이었습니다. 종례가 끝난 운동장에는 놀 거리가 많았습니다. 친구들은 가방을 운동장 한구석에 쌓아 두고 놀지요. 저는 도서관에 가방을 두고, 책상에는 책을 두어 권 펴 놓고, 그다음에 운동장으로 뛰어 갔습니다. 같이 놀던 친구들이 하나둘씩

차례로 빠져나갈 때쯤이면 시장기가 닥쳐옵니다. 그러면 교문 밖의 식당(경신고로 올라가다 왼쪽에 있는 식당이 '진미당'이지 않았나 싶습니다.)에 가서 우동이나 짜장면으로, 때로는 만두 한 접시로 저녁을 때우고는 땀범벅이 된 채로 도서관에 들어갑니다. 공부한답시고 책을 들여다보지만 금세 눈꺼풀이 무거워지고, 잠시 후에는 책상에 머리를 박고 꿈나라 여행을 합니다. 그 시절에는 도서관에서 잠을 자면 야단치며 깨우는 고학년 선배가 종종 있었습니다. 그런 선배가 없었으면 도서관에서 밤새워 잤을지도 모릅니다. 도서관은 10시에 닫았는데, 9시쯤이면 한산했습니다. 푹 자고 일어난 저는 그제야 책을 보는 시늉하다가 가방을 싸서 집으로 향했습니다. 그건 완전범죄에 가까웠습니다. 저녁을 사 먹어야 한다는 구실로 용돈 받아내기도 쉬웠지만, 무엇보다 밤늦도록 도서관에서 공부하다 오는 막내에 누가 잔소리를 하겠습니까?

'도서관으로 도피'라는 전략은 고등학교 올라가서 더욱 고도화되었습니다. 정한식, 김세준 형의 우정어린 충고를 듣고 도서반에 가입해서 서고에 출입할 수 있었습니다. 그다음에는 숨은 실세인 이중재, 김호응 형의 입김으로 열쇠를 맡게까지 되었습니다. 아침에 일찍 나와 문을 열고 밤에는 모두 내보내고 문을 잠그기까지 그야말로 출세가도를 달렸습니다. 집에 있는 시간이 3분의 1 미만이었고, 대부분의 시간을 학교에서, 특히 도서관에서 많이 보냈습니다. 도서관의 시간은 빨리 흘렀습니다. 공부를 했다면 느릿느릿 흘렀을 테지만, 제가 하는 짓 때문에 바늘이 땀흘리며 돌아야 했습니다. 공부는 안 하고 재미있는 책을 찾아 서가 사이를 돌아다녔지요. 고등학교 도서관 장서가 그리 화려할 리 없지만, 뜻도 모르면서 사르트르, 헤세, 루소 등을 읽었습니다. 지금도 활동하시는 김형석 교수의 수필을 읽었던 기억도 남아 있습니다. 3학년 때 이런 책을 제일 많이 봤으니 첫해 입시에서 미역국을 먹은 게 당연했습니다.

재수할 때도 저는 학원에 다니는 친구들과 길을 달리했습니다. 지금 롯데백화점 자리에 있었던 국립중앙도서관에 많이 다녔습니다. 열람석이 달랑 80석이라 새벽 5시에 사람들이 줄을 서는 이 도서관은 혜화동과 완전히 달랐습니다. 그래도 완전범죄는 유지했습니다. 이미 사회인이 된 형님 두 분이 새벽에 집을 나서는 저에게 용돈을 두둑이 주시곤 했습니다. 그 돈은 대개 종로 고려당 뒤에 있던 갈릴리 다방에서 커피값으로 써버렸습니다. 대학에 들어가서도 도서관을 멀리하지는 않았지만, 혜화동처럼 기억에 남지는 않습니다.

일흔이 넘은 지금 돌이켜 생각하면 도서관의 인연은 끈질기게 제 곁을 맴돌았습니다. 서울대학교에서 30년 근무하는 동안 처음으로 학과 밖에서 얻은 직책이 조선왕조의 도서관이었던 '규장각'의 연구부장이라는 자리였습니다. 그 자리에서 2년 일하는 동안 저는 주로 조선시대 한적(漢籍)을 전산화하는 일을 했습니다. 그런데 그것이 또 다른 인연으로 이어졌습니다.

유네스코 세계기록유산(Memory of the World) 프로그램을 아시나요? 사람들 대부분 "아, 세계유산?"하고 아는 척하지만, 그건 다른 겁니다. 궁전이나 암벽 등을 보존하기 위해 등재하는 세계유산과는 달리, 세계기록유산은 문헌자료를 보존하기 위해 1992년에 만들어진 프로그램입니다. 워낙 규모도 작고 인지도가 낮아서, 2년에 한 번 언론에 반짝 떴다가 사라집니다. 규장각에서 일하던 제가 어찌해서 이 프로 그램에 참여하게 되었습니다.

세계기록유산 프로그램은 국제자문위원회(International Advisory Committee)가 2년마다 개최하는 회의에서 국제목록에 등재할 문헌자료를 선정하는 방식으로 운영합니다. 이 위원회가 2001년에 청주에서 회의를 열었고, 우리나라에서는 '직지심체요결'과 '승정원일기'를 후보로 내세웠습니다. 규장각의 임기를 마친 후 연구실에서 시간을 보내던 저에게 청주에서 열리는 회의에 참석해 달라는 연락이 왔습니다. '승정원일기'를 후보로 내세웠는데, 막상 회의에서 이 자료에 대해 영어로 발언할 사람을 찾지 못해서 저한테까지 연락이 온 것이었습니다. 별로 어려울 일이 아니다 싶어 참석했습니다. 그 위원회를 구성하는 위원 14명이 제법 쟁쟁한 인물이었습니다. 유럽 국가의 중앙도서관장과 박물관장 등이 있었고, 폴란드 바르샤바 대학의 역사학교수도 있었습니다. 제게는 비교적 이야기가 통할 인물들이라 회의에서도 기죽지 않고 이야기할 수 있었습니다. 제가 "승정원일기는 조선시대 왕의 일거수일투족을 기록한 자료이고, 훗날 조선왕조실록 편찬의 바탕이 되었다."라고 이야기하니 어떤 위원이 "그래서? 그게 뭐 중요하지?"라고 반문하더군요. 그래서 말했습니다. "이건 마치 지금 왕의 행동을 비디오로 녹화하는 것처럼 그 당시 현장에서 목격한 것을 문자기록으로 남긴 것이다. 내가 묻겠다. 이와 비슷한 사례가 유럽 역사에 있는지?" 그 위원은 말이 없고 위원장이 고개를 끄덕거렸습니다. 그렇게 해서 '승정원일기'는 세계기록유산에 등재되었습니다.

저는 그저 지나가는 일이라 여겼지만, 3년 후에 유네스코 사무국에서 저를 국제자문위원회 위원으로 위촉한다는 이메일을 보내왔습니다. 임기가 끝난 위원 후임으로 공모를 했고, 한국위원회에서 저를 추천했는데 사무국 사람들이 제가 했던 발언을 기억해 선발하기로 했다고 나중에 들었습니다. 국제기구도 인맥 따라 굴러가는 경우가 있는데, 제가 이 프로그램 운영진의 인맥에 포함되었나 봅니다. 그렇게 해서 2005년부터 2013년까지 세계기록유산 국제자문위원회 위원으로 활동하는 기록을 남겼습니다.

위원은 회의에 참석해서 여러 주제에 관한 토론에 참여하지만, 가장 중요한 일은 등재 심사입니다. 회의가 열릴 때마다 전 세계에서 60~100건의 문헌기록을 후보로 추천하는 신청서가 제출됩니다. 신청서는 20~30쪽이 되는데, 다 읽으려면 한 달 이상을 꼬박 바쳐야 합니다. 저는 네 차례에 걸쳐 300건이 넘는 신청서를 읽고 의견서를 사무국에 제출했습니다. 힘든 일이었지만, 제게는 정말로 소중한 경험이었습니다.

세계유산, 인류무형유산, 세계기록유산이 대표적으로 알려진 유네스코의 유산 사업은 유럽 중심적인 면을 지니고 있습니다. 대부분 위원회에 유럽 출신 위원이 압도적으로 많습니다. 아프리카와 중남미 국가 출신 위원은 생각하는 방식이 유럽 출신과 크게 다르지 않습니다. 제가 참여한 위원회의 구성원 14명 중에서 아시아 출신은 저 혼자였습니다. 그런 환경은 제가 할 일을 간단하게 규정해 주었습니다. 유럽 출신 위원들은 아시아의 역사를 잘 모르고, 아시아 국가에서 신청한 기록물의 가치를 이해하지 못하는 경향이 강합니다. 제가 스스로 부여한 역할은 그런 몰이해를 해소하는 것이었습니다. 그리고 그런 역할을 수행할 기회가 제법 많았습니다.

중국에서 회의가 열린 해에 중국은 '금방(金榜)'이라는 자료를 후보로 추천했습니다. 그것은 청나라의 과거 급제자 명단을 모아 놓은 것이었습니다. 폴란드 출신 위원이 "이 자료는 이름만 한없이 나열되어 있을 뿐 아무런 정보도 없다. 이런 걸 왜 추천했을까?"하고 투덜거렸습니다. 회의에 옵서버로 참석한 중국 전문가들이 보충 설명을 했지만 그 위원은 물러서지 않았습니다. 그러자 미국 국회도서관 부관장으로 있는 위원장이 난처해졌습니다. 중국에서 열린 회의에서 중국이 신청한 기록물을 기각할 처지였으니까요. 이 사람이 휴식 시간에 저를 찾더니 한마디 했습니다. "당신이 아시아 출신이니 뭔가 해라. 그냥 놔두지 말고" 회의가 다시 시작될 때 제가 마이크를 잡고 말했습니다. "이 기록은 전 세계 인구의 3분의 1 이상을 차지하는 중국이라는 문명체를 앞으로 30년간 운영할 정치적 엘리트 그룹의 탄생을 황제가 천하에 알리는 기록이었다. 이 명단에 속한 사람들이 바로 역사의 현장 곳곳에서 각자의 역할을 수행한 사람들이었다. 이 명단은 유럽에서 반포한 어느 칙서보다 그 영향력의 범위가 넓고 사회적 파장도 컸다." 제가 말을 끝낸 후 반대 발언을 했던 위원은 말이 없었습니다. 한참이 지나서 오스트리아 출신 위원이 나섰습니다. "그 이야기를 들으니 이 기록물을 등재하지 않을 방법이 없다," 그리고는 아무도 반대하지 않아 중국이 신청한 기록물이 세계기록유산에 등재되었습니다. 그날 저녁 식사 자리에 모인 위원들의 대화는 중국이 신청한 기록물에 집중되었습니다. 유럽 출신 위원들은 한국의 학자가 할 수 있는 설명을 어째서 중국의 전문가들이 하지 못했는지 궁금해했습니다. 저는 그것이 자연스럽다고 대답했습니다. 전문가들은 자기들이 다루는 기록물에 정통하지만, 그 기록물을 바깥의 시선으로 바라보지는 못합니다.

세계기록유산 활동에 참여하는 동안 저는 세상의 많은 도서관을 볼 수 있었습니다. 회의를 개최하는 국가에서 중앙도서관, 국가문서보관소 등을 보여 줍니다. 그것도 일반인에게 공개된 범위를 벗어나서 지하의 깊숙한 수장고로 안내하거나, 아니면 꼭꼭 싸서 깊이 숨겨 놓았던 보물을 보여 주곤 했습니다. 바르샤바에서는 옛 궁전의 숨겨진 공간을 우리 위원들에게만 공개했습니다. 그중에는 200년 이상의 역사를 자랑하는 도서관이 있었지만, 아프리카 신생국의 도서관은 민망할 정도로 빈약했습니다. 그 빈약한 도서관에서 일하는 젊은 여성 사서는 한국의 부흥 역사가 부럽다고 말하면서, 습기 때문에 귀퉁이가 썩어가는 파피루스 기록물을 보여 주었습니다. 그들에게 기록물 보존을 위해 절실한 항온항습 장치가 마치 저의 중학교 시절에 꿈도 꾸지 못하던 '내 방' 같았습니다.

인연을 맺은 지 20년이 된 지금 저는 우리나라에서 세계기록유산 사업을 대표하는 사람이 되었습니다. 국가위원회 위원장을 맡고 있으며, 2년마다 돌아오는 등재 후보를 선정하는 역할을 하고 있습니다. 우리나라에는 흩어져 있는 중요 기록물이 많습니다. 흩어져 있는 문헌자료를 모아 새로운 역사를 발굴하려는 역사가와 단체도 많이 있습니다. 그러나 아무리 좋은 기록물을 가지고 있어도 직접 국제사회에 진출하기는 어렵습니다. 국가위원회 위원장의 역할은 그런 전문가들을 국제사회와 연결해 주는 것입니다.

그런데 쉬운 일이 아닙니다. 함께 일할 사람이, 그리고 저를 이어 일할 사람이 부족해서 어려울 때가 많습니다. 특정 기록물에 정통한 전문가는 많지만, 국제사회에서 그 기록물의 중요성을 설득할 만한 사람은 발견하기 어렵습니다. 2001년에 어째서 저를 청주의 회의에 불러들였는지를 지금은 이해할 수 있습니다.

고등학교 도서관에서 제 역할을 끝낼 때는 간단했습니다. 열쇠를 후배에게 넘겨주고 "잘 있어."하고 문을 나서면 그만이었습니다. 그러나 제 인생의 마지막 일을 마치려는 지금은 열쇠를 받아 갈 사람이 분명하지 않습니다. 엄격히 말하면 제가 걱정할 일은 아니지요. 다만 혜화동의 6년을 도서관으로 도피하는 완전범죄를 완성한 것과 마찬가지로, 20년 이상 공들여 가꾸어 온 세계기록유산 관련 활동을 믿을 만한 누군가에게 넘겨주고 싶은 생각이 간절합니다.

서경호(徐敬浩)

1975 서울대학교 문리과대학 중어중문학과 졸업.
1987~2017서울대학교 인문대학 중어중문학과,
자유전공학부 학부장 및 교수 역임.
2005~2013 유네스코 세계기록유산
국제자문위원회 위원.
2008~2009 서울대학교 중앙도서관 관장 역임.
2017~　　　서울대학교 자유전공학부 명예교수.
2021~　　　세계기록유산 한국 국가위원회 위원장.

뽕밭에 울린 올림픽 찬가

'88올림픽과 도시계획: 잠실벌에 올림픽경기장이 조성되는 이야기'

| 김기호(3-8) 梓谷(자곡) |

올림픽과 우리, 우리나라

우리들은 30대 말 혈기왕성할 때 서울에서 '88서울올림픽'을 맞아 어린 자식들과 함께 핏대도 올리고 목이 쉬도록 응원도 하고 또 함박꽃 같은 웃음으로 승리도 즐겼습니다. 이름도 참 촌스러운 잠실(蠶室; 누에 키우는 방, 곳)이라는 곳에서 세계의 모든 곳에 '누에 키우기' 대신 현대적 운동경기와 서울과 대한민국의 문화와 근대화 성취를 널리 알리는 축제를 벌였죠. '88서울올림픽'은 이제 70대에 들어선 우리 삶의 허리 부분의 시간에 이루어진 큰 이벤트로서 우리들 자신의 삶과 나아가 우리나라 현대화에서 터닝 포인트가 될 만한 중요한 사건이었습니다.[1] 이런 세계적이고 역사적인 올림픽을 유치하기 위하여 기울인 여러 가지 공식적 노력이나 흥미로운 뒷이야기들은 그 후 많이 알려져 왔습니다. 오늘 여기서는 올림픽을 하려면 꼭 필요한 국제적 규모의 운동장 등이 어떻게 만들어지게 되었나 살펴보려고 합니다.

먼저 짤막하게 우리나라와 올림픽의 관계를 둘러보는 것이 글의 전반적 이해에 도움이 될 것으로 보입니다. 이건 마치 중학교 수준의 퀴즈 문제 같은 것이고 핸드폰 검색만 해도 쉽게 알 수 있는 것들이지만, 이야기의 시작에 편하게 몸풀기(warming up)를 하여 좀 더 현실감이 나도록 간략히 덧붙이니 가볍게 읽어 주세요.

먼저 우리나라 사람으로 최초로 올림픽에서 금메달을 딴 사람은? 손기정! 빙고! 그러나 완전하지는 않네요. 우리나라 사람은 맞지만 당시 손기정은 손기테이(孫基禎)라는 이름으로 일본 국가대표로 출전했었죠. 베를린 올림픽 기념비에 새겨진 마라톤 우승자 국적을 우리나라 모(某) 국회의원이 KOREA로 고친 적(경향신문, 1970.11.7.)이 있을 정도로 우리가 아쉬워하고 마음 아파하는 부분이죠

---

1) 이즈음 일어난 변화들; 우리나라 컬러TV 방송 시작(1980.12.1.), 야간통금 해제(1982.1.6.), 지하철 2호선 전면 개통(1984.5.22.), '86아시안게임 1986.9.20., 대통령직선제 개헌('87년체제') 1987.6.항쟁,' 88서울올림픽 1988.9.17.,

▶ 베를린 올림픽경기장에 설치된 우승자기념비, 좌측 8번째 줄에
MARATHONLAUF(마라톤) SON JAPAN이라고 적혀 있는데
JAPAN 부분이 훼손 후 새로 적어 넣어 색이 약간 하얗다.

https://www.gedenktafeln-in-berlin.de/gedenktafeln/detail/
olympiasieger/1159

우리가 해방 후 처음 참가한 올림픽은? 조금 어렵죠. 제14회 런던올
림픽(1948.7.29.~8.14.)으로 첫 출전에 벌써 동메달 2개(역도, 복싱)를 획
득하였습니다. 정부 수립(1948.8.15.)하기 2주일 전으로 미군정기(美軍
政期)이지만 한국(KOREA)이라는 국명과 태극기를 앞세워 출전했으니
우리가 얼마나 올림픽을 통하여 대한민국의 존재를 세계에 알리려고
애썼는지 새삼 감동스럽고 고마운 느낌이 듭니다. 그렇게 목 놓아 기
대하던 첫 금메달은 그 후 거의 30년이 지나 제21회 몬트리올올림픽
(1976, 캐나다)에서 양정모(레슬링) 선수가 거두었죠.
마지막으로 숨겨진 이야기를 하나 더 하고 마치겠습니다. 우리들은
앞에 말한 손기정 금메달 사건(일장기 말소사건, 1936.8.13.과 8.25. 동아일보)

으로 1936년에 독일 베를린에서 올림픽(11회)이 있었다는 것을 잘 알고 있죠. 그럼 4년 후 1940년 올림픽은 어디에서 치러졌을까요? 2차 세계대전으로 미개최! 딩동뎅!, 역시 보성의 수준입니다.

하지만 그 뒤에는 우리에게 유쾌하지 않은 이야기가 있습니다. 실제로 1940년 올림픽 개최지는 일본 동경으로 결정되었습니다(1936. 베를린). 대일본제국은 그해에 동계올림픽도 삿포로로 유치하고 만국박람회도 개최하여 일본의 국제적 위상과 근대화 성취[脫亞入歐]를 온 세계에 자랑하려고 하였습니다. 동양에서는 최초로 열릴 뻔한 이 대회는 그러나 일본이 1937년 중일전쟁을 일으키며, 국제적인 비난과 내부적인 사정으로 1938년 반납하게 됩니다. 그럼에도 잘 아는 대로 동양 최초의 올림픽은 1964년 동경에서 개최되었죠. 2차 대전을 일으킨 동맹국인 독일과 일본이 연달아 올림픽을 개최하려고 한 것을 보면 당시 그들이 올림픽을 국내외 정치적으로 이용하고자 한 의도를 엿볼 수 있습니다. 국내적 정치상황을 국제적 행사로 가리고 나아가 세계전쟁(제2차 세계대전)을 꾸미면서 국제적 여론을 자기 나라에 유리하게 전환하고자 하는 선전선동의 일환이었죠.

올림픽은 한 국가가 아니라 한 도시가 유치하는 것입니다. 그러기에 올림픽 이름에는 도시 이름이 들어가고 우리 올림픽도 '88서울올림픽'이라고 부릅니다. 중앙정부나 국가올림픽위원회는 경우에 따라 열심히 또는 시큰둥하게 지원하는 역할을 하게 됩니다. 올림픽 유치는 당해 도시 및 국가의 사회경제적 성취나 문화를 세계에 알리고 공유하는 매우 큰 축제로서 단순히 체육경기 차원을 넘는 종합적인 문화행사라고 할 수 있습니다. 그렇기 때문에 세계의 여러 도시들이 유치

경쟁에 뛰어드는가 봅니다.

기쁨은 짧고 걱정은 길다

"KOC 萬歲": 기쁨 속에 걱정이...
아시아 競技大會 서울 開催의 꿈이 이뤄지던 날.(조선일보 1966.12.16.)

우리나라도 국제적 축제인 올림픽 유치하기를 간절히 원했습니다. 그
러기에 1964년 동경올림픽은 우리에게는 한편으로 부럽고 분한 느
낌도 있으나 오히려 '우리도 하겠다'는 도전 의욕과 오기를 북돋웠다
고 믿는 것도 전혀 엉뚱한 생각은 아닐 것 같습니다. 그 첫 번째 관문
은 우선 아시아경기대회를 치러보는 것이었습니다. 그리고 그 꿈은
드디어 1966년 방콕에서 제6회 아시아경기대회(1970년) 개최지를 서
울로 결정하면서 실현되기 시작했습니다. 모두 흥분했죠. 이제 6.25
전쟁을 극복하고 빠르게 경제성장을 이뤄 가는 한국과 수도 서울의
변화를 세계에 보여주고 북한에 대해서는 남측 체제의 우수성을 가시
적으로 보여주어 우리가 더 살기 좋은 나라라는 것을 자랑할 기회를
얻은 것입니다.

그러나 위의 조선일보 신문 제목 속에 들어 있듯이 유치 기쁨 속에는
걱정이 숨어 있었고 결국 기쁨보다 걱정이 현실이 되기 시작했습니
다. 한국올림픽위원회(KOC)는 서울에서 열린 아시아경기연맹(AGF) 총
회(1968.4.)에서 지난 1년 여간 말 많던 아시아경기대회 개최권을 반납
하고 총회는 만장일치로 6회 대회를 다시 태국에서 인수하도록 권고
하였습니다. 정부는 1.21사태(1968.1.21. 북한 공작원의 청와대 습격 기도)로
인하여 한반도에 긴장상태가 고조되고 북괴의 도발로 인해 대회의 안

정적 분위기를 유지하기 극히 어렵다고 진단을 내렸다고 밝혔습니다. 그 외에 운동장시설 등과 선수단 숙소 등의 건설이나 보수를 위한 비용 부담도 크게 영향을 미쳤습니다. 항간에는 서울아시아경기대회가 일본 선수들의 독무대가 될 것을 우려했다는 소문도 있었습니다. 실제로 바로 앞의 방콕아시아대회에서 일본은 금메달 수에서 우리나라의 12개에 비해 78개로 압도적 1위를 하였죠.

당시 우리나라는 제1차 경제개발 5개년계획(1962~66)을 마치고 이제 제2차 경제개발 5개년계획(1967~71)을 추진하는 단계였으며 아직 경제개발을 위해 인프라나 산업분야에 투자할 부담이 큰 상태여서 아시아경기대회 등 국제행사는 우선순위에서 뒤에 둘 수밖에 없는 상황이었다는 주장도 있습니다. 그런 이유로 처음부터 서울아시아경기대회를 서울운동장을 개보수하여 메인스타디움으로 사용하고 여타 기존의 운동시설을 보수하여 사용하는 등 '아담하고 조촐하게' 치를 계획이었습니다. 결과적으로 서울아시아경기대회는 물거품이 되었으며 우리나라는 국제적으로도 크게 체면이 손상되는 어려움을 겪을 수밖에 없었죠. 이런 소동 속에서도 건설부는 미래를 내다보고 '대서울도시기본계획'(1966년 서울시가 수립한 도시계획, 다음 장에 설명)이 낙점한 둔촌동-오금동지역에 국립종합경기장 후보지를 결정하고 도시계획으로 지정하였습니다(1968.4.).

전쟁에도 잃지 않은 올림픽 개최의 꿈

서울은 6.25전쟁으로 크게 상처를 입었습니다. 우리 세대도 거의 모두 전쟁 중 피란살이 때 태어나서 참 부모님도 애 많이 태우시고 우리도 고생 많이 했을 것입니다. 주택은 전체파괴 또는 소실이 18.1%,

반파나 소실이 10.6%에 달해 거의 30% 가까이가 큰 피해를 입었습니다. 휴전(1953.7.)이 되기 전에 임시수도 부산에서 이미 서울 환도와 재건에 대한 다양한 논의가 일어났습니다. 전쟁 중인 1951년에 취임한 김태선 시장(1951.6~1956.7. 재임)에게는 전재(戰災) 복구계획 및 사업구상이 주된 업무였죠. '인구 300만을 위한 수도재건안' 등이 구상되었지만(1951), 최종적으로 전재 복구계획은 '서울도시계획 가로변경, 토지구획정리지구 추가 및 계획지역 변경'이라는 긴 명칭으로 내무부에 의해 고시되었습니다(1952.3.25.). 그러나 재정적 여력이 취약했던 당시에 본격적 서울 전재 복구사업은 미국 국제협력처(ICA, International Cooperation Administration)로부터 원조가 시작되면서(1954) 실제적인 도로나 주택 재건사업 등이 시작되었습니다.

김태선 서울시장은 서울 재건을 위한 1955년도 사업계획으로 '수도 재건방침 12개항'을 수립하였습니다(서울600년사 5권, 140쪽, 서울특별시, 1995). 일상적인 전재 복구도시계획에 속하는 토지구획정리, 상수도 보급, 공원 조성, 문화부흥 등의 방침과 함께 서울시는 '올림픽운동장 설치 촉진' 문제를 11번째 항목으로 제시하였죠. 언론은 "우이동에다가 국제운동경기를 위한 '오림픽' 운동장 설치를 대한체육회와 추진 중에 있다고 한다."고 보도하였습니다(동아일보 1955.1.8.). 전쟁 후 복구라는 시급한 과제를 위한 계획의 내용으로는 좀 뜬금없는 항목이나 전재 복구는 하더라도 장기적인 도시의 목표로서 올림픽을 유치하겠다는 의지와 계획을 분명히하고 있는 것으로 읽을 수 있습니다. 이같이 도시계획이나 전재 복구가 재정적인 어려움 속에 진행되면서도 언젠가는 이루어야 할 원대한 목표를 잃지 않는 것이 장기적 도시계획의 역할이기도 합니다.

뽕나무밭에 심은 올림픽의 꿈

전재 복구가 1960년대로 들어 서서히 정리되어 가며 경제개발 5개년 계획이 진행됨에 따라 우리 삶에 좀 더 실제적이고 구체적인 변화들이 나타나기 시작했습니다. 경제개발 5개년계획은 단순히 경제와 산업만을 대상으로 하는 계획이 아닙니다. 경제와 산업을 위해서 공장이나 부대시설 외에 당연히 도로 등 인프라나 주택 등도 계획의 한 부분이 되어야 했으며 산업구조의 변화(농업-->공업)로 인해 도시로 몰려오는 사람들을 위해서도 주택 공급과 문화체육 등 기타 관련 도시서비스의 마련은 중요한 과제가 되어야 했겠죠. 그에 따라 경제개발 5개년계획은 제5차년도(1982~86)부터 그 이름조차 경제사회발전 5개년계획으로 바뀌었습니다. 서서히 성장으로부터 안정, 능률, 균형으로 그 기조가 바뀌어 가고 있었습니다.

1차 경제개발 5개년계획이 마무리되는 1966년 4월 서울에 부임한 김현옥 시장은 부임한 지 4개월 만에 야심차게 광복 21주년을 기념하여(8.15.) 시청앞 광장에서 '서울도시계획 전시회'를 개최했습니다. 이는 국내 최초로 시에서 개최한 도시계획 전시회로서 1개월 여의 전시기간에 무려 80만 명의 시민이 참관하여 큰 성공을 거두었습니다. 서울인구의 23%(1965년 서울인구 375만 명)가 관람하여 대략 가구당 한 명이 전시장을 찾은 꼴이 됩니다.

일제 강점기 말(1939) 경성시가지계획 수립 시 134㎢(주로 강북 4대문 내와 주변과 영등포 일부)이던 서울시 면적은 정부 수립 후 1949년(이승만 정부) 268㎢로 2배 정도 확장되었습니다(숭인, 은평, 구로, 뚝섬지구 편입). 1963년(박정희 정부)에는 596㎢로 다시 2배 정도 늘어나며(영등포 외 한강 남쪽 지역 전체와 중랑, 노원, 도봉 등) 현재의 모습을 가지게 되었지요(605㎢, 2010년). 그러나 이들 지역을 위한 도시계획은 6.25전쟁(1950~53)과 전후 재해복구, 그리고 경제여건으로 제대로 마련되지 못한 상태였습니다. 강북의 도심과 주변시가지(지도의 1936년 권역)는 해방 및 6.25 후 해외나 북한지역에서 밀려드는 사람들로 매우 밀집하고 환경이 열악하였습니다. 새로 편입된(1949, 1963) 시가지의 사람들은 자기 토지나 동네가 어떻게 발전할지 궁금할 수밖에 없었기에 시민들의 관심이 아주 높을 수밖에 없는 도시계획전시회였습니다.

김현옥 시장은 전시팸플릿에서 다음과 같이 솔직하게 인사말을 하였습니다. "그동안 전반적인 도시계획이 수립되지 못하였거나 또는 잘 알려져 있지 않았던 관계로 여러 가지 궁금히 여겨 오신 것들이 많으셨을 줄 믿습니다. 그러므로 오늘 우리는 여러분의 의문을 풀어드림과 동시에 보다 희망에 찬 내일과 의욕적인 삶의 터전을 마련하실 수 있도록 서울의 도시계획 전부를 공개하는 바입니다."

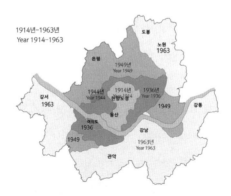

▶ 서울 행정구역의 연도별 확장. 1936년, 1949년, 1963년 대폭 확장되었다. 자료: 서울연구원, 지도로 본 서울, 2013. 지명 기입 추가

전시회는 20여 년 후(1990)를 목표로 한 인구 500만의 '대서울 도시기본계획'과 미래에 서울을 벗어나 다른 곳에 건설할 것을 예상한 인구 150만 명을 수용하는 이상적인 수도계획으로서 '무궁화계획' 또는 '새서울 백지계획'이라고 불리는 것이었습니다(서울도시계획사 2, 광복~1970년의 도시계획, 서울역사편찬원, 2021). '대서울 도시기본계획'은 해방 후 서울 최초의 도시기본계획으로서 이후 서울의 도시발전에 큰 영향을 미치게 됩니다. 서울의 행정구역은 이전보다 2배 이상 확장되며(1963.1.1.) 한강 이남지역을 대폭 포함하게 되고 거의 오늘과 같은 경계를 가지게 되었습니다.

이에 따라 좀 더 종합적인 도시계획의 필요성이 높아진 것이 도시계획전시 배경 중의 하나입니다. 그 내용 중에는 당시 강북 도심에 모여 있던 행정부, 입법부(국회), 사법부(대법원등) 등 국가기관을 새로 편입된 지역을 포함하여 도시 내 여러 곳에 배치하여 여러 개의 중심을 형성하는 다핵(多核) 도심계획과 4개 노선의 지하철 건설계획, 그리고 올림픽을 겨냥한 종합운동장계획 등이 포함되어 있습니다. 잘 믿어지지 않겠지만 이런 것들은 지난 50여 년 동안 대체로 실현되어서 오늘의 서울을 만드는 큰 얼개가 되었습니다.

우리 세대는 살면서 이 모든 도시계획의 실현과정을 직접 보고 실현과정에 일어난 건설소음, 먼지, 교통 등 불편함도 감수하고 결국 그 결과물 속에서 오늘까지 살고 있는 이 시대의 현장 증인들입니다. 예를 들어 입법부는 영등포구 여의도(1975, 원 계획에는 강남지역)에, 사법부는 서초구 법원단지(1980년대 이후, 원 계획에는 영등포)에, 행정부는 대통령실이 용산(원 계획에는 대통령부는 경복궁 부근, 기타 행정부서는 용산 미군기지 이전 후 부지에)에 자리를 잡았습니다. 그리고 1단계 지하철 사업인 1-4호선(노선은 약간 변경) 건설을 비롯하여 올림픽을 겨냥한 국제경기장(원계획대로 올림픽공원과 추가로 잠실운동장) 등의 올림픽경기장 시설도 계획안을 충실히 따르고 있습니다. 당시 강남지역과 여의도나 강서지구가 농촌이나 임야였고 아무 구체적 도시계획도 없었다는 점을 감안하면 그동안 우리나라의 발전과 도시계획을 통한 도시건설 추진력이 엄청 났음을 알 수 있습니다. 한 번 한다고 마음먹으면 아주 큰 것을 이룰 수 있는 능력이 있는 시대를 우리와 함께 많은 사람들이 만들어 온 것입니다.

도시계획전시회에서는 서울의 미래를 위해 중요한 24개의 계획안과 실행방안에 대하여 전시 및 안내하고 있는데 그중 19번이 종합운동장계획으로서 기본계획보고서('서울도시기본계획'66, 1966, 282쪽)에서는 지가가 저렴하고 사회간접자본 여건이 개선될 천호지구 거여동 일대 80만 평(현재 올림픽공원과 선수촌아파트지구 위치)을 국제경기장지구로 계획하였습니다.

전시회 안내 팸플릿에서는 좀 더 구체적으로 다음과 같이 설명하고 있습니다. "19. 종합경기장계획. 국제 오림픽대회를 개최할 수 있는 최신식 규모의 종합경기장을 건설할 수 있도록 해보겠습니다. 면적 263만7500평방미터; 가. 경기장 143만 7500평방미터, 나. 오림픽촌 120만평방미터."

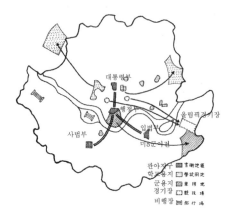

▶ 1966년 '대서울도시기본계획'에서 제시한 국가기관 및 올림픽경기장 배치. 올림픽경기장은 현재 올림픽공원과 선수촌아파트의 위치이다. 자료: '서울도시기본계획'66, 서울특별시, 213쪽('업무지구 배분 및 분산계획도'), 1966.에 지명기입 추가

1979년; 운명의 한 해 그리고 1981년의 반전

서울시민과 우리나라 사람 모두에게 공개적으로 거대한 전시회와 보고서('대서울도시기본계획', 1966)를 통해 배포 크게 올림픽을 위한 국제경기장의 위치와 규모를 계획하여 내놓은 서울시와 정부는 같은 해 그 첫 번째 발걸음으로 아시아경기대회(1970년 개최 예정)를 유치하였습니다. 그러나 새로운 국제규모 운동장은 도면(圖面) 위에 그 위치만 설정되어 있고 건설의 진척은 없으며 서울운동장을 주경기장으로 개보수하여 아시아경기대회를 치르려던 시도는 이미 앞에 설명한 바와 같이 국제정치적(북한), 국내 경제적 여건의 어려움으로 좌초하였죠. 무엇보다 재정과 국제운동경기 참가 및 운영경험 부족, 그리고 도시의 전반적인 인프라(도로나 지하철, 공원과 미관 등) 등 기반여건이 성숙되지 못

했죠. 그러나 이러한 아시아경기 반납소동은 정부와 서울시, 그리고 시민들에게 국제대회를 개최할 수 있는 종합경기장 건설의 필요성을 절감하게 하였습니다.

해방 후 정부 수립 이래 우리나라 경제개발계획에서 1962년(제1차 경제개발 5개년계획 시작)부터 1981년(4차 경제개발 5개년계획 종료)까지 20년을 고도성장기라고 부릅니다.[2] 이 중에 1970년대는 제3차(1972~76) 및 4차(1977~81) 경제계획의 시기로서 성장, 안정, 형평, 능률이 그 이념으로 매년 평균 7% 이상 경제(GDP)가 성장했습니다. 1973년, 1976년 그리고 1977년에는 성장률이 10%가 넘기도 했습니다. 3% 만 되어도 엄청난 경제성장으로 보는 오늘의 시각으로 보면 정말 대단한 경제발전이었죠. 서울 인구도 1970년 550만 명을 넘어선 이후 계속 증가하여 1980년에는 835만 명을 넘어섰습니다. 매년 약 30만 명이 증가한 것으로 매년 구(區) 하나 정도의 인구가 증가한 것이죠.

이러한 경제성장과 인구증가로 인해 1963년에 서울로 편입된 한강 이남지역의 개발은 피할 수 없는 과제가 되었습니다. 드디어 강남지역의 개발이 시작됩니다. 우리가 열심히 대학입시를 준비하고 있던 시기입니다. 복(福)부인이 드디어 출동 준비를 하던 때이기도 하죠. 이

---

2) 기록으로 보는 경제개발 5개년계획, 국가기록원,
  https://theme.archives.go.kr/next/economicDevelopment/overview.do

에 따라 영동1지구(대체로 현재의 서초구의 지역)³⁾가 사업시행 인가를 받아(1968) 농경지인 토지를 도시적인 용도와 시가지로 바꾸는 '토지구획정리사업(土地區劃整理事業)'이라는 도시계획사업이 시행되었습니다. 연이어 영동2지구(대체로 현재 강남구의 지역)도 토지구획정리사업이 시행되기 시작했죠(1971년).

잠실지역 개발은 1971년 한강의 하중도(河中島)였던 잠실섬을 육속화(陸屬化)시키는 공유수면 매립공사로 시작하였습니다. 섬(잠실섬과 부리도)의 남쪽 한강 흐름을 막아 섬을 남쪽의 육지와 연결하고 북쪽에 제방을 쌓아 한강의 본류를 북쪽으로 흐르게 하는 것입니다. 오늘 우리가 보는 석촌호수는 예전 잠실섬의 남쪽을 흐르던 한강 줄기의 일부가 남아 공원이 된 것이죠.

▶ 잠실섬(1966)을 남쪽 육지에 붙이고(1972) 북쪽(위방향)으로 한강 본류를 흐르게 하는(1977) 과정. 자료; 88서울올림픽, 서울을 어떻게 변화시켰는가, 서울역사박물관, 2017, 96~97쪽

잠실지구에 특별한 관심이 쏠리기 시작한 것은 1973년 잠실지구를 국제적 운동장시설을 갖춘 이상적인 신도시로 건설하라는 대통령 지

---

3) 영동(永東)이란 永登浦의 東쪽이란 뜻으로 그만큼 당시 한강 남쪽지역은 기준으로 삼을 시가지가 가까이 없었다는 것을 의미한다.

시[4]에 따라 새롭게 '잠실지구 종합개발 기본계획'(1974년)이 수립되면서입니다. 이 계획은 오늘의 잠실종합운동장 부지를 확정하는 것은 물론 그 주변에 입체적이고 종합적으로 주거와 업무 및 상업시설과 공원녹지를 포함하는 올림픽타운을 만드는 것이었습니다. 1968년 지정한 국립경기장 부지(현 올림픽공원 일대)가 있었지만 잠실운동장 부지는 영동2구획정리사업지구(현 강남구내 지역)와 잠실구획정리사업지구 사이에 위치하며 한강과 연접한 입지로 메인스타디움과 체육시설을 위한 적지로서 각광받게 되었죠.

▶ 잠실섬 북쪽의 흙을 퍼다가 남쪽 물길을 막고 메우는 작업을 설명한 신문보도. 자료; 경향신문, 1971.4.16.

이러한 정부의 의지와 방향설정 속에 1977년에는 잠실종합운동장에 관한 건축 현상설계를 통하여 부지 전체 마스터플랜과 메인스타

<hr />

4) 서울도시계획사 2, 서울역사편찬원, 2021, 244쪽

디움을 위한 건축계획안이 선정되었습니다. 마스터플랜과 메인스타디움은 공간그룹(Space Group of Korea)의 건축가 김수근 씨의 안이 선정되었으며[5] 기타 야구장, 실내수영장 등도 각각 설계안이 선정되어 1977년 경기장 건설이 시작되었습니다.

이 같은 분위기 속에 이번에는 아시아경기대회(Asian Game)를 건너뛰고 올림픽을 유치하자는 여론이 서서히 형성되기 시작하였습니다. 당시 대한체육회장이던 박종규는 박정희 대통령에게 올림픽 유치를 건의(1979)하여 대통령의 재가와 정부-여당 연석회의를 통한 유치 결정을 이루어내었죠.[6] 최종적으로 유치도시의 시장인 정상천 서울특별시장이 기자회견을 통하여 올림픽 유치를 공식 발표하였습니다 (1979.10.8.). 서울시장은 유치의 배경으로 "지난 10년 경제의 고도성장으로 튼튼한 경제적 기초가 마련된 점, 세계사격(1978) 및 세계여자농구선수권대회(1979) 개최로 국제대회를 개최하고 운영하는 능력이 신장된 점, 올림픽 유치(1980년대)를 염두에 두고 1977년부터 서울종합운동장 등을 건설한 점(이미 30% 진행)" 등을 거론하였습니다. 아시아경기대회 반납(1968)의 수모를 뒤로하고 이제 오히려 더 거대한 올림픽을 유치할 여건이 성숙되었다고 판단한 것입니다.

---

5) 이때 복학 후 건축학과 4학년이었던 필자는 공간그룹의 인턴으로 근무하며(1976년 가을부터) 회사 전체가 매달려 준비하는 마스터플랜, 메인스타디움 설계안과 거대한 모델 작업 등에서 부수적인 일을 하며 어깨너머로 큰 프로젝트에 대해 배울 수 있었다.

6) 이하 '88서울올림픽'과 관련된 사항은 다음의 책을 참조했다. 서울역사박물관, '88올림픽과 서울', 2018. 이 책은 '88서울올림픽' 개최 30주년 기념 전시회 전시도록임.

그러나 유치발표 후 채 3주도 못 되어 상황은 급박히 바뀝니다. 잘 아는 대로 10.26사태로 대통령이 유고가 된 것입니다. 서울시가 유치 도시지만 결국 중앙정부와 대통령이 그 뒤의 후원자일 수밖에 없는 우리나라에서 초유의 비상사태가 발생한 것입니다. 혼란스러운 정국 속에서 올림픽유치 회의론이 등장한 것은 말할 필요도 없겠죠. 그러나 문교부와 대한올림픽위원회는 올림픽 유치의 타당성을 재확인합니다. 이런 상황에서 최규하 대통령(재임 1979.10.26.~1979.12.6./ 1979.12.21.~1980.8.16.)은 '88올림픽'은 포기하고 '86아시안게임'을 유치하도록 결정합니다. 개최 예정 도시인 서울시도 동조하여 제반 상황을 고려할 때 올림픽 유치가 불가능할 것으로 결론 내립니다(1980.11.27.). 아! 또 다시 우리 국민의 염원이 물거품이 될 상황에 처하게 되었습니다.

그러나 뜻밖의 반전이 시작됩니다. 최규하의 뒤를 이어 통일주체국민회의가 장충체육관에서 선출(1980.8.27.)한 제11대 전두환 대통령[7]은 서울시의 결론 후 4일 만에 올림픽 유치를 재추진하도록 지시합니다(1980.12.1.). 이런 우여곡절을 거친 끝에 서울시는 드디어 올림픽유치 신청서를 IOC에 제출하게 됩니다(1981.2.26.). 그 하루 전 전두환 후보는 새로운 헌법에 의해 치러진 선거인단을 통한 간접선거에서 제12대 대통령으로 다시 선출되어 그 임기를 시작하였습니다.
그다음 수순은 우리가 잘 알고 있는 대로 외교적 노력과 내부적 준비

---

7) 당시 사람들은 그를 '체육관대통령'이라고 부르기도 했다.

등을 통하여 열심히 유치노력을 한 끝에 서독의 휴양도시 바덴 바덴 (Baden Baden) IOC 총회(1981.9.30.)에서 '쎄울 코레아!(Seoul Korea)'가 울려 퍼지게 만든 것입니다. 결과는 서울:나고야=52:27로서 거의 더블 스코어입니다. 사마란치 IOC위원장이 마이크 앞에서 결과 봉투를 열며 잠시 뜸을 들인 후 발표하던 이 장면을 우리는 결코 잊지 못할 것입니다. 그리고 우리 생애에서 매우 인상적인 장면 중의 하나일 것입니다. 여세를 몰아 두 달 뒤에는 '86아시안게임'도 유치에 성공하여 우리는 자연스레 운동시설의 건설이나 운동경기 및 축제 운영의 측면에서 아시안게임으로 부드럽게 몸 풀고 올림픽 본게임으로 나아가는 과정을 밟게 되었습니다.

이제 운동장 건설이 정말 현실적인 과제가 되었습니다. 체육부는 ''86아시아,' 88올림픽 대회 총합계획'을 수립하여 잠실종합운동장과 올림픽공원에 입지하게 될 경기장 시설을 최종적으로 확정합니다. 잠실종합운동장에는 메인스타디움과 실내체육관, 실내수영장, 그리고 야구장과 학생체육관을 건설하고 올림픽공원지구에는 사이클경기장, 역도경기장, 테니스경기장, 펜싱경기장, 체조경기장, 수영경기장 등 체육시설과 평화의 문과 올림픽회관을 건설하게 됩니다. 그 외 올림픽공원지구에서 발굴된 몽촌토성은 적극적으로 보존하여 역사와 체육(여가)이 함께 하는 공원으로 조성하게 됩니다. 1984년에 이미 메인스타디움을 완성하고 올림픽공원도 1986년에는 개장하게 되어 '86아시아게임'을 환영하게 됩니다.

▶ 88서울올림픽 개최 주요 장소 지도. 한강-잠실종합운동장-올림픽
공원-올림픽선수촌, 그리고 잠실 시가지 올림픽 타운. 자료; 88올
림픽과 서울 전시도록 표지 부분, 서울역사박물관, 2018

상전세도(桑田世都)의 대변화

1988년 9월 17일 드디어 뽕나무밭이 세계의 도시가 되고[桑田世都]
그곳에서 제24회 '88서울올림픽'의 막이 올랐습니다. 그때까지 열린
올림픽에서 제일 많은 국가가 참석한 대회에서 우리는 금 12개로 세
계 4위를 기록하게 됩니다. 이렇게 우리의 청장년시대는 올림픽을 통
하여 우리의 잠재력과 가능성을 스스로 알게 되는 기회를 가지게 되
고 이런 자부심과 노력을 통하여 우리나라는 이제 21세기 들어 문화
와 정보강국으로 세계의 10위권 경제대국을 만들었습니다. 자랑스러
워해도 됩니다.

그러나 아직도 우리가 할 일은 많습니다. 우리 모두 건강 잘 지켜서
우리 후배들이 이어서 추진하는 크고 작은 공사(公私)의 많은 일에 활
발히 함께하여 더 좋은 나라를 만드는 데 우리 나머지 열정을 다 쏟아
부읍시다.

김기호(金基虎)

서울대 공대 건축학과 졸업.
독일 아헨공대(TH Aachen) 공학박사.
현 서울시립대 명예교수(도시설계),
현 행정중심복합도시 총괄기획가.

초대받지 않은 손님들(Uninvited Guests)

| 신상천(3-2) |

2020년 7월에 고려대학교 교우회보 600호를 받았다. 인쇄 중단으로 발송하지 못했던 1971년 11월호를 49년 만에 보내왔다.

기억도 생생한 1971년 10월 15일 오전. 그날따라 집회도, 데모도 없었다. 평온한 가운데 강의를 듣고 있는데,
갑자기 아우성치는 소리에 밖으로 나와보니, 캠퍼스가 전쟁터로 변해 있었다.

최루탄 연기가 자욱했고, 군인들이 사이렌을 울리며 APC와 장갑차를 앞세우고, 운동장, 강의실, 휴게실, 학생회관, 심지어 화장실까지 뒤지며, 잠긴 문을 부수고, 유리창을 깨고, 학생들을 무자비하게 구타하면서 끌고 가, 타임지 표지 사진에 나온 것처럼, 무릎 꿇고 고개 숙이고 있게 했다.

그날 체포된 고대생이 1,300여 명이라고 했다. 나도 그중 한 명이었다.

타임지는 "초대받지 않은 손님(군인)들이 카빈총과 최루탄을 들고 들어왔다."라고 사진을 설명했다.

그러나 그때 놀라운 광경을 목격했다.

대위 계급장을 단 군인이 갑자기 부하들을 향해, "학생들이 무엇을 잘못했다고 때리는가?" 소리를 지르면서 쓰고 있던 철모를 내동댕이치는 것이었다.

그래도 군인들은 구타를 계속했다. 그 장교는 고대 출신이었다고 들었다. 사건 직후 예편당하고, 고초를 겪었다는 이야기도 들었다.

우리는 사진에서처럼 포로로 잡혀 있다가, 도착한 군용 트럭에 짐짝처럼 마구잡이로 실려, 필동에 있는 수경사 사령부로 끌려갔다.

그날의 사건은 우리 교정에 붙었던 수경사 사령관에 대한 대자보가 발단이었다. 대자보의 주모자인 학생이 체포될까 봐 교내에 기거했는데, 밤중에 수경사 헌병들이 담을 넘어와 이 학생을 끌고 가서, 무자비하게 구타하고 돌려보낸 적이 있다. 그날 바로 그 부대가 쳐들어온 것이었다.

당시 중요 이슈는 교련 반대였고, 학생 대부분이 교련 수업을 거부해서, 1년 후에는 무더기로 입대하게 되었다. 나도 입대해 훈련소에서 훈련을 끝낸 후, 장장 13주에 걸쳐 기갑학교 전차 승무원(EMBC 539기) 과정을 수료하고, 배치받은 곳이 바로 우리 학교에 들어왔던 수경사 장갑 중대의 APC 조종수로 34개월을 보냈다.

제대를 앞두고 있을 때 월남이 적화된 후, 데모가 계속되면 대학에 진입할 준비를 하고 있었는데, 워낙 불안한 시국이라 별다른 소요 사태가 일어나지 않아, 무사히 제대할 수 있었다.

우리는 데모를 하는 입장에서 진압하는 입장으로 바뀔 수 있듯이, 모든 상황에서 서로의 처지가 바뀔 수 있으므로, 상대방을 배려하고, 대화를 통해 서로 이해하려 하는 것이 중요함을 요즘 젊은이들이 알아주었으면 얼마나 좋을까 한다.

신상천(申相天)

1970년 고려대학교 철학과 입학.
1978~1999년 현대증권 근무.
오색향농원 대표.

군대생활의 보람과 의미

| 이태희(3-6) |

한때나마 세상을 떠들썩하게 했던 "군대에 가서 3년을 푹 썩고 왔다"는 말이 뉴스거리가 된 일이 있다.

그러면 과연 군대란 무엇인가? 왜 군대에 가야 하는가? 군에 가서 무엇을 할 것인가? 일반 젊은이들이 군에서 어떻게 하면 썩지 않고 나올 수 있을까 하는 생각을 해본다. 필자는 육군사관학교를 나와서 장교로 임관한 뒤 32년 3개월의 군 생활을 마치고 만기 전역한 사람이다.

나는 성당을 다닌다. 그러나 군 생활을 하면서 주말마다 일반 성당에 다니는 것은 거의 불가능하다. 집이 서울에 있는 관계로 한 달에 한 번 외박을 나올 때마다 동리의 성당엘 나간다. 성당에 가도 아는 얼굴도 아는 사람도 없다. 그저 미사를 보고 돌아올 뿐이다. 그러나 가족과 두 아들이 성당을 다니면서 누구의 아버지가 군 생활을 하고 있다는 것을 알음알음으로 아는지 몇몇 사람들은 알은 척을 하신다. 나를 알고 말을 건네는 사람은 거의 열에 아홉은 아들이 이번에 군에 가게 되었는데, 또는 군에를 안 간다고 버티는데 상담을 해 달라는 부탁을 하신다. 그럴 때마다 '어떤 조언이 필요할까?'를 고민하게 된다.

대부분의 부모님들은 자신이 알고 있는 군대, 자신이 몸담았던 시절의 군대를 회상하시며, 반은 걱정이요 반은 그 힘든 생활을 자식이 똑같이 반복하게 되지 않기를 바라시는 것 같다.

또한 젊은 남성들의 최고의 술안주가 군대 이야기, 특히 군대에서 축구하는 이야기라는 말도 있다. 전역 후에 만난 80이 다 된 어르신은 아직도 자기 군번과 총번을 자랑스럽게 외우시며 군 생활의 어려움과 그때 선임병의 고약함, 그리고 그를 골탕 먹인 추억을 자랑스럽게 이야기하곤 하신다.

군 생활이 어떠했기에 저렇게 오래도록 기억에 남을까? 왜 군대 이야기는 잊히지 않는 것일까? 군 생활을 어떻게 하면 잘할 수 있을까? 군대 생활을 잘한다는 것이 무엇일까? 무사히 군 복무를 마치고 전역을 하면 그것이 군 생활을 잘한 것일까?

현역 장교로서 답해야 할 의무가 있을 것 같아 사견이지만 몇 가지 생각한 것이 있어 적어 본다.

대대장을 할 때의 이야기이다. 때마침 둘째 아들이 초등학교에 입학하게 되었다. 전방의 군부대 마을에 분교가 하나 있었는데, 선생님이 교장 선생님을 포함하여 4명이 있고 학생을 모두 합하여 70명을 넘지 않는 학교에 아들이 입학하게 되었다.

어느 날 학교에서 운동회가 있다고 한다. 학교에서 운동회야 하는 것이고, 알았다고만 하였는데 주임원사며 참모들이 자꾸 운동회를 보고한다. 무슨 일인가 하니 그 지역에서 대대장인 내가 제일 높은 사람이고 그 학생들은 대부분 군인 가족의 아이들이기에 부대장 명의의 상품이 필요하다고 한다.

크레파스며 몇 가지 문방 자재를 보내고 운동회 날 학교에 가보니 교장 선생님이 2개의 야전 의자가 놓인 작은 단상의 옆자리를 권하신다. 몇 번을 사양하다가 잠시 옆자리에 앉아 이야기하다가 오게 되었다. 교장 선생님도 말이 통하는 상대를 만난 것 같아 반가워하시는 눈치다.

운동회 이후 얼마 지나지 않아 부대를 순찰하는 도중 아이들의 와자지껄하는 소리가 난다. 부대 주변에 장병교육 및 자체 방어를 위하여 파놓은 교통호며 진지에서 아이들이 병정놀이를 하고 있다. 학교가 끝나고 집에 가기 전인 것 같은데, 학교 전 학생의 반이 넘는 것 같은 아이들이 부대 근처에서 놀고 있는 것이다. 잠깐 가서 보며 놀란 것이, 아이들의 명령 하달 및 보고가 내가 결재한 내용과 토씨 하나 틀리지 않게 줄줄 외우고 있었다. 그보다 더 놀란 것은 내 아들 녀석이 대대장이고 각자가 직책을 맡았는데 아빠의 직책을 그대로 유지하며 병정놀이를 하는 것이다.

퇴근 후 아들을 불러 앉혀놓고 물었다. "학생들 중에는 너보다 학년도 높고 덩치도 훨씬 큰 아이들이 있는데, 어떻게 네가 대대장이 되었니?" 아들의 대답이 걸작이다. "내가 공부도 잘하고 싸움도 잘해! 학교에서도 까부는 애가 있으면 내가 혼내줘. 내가 야단치면 한규도 울어" 한다. 한규라는 학생은 3학년생으로 나이에 비해 덩치도 크고 나이도 많아 아들 머리가 그 아이의 겨드랑이를 지난다. 그러나 한규의 아버지는 3중대 주임상사이다. 그 아이의 아버지가 누구와는 싸우지 말라고 미리 자식을 교육했을까? 아니면 내가 운동회 날 교장 선생님과 같이 앉아 있었기 때문일까? 곰곰이 생각하니 아직 어린애의 입장에서 그 아이의 성적이나 주변과의 관계는 그 부모의 관계와 일치하는 것 같아 씁쓸하였다. 상급 학년 형들에게 공손히 하라고 주의를 주었으나 아들은 자기가 싸움도 잘하고 대대장 놀이도 남보다 잘한다고 우긴다.

어릴 적 시골 학교에서 교장 선생님의 아들과 소사 선생님의 아들 싸움이 생각났다. 소사 선생의 아들이 분명 덩치도 크고 싸움도 잘했는데 교장 선생 아들한테는 꼼짝을 못 하였다. 그런데 나는 소사 선생 아들한테는 지지만 교장 선생 아들한테는 이겼었다. 이제야 그 수수께끼가 풀리는 것 같다.

그해 봄 부대에 전입해온 신병이 생각이 난다. 3월 초, 3·1절 행사가 조금 지난 휴일이다. 오래간만에 관사에서 늦잠을 자고 TV를 보며 쉬고 있었다.

10시가 조금 지나 부대 전화벨이 울린다. 휴일에 울리는 전화벨은 통상 사고가 나거나 문제가 발생했을 경우이므로 긴장을 하고 얼른 받아보니 위병장교이다. 2중대 신병 아무개의 부모가 대대장님을 뵙자고 하신단다.

신병의 부모가? 왜? 특별한 이유가 없이 꼭 봐야 한다고 한다. 주번사관이나 중대장이 나가서 면회에 응하라고 하고 야구 중계를 계속 보았다. 통상 신병의 부모가 찾아와서는 자기 아들을 좀 잘 봐달라고 사정하거나 보직을 옮겨달라는 부탁을 하시곤 한다. 그러면서 그 당시 미군 PX에서 나오는 양주 한 병을 주며 자기 아들을 잘 봐달라는 부탁을 하는 것이 통상이었다.

많은 부대원을 통솔할 때 특히 자기 아들만을 잘 챙겨달라는 부탁을 받을 때마다 난감하다. 자기 아들의 편의를 보아주면 다른 사람의 아들이 그만큼 힘든 일이나 작업을 감당해야 하기 때문에 공정하지 못하다고 생각하고 있었다.

30여 분이 지났을까? 전화가 다시 왔다. 2중대장이다. 아무래도 대대장님이 좀 나오셔야 할 것 같다고 한다. 주섬주섬 옷을 갈아입으며, 전화로 사무실에 난로를 피워놓으라 전했다. 당시는 부대의 채난(採暖, 따뜻한 기운을 몸에 받게 함) 기간이 끝나 난로를 피우지 않게 되어 있지만, 지휘관실과 행정을 보는 사무실에만 채난을 했다. 신병의 부모를 사무실에서 보기 위하여 그래도 난로라도 피워 따뜻하게 하려는 생각이다.

사무실은 관사에서 500여m 정도 되는 곳에 있었는데 위병소와 면회소/PX 앞을 지나서 가게 되어 있었다. 난로를 피우고 방이 따뜻해질 시간을 계산하며 천천히 사무실을 향했다.

걸어서 면회소를 지나면서 흘깃 보니, 그라나다 승용차가 한 대 서 있고, 옅은 밤색의 밍크 롱코트를 입은 여자가 나비 선글라스를 끼고 주변을 살피고 있다.

당시는 지금처럼 자가용이 흔한 시기도 아니었고, 그라나다 승용차는 국내에서 만든 가장 좋은 자동차였다. 멀리서 보아도 부대가 있던 전방에서는 보기 드문 세련된 차림과 미모처럼 보였다.

저분인가? 병사의 어머니치고는 너무 젊은 것 아닌가 하며 사무실로 들어갔다.

사무실에서는 아직도 기름 난로에 불이 붙지 않아 당번이 애를 쓰고 있었다. 당번병의 손에는 그을음과 경유가 범벅이다. 잠시 후 불이 붙기 시작하자마자 당번병을 시켜 신병의 부모를 모셔 오라 하였다.

사무실 문을 노크하며 들어선 분은 예상대로 아까 본 그 여자분이시다. "안녕하세요? 날씨도 쌀쌀한데 이곳 전방 누추한 곳까지 오시느라 수고하셨습니다."라고 인사하며 일어나 신병의 부모님을 맞이하는데 "도대체 대대장을 어떻게 하고 있는 거예요?" 하신다. 차갑고 쌀쌀한 여인의 목소리가 귀를 찢는다. 보통 여자는 아닌 것 같다.

통상은 자기 자식을 부탁한다며 저자세인데 그게 아니다. 의자를 내어 앉기를 권하니 의자가 초라하고 지저분해 보였던지 앉고 싶지 않은 눈치이다. "대대장실이 보다시피 누추합니다." 하고 너스레를 떨어 보았지만 무엇인지 화가 풀리지 않는 모양이다. 그리고는 꼿꼿하게 서서 사무실을 훅 훑어본다. 이런 데서 근무하는 너 같은 대대장쯤이야 하고 말하는 듯하다.

난로 가에 내어놓은 의자에 겨우 엉덩이를 걸치고 앉으며 "제 아들 좀 보아 주시겠어요?" 하신다.

"무슨 문제라도 있습니까?"하고 말씀드리니 "애를 먼저 보고 이야기하시죠." 하신다.

"김 이병 들어오라고 해라." 소리와 함께 노크 소리가 나더니 중대장과 김 이병이 들어온다. 중대장은 대대의 선봉 중대장으로 병사들과 잘 어울리고 부대를 잘 이끌고 있는 장교인데, 들어오는 모양이 무슨 죄라도 지은 것처럼 기가 죽어 있다.

"이병 김○○, 대대장님께 불려 왔습니다." 자기 어머니와 함께 있는 대대장을 보고 의기양양하게 인사를 하고 들어온다. 중대장도 따라 들어와 무슨 잘못이라도 있는 듯 엉거주춤 서 있다.

김 이병에게 의자를 권하며 앉으라고 하자, 그의 어머니가 가로막으며 "거기 좀 서 있어!" 하신다. 그리고 "애 손 좀 봐 주세요." 하며 아들의 손을 들어 보여준다.

최근엔 손이 튼 병사를 볼 수 없지만 전에는 열악한 급수시설과 겨울에 거의 찬물로 청소하랴 자신의 옷을 빨래하랴 하며 손 관리를 잘못하면 손이 터서 손등이 새까만 반점이 생기는 병사가 많았다. 그런데 김 일병의 손은 까만 반점이 아니라 온 손등이 구두약을 칠한 듯 새까맣다. 자세히 보니 손이 터진 자리가 또 터지고 하여 그렇게 된 것이 분명하다. 어찌 이런 일이... 중대장의 얼굴을 보니 입술만 지긋이 깨물고 말을 하지 못한다.

당시 군 기준에 의하면 병사들은 한 달에 한 번 온수 목욕을 시켜야 했다. 그러나 지난해에 그 규정이 바뀌어 일주일에 한 번 온수 샤워를 할 수 있도록 했다. 이를 위하여, 우리 대대가 그 근처에서 처음으로 대대급에 분대 목욕탕에서 중대 목욕탕으로 확장공사를 지난가을에 완료하여 겨우내 하루에 1개 중대씩 목욕을 하고 하루는 간부, 하루는 군인 가족, 그리고 하루는 인근의 부대들이 우리 부대의 목욕탕을 빌려 목욕을 시켜주는 실정으로, 어느 부대보다 온수 및 목욕시설이 좋은 부대였다.

"아! 죄송합니다." 대답하고는 상황이 어찌 돌아간 것인지 생각하기가 바빴다.

"그리구요, 여기 좀 봐 주세요." 하며 김 이병의 야전 상의 목덜미를 뒤집어 보인다. 김 이병은 동내의와 전투복 야전 상의를 입고 있었는데, 목은 때가 덕지덕지 끼어 한동안 물을 대본 지 오랜 것처럼 보인다. 그리고 그 때가 거북이 등처럼 갈라져 있다. 입고 있는 야전 상의와 전투복의 목덜미가 가죽을 댄 것처럼 까만 것이 반짝거린다. 목덜미에 때가 찌들어 떡처럼 끼었고 이것이 목을 움직이며 광이 나게 된 것이다. 대대장인 내가 창피했다.

"그리구요." 하며 들춰 보인 김 이병의 러닝셔츠는 군에서 보급한 것이 아닌 약간 분홍색이 감도는 옷이다. 'PX에서 저런 색깔의 러닝셔츠를 파나? 회색 러닝이 색이 바래 저렇게 된 것인가?' 하는 생각을 하며 자세히 들여다보니 흰 러닝셔츠에 때와 땀이 절어 색깔이 그렇게 보이는 것이다. 얼굴이 뜨거웠다. 그리고 마지막으로 보여준 김 일병의 팬티는 엷은 분홍색을 띠고 있었다. 땀과 오줌에 절어 있었다.

"김 이병, 갈아입을 옷이 없는가?"하고 물으니 "네. 없습니다." 하고 신이 나서 큰 소리로 대답을 한다.

즉시 중대장에게 기준 수의 피복 지급을 지시하니 중대장이 총알처럼 튀어 나가 밖에서 보급관을 부르고 하는 바쁘게 움직이는 소리가 들린다.

그동안 김 이병의 어머니는 김 이병이 군대에 들어오기 전 얼마나 깔끔을 떨었는지, 아침저녁으로 샤워와 내의를 갈아입었다는 등, 멋쟁이로 소문이 나 고등학교 때부터 대학 시절은 물론 군에 오기 전까지 따라다니는 여자아이들을 떼어놓기가 얼마나 힘이 들었는지 모른다며, 병사 관리를 엉망으로 한 대대장을 나무라셨다. 입이 열 개라도 할 말이 없어 죽은 듯이 듣고 있었다.

잠시 후 중대장이 새 전투복 두 벌과 러닝 팬티 세 벌, 그리고 양말 3

족을 가지고 들어와 준비가 되었다는 보고를 한다.

보급품을 옆에 두고 김 이병에게 자초지종을 물었다. 어머니의 대대장 질타에 힘이 난 듯, 이등병이 대대장을 대하는 태도가 아니라 집안의 어른 대하듯 편안하게 대답을 한다.

"신병교육대에서 피복 지급을 받지 않았는가?"

"받았습니다."

"무엇을 얼마나 받았는가?"

"군복 두 벌이랑 동내의 러닝 팬티 양말 각 3매, 그리고 야전 상의도 받았습니다. 아! 그리고 군화 두 켤레와 운동화도 받았습니다."

당시에는 보급기준이 훈련소에서 1인당 3벌의 전투복 내의 양말이 지급되던 시기이다. 지금은 그 기준이 늘어나 있다.

"그래서?"

"훈련이 시작되기 전 한 벌 갈아입었습니다. 힘들고 바빠서 2주가 지난 휴일 날 한 번 갈아입었습니다."

"그리고?"

"1주가 지나서 또 한 번 갈아입었습니다."

"그다음은?"

"음, 그리고는 안 주던데요."

"무엇을 안 주지?"

"러닝, 팬티, 양말요."

의기양양하여 힘있게 대답하는데 어머니 앞에서 이를 어찌해야 할지 모르겠다.

"휴일이나 자유 시간에 세탁 시간을 주지는 않았는가?"

"세탁을 할 것이 없어 쉬었습니다."

이야기를 하는 동안 김 이병의 어머니 얼굴이 조금씩 이그러지는 것을 느꼈다.

부대에서 2중대는 매주 화요일 목욕과 세탁을 하라고 2시간씩 자유시간을 주고 있었다.

"자대에 전입온 뒤 2중대의 목욕은 화요일인데 목욕은 언제 했는가?"

"못 했습니다."

"왜 못 했지?"

"매주 화요일 목욕간다고 하여 집합하여 목욕탕까지 가기는 했는데 전 병사가 들어가 옷을 벗고 하데요."

"그래서?"

"어떻게 다른 병사들과 옷을 다 벗고 목욕을 같이 해요? 그래서 목욕탕이 빌 때까지 밖에서 기다리고 있었지요. 그런데 모두가 나와서 목욕탕에 들어가 옷을 벗으려고 하면 점호 집합소리가 나데요. 그래서 세 번이나 옷을 벗다가 목욕은 못 하고 나오게 되어 실제로 목욕은 못 했습니다."

아주 당당한 대답이다.

신병 교육이 6주, 그리고 자대에 전입해 와서 이미 4주가 지났으니 김 이병은 약 두 달 동안 한 개의 러닝, 팬티, 양말을 갈아입지 않고 지낸 것이다. 그리고 훈련소를 포함하여 약 두 달 반 정도를 세수와 목욕을 못 하고 지낸 것이다. 참으로 어처구니없는 상황으로 무어라 설명할 구실이 없어 난감했다.

한편 김 이병의 어머니도 무언가 짚이는 게 있는 것 같은 눈치이다.

얼른 화제를 돌려 이제 병사들의 내무반이 예전보다는 많이 좋아졌다는 말과 함께 내무반 구경을 하시겠느냐고 여쭈었다. 잠시 머뭇거리던 김 이병의 어머니는 대대장이 상황을 아셨으니 잘 조치해 주기 바란다는 반 지시처럼 들리는 부탁을 하고 오늘은 바빠서 그냥 가신다고 하며 일어나신다.

중대장 선임하사 보급관 등이 죄지은 사람처럼 잔뜩 긴장하여 기다리고 있다가 대대장실 문이 열리자 쪼르르 따라나선다. 면회실까지 배웅을 하면서 면회가 끝나면 김 이병을 다시 데려오라 중대장에게 지시하고, 인사장교를 불러 김 이병의 생활기록부를 가져오게 하여 기록과 자력(입대할 때 성장환경, 학습능력 등 신병교육대로부터 지금까지의 병사에 대한 근무 성적과 능력 등을 기술한 문서) 기록을 훑어보았다.

김 이병은 지금도 어느 회사라 하면 모두가 알 수 있는 꽤나 유명한 회사 회장의 아들이었다. 또한 지방의 명문 고등학교를 졸업하고, 그 지방의 국립대학을 좋은 성적으로 다니다가 군에 오게 된 병사이다. 생활도 부유하고 고등학교와 대학의 성적도 좋았다.

1시간쯤 지나서 중대장이 김 이병을 데리고 들어왔다. 우선 지급한 옷을 갈아입혔다. 그리고 그를 세면실 겸 세탁실로 데리고 갔다.

"오늘 벗은 속옷은 빨아야지? 한번 빨아 보아라!"

김 이병은 자기가 입고 있던 옷에 똥이라도 묻은 것처럼 두 손가락으로 조심스럽게 집어 든다. 그리고는 수도꼭지를 틀고 물이 흐르는 수도꼭지 밑에서 다른 손가락에 옷이 닿지 않게 설설 휘젓는다.

"비누질도 해야지" 하며 세탁비누를 주니 흐르는 물에서 흔들던 손을 멈추고 왼손 손가락으로 러닝을 들고 오른손으로 비누를 쥐고 아래위로 비누를 움직이니 비누질이 아니라 비누를 바르고 있다. 아직까지 남이 빨래하는 것을 한 번 보지도 못하였나? 하는 의구심이 든다. 비누를 묻힌 빨래를 역시 흐르는 수도꼭지에서 흔들며 비누가 다 빠지기를 기다린다. 그리고 손으로 꼭 쥐어짜며 다했다고 한다. 이 병사를 어떻게 교육시켜 군인을 만들지 고민이다.

빨래를 마친 김 이병에게 건조대에 가져다 널어놓으라 하고 다시 불러 지시하였다.

"김 이병은 매일 오늘 입었던 러닝과 팬티가 오늘 보급한 것과 같은 색깔이 나올 때까지 매일 대대장이 출근할 때 대대장실 앞에서 빨래한 세탁물을 양손에 들고 검사를 받는다. 알았는가?"

"예. 알겠습니다."

중대장과 선임하사의 얼굴이 사색인데 영문 모르는 김 이병은 싱글벙글한다. 자기의 어머니께 꾸중을 들은 대대장을 보는 것이 즐거운 모양이다.

며칠 후 중대장이 찾아와 자초지종을 보고한다. 세부 면담을 해보니 집에서의 모든 행동은 어머니의 지시에 의해 이루어졌고, 집에는 가사도우미와 음식을 전담하는 도우미 아주머니 등 아주머니 세 분과 운전기사 정원사 등이 있는 부유한 집안이란다. 옷은 입고 벗어 버리면 세탁하여 가져다 놓고 갈아입으라고 하면 갈아입고, 유행에 따라 어머니가 사주면 입고 다니는 마마보이인 것 같다고 하였다. 아버지는 훌륭한 사업가로 서울로, 해외로 출장이 잦아 얼굴 보기 어렵지만 충분한 용돈과 생활비로 군에 오기 전 학교에 자가용을 가지고 다녔다고 한다. 당시 수준으로는 꽤나 여유 있는 학창 시절을 보내다가 군에 오게 된 것 같다.

학력이나 신병교육대의 성적은 우수하였으나 후원 병사의 관찰 결과는 매우 소심한 편으로 싫은 것을 참지 못하고 지적하거나 가르치기가 어렵다는 것이다. 중대장이 선임하사를 통하거나 후원 병사를 통하여 빨래하는 법부터 하나하나 가르치고 주의 깊게 관찰하라고 지시하였다.

그로부터 출근하여 사무실 앞에 도착하면 김 이병이 양손에 러닝과 팬티를 들고 서 있었다. 아직 날씨가 풀리지 않아 손이 제법 시려울 것 같아 보이기는 했지만 손을 자주 씻도록 하는 효과도 있을 것 같아 계속하게 하였다.

약 한 달 반쯤 지난 4월 어느 목요일 위병장교가 전화가 왔다. 누가 대대장님 면회를 왔다는 것이다. 연락도 없이 이 전방에까지 대대장을 면회하러 올 사람은 없다. 의아하게 생각하며 면회실에 나가니 김 이병의 어머니가 와 계셨다.

인사를 하고 자리에 앉았다. 그 도도하고 매서운 눈매와 목소리는 어디 가고 평범한 병사의 부모가 되어 있었다. 그러면서 하시는 말씀이 "내가 아들을 잘못 키운 것 같네요. 죄송하지만 아침에 러닝 팬티 검사를 이제 면해 주시면 안 되겠습니까? 부탁합니다." 하신다.

"상황을 보아가며 김 이병의 상태를 보고 결정하겠습니다." 하고 대답하고는 이런저런 군 생활 이야기를 하고 돌아왔다.

그의 어머니는 두 번 더 면회를 왔는데, 한 번은 오셔서 직접 그 세탁물을 받아서 부대 밖에서 빨아다 주었고, 또 한 번은 세탁물이 하얗게 되는 화학약품을 구해 오셔서 김 이병에게 사용법을 알려주고 가셨다는 것을 중대장의 보고를 통해 알게 되었다.

대대에는 약 400여 명의 병사가 있었는데 고등학교를 졸업하고 군에 온 병사로부터 대학원에서 석사를 마치고 군에 온 병사도 있었다. 그러나 이상한 것은 학력이 높고 학교 성적이 좋은 병사가 군 생활을 잘하는 것은 아니라는 것이다. 일반적으로 학력이 좋고 좋은 학교를 나왔으면 군 생활도 잘할 것이라는 생각을 하고 있었지만, 병사 하나하나를 면담하고 상대하다 보니 그렇지가 않았다. 그 이유가 무엇일까? 병사들이 군에 오기 전까지의 생활은 대부분 미성년자로서의 삶을 살았다. 따라서 부모의 관심과 부와 학력이 그 학생의 능력으로 인정받아 오며 산 것 같다. 즉 김 아무개, 이 아무개가 아니라 아버지의 첫째 아들 또는 둘째아들로 살았다. 마치 초등학교에 막 입학한 나의 아들 녀석이 자기가 싸움을 잘하고 공부도 잘한다고 믿는 것은, 사실은 그의 아버지 즉 나의 지위 때문에 그렇게 느낀 것과 같으리라. 실례로 지방의 소읍에서 부모가 맞벌이하는 동안 거의 아르바이트를 해서 학비를 대며 겨우 고등학교를 졸업한 병사와, 부모의 부를 근거로 개인교사, 학원 등 집중적 관심과 지도하에 대학에 다니다 온 병사를 동일하게 학벌 위주로 평가하는 것은 타당하지가 않다. 오히려 힘들게 생활하다 입대한 병사가 군 생활에서의 이해나 업무 숙지도가 훨씬 빠른 경우가 종종 있다.

나 자신의 주변과 과거를 돌아보아도 부모가 부유해서 친구들에게 빵도 사고했던 친구는 멋도 알고 기분도 낼 줄 아는 멋진 놈이라고 하여 친구가 많았지만, 사계절 같은 청바지 옷차림에 용돈이 없어 쩔쩔매던 학생은 쩨쩨하다느니 멋을 모른다느니 하며 어울리는 친구도 별로 없었다.

연애를 하려 해도 돈이 없어 그저 참고 지낸다던 고등학교 때의 친구가 생각난다. 멋을 모르고, 능력이 없어서가 아니라 환경이 그랬던 것이다. 즉 그 환경이란 것이 그 부모의 환경이지 그 아이의 환경은 아닌 것이다. 김 이병 역시 아버지의 능력과 환경을 마치 자기의 능력인 양 착각하고 즐기고 있다가 군에서 그것이 통용되지 않으니 얼마나 답답하고 힘이 들었을까 하는 생각을 해본다. 그렇다고 그것을 군에서도 인정해 줄 수는 없다.

군에 입대하면서 사회에서 있었던 모든 부모의 환경은 사라진다. 집에서 입던 팬티까지 벗어서 집에 보내고 나면 모든 것이 똑같아진다. 내의도 양말도 겉에 입은 옷도 차별이 없어진다. 한 달에 한 번 주어지는 용돈인 봉급도 똑같아진다. 이제 막말로 불알 두 쪽을 차고 세상에 나온 덕분에 새로운 그 자신만의 새로운 인생이 시작되는 것이다. 그러나 그 군 생활을 하면서 누구는 잘해서 상하 간에 믿음과 신뢰를 얻는가 하면, 누구는 못해서 꾸지람을 받고 모두가 싫어하기도 한다. 이것은 부모의 환경이 아니라 그 자신의 능력에 따라 주변으로부터 대우를 받게 되는 것이다.

대대장을 하면서 전 대대원을 대상으로 재미있는 설문조사를 해보았다. 당시 대대원들이 기거하는 한 내무반은 중대별로 약 120여 명이 두 개의 내무반으로 나뉘어 1개 내무반은 긴 평상을 둘로 나눈 곳에 한 방에 약 60명 정도가 들어가 함께 생활을 했다. 전입온 지 약 3개월이 지난 병사만을 모아놓고 모범 병사를 선정하면서 우리 내무반에서 같은 분대이고 싶고 같이 근무를 하고 싶은 사람 5명이 누구인가,

그리고 같이하고 싶지 않은 사람 5명은 누구인가, 그리고 우리 중대의 선호도 중 본인은 상위 몇 번째쯤 위치한다고 보는가 하는 것을 무기명으로 적어내게 하였다.

대답을 종합해보니 내무반별로 평균 55명 중 같이 근무하고 싶은 사람에 8명의 병사 이름이 서로 순서만 다르게 적혀 있고, 같이 근무하고 싶지 않은 사람으로는 약 10명의 병사 이름이 공통적으로 적혀 있다. 그리고 자신을 상위60~70%에 위치한다고 모두가 판단하고 있었다. 같은 옷을 입고 같은 생활을 하면서도 같이 근무하고 싶은 사람과 그렇지 않은 사람을 보는 눈이 모두 같다는 것이 신기했다.

무엇이 어떤 사람은 같이 근무하고 싶게 하고 어떤 사람은 같이 근무하기가 싫은 사람으로 보이게 하였을까? 빵을 잘 사주어서도 아니고, 멋있는 옷을 입어서도 아니다. 더구나 그의 부모, 그의 직업과 부가 결정하는 것도 아닐 것이다. 그리고 같이 근무하고 싶은 사람으로 선정된 사람이 꼭 학력이 높거나 좋은 학교를 다니다가 온 것도 아니다. 같이 근무하기 싫은 사람 역시 성적이 나쁘거나 학력이 나쁜 사람도 아니다.

여기에 대한 의문은 군 생활을 하면서 차츰 풀리었지만 결국 사람을 평가하는 기준은 결국 그 사람의 생활 태도나 자세이지 학력이나 부는 아니라는 것이다.

군 생활을 하면서 많은 병사들이 부대로 들어오기도 하지만 그와 같은 인원이 군 복무를 마치고 전역하여 집으로 돌아간다. 그런데 그 모양 역시 들어오는 병사만큼이나 다양하다. 어떤 병사는 군에 감사하며 떠나고, 어떤 병사는 부대 쪽에다 대고는 오줌도 안 싸겠다는 원망과 시원함을 가지고 떠난다.

떠나는 병사는 그렇다 치더라도 전역하는 병사를 보는 부대원들의 시각 또한 다양하다. 힘든 군 생활을 하고 떠나는 선배를 부러운 눈으로 보기는 하지만, 어떤 병사가 전역할 때는 남아 있는 후임병들과 전역 병사가 서로 부둥켜안고 눈물을 보이는가 하면, 어떤 병사가 전역할 때는 신고를 하고 떠나는데도 쳐다 보지도 않는다.

왜 이런 일들이 일어날까? 전역할 때를 보면 그 사람이 군 생활을 잘했는지 못했는지 알 수 있다는 선배 장교의 말씀이 생각이 난다. 전역하기 며칠 전부터 병사들과 어울리지 못하고 잠도 못 자는 병사가 있다고 한다. 왜냐하면 후임들이 그동안 당한 것을 갚는다며 괴롭힐까 봐 그런다고 한다. 전역을 앞두고 한 병사가 얼굴에 퍼런 멍자국을 하고 다닌다. 그 이유를 물으니 옆에서 자다가 보초 나가는 병사가 불침번의 기상에 일어서다 잠결에 넘어지면서 팔꿈치로 얼굴을 쳤다는 것이다. 이것이 고의인지 사고인지 끝내 밝히지는 못했다. 그러나 그 병사의 전역일은 썰렁함 그 자체였다.

이러한 병사들의 전입과 전역을 보면서 군 생활은 그 병사에게 어떠한 의미가 있는 것인가를 나름대로 생각해 보았다. 오랜 군 경험을 통해 내린 결론은 군은 그 사람 인생의 축소판이란 생각을 하게 되었다.

사람은 알몸으로 태어나서 부모님의 각별한 보호와 가르침 속에 유년 시절을 보내며 먹고 말하고 인사하고 배변하고 잠자는 방법과 옷 입는 법 정돈하는 법 등을 배우고 학교에 가서 삶의 필요한 지식을 배운다. 학업이 끝나면 각자 일자리를 찾아 취직을 하고 결혼도 하고 다시 가장으로서의 역할을 하다가 노년을 잠시 보내다 세상과 이별을 한다.

병사들이 군대에 들어오면 사회에서 입던 팬티까지 벗어 세상과 이별을 하고 신병교육대에서 군인으로 새로 태어나 의식주 등의 기본을 배운다. 사회의 초등학교 과정까지라고 할 수 있을 것 같다.

신병 교육을 마치고 주특기 교육을 받고, 자대 전입 후 이등병 계급장을 달고 있는 기간에 새로운 일자리를 찾아 필요한 교육을 받는 기간은 사회의 학창 시절 및 회사에 입사하여 신입 사원이라는 꼬리표를 달고 다니는 기간이 되는 것 같다. 이때는 업무가 미숙하고 서툴러도 앞으로 잘해라 하는 정도의 주의만 받을 뿐 크게 꾸지람을 받지도 않는다. 사회에서 학생들에게 주는 일종의 특권이 주어지게 되는 것이다.

일병을 달게 되면 나름대로 자기의 일거리가 있고 어느 정도는 자기 스스로 일을 처리할 것들이 생긴다. 또한 실수나 잘못에 대해서도 확실한 질책과 벌을 수반하게 된다. 일반 사회의 사회인으로 첫발을 내디딘 30대 정도라고 할 수 있겠다.

상병을 달게 되면 이제 군의 주력이다. 모든 부여된 업무를 스스로 할 수 있어야 하고 실수나 잘못에 대하여 호된 질책을 받게 된다. 또한 후임 병사를 가르치고 다스려야 하는 형님의 입장도 되고 상부의 지시를 전달하거나 중계하고 업무를 위하여 자기의 의견도 개진할 수 있는 시기이다. 사회의 40대에서 50대 중반까지로 볼 수 있을 것이다.

병장을 달게 되면 이제 부대의 원로다. 분대장을 하거나 상부의 지시를 이해하고 분대장으로 후임병을 통솔할 기회도 얻게 된다. 사회의 50대 중반으로 볼 수 있을 것 같다.

전역 3개월 정도를 앞두게 되면 퇴직한 할아버지가 된다. 어지간한 잡일들은 후임병들에게 맡기고 중요한 일이나 힘든 일을 척척 할 줄 알지만 후임 병사들을 위하여 양보하고 교육시키며 자기가 떠난 이후의 부대 분위기를 걱정하기도 한다. 또한 남아 있는 후임병들에게 잔소리가 많아지며, 여유와 전역 후의 일을 조금씩 걱정하며 준비한다. 꼭 사회에서 늙어가는 어르신들과 크게 다르지 않은 것 같다. 그리고 전역을 하게 된다.

세상에 태어날 때에 빈 몸으로 왔지만 옷 집 가족 직장 등을 누리고, 가지고 살다가 죽을 때에는 달랑 수의 하나 걸치고 간다. 군도 마찬가지이다. 군에 들어올 때에는 사회의 것은 하나도 없지만 옷과 장구와 장비 등을 받아 자신의 것으로 책임지고 관리하고 가지고 숙소와 소속된 집단(분대, 소대, 중대 등)에서 생활하다가 모두 다시 군에 반납하고 예비군복 하나만을 걸치고 나간다. 따라서 군 생활은 자기 인생의 축소판이라고 할 수 있다.

이러한 군 생활은 부모의 영향을 전혀 받지 않고 오로지 자신의 능력과 태도에 따라 주변의 동료 선배 후배 병사들로부터 존경과 신뢰를 받아 같이 근무하고 싶은 사람이 되든지, 아니면 기피 인물이 되는 것이다.

세상에는 많은 사람들이 있다. 어떤 사람은 편한 것을 좋아하여 요령을 잘 피고, 어떤 사람은 돈을 좋아하고, 어떤 사람은 순간순간의 쾌락을 즐기고, 어떤 사람은 명예를 중시하는 등 사람들은 좋아하는 것과 삶의 목적에 따라 그 직업이나 삶의 방법도 달라진다. 공무원이 되는 사람, 법을 다루는 사람, 학생을 가르치는 선생, 경찰, 사업을 하는 사람, 농사를 짓는 사람, 연구를 하는 사람 등 그 직업도 다양하다.

나는 세상을 어떻게 살 것인가? 무엇을 해서 처와 자식을 먹여 살리며 생활할 것인가? 그 원하는 방법대로 군 생활을 해보라고 권하고 싶다. 그렇게 살아본 결과 전역할 당시에 주변에서 나를 어떻게 평가하는가 하는 것이, 내가 죽을 때에 주변에서 나를 평가하는 것과 다르지 않을 것이기 때문이다.

가끔 신문이나 뉴스를 통하여 아무아무개의 사망 등에 대한 기사가 많이 나온다. 그러나 그 죽음 역시 아까운 분인데 안되었다는 평과, 그 사람 속 썩이더니 잘 죽었다는 평들이 있다. 내가 죽을 때에 나는 어떤 평가를 받을까? 이것은 군에서 전역할 때, 나는 남아 있는 후임들로부터 어떤 평가를 받았는가와 동일할 것으로 보인다. 그 사람의 삶의 방식이란 사회에서나 군대에서나 같을 것이기 때문이다.

군도 사람이 사는 사회이다. 입고, 먹기 위해 밥을 하고, 차량을 운전하고 그리고 주어진 임무를 위하여 각자가 따로따로 맡은 일을 한다. 물론 사회처럼 자기가 원해서 직장을 선택하는 폭은 적지만 나름대로 직장과 같은 인간관계가 형성된다. 실제로 대학을 나와 직장을 선택함에 있어서도 진정 자기가 원하는 전공과 분야에서 직업을 선택하는 경우는 10%가 되지 않는다는 통계가 있다. 군에서 요령을 피우다 발각되어 벌을 받아보고, 전역 후 사회에서는 그러한 삶을 살지 않는다면 군 생활은 그의 인생을 위하여 중요한 경험을 한 것이요, 길잡이가 될 것이다.

또한 군에서 주변의 나의 평가는 내 인생에서 주변이 나에게 주는 시선과 일치할 것이다. 물론 사회에서는 직장과 돈과 이해관계에 의해 겉으로 표현되지 않을 수 있지만, 군에서 자신에 대한 평가는 이해관계에 얽힌 사회의 평가보다 솔직한 것으로 볼 수 있을 것이다. 결국 병사들의 군대라는 짧지 않은 과정은 인생을 한 번 더 살아볼 수 있는 기회인 것이다.

나이가 든 부모들이나 주변 친구들은 "아들은 군대를 갔다 와야 철이 든다." 고 하고, 군대를 갔다 와서 사람이 달라졌다고도 한다. 나이가 들어 이제 미성년에서 성년으로의 생활을 시작하게 되기 때문이기도 하겠지만, 군에서 제일 밑바닥부터 분대장까지를 지내보면서 조직의 일과 역할을 이해하게 된 결과이기도 할 것이다.

또한 한편으로는 많은 대학의 교수들이 대학 1, 2학년을 대충 재수강만 안 들을 정도로 공부하던 학생이 군에 갔다 와서는 더 열심히 학점을 챙기고 학업에 열의를 보이는가 하면, 노는 것보다는 졸업 후 취직 등 진로에 대한 진정한 고민을 시작한다는 이야기를 하신다.

군을 제대하면서부터 아무개의 아들이 아니라 김 아무개로 불리며 자신만의 인격과 자리를 찾아 자기 자신의 인생을 시작하는 것이리라.

이러한 과정과 생각을 가지고 군에 들어오는 병사들을 어떻게 해주어야 할까?군의 간부로서, 고급 장교로서 어떠한 잣대로 병사들을 대하여야 하는가? 하는 고민을 아니 할 수가 없었다. 이를 위하여 본인은 공정한 잣대로 병들을 지휘해야 한다는 소신으로 나의 상급자와 동료들은 물론 병사들을 대하도록 노력하며 군 생활을 할 수밖에 없었습니다.

두서없는 이야기 읽어주셔서 감사합니다.

이태희(李泰熙)

육군사관학교 30기 졸업.
육군 대령 예편.

우리가 일궈온 세상

이제는 '숨은 명문고' 검정고시

| 진경범(3-3) |

'검정고시(檢定考試)'는 교육부령으로 각급 정규학교를 졸업한 것과 동일한 자격을 부여하는 시험으로, 학교의 입학 자격이나 특정한 자격에 필요한 지식, 학력(學力), 기술의 유무를 검정하기 위해 실시하는 시험이다. 초졸, 중졸, 고졸 검정고시(각 연 2회 시행)에 합격하면 해당 급별 학교 졸업자와 동등의 학력(學歷)이 인정되어 상급 학교에 입학할 자격이 주어진다. 더불어 학점 은행제와 독학 학위제를 통해 대학 졸업과 동등한 학위를 받을 수도 있다.

현행 검정고시는 1925년 일제 강점기 조선총독부가 '전문학교 입학 자격 검정 시험'을 서울과 평양에서 실시됐으나 그다지 널리 알려지지 않았다가 광복 후 대학 입학 자격 검정고시를 실시한 것이 효시이다.

1953년 중졸, 고졸 검정고시 시행, 1957년 초졸 검정고시 시행으로 확대돼 부득이한 사유로 정규 교육과정을 마치지 못한 사람들의 사회

등용문이자 디딤돌이 돼주었다. 1989년 전국 검정고시 총동문회 창립 이후로도 '전인 교육'을 모토로 하는 학교 교육의 수혜를 받지 못했다는 이유로 검우인들(검정고시 출신 학우들)은 '검정 고무신'으로 비하하거나 매도되기도 했다. 그러다가 초기 친목 분위기의 동호인들이 사회적 역할을 다하면서 걸출한 미래지향적 활동으로 각계에서 두각을 나타내면서 사회적 인식도 높아져 '숨은 명문고'의 맨파워에 대한 사회적 평가가 긍정적으로 바뀌었다.

검정고시는 일부 내신 등급을 위한 고교 중퇴자들의 동아줄로 이용되기도 한다. 하지만 공교육의 긴 시간에 비해 자기주도 학습을 해온 맹자(猛者, 용감한 사람)들의 아성이 곧 검정고시가 아닐까? 21세기 평생교육의 화두에 비추어 검정고시는 늦깎이 학생들의 한풀이 마당임이 확실하다.

진경범(陳慶範)

고려대학교 경제학과 졸.
현재 수도학원, 수도어학학원 부원장.

내 '반반(半半)인생'에 찾아오신 하나님

| 김연우(3-6) |

나는 '중도적 불가지론자'

내년 3월이면 나는 만 일흔두 살로 접어들고, 미국 이민 온 지 만 36
년을 맞는다. 태어나 한국과 미국에서 딱 절반절반씩 나누어 살았으니
말 그대로 나는 '절반+절반 인생', 좀 더 줄여서 '반반(半半)인생'이다.

이 같은 '반반' 현상은 미국에서 사는 동안에도 역시 비슷한 패턴으로
묻어나곤 했다. 미국에서 36년을 살아오면서 나는 뉴욕과 버지니아
두 주에서 각각 절반씩 살았다. 교회도 처음 절반은 한인교회를 다녔
고, 이후 나중 절반은 미국 교회에 출석하고 있다. 사는 곳 역시 앞 절
반은 도시나 교외지역에서 살았고, 나중 절반은 산골 마을과 시골 바
닷가에서 살아왔다. 나는 요즘도 내 속생각이나, 부지불식간에 하는
말, 음식, 취미, 취향 같은 데서 예의 '반반' 현상을 새롭게 찾아내곤
실소를 터뜨린다.

그러나 이 같은 '반반' 현상 중, 가장 놀랍고 괄목할 변화는 외면보다

는 나의 내면에서 더 분명히 드러난다. 무엇보다 한국에서 갖고 있던 나의 인생관과 세계관, 철학이나 사고방식이 미국 살면서 완전히 뒤바뀐 것이 그것이다.

한국에 살 때 나는 자칭 '중도적 불가지론자(中道的 不可知論者)'였다. 물리학 전공에 한때 과학철학 분야에 큰 관심과 열정을 쏟은 경제신문 기자 출신이라는 배경에도 불구하고, 내 사고방식은 그저 '뿌연 안개 속' 그 자체였다. 절대자나 불변의 진리가 있는 것 같기는 한데 아직도 확신은 못 하겠고, 오직 확실한 것은, '모든 것이 불확실하다'는 내 생각 자체뿐이라고 생각했다. 따라서 이에 대한 만족스러운 답을 얻기까지는, '확실히 아는 것만 안다고 해야 하고, 조금이라도 모르는 것은 모른다고 해야 한다'는 식으로 믿고 또 주장했었다.

그런데 미국에 와서는, 이민자라면 누구나 겪듯이, 나도 이민생활의 험하고 거친 파고를 많이 넘었다. 그러나 나는 이에 못지않게 엄청난 기적과 극적인 삶의 반전도 수없이 보고 체험하는, 그야말로 경이롭고 흥미진진한 시간을 원없이 보냈다. 그때마다 나는 그 변화의 끝에, 하나님의 보호와 사랑의 손길이 늘 함께하고 계심을 직접 보고 깨닫곤 했다. 그리고 그간 겪어온 많은 고난과 어려움을 모두 남이 아닌 내 탓으로 돌리게 됐다. 성경 말씀대로, 이조차도 '하나님이 합력하여 선을 이루게 하실 것'이니 결국 현재의 고난과 어려움은 미래에 하나님이 반드시 좋은 것으로 되돌려주시는 '보너스축복'이 될 것이라고 믿고 미리 감사기도까지 드릴 수 있게 됐다.

키 키우려다 수술에 생사 건 어린 딸

뉴욕으로 이민 온 지 2년 되던 1990년 여름, 당시 열 살이던 큰딸아이가 갑자기 생사를 건 대수술을 받게 됐다. 얼마 전부터 갑자기 아이의 키가 거의 안 크는 것 같아, 코넬대학 성장의학연구소에서 기본검사를 받는데 모두 '정상'이라는 진단이 나왔다. 담당 의사는 아무래도 좀 미진한 것 같은지 정밀검사인 MRI테스트를 했다. 그 결과 딸아이의 '1번 목뼈'가 선천적인 기형(정상의 절반 크기)임이 발견됐고, 이 때문에 이 '기형 뼈'가 조금씩 움직이기 시작한 것도 확인됐다.

의사는 "이 '기형 뼈'의 움직임 때문에 조만간 딸아이가 생사 기로에서는 위기를 맞을 가능성이 매우 높다"고 경고했다. 그는 "이런 상태로 계속 두면, 예컨대 친구가 불러서 아이가 무심코 휙 뒤돌아보다가, '기형 뼈'가 움직여 숨골로 연결되는 신경을 살짝만 건드려도 그 자리에서 질식사하거나 전신마비가 될 수 있다."고 덧붙였다.

아니, 조금 전까지 집 앞에서 신나게 롤러스케이트 타던 아이를 "잠깐 병원 다녀와서 다시 놀자."고 겨우 달래서 데려왔는데 도대체 이게 무슨 '청천벽력'인가? 머릿속이 하얗게 시려왔다. 의사는, "상당히 위험한 상태임이 확인된 환자를, 적절한 치료나 조치도 없이 그냥 돌려보낼 수는 없다. 아이를 살리려면 서둘러 입원 수속부터 밟으라."고 간곡히 권유했다. 나는 정신을 못 차리고 한동안 멍하니 앉아 있다가 수속을 서둘러 딸아이를 입원시켰다.

그러나 당장이라도 할 것 같던 수술은 생각대로 되질 않았다. 본수술을 위한 준비수술만 두세 번 했고, 몸에 약도 엄청나게 집어넣었다. 특히 목뼈 간 간격을 넓히기 위해 머리 주위에 큼직한 못 6개를 박고 커다란 쇠테를 둘러 못에 고정하는 수술은 말만 들어도 무섭고 끔찍했다. 실제로 열 살짜리 어린 딸아이가 이 쇠테를 쓴 것을 직접 내 눈으로 보니 몇 배나 더 가련하고 불쌍했다. 수술을 마친 아이가 머리에 박힌 6개의 못에서 조금씩 피가 흘러나오는 모습으로 들것에 누워 돌아오는 것을 보는 순간, 가시관을 쓰고 십자가에 달려 피 흘리시는 예수님의 모습이 오버랩되면서 나도 모르게 엉엉 울음이 터져 나왔다.

"아! 예수님은 우리의 죄를 사하시기 위해 가시관을 쓰고 십자가에 달려 피 흘리셨다는데, 어린 내 딸은 부모의 죄를 대신 지고 저 무거운 쇠테를 쓰고 철철 피를 흘리는구나! 딸아, 용서해라. 아빠가 너무너무 미안하구나." 아직 하나님과 예수님에 대한 신앙은 들어서지 않았지만 나도 모르게 이런 기도가 터져나왔다. "예수님은 수많은 죄인들을 구원하려고 가시관을 쓰고 십자가에 달려, 많은 피를 흘리셨는데, 가녀린 제 딸아이는 제 죄 때문에 철가시관을 쓰고 누워 피를 흘리고 있습니다. 예수님 저는 죄인입니다. 제가 악한 죄인임을 고백하니 용서해 주세요. 그리고 부디 아이의 병도 깨끗이 고쳐주세요. 예수님, 하나님, 제발 부탁드립니다!" 마취에서 깨어난 딸아이가 다시 고통을 못 이겨 울부짖는 것을 보며 애비의 가슴은 또 다시 무너져 내렸다.

'설렁탕 전도할머니'

큰딸아이를 입원시키고 수술을 기다리던 3주 동안 내게는 또 한 가지 큰 변화가 있었다. 입원 후 며칠이 지난 어느 날부터 오후 서너시

경이면 어머니 연세쯤 보이는 한국 할머니 한 분이 살며시 병실에 들어오셔서 딸아이 침대 끝에 서서 30분 남짓 기도하고 조용히 가셨다. 거의 하루도 안 거르고 매일 오셨다. 너무 감사하고 누구신지 궁금도 해서 몇 마디 건네면 그저 웃고 기도만 하셨다. 하루는 아이 간병에 초췌해진 내 모습이 못내 안돼 보였는지 말을 걸어오셨다. "제가 설렁탕을 아주 맛있게 끓일 줄 아는데 기도 마치고 우리 집에 함께 가서 한 그릇 잡숫고 가세요. 자식 간병한다고 먹을 것 못 먹고 몸보신에 소홀하면 큰일납니다."

그동안 해주신 기도만 해도 너무 감사한데, 모처럼의 제안마저 사양하면 도리가 아닐 것 같아 기도를 마치신 후 할머니를 따라나섰다. 뉴욕시 한인 밀집지역인 플러싱의 한 아파트에 사셨는데, 끓여주신 설렁탕은 정말 맛이 일품이었다. 그런데 상을 치우고 나니 할머니는 아무 말 없이 성경책을 꺼내 들고 말씀을 시작하셨다.

속으로, "어, 이거 설렁탕만 먹고 돌아가라는 약속하고는 좀 다르네…" 하고 약간 마음이 불편했지만, 그동안 진 기도 신세 때문에 아무 소리 못 하고 다소곳이 듣고 앉았을 수밖에 없었다.

할머니는 하나님과 예수님, 지옥과 천당, 그리고 구원에 대해 아주 쉽게 설명해 주셨다. "하나님은 우리를 너무나 사랑하셔서, 우리의 죄를 용서하시고 구원하시기 위해, 독생자 예수님을 이 땅에 인간의 모습으로 보내시어, 마땅히 우리가 받아야 할 모든 죄를 십자가에서 대신 짊어지시고 죽으심으로써 우리에게 구원의 길을 마련해주셨습니다.

우리가 그 사실을 믿고, 하나님께 회개하고, 예수님을 구주와 주님으로 받아들이기만 하면 하나님은 우리의 죄를 모두 용서하시고, 우리를 그의 자녀 삼으셔서 천국으로 인도하십니다."

전 같으면 속으로, "말도 안 되는 소리 하시네." 하고 지루하고 재미없는 할머니의 설교가 끝나기만 기다렸을 텐데 무척 진지하게 귀를 기울이고 있는 나 자신에 놀랐다.

할머니는 또, "하나님은 그의 자녀들이 이 땅에 사는 동안에도 사탄으로부터 지켜주시고, 하늘나라의 평안과 기쁨을 누리며 살게 해 주십니다"고 하신 다음, "이제부터 예수님을 영접하는 기도를 할 테니 천천히 따라 하세요" 하셨다. 정확히 기억하지는 못하지만, "하나님, 그간 제가 지은 모든 죄를 용서해 주세요. 이제 예수님을 저의 구세주와 주님으로 받아들입니다. 그리고 하나님의 자녀답게 교회도 열심히 다니겠습니다. 예수님의 이름으로 기도드립니다, 아멘." 정도의 짧고 간단한 기도였던 것 같다. 뭔가 약간 어설프고 반강제적인 분위기에서, 생전 처음 해본 말씀 공부였지만, 왠지 마음이 뜨거워졌다.

얼떨결에 예수님을 영접한 셈인데도 난 너무 흐뭇하고 기뻤다. 그날 밤 나는 딸아이가 입원한 후 처음으로 죽은 통나무처럼 쓰러져서 깊고 깊은 잠을 원없이 잤다. 간병으로 인해 쌓인 피로와 스트레스가 한꺼번에 말끔히 쓸려 내려가는 느낌이었다. 아무튼 잠에서 깨어나자마자 일단 나는 외쳤다. "이제 나도 하나님의 자녀가 됐다!"고.

알고 보니 이 할머니는 내가 다니던 직장에서 가깝게 지내던 동료의 모친이셨고, 모 교회의 권사님이셨다. 딸아이 문제로 어려움에 처한 상황을 어떻게 아시고 '병문안 기도'와 '설렁탕 전도'로 나와 딸아이의 영(靈)과 육(肉)을 일거에 다 구제하신 것이다. 할머니는 내가 다닐 교회도 이미 정해 놓고 계시다가 아이가 퇴원한 후 어느 주일 아침에 오셔서 나를 그 교회로 직접 데리고 가셨다.

입원하고 3주가 거의 다 되어갈 때쯤 마침내 수술할 날이 됐다. 병원 측에, "오늘 딸아이 수술의 성공률은 어느 정도인가?" 물었더니 "환자가 어리고 수술 대상 부위에 복잡하고 예민한 신경체계와 뼈들이 밀집돼 있어, 수술이 그리 쉽지는 않을 것 같다. 하지만 아주 조심스럽고 신중하게 집도할 것이니 너무 걱정 안 해도 된다. 최정예 의료진 11명이 수술에 참여하며 수술 성공률은 60% 정도 된다."고 나를 안심시켰다.

순간 나는 속으로, "아니, 그럼 수술하다 죽거나 전신마비가 될 확률이 40%나 된다는 말인가?" 하고 그렇지 않아도 초조한 가슴이 다시 한번 철렁했다.

딸아이가 수술실로 들어간 후 꼬박 9시간 반을 대기실에서 기다려야 했다. 조금 전 들은 수술 성공률 60% 이야기가 계속 신경이 쓰이더니 점점 더 걱정이 됐다. 시간이 갈수록 잘못돼 아이가 죽으면 어쩌나, 별 방정맞은 생각만 들면서 숨이 탁탁 막혔다. 사형장에서 형 집행을 기다리는 죄수의 심정이 꼭 지금 나와 같을 것이라는 생각도 들었다.

끝내는 지푸라기라도 잡는 심정으로 생전 처음 하나님과 예수님을 번갈아 불러가며, "제발 저희 딸 좀 살려주세요. 차라리 딸 대신 저를 데려가세요. 아이를 살려만 주시면 교회도 당장 나가고 시키시는 것은 무엇이나 다 하겠습니다." 하고 부르짖었다.

눈물과 땀이 범벅이 되어 한참 정신없이 기도하다가, 입원 초기에 딸아이가 머리에 쇠못을 박는 수술을 하고 돌아왔을 때 가시관을 쓴 예수님을 연상하며 통곡했던 일이 생각났다. 다시 폭포 같은 눈물이 쏟아지며 회개와 용서를 비는 기도가 터져 나왔다.

기적을 여는 '황금열쇠'

드디어 수술실 문이 열리고 딸아이의 수술을 진두지휘한 선임 수술의사가 피곤한 기색이지만 아주 환한 표정으로 웃으며 내게 다가왔다. 그와는 지난 몇 주 보호자와 의사의 관계로 많은 대화를 나눴기에 벌써 가까운 친구처럼 느껴졌다. 한번은 내가 갓 이민 와서 목표와 정체성 문제로 고민하고 있는 것을 알고, 친절하고 성실하게 조언해주기도 했다.

"미스터 킴, 오래 기다리느라 수고가 많으셨습니다. 따님 수술은 아주 성공적입니다. 몸이 완전히 회복되는 때까지는 약 6개월이 걸릴 것입니다. 전반 3개월은 주 2, 3일 정도 통원치료를 받으면서 단계적으로 회복해 나가게 됩니다. 회복프로그램이 아주 잘 되어 있으니 큰 걱정 안 하셔도 됩니다".

나는 그를 힘껏 끌어안고 기쁨과 감사와 안도의 눈물을 폭포처럼 쏟아냈다. "하나님 감사합니다! 의사 선생님 감사합니다! 장하다, 내 딸아! 드디어 해냈구나! 드디어 이겨냈구나, 해냈구나!"

한 번 더 축하와 격려의 악수를 나누고 돌아가던 그가, 갑자기 다시 돌아서서 내게 다가왔다. "참 미스터 킴, 이번에는 당신의 마음을 조금은 아는 친구로서 한마디만 더 하겠습니다. 의학적으로 볼 때 만약 따님이 오늘 같은 수술을, 바로 오늘, 바로 이 미국 같은 나라에서, 바로 이 병원 같은 데서, 바로 이 시각에 성공적으로 마치지 않았더라면, 조만간 따님은 길을 가다가 이유도 모르고 갑자기 쓰러져서 생명을 잃거나 반신불수가 됐을지도 모릅니다. 이번 따님 같은 케이스의 수술은 아직은 세계적으로 상당히 제한된 지역과 병원에서만 가능합니다. 다시 말해서 미스터 킴은 무엇보다 따님의 생명을 구하기 위해 미국에 이민 오신 것입니다. 부모로서 이보다 더 아름답고 숭고한 이민의 목적이 또 있을까요? 일전에 미스터 킴이 깊이 고민 중이라고 한 이민의 목표와 정체성 문제에 대한 답은, 오늘 따님에게 이루어진 일 하나만으로도 충분하며 또 그 목표도 이미 충분히 달성됐다고 생각합니다. 따님의 수술 성공을 다시 한 번 축하드리며 언제나 건강과 행복이 가득하시기 바랍니다."

이날 의사가 다시 돌아와 해준 이 마지막 충고는 강펀치가 되어 나의 전반부 '반반인생'을 지배해온 자칭 '중도적 불가지론'을 한 방에 날려버렸다. 의사의 말대로, 만약 내가 두 번째 '반반인생'을 미국 이민으로 시작하지 않았다면 딸아이는 지금도 여전히 한국에서 살다가 어느 날 병명도 모른 채 횡사했거나, 살았어도 심한 불구자가 됐을지 모른다.

그래, 이젠 정말 모든 것이 확실해진다. 미국 이민은, 나를 구원하시기 위해 하나님이 준비하신 첫 번째 기적이고, 큰딸아이의 극적인 수술 성공은, 첫 기적을 증거하기 위해 하나님께서 마련해두신 두 번째 기적이 틀림없다. 이후 나는 이날 수술 의사의 마지막 충고를 '두 기적을 연 황금열쇠'라고 부르면서 이민생활 중에 마음이 좀 어렵거나 지칠 때면, 이날 그가 던졌던 진심어린 마지막 충고를 떠올리며 흐트러진 마음을 다시 다잡아 올리곤 했다.

트럭 충돌 직전 날 살려내신 하나님

하나님은 초신자에게 더 파격적인 은혜를 부어주시는가 보다. 할머니의 '설렁탕 전도'로 예수님을 영접하고 교회도 다니게 된 지 얼마 안 돼, 드디어 비즈니스를 열 기회가 생겼다. 좋은 투자자도 있었다. 맨해튼 5번가와 브로드웨이 사이, 21가선상의 한 낡은 빌딩 11층에 사업 둥지를 텄다. 문을 열자마자 직원 몇 명 데리고 정말 거의 24시간 불철주야로 일을 했다. 새벽 두세 시에 파죽음이 되어서 퇴근하기를 밥 먹듯 했다.

그날도 새벽 2시경 지친 몸을 이끌고 퇴근길에 올랐다. 감기 기운도 있고, 또 몹시 피곤하고 해서 '이 늦은 밤에 50km 거리의 롱아일랜드 집까지 운전하기에는 조금 무리가 아닐까' 하는 생각도 잠깐 했지만, '매일 이렇게 살았는데, 무슨 일 있겠어?' 하고 시동을 걸었다. 막상 운전을 시작하니 별 문제는 없을 것 같았다. 새벽 2시라 차도 별로 없고 해서 신나게 달렸는데, 아마 나도 모르는 사이에 깜빡 졸았던 것 같다. 뉴욕시 경계선을 넘어서고, 낫소카운티에 들어온 지 좀 된 것과, "야, 조금 있으면 집이네" 하고 중얼거린 것까지는 생각이 난다. 갑자기 주위가 사진관의 플래시 수십 개를 동시에 터뜨린 것처럼 '번쩍'하고 환하게 밝아지면서, 온몸이 빛처럼 하얀 분이 나를 내려다보며, "연우야!!" 하고 벼락 같은 소리로 깨우는 것이었다. 화들짝 놀라 앞을 보니, 내 차가 길 중앙선을 훌쩍 넘어 건너편 길에서 달려오는 중형 트럭으로 돌진하고 있었다. 순간 나는 급히 오른쪽으로 핸들을 돌려 간신히 충돌은 면했지만, 완전히 혼이 나가, 도로변에 겨우 차를 세우고는 온몸이 땀에 젖은 채 사시나무 떨듯 덜덜 떨고 앉아 있었다.

벼락소리 몇십 배의 큰 소리로 나를 깨우신 분은, 온몸이 빛이셨다. 햇볕보다 훨씬 더 밝고 환한, 빛 그 자체이셨다. 난 지금도 빛보다 더 밝은 그분의 근엄한 얼굴과 나를 바라보시던 불꽃 같은 눈을 잊을 수가 없다. 아직도 이날 내 목숨을 구해준 분이 하나님이신지, 예수님이신지, 천사인지 확언할 수는 없지만, 세 분 중 한 분인 것은 틀림없다고 믿는다. 드디어 나는 천사를—편의상 천사라고 하겠다—직접 내 눈으로 보고 그분 덕분에 목숨까지 건진 것이다.

이 사고 뒤로 나의 신앙에 또 한 가지 큰 변곡점이 생겼다. 성경의 모든 것이 쓰여있는 그대로 다 믿어지기 시작한 것이다. 그날 드디어 나는 영의 눈으로만 볼 수 있는 분을, 내 눈으로 직접 보았기 때문이다. 성경이 그냥 통째로 믿어지면서 성경을 읽을 때마다 내 눈에는 툭하면 감사와 기쁨의 눈물이 펑펑 쏟아졌다. 그리고 성경 말씀 구절 하나 하나가 꿀송이처럼 달게 느껴졌다.

가끔 맨해튼에서 회식이나 술자리가 있는 날은 기차로 출퇴근했다. 기차에 타서 자리에 앉으면 항상 성경책을 꺼내 읽는데, 읽다가 감동을 받아 자주 펑펑 울었다. 맥주 반 잔만 마셔도 얼굴이 새빨개지는 체질이라 술 마신 날은 성경 읽기가 좀 곤란했지만 나는 개의치 않았다. 이날 저녁도 역시 내가 탄 기차에는, 작은 동양 남자 한 사람이 잔뜩 술에 취한 얼굴로 성경책을 들고 '흑흑' 흐느끼고 있었고, 여기저기에서 승객(거의 백인)들은 근심스러운 얼굴로 힐끗힐끗 그를 훔쳐보는 진풍경이 어김없이 벌어졌다. 나는 이 기차로 출퇴근하다가 어느 몹시 추운 겨울밤, 역에서 내려 집으로 걸어가며 기도하던 중에 '방언'이 터졌다. 천사에 이어 내 신앙에 두 번째 변곡점이 생긴 것이다. 나는 성령의 능력을 체험하고, 하늘나라의 기쁨을 맛보았다. 내 몸이 구름처럼 가볍게 느껴지며 공중에 붕 뜬 기분이었다. 그 순간 나는 죄의 사슬에서 완전히 해방되어 다시 태어난 느낌이었다. 하나님은 정말 살아계셨다.

신비한 '하나님경제학'

맨해튼 21가에서 시작한 내 비즈니스는 미주지역 최초의 본격적인 한글팩스 정보서비스사업이었다. 미국 3대 신문 연합네트워크인 'NYT-WP-LAT Syndicate(뉴욕타임스·워싱턴포스트·엘에이타임스 신디케이트)'와 특약하에 3개 신문의 주요 기사를 동시 번역해 팩스로 고객에게 전송 서비스하는 사업이었다. 잠재고객은 미국 각지에 나와 있는 약 600여 한국 기업지상사와 정부 산하 기관 및 단체였다. 그러나 실제 도전해보니 만만치가 않았다. 계약상 한국 내 판매는 금지되어 있었다. 서비스 가입자도 신장세가 예상보다 완만했다. 2년여 고군분투하며 사력을 다했지만, 손익분기 맞추려면 아직도 시간이 더 많이 필요했다.

결정적인 타격은 어느 날 투자가가 개인적인 사정으로 더 이상 재정지원을 못 하게 됐다고 통보한 것이다. 들어보니 정말 나라도 어쩔 수 없는 사정이 있었다. 그동안 많은 경제적 지원과 유익한 조언을 아끼지 않으신 것만으로도 너무 고마운 분이었다. 눈앞이 캄캄했다. 뒤늦게 백방으로 자금 조달을 위해 뛰어보았지만 몇 달을 더 버티지 못했다. 결국 통한의 눈물을 머금고 사업을 정리하고 말았다.

모든 것을 접고 오랜만에 집에서 멍하니 쉬고 있는데 갑자기 한국의 신문, 잡지, 사보 등 여러 매체에서 예상치도 않았던 원고청탁이 밀려들기 시작했다. 처음에는 '한두 번 이러다 말겠지' 했는데 청탁 건수는 갈수록 늘어났다. 대부분 고료도 아주 좋았다. 게다가, "수고비는 두둑하게 드릴 테니 이런저런 유력 신문에서 이런저런 분야의 기사만 스크랩해서 팩스로 보내라, 이런저런 책이나 잡지를 사서 보내라"는 등의 자료 수집 요청도 심심치 않게 받았다. 이같이 기상천외한 '백수의 호황행진'은 약 8개월 정도 계속되다가 신기하게도 내가 새 사업을 시작하면서 '지나가는 소나기'처럼 뚝 그쳤다. 그간 거둔 총수입이 9만 달러 정도 됐으니 월 1만 달러 이상의, 그야말로 '최고가 백수수당'을 받은 셈이다.

나는 이때의 일을 통해 하나님을 믿는 자에게는 때때로 '하나님경제학'이 적용될 수 있다는 것을 경험했다. 그리고 "세상 법칙에 연연하지 말아라. 나의 법칙은 그보다 높고 깊고 넓고 영원하다. 세상의 모든 것이 다 내 것이고 내가 모든 것의 공급자임을 잊지 말아라. 언제 어디서 무슨 일을 하든 초점을 오직 하나님과 하나님이 원하시는 뜻에만 맞추고 기도하면서 열심히 살면 하나님께서 반드시 도와주신다"라는 '하나님의 성공 제1 법칙'을 배웠다.

팩스로 받은 하나님 편지

그러던 어느 날 아주 희한한 꿈을 꾸었다. 꿈에 사무실에 앉아 있는데 팩스가 들어오기 시작했다. 마침 기다리고 있던 회신도 있고 해서, 팩스기 앞으로 다가갔다. 보니 무슨 공문서 같은 스타일인데 한글로 쓰여 있었다. 약간 궁금증이 일어, 출력되어 나오는 종이를 살짝 잡아당기면서 읽어보았다.

수신: 김연우 발신: 하나님 제목: 연우야, 내가 너를 정말 사랑한다

하나님이 인간 김연우에게 직접 보내신 편지였다. 꿈속에서도, "야! 이거 꿈 아냐? 어떻게 이럴 수가 있어?" 하고 당황하면서도 한편으론 기쁘고 재미있기도 해서, 아주 묘하고 복잡한 마음으로 내용을 읽어보았다.

하나님이 팩스로 주신 편지 내용을 간추리면 다음 세 가지였다. 1. "나는 네가 나의 신실한 자녀가 되려고 애쓰는 것을 무척 기뻐하고 있

다." 2. "나는 오래전부터 너를 너무너무 사랑하고 있으며 앞으로도 영원히 사랑할 것이다." 3. "너는 세상에서 가장 빠른 소식을 전하는 일에 종사하는 경험을 하게 될 것이다." 등이었다.

1,2는 이미 예수 믿는 재미를 경험하고 있는 터라, "진짜 하나님이 보낸 편지일까?" 여전히 반신반의하면서도, "아니야, 그간 새벽기도 열심히 다녔더니, 응답으로 주신 게 맞아!" 하고 감격하며 정성껏 감사 기도를 드렸다.

다소 갈등을 느꼈던 것은 3번이었다. "바로 얼마 전까지 팩스정보 사업한다고 정말 코피 쏟으며 죽자 살자 애썼지만 이렇게 비참하게 됐는데 무슨…혹시 다시 그렇게 된다면야 좋기는 하겠지만 이미 포기했는데 뭘… 하며 마음이 싸늘해졌다. 이런 와중에 '하나님이 보내신 팩스편지'의 감격과 기대는 점점 희미한 추억처럼 잊혀갔다. 내 마음속에는 "하나님이 주신 '세상에서 가장 빠른 소식'이라는 비전을 내가 잘못 이해했거나 처음부터 나와는 상관이 없던 것이 아니었나?" 하는 회의감이 여전히 깊었다.

첫 사업 실패 후 5년쯤 지났을 때, 나는 한국의 모 정보컨설팅회사의 미주본부장으로 있으면서, 뉴저지주 포트리에 사무실을 두고 수개월의 시험기간을 마치고 새로운 정보서비스 사업을 주도하고 있었다. 전 세계 주요 12개국의 22개 유력 신문에서 당일 최고경영자가 반드시 읽어야 할 기사 30개를 최종 엄선해, 핵심 내용만 기사당 두 줄로 압축한 후, A4용지 총 6장으로 정리해 본사에 보낸다. 본사에서는 이를 최종 편집해 오전 5시면 고객 기업 최고경영자가 아침 일찍 볼 수 있게 하는 획기적인 서비스였다. 말은 쉽지만 아직 인터넷이나 손전화는 물론 제대로 된 신문사 웹페이지도 없던 때라 이런 서비스를 받는다는 것은 사실상 불가능한 일이었다.

유력 신문이 있는 지역마다 현지어 사용자로 한국어(또는 영어) 번역이 가능한 10여 명을 통신원으로 고용했다. 이들은 각자에게 할당된 현지 유력 신문을 매일 아침 가판 즉시 구입, 한국 기업의 최고경영자 입장에서 꼭 읽어야 할 기사를 신문당 5개씩 엄선해, 각각 원고지 5매 분량으로 축약 번역한다. 이후 이를 PDF파일 형태로 뉴저지의 미주본사로 전송한다.

나는 아침 출근 즉시 컴퓨터를 열고 각 지역에서 들어온 PDF파일 원고를 꺼내어 번역상태와 오류, 오역 여부 등을 꼼꼼히 체크한다. 이어서 고객사 최고경영자의 입장이 되어 기사의 배경과 의미, 그리고 그 가치 등을 신중히 평가하면서 그날 작성할 리포트 전체의 윤곽을 잡기 시작한다. 동시에 같은 시간대이며 세계적 신문이 가장 많은 미국 내 통신원 10여 명도 가판대에서 유력지 조간판을 구입, 기사 선별과 번역작업에 초를 다투기 시작한다.

가장 어려운 과정은 1차 선정된 110개의 기사를 놓고, 다시 여러 번 읽고 고르면서 최종 게재될 30개를 엄선하는 일과, 이후 이를 기사당 2줄 이내로 다시 압축하는 일이었다. 때문에 초반에는 고객의 세세한 요구에 맞추기 위해서 우리 팀은 정말 엄청난 노력과 격무, 그리고 스트레스를 이겨내며 숨 가쁘고 고된 하루하루를 보내야 했다. 너무 바빠 아침 출근길에 먹으려고 사서 책상 옆에 두었던 피자나 빵을 한국 송고 미감시간인 오후 4시(한국 다음 날 새벽 5시)까지 손도 못 대는 게 다반사였다.

일이 어느 정도 자리가 잡혀 조금 마음을 놓을 만하게 된 어느 날, 나는 문득 5년 전 꿈에 하나님이 팩스편지를 보내신 일을 떠올리고 소스라치게 놀랐다. "아니 내가 지금 하는 이 일이 그날 하나님이 팩스로 말씀하신 그 일이 아닌가? '세계에서 가장 빠른 소식을 전하는 일에 종사할 것'이라고 예언하신 바로 그 일 아닌가?" 나는 오래전에 그 일을 잊고 이미 포기해 버렸지만 하나님은 결코 잊지 않으시고 하나님의 때에 틀림없이 이루신 것이었다. 특히, 만약 5년 전 2년여의 고군분투 끝에 결국 눈물로 접고 만 첫 사업, '미 3대 신문 한글번역 팩스서비스' 추진 경험이 없었다면 과연 내가 지금 이 자리에 앉아서, 이 엄청난 일을 감당할 수 있을까 생각하니 그것은 정말 신실하고 신묘막측(神妙莫測)하신 하나님다우신 '김연우 훈련법'이셨다. "하나님은 영원 전부터 영원 후까지 변치 않으시는 분이시다. 한 번 하신 약속은 반드시 지키시며 당신을 기쁘시게 해드리는 자녀에게는 30배 60배 100배로 갚아주신다."는 성경 말씀이 만고의 참 진리임을 또 한 번 확신하는 순간이었다.

31년 만에 재회한 새 아내 '데보라'

나는 이혼을 한 번 했다. 그리고 한동안 싱글로 지내다가 20년 전에 지금의 아내 '데보라(한국 이름 장희숙)'를 만났다. 그 이듬해에 결혼식을 올렸으니 내년 이맘때면, 결혼 20주년이 된다. 한두 해만 더 지나면 첫 결혼기간만큼 살게 돼, 나의 결혼생활도 또 하나의 '반반(半半) 인생' 소재가 될 수 있게 된다.

재혼 후 함께 살면서 가끔 아내가 특별한 계시의 꿈을 꾸고, 그 꿈들이 대부분 그대로 성취되는 걸 옆에서 보면서 그때마다 감탄을 연발하곤 했다. 아내는 "하나님은 성경에 나오는 요셉이나 다른 예언자들에게 하신 것처럼 나에게도 같은 내용이지만 다른 모양의 꿈을 두 번 반복 꾸게 하셔서, 그 꿈이 하나님께로부터 온 것임을 깨닫게 하시고, 잠에서 깨는 순간 해몽까지 해주신다"고 말했다. 이미 말했듯이, 데보라와 나는 2003년 31년 만에 극적으로 다시 만나서, 다음 해 결혼을 했다. 그 당시 데보라는 20년 가까이 싱글 맘으로 두 남매를 잘 키워 독립시키고, 직장생활을 하며 혼자 조용히 살고 있었다.

결혼하기 12년 전인 1992년 9월 어느 날, 아내는 사는 게 너무 힘들어 하나님께 특별기도를 드렸다. 3일 금식을 작정하고 기도를 시작한 아내는 펑펑 울면서 하나님께 마구 항의했다. "하나님, 왜 저에게 이런 시련을 주시는 겁니까? 왜 제가 이렇게 힘든 세상을 살아야 합니까? 도대체 제 삶의 목적이 무엇입니까?"

하나님께서는 아내의 울부짖는 기도를 들으시고 응답하셨다. 3일간의 금식기도 끝에 새벽 3시경, 아내는 두 번의 꿈을 하나님으로부터 받았다. 다음은 아내의 회상이다.

"첫 번째 꿈에서는 '맑은 물이 흐르는 산과 계곡에서 신나게 놀던 짐 승 20여 마리가 물에 빠져 죽어가는 것을 보았다. 너무 안타까워 하 나님께 다급히 기도를 드렸더니, 나(연우)처럼 생긴 동양 남자가 물속 에 뛰어들어 그 짐승들을 모두 구해 뭍으로 올라오는데, 은은한 찬송 가 소리와 함께 짐승들이 모두 흰 옷을 입은 하나님의 자녀로 변신하 는 꿈'이었다. 꿈을 깨서 보니 새벽 3시 반이었는데, 이 꿈이 정말 하 나님으로부터 온 것인지, 그렇다면 더 자세히 무슨 뜻인지 알고 싶어, 하나님께 꿈을 한 번 더 달라고 기도를 드리고 다시 잠이 들었다. 그 러자 하나님은 두 번째 꿈을 또 주셨다."

"두 번째 꿈은 이번에는 어느 뙤약볕이 내리쬐는 모래땅인데 먼저 꿈 에서와 같은 짐승 20여 마리가 목이 말라 다 죽어가고 있었다. 역시 나(연우)처럼 생긴 동양 남자가 다시 나타났는데, 이번에는 성경을 손 에 펴들고 복음을 전했다. 그러자 다 죽어가던 20여 마리의 짐승이 복음을 듣고, 생기가 돌기 시작하더니 모두 하얀 옷을 입은 하나님의 자녀로 변했다."

아내는 그 두 번째 꿈에서 자기와 그 동양 남자는 함께 복음을 전하 러 다니는, 말하자면 '부부 전도단'이었다고 했다. 아내는 이 두 번째 꿈을 꾼 후 깨어나 감격의 눈물을 흘리며 감사기도를 드렸다. 아내가 이날 하나님께 받은 두 예언의 꿈은 뒤늦게 이루어져 12년 후 우리는 극적으로 만나 결혼하고, 꿈속에서 본 그대로 살며 사역을 하게 된다.

우리가 결혼하기 1년 전, 그러니까 그 두 번의 꿈을 꾼 지 11년 후인

2003년 늦은 봄, 하나님께서는 아내가 전혀 모르는 두 사람을 따로따로 만나게 하시고, 그들의 입을 통해 11년 전인 1992년 하나님께서 주신 두 번의 예언의 꿈을 상기시키셨다. 아내는 나중에 서로 전혀 모르는 두 사람이 들려주는 예언의 말씀이 완전히 일치하는 것을 알고 나서, "순간 머리끝이 쭈뼛했다."고 회상했다.

첫 번에 만난 분은 할머니였는데, 아내에게 "기도하는 중에 하나님께서 자매님에게 이 말씀을 꼭 전해주라고 하셨습니다. 하나님은 10여 년 전에 두 번의 꿈을 통해 자매님과 약속하신 것이 있으시답니다. 이제 때가 되어 그분을 보내주신답니다."라고 전했다.

그리고 보름 후 역시 우연히 만나게 된 두 번째 사람은 젊은 애기엄마였는데 아내에게, "얼마 전 하나님께서 자매님에게 이미 어떤 분을 통해 말씀을 하셨는데 자매님이 믿지 않으신다면서 다시 한번 말씀드리라고 하십니다. 자매님은 잊어도, 하나님은 잊지 않고 반드시 약속을 지키신답니다. 때가 되어 곧 하나님께서 약속하신 그분을 보내실 것이니 찾아 나서지 말고 그냥 기다리면 그분이 자매님 앞에 이렇게 나타날 것이랍니다."라고 말했다.

나중에 안 일이지만 그 할머니는 어느 개척교회 목사님 사모로 기도 많이 하시는 분이셨고, 애기엄마는 어느 교회의 집사로, 역시 기도 많이 하는 분이었다. 할머니는 아내가 어느 상점에 들렀을 때 우연히 말을 나누게 됐는데, 갑자기 아내에게 다가와서, "초면에 실례지만 긴히 꼭 드릴 말씀이 있다."면서 아내의 집까지 따라와 "함께 기도하자"고

하시고는 앞서 말한 그 예언의 말씀을 주셨다.

그 일이 있고 보름 후 역시 우연히 만난 애기엄마는 아내가 여동생의 권유로 처음 나간 어느 기도 모임에서, 아내 바로 옆자리에서 기도하던 사람이었다. 그녀는 기도 중에 갑자기 아내의 손을 잡고, "긴급히 드릴 말씀이 있으니 잠시 나가자"고 해서, 함께 그 방을 나오자 이 예언의 말을 전해주었다.

그후 한 달쯤 지난 어느 날, 나를 만나기 6주 전쯤, 아내는 매일 새벽 3시경, 7일을 계속, 얼굴도 모르는 사람인 나에 대한 꿈을 시리즈로 꾸었다고 한다. 이 꿈들은 그대로 다 이루어졌다. 내가 아내에게서 꿈 이야기를 들은 건 결혼하고도 한참을 지나 이 꿈들이 다 성취된 후였다. 일곱 번째 꿈을 꾸고 난 날 아침, 아내는 너무 감격하여 펑펑 울면서 하나님께 감사기도를 드리고, 그 두 번의 예언과 일곱 번의 꿈이 이루어질 때까지 끝까지 믿고 기다리기로 결심했다고 한다.

다음은 아내에게 7일 동안 매일 새벽 하나님이 꾸게 하신-그 순서까지 드라마 같은-일곱 번의 꿈을 요약한 것이다.

첫째 날은 '아내가 나를 만나는 꿈', 둘째 날은 '아내와 내가 밤새 운전해 장래 시어머님을 뵈러 산길을 넘어가는 꿈', 셋째 날은 '우리 둘이 결혼하는 꿈', 넷째 날은 '둘이 손 잡고 따뜻한 바닷물 속에서 신혼여행을 즐기는 꿈', 다섯째 날은 '중학교를 갓 졸업한 내 딸을 아내와 함께 살기 위해 데려오는 꿈', 여섯째 날은 '내가 신학생이 되어 신학대학원(Seminary)을 다니는 꿈', 일곱째 날은 '소그룹 모임에서 내가 성경공부를 인도하는 꿈'이었다.

일곱 번째 꿈을 꾼 지 며칠 안 돼, 갑자기 아내는 내가 설립해 운영해 온 연우포럼의 칼럼들을 받게 됐고, 그것을 계기로 그 당시 어머니와 형제들이 사는 미주리주에 잠시 머물고 있던 내가 워싱턴DC 근교에 사는 아내에게 전화를 걸면서 전화데이트가 시작됐다. 그리고 31일 후 나는 1,600km를 운전해 워싱턴DC에 있는 아내의 직장 앞에 도착해서 그녀를 불러냈고, 우리는 아내가 하나님께 받은 예언의 말씀 대로 그렇게 현관 앞에 마주 서서 첫만남을 가졌다.

그때 나는 아내의 얼굴을 어렴풋이 기억하고 있었지만, 아내는 나를 전혀 기억하지 못했다. 31년 전인 1972년 우린 같은 대학에 다녔고, 나는 교정에서 그녀에게 한두 번 말을 건넨 적이 있어서 그녀를 기억했지만, 아내는 나를 전혀 기억하지 못하고 있었다. 그러나 우연히 배달된 연우포럼을 통해, 아내는 나의 이력을 보고 내가 어떤 사람인지 알게 되었고, 나는 그녀가 연우포럼 멤버가 되고 싶다며 보내준 영문 이력서를 보고 전화를 했다. 나는 그녀의 이력서와 전화 통화를 통해 그녀가 미국에 1977년에 이민 와서, 일찍 싱글 맘이 되어 어린 두 남매를 키우며 직장 다니랴, 학교 다니랴, 바쁘게 열심히 살아온 성실한 신앙인임을 알게 되었다. 나도 그 당시 혼자 되어 하나님께 좋은 배우자를 만나게 해달라고 열심히 기도하고 있던 중이어서 그녀에게 거의 매일 전화를 했다. 그리고 31일 후, 나는 1,600km를 달려 장래의 아내가 될지도 모르는 동갑내기 여인을 만나러 갔다. 31년 동안 이 여인이 어떻게 변했을까 무척 궁금했다.

나는 아내를 만나 준비해온 장미 31송이를 주면서, "오늘이 우리가 처음 통화한 지 31일 되는 날이고, 우리가 교정에서 처음 만난 지 31년 되는 해입니다. 그러니 앞으로 31년 동안 함께 재미있고 행복하게 살다가 한날한시에 두 손 꼭 잡고 함께 하늘나라에 갑시다." 하고 미처 생각지도 못한 청혼의 말을 터뜨렸다. 아내는 나의 청혼 고백에 너무 감격한 나머지 그 자리에서 즉각 수락했고, 이듬해 6월 우리는 버지니아에서 조촐한 결혼식을 올렸다. 그동안 하나님께서 우리 부부가 20년이란 긴 세월동안 원앙처럼 알콩달콩 사랑하며 살게 해주신 것도 감사하지만, 아내가 나를 만나기 전 하나님께서 아내에게 꿈으로 보여주신 예언과 일곱 번의 비전을 약속하신 대로 하나도 빠짐없이 다 이루어주신 것이 무엇보다 가장 감사하고 또 감격스럽다.

뇌성마비 딸의 다리를 고쳐주신 하나님

앞서 아내의 꿈 리스트의 6일째 예언처럼 나는 뒤늦게 신학대학원을 다니기 시작했다. 이후 13년간 나는 거의 매주 한 번씩 20명 전후의 사람을 집에 초대해 푸짐한 저녁식사를 곁들인 성경공부와 예배 소모임을 인도해왔다. 워싱턴DC가 아주 가까운 비엔나에 7년간 살 때는 지상사 주재원, 특파원, 유학생, 직장인들 중 미국 생활경험이 짧은 한국분들이 미국 교회에 단기간에 적응할 수 있도록 하는 데 말씀 공부의 초점을 맞췄다. 그 일환으로 가장 복음적이고 신망 높은 대표적인 미국 목사님들의 동영상 설교를 다수 준비해, 오리지널 영어버전과 한글자막 첨부버전을 교대로 반복해 보면서 영어설교의 내용 이해와 듣기 훈련이 동시에 이뤄지도록 진행해서 큰 호응을 받았다. 이 모임은 '비엔나 영어성경 공부방'이라는 이름으로 매번 성황을 이루었고 7년간 꾸준히 지속하면서 총 350여 명이 길게 혹은 짧게 우리 소모임에 적을 두고 말씀 공부와 성도간 교제에 전력하는 귀한 결실을 거두었다. 그리고 이 같은 성공은 무엇보다 주님의 은혜와 자상한 인도하심 때문에 가능했음은 물론이다. 또한 바쁜 직장생활에도 불구하고 매번 20여 명분의 맛있고 푸짐한 식사를 정성껏 준비해준 아내 데보라의 헌신과 사랑도 결코 빼놓을 수 없다.

그런 와중에 우리 부부는 드디어 하나님을 향한 우리의 신앙을 결정적으로 굳게 다지는 핵폭탄급 기적을 체험했다. 어느 날 하나님이 아주 어릴 때부터 양다리를 심하게 절던 막내딸의 다리를 거의 정상으로 회복시켜 주신 것이다.

앞서 '아내의 꿈리스트 5번째의 '중학교 갓 졸업한 내 딸을 데려오는 꿈'에 나오는 바로 그 막내딸이다. 내 막내딸은 조산으로 인한 '경성 뇌성마비(Mild Cerebral Palsy)'로 어릴 때부터 휠체어와 발 보조기를 계속 착용하고 살아야 했다. 이후 2~3년 간격으로 5차례에 걸쳐 발목과 다리 수술을 받으면서 상태가 차츰 호전되어 고교 시절에는 집에서 아주 가깝던 학교 정도는 혼자 걸어 다닐 수 있게 됐지만 여전히 다리를 많이 절었고, 조금만 걸으면 아파서 절절매는 것은 크게 달라지지 않았다. 물론 아내와 나는 주님께 불쌍한 막내딸의 기적적인 치유를 애타고 절절하게 기도드려왔다.

막내가 대학 1학년 때였다. 하루는 기숙사에서 지내던 아이가 집에 왔는데 왠지 아이의 키가 전보다 훌쩍 커 보였다. 아내와 내가 눈을 동그랗게 뜨고 막내에게, '도대체 어떻게 된 거냐?'고 물었더니 막내는 "아빠, 나 이제 다리 다 나았어. 하나도 안 아파. 그리고 아빠, 내다리가 원래 짝짝이였는데, 이것 좀 봐 한쪽보다 짧았던 다리가 자라서 이제 똑같아졌어. 그래서 갑자기 키가 커진 거야." 우리는 너무 놀랍고 도저히 믿을 수가 없어서 좀 더 자세히 말해보라고 채근했다. 딸아이 말에 의하면, 어느 날 기숙사에서 함께 지내던 친구들이 자기들이 다니는 교회에 부흥집회가 있는데, 많은 병자들이 병을 고치고 간다면서 함께 가자고 하여 따라갔다고 했다. 치유기도 시간에 그 부흥강사 목사님이 막내의 차례가 되자 아이의 머리에 손을 얹었다. 그 순간 막내는 "두 다리에 찌릿찌릿 전류가 흐르는 느낌을 받았는데, 나중에 보니 하나님이 이렇게 아픈 다리를 치료해 주셨다."고 간증했다.

순간 나는 아이가 아주 어린 시절 어느 날, 그날도 허벅지까지 올라오는 보조기구를 아이의 양다리에 힘들게 채우고 있는데, "아빠, 나는 왜 이런 걸 매일 차고 살아야 해?" 하고 물었던 일이 생각났다. 그때 나는 아이의 갑작스러운 질문에 답을 못하고 머뭇거리다가 "그야 하나님에게는 우리 따님이 아주 소중하고 특별한 존재이기 때문이지. 그리고 이런 과정을 통해 하나님이 영광을 받으시는 것을 기쁘게 생각하시기 때문이기도 해."라고 설명했다. 아이는 한참 나를 올려보다가 고개를 두어 번 아래위로 끄덕였다. '아빠 이야기가 무슨 말인지는 모르겠지만 표정을 보니까 어쨌든 이로 인해 뭔가 좋은 일이 생기는 것은 아닐까?' 하는 표정이었다. 솔직히 이때 나 자신부터 "하나님이 영광을 받으신다"고 한 말의 의미를 제대로 이해하지 못하고 있었기에 결과적으로 딸에게 거짓말한 것이 된 것이 많이 부끄러웠었다. 그런데 10여 년이 지난 이날, 드디어 우리 막내딸에게 일어난 핵폭탄 같은, 도저히 믿어지지 않는 바로 그 기적이 일어난 것을 눈으로 직접 목격하면서 "하나님이 영광을 받으신다."는 말의 진정한 의미를 확실히 알게 됐다.

하나님은 막내딸의 다리는 물론 성격과 생활태도까지 180도 바꿔 놓으셨다. 말 한마디 없고 항상 우울하던 아이가 아주 밝고 긍정적으로 변해 친구들 서너 명과 항상 즐겁게 룸메이트하며 공부도 열심히 해서 성적이 쑥쑥 올랐다. 막내는 학부에서 영문학을 전공한 후 '출판·미디어의 하버드'라는 뉴욕대학교(NYU) 대학원을 졸업하고, 현재 맨해튼의 유수 출판사에서 에디터(Editor)로 일하면서 재미있고 활기차게 살고 있다.

점심시간에 '홈리스' 전도하는 아내

어느 날 새벽, 아내는 또 두 번의 꿈을 꾸더니 난감한 표정으로 고민을 하고 있었다. "꿈속에서 예수님이 홈리스(노숙자)들을 불쌍히 바라보시며 울고 계셨다."는 거였다. 아내는 "내가 그들을 도울 방법은 전도밖에 없는데, 하지만 난 정말 자신 없는데. 위험하기도 하고…그리고 난 그동안 그들을 '게을러서, 일하기 싫어서 노숙하고 구걸한 돈으로 술, 담배, 마약이나 하면서 행인들에게 불편을 주고 해서' 아주 싫어했는데…". "그런데 오늘 새벽 꿈에서 예수님이 이들을 바라보며 계속 우시는 모습을 보고 나니, 어째 내가 그들에게 죄를 지은 기분이고 눈물이 나서 못 견디겠어." 하면서 눈물을 흘렸다. 며칠 후 아내는 곧 그들에게 '간단한 점심 한 끼 사먹을 수 있는 돈'을 넣은 전도지를 돌리며 본격적인 홈리스 전도를 시작했다.

그 당시 아내는 미 연방 국무부 영사국에서 IT프로그램 매니저로 근무하고 있었다. 국무부가 있는 워싱턴DC에는 홈리스들이 상당히 많았다. 아내는 매일 점심시간을 이용해 직장 주변의 노숙자들에게 노방전도를 시작했고 국무부를 은퇴할 때까지 이 '1인사역'을 계속했다. 몇 년을 꾸준히 하면서 많을 때는 알고 지내는 홈리스가 30명이 넘었다. 아내는 매일 그들의 이름을 하나씩 불러가며 중보기도를 드렸다. 그러면서 수많은 안타깝고 눈물 나는 일을 듣고 겪었다. 그중 한 가지만 아래에 소개하겠다.

그날도 아내는 노방전도를 마치고 사무실로 돌아오는데 벤치에 곱게 차려입은 어느 백인 중년 여자가 노숙하는 보따리를 옆에 놓고, 훌쩍훌쩍 울며 뜨개질을 하고 있었다. 다가가서 "잠깐 옆에 앉아도 되겠냐?"고 말을 걸었다. 그녀는 차갑게, "No" 한마디 하고는 눈길도 주지 않았다. 그래서 그날은 그냥 돌아왔고, 다음 날 다시 찾아갔다. 그날도 또 거절을 당했다. 포기하지 않고 그다음 날 또 찾아갔다. 드디어 그녀가 마음 문을 조금 열고, "도대체 왜 그러느냐? 앉아라." 해서 아내는 그녀 옆에 조심스럽게 앉아서 먼저 자신의 소개부터 하고 이런저런 세상 이야기를 시작했다. 혼자 두 아이를 키우며 고생하던 이야기, 전 남편의 배신으로 상처받은 이야기, 재정적으로 고통당하던 이야기들을 들려주자 그녀는 갑자기 아내의 손을 꼭 잡더니, 흐느껴

울면서 자신의 이야기를 꺼내기 시작했다. 그녀는 "오랫동안 몹쓸 병에 걸려 여러 차례의 대수술 끝에 남편은 바람이 나서 떠났고, 병원비로 집 한 채 있던 것마저 차압 당하고, 아직도 몸이 아파서 직장도 못 다니고 노숙자로 살게 됐다."고 했다.

아내는 그녀를 얼싸안고 한참 같이 울어주고 간단히 기도해주고, 그날은 직장으로 돌아왔다. 다음 날 다시 찾아가 복음을 전하고 성경 말씀을 들려주는데, 그녀도 그 성경 구절을 잘 알고 있었다. 아내가 그녀에게 "혹시 기독교인이냐?"고 묻자 그녀는 "지금은 아니다. 전에는 열심히 교회를 다녔는데, 믿지 않는 남편과 결혼한 후, 이미 하나님을 떠났고, 다시는 믿고 싶지도 않다."고 했다. 그녀는 "만일 하나님이 계시면 왜 나에게 이런 비참한 시련을 주느냐?"고 벌컥 화를 내며 하나님을 원망하기 시작했다. 아내는 "나도 똑같은 생각으로 하나님을 원망하고, 잠시 하나님을 떠나기도 했지만, 나중에 왜 이런 시련을 하나님께서 허락하시는지 깨닫게 되었다. 하나님은 사랑하는 자녀들이 하나님을 떠나 지옥불에 떨어지는 것을 원치 않으셔서, 시련을 통해 깨닫고 하나님께 돌아오도록 고통을 허락하시기도 한다. 하나님도 가슴 아프시지만, 하나님은 그의 사랑하는 자를 하나님께로 인도하기 위해 시련을 주신다."라고 설명한 뒤, 그녀에게 복음을 전하고 예수님을 영접하는 기도를 해주었다. 그녀는 회개하고 예수님을 영접한 후, 기쁜 마음으로 자기도 노숙자들에게 전도를 시작해보겠다며 "전도지를 있는 대로 좀 달라"고 해서 주머니에 있는 전도지를 모두 그녀의 손에 쥐여주었다. 그러면서 "계속 기도하세요. 이제 자매님이 하나님께 돌아오셨으니 자매님도 저처럼 기도 응답을 받으실 거예요. 그리고 하나님께서 병도 낫게 하시고 좋은 직장도 주실 거예요. 저도 자매님 위해 계속 기도할게요."하고 돌아왔다. 아내는 "그다음 날도, 또 그다음 날도 그녀를 찾아봤지만 다시는 볼 수 없었다."고 말했다.

산골 마을 '성경공부 뒷바라지' 사역

부부가 둘 다 은퇴할 때가 되자, 이번에는 내 고향 충북 월악산 기슭과 풍경이 비슷한 버지니아주 북서부의 셰난도아 산동네로 이사해서 만 7년을 살았다. 미 동부를 남북으로 종단하는 애팔래치아산맥 한 기슭에 위치한 이 지역은 주민의 93%가 대를 물려 살아온 백인들로, 아주 보수적이면서도 소박하고 인정이 많은 사람들이었다. 총은 누구나 한두 자루 정도는 있는 듯하고 우리 동네에는 집 뒷마당에 사격장을 갖춘 이웃도 있었다. 사냥꾼이나 나무꾼처럼 사는 사람들이 많아선지 간혹 태도나 언행이 그다지 단정치 않은 사람도 없지 않았다. 그럴 때면 '먼저 살아온 텃세려니' 여기고 전보다 더 겸손한 마음으로 대하면 대부분은 얼마 안 가서 '없으면 죽고 못 사는' 가까운 사이로 바뀌었다. 그만큼 속마음은 아주 단순하고 순진했다.

사실은 이 산골 마을에 정착하기까지 새집 쇼핑에서, 구입을 최종 결정하기까지는 거의 2년이 걸렸다. 주님께, "은퇴 후의 생활과, 주님이 주실 사역에 꼭 맞는 집을 찾아주세요."하고 간절히 기도하면서 북버지니아의 온갖 지역을 헤매며 150개 가까운 매물을 들여다본 후에야 주님이 아내의 꿈을 통해 "바로 이 집이다. 사거라!" 하신 그 집을 찾아낸 것이다.

하나님이 주신 우리들의 새 '삶터'이자 장차 '사역센터'는 해발 360m 언덕 위에 자리 잡고 있었다. 대지 1만2,000평(10에이커)에 본채(방 4, 화장실 4, 지하실 1, 큰 차고 1)와 독립된 2층짜리 별채(방 2, 화장실 1, 부엌 1, 응접실 1, 1층에 큰 차고 1)로 구성되어 있고, 지은 지 7년 된 새 건물이었다. 본채는 큰 지하실이 있는 빨간 벽돌 단층건물이었다. 대지 중 8,000평은 고목이 들어찬 울창한 숲이고, 4,000평은 잘 가꾸어진 잔디밭이었다. 언덕 밑 게이트에서 본채까지 270m(960피트) 길이의 '드라이브 웨이'는 자갈길이었는데, 구입 후 곧 아스팔트로 포장해 깔끔하고 깨끗한 길로 만들었다. 본채 차고 앞은 최소 20대 이상 주차할 수 있는 공간이 시멘트로 깨끗하게 포장되어 있었다. 게이트에 들어와서 본채 쪽으로 조금 올라오다 보면 제법 폭이 넓은 맑은 개울이 흐르고 있는데, 나중에 살면서 곰, 사슴, 각종 새들이 물 마시는 풍경을 즐길 수 있었다. 집을 산 후 곧 본채의 지하실을 작은 강당처럼 쓸 수 있게 리모델링 공사를 했다. 하나님의 때가 오면 아내가 예언으로 받은 우리의 사역을 이루기 위해, 30여 명 규모의 성경공부와 예배, 그리고 친교가 가능한 공간을 미리 확보해놓기 위해서였다.

아무리 생각하고 또 생각해봐도, 이렇게 멋지면서도 하나님이 예언하신 사역에 적합한 이런 집을 우리 부부의 형편에 딱 맞는 가격에 살 수 있도록 인도해 주신 분은 오직 하나님 한 분밖에 없었다. 그리고 정확히 그렇게 되었다. 하나님은 한 치도 틀림없는 분이며 신실하시고 약속을 반드시 지키시는 분임을 다시 한번 확인했다.

우리 부부가 합심하여 하나님께 "믿음 좋고 사랑 많고 우리도 뭔가 기여할 수 있는 교회를 다니게 해달라."고 간절히 기도했더니 주님은 며칠이 안 돼, 이후 7년간 원없이 만족하며 뜨겁게 신앙생활을 할 수 있는, 소박하고 참 좋은 교회로 우리를 인도하셨다. 좀 특이하게, 이 교회 담임목사님은 평생 목수일을 하다가 늦게 주님의 부르심을 받고 목사가 된 분이었다. 기골이 장대하고 공사 현장에서 다져진 다부진 체격에 우락부락한 인상이지만 믿음 깊고 비단결 같은 마음에 눈물도 많았다. 설교도 아주 은혜스러웠다. 그러면서도 공사가 분명하고 리더십과 위기 돌파력 역시 대단했다. 첫 출석 날엔 예배가 끝나자마자 교인들이 우리 부부를 둘러싸고 "아시안, 특히 한국 사람은 교회 창립 이래 처음"이라며 열렬히 환영해줬다.

새 교회 다닌 지 몇 달 지나면서 우리 부부가 세계적 전도훈련인 '전도폭발(Evangelism Explosion)' 코스를 이수하고 몇 년간 현장경험까지 쌓은 사실을 알게 된 교회 지도부는 우리에게 '새 신자 가정 심방사역'을 맡겼다. 사방이 산과 언덕 아니면 목장이나 과수원뿐이고, 인가는 드문드문 있는 시골에서 우리 자신도 새 신자이면서 이제 막 등록한 신입 교인가정을 찾아다니는 일은 그 자체도 재미있지만 실제로도 매번 스릴 만점이었다.

노방전도 실력은 워싱턴DC 홈리스 전도에서 이미 확인된 아내가 나보다 몇 수 위 정도가 아니라 추종을 불허했다. 말 그대로 아내의 천직이었다. 예상은 어느 정도 했지만 대상 가정 앞에서 초인종을 누르면 십중팔구는 심방자도 으레 백인일 줄 생각했다가 문밖에 동양인 부부가 서 있는 걸 보고 무척 당황(또는 난처)해하는 표정이었다. 그러나 집 안에 들어가 대화를 나누며 아내의 주도로 그동안 쌓은 전도경험의 노하우를 발휘하면 대부분은 끝내 예수님을 영접하고 기쁜 마음으로 그 집을 나설 수 있었다. 그럴 때마다 22년 전 뉴욕에서 수술을 앞둔 큰딸 간병하던 나를 얼떨결에 예수님을 영접케 한 '설렁탕 전도 할머니'가 그리워졌다.

'새 신자 가정심방 사역'이 큰 성공을 거두자 우리 교회 목사님과 장로님들도 우리에 대한 기대와 신뢰가 높아지는 것 같았다. 그래서 이제는 그동안 교회 행사나 모임에 열심히 참석하면서, 교회 발전에 도움이 될 거라고 생각한 두 가지 사역을 건의해보기로 했다.

첫째는 이미 이전 교회에서 아내와 함께 정식 훈련을 받고 수년간 거리나 상가에서 사역한 경험이 있는 '노방전도(Street Ministry)' 사역이다. 둘째는 이미 준비가 되어 있는 우리 집 지하실을 20~30명 규모의 성경 공부교실로 교회에 제공하고 우리 부부가 식사 등 모든 필요한 것을 공급하고 뒷바라지를 하는 '성경공부 뒷바라지(Bible Study Hosting)' 사역을 하자는 것이었다.

새 교회에는 장로나 집사 중에도 목사 못지않게, 아니 어떤 면에서는 더욱 깊고 풍부하게 성경공부와 기도에 매진하고 이를 삶에 적용하려 애쓰는 귀한 영혼들이 많았다. 이들이야말로 기도와 성경공부 인도에 최적임자라고 생각했다. 1년 가까이 이 교회를 다니면서 교인들의 깊은 말씀 이해와 기도와 신앙에 대한 뜨거운 열정을 보면서, 행여라도 내가 신학공부 좀 했다고 깊은 신앙심으로 대를 물려 살아온 토박이

백인교회에서 성경공부 인도하겠다고 나선다면 그야말로 너무나 주제넘고 건방진 짓이라는 생각이 들었다. 그리고 한때라도 은연중 이를 당연하다고 생각해온 나의 교만을 부끄러운 마음으로 깊이 회개했다.

기회를 봐서 집들이를 명분 삼아 담임목사님과 교회 지도부 몇 분을 우리 집에 초대해 점심을 대접했다. 그동안 교회를 다니며 받은 좋은 인상을 먼저 이야기하고 나서 우리 부부의 두 가지 사역계획을 제안했더니 모두들 놀라면서 대찬성을 표시했다. 특히 담임목사님이 제일 기뻐하면서, "그렇지 않아도 우리 교회에는 그 두 가지 사역이 많이 부족하다고 늘 생각해왔는데 더구나 출석한 지 얼마 안 된 코리안부부가 자발적으로 나서서 그 어려운 일을 맡겠다고 하니 너무나 감사하다"고 반가워했다. 좀 더 세부적인 의논 끝에 노방전도는 즉시 추진하고 성경공부는 인도자 물색 등 준비가 좀 필요하니 한두 달 여유를 두고 추진하기로 합의했다.

아내와 나는 교회가 우리의 계획을 전폭 지지해 줘서 너무 기뻤다. 식사가 끝나고 성경공부 장소가 될 널찍한 지하실을 보여주니 너무들 놀라면서 감탄했다. 별채도 보여주면서 "소그룹 기도회나 장로회의, MT 같은 모임이나 이벤트에 장소가 필요하면 언제든지 저희 집 지하실과 별채를 이용해 달라"고 보너스 제안까지 했다.

우리 부부는 새 교회를 나가기 전에도 한 주에 한두 번씩 인근 마을공원이나 쇼핑센터 등을 돌며 전도지를 나누어 주며 노방전도를 하고 있었다. 이제 교회 교인들까지 직접 나서니 더욱 신이 났다. 교회 지도부는 매주 토요일 오전 9시에 교회에 모여 기도 모임을 한 후 지역별로 5개 팀으로 나뉘어 노방전도에 나섰다. 11시 반에 교회로 복귀해 보고회를 갖고 해산했다. 노방전도 참가자는 30~40명 선이었는데 우리 부부는 평일에도 공원이나 길거리에서 노방전도를 계속해오고 있었기 때문에 한 번도 안 해본 양로원 전도팀에서 주로 사역했다.

평일 아내와 둘이서 노방전도를 나설 때 가장 중요시한 전도현장은 버지니아에서 유명한 관광지 중 하나로 우리 마을에서도 아주 가까운 '셰난도아 스카이라인 드라이브(Shenandoah Skyline Drive)'였다. 남북으로 전장 150km에 달하는 꼬불꼬불한 드라이브 코스를 달리면서 셰난도아 지역 산악풍경을 한눈에 내려다보며 감상할 수 있어, 미국은 물론 전 세계에서 매년 수십만 명이 찾는 명소이니 전도지 나눠주고 복음 전하기에 이렇게 안성맞춤인 데가 없었다. 산 전체와 아래를 한눈에 내려다볼 수 있는 주차 가능 전망대가 10여 개 있는데, 우리는 이곳을 다니며 전단지를 나눠주고 기회가 닿으면 1 대 1 전도도 하곤 했다.

두 달 후, 담임목사님은 우리 집 성경공부 소그룹의 첫 인도자로 덕망 있는 장로 한 분을 선정해 보내주셨다. 그래서 우리는 몇 년간은 매주, 그 후엔 두 주에 한 번 성경공부 모임을 열었다. 반응은 가히 폭발적이어서 첫날 모임에 무려 42명이 우리 집 지하실에 장사진을 이루었다. 이후에도 6년 뒤 우리가 사우스캐롤라이나주로 이사갈 때까지 매주 참석자 25~30명 선을 항상 유지했다. 6년간 지속된 소그룹이니 멤버들 간의 이해와 사랑의 폭과 깊이도 그만큼 넓고 깊었다.

사역을 위한 재정 조달 문제는 비엔나에서 사역할 때처럼 전적으로 하나님께 맡겼다. 비엔나의 경우 성경공부 저녁만찬 준비에 20~30명 참석 시, 매주 200~300달러, 월 800~1,200달러가 들었다. 아내는 비싼 뉴욕 스트립 스테이크와 연어구이를 거의 매번 구워 내놓았다. 물가 상승을 감안하지 않더라도 이곳에서도 최소 월 1,000달러의 추가 수입이 있어야 했다. 기도 중에 하나님이 별채를 세놓으라는 생각을 주셨다. 그동안 별채는 작은 한인교회의 목사나 전도사, 그리고 성도들이 며칠 머물며 기도에 전념할 수 있는 무료 기도원(숙소 사용료 일체 무료 및 식사 제공)으로 사용해왔는데, 마침 오는 분이 뜸하던 참이었다. 즉시 인터넷에 광고를 냈더니 외진 산속인데도 여러 사람이 관심을 보여왔다. 이 중에 우리 나이 정도로 보이는 백인 남자 한 사람에게 관심이 갔다. 기도하던 아내가 하나님이 이분을 원하시는 것 같다고 말해 월 렌트비 1,000달러에 즉시 입주시켰다.

월 1,000달러 고정수입이 확보되면서 일단 성경공부 저녁만찬 비용 걱정은 놓게 됐다. 더구나 탐이라는 이름의 이 세입자는 플로리다에도 사업 기반이 있어서 실제로는 한 달에 절반은 그곳에 가 있는데도 월세 전액을 한 번도 거르지 않고 오히려 며칠 먼저 내는 그런 신실한 사람이었다. 어릴 때부터 가톨릭 신자이면서도 자신이 낸 월세가 개신교 교회 성경공부 운영에 큰 도움이 된다는 것을 무척 기뻐하고 자랑스럽게 생각했다. 탐은 이후 6년을 같이 살며 형제보다 더 가깝게 지내다가 우리 부부가 이사 갈 때 "두 분이 이사만 안 가면 평생 있을 작정이었다"고 무척 서운해하며 마지못해 거처를 옮겼다. 탐과의 이런 아름다운 인연 역시 당시 우리의 성경공부 사역을 돕기 위해, 하나님이 직접 관여하셨음을 부인할 수 없는 또 하나의 증거이다.

성경공부 소모임 이전에도 우리 부부는 본채 앞 멀찌감치 쌓여 있던 폐목더미를 치우고 작은 텃밭을 조성했다. 시간이 날 때마다 단계적으로 야채밭을 늘려나가 3년째가 되니 120평(4,000평방피트)까지 확장됐다. 텃밭은 거의 작은 농장 규모였다. 매년 각종 야채를 가득 심고 열심히 정성을 들여 키웠다. 수확철이 되면 성경 말씀대로 첫 수확 열매는 교회 목사님들과 지도부에 그동안의 수고와 노고에 감사하며 갖다 드렸다. 이어 우리 부부가 먹고, 성경공부 저녁만찬에 쓸 것을 넉넉히 떼어내도 전체 수확의 10%도 채 못 썼다. 나머지는 동네 이웃들, 성경공부 식구들, 그리고 교회의 이런저런 분들에게 전부 나누어 드렸다. 매년 농사짓느라 힘도 많이 들었지만 힘써 일하다 보니 몸도 건강해졌고, 무엇보다 우리 손으로 정성껏 가꾼 싱싱한 야채를 가까운 이웃, 친구, 교우들에게 마음껏 나눠주는 기쁨은 무엇에도 비길 수 없었다.

언덕 위 본채와 별채를 빙 둘러가며 펼쳐져 있는 잔디밭 4,000평도 우리 부부의 건강을 지켜주는 운동장 역할을 톡톡히 해줬다. 처음 얼마간은 이웃 사람들처럼 중형 잔디깎이 트랙터를 구입해 깎았는데 숙달이 되니 3시간 정도면 작업이 완료됐다. 어느 날 트랙터가 고장 나 한동안 쓸 수 없게 돼 비상용으로 사두었던 '소형 잔디깎이(walk-behind mower)'를 사용할 수밖에 없었다. 매일 하루 3시간씩 깎았더니 대략 8일이 걸렸다. 이때부터 트랙터를 창고에 넣어두고 소형 잔디 깎는 기계 1대를 더 사서, 2대를 돌려가며 하루 3~4시간씩 6~10일 만에 한 회전하면 그 사이에 잔디가 깎을 만큼 자라, 다시 처음부터 깎는 식으로 운용했다. 이곳 바닷가로 이사올 때까지 6년간 그 넓은 경사진 잔디밭을 땀을 뻘뻘 흘리며 신나게 깎아댔다. 소형 잔디 깎는 기계를 사용한 지 불과 몇 달 만에 체중이 10kg 이상 빠졌고, 그 체중 을 6년간 유지했으니 이 얼마나 기발하고 완벽한 야외운동인가! 물론 날씬해진 나를 보고 샘이 난 아내도 물론 옆에서 잔디 깎는 일을 열심 히 도왔다.

아내 소원대로 바닷가로 이사 오다

그렇게 7년을 내가 평생 원했던 산골 마을, 원하던 교회를 원하는 대 로 섬기다가 관절염이 점차 심해지던 아내가 따뜻한 남쪽 바닷가로 가서, 이제 편히 쉬면서 살고 싶다고 졸라서 2년 전인 2021년 봄, 이 곳 사우스캐롤라이나주 머틀비치(Myrtle Beach) 바닷가로 이사 왔다. 이곳으로 이사 올 때도 하나님께 기도하며 여러 집을 물색했다. 이 집 저 집 계속 막으시던 하나님께서는 적당한 시기에 생각지도 못했던, 노인들이 살기 아주 편리한 이곳, 노인들만 모여 사는 커뮤니티에 둘 이 살기 딱 좋은 아담하고 조그만 집(방 3, 화장실 2, 차고 1)으로 우리를 인도하셨다.

집은 작지만 아내가 좋아하는 꽃을 가꾸고 야채를 심어 먹을 수 있는 작은 텃밭이 있어서 아내는 이른 봄부터 꽃과 야채를 심고 가꾸느라 시간 가는 줄 모른다. 나도 아내를 도와 밭 갈고, 물 주고, 매일 자라

나는 식물을 보며 하나님의 창조의 손길을 매일매일 느끼며 산다. 그리고 나는 뒷마당에 새 모이와 새 집을 마련해 놓고, 온갖 예쁜 새들이 와서 맛있게 먹고 알 낳고 새끼 키우는 모습을 보면서, "사는 재미가 바로 이런 작은 것들에 있었네..." 하고 다 늙은 이제야 새삼 깨닫는다.

그런데 꽃. 야채 가꾸기보다 더 열심인 것이 하나 있다. 바로 부부가 함께 매일 성경을 읽는 일이다. 성경 66권을 365일로 나누어 매일 거의 같은 분량을 읽을 수 있게 재편집한 성경이 있는데 우리는 이 책의 진도에 맞춰, 함께 매일 3~4시간씩 네 가지 다른 버전 성경을 서로 교대해 가면서 읽는다. 그 네 가지는 영어성경 2권(NIV, KJV)과 한국어성경 2권(새 번역, 개역 개정)이다. 읽는 방식은 그날 진도에 있는 성경 구절을 한·영(또는 영·한) 순서로 교대로 읽는다. 이런 식으로 진도대로 1년분을 다 마치면 4종의 영어·한국어 성경을 한 번씩 완독해 총 네 번을 읽게 된다. 사실상 4년치를 하는 것이라 1년에 끝내기는 아주 힘들다. 우리의 경우 시작한 지 1년 반 만에 네 번 완독하고 지금 다시 두 번째 네 번 완독을 시도하고 있다. 하늘나라 갈 날이 점점 다가오니 "가기 전에 하나님의 말씀 그 자체인 성경을 한 번이라도 더 잘, 더 많이, 그리고 원없이 읽다 가게 해주십시오." 하는 게 요즘 우리 부부가 하나님께 드리는 중점기도 중 하나이다.

글을 맺으며

하나님을 만나기 전인 나의 전반부 '반반인생' 때는 나는 모든 일에 상당히 비판적이고 대체로 비관적이었다. 가끔씩 사는 것이 별 재미가 없었다. 그리고 깊이 생각하면 할수록 허무해지기만 했다. '못 말리는 일벌레'라고 불릴 정도로 너무 열심히 일을 했지만, 정작 혼자 앉아 있으면 외롭고 모든 것이 다 부질없는 짓 같았다. 돈 많이 버는 것도, 열심히 해서 진급하는 것도, 오래 사는 것도, 취미생활도, 여행도 모두 나에겐 참 무의미하게 느껴졌었다.

그러나 하나님을 만난 후, 아니 하나님이 나를 찾아오신 것을 안 후, 나의 후반부 '반반인생'은 완전히 반대로 바뀌었다. 매사에 비판적이거나 비관적인 생각부터 하던 내가 가능하면 낙관적이고 긍정적인 측면부터 보려고 애쓰게 되었다. 하나님이 항상 함께하시면서 나를 돕고 계신다는 믿음을 갖고 있기 때문이었다. 또 하나의 변화는 아무것도 안 하고 집에만 조용히 있어도 그냥 하루하루가 재미있고, 즐겁고, 마음에 잔잔한 기쁨과 주님께서 주시는 평안이 내 가슴속에 늘 머물러 있다는 것이다. 그리고 나의 이 평안은 환경에서 오는 것이 아니라 하나님을 믿는 믿음에서 온 것이라고 확신한다.

끝으로 본인들은 까맣게 잊고 있겠지만 이제까지 내 살아온 이야기에 중대한 역할을 한 보성고 졸업 동기 두 사람이 있다. 한 사람은 감리교신학대학 교수로 은퇴한 송순재 동기다. 순재와는 고려대에서 서클을 함께하면서 아주 가깝게 지냈는데 어느 날 내가 "너는 예수도 잘 믿고 뭐든지 모범적이니 참 부럽다."고 했더니, 잠시 나를 응시하던 순재는 "야 연우야, 넌 모르지만 난 너를 좀 알아. 너는 마흔 살이 되면 반드시 예수를 믿게 될 거야." 하고 예언 같은 말을 했다. "농담하지 마, 난 그렇게는 안 될 거야."라는 식으로 대답한 것 같은데, 20년 후 순재의 예언은 그대로 적중했다. 이미 이야기했듯이 만 마흔 살이 던 1992년 어느 날 밤, 나는 새벽 귀갓길에 깜빡 졸다가 마주 오던 트럭과 충돌하기 직전, 번개같이 나타나신 하나님이 우레 같은 목소리로 "연우야" 하고 깨우셔서 간신히 목숨을 구한 경험이 있다. 이날 이후 나는 성경의 모든 내용이 전부 다 그대로 믿어지고 꿀송이처럼 달아, 본격적인 크리스천의 길을 가게 됐으니 말이다. 동시에 1992년은 아내 데보라가 싱글맘으로 어렵게 두 아이를 키우면서 힘든 처지를 한탄하다가 3일 금식기도로 하나님의 응답을 갈구할 때, 하나님께서 두 번의 꿈을 통해 장차 나같이 생긴 사람을 만나 함께 복음 전도사역을 하게 될 것이라는 예언을 주신 바로 그해이기도 하다. 11년 후인 2003년 우리 둘은 뜻밖의 연우포럼 이메일 한 통이 계기가 되어 31년 만에 만났고, 그다음 해인 2004년 우리는 결혼하게 된다.

또 한 사람은 홍성훈 동기로, 버지니아주 비엔나에서 '비엔나 영어성경 공부방'이라는 성경공부 소모임을 열었을 때 워싱턴한국일보에 재직하면서 모임에 7년이나 개근하며 말없이 도와준 정말 고마운 믿음의 동지다. 이 모임은 아내 데보라가 '장래 이뤄질 예언' 중 제7일째 꿈에서 '내가 소모임 성경공부를 인도한다'는 예언이 실현된 것인데, 아무리 오랜 지기라도 이렇게 오랫동안 꾸준히 참석하고 돕는다는 게 어찌 쉬운 일인가? 순재, 성훈, 연우 셋은 중·고·대학을 함께 다닌 죽마고우이고, 아내 데보라와 우리 동기 셋은 모두 같은 대학 출신에 동갑내기이다. 다시 한번 하나님의 신묘막측하심과 아름답고 완전하게 일하시는 모습에 뜨거운 찬사를 보낸다.

"보성고등학교 제60회(1970년 졸업) 동기 여러분, 길고 지루한 이야기를 끝까지 읽어주셔서 너무 감사합니다. 부디 건강하시고 늘 평안과 행복만 깃드시길 기도드립니다."

김연우(金演雨)

고려대 물리학과 졸. 매일경제신문 기자.
1988년 미국 이민.
미한국상공회의소(KOCHAM) 사무국장.
연우포럼 대표 역임.

튀르키예 이스탄불 공항을 떠나며

| 조용중(3-5) |

나는 고등학교 동기회에서 만드는 문집 원고를 4월 말까지 보내달라는 부탁을 받고, 지금 하늘을 날아가는 항공기 안에서 이 글을 쓰고 있다. 김포공항을 출발하여 미국으로 갔던 시절을 기억하는 내가 한국에 돌아올 때 착륙한 인천공항은 놀라웠다. 깨끗한 모습과 엄청나게 크게 느껴진 규모가 내 조국을 자랑스럽게 여길 수 있게 만들었다.

그런데 오늘 나는 그 인천공항이 작게 느껴지는, 튀르키예의 이스탄불 유럽 쪽 공항에 있는 대합실에 들어섰다. 항공사 라운지에서는 직접 음식을 만들어주는 식당이 몇 개인지 모를 만큼 다양한 음식과 간식을 제공하고 있었다. 비즈니스 티켓은 나와 같은 일을 하는 사람에게는 너무 비싸 구입하지 않지만, 그동안 여러 차례 여행으로 특정 항공사의 라운지를 사용할 수 있는 혜택을 누리는 것은 피곤한 여행 중에 가질 수 있는 하나의 즐거움이다. 이처럼 화려한 공항을 떠나지만, 이번 여행은 튀르키예 일부의 화려함과 생사의 갈림길에 선 사람들이 겪는 아픔이 공존하는, 서로 대조적인 다른 면을 함께 보고 가는 것이다.

이번 여행의 목적은 지난 2월 6일에 5만 명의 사상자를 내고, 30만 가구가 집을 떠나 피신하게 만든 광범위한 지진의 피해지역을 방문하는 것이었다. 우리는 튀르키예의 동남부에 있는 안티키야 지역(성경의 안디옥 지역)을 중심으로, 폐허가 된 도시에서 이재민들의 텐트촌과 컨테이너촌을 방문하였다. 마침 전날이 튀르키예의 어린이날이어서, 아이들 500명을 위한 학용품과 장난감으로 가득한 가방과 다양한 옷을 준비해 나눠주었다. 텐트 생활에 지쳤을 아이들이 모여들어 뛰어놀다가 선물을 받으며 밝게 웃는 모습을 보는 것은 너무나 기쁜 일이었다. 조그마한 것을 나누어도 이처럼 행복해하는 모습이 나에게 더 큰 기쁨을 준다. 이런 일을 하면서 너무나 큰 피해를 본 주민들에게 나눠줄 수 있는 것이 많지 않아서 마음이 아플 뿐이다.

나는 사단법인 글로벌호프라는 국제개발 기구의 대표 자격으로 이곳을 방문하였다. 글로벌호프는 다른 나라 사람들을 돕기 위해 12년 전에 설립된 단체이다. 현재는 12개 나라에서 작은 규모로 교육받지 못하는 아동들이 교육받을 수 있는 환경을 제공하기 위해 노력하며, 재난이 발생하면 우선하여 아이들을 돕는 일을 한다. 최근에는 우크라이나 전쟁으로 인하여 피난을 나온 아이들과 가정을 돕기 위해, 루마니아 국경 지역과 폴란드의 난민수용시설에서 다양한 일을 하고 있었는데, 튀르키예 지진으로 새로운 일이 추가된 셈이다.

내가 이렇게 재난을 당한 사람들을 돕는 일로 뛰어다니는 것은 내 삶에서 허송한 세월이 너무나 아까워서이다. 나는 십 년에 가까운 시간을 아무 목표도 없이 보냈다. 자랑스러운 보성고등학생으로 부정선거 반대를 부르짖으며 혜화동 로터리로 뛰어가던 날을 기억한다. 뒤에서 누군가 던진 돌덩이에 맞은 친구가 머리에서 피를 흘리던 것도 기억한다. 우리는 정의로운 나라를 만들어야 한다는 의협심으로 경찰에 맞서 구호를 외쳤고, 성균관대학 옆으로 몰려가서 대학생 형들이 나와야 한다고 소리쳤던 것도 기억한다. 그러면서도 터지지 않은 최루탄을 파출소에 갖다주었던 소년이었다. 누가 시위를 주동하는지도 모르는 조용한 아이였지만, 가만히 있어서는 안 될 것 같아 참가하는 편이었다. 나는 2학년 봄에 청와대 부속실에 불려가서, 비서에게 2시간 반 동안 설득을 당한 적이 있었다. 부정선거를 받아들일 수 없다는 나에게 나이가 어려서 모른다고, 대학 졸업 후에 함께 일해보지 않겠느냐는 말을 듣고 나올 때, 내 마음은 아무것도 할 수 없다는 무력감으로 가득하였다. 얼마 지나지 않아 '수신제가치국평천하'라는 말대로 나라를 바로 세워야겠다고 생각하며 뛰었던 내가 자신조차 변화시키지 못하는 모습에 심각한 절망감에 빠진 나머지 자살을 결심했다. 첫 번째 기회를 놓친 나는 술을 마시기 시작했고, 기회가 오면 죽어야겠다며 유서와 약을 지니고 살았다. 한 가지 꺼린 것은 어머니보다 먼저 죽으면 너무 큰 불효가 되리라는 점이었다. 그래서 어머니가 돌아가시면 나도 죽으리라 준비하고 살았으니, 학교 공부가 손에 잡힐 리가 없었다. 밤이면 아무도 몰래 술을 마셔야 잠들 수 있는 수많은 밤을 아픔으로 보냈다. 친구들과도 나누지 못한 내면의 아픔을 간직하면서도, 다른 아이들과 마찬가지로 예비고사를 치르고 대학에 입학해 다닌, 이중생활을 하면서 목표가 없이 방황하는 젊은이였다. 대학 3

학년 때에 교련 반대 데모를 하다가 교무처장에게 불려갔는데, 교련 학점은 신청만 하면 줄 테니, 데모는 하더라고 학점은 신청하라는 얘기를 들었다. 그 이율배반의 행태에 큰 실망을 한 나는 차라리 군대에 가겠다고 결심했다. 나이가 어려서 영장이 나오지 않아, 공군에 자원입대했다. 삼 년의 군대 생활을 마치고 학교로 돌아갔을 때는 다른 아이들처럼 나도 평범한 삶, 조금 더 나은 삶을 원했지만, 복학이 바로 되지 않아서 잠시 쉬어야 했다.

그 기간에 나는 예전의 고민을 다 잊고, 빨리 졸업하고 외국에 나가 돈을 벌고, 결혼해서 평범한 삶으로 내 목표를 수정하는 것처럼 보였다. 그런데 옆집에 살던, 다른 학교 다니던 후배가 "형, 교회 한번 같이 나가자."라고 몇 번이나 권하는 것을 거절할 수 없어 교회를 나가게 되었다. 교회에서 나와 나이가 비슷한 청년들이 예배를 마치고, 싱글벙글 웃으며 나오는 것을 보고 너무나 화가 났다. "아니, 뭐가 그리 좋아서 싱글벙글하는 거요?" 나는 정신이 제대로 든 젊은이라면 이렇게 더러운 세상을 살아가면서 웃을 수는 없을 터이기 때문에 물어본 것인데, 대답이 가관이었다. "하나님이 계시니까 웃을 수 있지요" "아니, 하나님이요?" "예, 살아계신 하나님이 계십니다" "뭐요? 그럼 나한테 보여줄래요?" "찾아보세요" 나를 너무나 화나게 한 그 세 마디의 도전이 나를 붙잡았다. 이유를 찾기 위해 6개월쯤 교회를 나가 보기로 작정했다. 이 미친 사람들이 무엇을 하는지, 이런 슬픈 세상을 살면서 웃으며 살 수 이유가 무엇인지, 정말로 하나님을 믿으니까 그렇다는 것이 얼마나 이상한 일인지 알아내기 위해서였다.

복학하기 전에 생각한 것은 내 인생의 중요한 해답을 찾기 위해서, 어차피 학교에 갈 수 없는 시간이니, 이 사람들이 하라는 대로 한번 해보자는 것이었다. 그래서 무엇이 이런 미친 사람들을 만들게 되었는지 파악하는 도전을 위해 6개월 동안 교회를 다녔다. 성경 공부 모임과 기도회 모임, 심지어 전도 모임과 2박 3일의 수양회까지, 교회에서 하는 모임에 빠짐없이 참석해서 그 이유를 밝혀내려 했다. 6개월이 다 되었을 때, 아무래도 보이지 않는 하나님이라는 절대자를 만들어 놓고 마음으로 믿는다고 산다면, 보통 사람보다 조금은 더 도덕적인 사람으로 살 수 있다는 생각이 들었다. 그러나 그것이 내게 꼭 필요한 일은 아니라는 생각에서, 애초에 자신에게 약속한 한 가지를 더해보기로 했다. '남아일언 중천금'이란 말 그대로 성경을 다 읽어보겠다는 약속을 지킬 생각이었다. 성경은 창세기부터 시작되는 구약과 예수그리스도의 탄생으로 시작하는 신약이 있는데, 한번은 읽어봐야 함은 물론이고, 지성인으로서 성경을 전부 읽었다고 자부하고 싶었다. 앞으로 교회를 다니지 않는다 해도 해볼 것은 다 해봤다는 말을 듣고 싶기도 했다. 그날도 조금만 더 읽으면 이제 교회와도 마지막이라는 생각으로 집에서 성경을 폈다. 술을 한잔 마시고, 또 다른 한잔을 따라놓고 담배를 피워물고, 열어둔 성경을 읽기 시작했다. "믿음은 바라는 것들의 실상이요, 보지 못하는 것들의 증거라. 선진들이 이로써 증거를 얻었느니라. 믿음으로 모든 세계가 하나님의 말씀으로 지어진 줄을 우리가 아나니, 보이는 것은 나타난 것으로 말미암아 된 것이 아니니라 (히브리서 11장 1~3절)." 세상이 우연으로 진화하여 만들어진 것이 아니라, 창조되었다는 것이다. 그 순간에 술과 담배는 더 이상 의미가 없었다. 성경을 통하여 창조의 질서가 이해되고, 내가 위대한 창조물 가운데 하나라는 사실에 감격의 눈물을 흘릴 수밖에 없었다.

창조주를 인정한 나의 삶은 급격히 변했다. 내가 우연히 태어난 것이 아니라, 그리스도의 품 안에서 선한 일을 위하여, 오래전부터 창조주의 계획에 의해 이 땅에 태어났다는 것을 성경을 통해 배우게 되었다. 세상을 바라보는 나의 눈이 달라졌다. 모든 것이 아름다웠다. 추한 것에도 이유가 있었다. 나를 통해 이루어질 일들이 기대되었다. 그렇게도 우울하고 슬프게 보였던 세상 모두가 나를 반기는 듯하고, 모든 사람이 사랑스러워 보였다. 아직도 이렇게 기쁜 소식을 알지 못하는 사람들에게 나누고 싶었다. 그렇게 나의 삶은 새로운 길을 걷게 되었다. 복학하지 않고 직장생활을 시작했다. 그것도 짧은 기간이지만 아주 구체적인 하나님의 인도하심을 확신할 수 있었다. 그리고 나는 불확실한 미래에 대한 기대를 가지고 1978년 4월에 미국으로 이민을 떠났다.

나의 꿈을 포기할 때 더 좋은 것이 기다리고 있다는 믿음을 받아들이는 것은 힘든 일이었다. 대학에서 토목과를 다니던 내가 목사가 되는 것을 상상할 수 없었다. 특히 흠이 많은 사람이기에 목사와 같은 거룩한 삶을 사는 것이 어렵다는 생각이 들었다. 내 마음대로 살 수 있는 자유를 포기할 자신이 없었다. 그러나 3년여를 지내며 많은 고민 끝에 나의 꿈을 포기하는 것이 창조주의 뜻이며, 나에게 가장 좋은 길이라는 결론에 도달했다. 그러나 내가 가질 수 있는 것들을 포기하는 것은 쉽게 할 수 없는 연민이었다. 궁핍하게 사는 목사들의 삶이 마음에 들지 않았다. 그때 마음속에 "한번 맡겨보지 않겠니?"라는 음성이 들리는 듯했다. 믿음으로 받아들이고 신학을 공부하기로 했다.

언제나 죽음의 순간을 준비하는 자세로 살아야 하겠다는 각오를 했다. 대단한 일을 이루어서 잘 사는 것이 아니라, 언제라도 죽음의 순간을 맞이하며 "이제까지 잘 살았습니다. 이런 기회를 주셔서 감사합니다."라고 말하며 떠날 수 있는 인생을 살기로 결단하는 기회가 있었다. 미국에서 7년 반 동안 대학과 대학원 공부를 마치고, 목사 안수를 받은 나는 선교사의 길을 떠나게 되었다. 1987년에 미국 생활을 정리하고 태국의 선교사로 떠났다. 그러나 처음 내디딘 발걸음부터 꼬이기 시작했다. 태국행 비행기 표를 사서 아내와 두 아들을 데리고 떠났지만, 결국 필리핀 선교사가 되었다. 점점 필리핀 사람들에 대한 사랑이 싹터 오르고 열매 있는 일들을 감당하며 지냈지만, 결국 다시 미국에서 선교회 대표가 되어 섬기는 일을 하게 되었다. 이처럼 내가 계획한 대로 일이 이루어지지는 않았지만, 그 인도하심에 순종하며 나아갈 때에 하나님은 내가 생각한 것과는 전혀 다른 일들을 감당하게 하셨다. 2002년 이후 세계한인선교사회(KWMF)의 사무총장, 회장 직책을 맡아 전 세계에 나간 한인 선교사들을 대표해서 섬기는 일을 하게 되었다. 2005년부터는 지피선교회의 대표로 300여 명의 선교사를 돌보는 일을 해야 했다. 또한 한국세계선교협의회(KWMA)의 사무총장으로 한국교회 선교 운동을 섬기는 책임을 맡아 일하다가, 이젠 기독교한인세계선교협의회(KWMC)의 사무총장으로 미주에서 전 세계 한인들의 선교 운동을 섬기고 있다. 이와 함께 섬기는 일이 NGO인 글로벌호프 대표가 하는 일이다.

한국 근대사는 기독교 선교의 역사와 나란히 쓰였다. 1884년에 미국 선교사들이 처음 들어와서 교육과 의료에 중점을 두고 한국 사회의 근대화를 도왔으며, 양반과 천민을 구별하는 사상을 깨뜨리는 역할을 한 것도 기독교의 평등사상이다. 이렇게 선한 영향력을 끼쳐서 개인과 민족을 살리는 것이 선교사의 일이다. 그래서 나는 기쁨으로, 감사하는 마음으로 이 일을 감당하고 있다. 자신을 포장하지 않고 있는 그대로 서로를 대하던 동기들을 자주 만나지는 못하지만, 내 사랑하는 친구들이 삶의 마지막 여정을 보람있게 기쁘게 써나가기를 소원하며 기도하는 마음으로 이 글을 마친다.

조용중(趙庸中)

1970년 고려대 토목공학과 입학.
목사. 선교사. 트리니티신학교 M.Div., Th.M., Ph.D.
한인세계선교사회(KWMF) 사무총장, 회장 역임.
한인세계선교협의회(KWMA) 사무총장 역임.
현 기독교 한인세계선교협의회(KWMC) 사무총장.
1978년 미국 이민.

05

더욱 성숙한 삶을 꿈꾸며

기 다 림

| 김희덕(3-2) 溫訥齋(온눌재) |

어느새 일흔을 넘기고 보니 인생, 건강, 삶의 추억이 벗들과 나누는 대화에서 중심 화두가 된다. 나는 오히려 지나간 시절의 추억보다 앞으로의 기다림에 대해 한 구절 옮기고자 한다.

기다림이란 말은 이별이란 말보다 아름답다. 이별이란 만났다가 헤어지는 것이지만 기다림은 아직 만나지 못했다는 것이다. 만나지 못했던 이를 만난다는 상상은 가슴을 설레게 한다. 그래서 사람들은 가슴을 조이면서도 기다리기를 좋아하는 모양이다. 이몽룡을 향한 성춘향의 기다림, 낚싯대를 드리우고 세월을 낚아 올리던 강태공의 기다림, 온갖 미친 짓과 수모를 당하면서 오직 하나, 때가 온다고 굳게 믿은 대원군 이하응의 기다림.

이 세상의 모든 기다림은 반드시 이루어져서가 아니라 기다린다는 사실 자체가 아름답다.

어린 시절 나는 어른이 되기를 무척 기다렸다. 어른이 되면 무엇이든 할 수 있다고 생각했다. 구멍가게에서 눈깔사탕을 마음껏 사 먹을 수 있고 중국집 짜장면을 매일 먹을 수 있다는 꿈을 가졌다. 그러나 막상 어른이 되어 보니, 어른이 된 것보다 어른이 되기를 기다렸을 때가 더 아름다웠다. 기다림이 아름다운 것은 기다리는 동안 만남을 연습할 수 있었기 때문이 아닐까?

친구와 동아리의 모임, 자녀와 손자와의 만남, 복권 당첨 등 기다릴 일은 많다. 만나게 될 기쁜 얼굴, 슬픈 얼굴, 토라진 얼굴을 생각하면서 기다림의 시간을 흘려보낸다. 그 시간을 얼마나 길게, 가슴 저미게 느끼는지는 기다려 본 사람만이 안다. 기다림이 있기에 우리의 인생은 희망이 있고 아름답다. 기다림이 없다면 인생은 허망할지도 모른다.

기다림이야 백 년이 간들 어떠리!
벗들이여!
푸른 하늘과 30년 여생의 변화된 미래를 가져 보자
그렇다고 샐러드에 된장을 바르지는 말자.
김치에 캐첩을 치지도 말자
새로운 것이 반드시 발전은 아니다.
아무리 세월이 흐른다고 마늘이 고추 맛을 낼 수는 없다.
조물주는 인간 각자에게 세상 살아가는 재능을 주셨다.
또한 시련을 주고 또 그것을 극복하게 만드셨다.

말년에 귀가 멀어 듣지 못하면서 '합창 교향곡'을 작곡한 베토벤, 눈이 멀어 앞을 보지 못하면서도 '실낙원'을 쓴 밀턴의 운명은 불행이 아니라 하늘에서 내린 축복인지도 모른다. 우리 나이에 건강을 해치거나, 사별의 시련이 오더라도 더 큰 꽃을 피우라는 하늘의 뜻이라고 나는 생각한다.

벗들이여!
어깨를 활짝 펴고, 건강을 지키면서 기다림을 생각하며 살자꾸나!
파이팅! 만만세! (2023. 03.)

김희덕(金熙德)

연세대학교 철학과 졸.
1976~ 한국생사㈜ 근무.
1990 실버타운 유당마을 원장 역임.
춘해대학교 부총장 역임.
2010~ 삼보철강 회장.

더욱 성숙한 삶을 꿈꾸며

뜬금없는 제주살이

| 김용운(3-7) |

젊은 시절 제주에는 신혼여행 때(1977) 한번 와 본 일이 있을 뿐이어서 다른 나라처럼 생각하고 살았다. 그런데 생각지도 않게 나이 들어 제주로 옮겨와 지금까지 17년째 지내는 내 모습을 보며 가끔은 놀랍기도 하다.

나는 서울 강남역 부근에서 동료들과 '아이 앤 아이 안과'를 개원해 진료하다가 2005년 말에 제주에 있는 후배와 함께 병원을 운영하자는 제안을 받고 제주살이를 시작했다. 물론 이전에 가끔 운동하러 주말에 제주에 다녀온 적이 있기는 했다. 그때마다 자연환경과 여유 있는 도시의 흐름, 맛있는 제주 음식 때문에 상경하는 일요일 오후가 되면 올라가기 싫다는 생각이 여러 차례 들었다. 아마 그때부터 제주에 살고 싶은 마음이 들었는지 모르겠다.

2005년 말에 제주에서 진료를 시작하면서 제주 생활이 시작되었다. 처음에는 아내가 제주 생활을 반대했기 때문에 병원 근처 오피스텔을 빌려서 혼자 생활했다. 그때가 가장 자유롭게 생활했던 시기가 아니었나 싶다. 결국 6개월 뒤에 아내가 내려와서 지금 사는 집을 사들여, 본격적인 제주 생활을 시작했다.

그 집은 와흘의 전원마을이라는 동네에 있는 아담한 2층 전원주택이었다. 봄에는 벚꽃과 철쭉이 흐드러지고, 마당 한구석의 하얀 목련 나무가 보성고등학교의 목련을 생각나게 하는, 예쁘고 작은 전원주택이었다. 처음 이사했을 때는 교통이 불편했으나, 지금은 왕복 6차선 도로가 개통되어 생활하기 좋은 곳이 되었다. 집이 작기는 하지만 옛친구들이 내려오면 며칠 숙소로 사용할 수 있어서 그런대로 만족할 만하다. 2012년에는 화북에서 혼자 '성모안과병원'을 개원하여 지금까지 운영하고 있다.

제주 생활에서 가장 좋은 점은 쾌적한 자연환경이다. 지금은 곳곳이 개발되어 예전보다 못하지만, 아직도 제주도의 옛 모습을 볼 수 있는 곳이 많이 남아있다. 숲의 냄새를 맡고 자연을 느낄 수 있는 곳을 멀리 가지 않고도 쉽게 만날 수 있어서 좋다.

다음으로는 제주 특유의 향토 음식을 꼽을 수 있다. 신선한 재료를 제주 특유의 토속적인 조리법으로 만들어내는, 육지에서 볼 수 없는 맛있는 음식을 즐길 곳이 많다. 주말이면 찾아다니면서 먹는 재미가 꽤 쏠쏠하다. 또 내가 좋아하는 운동을 적은 비용으로 즐길 수 있다는 점도 제주살이의 장점에 속한다.

불편한 점도 있다. 가족과 친지를 자주 만나지 못하고, 특히 동기들 모임에 참석하기 쉽지 않다. 날씨 변덕이 심해 항공편이 자주 영향을 받는 것도 불편한 점이다.

그래도 내가 제주에서 살기 때문에 우리 식구들이 즐겁게 제주 나들이를 자주 할 수 있는 것, 그리고 여기 와서 살면서 아내가 건강을 되찾은 것이 가장 좋은 점이라 하겠다.

몇 년 전에 돌아가신 53회 선배님께서 돌아가시기 3개월 전쯤 전화하셔서 하신 말씀이 새삼스럽게 귓가에 맴돈다. "용운아, 즐겁게 살아라." 하신 말씀이 일흔을 넘긴 지금도 가슴에 와 닿는다. 아직도 현역에서 활동하면서, 내가 좋아하는 일들을 즐기면서 사는 것이 선배님의 말씀대로 사는 게 아닌가 한다. 심지어 가끔은 지금이 내 인생의 황금기가 아닌가 하는 생각이 들기도 한다. 이 모든 것이 생각지도 않았던 제주 생활이 나에게 준 가장 큰 선물이라고 할 수 있다.

마지막으로 제주의 비교적 저렴하고 맛있는 맛집 몇 군데를 소개하고자 한다.

(1) 할머니 식당 : 남조로 검문소 아래, 순댓국밥집.

(2) 황금수산 : 화북포구에 있는 자연산 횟집.

(3) 다려도횟집 : 함덕에 있는 우럭 조림과 매운탕 집

(4) 각시불 : 교래에 있는 아구찜 집.

(5) 선흘카페 : 브런치와 파스타. 피자집

(6) 생돈우리 : 제주공항 근처 흑돼지 집(69회 후배가 운영)

혹시 제주에 내려오는 동기들이 연락해서 반갑게 소주 한잔 기울이면서 옛날얘기 나누면 더없이 좋을 것 같다.

김용운(金容雲)

가톨릭 의과대학 졸업.
성모병원 안과 수련 및 전문의 취득.
현재 제주 화북성모안과 원장.

인생 2막극, 전원살이 초보의 일기

| 유길준(3-6) |

나는 1980년 3월에 부산 동아대학교 건축학과 교수로 부임, 2017년 2월 37년간의 교직 생활을 마치고 퇴임한 후, 지금은 경기도 양평군 서종면 문호리에 작은 집을 짓고 전원생활을 즐기고 있다. 평생 남의 (?) 집 짓는 법을 가르치다가, 내가 살 집을 직접 설계하고 좋은 목수 만나서 건축에까지 이르는 행운을 누리게 된 것이다. 2017년 3월 중순에 첫 삽을 떠서 그해 7월 초에 입택했으니, 100여 일 만에 집을 완성한 셈이다.

건축학과 교수 시절의 꿈

나는 혜화동과 명륜동에서 (박사과정 6년을 포함해) 18년을 학생으로 지냈다. 예전 우리 동네(?)에 가보면, 보성고등학교는 강남으로 이사 가고, 성균관대학 건축학과도 수원으로 떠나서 그런지 남의 동네에 온 기분이 든다. 보성중·고등학교와 성균관대학교와 대학원을 졸업하고 평생을 교육계에 종사하면서 달려 온 40년의 세월을 되돌아본다.

교육자로서의 첫 임지는 당시 성북역 근처에 있는 인덕예술공과전문학교 건축과였는데, 1977년에 부임해 3년간 재직했다. 그 시절 전문대학에는 사회생활을 하다가 학업을 이어가는 만학도도 많았다. 가르치는 나와 나이가 비슷하거나 더 많은 학생도 제법 있었다. 새내기 교수 시절 열과 성을 다해 가르치면서, 아침부터 밤 늦도록 교수와 학생들이 함께 지내던 기억이 아직도 새롭다.

대통령 시해와 정변으로 혼란했던 1979년 말에 부산의 동아대학교 건축학과에서 건축계획 전공 교수를 초빙한다는 공고에 응모해서, 이듬해 3월에 교수로 부임했다. 부산은 아무 연고도 없는 생소한 곳이었다. 고등학교 2학년 시절 수학여행 길에 해운대의 국제여관에서 묵었던 기억만 있는 그곳으로 처와 함께 갓 태어난 아들을 데리고 이사했다. 낯선 곳에서 살아야 한다는 걱정은 부산 사람들, 특히 동료 교수와 학생들의 환대로 말끔히 지워졌고, 타향살이라는 생각이 전혀 들지 않을 정도로 행복하게 생활할 수 있었다.

그런데 우리 모두 잘 알다시피 부임 첫해인 1980년의 봄은 잔인했다. 젊은 신임 교수의 의욕적인 강의는 한 학기를 채우지 못했다. 5월에 내린 휴교령으로 학생들 얼굴 한번 보지 못하는 긴 시간이 이어졌다. 여름이 다 지날 즈음에야 휴교령이 해제되는 등 부임 첫해는 무력감에 빠진 채 보내야 했다. 그래도 요즘 말로 재택근무(?) 기간에 '황금분할(黃金分割)'이라는 디자인의 비례 원리를 분석한 책을 번역한 것은 보람 있는 일이었다. 부임할 때 2학년이던 79학번 졸업생 대표가 졸업 30주년 기념 스승의 날 인사말에 "우리 동아대학교 건축학과는 유길준 교수의 부임 이전과 이후로 나뉜다."라고 한 발언은 내게 40년 교직 생활의 보람을 가질 수 있게 해주었다.

부산, 아름다운 도시를 향한 꿈

나에게 부산이 어떤 곳이냐고 묻는다면 서슴없이 '용광로'라고 얘기한다. 부산은 작은 어촌과 동래 읍이 합쳐져, 일제의 침탈 목적을 위해 태어난 작은 항구도시였다. 해방 후 재외동포의 귀국과 결정적으로는 한국동란이 터졌을 때 피란 정부가 부산의 옛 경남도청에 자리를 잡으면서, 공산군의 침략을 피해 피란민이 밀려와서 단기간에 인구가 수만 명에서 백만 명으로 늘어난 곳이다. 따라서 부산 토박이라는 말이 오히려 생소하게 느껴지는 곳이며, 외지인도 부산 사람으로 녹여내는 곳이 부산이다.

내가 부산과는 학연이나 지연이 전혀 없는 순수 외지인(?)으로는 처음으로 대한건축학회 부산울산경남지회장으로 선출될 수 있었던 것은 용광로와 같은 부산이기에 가능했다고 생각한다. 이런 분위기로 인해 나는 부산과 경남 지역의 건축학 관련 학회 활동에 활발하게 참여할 수 있었으며, 후에는 대한건축학회 연구 담당 부회장을 역임하기도 했다.

지역 사업으로는 '부산국제건축문화제'의 창립 멤버로 참여해 조직위원회 이사와 집행위원회 부위원장과 위원장 권한대행을 맡았으며, 부산시의 각종 사업에 자문위원으로 봉사했다. 특히 '2002 부산아시안게임 경기장설계'와 '아시안게임 선수촌 현상설계'의 심사위원, '부산 오페라하우스 국제현상설계' 심사위원 등을 맡는 등 부산을 아름답고 살기 좋은 도시로 만드는 데 기여하고자 노력했다. 또 해운대 동백섬에 있는 '부산 APEC 2차 정상회의장' 건립을 위한 기본계획 수립, '부산 시민공원 주변지역 뉴타운' 총괄 계획자로 활동했으며, 이외에도 인지초등학교, 센텀중학교, 해강고등학교 등 초·중·고등학교 10여

곳을 설계하여 교육환경 개선에 기여한 것도 기억에 남는다.

(1)제1차 부산도시기본계획과 가덕도 신공항

동아대학교에 부임한 이듬해부터 부산을 현대적인 도시로 개발하는 부산시 연구과제에 참여할 수 있었던 것도 이곳의 용광로와 같은 분위기 때문이었다고 생각한다. 처음 '을숙도 체육공원 건립을 위한 기본계획 연구'라는 과제를 수행하였으며, 다음으로 '제1차 부산광역시 도시기본계획' 수립에 공동연구원으로 참여했다. 부산의 중장기 발전 구상을 연구하기 위해 도심에 얻은 작은 작업실에서 합숙하며 전 연구진이 밤낮으로 고심에 고심을 거듭했던 일은 잊을 수 없는 추억으로 남아 있다.

당시의 구상 가운데에서 실현된 대표적인 것이 '해운대신도시'와 부산의 동서를 가르는 '동서고가도로', '부산신항만', 그리고 요즈음 화제로 떠오른 '가덕도 신공항 건설' 계획이다. 가덕도 신공항은 육상, 해상, 항공이 어우러진 물류기지로 부산을 발전시키려면 24시간 운용할 수 있는 허브 공항이 꼭 필요하다는 연구진의 결론에 따라 제안한 것이지만, 여러 가지 난제로 인해 건설교통부의 반대에 부딪혔고, 유감스럽게도 도시 기본계획 보고서에는 포함할 수 없었다. 40년이 지난 지금 연구진이 제안했던 신도시, 신항만 등 도시구상 방안 대부분이 실현되었지만, 가덕도 신공항만은 아직도 반전에 반전을 거듭하고 있다.

인생 2막 : 여유

이제 인생 1막을 마무리하고 2막에 관해 이야기해 보자.

양평 집에는 '만유헌(滿裕軒)'이라고 당호를 붙였다. 왜 고향(내 고향은 강화)도 아닌 양평에 집을 짓느냐고 묻는 친구가 많았다. 나는 우리 집 당호의 뜻처럼 만년에 여유로운 삶을 살기 위해 좋은 집터를 오랫동안 찾았다. 경남 하동, 산청 등의 지리산 자락, 부산 인근의 양산(요즘 사람들이 꼬이는 전직 대통령의 은퇴지 근처), 기장(이곳은 요즘 관광지로 변해 선택하지 않은 것이 천만다행), 그리고 내 고향 강화 등을 후보지로 놓고 고심을 거듭하였다. 그러다가 경기도 양평군 서종면에서 수대울이라는 골짜기를 발견했다. 여기는 만년의 삶을 누리려고 자리 잡을 만한 조건을 모두 갖추고 있었다. 대도시에서 가깝고, 전철이 연결되어 교통이 편리하며, 화려하지는 않지만 괜찮은 문화·체육시설이 있고, 그러면서도 농촌의 모습도 남아 있어서 전원생활의 최적지라는 생각이 들었다. 그리고 집을 짓기에 적당한 규모의 땅(240평)을 생각보다 저렴하게 구입할 수 있었다.

양평의 문호리에 산다는 말을 듣고는 "아! 좋은 동네에 자리를 잡았네." 하고 축하해 주는 지인이 많다. '양평군 서종면 문호리' 하면 떠오르는 이미지가 있다. 서울에서 가깝고, 북한강에 접해 있으며, 음악인, 화가, 연기자 등 예술가들도 다수 거주하는 전원주택동네가 바로 그것이다.

좋은 집터는 찾았지만, 동네가 좋다고 반드시 살기 좋은 집이 되는 것은 아닐진대, 과연 살기에 좋은 집은 어떤 것일까? 나는 이 집을 설계하면서 목표를 분명히 했다. 첫째, 노년에 **생활하기 편리**하고, 둘째 사시사철 적합한 실내온도를 **경제적**으로 유지하며, 마지막으로 **적절한 공사비**와 유지비를 염두에 둔, 건강하면서도 친환경적 집을 짓는 것이 내 설계목표였다. 그렇게 나름 디자인해서 건축허가를 받고, 좋은 목수를 만나 건축하여 완공한 만유헌에서 벌써 사계절이 여섯 번 지나가고, 이제는 일곱 번째 봄을 맞이했다.

(1) 봄의 오묘함

요즘 2층 서재와 침실에서 보이는 앞산은 만지면 손끝에 묻어날 것 같은 오묘한 색상으로 옷을 갈아입는 중이다. 북한강 변에 있는 벚꽃 터널의 나무들도 터질 듯한 꽃망울로 사람들을 유혹한다. 이웃집 부인이 처음 인사를 나눌 때 했던 이야기가 생각난다. 봄이 되면 이른 아침에 잠에서 깰 때마다 오늘은 또 어떻게 달라져 있을까? 하는 기대감에 설레는 가슴으로 창밖을 바라본다는데, 정말 그 말을 실감하며 지내고 있다.

지난겨울에는 근래 드문 강추위를 겪었다. 따뜻한 부산 날씨(한겨울에도 영하 7도 이하로 내려가는 경우가 거의 없다.)에 길들여진 우리 가족에게 처음 경험하는 영하 20도의 혹한은 힘들었지만, 정말 걱정은 새로 심은 대추나무, 홍가시나무, 앵두나무가 얼어 죽지 않을까 하는 것이었다. 4월 초순이 되었는데, 감나무, 대추나무 순이 왜 안 올라오는지 궁금해서, 혹시 얼어 죽지 않았나 하는 걱정에 아침마다 가지를 하나하나 들여다보고 있다. 마당 한구석에는 내가 자랑스럽게 여기는 텃밭이 있다. 엄청나게 많은 돌을 골라내고 일구어낸 밭을 바라보면서, 첫 이랑에 뭘 심을까? 언제 씨를 뿌려야 하나? 모종을 사다 심어야 하나? 등의 생각에 빠져 있다. 집사람과 둘이서 의논하는 재미에 푹 빠져, 요즘은 모종 사러 갈 날을 기다리고 있다.

우리 가족은 교회에 다닌다. 양평으로 이주하면서 제일 먼저 신앙생활을 계속할 교회를 찾았다. 주일마다 양평 일대 교회를 순례하다가 문호리에서 도장리로 넘어가기 직전에 있는 '생명샘교회(담임목사 유병중)'를 운명적으로 만났다. 교인은 100명이 되지 않는 작은 교회이지만, 신실하고 따뜻한 마음을 지닌 교우들과 하나님의 말씀을 진정으로 전하는 목사님과 함께 행복한 신앙생활을 할 수 있도록 인도해 주신 주님께 감사드린다.

(2) 여름의 축복

내게 만유헌의 건축은 참으로 의미 있는 경험이었다. 주로 교육시설과 같은 대형 건축물의 설계에 치중하고, 평생 학생들에게 건축학을 가르치던 사람이 자신이 살아갈 집을 설계하고 짓는 것이기에 여러모로 신경을 쓰지 않을 수 없었다. 앞에서 이야기했듯 집을 설계할 때 가장 중점을 둔 것은 최소한의 공사비로 에너지 사용을 최소화하는 친환경 주택의 건축이었다. 그래서 삼중 유리의 독일식 시스템창호를 채택하고 출입문에 신경을 써서 단열성능을 강화했다. 기밀성능을 높이기 위해 가변 투습 방수지로 주택 전체를 일체화했다. 에너지 손실을 줄이면서도 신선한 공기를 공급하기 위해 열 교환식 환기설비를 설치하고, 창문에는 외부 전동블라인드를 설치해 여름날 직사광선의 차단은 물론 겨울에도 열 손실을 최소화하도록 하였다. 내진성능을 갖추기 위해 보강철물을 곳곳에 사용하고, 대규모 개구부에는 공학목재를 사용하여 쳐짐이 발생하지 않도록 보강했다.

착공 후 100일 만에 건축공사를 마무리했고, 부대공사와 정원 마무리 공사를 마치고 7월 초에 입주할 수 있었다. 내부 마감공사에 사용할 타일과 위생도기와 조명기구, 그리고 벽지 등을 고르기 위해 남양주로, 분당으로, 을지로로 다녔던 그 시간도 행복했다. 집을 지으면 10년은 늙는다는데, 다행히 좋은 건축회사를 만나서 얼굴 한번 찡그리지 않고 집을 완공하는 행운(?)을 누릴 수 있었다. 4개월 남짓 동안 소음과 분진에도 불구하고 넉넉한 마음으로 참아준 이웃들에게 죄송함과 감사의 인사를 했다.

공사가 본격화되던 늦봄부터 집사람은 텃밭을 일구기 시작했다. 농사라고는 한 번도 지어본 적이 없는 우리 두 사람에게 주먹만 한 돌이 널려 있는 마당을 밭으로 일구는 것은 무척 힘든 일이었다. 화학비료와 농약을 사용하지 않는 자연농법으로 농사를 짓겠다는 집사람과 무리라는 나의 주장이 팽팽히 맞섰지만, 시범적으로 심은 상추 몇 포기와 방울토마토, 오이, 고추, 그리고 호박이 무럭무럭 자라 놀러 온 손주들에게 신선한 채소를 먹일 수 있었고, 늙은 호박으로는 떡까지 해

서 나눠 먹기에 이르렀다. 그야말로 인터넷으로 독학한 집사람의 완벽한 승리다.

(3) 가을과 농사의 기쁨

앞산이 붉게 물들기 시작한 즈음, 우리 부부는 북한강 변 산책로를 매일 아침 한 시간 정도 걷기 시작했다. 수상스키를 즐기는 청춘남녀의 멋진 모습을 부러워하며, 상큼한 공기와 풀냄새를 즐기면서, 오가는 이웃들과 가벼운 인사를 나누며 걷는다. 잣나무에서 잣송이가 마당으로 굴러떨어진다. 산 쪽을 바라보니 청설모가 아쉽다는 듯이 쳐다본다. 난생처음으로 잣송이를 까서 신선한 잣 맛을 볼 생각에 입가에 미소가 절로 떠오른다.

텃밭을 드디어 완성했다. 여덟 이랑이나 된다. 길이는 얼마 되지 않으나(이랑 길이 3.3m, 폭 1.0m 남짓이다.) 김장용 무를 한 이랑, 배추 두 이랑을 심고, 농협에 가서 한냉사(寒冷紗)를 구입해 배추밭을 덮어 주었다. 그런데 한냉사로 덮지 않은 무밭은 새순이 올라오기 무섭게 벌레가

갉아 먹어 버렸다. 초보 농사꾼의 시행착오였다. 내년에는 무밭도 한냉사로 덮어줘야 할까 보다.

(4) 겨울의 여유

나는 눈을 치워 본 기억이 없다. 부산에 이사하기 전까지는 서울에서 쭉 살았으니 치울 기회가 없었기 때문이다. 지난겨울 우리 동네 사람

들은 눈 내린 아침이면 어김없이 눈삽과 빗자루를 들고나와 함께 눈을 치웠다. 이웃사촌끼리 인사도 나누고 안부도 묻고 하면서, 이번 겨울에 눈이 너무 자주, 너무 많이 내린다고 투정도 한다. 처음에는 눈 치우는 일이 만만한 일이 아니었지만, 눈길에 차가 미끄러져 주례를 약속한 친구 아들 결혼식에 늦을 뻔한 적도 있지만, 우리 동네 설경은

무척 아름답다. 앞산에 핀 눈꽃과 마당에 소복이 쌓인 눈밭의 아름다움을 이번 겨울에는 원 없이 만끽할 수 있어 행복했다.

봄이 오면 자연농법에 사용하려고 마당 한구석에 낙엽과 꽃대 등으로 퇴비를 만들고, 음식물쓰레기로는 125리터 물통에 물거름을 만든다. 염분 없는 과일 껍질과 채소 남은 것들을 퇴비장에 버리니, 마당에 쌀을 뿌려줘도 오지 않던 크고 작은 새들이 수십 마리씩 날아와서 과일 껍질을 먹어대는 광경을 매일같이 바라보는 호사도 누리고 있다. 주민자치센터에서 제공하는 문화 교실에는 어학, 음악, 체육 등 다양한 강좌가 있다. 체육공원에는 잔디축구장, 실내탁구장, 테니스코트, 족구장, 심지어는 파크골프장도 있다. 면민으로서의 삶을 제대로 누리기 위해 기타를 배우고, 탁구도 치고, 파크골프장에서 이글의 기쁨을 누리기도 한다.

서종면에서의 생활이 이제 7년째에 접어들었다. 꽃밭을 가꾸고 텃밭을 일구자니 몸이 힘들 때도 있으나, 매일 아침 마당과 앞산의 변화하는 모습을 바라보는 즐거움에 미소가 그치지 않는 넉넉한 시간을 보내고 있다. 이제는 예전처럼 하루하루 닥쳐오는 일을 해결하느라 쫓기는 삶에서 벗어나 인생 2막의 전원생활을 즐기는 삶을 만끽하려고 한다.

유길준(兪吉濬)

성균관대학교 졸업.
동아대학교 건축학과 명예교수.
전 대한건축학회 부회장.

더욱 성숙한 삶을 꿈꾸며

나의 산골살이

| 송순재(3-1) |

아! 입으로부터 나지막이 탄성이 흘러나왔다. 창문 밖 감나무 가지들에서 연한 녹색 순들이 터져 나오기 시작한 것이다. 지난해 십일월부터 겨울이 시작된 후 그로부터 줄곧 기온이 떨어져 금년 1월과 2월에 들어서는 삼한사온도 없이 영하 15도에서 20도 사이를 오가던 추위 때문에 감나무가 얼어 죽을지 모르겠다는 염려가 떠나지 않았었다.

마침내 새봄 4월이 왔고, 나는 약간의 긴장감을 가지고 매일 아침 감나무를 지켜보던 중이었다. 이 추위를 견뎌냈구나. 내가 사는 곳은 유독 날씨가 추워 감나무 같은 수종은 적당치 않다는 말을 들었지만 그래도 해가 잘 드는 곳이니 혹시나 해서 심어본 감나무들이었다. 지난 5년 동안 꿋꿋이 잘 버텨주었고 이번 겨울같이 강한 추위에도 잘 살아남았으니 고맙기도 하고 감격스럽기도 했다. 내가 도시에서 이곳 연천 산골도 옮겨와 살면서 겪게 된 일들 중 하나다.

평생 도시에서 살다가 이곳 연천 산골에 들어온 지 벌써 8년이 지났다.

오래 전부터 퇴직을 하면 농촌이나 산촌에 들어가 살아야겠다고 생각했다. 몇 가지 이유가 있었다. "자연이 좋아서"가 그 첫째다. 둘째는 "그동안 사회적이고 공적인 일에 너무 빠져 있었으니 이제는 나 자신에게 몰두해 보자, 나 혼자 자연 속에서 한번 삶을 삶답게 잘 살아내 보자"하는 것이었다. 셋째는 우리나라 주거 형태가 대도시를 중심으로 하고 있으니 여기서 편리한 점도 많겠지만 그렇지 못한 점도 많으니 시골에 가서 살면 좋지 않을까 하고 생각해 본 것이었다.

몇 해, 몸을 붙여보려고 무진 애를 썼다. 아니 고투(苦鬪)를 했다고 하는 편이 나을 것이다. 어찌어찌해서 골라본 땅이었는데 세상 물정도 모르고 고른 것이어서 문제가 심각했다. 그중 하나가 돌이 많은 야산이라는 것이었다. 무얼 좀 해보려 하면 먼저 돌을 골라내야 했는데 자갈부터 시작해서 무게가 족히 100kg 정도 나가는 바위와 몇 날 며칠을, 아니 수개월 혹은 수년 동안을 사투를 벌이며 해내야 했던 것이다.

그래도 꾸준히 성심으로 하다 보니 이제는 자그마한 밭도 나오고 쉼터도 나오고 여기저기 마음에 드는 나무와 꽃을 심을 만한 곳도 나왔다. 자연 속에서 사는 삶이 좋았다. 땀을 흘리고 휴식을 취할 때 불어오는 산바람 들바람, 시원한 생수와 막걸리 한 잔 맛은 어디에도 비길 수 없는 것이었다. 이전에도 간간이 등산을 하며 자연을 즐길 때도 있었지만, 그건 어디까지나 '보는' 즐거움이었다. 그에 비해 여기서 가지는 즐거움은 그와는 전혀 다른 것이라 할 수 있다. 말하자면 내 몸으로 직접 '해 보는' 자연이다. 흙을 나르고 돌을 옮기고 나무를 심고 나무를 자르고 창고와 초막을 짓고 여기저기 정원도 가꾸고 밭도 만들다 보니 하루는 물론 몇 개월이 어느새 훌쩍 지나가 버렸다. 일하면서도 우리 산천의 아름다움을 감상하던 중 절로 명상의 세계로 빠져

들기도 했다.

* * *

내 평생 일터는 대학이었다. 사연이 좀 복잡하다. 고등학교 다닐 적 공부엔 별 취미가 없었다. 또 생활고로 열심히 공부할 만한 처지도 아니었다. 그때 내 마음을 이끌었던 것은 고전음악과 종교뿐이었다. 굳이 말하라면 몸이 좀 허접한 것 같아 씨름부에 들어갔고 하다 보니 전국체전까지 출전하기는 했다.

1승 1패. 다른 건 별 재미도 없었고 잘하지도 못했다. 억지로 했다고나 할까.

음악과 종교는 학교에서 제대로 배울 만한 것이 아니었기에 그 시절은 그저 혼자 골똘하게 지냈던 같다:'대관절 왜 이렇게 살아야 하나? 이 세상이 이 모양 이 꼴인 까닭은 무엇일까?' 친구는 폭넓게 사귀지 않았지만 이후로 사귐을 깊이 이어간 친구들이 몇 있었다. 그중엔 공부를 정말 잘하는 박광식이 있었는데 안타깝게도 졸업 후 백혈병으로 세상을 떴다. 삼선교시장에서 철물점을 하시던 홀어머니의 외아들이어서 그때 겪었던 슬픔과 충격이 컸다.

그러다가 어찌어찌해서 대학에 들어갔는데 어떻게 들어갔는지는 나도 모르겠다. 헌데 거기에 가서 철이 들었다. 두 분의 선생님을 만났고, 거기서 교직과 종교에 뜻을 굳히게 되었고 그렇게 하여 차츰 교육학과 신학의 길로 접어들게 되었던 것이다. 처음엔 일반대학에, 다음엔 신학대학에 다녔다.

대학공부를 마친 후 고등학교에도 있어 보고 출판사에도 있어 보았지만 결국엔 충청북도 제천 인근의 한 농촌 교회에서 전도사 일을 맡아 보게 되었다. 그때 나는 처음으로 농촌 사람들을 만나게 되었고 그렇게 해서 도시민들과는 전혀 다른 언어를 말하고 다른 습속과 다른 문화를 가진 풋풋한 평민들과 그들의 생활을 마주하게 되었다. 목회 일도 일이었지만 그 만남은 소시민적인 나의 시각을 크게 흔들어놓았다. 아울러 나를 사로잡았던 것은 우리나라의 알려지지 않은 아름다운 산천이었다. 길지 않은 시간이었지만 그때 그 자연의 미가 준 충격은 결코 잊히지 않는다.

그곳에 오래 머물지는 않았다. 학문의 길이 내게 더 맞겠다 싶었기 때문이었다. 결국 평소 마음에 두고 있었던 독일 유학길을 택했고, 거기서 나의 생각이 틀리지 않았음을 확인했다. 슈투트가르트를 주도(州都)로 하고 있는 바덴뷔르템베르크 주의 뷔빙겐 시는 인구 7만의 아름답고 유서 깊은 대학도시로, 나는 그곳에서 새로운 삶을 시작했다. 시골 농촌 목회자로 있다가 최첨단 학문도시로 거처를 옮기다 보니 모든 게 순탄치 않았다. 재정이나 공부나 체력이나 모든 게 미비했지만 최선을 다해 이겨내려 했다. 살아야 하니, 방학 때마다 아내와 함께 공장에 가서 학비를 벌고, 아내는 공장뿐 아니라 어린이집 교사 일도 해서 생활비를 벌었다. 거기서 만난 선생님들, 학문의 분위기, 문화적 수준은 내 인생에 있어 정말 새로운 크나큰 도전 그 자체였다. 공부를 마친 후 다시 정착한 곳은 서대문에 있는 유서 깊은 한 신학대학이었는데 거기서 나는 교육철학을 주 전공으로 하여 가르쳤다. 정말 열심히 일했다. 그러면서도 우리나라 교육이 너무 한쪽으로 치우쳐 있고 날로 황폐해지는 아이들과 청소년들의 삶을 바라보고만 있을 수 없어 현실을 바꾸기 위해 여러 교육시민단체를 설립 운영하는 등 교육운동에 적극적으로 참여했다.

그러던 와중에 서울시교육청의 교사 재교육기관인 서울시 교육연수원장 일도 맡아보고 서울시 교육감 선거에도 뛰어들기까지 했다. 하다 보니 거기까지 갔던 것이다. 성공과 실패, 획득과 상실이 중첩된 길이었다. 기쁘기도 했지만 아프기도 했고, 희망으로 가득 차기도 했지만 절망의 나락으로 떨어지기도 했다. 한편 아내와 아이들에게 미안한 마음도 많았다. 밖에서 일한다는 핑계로 정작 내 집 식구들을 소홀히 하였다는....시간이 흐를수록 이 생각이 나를 아프게 한다.

이 치열한 과정에 막바지에서 나와 아내는 심각한 이야기를 나누었다. 이제 이 일을 그만두면 시골에 가서 살아보자고, 거기서 다시 새로 시작해 보자고...

그런 생각을 강화시켜 준 것 중 하나는 서울이라는 대도시에 관한 문제의식이었다. 모든 걸 이렇게 한 곳에 집중시켜도 되는 건지 늘 의문이 들었던 것이다. 이러다 보니 주거나 교통이나 교육이나 병원이나 문화시설이나... 한쪽은 너무 비대해졌고 다른 한쪽, 그러니까 지방 소도시나 농산어촌은 시간이 갈수록 취약해지니 그만큼 나라는 균형을 잃고 따라서 그런 곳에 자리 잡고 사는 사람들과, 특히 그 아이들의 삶의 수준이 열악해지는 게 아닌가 하는 의구심을 떨쳐 버릴 수 없었다. 요즈음 회자되는 지방의 빈집 문제 같은 것도 그 한 예라 할 것이다.

여하튼 이런 식의 대도시의 팽창은 자연친화적 태도를 저해할 뿐더러 나아가 자연적대적인 삶의 양식을 굳혀가게 될 것이니 그 결말이 어떠할 것인지 우려가 깊어져갔다(3년 전 코로나가 터졌을 때 고흥에 내려가 사는 친구로부터 전화 한 통을 받은 적이 있다. 그의 첫마디는 이러하였다: "우리가 잘 결정한 것 같지요?" 사실 그 와중에 우리는 산속에 살면서 마스크 없이 이전과 별 차이 없이 그럭저럭 잘 지낼 수 있었던 것이다).

* * *

대충 앞에서 꼽아 본 점들이 이곳 연천 산골살이의 이유라면 이유라 하겠다. 하지만 실제 살아보니 그게 말처럼 쉬운 일이 아니라는 게 점차 분명해졌다. 일단 하나부터 열까지 거의 모든 걸 자기 손으로 해결해야 한다. "도시 사람은 한 가지밖에 못 해요. 하지만 여기 사람들은 이것저것 조금씩은 다 할 줄 알죠." 얼마 전 이웃 사람이 건네준 말이다. 그동안 얼마나 헤매고 망연자실하였는지...

봄철이면 나무를 심고 부지런히 물을 줘야 한다. 헌데 임야이니 부지가 넓어서 물을 주는 데만도 2~3시간 걸린다. 봄에서 여름으로 가게 되면 키가 3m나 되는 돼지풀이 산 전체를 뒤덮는다. 처음에는 이걸 일일이 뽑으니 두 달 정도는 풀 뽑다가 죽을 맛이었다. 그다음부터는 예초기를 돌려보았는데 한 번 시동을 걸려면 잘 걸리지 않아 이것도 힘들고, 시동을 건 후에 메고 다니며 풀 베는 일도 힘들고 더위도 더위려니와 그것도 며칠이나 걸리니 참 한심하다는 생각도 들었다.

그런가 하면 집은 또 왜 그렇게 여기저기 고장도 많고 문제도 많은지... 수도, 보일러, 도로 같은 것들을 연장을 들고 고치려면 도구도 잘 다루어야 하지만 시설구조도 잘 알아야 했다. 틈틈이 생활에 필요한 창고나 시설도 해야 하니 반쯤 목수가 아니면 감당이 안 된다. 작년 말에는 수도 모터가 터져서 영하 10도 추위에 이걸 뜯어서 고치느라 정말 애먹었다. 이게 무슨 봉변이란 말인가! 허나 여기 사람들이 논밭에서 일하는 걸 보면 앞에서 말한 나의 난경이란 사실 사치스러운 것이라 하겠다.

처음 이곳으로 들어와 본격적으로 농사를 지어보겠다 하니 주위 사람들이 만류했다. "선생님 연세면 여기 사람들도 차츰 일을 접는데 이제 시작하시겠다니 어쩌시려구요." 그런 조언이자 충고에도 불구하고 작은 일이나마 시도조차 안 할 수는 없겠다는 생각에 소소한 일들에 몸을 아끼지 않았다. 이제는 이곳 사람들 하는 만큼은 못 되어도 꽤 할 수 있게 되었으니 그만큼 세월이 도움을 준 셈이다.

그동안 산을 가꾸면서 정원은 물론 밭도 만들어보고 나무도 열심히 심고, 개도 키워보고, 벌도 여러 통 키워보고, 거위나 닭도 여러 마리 키워보았다. 그중에서도 내게 잘 맞는 게 양봉이 아닐까 싶어 여기에 한 삼사년 힘을 쏟아 보았다. 양봉은 특수한 기술이라 배우기 쉽지 않은 것이었지만 도움을 청할 만한 분들이 주위에 계셔 하나둘 물어가면서 해 보기 시작했다.

허나 7~8통 키우기도 버거웠다. 처음부터 잘 될 수는 없었다. 그래도 벌을 키우니 벌에게는 물론 꽃들에게 좋고 과실수에게도 좋으니 자연에 기여하는 것이라 스스로 격려하며 돈이 들고 수확이 변변치 않아도 이 곤충의 세계를 착실히 배워 보고자 하였다. 그 생태를 알아가면 갈수록 참 신통한 곤충이라는 생각이 절로 들었다. 자연세계와 인간들에게 해는 끼치지 않으면서도 유익만을 끼치는 생물이니 말이다.

언젠가는 일을 하나 다친 근육 염증이 가시질 않고 병원에 가보아도 낫지를 않아 고생하던 중 벌침이 효력이 있을 것이라는 말을 듣고는 벌에겐 미안하지만 벌침을 한두 대 맞아보았다. 그렇게 해서 효험을 보게 되었으니 정말 신기한 일이 아니었겠는가. 그 염증 때문에 일도 못 하고 정말 고생을 많이 했기에 내내 고마운 마음이다.

작년엔 꿀도 따서 팔기도 해 보았으니 용 된 느낌도 들었다. 평생 봉급만 받아가지고 살다가 직접 생산해서 판매도 해 보니 뿌듯하기도 하였다. 하지만 그 느낌은 이번 겨울을 지나며 좌절감으로 바뀌었다. 예년 같으면 살짝이나마 봄기운이 느껴질 때 벌들이 밖으로 나와서 돌아다녀야 하는데 그 기미가 전혀 느껴지지 않았다. 보통 그때쯤 벌통을 열어보면 벌들이 오글오글하다. 헌데 느낌이 적막하였다. 이거 무슨 일이 있는 거 아닌가? 결국 그 우려는 현실로 나타났다. 벌통이란 벌통의 벌들이 죄다 죽어버리고 사라져버린 것이다. 쓰디쓴 감정이 솟아났다.

그러던 중 이러한 현상이 전국적이며 그래서 7~8할 정도 피해를 입었다는 소식에 접하였다. 보도에 따르면 이것이 우리나라뿐 아니라 전 세계적 현상이라 하였다. 그 이유를 찾아내기 위해서 관계 당국이 조사를 벌였고 결국 몇 가지 이유를 찾아내기도 했다. 진드기와 응애를 잡는 방제용 살충제에 내성이 생겼기 때문이라 한다. 이렇게 되니 반드시 새로운 약이 있어야 할 것 같다.

하지만 나로서는 그걸로 해결된 것인지 의구심이 여전하다. 이런 산업양봉 구조에서는 벌이 약해질 수밖에 없고, 살충제를 바꾼다 하더라도 머지않아 또 그런 문제들이 발생할 게 예상되기 때문이다. 또 하나 큰 문제는 기후변화다. 지난해 여름엔 근 3개월을 쉬지 않고 폭우가 내렸는데, 그 습한 날씨로 진드기가 극성하게 되어 벌들이 해를 입게 되는 문제가 있었던 것이다. 또 예전 같으면 겨울과 봄의 구분이 명확하여 그에 따라 적응하면 되는데 이제는 기온이 들쭉날쭉하여 겨울인데도 어느 날 갑자기 봄 날씨가 되니 벌들이 봄인 줄 알고 나와서 돌아다니다가 저녁때 기온이 급강하했을 때 그냥 그 자리에서 얼어버리기 때문이다. 그래서 죽어나간 벌들도 무수하였다.

"절대 포기하지 마세요. 누구나 겪는 어려움이거든요." 벌을 오랫동안 키워 온 독일 친구가 내 벌 소식을 듣고 해준 말이다. 그렇다. 벌 농사는 그리 쉽게 뛰어들 수 있는 게 결코 아니고 여러 번이고 실패를 감수해야 하는 일이라는 말이다. 하지만 이번에 겪게 된 사태는 보통 양봉가가 되어가는 과정에서 겪게 되는 어려움과는 또 다른 요인에 의한 것이니 착잡해진다. 이 생각을 따라가다 보니 우리가 사는 이 지구의 생태적 위기를 식별해내는 또 다른 감수성이 일깨워졌다.

산골살이는 몸을 써서 하는 삶이다. 머리와 책과 컴퓨터 자판만이 아니라 손과 노동과 산과 밭이라는 일터를 통해서 비로소 정말 내가 전체적으로 살아있다는 느낌, 나라는 존재에 대한 의식을 새롭게 하게 된 것이다. 하나의 진정한 발견이라 하겠다.

또 하나의 특별한 발견도 있다. 아내를 발견한 것이다. 처음부터 손을 맞잡고 산중에 들어온 아내는 그야말로 들판을 가로질러 달리는 노루처럼, 창공을 가르는 새처럼 온갖 힘을 속에서 뿜어내며 이제까지 하루하루를 살아왔다. 그녀의 진면목이 마음껏 드러나게 된 것이다. 넘치는 생기와 지칠 줄 모르는 힘은 그녀의 자태를 날마다 젊게 만들어낸다.

그런 정도일 줄은 미처 몰랐다. 한마디로 아름답고 멋지다.

새벽 기운을 머금은 산골은 요정이 출현하는 느낌도 들고 아름답고 정기가 넘친다. 맹자가 말한 호연지기(浩然之氣)가 바로 이런 것이 아니었을까.

요사이 아내는 봄철을 맞아 부지런히 꽃모종을 심으며 이렇게 탄성을
지르곤 한다.

"여보, '꽃은 대지의 웃음'이라 했지요. 이 꽃들 좀 보셔요."

가만히 그녀의 자태를 바라보니 자연과 일체가 된 모습이다.

나 자신도 때때로 그런 느낌이다.

송순재(宋舜宰)

독일 튀빙겐대학교(사회과학박사).
감리교신학대 교수 역임(교육철학 전공).
서울시 교육연수원장 역임.

더욱 성숙한 삶을 꿈꾸며

이젠 새로운 잡것에 도전하자!

| 김재년(3-5) 陽村(양촌) |

우리들 시대엔 다들 열심히 살았지만, 시골에서 중학교를 졸업(경북 포항중)하고 서울로 유학 온(?) 나에겐 자취 생활로 지낸 고딩 3년, 대학 4년의 시간들, 소싯적 시간은 다들 좋은 추억이라 하나 나에겐 아름다운 추억이 이거다 하고 떠오르지 않네요. 그래도 글로 쓰면 책 한 권이요, 말로 하면 밤샘이라 이따금 수학여행, 졸업 사진들을 보고서야 미소를 지어 봅니다.

그래도 서울 처자(妻子) 낚아채 장가도 가고, 아쉽게 일찍 끝났으나 직장 생활도 그럭저럭 마치고, 50 중반에 사장 짓도 10여 년 했으니 평남(平男)으론 80점은 받을 만하지 않을까 하고 혼자 생각도 해 보지요. 당시엔 이과에선 으레 가야 한다고 생각 없이 공대(기계공학과)로 들어갔고, 졸업 후엔 전자, 자동차, 중공업을 외면하고 월급 많이 준다고 들어간 현대건설이 솔직히 패착이었지요. 두 번 이직도 했지만, 바빴던 사회생활 속에서도 취미 생활은 이것저것 해 보았으니 남보다 더 알뜰하게 살았다는 생각도 가끔은 해 봅니다.

정신없이 산 40대엔 등산과 골프로 주말을 보내면서도 일과 후엔 취미 여가 생활도 게을리하지 않았지요.

그간 밟아온 잡것들을 회상하니 꽤나 많습니다. 은율 탈춤, 사물놀이, 풍수 기초, 난타(올림픽공원에서 송파축제 참가), 띠 요가, 사진 촬영(특히 접사. 니콘에서 라이카까지), 하모니카, 경기 민요, 가요 교실, 그리고 건강을 위한 라인댄스, 훌라댄스, 필라테스와 명상 호흡... 여기에 3년 전부터는 먼 훗날 침대에 누워서 들으려고 노래 저축도 꾸준히 하고 있지요. 트로트, 올드 팝송, 엔카(演歌) 등 30여 곡을 영상과 함께 만들어 보았고, 향후 50곡을 채울 겁니다. 기회 있을 때 유튜브에서 '김재년 양촌'을 검색하면 됩니다.

가진 게 돈 안 드는 시간이고 앞으로 놀아야 5년일 듯하지만 마음과 몸이 따라주지 않을 것 같습니다. 5년 전, 10년 전에 건성으로 했던 말 "몸 조신(操身)하고 건강 잘 챙겨". 하하, 이게 이젠 '일상의 언어'가 되었습니다.

남은 30년을 건강하게 버틸 수 있게 서로를 배려하면서 굳세게 살아갑시다. 이젠 영욕(榮辱)으로 얼룩진 과거는 뒤로하고 자기 취향에 맞는 잡것들도 배우면서 뇌운동을 시켜 보세요. 50년 전 동네 레코드상에서 흘러나오던 카펜터스의 노래 'Yesterday once more'가 아련합니다. 마지막으로 2년 전 노랫말 지어 부른 자작곡 '두 손 잡고 갑시다' 가사입니다.

지난 세월 아쉽지만 후회는 없다.
두 손을 움켜잡고 걸어온 내 길
험한 산도, 깊은 강도 지나와 보니

파란 하늘 저 들판이 내 눈에 보이네.
아름다운 세상 잊지 못할 사람들,
아름다울 미래 두 손 잡고 갑시다.
함께 걸은 동반자여 고맙소 댕큐,
가없는 이 행복에 사랑합니다.
지난날의 추억 가슴속에 담고서
높고 높은 하늘 두우둥실 오르세.
저녁노을 비쳐지는 우리들 모습,
변함없는 고운 우정 함께 합시다.
두 손 잡고 갑~시~다.
https://youtu.be/GHolGsO25PY.
5반 陽村 金載年 拜.

Tombo 21 hole

Varty studio

김재년(金載年)

연세대학교 기계공학과 졸.
현대건설, Amkor Technology Korea 근무.
㈜화양엔지니어링 대표이사.

개원 의사의 조기 은퇴, 혹시 그 삶이 궁금한가요?

| 민풍기(3-7) |

요즘에는 파이어족(FIRE족: Financial Independence, Retire Early)이니 욜로족(YOLO족: You Only Live Once)처럼 다양한 인생관을 실천하는 젊은 이가 많이 있지만, 우리 또래에서 회사에 다니다 강제로 그만둔 사람이 아니라면 전문직이나 사업을 일찌감치 접는 사람은 적지 않나 싶다.

전문의가 되기 위해서는 공부에 찌들어 사는 6년의 기나긴 학창 시절, 이어지는 5년의 지옥 같은 전문의 수련 과정을 거쳐야 비로소 정식 전문의 자격을 취득할 수 있다. 군에 가서도 훈련 및 교육 기간 3개월 이외에 36개월을 꼬박 근무해야 한다. 꽃다운 젊은 시절 11년을 공부와 일에 모두 불사르고, 30대 초부터 25년 동안 개인병원을 개원해서 쉴 틈 없이 일밖에 모르는 중년을 보내다 보니 어느새 머리카락이 희끗희끗한 50대 중반이 되어 있었다. 나는 쉰이 넘으면서 은퇴를 생각했고, 만 55세에 과감하게 실행에 옮겼다. 그로부터 15년도 더 지난 지금, 그 결정이 내게 무엇을 의미했는지를 되새기면서 은퇴 전

후의 나를 한번 되돌아본다.

1. 나는 어떤 계기로 조기 은퇴를 생각했나?

지금 돌아보면 세 가지 이유가 있었던 것 같다. 첫째는 창살 없는 감옥에서 벗어나고 싶어서였다. 둘째는 그 시기에 소위 돈을 더 벌어봐야 무슨 의미가 있나 하는 회의가 들어서였다. (열심히 벌어도 쓸 곳을 못 찾아서였나?) 셋째는 나날이 발전하는 의학지식을 따라가려고 공부하기가 싫었다. (공부해야 한다는 것 자체가 싫었다).

2. 기대수명이 늘어난 만큼 은퇴의 제일 큰 문제는 경제적 부담인데, 어떻게 대비했나?

은퇴를 위해 특별히 준비한 것은 없었다. 대학병원의 교수나 대형병원의 봉직의로서 근무한 사람들과는 달리 개업의는 환자 진료뿐만 아니라 병원을 경영하는 소규모 개인 사업자이므로 은퇴 후에도 생계 유지에 필요한 최소한의 수입은 확보해야 하는데, 은퇴 이전과 똑같지는 않아도 생계가 위협받을 것 같지는 않았기 때문이었다.

3. 은퇴 이후 생활이 어떻게 변했나? 주로 어떤 일을 하면서 지냈나?

일에서 벗어나니 무엇보다도 시간적, 공간적, 그리고 특히 정신적인 자유로움을 만끽했다고 할 수 있다. 은퇴 후 첫해는 특별히 공부라 할 것도 없이 이것저것 재미있어 보이는 책을 400권 정도 주문해서 읽었다. 또 해외여행을 다니고 싶어서 영어 회화를 배우러 1년 이상 학원도 다녀봤지만, 나이 먹어서 배우는 영어 회화는 쉽게 늘지 않았다.

특히 알아듣기가 어려웠다. 한가한 시간이 많으니까 친구들과 낚시나 간단한 여행도 많이 했다. 여기저기 해외여행도 다녔지만, 특별한 취미라기보다는 예전부터 한번 가 보고 싶었던 곳을 가 본 것뿐이다. 젊은 시절 손도 대보지 않았던 당구를 배웠는데, 둔한 운동 신경 탓인지 실력이 잘 늘지 않아 그저 친구들과 즐기는 정도밖에 안 되었다.

4. 환자를 다시 진료하고 싶은 생각이 있거나 조기 은퇴를 후회한 적은 없었나?

후회는 전혀 없었다. 일에서의 책임과 낮시간이 자유롭지 못함에서 벗어나고 싶었기 때문에 다시 진료를 할 생각도 아예 없었다. 은퇴 직후에는 아무것도 안 한다고 소문이 나니까 이비인후과 선·후배들로부터 주 1~2일만 진료해 달라거나, 또는 여행 기간에 커버해 달라는 제의가 여러 번 들어왔지만 모두 거절했다. 그분들은 서운하셨겠지만, 아마 내가 은퇴를 결심한 이유를 잘 몰라서 그랬던 것 같다. 지금 벌써 은퇴한 지 16년째 되지만 다시 진료하고 싶은 생각은 추호도 없다.

5. 은퇴 이후 삶에서 가장 큰 관심과 애정을 갖고 있는 것은 없나? 현재가 은퇴 전의 이비인후과 의사 민풍기보다 만족스러운가?

사람마다 만족이라는 의미를 다르게 새길지 모르지만, 은퇴가 욕심을 줄인다는 말과 비슷한 의미라면 기대와 현실이 어느 정도 비슷했다고 생각한다. 특별히 관심을 가지거나 애정을 가진 것은 없고, 종교(학교 다닐 때는 명동성당에서 김수환 추기경에게 영세를 받았다.)나 봉사활동도 일종의 심리적인 집착이 될까 봐 피하려 했다. 간단히 말하자면 무엇인가에 얽매이지 않고 자유롭게 산다는 것에 만족하고 있을 따름이다.

의사 생활의 이력은 아래와 같다.

민풍기

1970년 가톨릭의과대학교 입학.
1977년 가톨릭의과대학교 졸업.
1980년 육군 군의관 대위 전역.
1984년 이비인후과 전문의 취득.
1984년 12월 1일 민풍기이비인후과의원 개원(서울 신촌).
2007년 12월 31일 폐업.

더욱 성숙한 삶을 꿈꾸며

클래식 음악과 합창, 그리고 나

| 임상학(3-4) |

늦은 밤 귀갓길.

어디선가 흐느끼듯 심금을 울리는 바이올린 소리가 울려 퍼진다. '지고이네르바이젠'. 사라사테다. 순간 나는 60여 년 전의 추억 속으로 빠져들었다.

시골 초등학교 3학년 시절 하굣길에서, 나는 읍내 어느 점포의 라디오에서 흘러나오는 바이올린 선율에 가던 길을 멈추고 넋을 잃었다. 그 선율은 여린 내 가슴 여기저기를 후벼 파다 못해 혼을 빼앗다시피 했다. 어쩌면 음악이 이렇게도 슬프고 아름다울 수 있을까? 나는 멍하니 곡에 취해 눈물을 흘리고 말았다.

그것이 인연이 돼 클래식 음악은 이제 나와는 떼려야 뗄 수 없는 사이가 됐다. 라디오에서 흘러나오는 클래식 음악이 좋았고, 트로트 유행가보다 가곡이나 오페라 아리아가 내 귀를 홀렸다.

중학교 1학년 첫 음악 실기수업을 잊을 수 없다. 하영자(88) 음악 선생님은 수업 끝나기 5분 전 그날 배운 가곡 독창자로 나를 지명하셨다. 내 성악적 재능을 알아보신 것 같다.

"세모시 옥색 치마 금박 물린 저 댕기가

창공을 차고 나가 구름 속에 나부낀다.

제비도 놀란 양 나래 쉬고 보더라."

나는 김말봉 시, 금수현 곡, '그네'를 성악가라도 된 양 신나게 불러제 꼈다. 나를 지명한 것에 보답이라도 하듯이. 선생님이 인정한 공식 무 대에 처음 선 것이라 스스로 고무돼 이미 연주자가 돼 있었다. 라디오 서 성악가 노래를 듣고 홀로 따라부르며 갈고 닦은 성악'레슨'이 큰 도움이 된 것이다. 관객은 같은 반 남녀 학생 60여 명이 전부였지만 600명 부럽지 않았다. 노래가 끝나자 반 동무들의 우레와 같은 박수 가 이어졌음은 물론이다.

선생님께선 까까머리 어린 제자가 기특하고 대견했던지 내 머리를 쓰 다듬어 주셨다. 그 뒤에도 여러 번 내게 솔리스트 기회를 주셨다. 교 내에서는 어느새 '노래 잘하는 아이'로 소문이 났다. 음악과 예술을 표현하는 연주자의 기쁨까지 알게 해주신 하영자 선생님 고맙습니다. 60년 가까운 세월이 흘렀지만 눈부시게 싱그럽고 아름답던 그 시절 이 아직도 눈에 선하다.

혜화동 보성고 시절 내게 음악을 사랑하게 한 박일환 음악선생님을 잊을 수 없다. 그분은 이탈리아 민요 '오 솔레 미오'를 보성 입학생 모두에게 원어로 부르게 만드신 분이다. 해서 이 곡은 보성 제2 교가 로 불린다. 이탈리아 테너 가수 베니아미노 질리를 숭모해 애칭이 '박 질리'셨다.

입학 후 첫 음악시간 1시간 내내 세계적인 성악가 질리에 대해 강의한 뒤 첫 중간고사 시험에 '질리에 대해 쓰라'고 주관식 단 한 문제를 내놓은 건 유명한 에피소드다.

60대 중반 뒤늦은 나이, 소리에 흠뻑 빠져들었다. 처음엔 남이 내는 노래, 악기의 음이 좋았다. 금호아트홀, 예술의전당, 아람누리극장 등 음악당을 자주 찾았다. 그러다 어느 순간 내 몸의 소리가 듣고 싶었다. 하지만 혼자는 외롭고 쓸쓸했다. 소리도 인생과 같다는 생각이 들었다. 하나보다는 둘, 둘보단 열, 열보다도 쉰 명의 가락에 저마다 빛깔이 얹어지면 윤이 더 난다는 걸 알았다.

기분에 충만해 혼자 노래를 부르다 어딘가 썰렁함을 느끼던 2014년 어느 여름날, 지하철 교대역에서 우연히 만난 60회 교우 송남수 형이 H합창단을 소개했다. 나는 자석에 끌리듯 '합창'이라는 선물을 덥석 끌어안았다. 먼저 세상을 떠난 아내가 몹시 그립던 때였다. 합창은 이렇듯 자연스레 내 몸에 스며들어 나를 다독이며 위로했다. 합창에 흠뻑 빠져들던 어느 날 내게 사랑이 찾아왔다. 클래식 발레를 전공한 그녀 역시 음악 이해도가 높아 나와 감정선이 같은 게 참 다행이었다. 합창을 통해 쌓은 정서적 안정이 큰 도움이 됐다는 생각이 든다.
그 뒤 H합창단에서 5년, G합창단에서 4년을 활동한 후 2022년 7월부터는 '한국가곡합창단'에서 베이스로 활동하고 있다. 나 혼자 부르는 노래는 보잘것없으나, 단원들이 만들어내는 포근한 화음이 내 소리를 바로 서게 감싸 안는다. 그들과 함께하는 따뜻한 기운이 참 좋다.

한국가곡합창단은 남녀 4성부(소프라노 알토 테너 베이스)로 구성된 혼성합창단으로 단원은 50명(남 20, 여 30)이다. 지휘는 작곡을 전공한 윤교생 선생이 맡고 있다. 단원은 오디션을 통해 뽑는다. 대부분 성악 전공자는 아니면서도 소리를 낼 줄 아는, 음악의 기본기를 갖춘 사람들이다. 연습은 매주 월요일 오후 7~9시 서울 서초구 양재동의 우쿠렐라홀에서 한다. 매년 11~12월 초 정기 공연을 하고 초청 연주회도 2~3회 한다. 올해 19회 정기 공연은 12월 2일 여의도 영산아트홀에서 할 예정이다. 또 7월 1일 포천 한마음 재활요양원에서 음악 봉사를 했다. 윤 지휘자는 현재 한국가곡협회 부회장으로, 3개 합창단과 체임버오케스트라 지휘를 맡아서 역량을 인정받고 있다. 그는 작곡가의 전달 의도를 단원들에게 이해시키고 이를 제대로 표현할 수 있게 유머러스한 언행을 동원하는 지휘 커뮤니케이션의 탁월한 도사다.

내가 합창단 활동을 한 지도 어언 10여 년이다. 요즘은 음악 감상자에서 연주자로 발돋움하고 있다. 그동안 크고 작은 무대에 선 것만 해도 30여 회. 예술의전당, 롯데콘서트홀, 국립극장, 매헌 윤봉길의사 기념관, 반포 심산아트홀, 흥사단홀, 광명시민회관 등이 그곳이다. 무대에 서 본 사람만이 그 멋과 맛, 희열을 안다. 예술가들에게 무대에 오르는 건 중독성 있는 마약과 같다.

혼성합창이 다른 음악 장르와 비교되는 것은 '음역이 다른 남녀 4성부가 각각 무리를 지어 내는 화음이 원곡에서는 표현할 수 없는 희로애락의 세세한 감정과 서정까지 나타내는' 데에 있다. 감미롭고 애틋한 사랑, 이별의 슬픔과 아픔, 용기와 희망과 위로, 희열과 기쁨과 즐거움, 서사시와 같은 웅장함, 자연의 아름다움 등 세상의 모든 걸 노래한다.

혼성합창단의 각 성부의 인원은 10~15명, 전체는 50~60여 명이다. 4개 성부 사이에 치고 빠지는 순간의 조화와 화음이 잘 맞아야 좋은 합창단이다. 소리의 합을 정확하고 아름답게 내기 위해 한 마디, 한 소절을 수백 번 이상 반복 연습하는 것도 이 때문이다.

합창 연습 중에 일어난 에피소드 하나.
지휘자가 테너 파트 A씨에게 옆의 빈자리로 옮기길 권유하면서, 그 자리를 비워둔 이유를 물었다. "B씨의 소리가 너무 커서, 옆에 있다간 나도 모르게 따라 할까 봐, 내 소리를 지키기 위해 한 자리를 비워뒀다." A씨의 변명은 비장하기까지 했다.
같은 성부끼리는 사이를 벌리면 안 된다는 게 합창에서 자리 배열의 원칙이다. 소리를 한데 모으려면 꼭 붙어있어야 한다는 것이 철칙이다. 그러니 테너 성부의 음을 유지하기 위해 어쩔 수 없이 자구책을 썼다고 밝힌 A씨의 용기가 대단하다.
합창과 인간의 삶은 닮았다. 세상 모둠살이의 전형을 보여주는 것이 합창이다. 격조 높은 합창에서 사람의 품위를 다시 생각해 본다. 성악은 사람의 몸이 내는 소리다. 따라서 사람이 악기다. 성악의 형태를 기악에 비유하면 합창은 오케스트라와 같다.
여러 사람이 여러 성부(2부, 3부, 4부 등)로 나뉘어 서로 화성을 이루면서 각각 다른 선율로 노래하는 게 합창이다. 합창단원은 독창자(솔리스트)가 아니기에, 같은 성부의 소리 안에서 놀아야 한다. 화음이 아름다운 조화를 이루기 위해선 수없는 반복 연습이 필요하다.
하나는 모두를 위해, 모두는 하나를 위해 존재한다. 이를 위해선 우선 자신을 비우고 내려놔야 한다. 참여자 개인의 감정 표현이나 음악적 능력보다 전체의 조화와 균형이 중요하기 때문이다. 이것이 다른 사람의 소리에 귀를 기울여야 하는 이유다. 경청하고 양보하며 배려해야 아름답고 좋은 소리가 나온다. 음색은 물론 얼굴 표정까지 같아야 한다. 그럴 때 청중은 감동한다.

지휘자는 커뮤니케이션의 도사가 되어야 한다. 지휘자가 바로 합창단이다. 사실 합창단의 실력은 지휘자의 역량이 80% 이상 차지한다 해도 과언이 아니다.

소리의 조화를 위해 자신의 소리를 조절하고, 때로는 하나의 성부를 돋보이게 하려고 나머지 성부는 소리를 절제해야 하는 것이 합창이다. 성부 간에 팽팽한 균형감을 유지해 긴장을 주기도 하고, 특정한 성부에 대해 종속적인 자세를 가질 수도 있어야 한다.

합창은 타인에 대한 경청과 배려를 키워준다. 그것이 추구하는 아름다움은 자신을 드러내는 게 아니라, 다른 사람의 소리를 듣고 여기에 자신의 소리를 맞춰가면서 만들어진다. 그래서 합창 활동을 하면 다른 사람의 소리를 듣는 습관이 생긴다. 또 자신보다 다른 이의 입장을 먼저 배려하고 양보하는 태도가 자연스럽게 형성된다. 50명 단원 모두가 곡의 주제 하나에 몰입돼 지휘자의 손사위에 따라 아름다운 화음을 관객께 전달키 위해 구슬땀을 흘리는 것은 아름다운 행위이다.

우리는 올 7월 자연 풍광이 아름다운 경기도 포천에서 음악 캠프를 열었다. 12월에 열릴 정기공연에서 청중에게 완성도 높은 멋진 화음을 선사하기 위해서다. 윤교생 지휘자의 음악에 대한 끝없는 열정과 휴머니즘이 담긴 리더십까지 더해지면 우리 실력은 더욱 늘어날 거다. 윤 선생은 요즘 단원들에게 발성과 호흡법 등을 성악적 딕션으로 연결하려고 힘을 쏟고 있다. 세계적인 베이스 연광철도 "한국 가곡이 발전하려면 시를 대하는 마음이 먼저라야 한다. 작곡에 있어 선율이 우선되다 보니, 다양성이 부족하고 시어의 감동을 제대로 전달하지 못한다"라며 "가곡의 매력은 바로 '시 자체'이자 '육성의 힘'"이라고 어느 언론과의 인터뷰에서 강조했다.

합창을 통해 늦은 나이에 인생을 다시 배우고 품격있는 삶을 살게 되어 여간 즐겁고 기쁜 게 아니다. 숨을 쉬고 호흡이 살아있는 한 내 인생 합창은 계속될 것이다. 나는 월요일 저녁마다 즐거운 마음으로 '한국가곡합창단'에 노래 부르러 간다. 그곳엔 기쁨과 행복이 넘치며 음악을 사랑하고 삶을 즐길 줄 아는 내 벗 50명이 있다. 합창은 건강에도 좋으니 60회 친구들아! 우리 함께 합창하자.

임상학(林相鶴)

경향신문 심의위원, 편집부국장 역임.
세계일보 편집위원.
아주경제 편집위원 역임.
현 경향신문 사우회 이사.
한국가곡합창단 단원.

더욱 성숙한 삶을 꿈꾸며

나의 산행 이야기

| 고범상(3-8) 松亭(송정) |

요즈음은 등산 인구가 많이 늘어나서 주말은 물론 주중에도 서울 근교 산에는 울긋불긋한 등산복 차림의 등산객들을 많이 볼 수 있다. 우리가 사는 지구의 70%가 물로 덮여 있다고 하는데, 우리나라는 전체 면적의 70%가 크고 작은 산으로 되어 있다. 서울에서는 대중교통 수단인 전철이나 버스로 쉽게 등산로 입구까지 갈 수 있는데 이는 세계에서 찾아보기 쉽지 않은 대도시 중에 하나다. 일반적으로 산행을 하는 것은 건강 유지, 동아리 취미 활동 등 여러 가지 이유가 있다고 생각된다.

내가 본격적으로 등산을 한 시기는 지금으로부터 약 20년 전으로, 2004년 3월 초 시작해서 2005년 7월 말 끝나는 일정의 백두대간-지리산에서 소백산, 태백산, 설악산을 거쳐 백두산까지를 이르는 말-을 종주한 때였다.
그 당시만 해도 50대 초반으로 등산하기에 무리가 되지 않는 나이였고, 친한 친구의 권유로 친구와 같이 백두대간 종주를 시작했다. 주로 서울 근교, 특히 북한산을 친구들과 어울려 등산하던 때였으나, 감히 백두대간을 시작한다는 것이 쉽지 않은 결정이었지만, 동행하는 친구를 믿고서 시작을 결심했었다.

백두대간-지리산에서 진부령-종주는 산악회에 따라서 구간 수가 달랐다. 내가 산행을 시작한 산울림이라는 산악회에서는 도상거리는 672km이나 실제 걷는 거리는 1,240km로, 38구간으로 나누어 1년 5개월이 소요되는 장거리 산행이었다. 보통 산행은 한 달에 2번이며, 격주로 무박 2일-토요일 밤에 서울 동대문 앞 정류장을 출발해서 일요일 오후에 서울 도착-일정으로 되어 있었다. 매 구간은 11km에서 27km로 소요시간은 최소 7시간에서 최장 13시간이 소요되는 거리이다.

백두대간 산행에서 제일 기억에 남는 것은 첫 구간으로, 2004년 3월 6일 지리산 성삼재에서 고기리(10km)를 걷는 거리였으며, 폭설로 인해 거리를 단축한 것이었다. 처음 시작점이 성삼재였으므로 서울에서 성삼재까지는 전세버스를 타고 서울을-통상적으로-밤 9시에 출발해서-새벽 1시 30분경-성삼재에 도착 후 야간 산행을 시작했는데, 폭설로 인해 무릎까지 빠지는 산행을 시작하느라 상당히 힘들었던 기억이 아직도 새롭다.

선발대가 길을 만들어 주었으나, 한밤중에 눈길을 걷는 것은 쉬운 일이 아니었고, 또한 고도 차이로 인해서 얼마 가지 못하고 가슴이 답답해서 쉬었다 가기를 반복했다. 새벽 6시경에 각자 준비해간 도시락으로 아침 식사를 했고 식사 후에는 바로 산행을 계속했다. 날씨도 추운데 도시락이 식어서 찬밥을 먹었으니 빨리 걸어야 몸을 덥히는 효과를 유지하기 위함이었다. 물론 나는 맨 뒤에 처졌고, 동행한 친구 덕분에 어려운 산행을 계속해서 무사히 제1구간 종착지에 마지막으로 도착할 수가 있었다. 일행 30여 명 중에 여성분들이 있었는데 모두 굉장히 빠른 걸음으로 산행을 매우 잘했고, 나도 빨리 다른 회원들과 같은 보조로 산행하는 날이 올 수 있기를 간절히 바랐었다. 첫 구간 종착지인 고기리에 도착해 산악회가 준비한 점심을 먹고 버스를 타고 저녁에 서울로 돌아왔다.

구간 산행 시작 후 2개월이 지나니 어느 정도 익숙해져서 다른 회원들과 보조를 맞출 수 있었고, 중간에 잠시 쉴 때면 준비해 간 과일이나 초컬릿, 양갱 등으로 기운을 보충하고, 산 정상에서 소위 정상주라고 부르는 술을 조금씩 나눠 마시고 산행을 하는 재미도 있었다. 또한 산행 구간 중에 회원이 야생 곰취를 따서 점심에 밥을 한 번 싸 먹어보는 경우도 있었고, 어떤 때에는 산더덕을 채취해서 소주에 담갔다가 점심 식사 때 마시니 진한 산더덕 향기가 나는 아주 특별한 경험도 했다. 그때 산더덕의 향기가 매우 진하고 향기롭다는 것을 알게 되었다. 매월 2회 격주로 산행을 계속해서 마침내 2005년 7월 중순 진부령까지 백두대간 종주를 할 수 있었다. 우리나라가 통일이 되었다면 백두산까지 산행을 계속할 수 있었으나 분단으로 인해 더 이상은 산행이 불가능한 지점이 진부령이었던 것이다.

계속하는 구간 산행 중에 어려운 일-특히 겨울 산행은 추운 날씨와 눈이 내리는 상황에서는 전방이 잘 보이지 않아 전진하는 것이 어렵다-이 많이 있었다. 그중에서도 2005년 7월 초에 설악산 희운각에서 산장에 여유가 없어 1박(비박)을 하고 다음 날 아침 대청봉에 올라 정상에서 바라본 장엄한 설악산 광경은 잊을 수가 없다.

백두대간 산행은 1년 4계절을 야간 및 주간 산행하게 되므로 강한 체력을 키울 수 있고, 특히 야간산행 시에는 아무 잡생각 없이 집중해서 목표 지점까지 걷기를 계속함으로써 정신을 맑게 할 수도 있으며, 맑은 공기를 마음껏 마시며 상쾌한 기분을 만끽함으로써 스트레스를 해소할 수도 있었다.

그 당시 나와 함께 산행한 친구는 공장이 있는 중소기업을 운영 중이었는데, 산행을 함으로써 지난주에 쌓였던 스트레스를 풀고 월요일부터 새로운 마음으로 시작한다고 했다. 또한 산행에서는 어느 누구의 도움도 기대할 수 없고, 스스로 한 번 정한 목적지를 향해 꾸준히 전진하면 마침내 도달할 수 있다는 자신감을 갖게 해 주는 효과도 있으며, 매 구간 종착지에 도착할 때마다 구간 목표 달성과 최종 목적지가 가까워진다는 만족감을 느끼게 되는 것 같았다.

만약 또 다시 50대로 돌아갈 수 있다면,
나는 주저 없이 백두대간 산행을 시작할 것 같다.
그러나 이제는 소위 웰리빙과 웰다잉이 필요하고-고래희(古來稀)를 지난 상태에서-과로, 과음, 과식-삼과(三過)-을 하지 않아야 하기에, 현재의 건강상태를 가능한 한 계속 유지하는 것을 목표로, 체력 상태를 감안해서, 한 달에 1~2회의 둘레길 걷는 것과 일주일 중 5일은 하루에 만 보 걷기를 꾸준히 실천하도록 노력하고 있다.

고범상(高範相)

서울대 공과대학 응용화학과 졸.
두산상사㈜, ㈜영화 근무.
비에스케이상사㈜ 대표이사.

더욱 성숙한 삶을 꿈꾸며

고마운 보산회 친구들

| 연동흠(3-1) 礁波(초파) |

어느 가을날! 등산길에 처음으로 오르기 위해서 서울대 입구 공영 주차장에 차를 세우고 혼자서 관악산 입구로 들어갔다. 사방을 둘러보면서 천천히 걷기 시작했다.

처음 산행이라 오고가는 등산객들을 쳐다보면서 걷다 보니 조금 지나 삼거리에 도착했다. 처음 산행이라 그런지 40분 정도 걸렸다.

다시 나갈 것을 생각하니 1시간이 넘는다. 처음이라 1시간 정도 걷는 것으로 생각했다. 운동을 원래 좋아하지 않았지만 지인들이 산행을 하면 건강에 좋으니 해보지 않겠냐고 권하여 산행을 시작하였다.

그렇게 산행을 시작해 매주 등산을 하여 조금씩 늘려 사거리까지 진출하고, 그해 겨울이 지난 후 다음 봄날에 다시 시작하여 등산을 시작한 지 얼마 후 5봉을 지나고 등산을 시작한 지 1년여가 다 되어서야 관악산 연주대까지 다달을 수가 있었다.

그렇게 매주 등산을 하며 지내던 어느 겨울날 눈이 오기 시작했다. 이삼 일이 지나니 동네에는 눈이 다 녹아 없었다. 겨울 동안 몇 주 등산을 못 하여 궁금하던 차에 산에 눈이 녹은 줄 알고 처음으로 겨울산행을 해보기로 했다. 관악산 입구는 눈이 다 녹아서 없었지만 입구를 지나 포장도로가 끝나가는 지점에 도착하니 산에는 눈이 하얗게 쌓여 있었다.

눈이 쌓인 산을 올라갈 수도, 내려갈 수도 없는 처지가 되었다. 옆에 지나가는 사람들을 보니 신발에 무언가를 부착하고 있었다. 처음 보는 물건이었다. 아이젠이었다. 아이젠을 낀 등산객들은 산을 올라가고 있었다. 난감하던 차에 주변을 둘러보니 아이젠을 파는 아주머니가 있었다. 그냥 내려가기가 너무 억울하여 1만 원을 주고 아이젠을 사고서 신는 방법을 알려 달라 하고서 아이젠을 신고 관악산을 오를 수 있었다.

그러던 어느 날 관악산 종주를 혼자서 해보기로 했다. 사당동에서 시작하여 연주대, 팔봉능선, 안양유원지까지 5시간여에 걸쳐 종주를 하였다. 그 후에도 관악산 5봉, 6봉, 8봉을 다니면서 오솔길로도 도전하며 관악산, 삼성산을 다녔다.
그렇게 홀로 혹은 같이 다니던 중에 친구들이 모여 보산회가 만들어지고 북한산 등을 위주로 주기적으로 다니기 시작했다. 그렇게 하여 북한산 백운대, 사모바위, 대남문, 오봉 등을 주기적으로 다녔다. 매년 초에는 강화도 마니산, 고려산 등등을 다녔다.

겨울에 눈이 오면 서로 연락해 만나 눈꽃산행을 했다. 그중 덕유산 눈꽃산행은 곤도라를 타고 올라 아이젠을 차고 덕유산을 하산하면서 눈꽃산행을 만끽했다.

울릉도와 독도 성인봉 나리분지와 울릉도 순환도로 등을 구경하였으며 성인봉 등정 중에는 친구들이 중간중간에 숨을 돌릴 수 있도록 배려해주어 등정을 마칠 수 있었다.

산행을 하면서 백두대간 종주, 한라산 등정, 백두산 천지 산행을 하지 못한 것이 후회가 된다. 그동안 배려해준 친구들에게 감사함을 전한다.

연동흠(延東欽)

동국대학교 무역학과 졸.
원풍산업 근무.
퇴사 후 개인사업.

더욱 성숙한 삶을 꿈꾸며

산행에서 아찔했던 순간

| 최동호(3-5) |

보성교우산악회가 매월 개최하는 산행은 선·후배가 만날 수 있는 친목 모임이다. 올해에도 3월 25일(토)에 48회 최고 선배부터 94회 막내 후배까지 모두 150명이 참석하는 성황리에 개최하였다. 이날 참가자들은 우이동 도선사에 모여 산에 올랐고, 등반이 끝난 후 삼각산에서 한 해의 무탈함과 다복을 축원하는 시산제를 올렸다. 나는 이 행사에 거의 매년 참석해 왔는데, 이 글에서는 몇 년 전에 겪었던 아찔한 사건을 소개하려 한다.

2018년 6월 30일, 토요일 아침 7시에 잠실역에서 모인 보성고 출신 선·후배 산악인들이 버스로 산행에 나섰다. 60회에서는 박성복 회장을 비롯하여 박성우, 손경호, 이재록, 김시한, 손동철, 김창근, 이상동, 최동호가 참석했다. 그날의 목적지는 충북 영동군에 있는, 달이 머물렀다 가는 봉우리로 알려진 월류봉(해발 400미터)이었다. 이 산은 한천팔경(寒泉八景)의 맨 앞에 있으며, 깎아지른 절벽 아래로 물 맑은 초강천이 휘감아 흘러 수려한 풍경을 이루는 곳이다. 월류봉 정상으로 가는 길은 험하지 않고 경치가 좋은 편이며, 특히 한반도 모양을 닮은 지대가 있어 눈길을 끈다.

일행은 10시경에 월류봉 입구에 도착했다. 주최 측에서 산행코스와 주의사항을 설명하고 기념사진을 찍은 후, 동기들끼리 그룹을 이루어 오르기 시작했다. 일행 모두 경치를 즐기며 정상에 올라간 후, 근처에서 식사를 마치고 하산을 시작했다.

내려오는 길에 커다란 바위가 있어 걸터앉아 휴식을 취하고 있을 때였다. 갑자기 급한 발걸음 소리가 들렸고, 앉아있던 친구들이 "어"하고 놀라는 표정을 지었다. 모두 일어나서 알아보니, 손동철 동기가 바위에서 떨어졌다고 했다. 하필이면 경사가 심한 곳에서 떨어져 밑으로 한참 구른 후에야 멈추었다고 했다. "동철아, 괜찮아?" 하고 외치니, "괜찮아."하는 대답이 돌아왔다. 그렇지만 떨어진 바위 높이가 건물 3층 높이인 9미터는 되어 보였고, 추락 후에도 10미터는 굴렀으니 괜찮을 리가 없다는 생각이 퍼뜩 들었다. 중상을 피했더라도 몇 군데 골절은 각오해야 한다는 생각에 온몸이 떨리고 가슴이 뛰었다.

걱정이 컸던 것은 대학 친구가 당했던 사고가 떠올라서였다. 그날 대학 친구 20여 명이 강원도 횡성의 산을 올랐다. 정상 근처에 앉아 쉬고 있을 때 친구 한 사람 머리에 돌이 떨어져 쓰러지는 사고가 일어났다. 그 친구는 몸을 가누지 못해 데리고 내려갈 수가 없었다. 일행 중에 위생병 경험이 있는 친구가 나뭇가지를 주워 와서 입던 옷을 끼워 들것을 만들었다. 우리는 쓰러진 친구를 들것에 태우고, 전후좌우로 6명이 들고 산길을 내려왔다. 응급차를 불러 춘천의 한림대 성심병원에서 응급치료를 마친 후, 서울로 옮겨 강동의 경희대병원에서 3시간에 걸친 뇌수술을 받았다. 경과가 좋아 일주일 정도 입원했던 그 친구의 경험을 기억해 내면서, 손동철 동기가 무사하기만을 빌었다.

그곳은 경사가 무척 심해 내려갈 엄두가 나지 않았지만, 산행에 능숙한 이상동, 김시한 동기가 용감하게 내려갔다. 손동철 동기에게 걸을 수 있는지 물어보니 가능하다고 해서, 조심스럽게 데리고 내려와 일행과 합류했다. 사연을 들어보니 사고는 평평한 바위에 올라가려고 하는 순간 바위 턱에 발이 걸려서 일어났다고 했다. 넘어지지 않으려고 몇 발자국을 내밀어 앞으로 가다 바위 밑 절벽으로 떨어진 것이었다.

다행히 메고 있던 배낭이 충격을 완화해 주었고, 나뭇가지에 걸리면서 속도가 줄었고, 땅에 떨어질 때는 고등학교 때 배운 유도의 낙법이 효과를 본 것 같았다. 떨어지고 나서도 10미터 정도 굴렀는데, 부드러운 흙길이어서 큰 상처가 나지 않았던 모양이다. 내려오는 길에 아픈 데가 없는지 여러 차례 물어봤지만, 딱히 없다고 해서 안심이 되었다. 다 내려와서 옷을 벗겨보니 머리와 가슴, 어깨 여러 곳에 찰과상이 있어서 연고를 발라 응급 처치를 했다. 우리는 원래 계획했던 포도주 공장 견학을 생략하고, 저녁 장소로 향했다. 그러나 손동철 동기는 추락 후유증으로 정신이 혼미해서 전혀 먹지 못하고 앉아있기만 했다. 모두들 크게 안 다친 것을 천운이라고 했다. 식사 후 함께 버스를 타고 서울로 돌아와 그날 행사를 마무리했다.

다음 날은 일요일이었다. 손동철 동기는 집에서 가까운 서울성모병원 응급실에 가서 머리에 난 상처 세 바늘을 꿰맸고, 정밀검사를 받은 결과 허리뼈에 금이 가 있었다고 했다. 의사는 수술하지 말고 조심스럽게만 지내라고 했다. 아픔을 참으면서 2~3개월이 지나자 좋아졌다고 하지만, 여전히 조심스럽게 지냈다고 한다. 후유증으로 몇 달 동안 침대에서 일어나기 힘들었고, 침대에서 내려오는 것도 가벼운 스트레칭으로 몸을 푼 후에야 가능했으며, 걷기도 힘들어 회복에는 상당히 시간이 걸렸다고 했다.

손동철 동기는 사고를 당한 후 얼마 동안은 산행에 참가하지 못했다. 몸이 완전히 회복된 후에는 산행을 계속하고 있으며, 허리가 아직 완쾌 상태에 이르지 못했음에도 열심히 걷고 있다. 고등학교 시절 산악반에서 등산을 시작해 수많은 산을 정복한 경험을 쌓은 이 친구는 지금도 산행에서 겪었던 사고와 그 밖의 어려웠던 기억을 얘기하곤 한다. 산행길을 같이 하면서 손동철 동기의 모습을 보면, 오를 때는 평범하게 오르지만 내려갈 때는 철저히 조심하면서 천천히 내려가는 것을 느낄 수 있었다. 나 역시 산에서 내려가는 길에 미끄러져 다친 경험이 몇 번 있기 때문에 하산길은 특히 조심하는 습관을 지니고 있다. 손동철 동기는 지금도 '걸살누죽'을 외친다. 걸으면 살고 누우면 죽는다는 신념을 가지고, 열심히 걷기 위해 최선을 다하고 있다. 최근에도 산행에 참여해 열심히 걷고 있는 손동철 동기에게 박수를 보내면서, 남은 인생 힘닿는 데까지 같이 열심히 걷기를 다짐해 본다.

최동호(崔棟鎬)

1977 고려대학교 기계공학과 졸업.
1979~2006 현대건설 근무.

5년간의 3급 교사 활동

| 이성민B(3-8) |

2015년: 5년간의 인연을 맺다

나는 1974년 2월 대학을 졸업하고 회사(녹십자)에 입사하여 2012년 말에 은퇴했다. 은퇴 전에 '은퇴 후 생애 계획'을 세우면서 그중 5년은 사회봉사를 포함하겠다는 계획을 만들고, 초등학생들을 위한 한자 봉사로 정해 준비도 구체화했다. 2014년 8월 한자실력평가원이 시행한 아동한자지도사 자격시험에서 합격하여 자격을 취득하고, 2015년 1월 한자교육진흥원 주관으로 한국한자실력평가원이 시행한 한자·한문지도사/한자·한문 2급 자격을 취득하였다.

한편으로 아동을 대상으로 한 봉사를 할 학교를 물색하였으나 마땅하지 않았다. 그래서 여러 경로로 알아보다가 2015년 1월 용인시 재능기부센터에 인문강좌 한자 자원봉사자로 등록을 했다. 2015년 7월 22일 용인시 평생교육원으로부터 '2015 평생교육 관계자 네트워크 활성화 연수' 개최 안내를 받고 등록했다. 수련회는 8월 25일 개최되었으며, 프로그램 중 자원봉사자와 봉사기관을 맺어주는 프로그램이 있었다. 나는 용인시민학교 교장과 만나 이야기를 나누고 시민학교

활동에 함께하기로 했다.

12월 7일 다시 만난 교장은 나에게 영어수업을 참관해보라고 권유하고, 한편으로 2016년 1월 개최되는 문해교육사 3급 양성과정을 신청해 이수하라고 조언해 주었다. 문해교육은 초등학교나 중학교과정 교육을 이수하지 못한 사람들을 대상으로 초등과정(3년)과 중등과정(3년)을 운영한다. 초등과정은 3단계로 구분하여 1단계에서는 40주 160시간으로 문해교과(국어 중심) 90%에 수학 10% 정도로 구성된다. 2단계는 40주 240시간에 문해교과 75%, 수학 10%, 영어 10%, 그리고 음악/미술 5%로 구성되며, 3단계는 40주 240시간에 문해교과 70%, 수학 10%, 영이 10%, 그리고 한자/음악/미술 10%로 구성된다.

용인시민학교는 경기도가 인가한 문해학교-초등과정과 중등과정-이다. 나를 제외한 모든 교사가 여자 선생님들인데, 정규교사 출신도 있지만 대학을 졸업하고 문해교사 양성과정을 이수한 후 3급 교사로 출발한 분들이 많다. 당시 50대 초반에서 60대 초반인 선생님들은 문해교사로 자부심이 있고 사명감이 강했다.

2016년: 5년 기한의 3급 교사로

1월 7일(목)부터 주 2일씩 총 8일간 문해교육사 3급 양성과정 연수를 받고 1월 29일 수료증과 함께 3급 교사자격증을 받았다.

2월 29일 시민학교에서 담당 과목을 정했는데 나는 토요일에 심화반-초등과정을 마치고 중학과정 입학하기 전 기간-의 과학수업을 맡기로 했다. 3월 5일(토) 10시부터 12시까지 다른 선생님의 영어수업을 참관하고 참고하여, 3월 12일 문해교사로서 처음 과학 수업을 시작했다.

2016년 10월 문해수업 학생-학습자라 부른다-들을 위한 행사 '학교 종이 땡땡땡! 추억의 1일 초등학교' 행사에 참여했다. 행사를 위해 용인시에서 관내 문해수업 학생들에게 중등학교 교복을 대여해 주고 초등학교를 하루 빌려 행사를 했다. 20~30명 단위로 반을 나누고 수업을 진행하고 미술과 음악 특별활동도 했다. 50대도 있지만 대부분이 60~80대인 고령의 학습자들이 기다리는 가장 선호하는 행사다. 점심시간 도시락도 받아 식사도 하고 장기자랑 등 행사도 했다. 약 250명이 참석했는데 97%가 여자 학습자였다. OBS에서는 〈"배움의 한 풀어요" 만학도의 꿈〉이라는 뉴스로 보도했다. 현장에 있으면서 가슴이 뭉클해짐을 느꼈다.

2017년: 냉난방 공사와 소풍

문해학교는 방학기간이 아주 짧아 겨울은 30일, 여름은 2주 정도다. 시민학교는 겨울방학 동안에 기부금으로 오랜 숙원이던 냉난방기를 설치해야 했는데, 짧은 방학 기간을 활용하여 냉난방기를 설치했다. 그리고 2017년부터 나의 담당 과목이 수학으로 바뀌었다. 상급학교(중등과정)로 진학을 하면 수학이 어려워 과학보다 수학을 선호했다. 내가 담당한 반은 초등과정을 이수하고 중학과정에 진학하고자 하는 사람들이 많았고 실제 중등과정을 이수하고 있는 학생도 참석하고 있었다.

11월 5일 부여로 소풍을 갔다. 소풍은 학급 구분 없이 희망자는 대부분 수용했다. 이 또한 학습자들이 기대하는 행사이다. 선생님들이 코스를 답사하지 않아 진행에 무리가 생겼다. 언덕을 걸어 내려가야 하는데 최고령자(70대 후반부터 80대 학습자)들은 걷기 힘들어 여러 사람이 부축해 갔다. 그래도 언덕을 내려가 낙화암 근처에서 즐거운 뱃놀이도 했다.

2020년: 코로나로 교사 이전, 비대면 수업

1월 말 첫 보도 이후 급격히 전파된 코로나 바이러스로 인해 공공장소가 폐쇄됨에 따라 용인실내체육관에 있는 시민학교도 함께 폐쇄되는 운명을 맞았다. 3월부터 계속해서 용인실내체육관 자체 출입이 금지됨에 따라 수업을 할 수 없었다. 그러는 가운데 정규학교도 폐쇄되고 이에 따른 대책들이 나왔는데, 방역을 실시하고 거리두기로 학급 면적당 학생 수를 줄여 수업을 하는 거리두기 수업과 비대면 수업이었다. 비대면 수업은 가정으로 교재를 우송해 주고 휴대폰 또는 전화를 이용하여 교사와 학습자가 1:1수업을 진행했다.

방역을 위해 5월 10일 먼저 자동 손소독기를 구입하고 11일에는 체온측정기도 구입했다. 5월 14일 교실 입구에 손소독기를 설치하고, 소독액 조제와 사용법에 대해 교사들께 시연을 해 보였다. 그리고 체온측정 기록서도 만들어 기록했다.

나는 3, 4월을 그냥 보내고 5월 첫 수업을 했다. 학습자들이 아주 반가워했다. 이후도 코로나 상황에 따라 체육관이 전면 폐쇄되는 경우는 수업이 중단되고, 부분적이나마 개방이 되면 수업이 재개되었다. 그리고 초등반부터 비대면 수업을 실시해 심화반도 비대면 수업이 시작되었다. 학습자들이 고령이라 청력이 저하되어 대면수업 때도 큰 소리로 설명을 해야 하는데 전화로는 더 힘들었다. 어떤 때에는 약속 시간에 집을 나가 일을 하는 경우도 있어 어려움이 컸다.

그러던 가운데 자체 교실을 확보하기 위해 교장과 일부 선생님들이 장소를 물색하러 다니고, 9월 하순에는 학습자들이 접근하기 쉬운 경전철역 옆 건물을 찾아 계약을 하고 교실 꾸미기에 들어갔다. 교실이 늘어남에 따라 교실간 소음 등 문제 해소도 큰 과제였다. 다른 학교를 찾아가 도움도 받았다. 10월 초에 건물 답사와 기존 구획에 대한 실측부터 시작해, 새 교실 칸막이를 위한 도면을 몇 가지로 작성하고 교장이 최종 확정했다. 17일에는 시공사 사장도 현장에 와서 공사개요를 듣고 최종공사 도면을 전달해주었다. 이후 칸막이 공사와 전기공사를 진행했다.

10월 말에 이사를 하고 10월 29일 새 교사에서 첫 비대면수업을 실시했다. 11월 9일 오전 내내 선생님들이 새 교사 이전 기념행사 준비를 하고 2시에 학습자들이 와서 자축행사를 가졌다. 일단 수업 공백을 최소화하며 이전을 마치게 되어 안도감이 들었다. 이후 코로나 상황이 계속되었지만 용인시민학교는 계속해서 안정적으로 수업을 이어가고 있다.

나는 12월 18일 마지막 수업을 비대면으로 하고 용인시민학교와의 5년 동행을 마쳤다.

이성민(李聖敏)B

서울대 미생물학과 졸업.
㈜녹십자 부사장(생산본부장) 역임.

더욱 성숙한 삶을 꿈꾸며

나는 70대 피자 배달원

| 박문규(3-6) |

2021년 6월 24일의 일기

<연륜이 쌓이는 나이>

그동안 책상 위에 놓아두고 읽지 못하고 있던 '남자의 품격'이라는 책을 중간쯤 펼치다 보니 이런 부제목이 나왔습니다.

'남자는 외모보다 경험이 중요하다.'

저자 가와키타 요시노리(川北義則)는 이렇게 말하고 있습니다.

"인기가 있는 남자는 외모에 관계없이 인기를 끌게 마련이며, 인기 없는 남자는 몸치장에 아무리 많은 돈을 들여도 효과가 없다. 외모로 승부할 수 있는 것은 외모가 출중한 남자들뿐이며, 그렇지 못한 사람은 자신이 지니고 있는 다른 요소로 승부를 걸 수밖에 없다."

신신애 노래 '세상은 요지경' 가사의 "잘난 사람은 잘난 대로 살고 못난 사람, 못난 대로 산다"는 말처럼 인생은 자신이 만들어가며 살아가는 것이 아니겠는지요. 결국 인생 황혼기에 돌아보면 살얼음판을 걸어가듯 조심조심하며 살아온 인생이 안쓰럽기도 하고 대견하기도 합니다. 그러니 나이 65세를 지나면 모든 것이 평준화가 된다고, 외모도 평준화, 사는 것도 평준화....

그런데 주변을 둘러보면 나이 65세가 지나고도 외모에 대한 미련을 버리지 못하고 성형외과를 들락날락하는 사람들을 봅니다. 돈이 남아돌아 그럴 수도 있겠지만 모두가 부질없는 짓인데 말입니다. 얼굴에 하나씩 늘어나는 주름에 비례해서 온화함도 늘어나는 인생이 성공한 인생이겠지요. 저도 젊었을 때는 성마른 사람 중 하나로 하나 더하기 하나는 둘이지 결코 하나가 되거나 셋이 될 수 없었는데 이제는 하나 더하기 하나가 열도 될 수 있고 제로가 될 수도 있다는 것을 알았습니다. 그래서 연륜인가 봅니다.

2021년 2월 18일의 일기

<마스크의 역설>

코로나 바이러스의 전 세계적 창궐로 마스크를 쓴 지도 벌써 1년이 넘습니다. 초기에는 마스크 대란으로 약국에 줄을 서고, 그것도 생년 순서대로 요일을 정해 2장을 겨우 살 수 있었습니다. 물론 금액도 장당 1,500원이나 주고 말입니다. 그런데 지금은 마스크가 천지에 널려서 온라인 쇼핑몰에서 장당 100원 정도에 팔리고 있습니다. 아무튼 마스크 덕분에 감기, 독감 환자가 왕창 줄었다고 하니 코로나가 종식된다고 해도 감기와 독감 예방을 위해 계속 마스크를 착용해야 할 듯합니다.

한편으로 마스크 덕분에 여성분들 얼굴 화장품 비용도 많이 절감되었다고 하니 좀 아이러니하기도 합니다. 그리고 제 경우도 마스크 덕을 톡톡히 보고 있는데 다름 아니라 마스크로 얼굴을 가리고 모자를 눌러쓰고 피자 배달을 나가니 제가 일흔 살 중년(?)인지 누가 알 수 있겠

습니까. 마스크를 쓴다는 것이 답답한 면은 있지만 좋은 면이 많다는 걸 몸으로 체험하는 세상입니다. ㅎㅎ

2020년 12월 11일의 일기

<바람이 불면 부는 대로, 비 오면 비에 젖어 사는 게 인생>

가수 김국환이 불러 유행한 노래 '타타타'의 가사 중에 "한 치 앞도 모두 몰라 다 안다면 재미없지. 바람이 부는 날엔 바람으로, 비 오면 비에 젖어 사는 거지. 그런 거지~"라는 구절이 있습니다.

정말 한 치 앞을 모르는 것이 인생인 것 같습니다. 바로 제가 그렇습니다. SKY대학을 나와 남들이 부러워하는 대기업에서 직장 생활을 하고 마지막에는 국내 최대의 케이블방송사에서 임원까지 했고, 퇴직 후에는 모교 대학원에서 상담심리학 박사과정을 수료하고 양평에 있는 아세아신학대학교 평생교육원에서 '영화와 심리학' 강의도 하며 교수님 소리도 듣고 했는데, 지금은 마스크에 모자를 눌러쓰고 자전거로, 승용차로 피자 배달까지 합니다. 물론 이전에 쓴 글에서 밝혔듯이 은퇴 후 먹고살기 위해 하는 것도 아니고 남들 보기에 부자는 아니지만 먹고살 만한 정도의 그만그만한 재산과 수입도 있습니다. 그런데 왜 피자 배달 같은 험한 일을 하느냐고요? 바로 김국환의 '타타타'처럼 바람이 부는 날엔 바람으로, 비 오면 비에 젖어 사는 것이 인생이라고 했듯이 지금 제게 주어진 인생이 그렇기에 주어진 인생에 맞추어 산다는 것입니다.

제가 살아온 인생을 돌아보면 직장 선배가 "도깨비 같은 친구네. 한동안 연락이 없어 어디 갔나 수소문했더니 사우디 건설 현장으로 홀쩍 떠났다고 하더라"라고 했듯이 제게 주어진 상황에 고민 없이 바로 적응하는 카멜레온 같은 인생이었습니다. 아무튼 하루 종일 피자 가게에서 피자를 자르고 포장하고 시간이 나는 대로 배달도 하면서 피자가게 주인인 아들에게 몸으로 가르치고 있습니다. 이것이 인생이라고..

박문규(朴汶圭)

연세대학교 기계과 졸.
연세대 신학과 상담학 박사과정 수료,
LG전자. 롯데건설 근무.
케이블방송 C&M 상무이사 역임.
아시아연합신학대 평생교육원 상담학강사.

요즈음 일상과 소회

| 성우용(3-3) 氷淵(빙연) |

부산대 한의학 전문 대학원에서 8년 근무하고 정년한 뒤 대구로 이사 오게 되었다. 대구는 내가 나서 국민학교를 마쳤던 고향 청도와 가까운 큰 도시로, 국립의료원 의무기정으로 특채되어 20년 가까이 근무하기 전에 약 8년 정도 개업하고 있었던 곳이기도 하다.

이사 온 뒤 반년 정도 일없이 빈둥거리다가 경제적 수요와 무료함이 괴로워 마침 자리가 난 신천 동신교 가까운 요양병원에 다닌 지 5년이 되어간다. 근래 2년 간은 근무조건을 6시 반 출근 오후 1시 퇴근으로 정하고 있는데, 출근할 때는 지하철과 도보로 1시간 정도 걸리는 거리지만 퇴근할 때는 무린 줄 알면서도 걸어서 약 4시간 반 걸리는 집까지 걸어가기를 시도하여 대개 일주일에 닷새 정도는 걷고 있는 셈이다.

신천의 갓길을 따라 걸어 50여 분 지난 뒤 앞산자락길에 접어들면 녹음과 더불어 한 3시간 정도 걷는 호사를 누릴 수 있다. 신천에서는 한창 시절의 내 허벅다리보다 더 굵은 잉어 떼들이 퍼드득거리고, 잿빛 혹은 흰빛의 왜가리가 구부정하게 서서 송사리들을 노리고 있는 모습이 심심치 않게 보이며, 간혹 자라가 해바라기하는 꼴도 볼 수 있다. 산길을 걸을 때는 딱따구리가 나무를 쪼아대는 소리나 휘파람새들의 설익은 휘파람소리, 뻐꾸기 소리들을 들으며 뱀이나 다람쥐를 만나기도 한다. 그러다가 마지막엔 피할 수 없이 큰길 가를 걷게 되는 때가 되면 맑은 물, 푸른 숲의 선경에서 차 소리, 사람 소리 가득한 속세를 마주하게 된 느낌이 든다.

우리 요양병원에 입원하시는 분들은 대개 80세 이상인데 치매 등 노인성 질환으로 여성분이 남성보다 약 네 배 정도이며 남성은 대개 80대가 드물다. 혹 5,60대 환자도 가뭄에 콩 나듯 입원하는 때가 있는데 오래있지 않고 다른 병원으로 전원하거나 돌아가신다.

부모님이 돌아가시기 전에 두 분 다 치매를 앓으셨기에 환자들이 남 같지 않은 마음에 모두 낫게 해 드리고 싶지만 부모님도 치료해 드리지 못했던 나는 회진 때가 되면 늘 스스로의 한계를 느끼고 절망한다. 좀 더 많이 배우고 열심히 살았더라면!

그렇지만 지금도 회진 시간만 지나면 다시 잊어버리고 게을러진다.

우리 요양병원은 서민이 대상이라 시설이 그다지 좋지는 않다. 간병인들이 환자들을 마구 대하기도 하는 것 같다. 일이 워낙 힘든 데다가 간병인 나이도 70대가 대부분이라 어느 정도는 이해가 간다. 그래서 벌어놓은 돈이 많지 않은 나는 절대로 요양병원에 갈 정도까지 살지는 말아야겠다고 자주 생각한다. 집에 따로 모시기에는 돈 없고 힘겨워, 어쩔 수 없이 맡겨 놓고 자주 찾아뵙지도 못하니 현대판 고려장이 아닌가? 그들이 매달 부담하는 비용도 아마 무거울 것이다. 환자들이 사물함에 붙여 놓은 손주, 증손주들의 사진이 눈물겹다. 부모님에게서 받은 것이 많은 나도 잘 모시지 못했는데, 잘 뒷받침해주지 못했던 자녀에게 무슨 염치로 아이들에게 고려장의 멍에를 지우겠는가! 내가 걸을 수 있고 내 힘으로 일상을 영위할 수 있을 때까지만 살자!

이런저런 생각을 하면서 인생을 반추하고 후회하며 그동안 저질렀던 숱한 잘못에 식은땀을 흘리다가도 혹 즐거웠던 추억에 잠겨 미소를 머금기도 하며 짐짓 철학자가 된 양 삶의 의미를 생각하기도 한다. 그렇게 한참을 산자락을 걸어 큰길에 들어서면 바로 눈앞을 스치는 어지러운 세상의 모습에 그만 짜증난 늙은이로 바뀌는 스스로에게 아연한다. 저래서는 안 되지 않는가? 왜 저러지? 제 주제는 돌아보지도 못한 채 말이다.

우리나라는 세계에서도 가장 문맹률이 낮다고 한다. 그런데 나는 이 통계가 매우 잘못된 것이라 느낄 때가 많다. 그 사실을 절실히 느낄 수 있는 비근한 예가 바로 우측통행이다. 전에는 좌측통행을 했지만 요즘은 우측 통행을 하란다. 그래서 길 오른쪽으로 붙어 걷는데 굳이 맞은편에서 왼쪽으로 걸어와 비키라는 듯이 도끼눈을 치켜뜬다. 그리고 또 교통규칙을 밥 먹듯이 어기고 보행자를 위협하는 운전자들이나, 개를 모시고 산책나온 시종들을 보면 이런 통계에 의문을 가지지 않을 수 없게 된다. 물론 이런 사람들은 일부에 지나지 않겠지만 그래도 눈에 크게 띄어 속상하다.

어떤 일들이 가장 눈에 거슬리는가?
첫째, 건널목 매너이다. 내가 운전할 때는 혹시 건널목에 사람이 있는지 보고 신호를 지키려고 노력한다. 그러나 걷는 사람으로서 보는 운전자들의 매너는 정말 나를 화나게 한다. 버젓이 신호를 받고 건너는 사람이 있는데도 쌩 지나갈 때는 정말 깜짝깜짝 놀라게 된다. 다행히 요즘은 우회전할 때 반드시 멈췄다가 가도록 하는 법이 생겨 좀 덜해지긴 했는데 그렇지만 여전히 막무가내인 운전자들도 숱해 '금융치료'가 필요한 사람이 많구나 하는 마음이 절로 든다.

둘째, 일부 자전거 타는 사람들의 태도이다. 그들은 인도를 쌩쌩 달리면서 보행자는 안중에도 없다. 좁은 인도를 맞은편에서 달려오다가 미처 피하지 못하면 도끼눈을 뜨고 흘겨본다. 뒤에서 다가오는 자전거에도 놀랄 때가 많은데 어떤 사람은 뒤에서 갑자기 큰 소리로 꾸짖는 바람에 간 떨어질 뻔한 적도 있었다. 자전거는 바퀴가 달려 있기 때문에 차도로 달려야 한다고 본다. 시골도 아닌 도시에서 인도로 달릴 때 미안한 마음을 가져야 하는 것이 아닐까? 앞에 사람이 있으면 내려서 끌고 지나간 뒤 다시 타는 시민의식은 언제쯤 생기려는지. 그러니까 자전거지란 말도 생긴 모양이다. 얼마 전 차도로에서 자전거를 타고 달리는 백인 여성을 본 적이 있는데 역시 자전거 문화가 몸에 밴 나라에서 온 사람이라 다른가 하는 생각이 들어 무척 부러웠다.

셋째, 애견인들의 사랑이다. 개는 나도 옛날 어렸을 때 키워 본 적이 있어 그렇게 싫어하는 편은 아니다. 그렇지만 개를 유아차 같은 달구지에 싣고 다니는 것을 보면 한심하다. 며칠 전에는 유아차에 실린 개가 나를 보고 계속 짖어대어 내가 그렇게 도둑처럼 보이는지 궁금하기도 했다. 도척(盜跖)의 개가 공자를 보고 짖었다는데 하고 스스로 마음을 가라앉힐 수밖에. 새벽에 걷다 보면 개똥이 길에 밟히길 기다리고 있는 것을 보는 수가 가끔 있다. 아마 그 개 주인은 어두워지면 개똥 치우는 것이 갑자기 싫어지는가 보다. 개를 끌고 다닐 때는 개똥을 치울 마음은 있어야 하지 않을까?

그리고 또 개 목줄과 입마개에 관해서도 개 주인의 인식전환이 필요하다. 보기에 덩치 크고 우락부락하며 주인이 감당하지 못할 정도로 힘이 세 보이는 개에게는 꼭 입에 마개를 씌우고 다니길 부탁드린다. 목줄은 어째서 그런 걸 팔게 놔 두는지 모르겠지만 돌돌 풀려 한없이 늘어나는 목줄을 채운 사람들이 부지기수이다. 제발 선진 애견문화를 가진 나라 사람들처럼 짧은 목줄을 매어 단속을 잘 하면서 데리고 다니길 바란다. 요즘도 개에 물려 죽거나 깊은 상처를 입은 사람들에 관한 보도가 심심치 않게 나오고 있다. 개나 개 주인이나 엄한 처벌이 필요하다고 본다.

나만 편하고 나에게 이롭기만 하면 다른 사람은 불편해도 피해를 입어도 상관없다는 생각은 사회를 각박하게 만든다. 우리나라는 듣기로 옛부터 예의의 고장으로 군자가 가득한 나라라고 칭송되어 왔다고 한다. 서로 생각해 주고 서로 양보하며 남의 어려운 일을 내 일처럼 도우는 사람도 물론 많다. 그런 사람들이 많아져서 다같이 즐거운 대동사회를 이루었으면 하고 절실히 바란다.

이렇게 써 놓고 보니 나 스스로도 남들에게 수없는 폐를 끼치고 살아왔던 일들이 다시 선하게 떠오르면서 남들도 나를 비평할 일이 하나 둘이 아닐 것이란 생각에 뜨끔해 진다. 남의 잘못이 한 가지면 자기 잘못은 열 가지라고도 하며, 달아매인 돼지가 누운 돼지 나무란다고 했다. 남에게 지적질할 때는 사리를 분명히 따지면서 내 잘못에는 관대해지지 않도록 늘 마음을 다잡아야 한다고 생각은 하지만 그렇게 되지 못하는 나 자신이 부끄러울 따름이다.

그동안 적조했던 우리 60회 동기들의 건강한 행복과 이미 타계한 동기들의 명복을 빌면서, 동기회장의 격려에 힘입어 졸필로 대구 한구석에서 근황과 소회의 편린을 전한다.

2023년 5월 29일 밤 11:35 성우용

成宇鏞 字 士與 自號 臥嘗齋, 聽雨軒, 臨履堂. 嗜釣愛棋居濱遊山業醫者

성우용(成宇鏞)

경희대 한의대 졸.
한의학 박사.
한방 신경정신과 전문의.
국립의료원 한방부장,
부산대 한방병원 신경정신과 과장,
부산대 한의학 전문대학원 교수 역임.

더욱 성숙한 삶을 꿈꾸며

망향과 思母의 시 세 편

| 강석화(3-8) |

고향

어둠을 가르며 달려간다.

음메 하는 송아지처럼

가슴을 열어제치고 외친다.

내 어머니가 잠들어 계신 곳

내 형제가 숨 쉬고 있는 곳

내 친구가 어울리는 곳

어린 시절 진달래꽃 따 먹고

강가에서 헤엄치며 수박 서리하던 곳

붉은 단풍잎 따서 은주에게 주던 곳

살바람에 토끼 귀 가죽 마개 움켜쥐고

얼음 지치던 곳

친구여 지금은 어느 곳에서

저 별을 헤아릴까

달려가는 걸음걸음은
어둠을 가르며 달려간다.
그리움 찾아서

어머니

가신 지 수십 년
그래도 그리운 어머니
지난밤 꿈에 뵙노라니 여전히 환한 미소
70고개 넘은 세월에도 어린이가 된답니다
기찻길 옆 밭에서 김매실 때
책보따리 휘두르며 달려가 부르던 이름 엄마!
지금 다시 불러보니 눈물이 고입니다
그리운 어머니!
머지않은 날에 곁으로 가겠지요
유수 같은 세월에
아들도 백발을 날립니다
그리운 어머니
가슴속에 묻습니다
보고 싶은 어머니
블러봅니다

한 줌의 흙이 되어

부르짖음은 메아리 되어
귓전을 맴돈다
헛되고 헛된 지난날 되뇌어 보면
내가 밉다
왜냐고 묻고 싶지 않다
그때 왜 그랬을까 자책하고 싶지도 않다
빨래줄처럼 늘어진 세월
돌아보며 눈물짓는다
굴레를 벗어날 수 없었던
나를 발견하고 찾는다
지나온 날들이 남은 날보다 많지만
남은 날을 헤아려 본다
한 줌의 흙이 되어 썩어지리라
많은 이에게 밟히는
한 줌의 흙이 되어
돌아가리라

강석화(康錫化)

1975 LG화학 입사.
1978 삼성반도체 입사.
1988 Semi Safety System 사장.
1998 미국 이민.

더욱 성숙한 삶을 꿈꾸며

삶의 여로

| 송남수(3-6) 抱洹(포원) |

삶은 무엇일까
삶에는 어느 것 하나
빠질 게 없더라

행복의 가치는
슬픔에서 찾았고
기쁨의 가치는
불행에서 배웠더라
웃음의 가치는
눈물에서 깨쳤고
사랑의 가치는
이별에서 찾았더라

젊음의 가치는
나이 들어 알았는데

삶의 가치는
어디에서 찾아질꼬

잊혀가는
벚꽃 잎새처럼
인생의 뒤안길에서
회한의 눈물을
훔쳐본다

송남수(宋南洙)

1975년 경찰공무원 입직.
1982년 건국대 행정학과 입학.
2010년~ 법무법인 전문위원 재직.

코로나 유감

| 손경호(3-2) |

2021년은 내게 혹독한 시련의 해였다. 그해 창궐하던 코로나로 어머니를 잃었고 나를 포함, 형제들 모두 코로나에 걸려 심한 전쟁을 치른 기분이다.

요즘은 국민의 60% 이상이 코로나에 한 번 이상 걸린 유발병자이고, 비교적 증상이 가벼운 '오미크론'이 대세여서 목감기 정도로 가볍게 앓고 지나간다. 그러나 내가 코로나에 걸렸던 2021년 2월은 강도와 흐름이 달랐다. 코로나 치료약도 개발되지 않았고 증상도 심했다. 확진자 숫자와 동선이 매일같이 방송에 보도되고 환자 접촉자들도 강제로 검사하는, 말 그대로 공포 분위기였다. 코로나에 걸리면 무조건 격리되던 시기였다. 증상이 약하면 생활치료센터로, 심하면 음압병실이 있는 병원으로 보냈다.

그해 1월 말 어머니의 요양보호사가 어디에서 코로나에 감염돼 어머니까지 감염시켰다. 어머니를 간병하던 내 몸에도 이상이 왔다. 두통과 고열, 오한 증상이 나타난 것이다. 보건소에 가서 검사를 받으니 양성반응이 나왔다. 난생 처음 사이렌 소리 요란한 앰뷸런스에 실렸다. 보건소에선 서울 시내 음압병실이 빈 병원을 찾아 환자를 보내고 있었다. 환자의 거주지와 상관없이 병실이 비어있는 병원이면 어떤 지역이라도 가리지 않았다.

나는 앰뷸런스에 실려 어디론가 달려가고 있었다. 정신을 차려 눈을 뜨니 도봉구에 있는 한일병원이었다. 이곳은 음압병실을 갖춘 병원이다. 음압병실은 호흡기 질환 감염병 환자의 격리를 위해 조성된 특수 병실이다. 병실은 5평 정도의 방에 4개의 침대가 있었다. 음압기가 24시간 내내 윙윙 소리를 내며 가동되고 있었다.

코로나 병실은 일반 병실과 다르게 운영되고 있었다. 일반 병실은 담당 의사가 매일 회진을 하지만, 코로나 병실은 대면 진료를 하지 않고 의사가 전화로 환자의 상태를 파악하고 처방을 내렸다.

물론 환자 보호자 제도가 허용되지 않았다. 간호사도 중무장 음압 복장으로 최소한의 출입만 했다. 환자는 병실 문 밖으로 한 발자국도 나가지 못했다. 면회도 일절 금지되고 필요한 물품은 가족에게 연락하여 택배로 받았다. 그야말로 창살 없는 감옥 같은 곳이었다. 병실에서는 잘 때도 마스크를 착용해야 해 무척 갑갑했다. 식사는 도시락이 제공되었다.

입원 첫날 음압기의 윙윙거리는 시끄러운 소음에 잠을 잘 수 없었다. 귀마개를 하고 마스크까지 쓴 채 잠을 청해도 도저히 잠이 오지 않았다. 그래도 2~3일이 지나니 음압기 소음에 그럭저럭 적응됐다.

그러나 문제는 열이 39도를 오르내리고 입맛이 없어 식사를 제대로 하지 못한다는 점이다. 내 몸은 엉망이 되어 가고 있었다. 설상가상 고열과 함께 폐렴까지 발병했다. 아침마다 X레이 촬영과 혈액 검사가 반복되었다. 폐렴 수치가 높아 CT 촬영도 두 번씩이나 했다. 국내엔 코로나 치료약도 개발되지 않던 때였다. '이러다 잘못하면 죽을 수도 있겠다'는 생각이 들었다.

약을 복용해도 병세가 좀처럼 나아지지 않았다. 의사는 약을 바꿔 보자며 수입약인 레데시비르를 주사해 보자고 했다. 이 약은 트럼프 전 미국 대통령이 코로나에 걸렸을 때 처방된 주사제다. 저녁에 레데시비르를 혈관에 주사하고 새벽에 잠에서 깨어나니 머리가 맑아졌다. 신기하게도 39도까지 오르던 열이 내리기 시작한 것이다. '아! 살았구나.' 바로 그 순간 내 몸의 모든 기능이 바르게 작동하고 있음을 느꼈다. 오랜만에 찾아온 평화다. 기분이 참 좋았다.

보통 코로나 음압병실에 입원하면 2주 정도 지나 퇴원한다. 그런데 나는 코로나와 폐렴 치료로 그보다 5일 긴 19일 동안 입원했다. 퇴원하고 나니 평소 단단하던 다리 근육이 다 풀어지고 걸음도 제대로 걷지 못했다. 장기간 입원·격리 생활로 그동안 운동을 하지 못해 근육이 많이 빠진 것이다.

폐렴 예방주사는 코로나 걸리기 전에 맞았다. 그러나 코로나에는 속수무책이었다. 내 경우 코로나 후유증은 퇴원 후 1개월 정도 호흡이 가쁘던 것이 전부다.

그 뒤 꾸준히 재활운동을 계속해 모든 것이 정상으로 돌아왔다.

내가 입원해 있는 동안 어머니 역시 코로나로 병원에 입원하셨다. 그러다 내가 퇴원하기 전에 입원하신 다른 병원에서 돌아가셨다. 몸이 노쇠한 95세 고령의 노인이라 끝내 코로나를 극복하지 못하고 운명하신 것이다.

병실 면회가 일절 금지돼 생전의 영상 모습으로만 몇 번 뵌 것이 전부였다. 뜻대로 되지 않는 것이 세상일이라지만 이 무슨 불효이고 가슴 아픈 일인가.

당시 코로나로 사망한 경우엔 바로 화장하여 유골만 가족에게 전해주던 엄혹한 시절이었다. 코로나 때문에 나를 포함해 형제들이 모두 입원해 있었기에 장례식을 제때 치를 수 없는 상황이었다. 어머니의 유해는 시골 선산에 우선 가매장했다. 나와 형제들이 모두 퇴원해 2개월이 지난 4월에야 장례를 치를 수 있었다. 코로나가 빚은 우리 집안의 슬픈 역사이자 대참사였다. 어머니의 마지막 가시는 길을 지키지 못해 아직도 마음이 무겁고 죄스럽다.

70평생 병원 신세 한 번 진 적 없고, 비교적 건강했던 내가 코로나로 19일간 생사의 기로에 섰던 순간들을 적어 본 것이다. 보성 60회 동기들! 평소 건강 관리 잘하시고 오래오래 만납시다.

손경호(孫璟鎬)

고려대학교 통계과 졸.
1977년~ 일신제강(현 동부제강) 근무.
1981년~ 신성건설 근무.
2007년~2017 도요엔지니어링 코리아 근무.

더욱 성숙한 삶을 꿈꾸며

살다 보니

| 정한식(3-2) |

"Keine Rrose ohne Dornen." ("There are no roses without thorns.")
독일어 시간에 공부 안 하고 농땡이 친 형님들을 위해 영어로 번역해
놓았습니다.

수십 년을 가시에 가끔씩 찔리면서 멍투성이로 살아오다 지금은 가시
가 기운이 없어 병 간호를 하면서 짬을 내어 컴퓨터 앞에 앉았습니다.
사대 영어과를 졸업하고 학생들을 가르치면서 1년에 3개월 정도의
방학 기간과 정시 퇴근이 좋아 과 친구들 대부분이 기업체로 떠났지
만 34년 동안 학생들을 가르치면서 여름방학이면 계곡에 텐트를 치
고 겨울방학에는 스키장에서 20여 일을 보내면서 살아왔습니다.

전교조가 난리치기 전까지는 즐겁게 학교생활을 했으나 노무현 대통
령이 당선되고 민노총 산하로 들어간 전교조들이 활개를 치기 시작하
면서 전교조와 싸우기 시작했습니다.
그 당시 모 고등학교에서 교무부장으로 재직 시 수업을 하러 교실에

들어갔더니 칠판 가득 김일성과 박정희에 대한 내용이 적혀 있었습니다. 박정희는 독재자로 모든 악평이 적혀 있었고, 김일성은 외세의 침략을 물리친 민족의 영웅으로 주체사상을 중심으로 한 내용이 쓰여 있었습니다. 학생들에게 전 시간에 누가 수업을 했나 물어보았더니 주사파 전교조 교사를 대더군요.

그 교사는 역사 교사도 아니었는데 가르쳐야 할 자기 과목은 가르치지 않고 한 시간 동안 주체사상 교육을 한 것 같았습니다. 그 전부터 학생 인권을 주장하며 학생들의 생활 지도를 방해하자 학생들의 복장 두발은 엉망이 되고 가방 속에 담배는 말할 것도 없고 심지어 피임약을 소지한 학생들도 생겨났습니다.

학교를 옮겨 광우병 사태가 났을 때 TV방송에서 소가 쓰러지는 등의 내용을 방송하자 그것을 녹화하여 수능이 임박한 고3 교실에서 수업 대신 틀어 주었습니다. 이에 항의를 했다가 마치 요즈음 개딸들의 횡포와 같은 횡포를 전교조 교사들에게서 당하자 환멸을 느끼고 정년을 2년 반 남기고 명퇴를 했습니다.

지금의 40대는 특히 주사파 전교조가 공들여 키운 세대로 보면 될 것 같습니다. 선거 때마다 40대 투표 성향을 아실 겁니다.

퇴직을 하고 미루어 두었던 여행도 하며 즐겁게 지냈습니다.

세월이 흘러 딸이 학사장교로 군대에 가 군 동기와 결혼을 하여 손자를 봐주느라 아내와 함께 충북 영동(永同)에서 지내다가, 부대 이동으로 계룡시에서 2년을 지냈습니다. 영동에서는 무주구천동, 월류봉, 반야사 등을 다니고 계룡시에서는 계룡산 속 사찰들인 동학사, 갑사,

신원사와 탑정호 등을 즐겨 갔는데, 1, 2년간의 각 지방 생활이 나름 의미가 있었습니다. 계룡시에서 손자를 어린이집에 데려다주고 아내와 같이 매일 주변을 걸었습니다.

그런데 아내가 걸으면서 피곤하고 소화가 잘 안 된다며 소화제를 먹기 시작했습니다. 위와 대장 내시경을 받았으나 이상이 없고 간도 이상이 없어 나이가 들어 그런가 보다 생각하고 지냈는데, 건강보험공단 검사 시 초음파 검사에서 췌장에 2.4cm 정도의 혹이 보인다고 큰 병원에 가서 진찰을 받으라고 하더군요. 국립암센터에서 CT, MRI검사와 조직검사 결과 암이라고 하더군요.

췌장의 중간 부분(몸통)에 암 덩이가 있고 다행히 타 부위에 전이가 되지 않은 1기로 수술이 가능하니 수술을 하자고 하더군요. 췌장 머리 부분에 암이 있으면 췌장이 12지장과 붙어 있어 췌장 머리 부분과 12지장을 떼어내고 소장을 위와 췌장의 남은 부분과 연결하는 수술을 해야 하고 몸통 부분에 암이 있으면 몸통 부분 아래쪽과 이자를 떼어내는 수술을 한다고 합니다.

2022년 11월 말에 수술 날짜가 잡혀 복강경 수술로 시작하다가 결국 개복수술로 바뀌어 8시간 정도 걸렸습니다. 췌장의 약 40%인 머리 부분을 남기고 나머지 부분과 이자, 주변 림프관 혈관도 같이 떼어냈습니다, 수술 후 2주일간 입원하고 퇴원할 때 15kg 정도 살이 빠지고 걷기조차 어려워했습니다. 췌장은 지방 소화와 인슐린 분비가 주된 역할이라 혈당이 치솟고 지방 소화가 되지 않아 인슐린 주사를 놓기 시작하고 식사도 당뇨식으로 바꾸고 육류도 먹지 못하자 기운을 차리기가 어려웠습니다.

수술 후 2개월 반 정도 지나 항암치료를 시작했습니다. 항암치료는 보통 12차 치료를 받습니다. 4일간 입원해서 항암치료를 받고 2주간 회복한 다음 다시 치료를 받습니다. 지금은 5차 항암치료를 끝내고 다음 치료를 준비하고 있습니다. 췌장암은 수술할 수 없는 환자의 5년 생존율이 5%이고 수술이 가능한 경우는 20% 정도라 합니다. 다른 암에 비해 힘든 점은 재발률이 높은 데다 당뇨 관리가 힘들고 영양 섭취가 어렵습니다. 아침에 일어나 혈당을 재고 인슐린을 놓고 식사 후에 약을 복용하고 혈당 조절을 위해 운동을 시작해야죠.

매일 아침식사 후에 일산 호수공원을 반 바퀴(2km 정도) 같이 걷고 집에 와 잠시 쉬다가 점심 먹고 다시 걷고 저녁 먹은 후에도 걸었습니다. 남는 시간에 식사 준비를 하고 하다 보면 하루가 금방 지나지요. 어디 가서 우렁이 한 마리를 잡아다가 물독에 넣어둬야 할까 봐요.

항암치료 중 면역력이 떨어져 어떤 바이러스도 옮기지 말아야 해서 아무도 만나지 않고 지내고 있습니다. 매달 모여서 등산도 하고 지냈는데 지금은 집에서 아령으로 운동을 대신하며.

올봄의 호수공원은 유난히도 아름답습니다. 꽃들이 만발하고 인공 폭포도 힘차게 물을 쏟아붓고. 지금까지 이처럼 봄이 아름답다고 느껴보지 못했는데. 헬렌 켈러가 쓴 '나에게 볼 수 있는 날이 3일만 주어진다면'이라는 글이 새삼 가슴에 와 닿는군요.

췌장암에 대한 지식이 있었더라면 소화가 잘 안 될 때 알아차리고 더 일찍 치료받도록 했을 터인데 후회막급입니다.

암으로 돌아가신 지인들이 많습니다. 모두 담배는 피우지 않았는데도 건강 검진에서 흉부 Xray상 이상이 없다고 안심하다가 폐암으로 3년 정도 살다가 돌아가신 선배들과 절친, 담도암으로 항암치료 중에 사망한 대학 후배, 위암 폐암 췌장암으로 돌아가신 친척들….

우리 형님들, 모두 몸에 조금이라도 이상이 있으면 일찍 치료를 받고 건강한 노년을 누리기를 바랍니다.

욕심내지 말고 살아온 만큼만 더 살아야지요.

정한식(鄭翰植)

서울대학교 영어교육과 졸.
1975년부터 33년간 서울시내 다수의 고등학교 근무.

| 문집 발간 후기 |

문집을 내자는 제안은 졸업 50년 행사를 기획하던 2020년 봄에 처음 나왔으나 코로나가 극성이던 당시에는 만찬 행사와 1박 2일 소풍으로 만족해야 했다.

그러다가 2022년 말 새로 취임한 동기회장의 주도로 문집 발행을 결정하고, 발간위원회를 결성해 올해 3월부터 원고를 모집한 결과 100편 가까운 글이 모아졌다(최종 집계 97편). 짧은 시도 있지만 100매가 넘는 글도 있다. 처음부터 분량을 제한하지 않아 쓴 대로 다 받아들였는데, 10대 시절의 우정과 추억보다는 졸업 후 살아온 이야기가 70%(분량 기준)를 넘는다. 발간위원회의 내용 분류와 교열 작업을 통해 9월 초순 게재 원고를 최종 확정했다.

우리 보성고 60회는 1967년에 480여 명이 입학했으나 전체 8개 학급 중 한 학급(60여 명) 정도 되는 친구들이 이미 세상을 떠났고, 최근엔 그 숫자가 더 늘어나고 있다. 문집을 하루라도 더 빨리 내야겠다는 생각을 하게 하는 일이다.

생생하고 진솔한 글을 읽으면서 우리는 친구를 새로 발견하고 사귀게 됐다. 이름표를 달지 않고 머리를 기르는 것이 보성고의 자랑이지만, 그 바람에 서로 이름을 잘 모르는 경우가 많았던 것도 사실이다.

문집 제목 '목련꽃 그늘 아래서'는 유명 가곡 '4월의 노래'(박목월 시, 김순애 곡)의 한 대목이다. 보성고의 교화(校花)가 목련이다. 우리는 목련꽃 그늘 아래서 처음 만나 배우고 우정을 쌓아왔다. 그때의 배움과 우정이 우리를 만들어 이끌고 있다. 인생의 4월, 그 '눈물 어린 무지개 계절'을 기리며 그리는 우리는 지금도 목련꽃 그늘 아래서 살고 있다. 여기에 실은 글은 개인의 일지이자 한 시대의 기록이며 역사의 증언이다. 이 문집은 지나온 세월과, 앞으로 함께할 시간을 한 줄기 영롱한 우정으로 꿰어 완성한 책이다.

2023년 11월

문집 발간위원회 위원장 **임철순**

위원 **김기석**

위원 **김기호**

위원 **김세준**

위원 **박성우**

위원 **서경호**

위원 **이도윤**

위원 **전동신**

(가나다순)

| 감사의 글 |

2022년 연말부터 시작해서 이 한 권의 책이 나올 때까지 지난 1년 동안 많은 사연과 우여곡절이 있었습니다.
그럼에도 이 문집은 동기 여러분들의 적극적인 참여와 응원이 있었기에 가능했습니다.

무엇보다 글을 내주신 백 명 가까운 동기들과 특별회비를 내준 10명의 동기들,
그리고 십시일반 뜻을 모아 출판기금을 내어준 90명의 동기들에게 감사의 말씀을 드립니다.

문집 발간위원회